바보들의 결탁

A Confederacy of Dunces
by John Kennedy Toole

바보들의 결탁

존 케네디 툴 장편소설
김선형 옮김

연암서가

옮긴이 김선형

서울대학교 영어영문학과를 졸업하고 동 대학원에서 박사학위를 받았다. 세종대학교 초빙교수를 지냈고 2010년 유영번역상을 받았다. 옮긴 책으로 『시녀 이야기』, 『실비아 플라스의 일기』, 『은하수를 여행하는 히치하이커를 위한 안내서』, 『다시 태어나다』, 『수전 손택의 말』, 『몰입』, 『가재가 노래하는 곳』, 『터프 이너프』, 『증언들』, 『솔로몬의 노래』, 『달에서의 하룻밤』 등이 있다.

바보들의 결탁

2021년 12월 20일 제1판 1쇄 인쇄
2021년 12월 25일 제1판 1쇄 발행

지은이 존 케네디 툴
옮긴이 김선형
펴낸이 권오상
펴낸곳 연암서가

등록 2007년 10월 8일(제396-2007-00107호)
주소 경기도 고양시 일산서구 호수로 896, 402-1101
전화 031-907-3010
팩스 031-912-3012
이메일 yeonamseoga@naver.com
ISBN 979-11-6087-089-3 03840
값 18,000원

세상에 진정한 천재가 나타났음은
바보들이 모조리 결탁하여 그에게 맞서는 걸 보면 알 수 있다.

— 조너선 스위프트
「도덕적이고 재미있는, 다양한 주제에 관한 소고」중

서문

아무래도 내가 처음 이 소설과 만나게 된 사연을 얘기하는 것이 이 소설, 세 번째 읽어보니 처음 읽을 때보다 훨씬 더 경이로운 이 작품을 소개하는 최고의 방법이 아닌가 싶다. 내가 1976년 뉴올리언스의 로욜라 대학에서 교편을 잡고 있던 당시, 웬 낯선 부인으로부터 전화가 걸려오기 시작했다. 그녀의 제안은 황당했다. 소설이랍시고 한두 장章 정도를 써봤으니 내 강의를 청강하게 해달라는 그런 부탁이 아니었다. 세상을 떠난 자기 아들이 60년대 초반에 소설 한 권을, 그것도 방대한 소설을 쓴 게 있으니 한번 읽어봐 달라는 것이었다. 제가 왜 그런 일을 하고 싶겠습니까? 내가 물었다. 왜냐하면 이건 훌륭한 소설이니까요, 하고 부인은 말했다.

살다 보니 나는 원치 않는 일에서 빠져나오는 데 고수가 되어 있었다. 그리고 세상에 전혀 하고 싶지 않은 일이 있다면 이게 분명 그런 일이었다. 죽은 소설가의 모친을 상대하고, 설상가상으로 그 모친이 '훌륭하다'고 말하는 원고를 읽어야 하는 일 말이다. 게다가 알고 보니 그 원고라는 것도 심하게 얼룩지고 간신히 읽을까 말까 한 상태의 복사본이 아닌가.

그러나 부인은 끈질겼고, 어찌 된 영문인지 나는 내 연구실에 서 있는 부인의 손에서 묵직한 원고를 건네받는 사태에 이르고 말았다. 이젠 빠져나갈 구멍이 없었다. 희망이 단 하나 남아 있긴 한데, 그건 몇 페이지를 읽어보고 원고가 영 형편이 없으면 양심에 거리낄 것도 없이 더 이상 읽지 않아도 되리라는 점이었다. 나로선 보통 그렇게 하면 된다. 솔직히 첫 문단만으로 판가름 나는 경우도 종종 있다. 그러니 내가 단지 겁을 낸 건, 첫 문단이 그리 나쁘지 않거나 되레 괜찮은 편이어서 계속 읽어야 할지도 모른다는 점이었다.

이 원고의 경우는 계속 읽었다. 계속해서 읽어나갔다. 처음에는 그만 읽어도 될 만큼 형편없는 원고가 아니어서 낙심한 채로, 그러다 어느 순간부턴 짜릿한 흥미를 느끼면서, 그러다 점차 강도를 더해가는 흥분 상태로, 급기야는 도저히 믿기지 않는 심정으로 나는 읽고 있었다. 이렇게 훌륭하다니, 있을 수 없는 일이었다. 처음 내 입을 딱 벌어지게 만들고, 히죽이 웃게 만들고, 웃음을 터뜨리게 만들고, 혀를 내두르며 감탄하게 만든 게 뭐였는지 털어놓고 싶지만, 나는 그 유혹을 물리치련다. 독자 스스로 발견하도록 두는 편이 나을 테니 말이다.

어쨌든 여기 이그네이셔스 라일리, 내가 아는 한 어떤 문학에도 전례가 없는 인물이 있다. 이루 말할 수 없이 지저분한 게으름쟁이, 정신 나간 올리버 하디*, 뚱뚱한 돈키호테, 변태적인 토마스 아퀴나스를 몽땅 하나로 뭉뚱그려놓은 인물. 플란넬 잠옷 차림으로 뉴올리언스 콘스탄티노플 거리의 골방 침대에 누워 현대 문명 전체를 맹렬히 혐오하는 자요, 장에 가스가 차서 헛배가 부르는 발작에 시달리고 연방 트림을 뿜어내는 사이사이 빅치프 노트 수십 권을 비판과 독설로 가득 채우는 자이다.

그의 어머니는 이런 아들이 밖에 나가 일을 해야 한다고 생각한다. 그렇게 해서 그는 이 일에서 저 일로 일자리를 전전하며 일을 하러 다닌다. 새로 얻는 일자리마다 그를 둘러싼 상황을 점차 광기 어린 모험, 일촉즉발의 대재앙으로 화해버린다. 그러나 그 중심에는 으레, 돈키호테가 그렇듯, 섬뜩하고 기괴한 논리가 자리하고 있다.

뉴욕 브롱크스 출신의 여자친구 머나 민코프는 그에게 필요한 건 섹스라고 생각한다. 머나와 이그네이셔스 사이에 일어나는 일들은 내 경험상

---

* 미국의 유명 코믹 배우.

으론 남녀 간의 세상 그 어떤 연애담과도 다르다.

뉴올리언스의 면면을 세세하게 그려낸 점은 툴의 소설에서 결코 간과할 수 없는 가치이다. 도시의 뒷골목 풍경과 구석구석 박힌 진기한 동네들, 그곳 특유의 희한한 말투, 유럽계 백인 소수 민족 사회, 그리고 특히 흑인 등장인물의 묘사에서 툴은 거의 불가능에 가까운 일을 성취했다. 민스트럴 쇼*에 즐겨 등장했던 생각 없고 행복한 검둥이 라스투스의 흔적이라곤 전혀 찾아볼 수 없는, 굉장한 위트와 기략과 지혜를 지닌 최고의 코믹 캐릭터로 구현해낸 것이다.

그러나 뭐니 뭐니 해도 툴의 가장 위대한 성취는 이그네이셔스 라일리라는 인물 그 자체이다. 지식인에, 공론가에, 빈둥빈둥 놀고먹는 게으름쟁이 백수이자 탐식가이며, 엄청나게 부풀어오른 몸과 우레같이 내지르는 냉소로 무장하고 만인―프로이트, 동성애자, 이성애자, 개신교도, 그리고 각양각색의 무절제한 현대 문명 전반―과 맞서 일인 전쟁을 벌이는 인간이라니, 어느 독자라고 혐오감을 느끼지 않을까. 한번 상상해보라, 파멸하여 뉴올리언스로 추방된 아퀴나스를. 거기서 배턴루지 소재 LSU(루이지애나 주립대학)까지 늪지대를 통과하는 동안 아주 난리법석을 떨고, 그 대학 남자화장실에 앉아 어마어마한 소화기 장애에 맥을 못추고 널부러진 사이 자신의 럼버 재킷을 도난당하는 그런 아퀴나스를. 그의 뱃속의 유문은 현대 세계에 "적절한 기하학과 신학"이 결여되어 있음에 반응하며 주기적으로 닫힌다.

이 소설이 코미디이긴 하되 나는 '코미디comedy'라는 표현을 쓰기가 망설여지는데, 코미디는 단순히 웃기는 책이라는 뜻을 함의하기 때문이

---

* 흑인 분장을 한 백인들이 촌극, 춤, 음악을 곁들여 흑인을 풍자하고 조롱하던 미국의 오락 쇼. 남북전쟁 이후로는 흑인들도 이 쇼를 공연했다.

고, 이 책은 그보다 훨씬 더 많은 걸 담고 있으니 말이다. 폴스타프*와 같은 반열에 놓을 수 있는, 한 편의 위대하고 왁자지껄한 소극笑劇이라고 해야 이 소설을 좀 더 제대로 설명하는 것이 되리라. 그러므로 '코메디아 commedia'가 좀 더 근접하는 표현이 될 듯싶다.

이 소설은 슬프기도 하다. 이 슬픔이 대체 어디서 유래하는지 우린 정확히 짚어낼 수 없다. 이그네이셔스의 극심한 가스 분출성 분노와 광기 어린 모험 그 핵심에 도사린 비극 때문인지, 아니면 이 책 자체에 수반된 비극 때문인지.

이 책의 비극은 1969년 서른두 살의 나이에 자살로 생을 마감한 작가의 비극이다. 또 다른 비극은 일찍이 출간되지 못하고 지금껏 우리에게 유보되어 온 이 작품의 실체이다.

지금 존 케네디 툴이 살아서 건강하게 집필 활동을 하고 있지 못함이 안타깝기 그지없다. 어쨌든 그는 그러지 못한 운명이고 우리로서는 어쩔 도리가 없는 일이니, 우린 그저 이 장대하고 파란만장한 인간 희비극을 세계의 수많은 독자들이 읽을 수 있도록 만전을 기할 뿐이다.

워커 퍼시**

---

* 셰익스피어의 「헨리 4세」와 「윈저의 즐거운 아낙네들」에 등장하는, 쾌활하고 재치 있고 비겁하고 허풍 센 뚱뚱보 기사.

** 미국 남부 문학계를 대표하는 작가 중 한 사람. 존 케네디 툴의 어머니 셀마 툴과의 기이한 만남으로, 사장될 뻔한 『바보들의 결탁』이 세상의 빛을 보게 하는 데 결정적인 역할을 함.

뉴올리언스라는 도시의 억양이라는 게 있다. (……) 뉴올리언스 다운타운, 특히 독일인과 아일랜드인이 모여 사는 제3지구를 떠올리면 연상되는 억양으로, 그것은 맨해튼에서는 사라진 앨 스미스*식 말투가 피난처로 삼은 뉴욕 인근의 호보컨, 저지시티, 그리고 롱아일랜드 애스토리아의 억양과 구분하기 어렵다. 그 이유는 여러분도 예상하다시피, 맨해튼에 이 억양을 초래한 유럽 이주민들이 뉴올리언스에도 그와 같은 억양을 심었기 때문이다.

⁙

"그 점에 대해선 당신이 옳습니다. 우린 지중해 사람이지요. 전 그리스나 이탈리아에 가본 적은 없지만, 그곳에 발을 내리자마자 분명 고향에 온 것 같은 기분이 들 겁니다."

그 사람 역시 그러리라고 나는 생각했다. 뉴올리언스는 뉴욕보다 제네바나 마르세유, 베이루트나 이집트 알렉산드리아와 더 닮은 도시이다. 물론 항구란 그 어떤 내륙도시와 닮기보단 항구들끼리 서로 닮기 마련이지만. 쿠바의 하바나 아이티의 포르토프랭스처럼, 뉴올리언스는 북대서양을 건드린 적도 없는 헬레니즘 세계의 궤도 안에 들어 있다. 지중해, 카리브해, 그리고 멕시코만은, 비록 단속적이긴 하나, 근본적으로 동질의 바다를 이룬다.

A.J. 리블링**
『루이지애나의 백작』 중

---

* 뉴욕 맨해튼에서 아일랜드 이민자의 후손으로 태어나, 대통령 후보에까지 오른 인물
(1873~1944).

** 미국 저널리스트이자 언론비평가, 『루이지애나의 백작』(1961)은 루이지애나 주지사를 지낸 얼 K. 롱의 파란만장한 정치 역정을 다룬 기사 모음집.

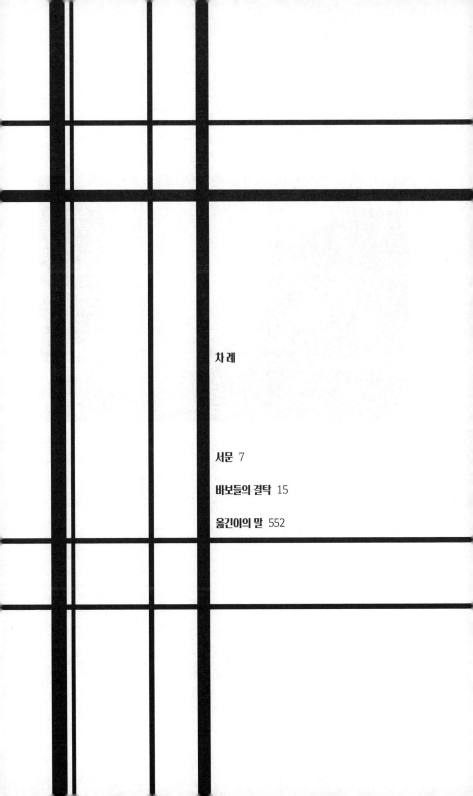

차 례

1

초록색 사냥모자가 살덩어리 풍선 같은 머리통 윗부분을 쥐어짜듯 꾹 덮고 있었다. 모자에 달린 초록색 귀마개는 커다란 귀와 텁수룩한 머리카락과 귓속에 자라난 빳빳한 솜털을 덮느라 양방향을 동시에 가리키는 방향지시등처럼 양쪽으로 불룩 솟아 있었다. 북슬북슬한 검은 콧수염 밑으로는 두툼한 입술이 일자로 앙다문 채 툭 불거져 있었고, 양쪽 입아귀는 불만스러운 기색과 포테이토칩 부스러기가 덕지덕지 달린 잔주름이 되어 쑥 꺼져 있었다. 초록색 모자챙이 드리운 그늘 아래, 이그네이셔스 J. 라일리의 거들먹거리는 파랗고 노란 두 눈이 D. H. 홈스 백화점* 시계 밑에서 저마다 누군가를 기다리는 군중을 내려다보며 어디 저질의 패션 취향을 드러내는 구석이 없나 한 사람 한 사람 꼼꼼히 뜯어보고 있었다. 개중에 취향과 품위에 위배될 만큼 확연히 새 옷 티가 나거나 값비싸 보이는 옷들이 몇 벌 이그네이셔스의 눈에 띄었다. 뭐든 새것이나 비싼 물건을 소유하고 있다는 건 신학과 기하학에 대한 그 사람의 무지를 드러낼 뿐이며, 심지어 그 영혼이 불온하다는 의심까지 불러일으킬 만한 증거였다.

물론 이그네이셔스로 말하자면야 편하고도 분별 있는 옷차림을 하고 있었다. 사냥모자는 감기에 걸리지 않게끔 해주었다. 풍성한 트위드 바지는 내구성이 좋고 운동성이 탁월해서 격한 움직임에도 몸이 자유로웠다.

---

* 1842년 대니얼 헨리 홈스가 창립한 뉴올리언스의 유서 깊은 백화점. 커낼 거리에 위치한 본점이 오랫동안 도시의 랜드마크 역할을 하면서 이 백화점의 시계 밑은 약속 장소로 널리 이용되었다.

게다가 바지 주름과 후미진 곳 구석구석에 따습고도 퀴퀴한 공기를 품고 있어, 그것이 이그네이셔스의 신경을 달래주었다. 체크무늬 플란넬 셔츠는 따로 재킷을 덧입을 필요가 없었고, 귓불과 옷깃 사이로 드러난 맨살은 목도리가 잘 막아주었다. 이런 옷차림은 신학적으로 보나, 기하학적으로 보나, 아무리 난해한 기준을 들이대더라도 너끈히 합격이었거니와 풍요로운 내면의 삶마저 암시하고 있었다.

이그네이셔스가 코끼리 같은 몸짓으로 육중한 엉덩이를 한쪽씩 들썩이며 쿵 쿵 제자리걸음을 걷자 부풋부풋한 살들이 트위드 바지와 플란넬 셔츠 밑에서 잔물결을 일으켰고, 그 잔물결은 구석구석의 단추와 솔기로 자르르 밀려간 뒤 부서졌다. 이렇게 자세를 고친 후, 그는 자기가 지금 어머니를 얼마나 오래 기다리고 있었는지 곰곰 생각에 잠겼다. 하지만 생각이 꽂히는 주요 지점은 조금 전부터 슬금슬금 느껴지기 시작하는 육체의 불편함이었다. 자신의 전 존재가 퉁퉁 불은 스웨이드 사막부츠 안에서 터져버릴 것만 같았는데, 그걸 확인이라도 하려는지 이그네이셔스는 기이한 두 눈을 아래로 돌려 발을 내려다보았다. 발은 정말로 퉁퉁 부은 모양새였다. 그는 어머니가 자기한테 얼마나 무신경한 짓을 했는지 보라며 이 불룩한 사막부츠를 증거로 내밀 심산이었다. 고개를 들어보니, 커낼 거리 저 너머 미시시피 강 위로 해가 뉘엿뉘엿 지고 있었다. 홈스 백화점 시계는 거의 다섯 시를 가리켰다. 벌써부터 그는 용의주도하게 단어를 고르고 골라 어머니에게 퍼부을 비난의 문장을 다듬고 있었다. 후회하게 만들거나, 그게 안 되면 혼이라도 쏙 빼놓을 작정이었다. 어머니가 분수를 깨닫도록 자주자주 쓴소리를 해줘야 했다.

오늘 그는 어머니가 모는 낡은 플리머스 자동차를 타고 시내에 나왔고, 어머니가 병원에서 관절염 진찰을 받는 동안 월라인 씨네 악기 상점에서 트럼펫 악보와 류트에 끼울 새 줄을 하나 샀다. 그런 다음 로열 거리에 있는 페니 아케이드로 슬렁슬렁 걸어가서 새로 설치된 게임기가 있나 둘러보았다. 미니 야구 게임기가 없어지다니 적잖이 실망스러웠다. 게임 기는 그냥 수리하러 보냈는지도 모른다. 지난번 마지막으로 해봤을 때 타 자가 움직이지 않아, 관리인 측과 실랑이를 벌인 끝에 동전을 돌려받지 않았던가. 치사하게도 페니 아케이드 사람들은 이그네이셔스 자신이 발 로 차서 게임기를 망가뜨린 게 아니냐고 했지만, 어림도 없는 소리.

미니 야구 게임기의 운명에 온 신경을 집중한 나머지 이그네이셔스는 커낼 거리와 주위 사람들로 이루어진 물리적 현실로부터 이탈해 있었고, 그 결과 D. H. 홈스 백화점 기둥 뒤에서 굶주린 눈길로 자신을 쳐다보고 있는 두 눈, 희망과 갈망으로 반짝이는 우울한 두 눈을 미처 알아채지 못 했다.

뉴올리언스에서 과연 이 게임기를 고칠 수 있을까? 웬만하면 그럴 수 있을 것이다. 하지만 밀워키나 시카고, 혹은 이그네이셔스의 머릿속에서 유능한 수리전문점들과 일 년 내내 연기를 뿜어내는 공장들을 떠올릴 때 연상되는 어떤 다른 도시로 보내졌는지도 모른다. 이그네이셔스는 야구 게임기가 운반 과정에서 부디 살살 다뤄지기를, 부디 그 꼬마 야구선수들 이 야만적인 철도 노동자들의 손에서 깨지거나 망가져 불구가 되는 일이 없기를 바랐다. 철도 노동자들은 걸핏하면 화주들로부터 손해배상청구 를 자초해 철도 회사를 망치기로 작정한 놈들 아닌가. 그것도 모자라 파 업을 일으켜 일리노이 센트럴*을 아예 무너뜨리겠다고 덤벼드는 위인들 이 아닌가 말이다.

이그네이셔스가 그 작은 야구 게임이 인류에게 안겨준 크나큰 즐거움 을 사색하는 사이, 기둥 뒤의 우울하고도 탐욕스러운 두 눈이 마치 거대

---

* 미국의 철도 운송사.

한 털북숭이 유조선을 향해 돌격하는 어뢰처럼 군중을 가르며 그에게로 다가왔다. 다가온 경찰이 이그네이셔스의 악보 가방을 홱 잡아당겼다.

"신분증 아무거나 좀 보여주시겠습니까?" 경찰은 이그네이셔스의 공식적인 신원 증명이 가능하지 않기를 바라는 투로 물었다.

"뭐라고요?" 이그네이셔스가 파란 모자에 꽂힌 경찰 배지를 내려다보았다. "당신 누굽니까?"

"운전면허증 좀 봅시다."

"난 운전 못합니다. 부탁인데 좀 가주시겠습니까? 어머니를 기다리는 중이라서 말입니다."

"가방 밖으로 늘어뜨린 건 뭡니까?"

"이게 뭐로 보입니까, 멍청한 나리께서는? 이건 류트에 끼울 줄입니다만."

"그게 뭐죠?" 경찰이 슬쩍 뒷걸음을 쳤다. "당신, 이 동네 사람인가요?"

"이 도시로 말하자면 문명세계 언어도단의 죄악들이 죄다 모인 총본산인데, 경찰의 임무라는 게 기껏 나를 괴롭히는 거란 말입니까?" 이그네이셔스가 백화점 앞에 서 있는 군중이 다 듣도록 고래고래 고함을 질렀다. "이 도시는 도박꾼, 매춘부, 노출증 환자, 적그리스도, 알코올 중독자, 동성애자, 마약중독자, 성도착자, 자위하는 자, 포르노 제작자, 사기꾼, 헤픈 여자, 쓰레기 무단 투기자, 레즈비언 등등으로 악명 높은 곳인데, 이런 인간들은 죄다 뇌물을 먹인 대가로 분에 넘치는 보호를 받고 산단 말입니다. 어디 시간 괜찮으면 범죄문제를 함께 논의해드리지요. 하지만 공연히 나를 건드리는 실수는 안 하는 게 좋을 겁니다."

경찰은 이그네이셔스의 팔을 붙잡다가 그만 악보에 모자를 부딪치고 말았다. 달랑거리는 류트 줄도 그의 귀를 후려쳤다.

"어이, 이런." 경찰이 말했다.

"거 쌤통이군!" 이그네이셔스가 쇼핑객들이 호기심 어린 눈길로 몰려들고 있다는 걸 알아채고 소리를 질렀다.

한편 D. H. 홈스 백화점 안에서는, 제과점 매장에 들른 라일리 부인이 마카롱이 진열된 유리 매대에 어머니다운 풍성한 가슴을 꾹 누르며 서 있었다. 그녀는 수십 년간 아들의 누렇게 찌든 거대한 속바지를 비벼 빠느라 거칠어진 손가락으로 유리를 톡톡 두들기며 여점원을 호출했다.

"오, 이네즈 양." 라일리 부인이 뉴저지 주 남쪽 지방으로는 오직 뉴올리언스에서만, 멕시코만 연안의 호보컨*이라 할 수 있는 이 도시에서만 들을 수 있는 억양으로 점원을 불렀다. "이봐요, 아가씨."

"어머, 안녕하세요." 이네즈 양이 인사를 건네왔다. "잘 지내시죠, 부인?"

"뭐 그리 신날 일은 없다우." 라일리 부인이 솔직히 털어놓았다.

"어쩜 좋아요." 이네즈 양은 케이크 파는 일은 까맣게 잊은 채 부인을 향해 유리 매대 위로 몸을 기울였다. "저도 요즘 영 별로예요. 발이 좀 안 좋거든요."

"아유, 그 정도면 다행이게. 난 팔꿈치에 관절염이 생겼는걸."

"어머, 저런!" 이네즈 양이 진심으로 안됐다는 투로 말했다. "가엾게도 우리 아버지 역시 관절염이랍니다. 그래서 우린 펄펄 끓는 물을 욕조 가득 받아놓고 푹 담그게 해드려요."

"우리 집 욕조는 하루 종일 아들 녀석이 들어앉아 있다우. 난 당최 욕실에 발도 못 들여놓지."

"아드님은 결혼한 줄 알았는데요."

---

* 미국 북동부 뉴저지 주의 도시. 허드슨 강을 사이에 두고 뉴욕 시 맨해튼과 마주보고 있다.

"이그네이셔스가? 에이, 그럴 리가." 라일리 부인이 서글프게 말했다. "아가씨, 저기 이쁘게 섞어놓은 걸로 두 다스 줘요."

"하지만 아드님이 결혼했다고 말씀하신 거 같은데요." 이네즈 양이 케이크를 상자에 담으며 말했다.

"그럴 기미라곤 통 안 보이는데, 뭘. 사귀던 여자애는 진즉에 내빼버리고."

"글쎄요, 아직 급한 건 아니니까요."

"그러게." 라일리 부인이 심드렁하게 말했다. "와인 케이크도 반 다스 담아줘요. 케이크가 떨어지면, 이그네이셔스가 어지간히 성질을 부려야지."

"아드님이 케이크를 좋아하나 봐요, 그죠?"

"오, 이런. 이놈의 팔꿈치 때문에 죽겠네 그래." 라일리 부인이 말했다.

백화점 앞에 몰려든 군중 한복판에는, 예의 그 사냥모자가 사람들로 이루어진 원의 초록색 반지름이 되어 길길이 날뛰고 있었다.

"내 아무래도 시장한테 연락을 취해야겠군요." 이그네이셔스가 소리를 질렀다.

"그 젊은인 가만 놔둬요." 군중 속에서 어떤 목소리가 말했다.

"가서 버번 거리의 스트립쇼 하는 계집들이나 잡아들이시오." 어떤 노인이 끼어들었다. "그 청년은 착한 아들이오. 지 에미를 기다리고 있다잖소."

"고맙습니다." 이그네이셔스가 도도하게 말했다. "이런 극악무도한 사태에 여러분 모두가 증인이 되어주시길 바랍니다."

"같이 좀 갑시다." 경찰이 사그라지는 자신감을 추스르며 이그네이셔스에게 말했다. 술렁이며 동요하는 군중이 점차 폭도처럼 변해가기 시작하는데, 주변에는 교통경찰 하나 얼씬하지 않았다. "관할 서로 가줘야겠습니다."

"아니, 착한 아들이 D. H. 홈스 앞에서 지 에미를 기다리지도 못한단 말이오?" 조금 전의 그 노인이었다. "정녕코, 이 도시가 이 모양 이 꼴은 아니었는데. 이게 다 빨갱이 때문이라니까."

"지금 제게 빨갱이라고 하시는 겁니까?" 경찰이 이리저리 후려치는 류트 줄을 피해가며 노인에게 따졌다. "노인장도 같이 가주셔야겠습니다. 사람을 가려가며 빨갱이라고 부르셔야지요."

"날 체포하진 못해!" 노인이 외쳤다. "난 뉴올리언스 레크리에이션부의 후원을 받는 골든 에이지 클럽* 회원이란 말이오."

"노인장은 건드리지 마, 이 더러운 짭새 양반아!" 어떤 여자가 악을 썼다. "손자까지 뒀을 연세라고!"

"암요." 노인이 말했다. "손주가 여섯인데, 다들 수녀님들 밑에서 공부하고 있지요. 머리도 똑똑들 하고."

이때 사람들의 머리 저 너머로 어머니의 모습이 이그네이셔스의 눈에 들어왔다. 어머니는 손에 든 제과점 상자가 무슨 시멘트 상자라도 되는 양 낑낑거리며 백화점 로비에서 천천히 걸어 나오는 중이었다.

"어머니!" 그가 소리쳐 불렀다. "빨리 좀 와보십시오. 제가 체포를 당했지 뭡니까?"

사람들을 비집고 들어서며 라일리 부인이 말했다. "이그네이셔스! 도대체 이게 무슨 일이니? 무슨 짓을 저질렀기에 이래? 이봐요, 우리 아들한테서 당장 손 떼요."

"손끝 하나 안 댔습니다, 부인." 경찰이 말했다. "이 사람이 아드님이신가요?"

---

* 은퇴한 노인들을 위한 사교 클럽.

라일리 부인이 이그네이셔스의 가방에서 휙휙 날아다니는 류트 줄을 낚아챘다.

"당연히 내가 이분 자식이고말고요." 이그네이셔스가 말했다. "당신 눈엔 나를 향한 이분의 애정이 보이지 않습니까?"

"부인이 자식을 무척 사랑하는구먼." 노인이 말했다.

"불쌍한 우리 아들을 도대체 어쩌려는 거예요?" 라일리 부인이 경찰을 다그쳤다. 이그네이셔스는 거대한 앞발 하나로 어머니의 헤나 염색한 머리카락을 쓰다듬었다. "온 시내를 활개 치고 다니는 별의별 망종들 다 놔두고 불쌍한 애들만 잡아 괴롭히려니 참으로 바쁘시겠네요. 얌전히 지 에미를 기다리는데 다짜고짜 잡아가려 들다니, 원."

"이건 명백히 시민자유연맹*에 제소할 문젭니다." 이그네이셔스가 그 거대한 앞발로 어머니의 처진 어깨를 움켜쥐며 한마디 거들었다. "머나 민코프에게 연락을 취해야겠는데요. 헤어진 제 여자 친구 말입니다. 이런 문제에는 전문가니까요."

"이게 다 빨갱이 때문이오." 노인이 끼어들었다.

"아드님이 몇 살인가요?" 경찰이 라일리 부인에게 물었다.

"나요, 서른입니다." 이그네이셔스가 큰 선심 쓰듯 말했다.

"직업은요?"

"그게, 이그네이셔스는 집안 살림을 좀 도와야 해요." 라일리 부인이 말했다. 아들의 직업 얘기가 나오자 애초에 솟아난 용기는 한풀 꺾이는 중이었고, 이제는 케이크 상자에 묶인 노끈으로 류트 줄을 배배 꼬기 시작했다. "내가 관절염이 지독해서 말이에요."

"제가 먼지는 좀 털어드립니다." 이그네이셔스가 경찰에게 말했다.

---

* 미국 헌법과 법률이 보장하는 개인의 자유와 권리 수호를 위해 조직된 비영리 단체.

"그 일 외에도, 현재 우리의 세기를 비판하는 장문의 고발장을 쓰고 있답니다. 이 고된 문학적 노동으로 머리가 휑해지기 시작하면 가끔 치즈 딥을 만들기도 하죠."

"이그네이셔스는 치즈 딥을 아주 맛있게 만든답니다." 라일리 부인이 말했다.

"거참 착한 청년이군요." 노인이 말했다. "사내 녀석들은 대부분 밖을 쏘다니느라 정신이 없는데."

"제발 가만 좀 계십시오." 경찰이 노인에게 말했다.

"그런데 말이다, 이그네이셔스." 라일리 부인이 떨리는 목소리로 말했다. "너 도대체 뭘 어쨌는데 이러니?"

"실은, 어머니, 문제의 발단은 바로 저 사람이랍니다." 이그네이셔스가 악보 가방으로 노인을 가리켜 보였다. "전 그냥 여기 서서 어머니를 기다렸을 뿐인걸요. 의사 선생님한테 고무적인 소식이나 듣고 오시길 간절히 바라면서요."

"이봐요, 저 영감님이나 데리고 가요." 라일리 부인이 경찰에게 말했다. "저 영감이 말썽의 주범인 모양인데. 저런 사람들이 버젓이 거리를 활보하게 하다니, 원."

"경찰은 다 빨갱이들이라니까." 노인이 말했다.

"가만 좀 계시라고 했잖습니까." 경찰이 성을 버럭 내며 말했다.

"나는 있지요, 이렇게 보호받고 사는 게 얼마나 감사한지 밤마다 무릎 꿇고 기도를 드린답니다." 라일리 부인이 군중을 향해 말했다. "눈 뜨면 코 베어 가는 세상에, 경찰이 없으면 우린 죽은 목숨들이지 뭐예요. 아마 목구멍이 귀밑까지 죽 따진 채로 침대에 뻗어 있지 않겠어요."

"부인 말이 맞아요." 군중 속에서 어떤 여자가 거들었다.

"여러분도 경찰을 위해 묵주기도를 드리세요." 라일리 부인은 이제 군중을 향해 자신의 고견을 설파하고 있었다. 이그네이셔스는 어머니에게 격려의 말을 속삭이며 힘차게 어깨를 쓰다듬어주었다. "설마하니 빨갱이를 위해 묵주기도를 드리시겠어요?"

"아니요!" 몇몇 사람이 열렬히 부르짖었다. 누군가는 노인을 떼밀기도 했다.

"참말입니다, 부인." 노인이 외쳤다. "저자가 아드님을 연행하려 했단 말입니다. 여기가 러시아도 아닌데. 저들은 다 빨갱이들이에요."

"제발, 좀." 경찰이 노인에게 말했다. 그러고는 노인의 코트 뒷덜미를 거칠게 그러잡았다.

"오, 맙소사!" 이그네이셔스가 왜소하고 창백한 몰골의 경찰이 노인을 제압하려 드는 걸 보고 말했다. "내 신경이 완전히 너덜너덜해지는군."

"도와줘요!" 노인이 군중을 향해 애원했다. "이건 강제연행이오. 위헌이란 말이오!"

"저 영감 제정신이 아니구나, 이그네이셔스." 라일리 부인이 말했다. "빨리 여길 뜨는 게 좋겠다." 부인이 군중을 돌아보며 소리쳤다. "도망들 쳐요. 저 영감이 우릴 다 죽일지도 몰라요. 아무래도 저이가 빨갱이 같네요."

"어머니, 그렇게까지 과하게 나가실 필요는 없습니다." 이그네이셔스가 흩어지는 구경꾼들을 헤치고 커낼 거리를 바삐 걸어 내려가며 말했다. 뒤를 돌아보니, 노인과 쌈닭 같은 경찰이 백화점 시계 밑에서 옥신각신 드잡이를 하고 있었다. "제발 좀 천천히 가세요. 제 심장에서 잡음이 들리는 거 같단 말입니다."

"오, 입 좀 다물어. 그래, 나는 지금 어떤 거 같니? 이 나이에 이렇게 뛰면 안 된단 말이다."

"심장은 나이를 막론하고 중요한 겁니다, 미안하지만."

"네 심장은 멀쩡하잖니."

"좀 더 천천히 가지 않으면 고장 나고 만다니까요." 앞으로 굴러가고 있는 이그네이셔스의 어마어마한 엉덩잇살 주변으로 트위드 바지가 출렁거렸다. "참, 제 류트 줄은 챙기셨습니까?"

라일리 부인이 아들을 잡아끌다시피 해서 버번 거리로 접어드는 모퉁이에 이르자 두 사람은 냉큼 프렌치 쿼터* 안쪽으로 걸어 내려가기 시작했다.

"도대체 어쩌다가 경찰한테 쫓기게 됐니, 얘야?"

"저도 통 영문을 모르겠습니다. 하지만 곧 그자가 그 파시스트 영감을 제압하고서 바로 우릴 쫓아올지도 모르겠는데요."

"그럴 거 같니?" 라일리 부인이 불안스레 물었다.

"그럴 거 같은데요. 절 체포하겠다고 작정한 사람 같았으니까요. 무슨 검거 할당량 같은 게 있나 봅니다. 제가 이렇게 쉽게 빠져나가게 가만 놔둘 거 같지가 않습니다."

"아유, 끔찍해라! 네가 신문 여기저기 다 나오는 거 아니니, 이그네이셔스. 이게 웬 망신이람! 아무래도 네 녀석이 날 기다리다 뭔 짓을 저질렀나 본데. 내가 널 모르니, 이 녀석아."

"저만큼 남의 일 신경 안 쓰고 제 할 일만 하는 사람, 어디 나와보라 그러세요." 이그네이셔스가 숨을 혹 내쉬었다. "제발. 이제 좀 쉬었다 가요. 피가 거꾸로 솟을 지경이라니까요."

"그래, 알았다." 라일리 부인은 아들의 얼굴이 시뻘게지는 걸 보고는, 이 녀석이 자기 말이 옳다는 걸 증명하기 위해서라면 기꺼이 어미 발치에

---

* 프랑스 식민지 시대에 건설된 뉴올리언스 구시가지로, 여흥과 오락 문화가 발달한 환락가. 버번 거리를 중심으로 매년 성대한 마르디 그라 축제가 펼쳐지는 것으로 유명하다.

쓰러지고도 남을 위인임을 퍼뜩 깨달았다. 전에도 그런 적이 있었다. 일요일 미사에 마지막으로 강제로 데려간 날, 그는 교회까지 가는 길에 두 번이나 쓰러졌고, 게으름에 대한 설교가 이어지는 중간에도 신자석에서 비틀거리며 난처한 소동을 일으키더니 또 한 번 푹 쓰러지는 게 아닌가.

"그럼 여기 들어가서 좀 쉬었다 가자꾸나."

부인은 케이크 상자 중 하나로 아들의 등을 떠밀며 〈기쁨의 밤〉이라는 술집으로 들어섰다. 버번위스키와 담배꽁초 냄새가 스멀거리는 어둠 속에서 두 사람은 스툴 위로 기어올랐다. 라일리 부인이 카운터 위에 케이크 상자들을 가지런히 늘어놓는 사이, 이그네이셔스가 널찍한 콧구멍을 벌름거리며 말했다. "맙소사, 어머니, 여긴 냄새가 지독하군요. 속이 다 뒤집어지려 하는데요."

"그럼 다시 거리로 나가고 싶니? 그 경찰한테 잡혀가고 싶으냐고?"

이그네이셔스는 대꾸하지 않았다. 대신 요란스레 코를 킁킁대며 오만 상을 찡그리고 있었다. 어두침침한 구석에서 두 사람을 주시하고 있던 바텐더가 미심쩍어하는 투로 물었다. "뭘 드릴까요?"

"커피나 한 잔 합시다." 이그네이셔스가 호기롭게 말했다. "치커리 커피에 따끈한 우유 넣은 걸로."

"인스턴트뿐인데요." 바텐더가 말했다.

"그딴 건 도저히 못 마십니다." 이그네이셔스가 어머니에게 말했다. "딱 질색이라고요."

"그럼 맥주나 한 잔 하렴, 이그네이셔스. 그 정도는 괜찮을 거다."

"속이 더부룩해질지도 모릅니다."

"난 딕시 45로 줘요." 라일리 부인이 바텐더에게 말했다.

"그럼 선생께서는?" 바텐더가 기름진 가성으로 물었다. "어떤 걸 즐겨 드시는지?"

"얘한테도 딕시를 줘요."

"안 마실지도 모른다니까요." 바텐더가 맥주를 따러 간 사이 이그네이셔스가 말했다.

"공짜로 앉아 있을 순 없잖니, 이그네이셔스."

"안 될 건 또 뭡니까. 손님이라곤 우리밖에 없습니다. 우리라도 있으니 고마워해야죠."

"밤에는 여기도 스트립쇼 하는 여자들이 나오겠지, 응?" 라일리 부인이 팔꿈치로 슬쩍 아들을 찔렀다.

"그럴 겁니다." 이그네이셔스가 쌀쌀맞게 대꾸했다. 그는 아주 괴로운 표정이었다. "어디 다른 데 들어갈 수도 있었잖습니까. 어차피 이곳도 경찰이 들이닥치는 건 시간문제 같은데." 그는 요란스레 콧김을 내뿜고 헛기침을 해댔다. "그나마 콧수염이 냄새를 좀 걸러주니 다행입니다. 후각신경이 벌써부터 조난신호를 보내오고 있거든요."

어두침침한 구석 어디선가 유리가 쨍그랑거리는 소리하며 냉장고 문 여닫는 소리가 마냥 들려온다 싶더니 어느새 바텐더가 다시 나타나 그들 앞에 맥주를 내려놓는데, 이그네이셔스의 맥주는 이 거구의 무릎 위로 혹 엎지를 뻔한 시늉을 하며 내려놓았다. 라일리 모자는 지금 〈기쁨의 밤〉 최하의 서비스를 받는 중이었다. 내키지 않는 손님들에게 제공되는 특별대우.

"혹시 차가운 닥터 너트는 없습니까?" 이그네이셔스가 물었다.

"없는데요."

"우리 아들이 워낙 닥터 너트를 좋아하지 뭐예요." 라일리 부인이 설명했다. "집에도 아예 상자째 들여놔야 해요. 가끔은 앉은 자리에서 닥터 너트 두세 병은 단숨에 비운다니까요."

"이분한테는 특별히 관심 동하는 주제가 아닐 텐데요, 어머니." 이그네이셔스가 말했다.

"그 모자 좀 벗지 않으시렵니까?" 바텐더가 물었다.

"아니, 절대 안 됩니다!" 이그네이셔스가 벼락같이 소리를 질렀다. "실내가 이렇게 썰렁한데."

"맘대로 하시죠." 바텐더는 이렇게 되쏘고는 카운터 저쪽 끝 어두침침한 구석으로 유유히 사라졌다.

"저런!"

"진정하렴." 어머니가 말했다.

이그네이셔스는 어머니 쪽으로 향해 있는 귀마개를 들어 올렸다.

"뭐, 이렇게 올리고 있어야 어머니가 목청을 돋우시지 않아도 되니까요. 그래, 팔꿈치인지 뭔지에 대해선 의사가 뭐라던가요?"

"마사지를 해줘야 한댄다."

"설마 제가 해줬으면 하고 바라진 않으시겠죠. 다른 사람 만지는 걸 제가 얼마나 싫어하는지 잘 아시잖습니까."

"될 수 있으면 찬바람도 쐬지 말라더구나."

"제가 운전만 할 수 있으면 좀 더 도움이 되어드릴 수 있을 텐데."

"아유, 그건 됐다, 얘야."

"사실, 차에 가만히 앉아 가는 것도 제 몸에는 악영향을 미치지 뭡니까. 물론 최악은 그레이하운드 시니크루저* 꼭대기 층에 앉아 가는 겁니다. 어찌나 높이도 올라앉았는지. 그걸 타고 제가 배턴루지에 갔던 거 기억하십니까? 중간에 몇 번이나 토했답니다. 급기야 운전사가 늪지대 어딘가에 버스를 세우더니 나보고 내려서 좀 걷다 오라더군요. 다른 승객들은 상당히 화가 나 있었고요. 다들 그런 끔찍한 기계를 잘도 타고 다니는 걸

---

* 미국 도시간 고속버스 운송회사인 그레이하운드 사의 이층버스 라인.

보면, 강철 위장이라도 달고들 있는 모양입니다. 게다가 뉴올리언스를 떠나는 것 자체가 저로서는 굉장히 섬뜩한 일이었지 뭡니까. 이 도시의 경계 바깥쪽은 '암흑의 핵심', 즉 진정한 황무지의 시작이니까요."

"나도 기억하고 있다, 이그네이셔스." 라일리 부인이 맥주를 꿀꺽꿀꺽 삼키며 건성으로 말했다. "집에 돌아왔을 때 멀미가 굉장했잖니."

"그때는 그래도 나았습니다. 최악의 순간은 배턴루지에 도착했을 때였죠. 왕복표를 끊어갔으니 돌아올 때도 그놈의 버스를 타야 한다는 걸 그제야 깨달았으니까요."

"그 얘기도 들었다, 애야."

"택시로 뉴올리언스로 돌아오는 덴 무려 사십 달러나 들었지만, 그래도 택시를 타니까 멀미가 그리 심하진 않더군요. 뭐, 몇 번인가 속이 메스꺼울 때도 있긴 했지만 말입니다. 아무튼 운전사한테 아주 천천히 가달라고 했는데, 그게 그 사람한테는 영 낭패가 되고 말았습니다. 고속도로 최저속도 위반으로 주 경찰한테 두 번이나 잡혔으니까요. 세 번째로 걸리자 아예 운전사 면허를 박탈해버리더군요. 그러니까 그자들은 우리를 내내 레이더로 감시하고 있었다는 말이 아닙니까."

라일리 부인의 집중력이 아들과 맥주 사이에서 흔들리고 있었다. 삼년째 지긋지긋하게 듣고 있는 얘기였다.

"물론 제 평생 뉴올리언스를 떠나본 건 그때가 처음이자 마지막이었습니다." 이그네이셔스가 어머니의 넋 나간 표정을 흥미가 동한 걸로 착각하며 말을 이었다. "제가 그토록 탈이 난 게 아마 방향감각을 상실했기 때문이 아닌가 싶더군요. 그놈의 이층버스를 타고 질주하는 게 마치 심연으로 추락하는 것만 같았으니까요. 또 늪지대를 지나 배턴루지 근처의 구불구불한 구릉지에 이르렀을 때는, 그 완고하고 무식한 남부 백인 노동자들이 우리 버스에 폭탄이라도 던지지 않을까 잔뜩 마음을 졸였답니다. 그

자들은 차량을 공격하는 데 환장들 하니까요. 뭐, 그게 진보의 상징 아니겠습니까마는."

"글쎄, 네가 거기 취직하지 않아서 다행이지 뭐니." 라일리 부인이 아들의 아니겠습니까마는을 큐 사인 삼아 기계적으로 대사를 읊었다.

"그 자리는 도저히 못 맡겠더군요. 명색이 중세문화학과의 학과장이란 사람을 만났는데, 오죽하면 제 손에 하얗게 두드러기가 일기 시작했겠느냐 말입니다. 정말이지 영혼이라곤 찾아볼 수 없는 인간이더군요. 그런 인간이 제가 넥타이를 안 맸다며 꼬집어 말하고, 제 럼버 재킷*을 보고는 비아냥거리고. 그렇게 무의미한 인간이 감히 그토록 낯짝 두꺼운 행사를 하고 있으니 도저히 경악을 금치 못하겠더란 말입니다. 그 럼버 재킷은 제가 진심으로 애지중지한 몇 안 되는 물건 중 하나였는데. 그걸 훔쳐 간 미친놈을 내 언젠가 잡기만 하면 꼭 당국에 신고하고 말 겁니다."

라일리 부인은 커피 얼룩이 꼬질꼬질 묻어 있던 그 흉측한 럼버 재킷을 다시 한 번 뇌리에 떠올렸다. 그건 이그네이셔스가 좋아하는 다른 옷 가지 몇 벌과 함께 늘 독지군**에다 몰래 갖다 줘버리고 싶었던 옷이었다.

"그러니까 저는 그 겉만 번드레한 학과장의 지독한 천박함에 질려, 급기야 그 백치 같은 헛소리를 듣다 말고 집무실을 뛰쳐나와 제일 가까운 화장실로 달려갔던 겁니다. 알고 보니 거긴 '교수 전용'이더군요. 아무튼 어느 빈 칸에 들어가 문 위에 럼버 재킷을 걸쳐놓고는 앉았습니다. 그런데 갑자기 재킷이 문 너머로 휙 사라지는 게 아니겠습니까. 발소리가 들렸습니다. 이어서 화장실 문이 닫혔고요. 그 순간에 전 그 뻔뻔한 도둑을 추적할 수 없는 상황이라 전 비명을 지르기 시작했답니다. 누군가가 화장

---

* 북미 벌목꾼들이 작업복으로 즐겨 입은 데서 유래한, 두꺼운 천의 체크무늬 재킷.
** 준(準)군대식으로 조직된, 종교 기반의 미국 사회복지단체.

실로 들어오더니 제가 앉은 칸의 문을 두들기더군요. 알고 보니 대학 캠퍼스 경비였습니다. 뭐, 자기 말로는 그렇다니까 그런가 보다 했죠. 전 문 너머로 그 사람한테 방금 일어난 일을 설명해주었습니다. 그랬더니 재킷을 찾아주겠다고 약속하고는 그대로 가버리더군요. 사실, 어머니한테 전에도 말씀드린 적 있지만, 그 경비란 자와 '학과장'이란 자가 아무래도 동일인물 같단 말입니다. 목소리가 상당히 비슷했거든요."

"요즘 들어 통 사람을 못 믿는구나, 얘야."

"전 최대한 빨리 화장실을 뛰쳐나와 도망치기 시작했습니다. 그런 끔찍한 곳을 얼른 벗어나야겠다는 생각밖에 없었으니까요. 물론 전 재킷도 없이 택시를 잡느라 그 황량한 캠퍼스에 서 있다가 얼어 죽는 줄 알았지 뭡니까. 그러다 드디어 사십 달러에 뉴올리언스까지 태워주겠다는 택시를 만났는데, 운전사가 자기 재킷을 빌려줄 정도로 맘씨 좋은 사람이죠. 하지만 여기 도착했을 즈음엔 면허를 박탈당한 일로 상심해서 심술이 좀 났더군요. 게다가 재채기를 자주 하는 걸로 봐선 감기도 심하게 걸린 거 같았고요. 하긴 우리가 거의 두 시간을 고속도로를 달렸으니 말입니다."

"아무래도 난 맥주 한 병 더 마셔야겠다, 이그네이셔스."

"어머니! 이런 황량한 곳에서요?"

"딱 한 잔만, 얘야. 한 잔만 더 마시고 싶구나."

"아무래도 이 유리잔에서 무슨 병균이라도 옮을 거 같은데요. 하지만 어머니 생각이 정 그러시다면, 전 브랜디를 마시렵니다. 괜찮으시죠?"

라일리 부인이 바텐더에게 손짓을 하자 어두침침한 구석에서 그가 나와 물었다. "그런데 그 버스에서 무슨 일이 있었던 건지? 이야기의 마지막을 못 들었는데."

"제발 부탁인데, 바텐더 일이나 제대로 하지 그래요." 이그네이셔스가 불같이 화를 내며 말했다. "손님이 부르면 조용히 시중이나 드는 게 당신이 할 일이잖습니까. 당신을 우리 대화에 끼워주고 싶었으면 우리가 어떻게든 의사표시를 했겠죠. 사실 우린 상당히 화급한 개인사를 논하는 중이란 말입니다."

"저 양반은 그저 호의를 보이려는 것뿐인데, 이그네이셔스. 부끄러운 줄 알아라."

"그 말 자체가 모순이지 않습니까. 이런 도둑놈 소굴 같은 곳에선 아무도 호의적이 될 수 없으니까요."

"맥주나 두 병 더 줘요."

"맥주 한 병하고 브랜디 한 잔." 이그네이셔스가 정정했다.

"새 잔은 더 없습니다." 바텐더가 말했다.

"아유, 아쉽네요." 라일리 부인이 말했다. "그럼 뭐, 마신 잔에다 그냥 마셔야지."

바텐더는 어깨를 으쓱해 보이고는 어두침침한 구석으로 사라졌다.

⠿

관할 서에는 예의 그 노인이 다른 사람들과 함께 긴 의자에 앉아 있었다. 늦은 오후의 일제 소탕에 잡혀 들어온 좀도둑이 대부분이었다. 노인은 허벅지 위에 사회보장카드, '클뤼니의 성墓 오도 거룩한 이름 공동체' 회원증, 골든 에이지 클럽 배지, 그리고 미국재향군인회 회원임을 증명하는 종이쪽 하나를 깔끔하게 정렬해두었다. 그 옆자리에는 우주인 같은 최첨단 선글라스로 눈을 완전히 가린 흑인 청년이 옆 사람 허벅지 위에 올망졸망 놓인 작은 증명서들을 뚫어져라 쳐다보고 있었다.

"우아!" 청년이 씩 웃으며 말했다. "이봐요, 영감님은 안 끼는 데가 없네요."

노인은 꼼꼼하게 신분증들을 매만져 다시 정리해두고는 아무 말도 하지 않았다.

"거 어쩌다 영감님 같은 양반을 잡아들인 거래요?" 선글라스가 노인의 신분증 위로 담배연기를 훅 내뿜었다. "옘병할 짭새들, 똥줄이 좀 타나 본데요."

"내가 여기 들어온 건 헌법이 정한 내 권리를 유린한 처사라고." 노인이 버럭 성을 내며 말했다.

"글쎄, 그런 말은 귓등으로도 안 들을걸요. 좀 다른 걸 생각해두는 게 좋을 거라고요." 까만 손 하나가 쑥 뻗쳐와 신분증 한 장을 집었다. "어어, 이거 뭔 뜻이지, '콜더 에이지 쿠랍'?"

노인이 신분증을 낚아채더니 다시 허벅지 위에 올려놓았다.

"그딴 신분증 나부랭이는 아무짝에도 도움이 안 되걸랑요. 이러나저러나 어차피 깜빵에 처넣으니까요. 아무나 다 처넣는다니까요."

"그렇게 생각하나?" 노인이 담배 구름을 보고 물었다.

"암요." 새로 생긴 구름이 둥실 떠올랐다. "거 어쩌다 여기 온 거냐니까요."

"몰라."

"몰라요? 우아! 거 되게 황당하네요. 뭔 일을 저질렀으니 여기 온 거겠죠. 흑인들이야 아무 일이나 걸어서 괴롭힌다 치고, 영감님은 뭐 잘못을 했으니까 여기 온 거 아니냐고요."

"정말 모른다니까 그러네." 노인이 뚱하게 대꾸했다. "D. H. 홈스 앞에서 다른 사람들처럼 그냥 서 있었을 뿐이네."

"그러면서 누구 지갑이라도 슬쩍했나 보네요."

"아니, 경찰한테 거시기라고 했다네."

"거시기가 뭔 거시긴데요?"

"빨갱이."

"빠알갱이! 아우, 이런. 거 내가 경찰한테 빨갱이라 했다가는 내 궁뎅이는 벌써 앙골라*로 날아가 쾅 처박혔을 텐데. 하기야 나도 엠병할 빨갱이라고 욕해주고 싶은 놈이 하나 있긴 있걸랑요. 거 내가 오늘 오후에 울즈워스**에 그냥 서 있는데, '너트 하우스'***에서 어떤 놈이 캐슈너트 한 봉지를 훔쳐갔다고 웬 여편네가 뭔 놈의 칼 맞은 것처럼 비명을 빽빽 질러대더라고요. 어어! 그러자 매장 감독이 날 붙잡고, 그러고는 엠병할 경찰이 와서 날 질질 끌고 이리 데려오더라고요. 사람한테 아무런 기회도 안 주고요. 우아!" 그의 입술이 담배를 쭉쭉 빨았다. "내 몸에서 캐슈 한 알 안 나왔는데, 그래도 경찰이 날 질질 끌고 이리 데려온 거라고요. 거 암만해도 매장 감독 그 자식이 빨갱이 같다니까요. 지랄 맞을 더러운 놈."

노인이 헛기침을 하더니 신분증들을 만지작거렸다.

"영감님은 아마 놔줄 거예요." 선글라스가 말했다. "나한테는 아마 겁좀 준다고 몇 마디 시부렁거릴 거고요. 내 몸에 그 망할 캐슈너트라고는 한 알도 없는 거 뻔히 알면서 말이에요. 아마 그 망할 너트 내가 갖고 있다고 기어이 증명하려 들걸요. 어디 가서 한 봉지 사 갖고 와서 내 주머니에다 슬쩍 넣어놓을 거라고요. 울즈워스는 날 아예 종신형 때려 처먹이려 들 거고요."

흑인은 완전히 체념한 듯 파란 담배 구름을 뭉게뭉게 피워 올려 자신과 노인과 작은 신분증들을 에워쌌다. 그러고는 혼잣말을 늘어놓았다. "도대체 그 망할 너트는 어떤 놈이 슬쩍해갔나 몰라. 아마 매장 감독 그

---

* 미국 최악의 감옥으로 악명을 떨친 루이지애나 주립 교도소의 별칭.

** 뉴올리언스 흑인들 말로 염가 잡화점 울워스(Woolworth)를 가리킴.

*** 견과류나 사탕 과자류를 파는 매점.

자식이 그랬을 거라고."

어떤 경관이 노인을 호출해서 그 방 한가운데 경사가 앉아 있는 책상으로 가게 했다. 노인을 체포한 순찰경관도 거기 서 있었다.

"이름이 뭡니까?" 경사가 노인에게 물었다.

"클로드 로비쇼요." 노인은 이렇게 대답하며 경사의 책상 위에 작은 신분증들을 내려놓았다.

경사가 신분증들을 훑어보더니 말했다. "여기 맨큐소 순경 얘기로는, 연행에 저항하시면서 빨갱이라 하셨다고요."

"그런 뜻이 아니었소." 노인은 경사가 그 작은 신분증들을 얼마나 험하게 다루는지 목도하며 애처로이 말했다.

"맨큐소 말로는, 영감님이 경찰은 다 빨갱이라 했다던데요."

"이야." 흑인이 저쪽에서 탄성을 질렀다.

"입 닥치지 못해, 존스!" 경사가 소리쳤다.

"알았다고요." 존스가 대답했다.

"이거 다음에 널 손봐줄 테다."

"어어, 나는 아무한테도 빨갱이라고 안 했걸랑요." 존스가 말했다. "거울즈워스 매장 감독한테 모함을 받은 거라고요. 나는 캐슈 같은 거 좋아하지도 않는다고요."

"그 입 닥치랬잖아."

"알았다고요." 존스는 명랑하게 대꾸하더니, 천둥 번개를 몰고 올 듯한 거대한 구름을 뿜어 올렸다.

"내가 한 말은 전혀 그런 뜻이 아니었소." 로비쇼 씨가 경사에게 말했다. "그저 좀 흥분했던 건데. 내가 잠깐 제정신이 아니었던 모양이오. 그게, 홈스 앞에서 지 에미를 기다리던 어떤 사내애를 이 경관이 잡아가려고 하기에 말이오."

"뭐요?" 경사가 왜소한 창백한 몰골의 경관에게로 몸을 돌렸다. "자네 대체 뭘 하려던 거였나?"

"그자는 애가 아닙니다." 맨큐소가 말했다. "희한한 옷차림을 한, 덩치 크고 뚱뚱한 성인 남자였습니다. 수상한 인물로 보였고요. 전 그저 일상적인 불심검문을 하려던 거였는데, 그자가 대뜸 대거리를 시작하는 바람에. 솔직히 말해서, 덩치 큰 변태같이 보였습니다."

"변태란 말이지, 응?" 경사가 탐욕스럽게 물었다.

"네." 맨큐쇼는 새삼 자신감을 되찾으며 말했다. "엄청나게 덩치 큰 변태요."

"얼마나 컸는데?"

"제 평생 그렇게 큰 사람은 처음 봤습니다." 맨큐소는 월척이라도 설명하는 듯이 두 팔을 쫙 벌리며 말했다. 경사의 눈이 반짝 빛났다. "단번에 눈에 뛴 건, 그자가 쓰고 있던 초록색 사냥모자였습니다."

존스는 자기가 만든 구름 속 어디에선가 짐짓 초연한 표정으로 귀를 쫑긋 세운 채 엿듣고 있었다.

"그런데 어떻게 된 건가, 맨큐소? 왜 그자를 내 눈앞에 데려오지 못한 거냐고?"

"그만 도주해버렸습니다. 어떤 부인이 백화점에서 나와 상황을 전부 뒤죽박죽으로 만들어놓더니, 그 뚱보랑 같이 모퉁이를 돌아 프렌치 쿼터로 달아나버렸습니다."

"오, 쿼터쪽 인간들 둘이라?" 경사가 갑자기 안색이 환해지며 말했다.

"아니오, 경사 양반." 노인이 끼어들었다. "그 여인은 진짜 그 청년의 어미 되는 사람이오. 착하고 고운 부인입디다. 전에도 그 두 사람을 시내에서 본 적이 있소. 아까는 이 경관이 부인을 겁먹게 한 거라오."

"오, 이봐, 맨큐소." 경사가 악을 썼다. "어머니랑 같이 있는 사람을 죽어라 체포하려 드는 놈은 경찰 전체에 자네밖에 없을 거야. 게다가 영감님은 뭐 하러 연행했나? 가족에게 전화해서 모셔 가라고 해."

"부탁이오." 로비쇼 씨가 애원했다. "그러지 마오. 딸애는 애들 돌보느라 바쁘다오. 내 평생 체포된 적이라고는 없잖소. 딸애는 날 데리러 못 온다니까. 손주 녀석들은 또 뭐라고들 생각하겠소? 다들 수녀님들 밑에서 공부하고 있는데."

"맨큐소, 영감님 따님 전화번호 좀 알아와. 우릴 빨갱이라고 부르는 버릇은 고쳐드려야지."

"제발 부탁이오!" 로비쇼 씨는 눈물을 글썽였다. "손주 녀석들은 이 할애비를 존경한단 말이오."

"이런, 젠장!" 경사가 말했다. "엄마랑 함께 있는 애를 체포하려 들질 않나, 손주들을 둔 할아버지를 달고 오질 않나. 당장 꺼져, 맨큐소. 영감님도 모시고 가. 자네, 진정 수상한 작자들을 검거하고 싶나? 그럼 우리가 찾도록 해주지."

"네, 경사님." 맨큐소는 기어 들어가는 목소리로 대답하고는 눈물을 찔끔거리고 있는 노인을 데리고 나갔다.

"이야!" 존스가 베일에 가린 구름 속 세상에서 탄성을 질렀다.

⊙

술집 〈기쁨의 밤〉 주위로 어스름이 깔리고 있었다. 바깥의 버번 거리에는 불이 밝혀지기 시작했다. 깜박깜박 명멸하는 네온사인들이 한동안 찬찬히 내린 이슬비에 푹 젖어버린 거리에 저마다 불빛을 반사하고 있었다. 중서부에서 온 관광객들과 학회 참가자들을 저녁 첫 손님으로 맞이한 택시들이 황혼녘의 차가운 대기 속으로 차르르 빗물을 튀기며 지나다녔다.

〈기쁨의 밤〉에는 다른 손님들 몇몇이 더 들어와 있었다. 경마신문을 손가락으로 죽 짚어보고 있는 남자, 이 술집과 무슨 연관이 있어 보이는 우울한 표정의 금발 여자, 그리고 세일럼 담배를 연방 피워대며 프로즌 다이커리를 꿀꺽꿀꺽 들이켜고 있는 우아한 옷차림의 젊은이까지.

"이그네이셔스, 이제 가는 게 좋겠구나." 라일리 부인이 이렇게 말하고는 트림을 했다.

"뭐라고요?" 이그네이셔스가 벼락같이 소리를 질렀다. "좀 더 있으면서 이곳의 타락상을 지켜봐야죠. 타락상이 벌써 자리를 잡기 시작했단 말입니다."

그 말에 우아한 젊은이가 화들짝 놀라 자신의 암녹색 벨벳 재킷에다 다이커리를 왈칵 쏟고 말았다.

"이봐요, 바텐더 양반." 라일리 부인이 불렀다. "걸레 좀 갖다 줘요. 여기 손님이 술을 쏟았네요."

"**진짜루** 괜찮으니까 신경 끄시죠, 아주머니." 젊은이가 왈칵 화를 내며 말했다. 그는 한쪽 눈썹을 휙 치켜세우며 이그네이셔스와 그 어머니를 노려보았다. "하여간에 술집을 잘못 찾아온 거 같네."

"기분 상해하지 말아요, 총각." 라일리 부인이 타일렀다. "총각이 마시는 술이 뭐유? 내 보기에는 파인애플 스노볼 같은데."

"뭔지 설명해드려도 알아 잡술 거 같지 않네요."

"감히 내 사랑하는 소중한 어머니한테 그딴 식으로 말하다니!"

"오, 입 좀 다무셔, 덩치 씨." 젊은이가 땍땍거렸다. "눈 있으면 이 재킷이나 좀 보시지."

"괴이하기 짝이 없는데, 뭘."

"자, 그만하면 됐어. 화해들 해." 라일리 부인이 거품 문 입술로 말했다. "가뜩이나 말도 많고 탈도 많은 날인데. 이만하면 폭탄도 터질 만큼 터졌다니까."

"하긴 아드님께선 폭탄 투하를 엄청 즐기는 거 같네요, 진짜루."

"둘 다 그만하면 됐어. 여긴 모두가 재미나게 즐겨야 하는 곳이잖우." 라일리 부인이 젊은이를 보고 미소를 지었다. "총각이 쏜은 술 대신 내가 한 잔 사리다. 나도 딕시 한 병 더 마셔야겠으니."

"전 진짜 가봐야 해요." 젊은이가 한숨을 쉬었다. "암튼 고마워요."

"이런 밤에?" 라일리 부인이 물었다. "아유, 이그네이셔스가 하는 말 너무 괘념치 말아요, 총각. 좀 더 있다 쇼나 보고 가지 그러우."

젊은이는 허공을 향해 눈을 굴렸다.

"맞아요." 금발 여자가 처음으로 입을 열었다. "엉덩이랑 젖꼭지랑 그런 거 좀 보고 가요."

"어머니." 이그네이셔스가 싸늘하게 말했다. "지금 이 황당한 인간들을 부추기시는 걸로 보이는군요."

"글쎄, 더 있다 가자고 한 건 너였잖니, 이그네이셔스."

"네, 그냥 지켜보고만 있으려던 겁니다. 어울리고 싶은 생각 같은 건 없었다고요."

"얘야, 솔직히 말해서 그놈의 버스 얘기 말이다, 오늘 밤엔 도저히 더는 못 들어주겠구나. 여기 들어온 뒤로도 벌써 네 번이나 했잖니."

이그네이셔스는 기분이 팍 상한 얼굴이었다.

"어머니가 지루하게 여기시는 줄은 미처 몰랐는데요. 어쨌거나 그 버스 여행은 제 인생의 틀을 형성한 중요한 경험 중 하나란 말입니다. 어머닌 어머니로서 아들의 세계관을 형성한 트라우마에 당연히 관심을 가지셔야죠."

"버스가 뭐 어쨌는데요?" 금발 여자가 이그네이셔스 옆자리 스툴로 옮겨 앉으며 말했다. "난 달린이라고 해요. 재미난 얘기 좋아하는데. 화끈한 얘기 뭐 없어요?"

버스가 재차 혼돈의 소용돌이 속으로 막 길을 떠났을 때, 바텐더가 맥주와 다이커리를 쾅 소리 나게 내려놓았다.

"여기, 새 잔으로 드시죠." 바텐더가 라일리 부인을 보고 떽떽거렸다.

"아유, 친절하기도 하지. 얘야, 이그네이셔스, 이거 봐라. 새 잔을 받았구나."

하지만 아들은 배턴루지에 도착했을 때의 이야기에 몰입한 나머지 어머니의 말은 들리지도 않았다.

"이봐요, 총각." 라일리 부인이 우아한 옷차림의 젊은이에게 말했다. "아들이랑 나랑 오늘 고생이 말이 아니었대도. 글쎄, 경찰이 저 애를 체포하려 들지 뭐유."

"오, 이런. 경찰들은 늘 그렇게 고지식하단 말씀이야, 그죠?"

"그러게. 이그네이셔스는 석사학위까지 있고 한데."

"도대체 아드님이 뭘 어쨌는데요?"

"아무 짓도 안 했대. 그저 얌전히 서서 불쌍한 지 에미를 기다린 것뿐이라는데."

"아드님 옷차림이 좀 괴상하긴 해요. 아까 여기 들어올 때 보니, 웬 배우가 왔나 싶더라니까요. 대체 어떤 연기를 하는지는 되도록 상상하고 싶지 않았지만요."

"아무리 옷에 대해 잔소리를 해도 당최 말을 들어야 말이지." 라일리 부인이 아들의 플란넬 셔츠 등짝과 목덜미로 구불구불 흘러내린 머리카락을 보며 말했다. "그거 참 이쁘네, 총각이 입은 재킷."

"오, 이거요?" 젊은이가 벨벳 소매의 감촉을 음미하며 물었다. "까놓고 말씀드리면, 한 재산 들인 옷이랍니다. 빌리지의 한 작은 가게에서 발견한 거예요.”

“시골에서 올라온 총각 같아 보이진 않는데.”

“오, 이런.” 젊은이가 한숨을 쉬더니, 탁 소리 요란하게 라이터를 켜서 세일럼 담배에 불을 붙였다. “아주머니, 제 말은 뉴욕의 그리니치빌리지 얘기였어요. 그나저나 아주머닌 그런 모자 대체 어디서 사셨어요? 진짜 환상적인걸요.”

“아유, 이그네이셔스가 첫 영성체 했을 때부터 갖고 있던 건데, 뭘.”

“그거 파실 생각 없으세요?”

“어떻게?”

“제가 중고의류 판매상이랍니다. 십 달러 드릴게요.”

“아유, 말도 안 돼. 이걸?”

“십오 달러면 어때요?”

“정말?” 라일리 부인이 모자를 벗었다. “안 될 게 뭐 있어.”

젊은이는 지갑을 열어 오 달러짜리 지폐 세 장을 꺼내 라일리 부인에게 주었다. 그러고는 다이커리를 죽 들이켠 뒤 일어서며 말했다. “그럼 전 일이 급해서 이만.”

“이렇게나 빨리?”

“만나서 즐거웠어요, 진짜루.”

“바깥 날씨가 춥고 습하니 몸조심하우.”

젊은이는 미소를 지어 보이고는 모자를 조심스럽게 트렌치코트 밑에다 넣고서 술집을 나섰다.

“고속도로 레이더망은 사실 속일 수가 없나 봅니다.” 이그네이셔스는 달린을 상대로 이야기를 이어가고 있었다. “배턴루지에서 돌아오는 길 내내 택시 운전사와 내가 스크린에 점점이 찍히고 있었던 듯하단 말입니다.”

"레이더에 찍히다니." 달린이 하품을 했다. "생각만 해도, 참."

"이그네이셔스, 우리도 이제 가야겠다." 라일리 부인이 말했다. "배가 고프구나."

부인은 이그네이셔스를 향해 몸을 돌리다가 그만 자기 맥주병을 툭 넘어뜨렸고, 병은 바닥에 떨어져 날카로운 갈색 파편들로 산산조각이 났다.

"어머니, 이게 웬 난리법석이죠?" 이그네이셔스가 짜증스레 말했다. "달린 양이랑 제가 지금 얘기 중인 거 안 보이십니까? 아까 사 오신 케이크 있잖습니까. 그거나 좀 드시고 계세요. 늘 어디 못 가서 불평이시면서. 밤에 시내에 나오면 재밌어하실 줄 알았는데."

이그네이셔스는 다시 레이더 얘기로 돌아갔고, 라일리 부인은 케이크 상자에서 브라우니를 하나 꺼내 먹었다.

"하나 들겠어요?" 부인이 바텐더에게 물었다. "맛이 좋아요. 꽤 괜찮은 와인 케이크도 있는데."

바텐더는 선반에서 뭔가를 찾는 척 딴청을 부렸다.

"흠, 와인 케이크 냄새." 달린이 소리치며 이그네이셔스 너머로 눈길을 보냈다.

"하나 들어요, 아가씨." 라일리 부인이 말했다.

"그럼 저도 하나 먹어야겠군요." 이그네이셔스가 말했다. "브랜디랑 같이 먹으면 꽤 맛있을 거 같은데."

라일리 부인이 카운터 위에 상자를 펼쳤다. 경마신문을 들여다보던 남자마저 마카롱을 하나 맛보기로 했다.

"이렇게 맛있는 와인 케이크는 어디서 사셨어요, 부인?" 달린이 라일리 부인에게 물었다. "촉촉하니 정말 맛있네요."

"홈스에서 샀지. 거기 가면 괜찮은 케이크들이 꽤 있다우. 종류도 아주 다양하고."

"맛이 상당히 괜찮은데요." 이그네이셔스는 마지못해 수긍하며 거대한 분홍빛 혓바닥을 쑥 내밀어 콧수염에 묻은 케이크 부스러기를 핥았다. "마카롱도 한두 개 먹어야겠습니다. 늘 생각하는 거지만, 코코넛이 정말 훌륭한 섬유질 식품이더군요."

그는 의도적으로 상자 안을 마구 뒤적거렸다.

"난 말이에요, 밥을 먹고 나면 늘 맛있는 케이크가 당기더라고요." 라일리 부인이 바텐더에게 말을 건넸는데, 그는 등을 돌려버렸다.

"아주머닌 음식 솜씨 좋으실 거 같아요, 그죠?" 달린이 물었다.

"어머닌 요리 안 하십니다." 이그네이셔스가 독단적으로 말했다. "주로 태우기만 하시죠."

"나도 결혼생활 할 땐 요리 좀 했었는데." 달린이 그들에게 말했다. "주로 통조림을 많이 쓰긴 했지만요. 그 왜, 스페인식 밥이랑 토마토 그레이비소스를 곁들인 스파게티 그런 거 좋아해요."

"통조림은 일종의 변태적인 겁니다." 이그네이셔스가 말했다. "종국에는 인간 영혼에 해악을 끼치지 않을까 싶군요."

"아유, 이놈의 팔꿈치가 또 시작이네." 라일리 부인이 한숨을 쉬었다.

"제발, 어머니, 저 지금 말하는 중입니다." 아들이 어머니에게 말했다. "난 통조림은 절대 안 먹습니다. 한 번 먹은 적이 있는데, 장이 위축되기 시작하는 느낌이 들더군요."

"당신은 교육을 잘 받았나 봐요." 달린이 말했다.

"이그네이셔스는 대학을 졸업했다우. 그러곤 사 년을 더 눌러앉아 석사 학위까지 따고. 이그네이셔스는 훌륭하게 졸업했더랬지."

"'훌륭하게 졸업했다'라니." 이그네이셔스가 가시 돋친 말투로 되받았다. "그 말의 정의를 좀 내려주시죠, 어머니. '훌륭하게 졸업했다'는 게 정확하게 무슨 뜻이랍니까?"

"자기 엄마한테 그게 무슨 말버릇이죠?" 달린이 말했다.

"오, 쟤가 가끔씩 이렇게 지 에미를 푸대접한다니까, 글쎄." 라일리 부인이 큰 소리로 말하더니 울기 시작했다. "아가씨는 모를 거유. 저 녀석을 내가 어떻게 키웠는데, 그 생각만 하면……."

"어머니, 대체 그게 무슨 말씀입니까?"

"넌 에미가 고마운 줄을 몰라."

"당장 그만두시죠. 아무래도 맥주를 너무 많이 드셨나 봅니다."

"넌 이 에미를 쓰레기 취급하잖니. 내 그렇게 애지중지 키웠는데." 라일리 부인이 흐느껴 울었다. 그러고는 달린을 쳐다보며 말했다. "저 녀석은 불쌍한 지 할미가 남긴 보험금 다 써가며 대학을 팔 년이나 다녀놓고는, 한다는 짓거리가 글쎄, 집에서 뒹굴뒹굴하며 텔레비전 보는 거 밖에 없우."

"부끄러운 줄 알아요." 달린이 이그네이셔스에게 말했다. "당신처럼 다 큰 어른이. 이 불쌍한 어머닐 좀 봐요."

라일리 부인은 카운터 위에 푹 쓰러져 흐느끼고 있었다. 그 와중에도 한 손에는 맥주잔을 꼭 붙들고서.

"어이가 없군. 어머니, 제발 그만하세요."

"당신이 이렇게 잔인한 사람인 줄 알았으면, 그레이하운드 버스니 뭐니 그딴 정신 나간 얘기 들어주지 않았을 거예요."

"일어나세요, 어머니."

"딱 보기에도 덩치 큰 미친놈 같아." 달린이 말했다. "진작 알아봤어야 하는 건데. 이 불쌍한 아주머니가 울고 계신 것 좀 봐."

달린은 이그네이셔스를 그가 앉아 있던 스툴에서 밀쳐낸다는 것이 그만 그의 어머니 쪽으로 쓰러트려 부딪치게 하고 말았다. 갑자기 울음을 뚝 그친 부인이 기함을 했다. "아이고, 내 팔꿈치야!"

"왜들 난리야?" 패딩으로 된 연두색 인조가죽 출입문 쪽에서 한 여자가 물어왔다. 중년에 접어드는 당당한 자태의 여자로, 그 멋진 몸매를 이슬비를 맞아 번들거리는 검은 가죽 롱코트로 감싸고 있었다. "쇼핑하러 몇 시간 자릴 비우면 꼭 이 모양이라니까. 내가 허구한 날 죽치고 앉아 너희가 영업 망치지나 않나 지켜보고 있어야겠군."

"그냥 주정뱅이 둘이에요." 바텐더가 말했다. "처음 들어올 때부터 구박하고 눈치를 줬는데도 저렇게 똥파리들처럼 들러붙어 있네요."

"그런데 넌 뭐야, 달린." 여자가 말했다. "그치들하고 꽤나 친한가 봐. 그 두 진상 둘이랑 스툴에 앉아 노닥거리고 있게."

"이 남자가 자기 어머닐 막 구박하잖아요." 달린이 해명했다.

"어머니? 어머니란 여편네들이 요즘 여길 들락거려? 완전히 망조 들었네."

"말조심하시죠." 이그네이셔스가 말했다.

여자는 그를 무시하고 카운터 위에 우그러져 있는 빈 케이크 상자를 쳐다보았다. "누가 여기서 피크닉을 하고 계셨군그래. 내가 미쳐. 개미랑 쥐새끼들 조심하라고 누누이 얘기했잖아."

"말조심하라니까요." 이그네이셔스가 재차 말했다. "우리 어머니께서 여기 계십니다."

"하필 청소부가 없어 찾고 있는 이 판국에 온 사방이 쓰레기 천지라니, 내 팔자가 이렇지 뭐." 여자가 바텐더를 쳐다보았다. "거기 두 사람 당장 내보내."

"예, 미스 리."

"걱정 말아요." 라일리 부인이 말했다. "우리 이제 나가요."

"암요, 나가고말고요." 이그네이셔스가 스툴에서 기어 내려오는 어머니를 내버려두고 혼자 문을 향해 쿵 쿵 걸어가며 말했다. "얼른 가시죠,

어머니. 무슨 여자가 꼭 나치 사령관 같습니다. 저러다 한 대 칠지도 모르겠는데요."

"잠깐!" 미스 리가 소리치며 이그네이셔스의 소매를 낚아챘다. "이 진상들 술값이 얼마야?"

"팔 달러요." 바텐더가 말했다.

"이거 순 날강도잖아!" 이그네이셔스가 벼락같이 고함을 질렀다. "우리 변호사가 상대해줄 겁니다, 당신들!"

라일리 부인이 아까 그 젊은이에게서 받은 오 달러짜리 지폐 두 장으로 술값을 치른 뒤 미스 리 곁을 지나치며 말했다. "우리도 눈치는 있어요. 술이야 다른 데서 마시면 되지."

"잘됐네." 미스 리가 받아쳤다. "어서 꺼져요. 댁 같은 인간들, 술 마셔준대도 골치야. 화근덩어리라고."

라일리 모자가 나가고 패딩문이 닫히자 미스 리가 말했다. "어미란 여편네들은 다 밥맛없어. 우리 엄마도 그렇고."

"우리 엄만 창녀였는데." 경마신문을 보던 남자가 고개를 들지도 않고 말했다.

"어미란 여편네들은 다 똥통들이지." 미스 리가 이렇게 결론을 내리더니 가죽 코트를 벗었다. "자, 이제 우리 둘이 얘기 좀 할까, 달린."

밖으로 나온 라일리 부인은 아들의 팔에 의지해 몸을 가누었지만, 두 사람은 아무리 애를 써도 좀체 앞으로 나가지 못하고 있었다. 오히려 옆으로 가는 게 훨씬 쉬워 보였다. 점차 두 사람의 걸음걸이에는 일정한 패턴이 생겨났다. 왼쪽으로 후다닥 세 발짝, 한 박자 쉬고, 오른쪽으로 후다닥 세 발짝, 한 박자 쉬고.

"참으로 막돼먹은 여자더라." 라일리 부인이 말했다.

"인간다운 자질이 총체적으로 결여된 존재더군요." 이그네이셔스가 말을 보탰다. "그나저나 차 있는 데까진 얼마나 더 가야 합니까? 너무 지쳤습니다."

"세인트앤 거리에 있단다. 몇 블록만 더 가면 돼."

"어머니, 모자를 술집에 두고 오셨군요."

"오, 그거, 그 젊은 총각한테 팔았다."

"파셨다고요? 왜요? 제 의향은 물어보지도 않으시고서? 그 모자에 제가 얼마나 깊은 애착을 품고 있는데요."

"미안하구나, 이그네이셔스. 네가 그걸 그렇게나 좋아하는지 몰랐단다. 여태 그런 얘기 한마디도 없었잖니."

"무언의 애착을 품고 있었던 겁니다. 그 모자는 제 어린 시절과의 소통, 과거와 연결해주는 끈이니까요."

"하지만 그 총각이 십오 달러나 주지 않았겠니."

"제발, 어머니. 그 얘기는 그만하시죠. 그 거래는 신성모독이란 말입니다. 그 모자를 그런 변태가 얼마나 타락한 용도로 사용할지 알 게 뭡니까. 그럼 지금 십오 달러를 갖고 계신 거로군요?"

"이제 칠 달러 정도 남았구나."

"그럼 잠시 쉬면서 뭐라도 좀 먹고 가는 게 어떨까요." 이그네이셔스가 모퉁이에 있는 수레를 가리키며 말했다. 꼭 바퀴 달린 핫도그처럼 생긴 수레였다. "저기서 십이 인치짜리 핫도그를 팔 텐데요."

"핫도그? 얘야, 이렇게 비도 내리고 추운데 길에 서서 소시지를 먹자고?"

"그냥 생각해본 겁니다."

"난 싫다." 라일리 부인이 살짝 오른 맥주의 취기로 용기를 내어 말했다. "집에 가자꾸나. 저렇게 지저분한 길거리 음식은 입에 대기도 싫다. 저런 건 부랑자들을 모아서 꾸리는 장사 아니니."

"정 그러시다면 하는 수 없죠." 이그네이셔스가 입을 삐죽 내밀며 말했다. "저야 상당히 배가 고프지만, 뭐, 어쩌겠습니까. 어머닌 오십 센트짜리 동전 서른 개에 제 어린 시절 소중한 기념물마저 팔아치운 분이시니."

두 사람은 버번 거리의 젖은 포석을 따라 그들만의 갈지자걸음을 계속해나갔다. 세인트앤 거리에 이르자 낡은 플리머스는 쉽게 찾을 수 있었다. 차체의 높은 지붕이 다른 차량들 위로 우뚝 솟아 있었는데, 그것이 이 낡은 차의 최고 장점이었다. 덕분에 슈퍼마켓 주차장에서도 플리머스는 으레 쉽게 눈에 띄었다. 이제 라일리 부인은 차를 주차된 곳에서 빼내려다 두 번이나 인도 위로 올라섰고, 급기야 뒤에 주차되어 있는 폭스바겐의 보닛에 1946년형 플리머스의 범퍼 자국을 선명하게 남기고 말았다.

"어이쿠, 맙소사!" 이그네이셔스가 말했다. 그가 앉은 좌석은 푹 꺼져 있어, 차창으로는 오직 잘 익은 수박같이 생긴 초록색 사냥모자 꼭대기만 보였다. 조수석이 제일 위험하다는 걸 어디서 읽은 뒤로 그는 늘 뒷좌석에 앉았고, 지금도 뒷좌석에서 어머니의 거칠고 서툰 운전을 못마땅한 표정으로 지켜보고 있었다. "순진하게도 우리 차 뒤에 주차해놓은 소형차를 사실상 요절을 내고 마신 듯싶군요. 차 주인이 들이닥치기 전에 어서 여길 빠져나가는 게 좋겠는데요."

"입 좀 다물어, 이그네이셔스. 사람 신경 좀 작작 긁어라." 라일리 부인이 백미러에 비친 사냥모자를 보고 말했다.

이그네이셔스는 자리에서 몸을 일으켜 뒷좌석 창문을 내다보았다.

"저 차는 완전히 찌그러졌는데요. 어머니가 운전면허 소지자임이 확실하다면, 이건 여지없이 면허 취소감입니다. 그런들 뭐라고도 못 하겠는데요."

"거기 드러누워 잠이나 자렴." 부인이 차를 또 급하게 후진시키며 말했다.

"제가 지금 잠이 오게 생겼습니까, 목숨이 경각에 달렸는데. 핸들을 제대로 돌리고 계신 게 확실한가요?"

차가 돌연 주차된 지점에서 풀쩍 뛰어오르더니 젖은 거리를 미끄러지듯 가로질러 장식 철제 발코니를 지탱하는 기둥 하나를 쿵 들이박았다. 기둥은 한쪽으로 떨어져나갔고, 플리머스는 건물과 충돌하며 우지끈 소리를 냈다.

"오, 하느님 맙소사!" 이그네이셔스가 뒷좌석에서 비명을 질렀다. "이번엔 또 무슨 일을 내신 거랍니까?"

"신부님 좀 불러!"

"우린 다치진 않은 거 같습니다, 어머니. 하지만, 덕분에 전 앞으로 며칠 동안은 속이 아주 좋지 않을 거 같은데요." 이그네이셔스는 뒷좌석 창문을 내리고 벽에 찌부러져 있는 펜더를 살펴보았다. "이쪽 전조등은 아마 새로 갈아야 할 겁니다."

"우리 이제 어떡하니?"

"제가 운전자라면 후진 기어를 넣고 우아하게 현장을 떠나렵니다. 누가 고소를 할 게 분명하니까요. 이렇게 다 쓰러져가는 건물의 주인이라면 이런 황금 같은 기회를 오래도록 기다려왔을 게 뻔하지 않습니까. 아마 어스름이 깔리면 길에 기름을 뿌려놓고, 어머니 같은 운전자들이 돼지우리 같은 이런 건물에 와서 콱 처박아주기만을 바라고 있을 겁니다." 그는 끄윽 트림을 했다. "소화기능이 아주 결딴이 나버렸군. 슬슬 속이 더부룩해지기 시작하려나 봅니다!"

라일리 부인은 닳디 닳은 기어를 바꿔 넣고 조금씩 후진을 해나갔다. 차가 움직이자 머리 위에서 나무 쪼개지는 소리가 들렸고, 그 소리는 점차 널빤지가 갈라지고 금속이 긁히는 소리로 바뀌었다. 뒤이어 발코니가 큰 덩어리들로 부서지는가 싶더니 돌연 수류탄이 터지듯 둔탁하고 육중한 폭음을 내며 차 지붕 위로 우레같이 떨어져 내렸다. 차는 약에 취한 사람처럼 움직임을 턱 멈췄고, 곧 발코니의 철제 장식 일부가 콰르르 떨어져 뒷좌석 창문 한쪽을 박살내버렸다.

"얘야, 괜찮니?" 라일리 부인이 최후의 폭격인 듯싶은 사태가 지나가자 황급히 물었다.

이그네이셔스는 목이 메는 듯한 신음을 흘렸다. 파랗고 노란 두 눈에는 물기가 그렁그렁했다.

"뭐라고 말 좀 해보렴, 이그네이셔스." 어머니가 이렇게 애원하며 뒤를 돌아본 그 순간, 이그네이셔스는 차창 밖으로 고개를 쑥 내밀고 우그러진 차체에다 왈칵 토하고 말았다.

순찰경관 맨큐소는 발레 타이츠와 노란 스웨터 차림으로 차터스 거리를 천천히 걸어 내려가고 있었다. 이런 옷차림이면, 어머니를 기다리는 아들이나 할아버지 같은 사람들 말고 진짜 수상한 작자들을 잡아들일 수 있을 거라고 경사는 말했다. 위장은 즉 경사가 내리는 벌이었다. 이제부터 맨큐소는 막중한 책임을 지고 수상한 작자들을 잡아들여야 할 것이며, 경찰본부에 구비된 의상들만 가지고도 매일 다른 인물로 위장할 수 있을 거라고도 했다. 맨큐소 순경은 비참한 기분으로 경사 앞에서 타이츠를 신었고, 경사는 그를 경찰서 밖으로 내몰면서 제대로 하든지 아니면 사표를 쓰든지 하라고 했다.

프렌치 쿼터를 그렇게 헤맨 지 두 시간, 그는 아직 한 놈도 잡지 못했다. 두 번쯤 희망적인 기회가 온 듯싶기도 했다. 한 번은 베레모를 쓴 남자를 불러 세워서 담배 한 개비를 달라고 해봤더니, 베레모는 도리어 자기가 그를 체포하겠다고 으름장을 놓는 게 아닌가. 또 한 번은 숙녀용 모자를 쓴 트렌치코트 차림의 청년으로, 그가 다가가 말을 걸자 트렌치코트는 넙다 그의 뺨을 갈기고는 순식간에 줄행랑을 쳐버렸다.

아직도 얼얼한 뺨을 비비며 맨큐소 순경이 차터스 거리를 따라 걷고 있을 때 폭발음 같은 괴성이 울려 퍼졌다. 그는 웬 수상한 작자가 폭탄을 투척했거나 권총 자살이라도 했기를 바라면서 세인트앤 거리로 접어드는 길모퉁이로 내달렸고, 곧 폐허의 잔해 속에서 토사물을 쏟아내고 있는 초록색 사냥모자가 눈앞에 나타났다.

2

"중세 체제의 붕괴와 함께 혼돈과 광기와 악취미의 신들이 패권을 거 머쥐었다." 이그네이셔스는 빅치프 노트*에 이렇게 쓰고 있었다.

서구 세계가 질서와 평정과 일체성, 그리고 참된 하느님과 삼위 일체와의 조화를 누리던 시기가 지나고 재앙의 세월을 예고하는 변화의 바람이 불었다. 사악한 바람은 그 누구에게도 득이 되지 않 는 법. 아벨라르**, 토마스 아 베케트***, 그리고 에브리맨****의 저 찬란 한 시대는 빛을 잃고 퇴락했으니, 그것은 운명의 여신 포르투나의 바퀴가 인류에게 등을 돌려 인류의 쇄골을 부수고, 두개골을 박살 내고, 몸통을 뒤틀고, 골반에 구멍을 뚫고, 영혼에 슬픔을 심은 결 과인 것이다. 그리하여 한때 그토록 고결했던 인류가 이토록 저열 하게 타락했고, 한때 영혼에 봉헌되던 것이 이제는 상행위에 바쳐 지게 되었다.

"이거 꽤나 훌륭한데." 이그네이셔스는 이렇게 혼자 중얼거리고는 황 황히 글을 써 내려가기 시작했다.

---

* 머리장식물을 쓴 인디언 추장이 표지에 그려진 유선 노트.

** 중세 프랑스 철학자이자 신학자. 엘로이즈와의 애절한 사랑을 기록한 서간집으로 유명.

*** 캔터베리 대주교. 교회의 독립을 주장하다 헨리 2세의 기사들에게 살해된 성인.

**** 중세 도덕극 「에브리맨(Everyman)」('보통사람', '평범한 사람'이란 뜻)의 우의적 주인공.

장사꾼들과 협잡꾼들이 "계몽주의"라는 음험한 복음을 부르짖으며 유럽의 통제권을 획득했다. 메뚜기의 날*이 가까웠으나, 인류의 잿더미에서 날아오르는 불사조**는 없었다. 겸허하고 독실한 농부 피어스***는 신체제의 영주들에게 제 자식들을 팔러 시내로 갔던 바, 그 속내는 기껏해야 수상쩍다고 할 수밖에 없을 듯하다. (참조: 이그네이셔스 J. 라일리, 「그들의 손에 묻은 피: 그 모든 범죄, 16세기 유럽에서 발생한 학대행위에 관한 사례 연구」, 논문, 총 2페이지, 1950년 발간, 루이지애나 주 뉴올리언스 18번지 튤레인 대학교 하워드-틸턴 기념도서관 3층 왼쪽 회랑 희귀본실. 일러두기: 나는 이 특별한 논문을 상기 도서관에 증정하고자 우편으로 부쳤다. 하지만 이것이 받아들여졌는지는 확신할 수 없다. 노트 낱장에 연필로 쓴 것이기 때문에 도서관 측에서 그냥 버렸을 수도 있다.) 혼란의 소용돌이는 점차 반경을 넓히며 휘몰아쳤다. '존재의 대사슬'****은 어떤 침흘리개 바보가 꿰어놓은 종이 사슬처럼 툭툭 끊어졌다. 그리하여 죽음과 파괴, 정치적 혼란, 진보, 야망, 그리고 자기계발이 농부 피어스의 새로운 운명이 되려 하고 있었다. 이 얼마나 고약한 운명인가. 이제 그는 **벌이를 하러 나가야 하는** 변태적인 상황에 직면했으니 말이다.

---

* 메뚜기 떼가 땅을 초토화시킨 재앙은 하느님이 죄지은 민족을 심판하기 위해 보낸 거라고 성경은 전한다.

** 오륙백 년마다 향나무를 쌓아 불을 피워 그 속에서 몸을 사르고, 그 재 속에서 다시 살아난다는 이집트 신화 속의 새. 이 새의 이미지가 부활과 내세의 상징으로 확대되면서 기독교에 흡수됨.

*** 중세 영국 작가 윌리엄 랭런드의 두운시 「농부 피어스(Piers Plowman)」의 주인공.

**** 미물에서부터 신에 이르기까지 모든 존재는 사슬처럼 연결되어, 절대적 위계질서를 형성한다고 믿는 서구의 우주관.

역사적 통찰이 일시적으로 흐려지자, 이그네이셔스는 노트 아래쪽 여백에 올가미 하나를 슥슥 그렸다. 그리고 리볼버 권총과 작은 상자를 그려 넣고 상자 위에 또박또박 '가스실'이라고 적었다. 그는 또 종이 위에 연필을 뉘인 채 가로로 왔다 갔다 칠을 하더니, 이것을 '묵시록적 재앙'이라고 이름 붙였다. 이런 식으로 한 페이지를 꾸미고 나자, 이젠 이 노트를 방바닥 여기저기 널브러져 있는 다른 노트들 사이로 툭 내던졌다. 아주 생산적인 아침이로군, 하고 그는 생각했다. 몇 주 만에 거둔 최고의 성과였다. 침대 주변 바닥을 온통 인디언 추장의 머리장식으로 융단을 깔아놓은 듯한 빅치프 노트 수십 권을 바라보며, 이그네이셔스는 누렇게 바랜 페이지마다, 줄 간격 넓게 그인 선마다 그 속에 비교역사학 분야의 장대한 연구업적이라는 대망의 맹아가 움트고 있다는 생각에 우쭐해졌다. 물론, 지금은 뒤죽박죽, 전혀 정리가 되어 있지 않았다. 하지만 언젠가는 이처럼 파편화된 지성의 조각들을 한데 모아 대단히 웅장한 디자인의 지그소 퍼즐을 완성하고야 말 것이다. 그때 이 완성된 조각그림은 세계의 지성인들에게 지난 사 세기에 걸쳐 인간의 역사가 그려온 대재앙의 궤적을 한눈에 보여주게 될 것이다. 이 과업에 바친 지난 오 년의 세월 동안 그는 매달 평균 겨우 여섯 단락밖에 써 내려가지 못했다. 심지어 어떤 노트에 쓴 글은 기억조차 나지 않았고, 나중에 보니 몇 권은 쓸데없는 낙서로 가득했다. 그럼에도 이그네이셔스는 차분히 생각했다, 로마는 하루아침에 이루어진 게 아니라고.

이그네이셔스는 플란넬 잠옷을 끌어올려 부풀어 오른 배를 내려다보았다. 아침나절 침대에 누워, 종교개혁 이후로 역사가 얼마나 불행하게 돌아갔는지 생각에 잠기다 보면 종종 이렇게 배가 부풀어 오르곤 했다. 특히 도리스 데이*와 그레이하운드 시니크루저가 뇌리에 떠오를 때면 복부는 훨씬 더 급속도로 팽창했다. 하지만 체포 미수 사건과 차 사고 이후로는 아무런 이유 없이도 부풀어 올랐는데, 뱃속의 유문**이 시도 때도 없이 철썩 닫히면서 출구가 막히게 된 가스가 위장에 가득 차버리는 것이었다. 감금당하면 분노를 터뜨리는, 성질 더러운 가스 말이다. 그는 혹시 자신의 유문이 카산드라***처럼 무슨 예언을 하려는 건 아닐까 생각했다. 중세학자로서 이그네이셔스는 중세사상의 기반을 닦은 철학서인 『철학의 위안』에서 핵심 개념으로 등장하는 **로타 포르투나**rota Fortunae, 즉 '운명의 바퀴'를 믿고 있었다. 보에티우스, 황제의 총애를 잃고 부당한 옥살이를 하는 동안 『철학의 위안』을 쓴 로마 말기의 이 철학자는 눈먼 여신이 우리를 바퀴 위에 올려놓고 돌리고 있으며, 따라서 우리의 운명은 행운과 불운이 주기적으로 번갈아 찾아든다고 했다. 그렇다면 그가 체포될 뻔했던 황당무계한 사건은 바로 불운의 주기가 시작되는 지점이었을까? 그의 바퀴는 지금 급속히 아래로 회전하고 있는 걸까? 차 사고 역시 나쁜 징조였다. 이그네이셔스는 걱정이 되었다. 그 위대한 철학에도 불구하고 보에티우스는 결국 고문당하고 처형되지 않았던가. 그 순간 유문이 또 철썩 닫혔고, 이그네이셔스는 왼쪽 옆구리를 침대에 대고 풀쩍 풀쩍 구르며 어떻게든 유문을 열어보려 안간힘을 썼다.

"오, 포르투나, 그대 눈멀고 무심한 여신이여, 난 그대의 바퀴에 묶여 있소." 이그네이셔스가 소리를 내질렀다. "그대의 바퀴살로 날 짓뭉개지 말아주오. 나를 위로 끌어올려주오, 여신이여."

---

* 미국의 여배우 겸 가수.

** 위와 소장을 연결하는 부위의 점막과 근조직. 괄약근이 유문을 열고 닫음으로써 음식을 장으로 내려 보내거나 위에 머물도록 조절한다.

*** 그리스 신화에서 트로이의 몰락을 예언한 여자 예언자.

"그 안에서 뭘 그리 중얼거리고 있니, 얘야?" 어머니가 닫힌 문 너머로 물어왔다.

"저 지금 기도 중입니다." 이그네이셔스가 성을 내며 대답했다.

"맨큐소 순경이 오늘 차 사고 문제로 날 만나러 온단다. 불쌍한 이 에미를 위해 성모 마리아께 바치는 기도라도 좀 바쳐다오."

"오, 맙소사." 이그네이셔스가 투덜거렸다.

"네가 기도를 드린다니 참 좋구나, 얘야. 하루 종일 그 안에 들어앉아 도대체 뭘 하고 있나 궁금했는데."

"제발 좀 가주세요!" 이그네이셔스가 비명을 질렀다. "종교적 황홀경이 어머니 때문에 다 깨지고 있단 말입니다."

옆구리로 풀쩍 풀쩍 뛰어대던 이그네이셔스는 목구멍으로 트림이 차오르는 느낌을 받았지만, 정작 기대에 차서 입을 쩍 벌렸을 땐 그저 소심하게 끅 하는 소리밖에 나오지 않았다. 그런데 그렇게 풀쩍댄 것이 다른 생리적 효력을 발휘하고 말았다. 이그네이셔스는 조그맣게 발기해 시트를 찌르고 있는 아랫도리를 만져보았다. 그러곤 그걸 들고서 어떻게 처리할까 망설이며 가만히 누워 있었다. 빨간 플란넬 잠옷을 가슴께에 걷어붙이고 거대한 뱃살은 매트리스로 축 늘어뜨린 이런 자세로 누워 있자니, 지난 십팔 년간 취미로 일삼은 이 짓거리가 이제는 일말의 환상과 공상의 날개마저 상실한 한낱 기계적인 육체 행위로 전락해버렸다는 생각이 들어 못내 서글퍼졌다. 한때는 이 행위를 거의 예술적 형태로 발전시킨 적도 있었다. 예술가이자 철학자, 학자이자 신사로서의 합당한 기예와 열정을 담아 이 취미를 즐기곤 했었는데. 방 안에는 고무장갑, 실크 우산에서 뜯어낸 천 조각, 녹세마 크림* 같이 한때 그가 애용했던 몇몇 도구가 아직

---

* 클렌징크림.

도 숨겨져 있었다. 하지만 일을 치른 뒤 이 물건들을 다시 치우는 게 결국 너무 우울한 지경에 이르고 말았다.

이그네이셔스는 아랫도리를 자극하며 집중했다. 마침내 눈앞에 환상이 떠올랐다. 고등학교 때 기르던 덩치 크고 헌신적인 콜리견의 친숙한 모습이었다. "멍!" 렉스가 짖는 소리가 이그네이셔스의 귀에 들리는 듯했다. "멍! 멍! 크웅!" 렉스는 생생히 살아 있는 듯했다. 한쪽 귀가 축 처졌다. 그는 헐떡거렸다. 개의 환영이 울타리를 훌쩍 뛰어넘어 막대기를 쫓아왔는데, 막대기는 어찌된 영문인지 이그네이셔스의 누비이불 한가운데로 톡 떨어졌다. 황갈색과 흰색의 털이 가까이 다가오자 이그네이셔스의 두 동공은 크게 확장되었다가 점차 가운데로 몰리더니 어느새 스르르 감겼고, 그길로 그는 풀썩 쓰러져 베개 네 개 사이에 푹 파묻히면서 방 안에 제발 클리넥스가 있었으면 좋겠다고 생각했다.

⠿

"신문에 청소부 자리 광고 낸 거 보고 왔는데요."

"그래?" 레이나 리가 선글라스를 쳐다보았다. "추천서라도 갖고 왔어?"

"경찰이 추천서를 주더라고요. 어디라도 나가 돈벌이 좀 하라면서요." 존스는 이렇게 말하며 텅 빈 실내로 담배연기를 훅 뿜어냈다.

"유감이군. 경찰 요주의 인물은 사양이야. 이런 사업에는 안 되지. 어디 장사 말아먹을 일 있어?"

"거 정확히 말해서 나 아직 그런 놈 아니걸랑요. 하지만 지 밥벌이 제대로 못하는 부랑아는 바로 잡아들인댔어요. 그 사람들이 그러더라고요." 존스는 뭉게뭉게 피어오르는 구름 속으로 잠겨 들었다. "〈기쁨의 밤〉

이라면 누군가가 사회의 일원이 되는 거 기꺼이 도와주고, 불쌍한 흑인애 하나 깜빵 안 가게 도와줄 거 같더라고요. 거 내가 피켓 든 데모꾼들 여기는 얼씬도 못 하게 하고 〈기쁨의 밤〉이 흑인민권 보호하는 술집이라고 쫙 소문나게 해줄게요."

"헛소리 집어치워."

"어어! 우아!"

"청소부로 일해본 경험은 있어?"

"뭐요? 쓸고 닦고 하는 그런 지랄 맞은 깜씨 노릇이요?"

"입 조심해, 이 녀석. 이건 깨끗한 사업이야."

"옘병, 쓸고 닦는 건 개나 소나 다 하는 일이라고요. 더더구나 흑인들은요."

"며칠 동안 계속 찾고 있었어." 레이나 리가 이제 근엄한 인사 담당 책임자가 되어 말했다. "쓸 만한 녀석이 있는지 말이야." 그녀는 가죽 롱코트 주머니에 두 손을 찔러 넣고 선글라스를 깊이 들여다보았다. 이건 정말 횡재였다. 누군가가 문 앞에 두고 간 선물처럼. 일을 안 하면 부랑아로 잡혀 들어가는 흑인 녀석이라니. 거의 공짜로 부릴 수 있는 노예 잡역부가 생긴 게 아닌가. 멋진 일이었다. 레이나는 술집을 엉망진창으로 만들어놓고 간 그 모자 진상들을 만난 이후 처음으로 기분이 좋아졌다. "급료는 일주일에 이십 달러야."

"어어! 거 쓸 만한 녀석 못 찾은 것도 당연하네요. 이야. 이봐요, 최저임금 같은 얘기 못 들어봤냐고요."

"넌 일자리가 필요하지? 난 청소부가 필요해. 가게는 요즘 파리만 날려. 그런 줄이나 알고 생각해!"

"전에 부리던 사람은 벌써 굶어서 뒈졌겠네요."

"열 시부터 세 시까지, 일주일에 육일 일하는 걸로 해. 제때 제때 잘 나오면 누가 알아, 급료 인상이라도 좀 있을지?"

"걱정 마시라고요, 제때 제때 잘만 나올 테니까요. 거 몇 시간이라도 경찰서에 궁뎅이 끌려가지 않으려면 뭔 짓을 못 하겠냐고요." 존스가 레이나 리 쪽으로 담배연기를 훅 뿜으며 말했다. "거 지랄 맞을 빗자루는 다 얻다 뒀요?"

"알아둬야 할 건, 여기선 입을 더럽게 놀리지 말라는 거야."

"예, 마님. 나도 물론 〈기쁨의 밤〉처럼 훌륭한 데서 나쁜 인상을 주고 싶지는 않걸랑요. 우아!"

문이 열리고, 새틴 칵테일 드레스에 꽃 달린 모자를 쓴 달린이 걸음을 뗄 때마다 우아하게 치마를 흔들며 들어왔다.

"대체 왜 이리 늦었어?" 레이나가 달린을 보고 호통을 쳤다. "오늘은 한 시까지 나오랬잖아."

"간밤에 앵무새가 감기에 걸렸어요, 레이나. 얼마나 끔찍했는지 몰라요. 녀석이 밤새 한숨도 못 자고 내 귀에 대고 기침만 해대는 거예요."

"그런 핑계는 대체 네 머릿속 어디서 나오는 거야?"

"하지만 사실인걸요." 달린이 속상한 목소리로 대답했다. 그녀는 거대한 모자를 카운터에 올려놓고는 스툴에 기어올라 존스가 뿜어낸 구름 속으로 들어갔다. "오늘 아침 수의사한테 데려가 비타민 주사를 맞혔단 말이에요. 고 가여운 것이 온 가구에 대고 기침을 해대게 그냥 둘 수는 없잖아요."

"엊저녁엔 대체 네 머리에 뭐가 씌었기에 그런 진상 둘을 부추겼지? 날이면 날마다, 날이면 날마다, 달린, 우리가 원하는 손님이 어떤 부류인지 내 누누이 설명해줬잖아. 그런데도 막상 들어와 보니 웬걸, 웬 늙다리 여편네랑 개뿔도 없어 뵈는 뚱보랑 짝짜꿍 어울려서 쓰레기 같은 거나 처먹고 앉았으니. 가게 말아먹으려고 작정한 거야? 사람들이 문 열고 들여다봐서 그런 똥파리 같은 부류만 앉아 있으면 바로 다른 데로 가버린단 말이야. 대체 내가 뭘 더 어떡해야 네가 알아먹겠니, 달린? 인간으로서 어떻게 너 같은 꼴통과 소통을 하겠느냐고?"

"이미 말했지만, 레이나, 그 아주머니가 정말 안돼 보였어요. 아들이란 자가 아주머니를 얼마나 구박하는지 레이나도 봤어야 해요. 그 사람, 그 레이하운드 버스 어쩌고저쩌고하는 얘기는 또 어떻고요. 들어본 사람만 안다니까요. 게다가 그 착한 아주머니는 여기 앉아 있는 내내 아들 술값을 다 떠안지 뭐예요. 그러니 아주머니 기분을 생각해서 케이크 하나 정도는 같이 먹어줘야 했단 말이에요."

"글쎄, 다음에 또 그런 인간들이랑 짝짜꿍해서 장사 말아먹는 꼴 들키면, 그땐 엉덩이를 콱 걷어차서 내쫓을 거야. 알겠어?"

"네, 마담."

"내 말 알아들은 거 확실해?"

"네, 마담."

"좋아. 이제 이 녀석한테 빗자루랑 쓰레기랑 어디다 두는지 가르쳐주고, 그 늙은 여편네가 깬 술병은 네가 치워. 네가 엊저녁에 벌인 일이 있으니, 이 빌어먹을 가게 안을 아주 말끔히 청소하는 건 다 네 책임이야. 난 쇼핑하러 나간다." 레이나가 문간에 이르더니 뒤돌아섰다. "누구든 카운터 밑에 있는 캐비닛에 손대면 죽을 줄 알아."

"진짜야." 레이나가 문을 밀고 나가자 달린이 존스에게 말했다. "여긴 군대보다 더 지독해. 너 오늘 취직한 거니?"

"예." 존스가 대답했다. "취직했다고 하긴 좀 그런데요. 경매에 나온 노예로 팔렸달까요."

"최소한 주급은 받잖니. 난 사람들한테 술을 얼마나 먹이느냐에 따라 수수료 몇 푼 챙기는 거란다. 그게 쉬운 일인 줄 아니? 어디 한번 여기서 파는 술을 어떤 남자한테 한 잔 이상 사 마시게 해봐. 물을 하도 타서 순 맹탕인걸. 조금이라도 알딸딸한 기분을 느끼려면 최소한 십 달러, 아니 십오 달러는 써야 할 거야. 진짜야, 얼마나 힘든 일인데. 레이나는 심지어 샴페인에도 물을 펌프질해 넣는다니까. 너도 그 맛 한번 보면 알 거야. 그런 주제에 날이면 날마다 파리만 날린다고 성화지 뭐야. 자기도 여기서 파는 술 한 잔 사 마셔보면 금세 알 텐데. 손님이 다섯 정도만 들어와 마셔줘도 레이나는 한몫 챙기는 거라니까. 맹물을 파는데 무슨 돈이 들겠어."

"사장은 뭐 쇼핑하러 가는 거예요? 채찍?"

"내가 아니. 레이나는 거기 대해선 입도 뻥긋 안 해. 레이나라는 여자, 왠지 수상쩍단 말이야." 달린이 폼 나게 코를 풀었다. "있지, 내가 진짜 하고 싶은 건 스트립쇼란다. 날마다 집에서 연습하고 있지. 밤에 여기서 춤출 수 있게 레이나가 허락만 해준다면 나도 고정급을 받을 테고, 그럼 수수료 받고 물 탄 술 속여 파는 이 짓도 그만둘 수 있을 텐데. 참, 그러고 보니 어젯밤 그 사람들이 마신 술값에 대해서도 수수료 챙겨야겠다. 그 아주머니 보니까 맥주를 엄청 마셔대던데. 레이나는 도대체 뭐 때문에 불평인지 몰라. 장사는 그냥 장사지. 그 뚱보랑 그 엄마가 여기 오는 다른 손님들보다 그리 심한 것도 아니잖아. 내 생각에 레이나가 화가 난 건, 그 남자가 머리에 쓰고 있던 그 괴상한 초록색 모자 때문인 거 같아. 자기가 말할 때는 귀마개를 내리고, 남의 말 들을 때는 그걸 올리는 거 있지. 레이나가 들어왔을 땐 마침 다들 그 남자한테 야유를 퍼붓는 상황이었으니까, 그 남잔 양쪽 귀마개를 날개처럼 덜렁 쳐들고 있었지 뭐야. 사실 그 꼴이 웃기긴 했어."

"거 정말 그 옘병할 뚱보가 자기 엄마랑 돌아다닌다고요?" 존스가 머릿속으로 뭔가를 연상하며 물었다.

"응, 그렇다니까." 달린이 손수건을 접어 가슴 안쪽으로 밀어 넣었다.

"다시는 그치들이 여기 와서 죽치고 놀지 않았으면 좋겠어. 그러면 나 진짜 혼쭐이 날 거야." 달린은 정말 걱정스러운 말투였다. "얘, 레이나가 돌아오기 전에 여길 어떻게 좀 해놔야겠다. 하지만 말이야, 이 쓰레기장 같은 곳을 청소하느라 너무 진을 뺄 건 없어. 이 집에 온 이후로 진짜 깨끗한 꼴은 한 번도 본 적이 없거든. 게다가 늘 이렇게 어두컴컴해서, 닦아본들 별 차이를 못 느껴. 레이나 말만 들으면, 이 시궁창이 무슨 리츠 호텔의 바쯤 되는 거 같지만."

존스는 새로운 구름을 훅 뿜었다. 어차피 그는 선글라스 너머로 더러운 건 거의 아무것도 보이지 않았다.

⁙

순찰경관 맨큐소는 세인트찰스 대로를 따라 신나게 오토바이를 달렸다. 서에서 크롬과 연청색이 섞인 덩치 크고 소리 요란한 오토바이를 빌려 나왔는데, 스위치를 켜면 빨갛고 하얀 불빛들이 번쩍번쩍 깜박깜박 화려하게 명멸하는 핀볼 머신처럼 변신이 가능했다. 그리고 사이렌 소리는 흡사 미친 살쾡이 열두 마리가 한꺼번에 울어대는 불협화음 같아서, 이것만으로도 반경 반 마일 이내의 수상한 작자들을 혼비백산 달아나게 만들기에 충분했다. 이 오토바이에 대한 맨큐소 순경의 마음은 강렬한 플라토닉 러브 그 자체였다.

하지만 오늘 오후만큼은 극악무도한 지하세계, 그리고 필시 적발해낼 수조차 없을 그 세계에서 수상한 작자들이 발산하는 사악한 기운이 멀게만 느껴졌다. 세인트찰스 대로의 해묵은 참나무들은 아치형으로 죽 늘어선 채, 마치 차양처럼 온화한 겨울 햇살이 오토바이의 크롬에 부딪쳐 번쩍 튀어 오르는 걸 막아주었다. 최근 들어 날이 춥고 습했지만, 오늘 오후는 뉴올리언스의 겨울을 온화하게 만드는 그 특유의 갑작스럽고 놀라운 온기로 인해 따스했다. 맨큐소 순경은 오늘의 의상으로 경사가 골라준 티셔츠와 버뮤다팬츠만 달랑 입고 있었기에 따스한 날씨가 무척이나 고마웠다. 철사로 양쪽 귀에 건 기다란 붉은 턱수염 덕분에 그나마 가슴팍에는 조금 온기가 돌았다. 이 수염은 경사가 한눈을 파는 사이 로커에서 슬쩍해온 것이었다.

맨큐소 순경은 참나무들의 케케묵은 곰팡내를 맡으며 낭만에 젖어, 세인트찰스 대로야말로 세상에서 가장 멋진 장소일 거라고 혼자 중얼거렸다. 이따금 그는 느리게 흔들흔들 굴러가는 전차들을 지나치곤 했다. 전차들은 대로 양편에 늘어선 오래된 저택들 사이로 난 궤도를 따라, 특별한 목적지도 없이 그저 한가로이 노니는 것만 같았다. 만물이 아주 평온하고, 아주 풍요롭고, 아무 의심할 거리도 없어 보였다. 지금 그는 근무시간 외에 짬을 내어 불쌍한 과부 라일리 부인을 보러 가는 중이었다. 폐허가 된 사고 현장 한가운데서 훌쩍훌쩍 울고 있던 부인이 몹시도 딱해 보였다. 그가 할 수 있는 일이라곤 그저 도와주려고 애쓰는 것밖에 없었다.

콘스탄티노플 거리에 이르자 그는 강 쪽으로 방향을 돌렸다. 부릉부릉, 푸릉푸릉, 소리도 요란하게 어느 쇠락해가는 동네를 통과해 1880년대와 1890년대 무렵 지어진 어느 주택가에 이르렀다. 목제 고딕양식과 도금鍍金시대* 양식의 유물들로, 이제는 조각물과 소용돌이 장식이 뚝뚝 떨어져 내리는 이곳의 집들은, 지팡이로도 다리를 놓을 수 있을 만큼 좁디좁은 골목을 사이에 두고 벽돌이 부스러져가는 야트막한 담장과 철침으로

---

* 미국 역사상 엄청난 물질주의와 정치부패가 횡행하던 1870년대~1890년대의 시기.

울타리를 친 아주 전형적인 보스 트위드*풍 교외 주택들이었다. 비교적 큰 집들은 아파트 건물로 급조되었고 현관마저 방으로 개조되었다. 어떤 집들은 앞마당에 알루미늄으로 지붕을 낸 간이 차고가 있었고, 반짝이는 알루미늄 차양이 설치된 건물도 한두 군데 보였다. 말하자면 이곳은 시작은 빅토리아풍이었다가 종국에는 아무 특징 없는 곳으로 전락해버린 동네, 특별한 주의도 관심도 없이 무심코, 그것도 극히 소액의 경비만을 들여 이십 세기로 이주해온 듯한 그런 단지였다.

맨큐소 순경이 찾고 있는 주소는 간이 차고들을 제외하면 이 동네에서 가장 작은 건물로, 1880년대식 릴리퍼트**라 할 만한 집이었다. 얼어붙은 바나나무 한 그루가 세월의 풍파에 거무스름하게 삭은 채, 오래 전 철책이 내려앉을 때 그랬던 것처럼 금방이라도 쓰러질 듯한 모습으로 현관 정면에 기대어 피폐해가고 있었다. 이 죽은 나무 근처에 봉긋하게 솟아오른 흙무지에는 베니어합판을 잘라 만든 켈트 십자가가 비스듬히 꽂혀 있었다. 그리고 1946년형 플리머스가 앞마당에 주차되어 있었다. 범퍼는 현관에 바짝 갖다 대고 미등은 벽돌 보도를 다 가로막은 채로. 하지만 플리머스와 황폐한 십자가와 미라가 된 바나나무를 빼면 이 조그만 마당엔 아무것도 없었다. 관목 한 그루, 풀 한 포기도. 새 한 마리 지저귀지 않았다.

맨큐소 순경이 플리머스를 보니 지붕과 펜더가 심하게 찌그러져 있고, 펜더는 움푹움푹 파인 홈집투성이가 되어 차체에서 삼사 인치 가량 떨어져 나와 있었다. 한때 뒷좌석 창문이었던 구멍에 테이프로 붙여놓은 마

---

* 19세기 뉴욕 민주당 소속 정당 기구 '태머니 홀'의 우두머리로서 금권정치와 부패로 악명을 떨친 정치인.

** 『걸리버 여행기』에 나오는 소인국.

64

분지엔 "밴 캠프 돼지고기와 콩"이라는 통조림 문구가 찍혀 있었다. 그는 흙무덤 옆에서 잠시 걸음을 멈추고 십자가에 '렉스'라고 새겨진 빛바랜 글자를 읽었다. 그런 다음 낡은 벽돌 계단을 올랐는데, 닫힌 덧문 너머로 웅웅거리는 노랫소리가 들렸다.

다 큰 아가씨들은 울지 않아요.

다 큰 아가씨들은 울지 않아요.

다 큰 아가씨들, 울지 않아요오오.

울지 않아요오오.

다 큰 아가씨들, 울지 않아요오……오.

누가 초인종 소리를 듣고 문을 열어주길 기다리는 사이, 그는 현관문의 크리스털 유리에 붙은 빛바랜 스티커를 읽었다. "입 한 번 잘못 놀리면 배도 침몰시킬 수 있습니다." 글씨 밑에는 WAVES* 소속 여군이 거무스름하게 변색된 입술에 자기 손가락을 대고 있었다.

동네 사람 일부가 자기들 집 현관에 죽 나와서 순경과 오토바이를 구경하고 있었다. 길 건너편 덧문들이 문제의 진원지를 찾느라 천천히 올라갔다 내려갔다 하는 걸로 봐선 눈에 보이지 않는 구경꾼도 상당히 많은 모양이었는데, 그도 그럴 것이 이 동네에 경찰 오토바이가 출현한 것은 뜻밖의 사건이었기 때문이다. 특히 오토바이의 주인이 반바지 차림에 붉은 수염을 달고 있을 때는 더더욱. 동네는 누가 봐도 가난했지만, 솔직하기는 했다. 별안간 자의식이 생긴 맨큐소 순경은 다시 한 번 초인종을 누

---

* 2차 세계대전 때 조직된 미 해군 소속 여군 예비부대(Women Accepted for Volunteer Emergency Service). 상기 스티커는 이 작품의 시간적 배경보다 약 20여 년 전에 일어난 2차 세계대전 때의 것으로, 전시에는 특히 입 조심하라는 내용이다.

르고는 제 딴엔 꼿꼿하고 공적인 자세를 취했다. 구경꾼들에게 그렇게 지중해인 특유의 자태를 보여준다고 보여주었건만, 구경꾼들이 본 건 반바지가 골반에 꼴사납게 걸려 있고 가늘어빠진 두 다리는 발목께에 걸린 나일론 양말과 허울뿐인 양말대님에 비해 너무나 헐벗은 인상을 주는, 그저 왜소하고 안색 나쁜 인물에 불과했다. 구경꾼들은 호기심을 버리지 않았지만 그렇다고 대단한 인상을 받은 것도 아니었다. 심지어 이렇다 할 호기심조차 없는 이들도 더러 있었다. 언젠가는 이런 꼬락서니를 한 누군가가 이 난쟁이 같은 집을 방문할 날이 올 줄 알았던 것이다.

다 큰 아가씨들은 울지 않아요.
다 큰 아가씨들은 울지 않아요.

맨큐소 순경은 덧문을 사정없이 두들겼다.

다 큰 아가씨들은 울지 않아요.
다 큰 아가씨들은 울지 않아요.

"그 사람들, 집에 있수." 웬 여자가 옆집 덧문 너머로 소리를 빽 질렀다. 어느 건축가가 제이 굴드*를 건축학적으로 풀어낸다면 꼭 이런 건축물이 될 성싶은 그런 집이었다. "미스 라일리는 아마 부엌에 있을 거유. 뒤로 돌아가 보우. 근데 누구신가? 경찰이우?"

"순찰경관 맨큐소, 사복 근무 중입니다." 그가 준엄하게 말했다.

"그러우?" 한순간 침묵이 흘렀다. "어느 쪽인가? 아들인가, 에미인가?"

---

* 악덕 자본가로 악명 높았던, 19세기 미국의 철도사업가이자 투기업자.

"어머니 쪽입니다."

"뭐, 잘됐구려, 그 집 아들은 절대 못 잡아갈 테니. 녀석은 지금 티비를 보고 있수. 저 소리 들리우? 내가 아주 돌아버리겠어. 이놈의 신경줄을 아주 박박 긁는다니까."

맨큐소 순경은 옆집 여자의 목소리에 대고 감사하다고 말하고는 옆집과 맞닿은 축축한 골목으로 걸어 들어갔다. 뒷마당에선 라일리 부인이 앙상한 무화과나무에 묶인 빨랫줄에 얼룩지고 누렇게 바랜 시트를 널고 있었다.

"오, 순경 양반이로군요." 라일리 부인이 잠시 멈칫하더니 말했다. 웬 붉은 수염을 단 사내가 뒷마당에 불쑥 나타나는 바람에 하마터면 비명을 지를 뻔했던 것이다. "안녕하세요, 맨큐소 씨. 그래, 그 사람들이 뭐라던가요?" 부인은 갈색 펠트 모카신을 신은 발로 갈라진 벽돌 포석 위를 조심스레 내디뎠다. "어서 안으로 들어가서 맛있는 커피 한 잔 같이해요."

넓찍하고 천장이 높은 부엌은 이 집에서 제일 넓은 방으로, 커피 향과 묵은 신문지 냄새가 났다. 이 집의 방들이 다 그렇듯 부엌도 어두침침했다. 기름때에 절은 벽지와 갈색의 나무 몰딩에 반사되면 그 어떤 빛이라도 음침해질 수밖에 없을 듯했고, 좁은 옆골목에서도 빛은 거의 들어오지 않았다. 집의 인테리어는 맨큐소 순경의 관심사 밖이었으나, 높은 오븐이 달린 골동품 같은 스토브와 꼭대기에 원통의 모터가 달린 냉장고는, 누구라도 그랬겠지만, 도저히 눈여겨보지 않을 수 없었다. 그의 아내 리타의 은빛 광채 도는 부엌에서 늘 윙윙 돌고, 갈고, 반죽하고, 식히고, 쓱쓱대고, 굽고 있을 것 같은 전기 프라이팬, 가스 건조기, 기계식 믹서, 반죽기, 와플 제조기, 전동 회전구이기 들을 생각하니, 도대체 이 썰렁한 부엌에서 라일리 부인은 뭘 할까 궁금했다. 맨큐소 부인은 텔레비전에 새 가전제품 광고가 나올 때마다, 그 용도가 아무리 오리무중이어도 재깍 사들이고 마는데.

"자, 이제 그 사람이 뭐라 그랬는지 말 좀 해봐요." 라일리 부인이 에드워드 시대풍의 골동품 가스스토브에 우유를 한 주전자 끓이기 시작하며 말했다. "얼마나 물어내야 한대요? 먹여 살릴 애가 있는 불쌍한 과부라고 얘기는 해봤나요?"

"네, 그렇게 얘기했습니다." 맨큐소 순경이 의자에 반듯이 앉아, 방수포를 씌운 식탁을 뭔가를 갈구하는 눈길로 쳐다보며 말했다. "이 수염, 식탁에 좀 놓아둬도 될까요? 실내가 제법 더워서 얼굴에 막 들러붙네요."

"그럼요, 어서 벗어요. 그건 여기다 놓고, 자, 맛있는 젤리 도넛 맛 좀 봐요. 오늘 아침 매거진 거리에서 갓 구운 걸 사 왔지요. 이그네이셔스가 오늘 아침에 '엄마, 젤리 도넛이 너무 당겨요.' 이러잖아요. 그래서 독일인네 가게로 가서 열두 개 들이 상자 두 개를 사다 줬어요. 봐요, 그래도 좀 남았네요."

부인이 맨큐소 순경에게 찢어지고 기름투성이인 케이크 상자를 내밀었다. 상자는 누가 도넛을 한꺼번에 다 먹어치울 작정으로 달려들었는지 유난히 험한 꼴을 당한 듯 보였다. 맨큐소 순경은 상자 밑바닥에서 말라빠진 도넛 두 개를 발견했는데, 테두리가 축축한 걸로 보아 속의 젤리만 쏙 빨아 먹은 모양이었다.

"고맙습니다만 전 괜찮습니다, 라일리 부인. 점심을 워낙 거하게 먹어서요."

"아유, 아쉬워라." 부인이 식어버린 진한 커피를 찻잔 두 개에 반쯤 따르고서 끓는 우유를 운두 끝까지 가득 부었다. "이그네이셔스는 도넛이라면 사족을 못 써요. '엄마, 난 도넛이 정말 좋아요' 이런다니까요." 라일리 부인은 찻잔의 운두를 머금고는 조그맣게 호로록 소리를 내며 마셨다. "녀석은 지금 거실에서 티비를 보고 있어요. 오후가 되면 애들이 나와 춤

추는 쇼를 어김없이 꼭 보는걸요." 부엌에서 들으니, 음악소리는 현관에서 들을 때보다 다소 희미했다. 맨큐소 순경은 텔레비전 화면이 발하는 희고 푸르스름한 광선 속에 온몸이 푹 잠긴 채 앉아 있을 초록색 사냥모자를 상상했다. "그 프로를 전혀 좋아하지도 않으면서 하루도 안 빼먹고 보지 뭐예요. 원, 거기 나오는 애들한테 뭐라고 욕을 해대는지 순경 양반도 좀 들어봐야 해요."

"오늘 아침에 건물주와 얘기를 나눴습니다." 라일리 부인의 아들 타령이 이제 그만 끝이 났기를 바라며 맨큐소 순경이 말했다.

"그래요?" 부인은 커피에 설탕 세 숟갈을 타더니, 찻잔 안에 그대로 담가둔 숟가락을 엄지손가락으로 받친 채 호로록 소리를 내가며 조금 더 마셨다. 숟가락 손잡이가 부인의 눈알을 찌를까 봐 보기에 아슬아슬했다. "그래, 그 사람이 뭐라던가요?"

"제가 사고를 조사해본 결과, 부인께선 그냥 젖은 도로에 미끄러지신 거라고 얘기했습니다."

"옳거니. 그러니까 또 뭐라던가요?"

"법정까지 끌고 갈 생각은 없답니다. 합의를 보고 싶대요."

"오, 하느님 맙소사!" 이그네이셔스가 앞쪽 거실에서 벼락같이 고함을 질렀다. "고매한 취향에 대한 이 무슨 지독한 모욕이란 말인가."

"쟤한테는 신경 쓰지 말아요." 라일리 부인이 깜짝 놀란 순경을 타일렀다. "티비를 볼 때마다 허구한 날 저러니까. 그나저나 '합의'라니. 그게 돈을 좀 달라는 얘기 아닌가요?"

"손해 정도를 감정하려고 건축업자한테 의뢰까지 했더군요. 자, 이게 추산액입니다."

서류 한 장을 받아 든 라일리 부인은 건축업자의 레터지 상단에 인쇄된 회사명과 연락처 밑으로 항목별로 정리해 타자를 쳐놓은 숫자들을 읽어 내려갔다.

"에구머니! 천이십 달러라니. 아유, 끔찍해라. 이걸 도대체 어떻게 갚
으라고." 부인은 방수포를 씌운 식탁 위에 견적서를 떨어뜨리고 말했다.
"이게 틀림없는 건가요?"

"네, 부인. 그 사람은 변호사까지 고용했습니다. 전부 믿을 만한 금액입
니다."

"하지만 천 달러를 도대체 어디서 구하라고? 이그네이셔스와 내가 가
진 거라곤 불쌍한 우리 남편이 남긴 사회보장금이랑 소정의 연금뿐인데.
그래봤자 얼마 되지도 않고."

"내가 지금 두 눈 똑바로 뜨고 저런 변태 짓거리를 보고 있다니, 믿을
수가 없군!" 이그네이셔스가 거실에서 비명을 질렀다. 음악이 광기 어린
원시적 리듬을 타는 가운데, 가성의 코러스가 밤새도록 사랑을 나누자는
노래를 교태를 떨어가며 부르고 있었다.

"죄송하게 됐습니다." 맨큐소 순경이 말했다. 그는 재정적 곤경에 처한
라일리 부인이 못내 안쓰러웠다.

"아유, 별소릴. 이게 어디 순경 양반 잘못인가요." 부인이 우울하게 말
했다. "아마 이 집을 저당 잡힐 수 있을 거예요. 우리가 뭘 더 어떻게 할 수
는 없는 거겠지요?"

"그렇습니다, 부인." 맨큐소 순경은 이렇게 말하며, 뭔가가 쿵쾅쿵쾅
다가오는 소리에 귀를 바짝 세웠다.

"저 프로에 나오는 애들은 죄다 가스실에 처넣어야 해." 잠옷 바람의
이그네이셔스가 성큼성큼 부엌으로 들어서며 말했다. 그러곤 곧 손님이
있다는 걸 깨닫자 차갑게 말했다. "오."

"이그네이셔스, 너도 맨큐소 씨 알지? 인사하렴."

"어디서 본 거 같은 얼굴이긴 합니다만." 이그네이셔스는 이렇게 말하

고는 뒷문 밖을 내다보았다.

맨큐소 순경은 괴물 같은 거대한 플란넬 잠옷에 경악한 나머지 이그네이셔스의 농담에 대꾸조차 하지 못했다.

"이그네이셔스, 얘야, 그 사람이 글쎄, 자기 건물을 좀 부쉈다고 천 달러도 넘는 돈을 청구했지 뭐니."

"천 달러요? 단돈 일 센트도 못 줍니다. 당장 그자를 고소해야겠는데요. 우리 변호사들한테 연락을 취하세요, 어머니."

"우리 변호사들? 그 사람은 건축업자를 불러 추산액을 다 내놨단다. 여기 맨큐소 씨 말로는 우리가 할 수 있는 일이 없다는구나."

"오. 뭐, 그럼 돈을 줘야겠군요."

"법정으로 끌고 갈 수도 있긴 한데. 네가 그게 상책이라고 생각한다면 말이다."

"음주 운전 아닙니까." 이그네이셔스가 차분하게 말했다. "어머닌 이길 공산이 전혀 없습니다."

라일리 부인은 낙담한 얼굴이었다.

"하지만 이그네이셔스, 자그마치 천이십 달러란다."

"어머닌 틀림없이 어디서 돈을 좀 마련하실 수 있을 겁니다." 그가 어머니에게 말했다. "커피가 좀 남아 있습니까, 아니면 여기 이 카니발 가장행렬꾼님께 다 따라 드리셨습니까?"

"집을 저당 잡히면 되긴 할 텐데."

"집을 저당 잡혀요? 그건 물론 안 될 말입니다."

"그럼 달리 어쩐단 말이니, 이그네이셔스?"

"뭐, 이런저런 방법이 있을 겁니다." 이그네이셔스가 건성으로 말했다. "이 일로 절 귀찮게 하지 않으셨으면 하는데요. 가뜩이나 저 쇼 프로만 보고 나면 불안감이 증폭돼서 말입니다." 그는 주전자에 우유를 붓기 전에 냄새를 맡았다. "어머니, 당장 우유 판매점에 전화하시는 게 좋겠습니다. 우유가 아주 푹 쉬었네요."

"홈스테드*에 가면 천 달러는 구할 수 있을 거예요." 라일리 부인이 침묵을 지키고 있는 순경에게 조용히 말했다. "이 집은 썩 괜찮은 담보랍니다. 작년에 부동산업자가 칠천 달러 주겠다고 한 적도 있었더랬지요."

"저 쇼 프로의 아이러니가 뭔지 아십니까." 이그네이셔스는 우유가 끓기 시작하는 즉시 주전자를 잡을 수 있도록 한쪽 눈을 부릅뜬 채 주전자를 지켜보며 스토브 너머로 말을 건네고 있었다. "원래는 저게 우리의 청소년들에게 모범이 되어야 한다는 겁니다. 그런데 이 아이들이 클리어러실**의 판촉 광고를 위해 저렇게 타락하고 있다는 걸 이 나라 건국의 아버지들께서 아시면 대체 뭐라고들 하실까요. 하지만 전 민주주의란 게 결국 이렇게 되리라는 걸 잘 알고 있었습니다." 그는 자신의 셜리 템플*** 머그잔에 찬찬히 공을 들여 우유를 부었다. "이 나라가 자멸하기 전에 강력한 통치자가 나서야 합니다. 미합중국은 신학과 기하학, 고매한 취향과 품위가 필요하단 말입니다. 우린 지금 아무래도 심연의 가장자리에서 비틀거리고 있는 게 아닌가 싶다니까요."

"이그네이셔스, 아무래도 내일 홈스테드에 가봐야겠구나."

"그런 고리대금업자들과 상대해선 안 된다니까요, 어머니." 이그네이셔스는 이제 쿠키가 든 단지 주변을 더듬거리고 있었다. "분명 무슨 수가 생길 겁니다."

---

* 담보대출과 저축 업무를 맡은 루이지애나 주 기반의 제2금융권. 하이버니아 홈스테드 뱅크가 이에 속한다.

** 여드름 치료제.

*** 1930년대 아역 배우로 명성을 날린 미국 여배우.

"이그네이셔스, 애야, 그 사람들이 날 감옥에 처넣을지도 모르잖니."

"하아암. 또 전처럼 히스테리 부리고 법석을 떨 생각이시라면, 전 이만 거실로 돌아가렵니다. 아닌 게 아니라 그래야겠군요."

그가 음악이 흘러나오는 방향으로 출렁 출렁 나아가자, 욕실 슬리퍼가 연방 그 거대한 발바닥에 요란스레 부딪치며 철퍼덕거렸다.

"저런 애를 데리고 뭘 어쩌겠어요?" 라일리 부인이 맨큐소 순경을 보고 애처롭게 물었다. "불쌍한 지 에미 생각은 눈곱만큼도 안 해요, 글쎄. 어떨 땐 이 에미가 감옥에 들어가도 이그네이셔스는 눈도 깜박하지 않겠지 싶은 생각마저 들 정도예요. 인정머리라곤 없는 애라니까요, 저 녀석은."

"오냐오냐 키우셔서 그렇지요." 맨큐소 순경이 말했다. "어머니들은 자식들 버릇 나빠지지 않도록 신경을 써야 합니다."

"애가 몇인가요, 맨큐소 씨는?"

"셋입니다. 로절리, 앤트워네트, 앤절로 주니어, 이렇게 셋이요."

"아유, 얼마나 좋을까. 아주 사랑스러운 애들이겠죠? 이그네이셔스 같지는 않겠지요." 라일리 부인이 고개를 절레절레 저었다. "이그네이셔스도 정말 귀염둥이였는데, 원, 어쩌다 저리 변했는지. 예전에는 '엄마, 사랑해요.' 하고 잘도 말하더니, 이제 그런 말은 하지도 않는답니다."

"이런, 울지 마세요." 맨큐소 순경이 말했다. 그는 마음이 심히 흔들렸다. "제가 커피 좀 더 타드릴게요."

"내가 철창에 갇힌대도 녀석은 신경도 안 써." 라일리 부인이 코를 훌쩍거렸다. 그러고는 오븐을 열어 무스카텔 와인 한 병을 꺼냈다. "와인 한 잔 들겠어요, 맨큐소 씨?"

"아니, 괜찮습니다. 경찰로서 반듯한 인상을 줘야 해서요. 또 사람들을 항상 예의 주시하고 있어야 하고요."

"그럼 나 좀 마셔도 되죠?" 라일리 부인은 이렇게 수사의문문을 던지고는 와인을 병째 들고 쭉 들이켰다. 맨큐소 순경은 능숙한 살림꾼 같은 태도로 스토브 위를 맴돌며 우유를 끓이기 시작했다. "가끔은 기분이 울적해지는 날이 있지요. 사는 게 힘들어요. 일도 죽어라 했는데. 착하게도 살았고."

"삶을 긍정적으로 바라보셔야 합니다." 맨큐소 순경이 말했다.

"그래야겠지요." 라일리 부인이 말했다. "나보다 더 힘든 사람도 있으니까요. 불쌍한 내 사촌처럼 말이에요. 기가 막히게 좋은 여잔데. 평생 하루도 안 빠지고 미사에 다녔더랬는데. 그런데 어느 날 아침 일찍 어부의 미사에 가던 길에, 저기 매거진 거리에서 그만 전차에 치었지 뭐예요. 것도 아직 캄캄한 어둑새벽 녘에."

"개인적으로 전 제 자신이 우울해하는 걸 절대 용납하지 않습니다." 맨큐소 순경은 거짓말을 했다. "부인도 늘 희망적으로 사셔야 해요. 무슨 뜻인지 아시죠? 제가 하는 일이 워낙 위험천만하지 않습니까."

"자칫하면 목숨이 위태로울 수도 있지요."

"하루 종일 한 놈도 체포하지 못할 때도 있습니다. 엉뚱한 사람을 잡아들이기도 하고요."

"D. H. 홈스 앞에서 그 영감처럼 말이지요. 그건 내 잘못이었어요, 맨큐소 씨. 이그네이셔스가 허튼소리 하고 있다는 걸 눈치 챘어야 하는데. 저 녀석 하는 짓이 늘 그래요. 내가 누누이 '이그네이셔스, 얘야, 이 멋진 셔츠 좀 입어보렴. 너 주려고 샀는데, 이 멋진 스웨터 좀 입어봐라.' 하고 잔소리를 해대도, 귓등으로도 안 들어요. 쟤가 그래요. 여간 똥고집이 아니에요, 글쎄."

"또 가끔은 집에서 문제가 생길 때도 있습니다. 애 셋을 돌보느라 아내가 이만저만 신경과민이 아니거든요."

"신경과민, 그거 아주 끔찍한 건데. 요 옆집 사는 미스 애니라고, 글쎄, 이 여자도 신경질이 보통이 아니에요. 이그네이셔스가 시끄럽게 군다고 허구한 날 소리를 질러대고 야단이라니까요."

"제 아내가 그렇답니다. 여차하면 제가 집을 뛰쳐나와야 할 때도 있고 요. 제가 이런 남자가 아니었다면, 아마 어디 가서 코가 삐뚤어지도록 마셔댔을 겁니다. 우리끼리 하는 얘기지만요."

"난 좀 더 마셔야겠는데. 심적 부담을 덜어주니까. 이해하지요?"

"전 그럴 때 볼링을 치러 갑니다."

라일리 부인은 왜소한 체구의 맨큐소가 커다란 볼링공을 든 모습을 애써 상상해보려 했다. "볼링을 좋아하나 봐요?"

"볼링은 아주 근사한 운동이랍니다, 라일리 부인. 세상만사를 잊게 해주거든요."

"오, 세상에!" 거실에서 고함 소리가 터져 나왔다. "저 계집애들은 이미 매춘부나 다름없군. 어떻게 저런 소름끼치는 짓을 대중 앞에서 할 수가 있지?"

"나도 그런 취미가 있으면 좋으련만."

"볼링 한번 해보세요."

"아이고. 난 벌써 팔꿈치에 관절염이 와버렸어요. 그런 공 굴리고 놀기엔 너무 늙었지. 허리가 끊어질 텐데."

"제 고모님 한 분이 예순다섯 되신 할머닌데, 날마다 볼링 치러 다니세요. 볼링 팀에도 들어가 활동하시고요."

"그런 여자들도 더러 있지요. 난 원체 운동에는 소질이 없어서."

"볼링은 단순한 운동이 아니랍니다." 맨큐소 순경이 방어적인 어조로 말했다. "볼링장에 가면 사람들을 많이 만나게 되지요. 다들 좋은 사람들입니다. 친구도 제법 사귀실 수 있을 거예요."

"그래요. 하지만 내 팔자에 발가락에 공이나 떨어뜨리지 않으면 다행이게요. 벌써부터 발이 시원찮은데."

"다음에 제가 볼링장에 갈 때 부인께 연락드릴게요. 고모님도 모셔 오고. 저하고 부인하고 고모님하고, 이렇게 셋이서 볼링장에 가는 겁니다. 어때요, 좋으시죠?"

"어머니, 이 커피 언제 내리신 겁니까?" 이그네이셔스가 슬리퍼를 철퍼덕거리며 다시 부엌으로 들어와 물었다.

"한 시간쯤 전에. 왜?"

"맛이 영 불쾌한데요."

"제 입엔 아주 그만이던데." 맨큐소 순경이 말했다. "프렌치 마켓에서 파는 커피만큼 맛있는 커피더군요. 제가 지금 좀 더 만드는 중인데, 한 잔 들겠습니까?"

"사양하겠습니다." 이그네이셔스가 말했다. "어머니, 이 신사분을 오후 내내 접대하실 생각이십니까? 상기시켜드리고 싶은 것이 있는데, 제가 오늘 밤 영화를 보러 갈 예정이고, 영화관에는 정각 일곱 시까지 도착해야만 만화영화*를 볼 수 있다는 사실을 말입니다. 그러니 이제 먹을 걸 좀 준비해주셨으면 좋겠는데요."

"전 이만 가야겠습니다." 맨큐소 순경이 말했다.

"이그네이셔스, 부끄러운 줄 알아라." 라일리 부인이 성난 목소리로 말했다. "맨큐소 씨랑 그저 커피 한 잔 같이하는 것뿐인데, 오후 내내 어쩜 이리도 못되게 구는 거니. 그 돈을 어디서 구해올는지는 눈곱만큼도 관심이 없고, 이 에미가 철창에 갇힌대도 눈 하나 깜짝 안 하고. 도대체 네가

---

* 과거 미국 극장에서는 본 영화 상영 전, 미키 마우스나 도널드 덕 같은 캐릭터들이 등장하는 단편만화영화와 차기상영작 예고편, 뉴스 영화 등이 상영되었다.

신경 쓰는 게 뭐 있느냔 말이다."

"제 집에서 제가, 저런 가짜 수염이나 달고 온 이방인 앞에서 이런 비난을 받아야 합니까?"

"내가 가슴이 미어지는구나."

"오, 어련하시려고요." 이그네이셔스가 이렇게 말하고는 맨큐소 순경 쪽을 돌아보았다. "죄송하지만 그만 가주시겠습니까? 더는 어머니를 자극하지 말아주시죠."

"맨큐소 씨는 그저 친절하게 대해줬을 뿐이다."

"전 그만 가는 게 좋겠습니다." 맨큐소 순경이 변명하듯 말했다.

"그 돈은 내가 구하마." 라일리 부인이 악을 썼다. "이 집을 팔아버리겠다. 네가 깔고 앉은 이 집을 팔아버리겠다고, 이 녀석아. 그리고 난 양로원에나 가서 살련다."

부인은 식탁 방수포의 끝자락을 움켜쥐더니 그걸로 눈물을 훔쳤다.

"나가지 않으면 경찰을 부르겠습니다." 이그네이셔스가 수염을 귀에 걸고 있는 맨큐소 순경에게 말했다.

"이이가 바로 경찰이다, 이 멍청한 녀석아."

"정말 어처구니가 없군." 이그네이셔스는 이렇게 말하고는 철퍼덕거리며 걸어 나갔다. "전 제 방으로 가겠습니다."

그는 방문을 쾅 닫고, 방바닥에 널브러져 있는 빅치프 노트 중 하나를 와락 낚아챘다. 그러고는 침대 위 베개들 사이로 몸을 던지더니 누렇게 빛바랜 노트 종이에 낙서를 하기 시작했다. 무려 삼십 분 동안 머리카락을 쥐어뜯고 연필을 잘근잘근 씹어대다가 드디어 한 단락을 써 내려가기 시작했다.

로스비타*가 오늘날 우리 곁에 살아 있다면, 우리는 모두 이 여인에게

서 조언과 본보기를 구하리라. 그녀가 살았던 중세 세계의 엄격함과 고요함, 금욕과 평온으로 볼 때, 전설적 예언자 시빌**과도 같은 이 성스러운 수녀의 꿰뚫는 시선이라면, 텔레비전이라는 이름으로 우리 눈앞에 현현하는 그 모든 혐오스러운 행위를 귀신 쫓듯 몰아낼 수 있을 것이다. 성인으로 축성된 이 여인의 한쪽 안구와 텔레비전 브라운관, 대략 같은 형태와 디자인을 갖춘 이 둘을 나란히 병치할 수만 있다면, 폭발하는 전극들이 얼마나 화려한 주마등처럼 빛을 발할 것인가. 음탕하게 빙글빙글 도는 저 아이들의 이미지들은 수많은 이온과 분자로 해체되고 말 것이며, 그리하여 순결한 자들의 타락이라는 비극에 필연적으로 따르는 카타르시스를 불러일으킬 것이다.

라일리 부인은 복도에 서서, 커다란 빅치프 노트 종이에 "방해하지 마시오"라고 써서 오래된 살색 반창고로 방문에 붙여놓은 걸 쳐다보고 있었다.

"이그네이셔스, 애야, 나 좀 들어가자." 부인이 소리를 질렀다.

"제 방에 들어오시겠다고요?" 이그네이셔스가 문 너머로 말했다. "어림도 없는 소립니다. 전 지금 한창 촌철살인의 문장을 쓰는 데 몰입하고 있단 말입니다."

"좀 들어가자꾸나."

"이 방엔 절대 들어오시지 말라고 했잖습니까."

라일리 부인이 문을 쾅쾅 두들겼다.

---

* 10세기 독일 베네딕투스 수녀원 소속 수녀로, 기독교적·금욕적 주제의 작품들을 남긴 시인이자 극작가.

** 신탁을 전하는 고대 그리스의 여자 예언자.

"대체 요즘 왜 이러시는지 모르겠군요, 어머니. 일시적인 정신착란에라도 빠지신 거 아닙니까. 지금 그 생각을 하다 보니, 아닌 게 아니라 너무 무서워서 문을 못 열겠는데요. 칼이나 깨진 와인 병 같은 걸 들고 계실지도 모르니까요."

"문 좀 열어라, 이그네이셔스."

"오, 유문! 유문이 또 닫히고 있어!" 이그네이셔스가 요란스레 끙끙거렸다. "나머지 저녁 시간을 완전히 망쳐놓으셨으니 이제 만족하십니까?"

라일리 부인은 페인트칠이 돼 있지 않은 나무 문을 들이받았다.

"아니, 문을 부수시면 어쩌라고요." 그가 결국 이렇게 말했고, 잠시 후 빗장이 풀리며 문이 열렸다.

"이그네이셔스, 도대체 방바닥에 널린 이 쓰레기들은 다 뭐니?"

"어머니가 보고 계신 건 제 세계관입니다. 아직 전체적으로 통합된 게 아니니까, 밟지 않도록 조심해주세요."

"덧문까지 다 닫아놨구나. 이그네이셔스! 밖은 아직 훤하단다."

"제게도 프루스트*적인 요소들이 없는 건 아닙니다." 이그네이셔스가 침대 위에서 말했다. 그는 문을 열어주고는 재빨리 그리로 되돌아갔던 것이다. "오, 배야."

"방 안에 냄새가 지독하구나."

"글쎄요, 뭘 기대하시는지? 인간의 몸은 갇혀 있으면 특정한 체취를 발산하기 마련인 것을요. 탈취제나 기타 변태적인 것들이 성행하는 이 시대이다 보니 우리가 그런 냄새를 쉽게 잊고 사는 것뿐이죠. 사실 전 이 방 공기를 맡으면 마음이 편안해진답니다. 쉴러는 글을 쓸 때 책상에서 사과

---

* 프랑스 작가 마르셀 프루스트. 대표작 『잃어버린 시간을 찾아서』에서 보듯, 물리적 시간보다 의식의 흐름을 따른 작법으로 유명함.

썩는 냄새가 필요했다고 하지 않습니까. 저 역시도 필요한 게 있는 겁니다. 기억하실지 모르겠지만, 마크 트웨인은 작품을 구상하는 동안 침대에 똑바로 누워 있는 걸 좋아했다죠. 그래봤자 구태의연하고 지루한 작품들인데, 그걸 요즘 학자들은 의미심장한 것으로 증명해 보이려 애쓰더군요. 마크 트웨인을 숭배하는 건 오늘날 지성의 정체를 초래한 근본 원인 중 하나인데도 말입니다."

"방이 이 꼴인 줄 알았으면 내 진즉에 들어와 봤을 텐데."

"대체 지금은 왜 들어와 계신지 모르겠군요. 어째서 갑자기 제 성역을 침범하겠다는 강박을 갖게 되신 거랍니까? 이 성역이 낯선 영혼의 침입이라는 트라우마를 겪고서 다시는 예전 상태로 돌아가지 못할까 봐 심히 우려스러운데요."

"얘기를 좀 하러 왔다, 얘야. 베개 좀 치우고 얼굴을 들어보렴."

"이건 분명 법의 대변자랍시고 꼴같잖게 돌아다니는 그자의 영향이 틀림없군요. 그런 인간 때문에 자식한테 등을 돌리시다니요, 어머니. 그나저나, 그자는 확실히 돌아간 거 맞습니까?"

"그래. 네가 그따위로 굴어서 미안하다고 대신 말해줬다."

"어머니, 지금 제 노트를 밟고 계시잖습니까. 제발 좀 비켜서 주시겠습니까? 소화기능을 망친 걸로도 모자라 두뇌의 결실마저 망쳐버려야 만족하시렵니까?"

"그럼 도대체 어디에 서 있으란 말이니, 이그네이셔스? 에미가 너랑 같이 침대에라도 들어가랴?" 라일리 부인이 성을 내며 말했다.

"제발 발밑 좀 조심하시라니까요!" 이그네이셔스가 벼락같이 호통을 쳤다. "맙소사, 이렇게 전적으로, 이렇게 철저하게 습격당하고 포위당한 인간이 역사상 또 있을까. 대체 어머니를 이토록 광적인 흥분 상태로 몰아간 게 뭐란 말입니까? 지금 제 콧구멍을 공격하고 있는 이건 혹 싸구려 와인 냄새인가요?"

"난 마음을 정했다. 이제부터 넌 나가서 일자리를 구하도록 해라."

오, 운명의 여신 포르투나가 지금 그에게 무슨 비열한 장난을 치고 있는 걸까? 체포 사건, 차 사고, 그리고 일자리. 과연 이 끔찍한 불운의 주기는 어디쯤에서 끝이 날까?

"뭔지 알겠습니다." 이그네이셔스가 차분하게 말했다. "선천적으로 어머닌 이렇게 중대한 결정을 혼자 내리지 못하신다는 걸 제가 아는 이상, 그런 생각은 그 덜떨어진 몽고증 환자 같은 경찰이 어머니 머릿속에 불어넣은 거라고 봐야겠군요."

"맨큐소 씨와는 예전에 네 아버지랑 그랬던 것처럼 얘기를 나눴을 뿐이란다. 네 아버지도 늘 나한테 뭘 어떻게 하라고 얘기해주곤 했더랬지. 지금 살아 있다면 얼마나 좋을까마는."

"맨큐소란 자와 아버지가 닮은 점은 두 사람 다 별 볼일 없는 사람처럼 보인다는 것뿐입니다. 하지만 어머니의 그 충실한 조언자는 만인이 지속적으로 일을 해야 만사가 형통할 거라고 생각하는 부류로군요."

"맨큐소 씨는 열심히 일한단다. 서에서 고생이 이만저만 아니더구나."

"분명 달갑지도 않은 애들을 줄줄이 키울 테고, 또 애들은, 사내애든 계집애든, 다들 커서는 경찰이 되고 싶어 할 테죠."

"사랑스러운 애들이 셋이라더라."

"네, 어련하려고요." 이그네이셔스는 천천히 풀쩍풀쩍 몸을 튕기기 시작했다. "오!"

"도대체 뭐하는 거니? 또 그놈의 유문을 가지고 장난치는 거냐? 원, 유문이 있는 사람은 세상에 너 밖에 없을 거다. 나한테도 유문 같은 건 없대도."

"유문은 **누구에게나** 다 있다니까요!" 이그네이셔스가 소리를 질렀다.

"제 유문은 그저 남보다 조금 더 발달했을 뿐이죠. 지금 전 어머니가 성공리에 막아버리신 통로를 다시 열어보려고 애쓰는 중이지 않습니까. 어쩌면 이제 영원히 닫혀버렸는지도 모릅니다."

"맨큐소 씨 말은, 네가 일을 하면 그 사람 돈을 갚는 데 보탬이 될 수 있다는 거야. 그 사람이 할부로 갚으라고 할 수도 있다더구나."

"어머니 친구, 그 순경 양반께선 참 말이 많으시군요. 어머니한텐 사람들 기를 살려주고 자신감을 갖게 하는 자질이 있나 봅니다. 그자가 그렇게 수다스럽다거나 그렇게 통찰력 있는 발언을 할 줄은 꿈에도 몰랐는걸요. 정녕 그 인간이 우리 집안을 풍비박산 내려 한다는 걸 모르시겠습니까? D. H. 홈스 앞에서 절 난폭하게 체포하려 들던 그 순간부터 이미 시작된 겁니다. 어머니 머리로는 이걸 다 이해하기란 무리겠지만, 어머니, 우리에겐 그 인간이 바로 화근이란 말입니다. 그자가 우리의 바퀴를 아래쪽으로 돌리고 있다니까요."

"바퀴라니? 맨큐소 씨는 좋은 사람이다. 널 잡아넣지 않은 걸 감사해야지!"

"제 개인적인 묵시록에 따르면, 그 인간은 제 야경봉에 제 몸이 꿰뚫리는 벌을 받게 될 겁니다. 아무튼, 제가 일자리를 구한다는 건 상상도 못할 일입니다. 전 지금 저술 작업 때문에 무지 바쁘고, 더욱이 굉장히 생산적인 단계에 돌입하던 참이거든요. 아마 차 사고로 인해 생각이 덜커덕 충격을 받고 느슨해져서 술술 풀려나오는 모양인데, 어쨌거나 오늘도 엄청난 양을 완수했지 뭡니까."

"그 사람한테 돈은 갚아야지, 이그네이셔스. 내가 감옥에 들어가는 꼴을 보고 싶니? 불쌍한 이 에미가 철창에 갇히면 네 속이 편할 듯싶으니?"

"제발 감옥 얘기는 그만해주시렵니까? 그 생각에 완전히 사로잡히신 거 같군요. 정말이지 그렇게 생각하는 걸 즐기시는 거 같은데요. 순교는,

어머니, 우리 시대엔 무의미한 거랍니다." 그는 조용히 트림을 했다. "앞으로는 좀 절약하며 사는 게 어떨까요. 어쨌거나 필요한 만큼은 이미 집에 있다는 걸 알게 되실 겁니다."

"네가 먹는 거하며, 네가 이것저것 사대는 거하며, 한 푼도 남은 게 없단 말이다."

"요즘 들어 빈 와인 병이 몇 개 굴러다니던데, 그 내용물은 절대 제가 소비한 게 아닙니다."

"이그네이셔스!"

"지난번엔 제가 제대로 살펴보지도 않고 오븐을 켜는 실수를 했지 뭡니까. 냉동피자를 데우려고 오븐을 열었더니, 와인이 부글부글 끓어 병이 폭발 직전이었단 말입니다. 하마터면 눈이 멀 뻔했다니까요. 아무래도 어머닌 주류산업에 쏟아 붓고 계신 돈을 좀 줄이셔야 할 거 같은데요."

"부끄러운 줄 알아라, 이그네이셔스. 기껏 갤로* 무스카텔 와인 몇 병을 가지고 네 그 하고많은 잡동사니에 비한단 말이니."

"**잡동사니**가 뭔지 정의를 좀 내려주시겠습니까?" 이그네이셔스가 냉큼 쏘아붙였다.

"그놈의 책들하고. 저 축음기하고. 지난달에 사준 트럼펫도 있지."

"트럼펫은 훌륭한 투자라고 생각하는데요. 우리 이웃인 미스 애니의 생각은 다른 거 같지만요. 그 여자가 한 번만 더 제 방 덧문을 두들기면, 이번엔 물벼락을 퍼붓고 말 겁니다."

"내일은 우리 같이 신문 구인광고를 훑어보자꾸나. 너도 이제 잘 차려입고 일자리를 찾아 나서는 거야."

"어머니가 생각하시는 '잘 차려입다'는 게 뭔지 여쭙기도 겁나는군요.

---

* 저가의 대중적인 캘리포니아산 와인.

웃기는 원숭이 꼬락서니가 되고 말 테니까요."

"내가 근사한 흰색 셔츠를 다려줄 테니, 네 아버지 넥타이 중에 하나를 골라서 매보렴."

"지금 내가 잘못 들은 거니?" 이그네이셔스가 베개를 보고 물었다.

"그러기 싫으면, 이그네이셔스, 이 집을 저당 잡히는 수밖에. 몸뚱이 누일 집 한 칸도 없이 살고 싶은 거니?"

"안 됩니다! 이 집을 저당 잡힐 순 없다니까요." 그는 커다란 앞발로 매트리스를 쿵 쿵 두들겼다. "제가 이제껏 쌓아오려고 무던히도 애를 썼던 안정감이 한순간에 와르르 무너지고 말 겁니다. 아무 연관도 없는 제삼자가 우리 주거지를 좌지우지하게 만들 수는 없죠. 전 못 참습니다. 생각만 해도 손에 두드러기가 난단 말입니다."

그는 어머니가 발진을 살펴볼 수 있게 앞발을 내밀었다.

"글쎄, 그건 말도 안 되는 소립니다." 그가 말을 이었다. "그렇게 되면 제 속에 잠재된 불안감을 모조리 끄집어내게 될 테고, 그 결과 굉장히 추악한 결말을 초래하고 말 겁니다. 전 어머니가 다락방에 갇힌 미친 아들을 돌보며 여생을 보내시는 건 바라지 않습니다. 절대 이 집을 담보로 잡힐 순 없다니까요. 어디 다른 데서 돈을 좀 구해보세요."

"하이버니아 은행에 백오십 달러가 있다만."

"맙소사, 그게 답니까? 우리가 그렇게 대책 없이 살고 있는 줄은 몰랐는데. 하지만 저한테는 그간 비밀에 붙여주셔서 다행이군요. 우리가 알거지 신세로 전락하기 일보 직전이라는 걸 알았으면, 제 신경줄은 아주 옛날에 결딴났을 테니까요." 이그네이셔스는 앞발을 벅벅 긁었다. "하지만 솔직히 말해, 다른 대안은 상당히 우울한데요. 저를 고용해줄 사람이 있기나 할지 몹시 회의적이랍니다."

"그게 무슨 말이니, 얘야? 넌 교육을 잘 받은 인재인데."

"고용주들은 제가 그들의 가치관을 부정하는 인간임을 감지하거든요." 그는 똑바로 돌아누웠다. "그들은 저를 두려워합니다. 제가 어쩔 수 없이 살아가야 하는 이 세기를 몹시 혐오한다는 걸 다들 아는 거 같단 말입니다. 뉴올리언스 공공도서관에서 일할 때도 그랬고요."

"하지만, 이그네이셔스, 네가 대학을 졸업한 뒤로 얻은 직장은 거기뿐이었잖니. 그것도 겨우 이 주일 근무했을 뿐이고."

"제 말이 그 말입니다." 이그네이셔스는 이렇게 대꾸하며, 종이를 똘똘 뭉친 것을 우윳빛 유리 샹들리에의 우묵한 접시를 향해 겨누었다.

"네가 한 일이라곤 그저 책에다 조그만 이름표를 붙이는 게 다였어."

"맞습니다. 하지만 전 이름표 붙이는 일에도 제 나름의 미학을 갖고 있었습니다. 어떤 날은 하루에 고작 서너 개밖에 못 붙였어도 작업의 품질에 만족할 수 있었죠. 도서관 관리들은 제 작업의 이런 품격을 몰라주고 오히려 못마땅해하더군요. 그저 베스트셀러에 풀이나 매대기질 치는 짐승을 원했던 거지 뭡니까."

"혹시 거기 다시 취직할 수는 없을까?"

"그건 몹시 회의적인데요. 그 당시 정보처리 부서의 책임자로 있던 여자한테 제가 패나 신랄한 발언을 쏘아붙였거든요. 결국 제 도서 대출증까지 박탈하고 말더군요. 제 **벨탄샤웅***을 사람들이 얼마나 두려워하고 증오하는지 어머니도 좀 아셔야 합니다." 이그네이셔스는 끄윽 트림을 했다. "배턴루지로 오도된 그 여행 얘기는 꺼내지 않으렵니다. 바로 그 사건 때문에 취직이라면 치를 떠는 정신장애를 갖게 된 게 분명하니까요."

"대학에선 너한테 잘해주지 않았니, 이그네이셔스. 자, 솔직히 말해보렴. 그 사람들은 널 오랫동안 대학에 머물도록 해줬잖아. 심지어 강의도

---

* 독일어로 '세계관'.

하나 맡게 해주고."

"오, 근본적으로 별반 다를 게 없었습니다. 글쎄, 미시시피 출신의 백인
학생 하나가 학장한테 제가 교황의 전도자라고 일러바쳤지 뭡니까. 물론
그건 빤한 거짓말입니다. 전 현재의 교황을 지지하지 않으니까요. 제가
생각하는 훌륭하고 권위적인 교황 상에 맞지 않는 인물이거든요. 사실,
전 현대 가톨릭의 상대주의에 격렬하게 반대하는 입장이란 말입니다. 하
지만 이 무식한 백인 촌뜨기 근본주의자 녀석의 뻔뻔스러운 행각 덕분에
제 강의를 듣는 다른 학생들까지 위원회를 구성해서는, 그간 자신들이 제
출한 보고서와 시험지를 전부 채점한 뒤 돌려달라고 요구하지 뭡니까. 심
지어 제 연구실 창밖에서 소규모 시위까지 벌이면서요. 꽤나 극적이긴 하
더군요. 그런 단순무식한 애들 치고는 꽤나 잘해냈으니까요. 그러다 시위
가 절정에 달하자, 저는 그 철 지난 보고서와 시험지를, 물론 채점 따위는
하지 않았죠, 몽땅 창밖으로, 바로 학생들 머리 위로 와르르 쏟아 부어버
렸습니다. 나락으로 떨어진 현대 학계에 맞선 저의 이런 도전 행위를 용
납하기엔, 대학이 워낙 그릇이 작더군요."

"이그네이셔스! 그런 얘기는 한 번도 한 적이 없잖니."

"당시엔 어머니를 흥분시키고 싶지 않았으니까요. 전 학생들한테 이
런 말도 해줬습니다. 인류의 미래를 위해 너희 모두가 불임이기를 바란
다, 하고요." 이그네이셔스는 머리맡의 베개들을 정리했다. "전 도저히 그
학생들의 시커먼 정신세계에서 부글부글 끓어오르는 무지와 오도된 생
각을 끝까지 참고 읽어줄 수가 없더란 말입니다. 그러니 제가 어디서 일
을 한들 마찬가지 아니겠습니까."

"넌 훌륭한 직장을 구할 수 있단다. 그 사람들이 어디 가서 석사 학위
를 가진 청년을 구할 수 있으려고."

이그네이셔스가 무겁게 한숨을 쉬더니 말했다. "대안이 없군요." 그는

얼굴을 일그러뜨리며 고통스러운 표정을 지어 보였다. 불운의 주기가 끝나기 전까진 운명의 여신 포르투나와 대적해보았자 소용없는 일이었다. "물론 이게 다 어머니 탓인 건 잘 알고 계시겠죠. 제 저술 작업이 앞으로 한참 동안은 진척되지 못할 겁니다. 어머닌 고해신부님을 찾아가셔서 참회를 하시는 게 좋겠습니다. 신부님한테 어머니가 앞으론 죄악의 길을 피하고 음주도 금할 거라고 약조를 드리세요. 어머니의 도덕적 실패가 어떤 결과를 초래했는지도 다 털어놓으세요. 우리 사회를 비판하는 기념비적 논문의 완성이 어머니 때문에 늦춰지게 되었다는 사실도 말씀드리시고요. 아마 신부님이라면 어머니가 얼마나 중대한 잘못을 저질렀는지 알아주실 겁니다. 제가 생각하는 그런 신부님이라면, 틀림없이 꽤나 엄하게 꾸짖어주실 겁니다. 하긴 요즘 세상엔 사제들에게도 별 기대할 게 없다는 건 알고 있지만 말입니다."

"나도 앞으로 바르게 살련다, 이그네이셔스. 두고 보럼."

"네, 네, 그럼요. 저도 일자리를 찾아보도록 하죠. 어머니가 생각하시는 **훌륭한** 직장은 아닐 수도 있겠지만. 아무튼, 고용주한테 쓸모 있는 유익한 통찰력이 제게 있을지도 모르죠. 어쩌면 이런 경험이 저술 활동을 새로운 차원으로 도약시켜줄지도 모르겠는데요. 제가 비판하는 체제에 능동적으로 참여하다니, 그 자체로 흥미로운 아이러니가 될 겁니다." 이그네이셔스는 요란스레 트림을 했다. "내가 얼마나 한심하게 전락했는지 머나 민코프한테 보여주면 좋겠군."

"그 기집애는 요즘 뭐하고 있대?" 라일리 부인이 수상쩍다는 투로 물었다. "널 대학에 보내려고 거액을 썼는데, 기껏 고른 애가 그런 애라니."

"머나는 여전히 뉴욕에 있습니다. 원래 고향이 거기니까요. 틀림없이 지금 이 순간에도 무슨 시위대에 끼어, 어떻게든 경찰을 자극해서 체포당하려고 안달하고 있을 겁니다."

"걔는 그놈의 기타를 가져와 온 집 안이 떠나가라 쳐대면서 내 신경을 긁었더랬지. 네 말마따나 돈이 좀 있는 애라면, 너랑 아예 결혼을 시킬 걸 그랬구나. 그랬다면 둘이서 살림을 차리고 이쁜 애도 낳고 했을지도 모르는데."

"아니, 제 친어머니 입에서 지금 그런 음탕하고 외설스러운 말이 나오는 겁니까?" 이그네이셔스가 호통을 쳤다. "자, 이제 어서 가서 저녁이나 좀 차려주세요. 극장에 제시간에 가야 한단 말입니다. 아주 요란뻑적지근하게 광고를 해대는 서커스 뮤지컬인데, 오래전서부터 보려고 별러온 겁니다. 구인광고는 내일 살펴보기로 하죠."

"네가 드디어 일을 한다니, 정말 자랑스럽구나." 라일리 부인이 감정에 북받쳐 이렇게 말하고는 아들의 축축한 콧수염 어디쯤에다 입맞춤을 했다.

⠿

"이 늙다리 아줌씨 좀 보라지." 버스가 덜컹 튀어 오르는 통에 옆자리 여자와 부딪친 존스가 속으로 구시렁거렸다. "내가 흑인이라고 자기를 겁탈이라도 할 줄 아나 보지. 거 다 늙어빠진 궁뎅이를 차창 밖으로 내던질 판이구만. 우아! 내가 누굴 겁탈한다고 저러실까."

존스는 다리를 꼬며 조심스레 옆자리 여자에게서 물러나 앉으면서, 버스 안에서도 담배를 필 수 있으면 좋겠다고 생각했다. 초록색 모자를 쓰고 난데없이 온 시내를 휘젓고 다닌다는 그 뚱보가 대체 누굴까 자못 궁금했다. 옘병할 뚱보가 다음엔 또 어디서 출몰할까? 초록색 모자를 썼다는 이 괴짜에게는 왠지 유령 같은 데가 있었다.

"그나저나, 그놈의 경찰한테 돈 버는 직장을 구했다고 말하고 내 등짝에서 확 떼어내 버려야겠는데. 일주일에 이십 달러나 주는 자선가를 만났다고 해야지. 그러면 이러겠지. '잘됐군. 이제 반듯한 생활을 하는 걸 보니 기쁘군.' 거 내가 어이가 없어 '어어!' 이러면, '자네 이제 드디어 사회의 일원이 되는 거야.' 이럴 테지. 그럼 나는 '예, 깜둥이 일자리에 깜둥이 급료 받걸랑요. 이제 진짜 사회의 일원이 됐다고요. 진짜 깜둥이가 됐다니까요. 이제 부랑아 아니고요, 그냥 깜둥이가 됐다고요.' 이러고. 우아! 뭔 놈의 변화가 이래?"

옆자리의 늙은 여자가 줄을 잡아당겨 벨을 울린 뒤 존스의 몸에 손끝 하나 닿지 않도록 의식적으로 피해가며 자리를 빠져나가는데, 존스는 꼬물꼬물 몸을 뒤틀며 나가는 여자를 녹색 선글라스 렌즈 너머로 무심히 바라보았다.

"저 꼴 좀 보라지. 날 무슨 매독에, 결핵에, 발기한 거시기까지 달고 다니는 놈으로 아나 보네. 자기를 면도날로 확 긋고 지갑이라도 훔쳐갈 그런 놈으로 아나 봐. 이야."

선글라스는 여자가 버스에서 내려 정류장에 서 있는 사람들 속으로 사라지는 걸 지켜보았다. 그런데 그 사람들 뒤쪽 어디쯤에서 싸움판이 벌어지고 있었다. 어떤 남자가 손아귀에 둘둘 말아 쥔 신문지로, 버뮤다팬츠 차림에 붉은 수염을 길게 늘어뜨린 상대편 남자를 마구 때리고 있는 게 아닌가. 수염 기른 사내가 왠지 모르게 낯이 익었다. 존스는 순간 불안감이 엄습했다. 처음에는 초록색 사냥모자의 유령이더니, 이번에는 기억이 가물가물한 저런 꼬락서니의 사내라니.

붉은 수염의 사내가 싸움판에서 달아나자, 존스도 그만 차창에서 고개를 돌려 달린이 준 『라이프』지를 펼쳤다. 〈기쁨의 밤〉에서 적어도 달린만큼은 그에게 친절했다. 달린은 자기계발을 위해 『라이프』지를 정기구독하고 있었는데, 존스에게도 도움이 될지 모르겠다며 읽어보라고 준 것이다. 존스는 미국의 극동지역 개입에 관한 사설을 아등바등 읽어 나가다가 결국 중간에 포기하고 말았다. 어떻게 이런 게 달린이 스트리퍼가 되는 데, 다시 말해 그녀가 입버릇처럼 말하고 또 말한 그 목표에 이르는 데 도움이 될 수 있다는 건지 알다가도 모를 일이었다. 그는 다시 잡지를 들고 광고면을 펼쳤다. 광고가 그나마 잡지에서 제일 흥미로운 부분이었다. 이 잡지의 광고는 실로 굉장했다. 특히 어느 부부가 새로 장만한 멋진 집을 사진으로 찍은 에트나 생명보험사 광고가 마음에 들었다. 야들리 셰이빙 로션 광고 속 남자들 역시 무지 근사하고 돈도 많아 보였다. 존스가 잡지에서 받을 수 있는 도움이란 바로 이런 거였다. 그는 자기도 꼭 그런 남자들처럼 보이고 싶었다.

⸬

운명의 여신 포르투나가 당신의 바퀴를 아래로 돌릴 때는 나가서 영화나 보고 되도록이면 삶을 회피하라. 이그네이셔스는 속으로 막 이렇게 말하려던 참이었다. 하지만 곧 자기가 거의 매일 밤 영화를 보러 왔다는 사실이 떠올랐다. 포르투나가 바퀴를 어느 쪽으로 돌리든 상관없이.

프리태니아 극장의 어둠 속, 그는 스크린으로부터 불과 몇 줄 떨어진 앞자리에 차렷 자세로 앉았다. 좌석에 몸이 꽉 차고도 남아 양쪽 옆자리로 살이 툭툭 불거져 나갔다. 그는 오른쪽 옆자리에 오버코트와 밀키웨이 초콜릿 바 세 개, 그리고 여분의 팝콘 두 봉지를 올려두었다. 팝콘 봉지는 팝콘이 따뜻하고 바삭한 상태로 유지되도록 끝부분이 솜씨 좋게 말려 있었다. 이그네이셔스는 손에 든 팝콘을 먹으며 영화 예고편들을 넋을 잃은 채 바라보았다. 그중 한 편이 몹시 형편없어 보여, 그 정도면 며칠 내로 자신을 다시 프리태니아 극장으로 불러들이기에 충분하다고 생각했다. 이윽고 스크린이 휘황찬란한 총천연색으로 발화하며 빛나더니 사자가 포효했고, 곧 요란뻑적지근하게 광고를 해댄 영화 제목이 그의 기이한 파랗고 노란 두 눈동자 앞에서 번쩍이며 스크린에 떠올랐다. 그의 얼굴은 얼어붙었고 팝콘 봉지가 덜덜 떨리기 시작했다. 극장에 들어오면서 그는 양쪽 귀마개를 모자 꼭대기로 올려 조심스레 단추를 채워놓았는데, 지금 뮤지컬 배경음악이 사방 스피커에서 쿵쾅쿵쾅 울려 나오며 벌거벗은 양쪽 귀를 무자비하게 공격했다. 그는 음악에 귀를 기울이던 중 특히나 싫어하는 팝송 두 곡을 감지해내고는, 평소에 몹시 넌더리를 내는 인물들의 이름이 나오지 않는지 크레디트를 낱낱이 살폈다.

크레디트가 다 지나가고, 거기서 배우 몇 명과 작곡가, 감독, 헤어 디자이너, 그리고 조연출이 모두 과거에 이그네이셔스 자신을 여러 번 불쾌하게 만든 전력이 있는 인간들임을 알아차리고 나자, 곧 수많은 엑스트라가 서커스 텐트 주위를 마구 돌아다니는 장면이 총천연색으로 나타났다. 그는 탐욕스레 화면 속 군중을 살폈고, 본격적인 서커스에 앞서 벌어지는 곁들이 촌극 무대 근처에 서 있는 여주인공을 곧 발견했다.

"오, 맙소사!" 그가 소리를 질렀다. "저기 그 여자가 있군."

좀 더 앞줄에 있던 아이들이 고개를 돌려 꼬나보았지만 이그네이셔스는 그런 건 안중에도 없었다. 파랗고 노란 두 눈은 여주인공만 졸졸 쫓고 있었다. 그녀는 지금 물이 가득 담긴 양동이를 나르는 중이었다. 알고 보니 자기 코끼리한테 갖다 주는 것이었다.

"이거 생각보다 훨씬 더 형편없겠는데." 이그네이셔스가 코끼리를 보자마자 이렇게 말했다.

그는 빈 팝콘 봉지를 통통한 입술에 갖다 대고 공기를 훅 불어넣은 뒤 잠자코 기다렸다. 두 눈은 총천연색을 반사하며 연방 번득이고 있었다. 팀파니가 둥둥 울리고 사운드트랙은 바이올린 합주로 가득했다. 어느 순간 여주인공과 이그네이셔스가 동시에 입을 벌렸다. 그녀의 입에서는 노래가 나왔고 그의 입에서는 신음이 흘렀다. 뒤이어 어둠 속에서 덜덜 떨고 있던 거대한 두 손이 격렬하게 서로 맞부딪쳤다. 펑, 하고 팝콘 봉지가 터졌다. 아이들에게서 비명이 터져 나왔다.

"대체 무슨 소리예요?" 매점의 여자가 지배인에게 물었다.

"오늘 그자가 왔거든." 지배인이 손가락으로 실내를 죽 가로질러 스크린 아래쪽에 자리 잡은 거대한 실루엣을 가리키며 말했다. 지배인이 통로를 따라 앞줄로 걸어 내려가는 동안 앞줄 관객들의 비명 소리는 점점 커지고 있었다. 찰나의 공포가 가시자, 아이들은 서로 비명 지르기 경쟁을 벌이고 있었던 것이다. 아이들의 소름 끼치는 고음과 낄낄거리는 웃음소리에 귀를 기울인 채, 이그네이셔스는 어둠 속 은신처에서 아주 흡족한 미소를 머금었다. 지배인은 가벼운 협박의 말 몇 마디로 앞줄 아이들을 조용히 평정한 다음, 조그만 머리통들 사이로 마치 한 마리 거대한 괴물처럼 우뚝 솟은 이그네이셔스의 형상을 흘낏 쳐다보았다. 하지만 보이는 건 통통한 윤곽뿐이었다. 초록색 챙 밑에서 반짝이는 두 눈은 여주인공과 코끼리의 일거수일투족을 쫓아 와이드스크린을 누비며 서커스 텐트로 따라 들어갔다.

한동안 이그네이셔스는 비교적 잠잠히 앉아, 전개되고 있는 사건에 대해 간간이 소리 죽인 콧방귀로만 응수하고 있었다. 이윽고 영화의 배역들이 총출연한 듯 보이는 한 무리의 사람들이 공중에서 줄을 타는 장면이 펼쳐졌다. 전경에는 공중그네를 타는 여주인공이 있었다. 그녀는 왈츠 곡에 맞추어 앞뒤로 왔다 갔다 했다. 미소 짓는 그 얼굴이 크게 클로즈업되었다. 이그네이셔스는 그녀의 치아에 충치나 때운 자국이 없나 낱낱이 살폈다. 그녀가 한쪽 다리를 죽 뻗었다. 이그네이셔스는 재빨리 다리 윤곽을 뜯어보며 어디 구조적 결함은 없는지 살폈다. 그녀는 성공할 때까지 몇 번이고 노력에 노력을 거듭하라는 요지의 노래를 불렀다. 이그네이셔스는 그 가사에 담긴 철학이 명명백백해지자 치를 떨었다. 그는 그녀가 까마득한 아래쪽 바닥의 톱밥 위로 떨어져 죽는 장면이 카메라에 잡히길 내심 기대하면서 공중그네를 부여잡은 그녀의 두 손을 유심히 지켜보았다.

두 번째 합창 장면에서, 배우들은 일제히 합창에 가담하여 면면에 미소를 띤 채 최후의 성공을 염원하는 노래를 힘차게 불렀다. 그러는 동안에도 그들은 내내 그네를 타고 왔다 갔다 하고, 대롱대롱 매달리고, 홱 뒤집고, 훌쩍 솟아오르고 있었다.

"오, 이런 세상에!" 이그네이셔스가 참다못해 버럭 소리를 질렀다. 쏟아진 팝콘이 셔츠를 타고 바지 앞섶으로 모여들었다. "대체 어떤 변태가 저따위 저질 영화를 만든 거야?"

"입 좀 닥쳐." 뒤에서 누군가가 말했다.

"벙실벙실 웃고 있는 저 머저리들 좀 보라고! 저 줄들이 모조리 뚝 끊어져버리면 딱 좋겠는데!" 이그네이셔스는 마지막 팝콘 봉지에 몇 개 남아 있던 알갱이들을 요란스레 흔들어댔다. "오, 고마워라. 빌어먹을 장면이 이제야 끝이 났군."

러브신이 무르익어가는 듯한 낌새가 보이자, 그는 자리에서 벌떡 일어나 통로를 쿵 쿵 울리며 올라가더니 매점에서 팝콘을 샀다. 하지만 자리로 돌아오는 그의 눈앞에서 두 개의 커다란 분홍빛 형체가 곧 키스에 돌입할 자세를 취하고 있었다.

"입 냄새가 아주 끔찍할 거다." 이그네이셔스가 아이들의 머리 위로 당당히 선포했다. "저 입들이 전에 어떤 음탕한 곳들을 훑고 다녔는지 생각도 하기 싫군!"

"어떻게 좀 해보셔야겠는데요." 매점 여자가 지배인에게 한마디 했다.

"저 사람, 오늘 밤은 정말 최악이네요."

지배인은 한숨을 푹 쉬더니 통로를 따라 이그네이셔스가 중얼거리고 있는 앞자리로 내려갔다. "오, 하느님 맙소사. 지금 저 헛바닥들이 상대방의 충치랑 땜질한 이빨을 온통 핥고 있겠군그래."

3

이그네이셔스는 집으로 난 벽돌 길을 비틀거리며 걸어가 간신히 계단을 오른 뒤 초인종을 눌렀다. 죽은 바나나나무의 줄기 하나가 그 생명이 다해 플리머스의 보닛 위로 뻣뻣이 쓰러져 있었다.

"이그네이셔스, 얘야." 라일리 부인이 문을 열며 외쳤다. "무슨 일이니? 다 죽어가는 사람 같구나."

"전차에서 유문이 닫혀버렸지 뭡니까."

"저런, 추운데 어서 들어와라."

이그네이셔스는 비참하게 발을 질질 끌며 부엌으로 들어가 의자에 털썩 주저앉았다.

"그 보험회사 인사 담당이 제게 아주 모욕을 주더군요."

"일자릴 못 얻은 게로구나?"

"당연히 못 얻었습니다."

"어떻게 됐는데?"

"말하고 싶지 않은데요."

"다른 데도 다 가봤니?"

"그럴 리가요. 어디 이 꼬락서니로 장래의 고용주들한테 잘 보일 수 있으려고요? 그래도 제가 분별이 있어서 가능한 한 빨리 돌아온 겁니다."

"우울해하지 마라, 아들아."

"우울해해요? 미안하지만 제 평생 '우울' 따위는 모르고 살았습니다."

"심통 부리지 마라. 넌 좋은 직장을 구하게 될 거야. 찾으러 다닌 지 이제 겨우 며칠밖에 되지 않았잖니." 어머니는 이렇게 말하며 아들을 바라보았다. "이그네이셔스, 보험회사 사람이랑 얘기할 때도 그 모자 쓰고 있었니?"

"당연히 그랬죠. 사무실 난방이 제대로 되어 있지 않더군요. 그 회사 직원들은 대체 그렇게 싸늘한 냉기를 하루하루 어떻게 견디며 살아가는지 모르겠습니다. 게다가 형광등은 뇌를 구워버리고 눈을 멀게 할 정도였고요. 정말이지 그 사무실은 전혀 맘에 들지 않았습니다. 인사 담당자한테 근무환경이 얼마나 열악한지 설명해주려 했지만 별로 아랑곳하지 않는 눈치더군요. 결국엔 아주 적대적이지 뭡니까." 이그네이셔스는 끄으으윽 하고 괴물 같은 트림을 내뱉었다. "하지만 어차피 이렇게 될 거라고 말씀드렸잖습니까. 저는 시대착오적 존재란 말입니다. 그 사실을 알게 되면 사람들은 다들 분개하는 거죠."

"이런, 애야, 희망적으로 살아가렴."

"희망적으로 살아가요?" 이그네이셔스가 거칠게 받아쳤다. "대체 누가 그런 해괴한 소리를 어머니 머릿속에 심어놓은 거랍니까?"

"맨큐소 씨가 그러더구나."

"오, 맙소사! 진작 알아봤어야 하는데. 그래, '희망적으로 살아가는' 모범적 사례가 그 인간입니까?"

"그 불쌍한 사람이 사는 얘기를 너도 좀 들어봐야 해. 서에서 말이다, 경사라는 상관이 그 사람을 얼마나……."

"그만!" 이그네이셔스가 한쪽 귀를 막고 주먹으로 식탁을 쾅 내리쳤다. "그 인간 얘기는 더는 한 마디도 듣지 않으렵니다. 수세기에 걸쳐 이 세상에 전쟁을 일으키고 질병을 퍼뜨린 게 바로 맨큐소 같은 인간들이란 말입니다. 느닷없이 그 사악한 인간의 영혼이 이 집에 출몰하고 있군요. 그자가 어머니의 스벤갈리*가 돼버렸군요."

"이그네이셔스, 제발 좀 그만하렴."

"저는 '희망적으로 살아가는 것' 따위 사양합니다. 낙관주의는 딱 질색입니다. 그거 아주 변태적인 거라니까요. 인류가 타락한 이후로 이 우주에서 인류에게 주어진 마땅한 위상은 바로 참담한 고통이란 말입니다."

"난 고통스럽지 않아."

"아니, 그렇습니다."

"아니야, 그렇지 않대도."

"그렇다니까요."

"이그네이셔스, 난 정말 고통스럽지 **않**다니까. 그랬다면 너한테 말을 했겠지."

"제가 만약 술에 취해 남의 기물을 파손하고 그 죄로 제 자식을 늑대들한테 먹이로 내줬다면, 전 가슴을 치며 통곡할 겁니다. 무릎에서 피가 나도록 무릎을 꿇고 참회할 거란 말입니다. 그나저나, 신부님은 어머니의 죄에 대해 어떻게 참회하라 하시던가요?"

"성모 마리아께 바치는 기도를 세 번, 주기도문을 한 번 읊으라더구나."

"그게 답니까?" 이그네이셔스가 소리를 질렀다. "어머니가 무슨 짓을 저질렀는지 말씀드리셨습니까? 역사에 길이 빛날 위대한 비평 작업을 중단시켰다고 말씀드리셨느냐고요?"

"그래, 고백성사를 드리러 갔었다, 이그네이셔스. 신부님께 다 말씀드렸어. 그랬더니 신부님은 '부인의 잘못 같진 않은데요. 젖은 도로에서 그냥 좀 미끄러지신 거 같군요.' 하시더라. 그래서 네 얘기도 했지. '우리 아

---

* 19세기 영국 작가 조지 뒤 모리에의 소설 『트릴비Trilby』속 인물. 최면을 걸어 여주인공을 맘대로 지배하는 음흉한 남자로, 타인을 완전히 지배하는 사람을 뜻하는 대명사.

들이 저 때문에 글을 못 쓴대요. 근 오 년간이나 그 작업에 매달려왔는데 말이에요.' 하고. 그랬더니 신부님이 '그래요? 흠, 제 보기에는 그다지 중요한 작업 같진 않은데요. 아드님한테 집 밖으로 나가 일을 좀 하라고 그러세요' 하시더란 말이다."

"이래서 전 성당을 지지할 수가 없는 겁니다." 이그네이셔스가 고래고래 소리를 질렀다. "어머닌 고백소에서 채찍으로 좀 맞았어야 하는데 말입니다."

"자, 내일은, 이그네이셔스, 다른 데를 가보렴. 시내에는 일자리가 넘친단다. 미스 마리루이즈라고, 왜, 독일인네 가게에서 일하는 노부인 말이야. 그 부인한테 거시기, 이어폰인가 뭔가 하는 걸 끼고 사는 장애인 형제가 있다더구나. 귀머거리나 다름없지, 안 그래? 그런데도 '굿윌 인더스트리스'*에서 좋은 일자리를 구했다나 봐."

"그럼 저도 거기 한번 가봐야겠군요."

"이그네이셔스! 거긴 장님이나 귀머거리만 고용해서 빗자루 같은 걸 만드는 데란다."

"그런 사람들은 아주 친절한 동료가 되어줄 텐데요."

"석간신문을 좀 보자꾸나. 어쩜 거기 좋은 일자리가 있을지도 몰라!"

"내일도 나가야 한다면, 꼭두새벽부터 나가진 않으렵니다. 시내에 있는 동안 내내 방향감각을 잃고 혼란스러웠지 뭡니까."

"원, 점심때가 지나서야 겨우 나가놓고선."

"그래도 몸 상태가 그리 좋진 않았습니다. 간밤에 악몽을 여러 번 꿨거든요. 깨어나 보니, 몸에 온통 멍이 든 데다가 혼자서 뭐라고 중얼거리고

---

* 장애인을 비롯한 사회적 소외계층의 직업 훈련과 일자리 제공 등을 통해 자활을 돕는 비영리 기업.

있더군요."

"여기, 이거 좀 보렴. 이 광고가 신문에 날마다 나는구나." 라일리 부인이 신문을 자기 눈앞에 바짝 갖다 대며 말했다. "'용이 단정, 근면 성질…….'"

"'용의 단정, 근면 성실'입니다."

"'용이 단정, 근면 성실, 책임감 있고, 가묵한 분…….'"

"'과묵한'이겠죠. 이리 줘보세요." 이그네이셔스가 어머니에게서 신문을 낚아채며 말했다. "학업을 다 못 마치신 게 유감이군요."

"네 외할아버지께서 아주 가난했으니."

"제발! 지금은 그 우울한 얘기 도저히 못 들어드리겠는데요. '용의 단정, 근면 성실, 책임감 있고, 과묵한 분.' 이런, 맙소사! 뭐 이따위 괴물을 원한담? 미안하지만, 이따위 세계관을 지닌 회사에선 절대 일할 마음 없습니다."

"마저 읽어보렴."

"'사무직. 25~35세. 인더스트리얼 커널 거리와 리버 거리 교차로에 위치한 리바이 팬츠 사로, 매일 8시에서 9시 사이 문의 바람.' 글쎄요, 이건 안 되겠는데요. 그 먼 데를 아홉 시까지 갈 순 없잖습니까."

"애야, 일을 하러 나가려면 일찍 일어나야 한단다."

"아뇨, 어머니." 이그네이셔스는 신문을 오븐 위로 내던졌다. "그동안 제가 눈이 너무 높았던 겁니다. 이런 일을 해서 제가 살아남을 리 없죠. 아무래도 신문 배달 같은 게 더 적격일 듯싶은데요."

"이그네이셔스, 너 같은 덩치가 도대체 어떻게 페달을 밟아가며 신문을 돌리겠니."

"어머니가 차를 태워주시고 제가 뒷좌석 창문으로 신문을 던지면 될 텐데요."

"잘 들어라, 아들아." 라일리 부인이 성난 목소리로 말했다. "내일 어디든 가서 어떻게든 하고 와. 농담 아니다. 맨 먼저 할 일은 이 광고를 낸 회사에 가보는 거다. 너 이 녀석, 실없이 허튼짓만 하고, 이그네이셔스. 내가 널 모르니."

"하아암." 이그네이셔스가 축 늘어진 분홍빛 혀를 내보이며 하품을 했다. "리바이 팬츠라니, 그동안 찾아다닌 회사들 이름보다 못하진 않더라도 나을 것도 없군그래. 이로써 난 이미 고용시장의 밑바닥을 긁기 시작한 거로군."

"두고 보렴, 얘야, 넌 성공하고 말 테니."

"오, 하느님 맙소사!"

순찰경관 맨큐소는 하고많은 사람들 중 우연찮게도 이그네이셔스 라일리 덕분에 좋은 묘안이 떠올랐다. 이야긴즉슨, 그는 라일리 부인에게 전화를 걸어, 언제 그와 그의 고모랑 함께 볼링을 치러 갈 수 있겠는지 물어보려 했었다. 하지만 전화를 받은 건 이그네이셔스였고, 그가 다짜고짜 고함을 질렀다. "우릴 그만 좀 괴롭히시지, 이 덜떨어진 몽고증 환자 양반. 당신이 정신 제대로 박힌 경찰이라면, 지금 〈기쁨의 밤〉 같은 도둑놈 소굴을 수사하고 있어야지. 어머니와 내가 그 술집에서 얼마나 푸대접을 받고 날강도질을 당했는데. 불행히도 내가 그 사악하고 타락한 술집 접대부의 먹이가 되었다니까. 게다가 술집 여주인은 나치가 따로 없더군. 우린 목숨만 간신히 붙은 채로 도망 나왔다고, 글쎄. 가서 그런 인간들이나 조사하고 우린 가만 좀 내버려둬, 이 가정파괴범아."

그러고는 곧 라일리 부인이 아들을 밀치며 억지로 전화기를 빼앗아 들었던 것이다.

경사에게 이 술집 얘기를 해주면 좋아할 것이다. 심지어 비밀정보를 캐왔다고 맨큐소 순경을 칭찬해줄지도 모른다. 큼큼 목청을 가다듬고 맨큐소 순경은 경사 앞에 섰다. "접대부들을 데리고 있다는 곳에 대한 정보가 있습니다."

"정보가 있어?" 경사가 말했다. "그런 정보를 흘린 게 누군가?"

맨큐소 순경은 몇 가지 이유로 이그네이셔스는 끌어들이지 않기로 마음먹었다. 대신 라일리 부인 선에서 타협을 했다.

"제가 아는 부인입니다." 그가 대답했다.

"그 부인은 어쩌다가 그런 데를 알게 됐지?" 경사가 물었다. "누가 부인을 그런 데로 데리고 갔느냐고?"

맨큐소 순경은 차마 "부인의 아들"이라고 말할 수는 없었다. 그러면 아물어가는 상처를 또다시 들추게 될지도 모른다. 왜 늘 경사와의 대화는 술술 풀리지 않는 걸까?

"부인 혼자 갔답니다." 맨큐소 순경은 결국 이렇게 말함으로써 대화가 지리멸렬에 빠지지 않도록 안간힘을 썼다.

"부인 혼자 그런 델 갔다고?" 경사가 버럭 소리를 질렀다. "대체 뭐 하는 여자야? 그래, 그 여자가 바로 접대부일지도 모르겠군. 당장 꺼져, 맨큐소. 나가서 수상한 자들이나 잡아들이란 말이야. 자네 여태 한 놈도 못 잡아왔잖아. 술집 접대부들한테서 나온 정보 따윈 필요 없어. 자네 로커에나 가봐. 오늘은 군인이다. 썩 꺼져."

맨큐소 순경은 비통한 마음으로 로커 룸을 향해 터덜터덜 걸어가며, 어째서 자신이 하는 일은 하나같이 경사의 비위를 거스르는 걸까 생각했다. 그가 나가고 나자, 경사가 형사 한 명을 불러서 말했다. "언제고 밤에 그 〈기쁨의 밤〉이라는 곳에 애들 두서넛쯤 보내봐. 거기서 어떤 멍청한 놈이 맨큐소한테 말을 흘렸는지도 모르지. 맨큐소한테는 말하지 마. 그 얼간이가 칭찬받는 꼴은 못 봐주겠으니까. 한 놈 잡아들일 때까지 계속 저런 차림새로 내보낼 생각이니 그런 줄 알라고."

"저기 말입니다, 오늘 또 맨큐소에 대한 고발이 들어왔는데요. 간밤에 버스에서 멕시코 모자를 쓴 왜소한 남자가 어떤 여성한테 몸을 마구 밀착 시켰다고 합니다." 형사가 말했다.

"그럴 리가." 경사가 생각에 잠겨 말했다. "흠, 그런 고발이 또 들어오면, 그땐 맨큐소를 **체포**한다."

⸭

곤잘레스 씨가 작은 사무실의 불을 켜고 자기 책상 옆의 가스히터를 점화했다. 리바이 팬츠 사에서 일해온 지난 이십 년 동안 그는 매일 아침 그 누구보다 일찍 출근했다.

"오늘 아침 제가 도착했을 땐 아직 날이 밝지 않았더군요." 곤잘레스 씨는 리바이 팬츠로 좀체 걸음을 하지 않는 리바이 씨가 가끔 하릴없이 들러야 하는 날이면 늘 이렇게 말하곤 했다.

"자네가 집에서 너무 일찍 나오나 보지." 리바이 씨는 또 늘 이렇게 받 곤 했다.

"오늘 아침엔 사무실 계단에 서서 우유 배달부랑 얘기도 좀 나눴습니다."

"오, 그만 좀 하게, 곤잘레스. 베어스 대 패커스 경기에 맞춰 시카고행 비행기 표는 제대로 챙겨놨나?"

"다른 직원들이 출근할 때까지 사무실도 훈훈하게 데워놓았고요."

"쓸데없이 가스를 태우는군그래. 좀 춥게 지내라고. 자네한테도 그게 좋아."

"오늘 아침엔 혼자 앉아서 원장을 두 페이지나 정리했답니다. 그리고 이것 좀 보세요. 냉각기 옆에서 쥐도 한 마리 잡았습니다. 저놈은 아무도 출근하지 않았을 거라 생각했겠지만, 제가 문진으로 탁 쳐서 잡아버렸지요."

"그 빌어먹을 쥐는 저리 좀 치워. 여기 오니 벌써부터 우울해지는군. 이보게, 더비 경마를 보러 갈 거니까, 전화로 호텔 예약 좀 해줘."

어쨌거나 리바이 팬츠 사의 평가기준은 아주 낮았다. 몸이 날래기만 해도 충분히 승진할 자격이 되었으니까. 그렇게 해서 곤잘레스 씨는 사무실 책임자가 되었고 의욕 없는 직원 몇 명을 거느리고 있었다. 하지만 그는 직원들과 타이피스트들의 이름을 제대로 기억할 수가 없었다. 때로는 하루가 멀다고 들락날락 사람이 바뀌는 듯싶었기 때문이다. 다만 유일한 예외가 있었으니, 바로 미스 트릭시였다. 그녀는 여든이 넘은 경리 보조로, 거의 반세기 동안이나 리바이 팬츠의 회계원장에다 틀렸거나 말았거나 숫자 베껴 쓰는 일을 해오고 있었다. 게다가 출근할 때나 퇴근할 때나 늘 초록색 셀룰로이드 챙모자를 쓰고 다녔는데, 그녀의 이러한 태도를 곤잘레스 씨는 리바이 팬츠에 대한 충성심으로 해석했다. 그녀는 때론 일요일에도 이 챙모자를 일반 모자로 착각하고서 교회에 갈 때 쓰고 갔다. 심지어는 오라버니의 장례식에까지 쓰고 갔다가, 그녀보다 좀 더 똘똘하고 손아래인 올케가 홱 벗겨버린 일도 있었다. 하지만 무슨 일이 있어도 미스 트릭시를 해고해선 안 된다고, 리바이 부인이 엄명을 내려둔 터였다.

곤잘레스 씨는 자기 책상을 걸레로 닦으며, 리바이 팬츠와의 인연이 자신에게 가져다 준 행복에 대해 생각했다. 그는 매일 사무실이 아직 썰렁하고 황량하고 부둣가 쥐들만이 벽 속에서 자기들끼리 미친 듯 야단법석을 떨어대는 이른 아침마다 늘 이렇게 걸레질을 하며 그런 생각에 잠겼다. 안개가 차츰 걷혀가는 강물 위로 화물선들이 미끄러지듯 나아가며 서로 경적을 울렸고, 그 묵직한 소리가 사무실의 녹슨 서류 캐비닛들 사이로 메아리쳤다. 그의 곁에선 소형 히터가 차츰 데워지고 팽창하면서 핑하는 소리나 탁탁거리는 소리를 내곤 했다. 무릇 이십 년 동안 그의 아침을 열어준 이 모든 소리에 무의식적으로 귀를 기울이며, 그는 하루치 열 개비 담배 중 첫 담배를 피워 물었다. 담배를 필터까지 말끔히 피운 뒤엔 담뱃불을 끄고 재떨이를 쓰레기통에 비웠다. 늘 깨끗한 책상으로 리바이 씨에게 깊은 인상을 심어주는 것이 그의 낙이었다.

그의 책상 바로 옆에는 접이식 뚜껑이 달린 미스 트릭시의 책상이 있었다. 죄다 반쯤 열린 서랍마다 해묵은 신문지들이 꾹꾹 들어차 있었고, 책상 밑바닥에는 뭉실뭉실 뭉텅이진 실보무라지들 사이로 마분지 한 조각이 책상의 균형을 맞추느라 한쪽 구석에 단단히 끼워져 있었다. 미스 트릭시 대신 의자에는 낡은 옷감 조각들이 들어찬 갈색 종이가방과 삼실 타래 하나가 놓여 있었다. 재떨이에선 담배꽁초들이 책상 위로 넘쳐흘렀다. 이건 곤잘레스 씨가 끝까지 풀지 못한 수수께끼였는데, 미스 트릭시는 담배를 피우지 않았던 것이다. 그는 몇 번이나 그녀에게 물어보았지만 앞뒤가 맞는 대답을 들어본 적이 없었다. 미스 트릭시의 구역에는 뭔가 자석 같은 힘이 있었다. 사무실의 잡동사니란 잡동사니는 모조리 끌어당겨, 펜이나 안경, 지갑이나 라이터 따위가 없어지면 보통 그녀의 책상 어딘가에서 발견되곤 했다. 미스 트릭시에겐 또 전화번호부들을 남몰래 모아두는 습성이 있어, 그것들도 이 어수선한 책상 서랍 어딘가에 박혀 있었다.

곤잘레스 씨가 사라진 그의 인주를 찾아 미스 트릭시의 구역을 수색하려는 찰나, 사무실 문이 열리면서 그녀가 나무 바닥 위로 스니커즈를 질질 끌며 들어왔다. 손에는 또 다른 종이가방 하나가 들려 있었다. 가방 입구에 삐죽 튀어나와 있는 인주만 빼면, 의자 위에 놓인 종이가방과 마찬가지로 잡다한 옷감 조각과 삼실 타래가 들어 있는 듯했다. 지난 이삼 년 동안 미스 트릭시는 줄곧 이런 가방을 들고 다녔으며 가끔은 책상 옆에 서너 개를 쌓아두기까지 했지만, 그 목적과 용도는 누구에게도 발설하지 않았다.

"안녕하세요, 미스 트릭시." 곤잘레스 씨가 활기찬 테너 음성으로 인사를 건넸다. "오늘 아침은 좀 어떠신가요?"

"누구? 오, 안녕, 고메즈." 미스 트릭시가 매가리 없이 말하고는, 마치 강풍을 뚫고 걸어가듯 힘겹게 갈지자를 그리며 화장실로 들어갔다. 그녀는 결코 수직으로 꼿꼿이 서는 법이 없었다. 몸과 마룻바닥이 늘 구십 도 이하의 각도로 만났다.

곤잘레스 씨는 그녀가 사라진 틈을 타 종이가방에서 인주를 되찾아왔는데, 인주는 베이컨 기름같이 끈적이고 냄새가 나는 뭔가로 뒤덮여 있었다. 그는 인주를 닦으며 오늘은 다른 직원들이 몇이나 나올까 생각했다. 일 년 전 어느 날인에는 그와 미스 트릭시, 단 둘만이 출근한 적도 있었지만, 그건 회사가 월급을 오 달러 인상하기 전이었다. 하지만 리바이 팬츠의 사무직원들은 여전히 곤잘레스 씨에게 전화 한 통 없이 그만두는 일이 비일비재했다. 그는 그게 늘 걱정인지라, 미스 트릭시가 도착하고 나면 늘 간절한 마음으로 문간을 지켜보곤 했다. 특히나 공장에서 봄여름 라인을 선적하기 시작해야 하는 요즘은 더더욱 그랬다. 사실 그는 일손이 절실히 필요한 처지였다.

문득 곤잘레스 씨는 문밖으로 초록색 챙모자를 목격했다. 미스 트릭시가 공장을 통해 밖으로 나갔다가 정문으로 다시 들어오려 하는 건가? 보기에는 꼭 미스 트릭시 같았다. 언젠가 한번은 그녀가 아침에 화장실에 간다고 갔다가, 그날 오후 늦게 공장의 꼭대기 층 창고 피륙더미에 잠들어 있는 걸 곤잘레스 씨가 발견한 적도 있었다. 이윽고 문이 열리고, 곤잘레스 씨가 여태껏 보아온 가장 덩치 큰 인간들 중 한 명인 사내가 사무실로 들어섰다. 사내는 초록색 모자를 벗어, 바셀린을 발라 1920년대 스타일로 두개골에 쫙 붙여 넘긴 검고 숱 많은 머리카락을 드러냈다. 오버코트를 벗자, 넓은 꽃무늬 넥타이를 중심으로 수직 양분된 흰색 셔츠와 그꼭 끼는 셔츠 속으로 억지로 구겨 넣은 퉁퉁한 살덩어리들이 층층이 고리를 이룬 광경이 곤잘레스 씨의 눈앞에 떡하니 펼쳐졌다. 콧수염도 바셀린을 발랐는지 엄청나게 번들거렸다. 게다가 온통 가늘디가는 분홍빛 실핏줄로 충혈된, 믿기지 않는 파랗고 노란 두 눈이 있었다. 이 거대한 짐승이 부디 일자리를 구하러 온 자이기를, 곤잘레스 씨는 하마터면 큰 소리로 기원할 뻔했다. 그는 심히 깊은 인상을 받으며 압도당해 있었다.

이그네이셔스는 여태껏 발을 들여놓은 사무실 중 가장 한심한 사무실에 들어와 있었다. 얼룩덜룩 때가 낀 천장에 불규칙하게 매달린 알전구들이, 뒤틀리고 휜 마룻널 위로 흐릿한 누런 빛을 드리우고 있었다. 실내는 낡은 서류 캐비닛들을 칸막이 삼아 몇 개의 작은 구역으로 나뉘었는데, 각 구역마다 특이한 오렌지색 광택제가 칠해진 책상이 하나씩 놓여 있었다. 먼지 자욱한 창문 너머로 폴란드 대로의 부둣가와 아미 터미널, 미시시피 강, 그리고 더 멀리로는 강 건너편 앨지어스 지구의 드라이독과 지붕들까지, 툭 트인 잿빛 풍경이 훤히 내다보였다. 웬 꼬부랑 노파가 사무실로 비틀비틀 들어오더니 일렬로 늘어선 서류 캐비닛에 가서 콩 부딪쳤다. 이곳의 분위기는 이그네이셔스에게 왠지 그 자신의 방을 연상시켰고, 그의 유문도 공감을 표하며 기쁜 듯 활짝 열렸다. 이곳에 꼭 취직하게 되기를, 이그네이셔스는 하마터면 큰 소리로 기원할 뻔했다. 그는 심히 깊은 인상을 받으며 압도당해 있었다.

"어떻게 오셨죠?" 깔끔한 책상에서 말쑥한 남자가 환한 목소리로 물었다.

"오. 저는 저 부인께서 책임자이신 줄 알았습니다만." 이그네이셔스는 여느 때보다 우렁찬 목소리로 말하며, 이 남자가 이 사무실에서 유일한 옥에 티라고 생각했다. "광고를 보고 찾아왔습니다."

"오, 잘됐네요. 그래, 어떤 광고를 보셨나요?" 남자가 열성적으로 외쳤다. "저희는 신문에 광고를 두 개 싣고 있거든요. 하나는 여직원, 하나는 남직원을 찾는 광고랍니다."

"그래, 어느 쪽을 보고 온 거 같습니까?" 이그네이셔스가 큰 소리로 퉁을 놓았다.

"오." 곤잘레스 씨가 몹시 곤혹스러워하며 말했다. "이거 정말 죄송합니다. 생각 없이 나온 말이에요. 그러니까 성별은 상관없다는 뜻이지요. 어느 쪽 일이든 다 하실 수 있을 테니까요. 제 말은, 성별은 별로 문제가 되지 않는다는 그런 말입니다."

"제발, 이제 됐습니다." 이그네이셔스가 말했다. 그는 노파가 책상에 앉아 꾸벅꾸벅 졸기 시작하는 모습을 흥미롭게 주시했다. 근무여건은 아주 근사해 보였다.

"이리로 와서 앉으시죠. 미스 트릭시가 코트와 모자를 받아 직원용 로커에 걸어드릴 겁니다. 그럼 리바이 팬츠에서 아무쪼록 마음 편히 지내도록 하세요."

"하지만 아직 얘기도 나눠보기 전이지 않습니까."

"괜찮습니다. 우린 서로 뜻이 맞을 거라 믿어 의심치 않으니까요. 미스 트릭시, 미스 트릭시."

"누구?" 미스 트릭시는 움찔하며 소리치다가 그만 꽁초들이 꽉 들어찬 재떨이를 건드리는 바람에 바닥에 떨어뜨리고 말았다.

"이리 주세요. 제가 받아드리죠." 곤잘레스 씨는 모자에 손을 뻗었다가 손등을 철썩 얻어맞았으나 코트는 받아 걸도록 허락받았다. "아니, 정말 멋진 넥타이로군요. 요즘 그런 건 참 보기 힘든데."

"제 선친께서 남기신 겁니다."

"돌아가셨다니 유감이로군요." 곤잘레스 씨는 이렇게 말하고 코트를 낡은 철제 로커에 갖다 넣었다. 이그네이셔스는 로커 안에도 노파의 책상 옆에 놓인 두 개의 종이가방과 같은 가방이 하나 들어 있음을 목격했다. "아무튼, 이 분은 미스 트릭시예요. 우리 회사 최고령 직원이지요. 알고 지내면 아주 좋을 겁니다."

미스 트릭시는 백발의 머리를 책상 위에 널브러진 묵은 신문지들 사이에 폭 파묻은 채 잠들어 있었다.

"그래요." 미스 트릭시가 마침내 한숨을 폭 쉬며 반응을 보였다. "오, 당신이로군, 고메즈. 벌써 퇴근시간이야?"

"미스 트릭시, 여기, 새로 오신 분이에요."

"거참 몸집 좋고 튼실한 총각이네." 미스 트릭시가 점액질 눈곱이 긴 눈으로 이그네이셔스를 올려다보며 말했다. "잘도 먹였구만."

"미스 트릭시는 우리 회사에서 장장 오십 년 넘게 근속해오신 분이랍니다. 이것만 보더라도 우리 직원들이 리바이 팬츠와의 인연을 통해 얼마만큼 만족감을 누리고 있는지 알 수 있겠지요. 미스 트릭시는 리바이 현 사장님의 선친 때부터 일해오신 거예요. 전 사장님은 아주 훌륭한 신사였습니다."

"그래, 아주 훌륭한 신사였어." 미스 트릭시가 리바이 전 사장을 더는 기억하지도 못하는 처지에서 말했다. "나한테 아주 잘해줬지. 늘 친절하게 말씀하셨어, 그분은."

"고마워요, 미스 트릭시." 곤잘레스 씨가 끔찍한 실패로 끝난 쇼를 수습하려는 사회자처럼 재빨리 말을 끊었다.

"부활절을 맞아 회사에서 나한테 썩 괜찮은 햄을 줄 거래." 미스 트릭시가 이그네이셔스에게 말했다. "제발 그래주면 얼마나 좋겠어. 추수감사절에는 칠면조를 준다 해놓고서 깜깜무소식이더라고."

"미스 트릭시는 오랜 세월 리바이 팬츠에 힘이 돼주고 있답니다." 사무실 책임자는 늙은 경리 보조가 칠면조에 대해 뭐라고 더 횡설수설하는 동안 얼른 설명했다.

"난 오래전서부터 퇴직하기만 손꼽아 기다리는데, 해를 넘길 때마다 일 년을 더 있어야 한다지 뭐야. 이 회사는 자빠져 뒈질 때까지 부려먹을 심보라고." 미스 트릭시가 씨근거렸다. 그러다 곧 퇴직 문제에 흥미를 잃고는 한마디 덧붙였다. "칠면조를 줬으면 잘 써먹었을 텐데."

미스 트릭시는 이제 종이가방 하나를 붙들고 내용물을 뒤적이기 시작했다.

"오늘부터 일 시작하실 수 있겠어요?" 곤잘레스 씨가 이그네이셔스에게 물었다.

"급료나 기타 문제에 대해 아직 아무 얘기도 나누지 않았습니다. 그런 얘기부터 하는 게 정상적인 수순 아니겠습니까?" 이그네이셔스가 젠체하며 말했다.

"음, 당장 일손이 필요한 게 서류정리 업무라 그걸 맡게 되실 텐데, 그 일은 일주일에 육십 달러 드립니다. 질병이나 기타 이유로 결근하면 주급에서 공제되고요."

"제 예상치보다 훨씬 낮은 임금이군요." 이그네이셔스가 턱도 없이 거물 행세를 하며 말했다. "제게는 변화무쌍한 유문이 있는 관계로, 때론 어쩔 수 없이 침대에 누워 있어야 하는 날도 있습니다. 좀 더 매력적인 몇 군데 회사에서 현재 절 채용하기 위해 경쟁 중에 있고요. 아무래도 그곳들을 먼저 고려해봐야겠는데요."

"제 말 좀 들어보시죠." 사무실 책임자가 은밀히 말했다. "여기 미스 트릭시의 주급이 겨우 사십 달러예요. 근속 연수가 꽤 되는데도 그렇답니다."

"아닌 게 아니라 상당히 지쳐 보이는데요." 이그네이셔스는 미스 트릭시가 종이가방 속 허섭스레기들을 책상 위에 죽 펼쳐놓고 뒤적이는 걸 지켜보며 말했다. "퇴직할 때가 한참 넘지 않았습니까?"

"쉬잇." 곤잘레스 씨가 주의를 주었다. "리바이 부인께서 퇴직을 허락하시지 않아요. 활동을 계속하는 편이 미스 트릭시한테 더 좋다고 생각하시거든요. 리바이 부인은 총명하고 교육을 많이 받은 여성이시랍니다. 통신강좌로 심리학을 공부하셨지요." 곤잘레스 씨는 이 사실을 상대방이 분명히 새겨듣도록 잠시 뜸을 들였다. "자, 앞으로의 전망으로 돌아가서, 좀 전에 제시해드린 초봉으로 시작하는 건 아주 행운이지요. 이게 다 회사에 새로운 피를 수혈하기 위한 '리바이 팬츠 플랜'의 일환이에요. 미스 트릭시는 불행히도 이 플랜이 실행되기 전에 입사를 했답니다. 혜택은 소급 적용이 안 되고, 따라서 미스 트릭시는 해당이 안 되지요."

"실망시켜드려 죄송하지만, 급료가 적정 수준이 아닌 듯한데요. 석유계의 어떤 거물이 현재 저를 개인비서로 쓰겠다고 수천 달러를 흔들어 보이고 있습니다. 현재로선 제가 그 사람의 유물론적 세계관을 받아들일 수 있을지, 결정을 고민하는 중이죠. 최종적으로 그 사람한테 '좋습니다'라고 말하게 되지 않을까 싶습니다만."

"교통비로 하루 이십 센트씩 더 얹어드리죠." 곤잘레스 씨가 애원조로 말했다.

"글쎄요. 그럼 얘기가 좀 달라지겠군요." 이그네이셔스가 한발 양보했다. "일단 일을 맡아보는 걸로 하죠. '리바이 팬츠 플랜'이 꽤나 매력적이라는 건 인정해야겠는데요."

"오, 정말 잘됐군요." 곤잘레스 씨가 무심결에 본심을 내뱉었다. "이분도 여길 아주 좋아하게 될 겁니다. 그렇죠, 미스 트릭시?"

미스 트릭시는 허섭스레기들에 너무 몰두한 나머지 입도 벙긋하지 않았다.

"이름을 물어보지도 않으시니 참으로 이상하군요." 이그네이셔스가 콧방귀를 뀌었다.

"오, 이런. 그걸 깜빡했네요. 그래, 이름이 어떻게 되시는지?"

오늘 출근한 다른 사무직원은 속기사 한 사람뿐이었다. 여직원 한 명은 일을 그만두고 대신 실업수당을 받아 살기로 했다며 전화로 알려왔다. 다른 직원들은 리바이 팬츠에 연락조차 하지 않았다.

⁙

"선글라스 좀 벗어. 그래서야 바닥에 널린 저 쓰레기들이 다 보이겠어?"

"저 쓰레기들 보고 싶은 사람이 어디 있겠냐고요."

"선글라스 벗으라고 했지, 존스."

"선글라스 **절대** 못 벗는다고요." 존스가 대걸레를 카운터 스툴에 쿵 하고 쳤다. "일주일에 이십 달러 주는 주제에, 여긴 남부 대농장이 아니걸랑요."

레이나 리는 지폐 한 다발을 고무줄로 묶고 금전등록기에서 오 센트짜리 동전들을 꺼내 한 무더기씩 모으는 일을 시작했다.

"그놈의 대걸레로 카운터 좀 치지 마." 레이나가 소리를 꽥 질렀다. "빌어먹을, 돌아버리겠네. 너 때문에 신경이 곤두서잖아."

"비실비실한 비질을 원하면 늙다리 아줌씨나 찾아보시던가. 내 비질은 새파랗게 젊다고요."

대걸레가 카운터에 몇 번 더 부딪쳤다. 그러고 나서야 연기구름과 대걸레는 마룻바닥을 가로질러 저쪽으로 이동해갔다.

"거 손님들한테 재떨이 좀 쓰라고 해요. 최저임금도 못 주고 부려먹는 하인이 있다고 얘기 좀 하라고요. 그럼 조금씩은 배려해줄지도 모르는데."

"그나마 기회를 주는 걸 고맙게 생각해, 꼬마야." 레이나 리가 말했다. "요즘 일자리 찾는 흑인 애들이 사방에 널렸거든."

"왜 아니겠냐고요. 하지만 어떤 급료를 주는지 알면 부랑생활로 돌아갈 흑인 애들도 사방에 널렸걸랑요. 어떨 때는 깜둥이일 바에야 차라리 부랑아가 낫겠다는 생각이 든다니까요."

"일자리가 있는 걸 고마워하라니까."

"밤마다 무릎 꿇고 기도한다니까요."

대걸레가 테이블에 쿵 부딪쳤다.

"청소 끝나면 말해." 레이나 리가 말했다. "심부름 좀 해줘야겠어."

"심부름? 어어! 내 일은 쓸고 닦는 일이걸랑요." 존스가 두터운 뭉게구름 한 점을 훅 내뿜었다. "거 지랄 맞은 심부름은 또 뭐냐고요."

"내 말 잘 들어, 존스." 레이나 리는 동전 한 무더기를 금전등록기에 와르르 쏟고서 종이에 숫자 하나를 적어 넣었다. "난 그냥 경찰에 전화 한 통 넣어서 네가 실직했다고 한마디 하면 그만이야. 알아들어?"

"그럼 나도 경찰한테 〈기쁨의 밤〉이 허울만 좋지 순 갈봇집이라고 불어버릴 거예요. 나도 여기 일하러 왔다가 덫에 걸린 꼴 아니냐고요. 우아! 지금 증거가 잡히기만 기다리고 있걸랑요. 증거만 잡으면, 냅다 서에 가서 요 주둥이를 나불거릴 거라고요."

"말조심해."

"세상 변했다고요." 존스가 선글라스를 고쳐 쓰며 말했다. "더는 흑인들 겁 못 줘요. 내가 사람들 동원해서 이 집 문 앞에다 인간 사슬 쫙 만들어 손님들 다 쫓아버리고, 사장님은 티비 뉴스에 짠 나오게 만들 수도 있다니까요. 흑인들은 허튼소리라면 이미 들을 만큼 들어놔서, 거 일주일에 이십 달러 갖고는 다른 일 더 못 시켜요. 부랑아 노릇이나, 최저임금도 못 받고 일하는 거나, 거 다 지겹걸랑요. 심부름은 다른 사람 시키라고요."

"아, 헛소리 집어치우고 바닥 청소나 끝내. 달린한테 가라고 할 테니."

"불쌍한 아가씨." 존스는 빗자루로 칸막이 테이블을 쓸었다. "불법 물장사에, 강제 심부름에. 우아!"

"왜, 경찰에 전화해서 까바치지그래. 달린은 술 파는 아가씨잖아."

"좀 더 기다렸다가 **사장님** 꼬투리나 잡아서 까바치려고요. 달린은 술 파는 아가씨 노릇을 하고 싶어서 하는 게 아니걸랑요. 하는 수 **없어서** 하는 거지. 자기는 공연계로 발을 들여놓고 싶다더라고요."

"그래? 글쎄, 걔 머리로 봐서는 또라이들 병원에 처넣지 않은 것만도 운 좋은 거지."

"차라리 거기가 더 낫겠네요."

"걔는 술이나 파는 데 신경 쓰지 춤이니 뭐니 하는 허튼짓은 집어치우는 게 신상에 좋아. 그런 애가 우리 집 무대에서 뭘 어떻게 할지는 안 봐도 눈에 선해. 달린은 눈 똑똑히 뜨고 지켜보지 않으면 사업 다 망쳐놓을 그런 애야."

이때 패딩문이 쾅 하고 열리더니, 웬 소년이 금속 징이 박힌 플라멩코 부츠로 바닥을 철컥철컥 긁어대며 들어섰다.

"그래, 올 때가 됐다 했어." 레이나가 소년에게 말했다.

"깜둥이 하나 새로 들였어요?" 소년이 머릿기름을 바른 곱슬곱슬한 머리카락 사이로 존스를 바라보았다. "지난번 녀석은 어떻게 됐어요? 뒤지기라도 했나?"

"얘." 레이나가 부드럽게 저지했다.

소년이 디자인이 요란한 수공예 지갑을 꺼내더니 레이나에게 지폐 다발을 건넸다.

"일은 다 잘됐지, 조지?" 레이나가 물었다. "고아들이 그것들을 좋아해?"

"안경 쓰고 책상에 앉은 걸 좋아하더라고요. 선생이나 뭐 그쯤으로 생각하나 봐요. 이번에는 그것만 있으면 되겠는데요."

"그 비슷한 걸로 다른 것도 좋아할 거 같아?" 레이나가 관심을 보이며 물었다.

"예, 그럼요. 아마 칠판이랑 책이 있는 거면 좋을걸요. 잘 알잖아요. 분필 가지고 뭘 하는 거라든가."

소년과 레이나는 서로 마주보며 미소를 지었다.

"뭔지 감이 오는군." 레이나는 이렇게 말하며 한쪽 눈을 찡긋했다.

"이봐, 너 약쟁이냐?" 소년이 존스에게 소리쳤다. "보기에 딱 약쟁이 같은데."

"네 녀석이야말로 궁뎅이에다 〈기쁨의 밤〉 빗자루 꽉 꽂아 넣으면 영락없는 약쟁이겠는데." 존스가 아주 천천히 받아쳤다. "〈기쁨의 밤〉 빗자루 이거, 낡아빠지긴 했지만 아직 쓸 만하고 가시도 깔쭉깔쭉 돋아 있고 좋걸랑."

"됐어, 그만." 레이나가 꽥 소리를 질렀다. "이 안에서 인종 분규는 사양이야. 사업 말아먹을 일 있어?"

"저 허여멀건 애숭이 녀석 좀 꺼지라고 해요." 존스가 두 사람을 향해 담배연기를 훅 내뿜었다. "이런 일 하면서 모욕까지 당하고 싶지는 않다고요."

"이리 와, 조지." 레이나가 말했다. 그녀는 카운터 밑 캐비닛을 열어 갈색 포장지로 싼 꾸러미를 꺼내 조지에게 건넸다. "네가 원하는 게 이거지. 자, 이제 가봐. 얼른 꺼져."

조지는 레이나에게 한쪽 눈을 찡긋해 보이더니 쾅 하고 문을 열어젖히며 나갔다.

"저 녀석이 고아들이랑 연결해주는 연락책이에요?" 존스가 물었다. "거 어떤 고아들하고 일하는지, 얼굴들 좀 보고 싶네요. 유나이티드 펀*에서는 분명 그런 고아들 얘기 듣도 보도 못했을 텐데."

"대체 무슨 소리야?" 레이나가 발끈하며 물었다. 그녀는 존스의 얼굴을 찬찬히 살폈지만 선글라스 때문에 아무 표정도 읽어낼 수 없었다. "자선사업 좀 하는 게 뭐가 어때서. 바닥 청소나 계속해."

레이나는 소년에게서 받은 지폐를 세며 마치 여사제가 저주를 내리듯 뭐라고 웅얼거리기 시작했다. 산홋빛 입술에서 웅얼웅얼 흘러나온 숫자들과 단어들이 위로 올라가 허공을 떠돌았다. 눈을 감은 채 그녀는 숫자 몇 개를 메모지에 적어 넣었다. 그 자체로 오랜 세월 투자한 만큼의 값어치를 톡톡히 보여주는 그녀의 훌륭한 몸매는 포마이카 상판의 제단 위로 경건하게 구부러져 있었다. 한 줄기 연기가, 마치 향처럼, 그녀의 팔꿈치께에 놓인 재떨이의 담배에서 피어올라 그녀가 웅얼거리는 문구와 함께 위로 구불구불 올라가, 봉헌된 제물들 가운데 주조 일자를 확인하느라 그녀가 치켜들고 있는 일 달러짜리 은화 한 닢이라는 성체聖體보다 더 높이 올라갔다. 그녀의 팔찌가 짤랑거리며 성체를 배령할 신자들을 제단으로 불러들였지만, 신전에 있는 단 한 사람은 타고난 혈통과 끝없는 걸레질로

---

* United Fun은 United Fund, 즉 United Nations International Children's Emergency Fund(유니세프)를 잘못 말한 것.

이미 파문을 당한 상태였다. 한 순간, 봉헌된 제물 하나, 바로 그 성체가 바닥으로 짤랑 떨어졌다. 레이나는 그걸 되찾아 받들려고 무릎을 꿇었다.

"어어, 조심하라고요." 존스가 신성한 의식을 감히 범하며 외쳤다. "손에 무슨 기름이 발렸나, 고아들한테서 짜낸 이득을 바닥에 다 떨어뜨리고 말겠네."

"어디로 갔는지 봤어, 존스?" 레이나가 물었다. "어디 한번 찾아봐."

존스는 대걸레를 카운터에 걸쳐놓고 선글라스와 담배연기 너머로 실눈을 떠가며 동전을 찾기 시작했다.

"이거 아주 옘병할 짓이네." 둘이서 바닥을 샅샅이 훑는 와중에 그가 중얼거렸다. "이야!"

"찾았다." 레이나가 가슴 벅차게 말했다. "찾았어."

"우아! 찾아서 진짜 다행이네요. 에이, 은화를 그렇게 바닥에 떨어뜨리지 않는 게 좋을 거예요. 그러다 〈기쁨의 밤〉 파산하면 어쩌시려고요. 거 엄청난 종업원 급료 주는 데도 문제 생긴다고요."

"이봐, 꼬마, 그놈의 주둥이 좀 닥치고 있지 못해?"

"어어, 누구 보고 자꾸 '꼬마'래요?" 존스가 빗자루를 잡더니 제단 쪽으로 과격하게 밀어붙였다. "자기가 무슨 스칼라 오호러*인 줄 아시나."

⸬

이그네이셔스는 택시에 편안히 자리를 잡고 앉아 기사에게 콘스탄티노플 거리의 주소를 일러주었다. 그러고는 오버코트 주머니에서 리바이

---

* Scarla O'Horror는 『바람과 함께 사라지다』의 여주인공 스칼릿 오하라(Scarlett O'Hara)를 잘못 말한 것.

팬츠 사의 레터지 한 장을 꺼내, 택시가 세인트클로드 대로의 교통체증 속으로 끼어들 무렵 택시 기사의 클립보드를 빌려 그걸 책상 삼아 글을 쓰기 시작했다.

직장에서의 첫날 근무가 끝난 지금, 나는 정말이지 초주검이 된 상태다. 하지만 낙담해 있다거나 우울하다거나 패배감에 젖은 기분으로 비춰지기를 바라진 않는다. 나는 난생 처음으로 이 체제와 정면 대결한 것이다. 이 체제의 맥락 속에서 소위 위장한 관찰자이자 비평가로 활동해보겠다는 각오를 철저히 다지면서 말이다. 리바이 팬츠 같은 회사가 더 많이 존재한다면, 분명 미합중국의 노동력은 각자의 직무에 훨씬 더 잘 적응할 수 있을 것이다. 온전히 신뢰할 수 있는 노동자는 절대 곤란을 겪거나 괴롭힘을 당하지 않으니까. 내 '상사'인 곤잘레스 씨는 상당히 멍청하긴 하나 꽤 상냥한 인물이다. 그는 끝도 없이 근심에 사로잡힌 듯 보인다. 너무나 근심에 사로잡힌 나머지, 그 어떤 직원의 직무수행도 비판할 능력이 없을 정도다. 사실 그는 뭐든지 대체로 받아들이려는 편이고, 따라서 그만의 덜떨어진 방식으로 매력적인 민주주의를 실천하고 있는 셈이다. 그 예로, 미스 트릭시라는, 우리에겐 상업계의 지모신 격인 이 직원이 히터를 켜는 과정에서 무심코 몇몇 중요한 주문서에다 불을 붙여버렸는데, 곤잘레스 씨는 이러한 과실에도 상당한 관용을 보여주었다. 최근 회사의 수주가 점점 줄고 있는 마당에, 문제의 주문서들이 캔자스시티로부터 우리 제품을 무려 오백 달러($500!)어치나 주문한 내역이라는 사실을 감안하면 이는 정말 대단한 관용이 아닐 수 없다. 하지만 우리가 기억해야 할 사항이 있다. 곤잘레스 씨는 똑똑하고 유식하다는 그 신비의 여성 거물 리바이 부인으로부터 미스 트릭시에게 잘해주라는, 또 스스로 활달한 존재, 회사에 필요한 존재라는 느낌을 갖도록 해주라는 명령을 받은 입장이라는 걸 말이다. 하지만 그는 내게도 굉장히 정중했으며, 서류정리도 내가 알아서 처리하도록 허락했다.

나는 되도록 빨리 미스 트릭시를 꼬드겨 말문을 틔울 생각이다. 미스 트릭시, 이 자본주의의 메두사는 내게 알려줄 만한 수많은 값진 통찰과 핵심을 찌르는 소견이 적어도 하나 이상 있을 것으로 생각된다.

한 가지 불쾌한 점은—바로 이 지점에서 나는 지금부터 논하려는 인간에게 더욱 적합한 분위기를 조성하고자 속어를 쓰는 타락을 무릅쓰도록 하겠다—젊고 뻔뻔한 화냥년, 속기사 글로리아였다. 그녀의 정신은 온갖 오류와 끔찍한 가치판단으로 휘청거리고 있었다. 그녀가 내 인격과 태도에 대해 한두 번 건방지고 불필요한 지적을 하자, 나는 곤잘레스 씨를 살짝 따로 불러 글로리아가 오늘을 마지막으로 통고도 없이 그만두려 한다고 귀띔을 했다. 곤잘레스 씨는 이 말을 듣고 몹시 흥분해 글로리아를 즉각 해고했는데, 그로서는 좀처럼 누려보지 못한 직권 행사의 기회를 이참에 누린 셈이라는 걸 난 알 수 있었다. 사실 내가 이런 짓을 한 이유는 글로리아의 말뚝 같은 구두굽이 내는 끔찍한 소리 때문이다. 그 또각또각 소리를 하루만 더 들었다간 내 유문이 완전히 막히고 말 것 같았다. 게다가 마스카라와 립스틱과 기타 천박한 요소들까지, 굳이 여기서 다 열거하고 싶지는 않다.

나는 내가 맡은 서류정리 부서에 대해 많은 계획이 서 있다. 내 자리는 줄줄이 빈 책상들 중 창가에 가까운 걸로 골랐다. 그곳에 앉아 오후 내내 소형 가스히터를 최대 출력으로 틀어놓고, 여러 이국의 무역항으로부터 온 배들이 항구의 차갑고 검은 수면 위로 증기를 내뿜으며 떠다니는 광경을 지켜보았다. 미스 트릭시의 가볍게 코 고는 소리와 곤잘레스 씨의 맹렬한 타이핑 소리가 이러한 내 명상에 기분 좋은 대위 선율을 만들어주었다.

리바이 사장은 오늘 행차하지 않았다. 사장은 회사에 거의 들르지 않으며, 곤잘레스 씨의 표현에 따르면, 사실 회사를 "최대한 빨리 팔아치우려 하는 중"이다. 어쩌면 사무실의 우리 세 사람이(왜 셋이냐 하면, 다른 직원들이 내일 나오더라도 내가 곤잘레스 씨를 부추겨 기어코 다 잘라버릴 작정이기 때문이다. 사무실에 사람이 너무 많으면 분위기가 산만해지는 법이니까) 사업에 새로운 활력을 불어넣음으로써 리바이 2세의 신념을 회복시킬 수도 있지 않을까. 내게는 벌써부터 몇 가지 근사한 아이디어가 있고, 결국에는 리바이 사장이 회사경영에 전심전력하겠다는 결심을 하게끔 만들 수 있으리란 확신이 있다.

나는 오늘 부수적으로 곤잘레스 씨와 아주 약삭빠른 거래를 성사시켰다. 내가 글로리아의 급료로 나갈 비용을 덜게 해준 대가로, 택시로 출퇴근할 수 있게 해달라고 설득한 것이다. 뒤이어 오간 입씨름이 오늘같이 기분 좋은 날에 한 점 오점이었으나, 마침내 난내 유문과 건강이 전반적으로 몹시 위험한 상태라는 걸 주지시킴으로써 내 의견을 관철시키는 데 성공했다.

그러므로 우린 운명의 여신 포르투나가 우리의 바퀴를 아래로돌리는 시기라 할지라도, 때로는 한순간 바퀴가 정지하고 우리가 큰 불운의 주기 안에서 작은 행운의 주기를 맞을 때도 있음을 알 수 있다. 우주는 물론 원 안의 원이라는 법칙에 근거하고 있다. 지금이 순간, 나는 내부의 원 안에 있다. 물론, 이 원 안에 더 작은 원들도 있을 수 있다.

이그네이셔스는 택시 기사에게 클립보드를 돌려준 뒤 속도와 방향, 기어 변속에 대해 이러쿵저러쿵 다양한 지시를 내렸다. 그들이 콘스탄티노플 거리에 도착할 무렵 택시 안에는 적대적인 정적이 감돌았고, 그 정적을 깬 건 택시비를 내라는 기사의 요구뿐이었다.

화가 난 이그네이셔스가 거칠게 몸을 추슬러 택시에서 내렸을 때, 저만치서 길을 걸어오고 있는 어머니의 모습이 보였다. 짧은 분홍 외투를 입고 작은 모자를 한쪽 눈을 가릴 만큼 비뚜름히 눌러쓴 모습이, 마치 영화 「황금광」 시리즈에서 피난민 역을 맡은 신인여배우처럼 보였다. 이그네이셔스는 어머니가 외투 깃에다 시든 포인세티아를 꽂아 색상에 포인트를 준 사실을 절망적인 심정으로 포착했다. 어머니가 군데군데 깨진 벽돌 보도를 따라 빨간빛으로 분홍빛으로 걸어오는 동안 그녀의 갈색 웨지 구두는 할인점에서 산 가격에 걸맞게 반항적으로 삐걱거렸다. 오랜 세월 어머니의 옷차림을 보아왔건만, 저렇게 위풍당당하게 차려입은 모습은 늘 그의 유문을 살짝 공포에 떨게 했다.

"오, 애야." 라일리 부인이 인도를 꽉 막고 서 있는 플리머스의 후방 범퍼 앞에서 아들과 상봉하자마자 헐떡이며 말했다. "아주 끔찍한 일이 일어났지 뭐니."

"오, 맙소사. 이번엔 또 뭡니까?"

이그네이셔스는 외가 쪽에 무슨 일이 생겼나 보다고 생각했다. 걸핏하면 폭력과 고통에 시달리는 사람들이었으니까. 어머니에게는 불량배들한테 오십 센트를 강탈당한 늙은 숙모도 있고, 매거진 거리에서 전차에 치인 사촌도 있고, 상한 슈크림을 먹은 숙부도 있고, 허리케인의 강타로 널브러진 전깃줄에 감전된 대부도 있었다.

"옆집의 불쌍한 미스 애니 말이다. 오늘 아침에 골목에서 그만 혼절했지 뭐니. 신경과민이란다, 얘야. 자기 말로는 아침에 네가 밴조를 연주하는 바람에 잠에서 깼다더구나."

"그건 밴조가 아니라 류트입니다." 이그네이셔스가 벼락같이 소리를 질렀다. "그 여자는 제가 무슨 마크 트웨인 소설에 나오는 변태들하고 같은 부류인 줄 아나 봅니다?"

"지금 들여다보고 오는 길이란다. 세인트메리 거리에 있는 아들네에서 하루 묵고 온다더라."

"오, 그 불쾌한 녀석." 이그네이셔스는 어머니보다 앞서서 성큼성큼 계단을 올랐다. "뭐, 미스 애니가 한동안 없으니 아주 잘됐군요. 골목 저편에서 목이 찢어져라 욕 퍼붓는 소리를 듣지 않고도 류트를 연주할 수 있으니까요."

"가는 길에 레니네 가게에 들러, 루르드 성수를 채운 예쁜 묵주 한 쌍을 사서 갖다 줬단다."

"이런, 맙소사. 레니네라니, 제 평생 그렇게 종교적 미신으로 가득 찬 가게는 처음 봅니다. 그놈의 장신구 가게는 머지않아 기적의 현장이 되고야 말겠더군요. 어쩌면 레니 씨 자신이 승천할지도 모르죠."

"미스 애니가 묵주를 보고 아주 좋아하더구나, 얘야. 당장에 묵주기도를 시작하지 뭐니."

"어머니와 대화를 나누는 것보다야 그편이 나을 테니까요."

"의자에 앉으렴. 먹을 걸 좀 차려주마."

"미스 애니가 혼절하고 난리를 떠는 통에, 오늘 아침 아들을 리바이 팬츠로 쫓아버리신 일은 까맣게 잊으셨나 보군요."

"오, 그래, 이그네이셔스, 어떻게 됐니?" 라일리 부인은 이렇게 물으며, 몇 초 전에 켠 스토브 점화구에 또 성냥을 갖다 댔다. 스토브 상부에서 소규모 폭발이 일었다. "아이고, 하마터면 델 뻔했네."

"전 이제 리바이 팬츠 사 직원입니다."

"이그네이셔스!" 어머니는 이렇게 부르짖으며 분홍색 모직 외투로 아들의 기름진 머리를 꼴사납게 감싸 안았다. 덕분에 그는 코가 마구 짓눌렸다. 어머니의 두 눈엔 눈물이 그렁그렁 차올랐다. "내 아들, 참으로 자랑스럽구나."

"전 지금 상당히 피곤합니다. 사무실 분위기가 초긴장 상태거든요."

"네가 잘해낼 줄 알았다, 애야."

"믿어주셔서 고맙습니다."

"그래, 리바이 팬츠에선 얼마나 준다던?"

"일주일에 미화 육십 달러요."

"에계, 겨우 그거야? 다른 데도 좀 더 알아볼 걸 그랬나 보다."

"승진을 위한 멋진 기회도 많고, 총명한 젊은이를 위한 멋진 플랜도 서 있던걸요. 봉급은 금세 오를 겁니다."

"그렇게 생각하니? 아무튼 난 네가 자랑스럽구나, 애야. 코트는 벗으렴." 라일리 부인이 리비 스튜 통조림 하나를 따서 냄비에 부었다. "직원 중에 이쁜 기집애들도 있던?"

이그네이셔스는 미스 트릭시를 생각하며 대답했다. "네, 한 사람 있답니다."

"미혼이고?"

"그렇게 보이던데요."

라일리 부인은 이그네이셔스에게 한쪽 눈을 찡긋해 보이더니 그의 오버코트를 찬장 위로 던졌다.

"봐라, 애야. 이 스튜를 불에 얹어두마. 완두콩 통조림도 하나 따서 먹으렴. 아이스박스에 빵도 있고. 독일인네 가게에서 케이크도 하나 사다놨는데, 어디다 뒀는지 기억이 나질 않는구나. 부엌에서 한번 찾아보렴. 난 가봐야겠다."

"이 시간에 어딜 가시려고요?"

"맨큐소 순경과 순경의 고모라는 분이 몇 분 있으면 날 데리러 올 거야. 파지오네 볼링장에 가서 같이 볼링을 치기로 했거든."

"뭐라고요?" 이그네이셔스가 고함을 질렀다. "그게 사실입니까?"

"일찍 들어오마. 맨큐소 씨한테 늦게까지 나가 있을 수는 없다고 했단다. 고모라는 분도 할머니라니까, 일찍 잠자리에 들어야 할 테고."

"직장에서 첫날을 보내고 들어왔는데, 이거 정말 융숭한 대접이로군요." 이그네이셔스는 노발대발했다. "어머닌 볼링 같은 거 하시면 안 됩니다. 관절염인가 뭔가가 있지 않습니까. 말도 안 되는 소립니다. 저녁은 대체 어디서 드시려고요?"

"볼링장에서 칠리를 좀 먹으면 돼." 라일리 부인은 옷을 갈아입으러 이미 자기 방으로 가는 중이었다. "오, 얘야, 오늘 뉴욕에서 너한테 편지가 한 통 왔구나. 커피통 뒤에 놔뒀단다. 봉투가 온통 더럽고 얼룩진 걸로 봐서, 머나라는 그 기집애한테서 온 모양인데. 머나라는 애는 어째서 편지를 그 꼴로 보낸다니? 걔 아버지는 돈도 꽤 있다면서."

"볼링 치러 가시면 안 된다니까요." 이그네이셔스가 호통을 쳤다. "이건 그간의 어머니의 전력으로 봐서도 제일 황당무계한 짓이란 말입니다."

라일리 부인의 방문이 쾅 하고 닫혔다. 이그네이셔스는 편지봉투를 찾아낸 뒤 갈기갈기 찢어서 내용물을 꺼냈다. 어느 예술극장의 해묵은 여름 영화제 일정표가 나왔다. 구겨진 일정표 뒷면에 민코프 특유의 각 지고 비뚤비뚤한 필체로 쓴 편지글이 있었다. 친구들보다 신문사 편집부 앞으로 편지 쓰는 일이 많은 머나의 습성은 항상 서두에서 확연히 드러났다.

귀하,

네가 보낸 이 요상하고 끔찍한 편지는 대체 뭐니, 이그네이셔스? 내게 알려준 그 미미한 증언만 갖고 내가 어떻게 시민자유연맹에 연락을 취할 수 있겠어? 대체 경찰이 왜 널 체포하려 했는지 난 도무지 모르겠다. 넌 하루 종일 방구석에만 처박혀 있는 애잖아. 네가 "자동차 사고" 얘기만 하지 않았어도 체포 미수 사건은 믿었을지도 몰라. 정말로 양쪽 손목이 다 부러졌다면, 편지는 어떻게 썼지?

우리 서로 솔직해지자, 이그네이셔스. 난 네가 편지에 쓴 말, 단 한 마디도 안 믿어. 하지만 두려워. 너 때문에. 체포에 대한 망상은 전형적인 편집증 증세니까. 물론 너도 프로이트가 편집증을 동성애적 성향과 연관시키고 있다는 건 잘 알고 있겠지.

"별 미친 소리 다 듣겠네!" 이그네이셔스가 고함을 질렀다.

그렇지만 망상의 그런 측면을 파고들진 않을 거야. 왜냐하면 난 네가 섹스라면 그 어떤 형태든 열렬히 반대한다는 걸 잘 알고 있으니까. 하지만 네 정서적 문제는 명백해. 배턴루지의 강사직 면접에서 떨어진 이후로(그동안은 버스나 다른 것들을 탓해왔지만, 그건 죄의식의 전이일 뿐이야) 넌 아마 열패감에 시달려왔을 거야. 이 "자동차 사고" 역시 무의미하고 무기력한 네 존재를 변명하는 데 일조하는 새로운 버팀목인 셈이지. 이그네이셔스, 지금 네겐 네 정신이 일체감을 갖고 **공명**할 수 있는 뭔가가 필요해. 내가 입이 닳도록 얘기했듯이, 너도 시대의 중대사에 적극 헌신해야 한단 말이야.

"하아암." 이그네이셔스가 하품을 했다.

무의식적으로 넌 중대한 사회운동에 적극 참여하려면, 지식인
이자 이념의 투사로서, 먼저 네 자신의 실패를 해명해야 한다고 느
끼고 있는 거라니까. 만족스러운 성적 교류 또한 네 몸과 마음을
정화시켜줄 거야. 네게는 섹스 요법이 절실히 필요해. 너 같은 환
자들의 사례에 비춰볼 때, 난 네가 이러다 엘리자베스 B. 브라우닝
*처럼 심신증** 환자가 돼버리진 않을까 걱정돼.

"정말 이루 말할 수 없이 모욕적이군." 이그네이셔스가 입에 거품을 물
었다.

난 네게 그다지 연민을 느끼지 않아. 넌 사랑에 대해서도, 사회
에 대해서도, 마음의 문을 꼭꼭 닫아걸었으니까. 지금 난 서로 다
른 인종 간의 결혼을 주제로 대담하고 파격적인 영화 제작을 계획
중인 열혈 친구들을 도와서 제작비를 모으는 데 시간을 다 쏟고 있
어. 저예산 영화가 되긴 하겠지만, 각본 자체는 정말이지 불편한
진실들로 가득 차 있고, 매혹적이기 그지없는 분위기와 아이러니
를 담고 있어. 각본을 쓴 사람은 내가 태프트 고등학교 시절부터
알고 지내온 친구 슈뮤얼이야. 슈뮤얼은 이 영화에서 남편 역도 직
접 맡아 연기할 거야. 우린 할렘에서 아내 역을 맡을 여자애도 하
나 찾아냈어. 그 애는 무지 생기 넘치는 정말 인간다운 인간인지

---

* 19세기 영국 여류 시인이자 시인 로버트 브라우닝의 아내.

** 심리적 원인에서 비롯된 장애나 질병.

라, 난 그 애를 둘도 없는 친구로 삼아버렸어. 우린 함께 그 애가 처한 인종문제들에 대해 끊임없이 토론을 해. 그 애가 별로 내켜하지 않을 때도 내가 구슬려서 얘기를 하도록 이끌지. 그러고 나면 나랑 이런 대화를 나눈 걸 그 애가 얼마나 고마워하는지 몰라.

각본에는 역겹고 반동적인 악역이 하나 있는데, 이 부부에게 집을 세놓기를 거부하는 아일랜드인 집주인이야. 그즈음 이 부부는 이미 '윤리협회운동'*의 절제된 의식을 통해 결혼을 한 상태인데도 말이야. 집주인은 자궁 같은 작은 방에서 사는데, 그 방은 사방 벽이 교황 사진이랑 뭐 그런 것들로 도배되어 있다시피 해. 다시 말해, 관객들은 그 방을 보면 그가 어떤 인간인지 단박에 알게 되는 거지. 우린 아직 집주인 역을 캐스팅하지 않았어. 너라면 이 역에 딱 적격일 것 같은데. 이봐, 이그네이셔스, 네가 그 정체된 도시와 어머니, 그리고 그 침대에 널 꽁꽁 묶고 있는 탯줄을 끊기로 결심만 한다면 너도 여기 와서 이런 기회를 누릴 수 있어. 어때, 이 역에 관심 있니? 돈은 많이 줄 수 없지만, 우리 집에서 묵게 해줄게.

난 사운드트랙용으로 약간의 무드음악이나 시위용 음악을 기타로 연주하게 될지도 몰라. 부디 이 근사한 프로젝트가 영화화될 수 있기를. 왜냐하면 레올라가, 할렘 출신의 굉장한 소녀 말이야, 출연료 문제로 우릴 괴롭히기 시작했거든. 난 아빠에게 이미 $1,000나 되는 피 같은 돈을 짜낸 상황이고, 아빠는 이 프로젝트 전체를 의심의 눈초리로 보고 계셔(언제나 그렇듯이).

이그네이셔스, 난 그동안 우리가 나눈 편지로 충분히 네 비위를

---

* 종교나 철학에 관계없이 누구나 인류 공동의 윤리적 교리를 실천하는 것이 최선의 삶임을 표방한 운동. 일종의 교회처럼 주일예배, 결혼식, 장례식 등을 자체적으로 거행했다.

맞춰왔어. 그러니 이제 넌 사회운동에 동참하기 전까진 내게 편지 쓸 생각 마. 소심한 겁쟁이는 무지 싫어.

M. 민코프

추신: 집주인 역을 맡고 싶다면 편지해도 돼.

"이 무례한 화냥년한테 본때를 보여주고 말테다." 이그네이셔스는 이 렇게 중얼거리며, 예술극장 일정표를 스튜가 얹힌 불길 속으로 집어 던졌 다.

4

리바이 팬츠 사는 두 개의 건물이 하나로 합쳐진 음산한 구조물이었다. 앞쪽 건물은 벽돌로 지은 십구 세기 상업용 건축물로, 망사르드 지붕에 로코코풍의 지붕창 몇 개가 돌출해 있고 창문 유리들은 대체로 금이 가 있었다. 이 건물 삼층이 사무실, 이층이 창고, 일층은 쓰레기 차지였다. 곤잘레스 씨가 "두뇌 센터"라 부르는 이 건물 뒤쪽으로, 헛간 모양의 전형적인 비행기 격납고 같은 공장이 붙어 있었다. 공장의 양철 지붕 위로 우뚝 솟은 굴뚝 두 개는 토끼 귀 모양의 텔레비전 안테나가 이루는 그 각도로 비스듬히 기울어 있었다. 말하자면 바깥세상으로부터 희망에 찬 전자 신호를 전달받는 대신 아주 역겨운 검은 연기만 간간이 내뿜는 안테나라고 할까. 철로 맞은편의 강과 운하를 따라 즐비한 깔끔한 잿빛 부두 창고들 옆으로 움츠리고 앉은 리바이 팬츠는, 그 자체로 도시 재개발을 묵묵히 호소하는 거무칙칙한 탄원이었다.

두뇌 센터 내부는 여느 때보다 활기차게 돌아가고 있었다. 이그네이셔스는 널찍한 마분지에 파란색 굵은 고딕체로 다음과 같이 쓴 명패를 서류 캐비닛들 근처의 기둥 하나에 붙이는 중이었다.

자료 관리부
책임자 I. J. 라일리

그는 사무실 바닥에 마분지와 파란색 포스터물감을 늘어놓고 푹 퍼질러 엎드린 채 한 시간 이상 꼼꼼히 색칠하며 명패를 만드느라, 오전 시간

대의 서류정리 업무는 손도 대지 않았다. 미스 트릭시가 늘 그러듯 이따금 정처 없이 실내를 돌아다니다가 명패를 밟았지만, 다행히 피해는 마분지 한구석에 찍힌 조그만 스니커즈 한 짝의 자국뿐이었다. 하지만 이그네이셔스는 그 작은 얼룩이 자못 불쾌해, 그 위에 극적이면서도 양식화된 붓꽃 문양을 그려 넣었다.

"그거 멋지군요." 곤잘레스 씨가 이그네이셔스의 망치질이 끝나자 말했다. "사무실에 뭔가 새로운 분위기를 더해주는데요."

"이게 다 뭔 뜻이래?" 미스 트릭시가 명패 바로 밑에 서서 미친 듯이 요모조모 뜯어보며 물었다.

"그냥 단순한 안내문이랍니다." 이그네이셔스가 자랑스레 말했다.

"이게 다 뭔 난리인지 모르겠네." 미스 트릭시가 말했다. "대체 여기가 어떻게 돌아가고 있는 거지?" 트릭시가 이그네이셔스 쪽을 돌아보았다. "고메즈, 이 사람 누구야?"

"미스 트릭시, 라일리 씨 아시잖아요. 우리하고 같이 일한 지 벌써 일주일이나 되는데."

"정말? 난 글로리아인 줄 알았는데."

"가서 장부 일이나 보세요." 곤잘레스 씨가 그녀에게 말했다. "저 명세서, 정오까지는 은행에 보내야 합니다."

"오, 그래, 명세서를 보내야지." 미스 트릭시가 동의를 하더니 발을 질질 끌며 여자 화장실로 사라졌다.

"라일리 씨, 부담을 드리고 싶은 생각은 없습니다만." 곤잘레스 씨가 조심스레 말했다. "라일리 씨 책상 위에 아직 정리되지 않은 문건들이 상당수 쌓여 있는 걸로 보이는데요."

"오, 저거요. 그래요. 그런데 오늘 아침 제가 첫 번째 서랍을 열었더니 상당히 큰 쥐 한 마리가 반겨주지 뭡니까. 아무래도 에이벌먼 포목점 관련 서류철을 열심히 먹어치우는 거 같더군요. 전 그 친구가 물리도록 먹고서 제풀에 물러날 때까지 기다리는 게 상책이라고 생각했죠. 페스트에 걸리는 건 딱 질색이고, 그 책임을 리바이 팬츠에 묻고 싶지도 않아서 말입니다."

"옳은 말씀입니다." 곤잘레스 씨가 불안한 표정으로 말했다. 이 말쑥한 책임자는 근무 중 사고의 발생 가능성을 떠올리며 부르르 몸을 떨었다.

"게다가 제 유문이 오늘따라 영 멋대로 구는 바람에, 어디 몸을 굽혀 아래쪽 서랍들을 열 수가 있어야죠."

"그 문제라면 적합한 물건이 있답니다." 곤잘레스 씨가 이렇게 말하며 작은 다용도실로 들어가기에, 이그네이셔스는 무슨 약 같은 걸 꺼내오겠거니 했다. 하지만 그가 가지고 돌아온 건 이그네이셔스가 지금껏 봐온 가장 작은 철제 스툴들 가운데 하나였다. "이거예요. 전에 서류정리 일을 하던 사람이 이걸 타고 앉아 바퀴를 앞뒤로 밀고 다니면서 아래쪽 서랍들을 여닫곤 했지요. 한번 해보세요."

"제 신체 구조가 워낙 특이해서 그런 형태의 기기에 쉽게 적응할 거 같지 않은데요." 이그네이셔스가 송곳눈으로 녹슬어가는 스툴을 노려보며 말했다. 그는 늘 균형 감각이 엉망이었고, 비만아였던 어린 시절부터 툭하면 넘어지고, 헛디디고, 휘청거리기 일쑤였다. 다섯 살이 되어 마침내 거의 정상적으로 걷기 시작하기까지 온몸이 멍 자국에 긁힌 자국투성이였다. "하지만 리바이 팬츠를 위해 한번 시도해보도록 하죠."

이그네이셔스는 거대한 엉덩이가 스툴에 닿을 때까지 조금씩 아래로, 더 아래로 몸을 내리며 쭈그렸다. 두 무릎이 거의 어깨까지 올라왔다. 드디어 그 횃대 같은 의자에 자리를 잡고 앉자, 그는 마치 압정 대가리 위에 균형을 잡아 올려놓은 통통한 가지처럼 보였다.

"이래서는 도무지 안 되겠는데요. 몸이 아주 불편합니다."

"그래도 한번 해보세요." 곤잘레스 씨가 해맑은 얼굴로 말했다.

두 발로 바닥을 밀면서 이그네이셔스는 불안하게 서류 캐비닛들 사이로 굴러 갔는데, 그러다 그만 소형 바퀴 하나가 바닥 틈새에 콕 끼이고 말았다. 순간 스툴이 살짝 기울더니 이내 완전히 뒤집히면서 이그네이셔스를 바닥에다 쿵 하고 내리꽂았다.

"오, 맙소사!" 그가 고함을 질렀다. "아무래도 등뼈가 부러진 거 같군!"

"이 손 잡으세요." 곤잘레스 씨가 공포에 질린 테너 음성으로 외쳤다. "부축해서 일으켜드릴게요."

"싫습니다! 등뼈가 부러진 사람을 들것도 없이 움직이게 하면 안 되는 법이죠. 당신의 무능함 때문에 전신마비가 되고 싶진 않습니다."

"제발 일어나려고 해보세요, 라일리 씨." 곤잘레스 씨가 자기 발치에 붕긋 솟은 몸뚱이를 내려다보며 말했다. 그는 심장이 덜컥 내려앉았다. "내가 도와드리죠. 심한 부상 같지는 않은데."

"손대지 말라니까요." 이그네이셔스가 꽥 비명을 질렀다. "이런 한심한 양반 같으니. 휠체어에 앉아 여생을 보낼 생각은 추호도 없단 말입니다."

곤잘레스 씨는 자신의 두 발이 차갑게 변하며 차츰 감각이 없어지는 걸 느꼈다.

이그네이셔스가 쿵 하고 나가떨어진 그 소리에 화장실에 있던 미스 트릭시까지 뛰쳐나왔다. 그녀는 서류 캐비닛들을 빙 돌아오다가 바닥에 축 널브러진 살덩어리의 산에 걸려 하마터면 넘어질 뻔했다.

"오, 이런." 트릭시가 가냘프게 말했다. "글로리아가 죽어가고 있는 거야, 고메즈?"

"아니에요." 곤잘레스 씨가 날이 선 목소리로 말했다.

"뭐, 그렇다면 다행이고." 미스 트릭시는 이렇게 말하며 바닥에 쭉 뻗은 이그네이셔스의 한쪽 손을 밟았다.

"아이고!" 이그네이셔스가 벼락같이 괴성을 지르더니 벌떡 일어나 앉았다. "손뼈가 다 으깨졌어. 다시는 손을 쓸 수 없을 거야."

"미스 트릭시는 아주 가벼워요." 사무실 책임자가 이그네이셔스에게 말했다. "그렇게 심하게 아플 거 같진 않은데."

"저분한테 밟혀본 적이나 있습니까, 이런 멍청한 양반 같으니. 대체 뭘 안다고 그래요?"

이그네이셔스는 두 동료의 발치에 앉아 자기 손을 꼼꼼히 살폈다.

"오늘은 이 손을 쓸 수가 없을 거 같군요. 당장 집에 가서 온탕에 푹 담가야겠습니다."

"하지만 서류정리는 마쳐야 할 텐데요. 벌써 일이 얼마나 밀렸는지 좀 보세요."

"이런 때 서류정리 얘기가 나옵니까? 변호사들한테 연락해서, 저 음탕한 스툴에 앉힌 죄로 당신을 고소할까 생각 중입니다."

"일어나게 우리가 도와줄게, 글로리아." 미스 트릭시가, 보기에는 뭔가를 끌어올리려는 듯한 자세를 취했다. 스니커즈를 신은 두 발을 넓게 벌리고 발끝은 바깥쪽으로 향하게끔 한 다음, 발리 댄서처럼 엉거주춤 쪼그리고 앉았다.

"일어나세요." 곤잘레스 씨가 트릭시에게 야멸치게 쏘아붙였다. "그러다 고꾸라져요."

"싫어." 트릭시가 말라빠진 입술을 앙다물고 말했다. "글로리아를 부축해서 일으켜야지. 저쪽에 가서 앉아, 고메즈. 우리가 글로리아의 팔꿈치를 잡기만 하면 돼."

이그네이셔스는 곤잘레스 씨가 반대편에 가서 쭈그려 앉는 사이 그저 순순히 지켜보고만 있었다.

"지금 체중배분을 잘못하고들 계시군요." 이그네이셔스가 두 사람에게 훈계조로 말했다. "저를 일으키려면 그런 자세로는 힘을 받을 수가 없단 말입니다. 자칫하면 우리 세 사람 다 부상을 당할 수도 있다니까요. 어디 한번 선 채로 자세를 잡아보시죠. 그럼 쉽게 허리를 굽혀 절 일으킬 수 있을 거 같은데."

"염려 마, 글로리아." 미스 트릭시가 웅크리고 앉은 자세로 몸을 앞뒤로 흔들흔들하며 말했다. 그러다 결국 앞으로 달랑 넘어져 이그네이셔스를 덮쳤고, 그 바람에 다시 한 번 그를 뒤로 벌러덩 나자빠지게 만들었다. 그녀의 셀룰로이드 챙모자 끄트머리가 그의 목구멍을 내리쳤다.

"우욱." 이그네이셔스의 목구멍 깊은 곳으로부터 끓어오르는 소리가 났다. "크르륵."

"글로리아!" 미스 트릭시가 씨근거렸다. 그러면서 자기 밑에 깔린 얼굴을 정면으로 들여다보았다. "고메즈, 의사 좀 불러."

"미스 트릭시, 라일리 씨한테서 좀 떨어지세요." 사무실 책임자가 두 부하직원 옆에 쭈그리고 앉은 자세 그대로 씩씩거렸다.

"크르륵."

"아니, 자네들 대체 바닥에서 뭐하고 있는 건가?" 한 남자가 문간에서 물어왔다. 곤잘레스 씨의 생기 넘치던 얼굴이 순식간에 공포로 굳어지더니 목구멍을 쥐어짜듯 끽끽거렸다. "안녕하세요, 리바이 사장님. 어서 오십시오."

"내 앞으로 온 우편물이 있나 해서 잠깐 들렀네. 바로 해안가 집으로 돌아가 봐야 해. 이 커다란 명패는 뭐 하러 걸어놓은 건가? 누가 보면 딱 눈 버리기 십상이겠군."

"저분이 리바이 사장님이신가요?" 이그네이셔스가 바닥에 뻗은 채로 외쳤다. 줄줄이 늘어선 서류 캐비닛에 가려 사장의 모습은 보이지 않았다. "크르륵. 정말 만나 뵙고 싶었는데."

이그네이셔스가 미스 트릭시를 홱 떨쳐버리자 그녀는 바닥으로 발랑 나동그라졌고, 그는 아등바등 간신히 일어섰다. 스포티한 옷차림의 중년 남자가 사무실에 들어서자마자 바로 나갈 수 있게 문손잡이를 그대로 잡고 있는 모습이 눈에 들어왔다.

"안녕하시오." 리바이 씨가 무심하게 말했다. "새로 온 직원인가, 곤잘레스?"

"오, 네, 그렇습니다. 사장님, 이쪽은 라일리 씨라고, 아주 유능한 직원이지요. 수완이 대단한 친구랍니다. 사실, 이 친구 덕분에 직원을 몇 명 더 구하지 않고도 버틸 수 있게 되었거든요."

"크르륵."

"오, 그래, 이 명패에 쓰여 있는 이름이군." 리바이 사장이 이그네이셔스를 기이한 표정으로 바라보았다.

"저는 사장님 회사에 남다른 관심을 가지고 있습니다." 이그네이셔스가 리바이 사장에게 말했다. "들어오실 때 눈여겨보신 저 명패는 제가 기획하고 있는 몇 가지 혁신안 중 첫 번째 것에 불과하답니다. 크르륵. 저는 사장님께서 이 회사에 대해 갖고 계신 생각을 바꿔놓을 작정입니다. 두고 보십시오."

"그렇단 말이지?" 리바이 사장은 약간의 호기심을 품고 이그네이셔스를 뜯어보았다. "우편물은 어떤가, 곤잘레스?"

"그리 많지는 않습니다. 새 신용카드가 몇 개 나왔고, 트랜스글로벌 항공사에서 백 시간 탑승 기념으로 사장님을 명예 파일럿으로 초빙한다는 증서를 보내왔답니다." 곤잘레스 씨는 자기 책상 서랍을 열어 우편물을 꺼내 리바이 사장에게 건넸다. "마이애미의 어느 호텔에서 보내온 팸플릿도 있고요."

"이제 슬슬 춘계훈련 예약 좀 잡아줘야 할 거 같은데. 훈련 캠프 일정을 내 자네한테 보냈었지?"

"네, 사장님. 그런데, 서명해주셔야 할 서한들이 좀 있답니다. 에이벌먼 포목점에 보낼 서한도 하나 작성해야 했지요. 그쪽하고는 늘 말썽이에요."

"알고 있네. 그 사기꾼들이 이번에는 뭘 원한다던가?"

"에이벌먼 측은 지난번에 우리가 배송한 바지들의 다리 기장이 겨우 육십 센티미터밖에 되지 않는다고 주장하더군요. 현재 이 문제를 해결하려고 노력 중이랍니다."

"그래? 뭐, 여기서 그 정도는 그리 이상한 일도 아니잖나." 리바이 사장이 재빨리 말했다. 사무실은 벌써 그를 우울하게 만들고 있었다. 한시라도 빨리 도망쳐야 했다. "공장장한테 확인해보는 게 좋겠네. 그 사람 이름이 뭐더라? 이보게, 서명은 늘 그랬듯이 자네가 대신해줘. 난 가봐야 해서." 리바이 사장이 문을 당겨 열었다. "이 친구들 너무 심하게 부려먹지는 마, 곤잘레스. 잘 있어요, 미스 트릭시. 아내가 안부를 묻더군요."

미스 트릭시는 바닥에 앉은 채로 스니커즈 한 짝의 끈을 고쳐 매고 있었다.

"미스 트릭시." 곤잘레스 씨가 소리쳤다. "리바이 사장님께서 말씀하고 계시잖아요."

"누구라고?" 미스 트릭시가 으르렁거렸다. "그 사람 죽었댔잖아요."

"다음에 오실 땐 저희한테 엄청난 변화가 있을 거라 기대하셔도 좋습니다." 이그네이셔스가 말했다. "제 말은, 저희가 사장님 사업에 새로운 활력을 불어넣겠다는 뜻입니다."

"좋아. 쉬엄쉬엄 하게." 리바이 씨는 이렇게 말하고는 문을 쾅 닫고 나갔다.

"정말 대단한 분이셔." 곤잘레스 씨가 달뜬 목소리로 이그네이셔스에게 말했다. 창문을 통해 두 사람은 리바이 사장이 스포츠카에 오르는 모습을 지켜보았다. 엔진이 부르릉거리는가 싶더니 단 몇 초도 안 돼 리바이 사장은 휭 사라졌고, 그 자리엔 파란 배기가스만이 남아 서서히 내려앉고 있었다.

"아무래도 서류정리 작업을 해야겠군요." 이그네이셔스가 자신이 지금 텅 빈 거리밖에 남지 않은 창밖 풍경을 멍하니 보고 있음을 깨닫고는 말했다. "그 서한에 서명 좀 해주시겠습니까? 그래야 제가 복사본을 정리하죠. 지금쯤은 그 설치류 동물이 에이벌먼 관련 서류철을 먹어치우고 남은 부분에 접근을 해도 안전할 겁니다."

이그네이셔스는 곤잘레스 씨가 한껏 공을 들여 거스 리바이라는 글자를 서한에 그려 넣는 동안 이 위조의 현장을 몰래 훔쳐보았다.

"라일리 씨." 곤잘레스 씨가 이 달러짜리 펜에 조심스레 뚜껑을 돌려 끼우며 말했다. "내가 지금 공장에 내려가서 공장장을 만나보고 와야겠으니, 잘 좀 지키고 계세요."

곤잘레스 씨가 사무실이라고 한 건 미스 트릭시를 염두에 둔 말이라고 이그네이셔스는 생각했다. 그녀는 지금 서류 캐비닛 앞쪽 바닥에 누워 요란스레 코를 골고 있었다.

"세구로."* 이그네이셔스가 이렇게 말하고는 미소를 지었다. "당신의 고귀한 혈통을 기리는 스페인어죠."

곤잘레스 씨가 문밖으로 나가자마자 이그네이셔스는 사무실 책임자의 높다란 검은 타자기에 리바이 팬츠 레터지 한 장을 끼웠다. 리바이 팬츠가 성공하려면, 그 첫 단계로 먼저 회사를 중상모략하는 자들을 엄히 다스려야 했다. 리바이 팬츠가 현대 상업주의의 정글 속에서 살아남으려면 더 호전적이고 더 권위적으로 변해야 했다. 이그네이셔스는 그 첫 단

---

* 스페인어로 '물론입니다', '그러고말고요'.

136

계를 타이핑하기 시작했다.

에이벌먼 포목점
미합중국 미주리 주 캔자스스티

덜떨어진 몽고증 환자 I. 에이벌먼 사장 귀하,

우리는 당사의 바지 제품에 대한 귀하의 어처구니없는 소견을 서신을 통해 받았습니다. 그 소견은 귀하께서 현상을 전혀 파악하지 못하고 있음을 여실히 보여주는 것이더군요. 귀하께서 좀 더 지각 있는 분이시라면, 문제의 바지들이 기장에 관한 한 부적합하다는 사실을 우리가 전적으로 알고 있는 상태에서 발송해드렸음을 지금쯤은 아시게 되었거나 깨달으셨을 텐데 말입니다.

"왜? 대체 이유가 뭐야?" 귀하께서는 이런 어리벙벙한 소리만 늘어놓으시며, 귀하 자신의 황폐한 세계관 속에 상업의 자극적 발상들을 전혀 수용하지 못하고 계시는 모양입니다.

그 바지들이 귀사에 보내진 것은, (1) 귀사의 창의적 기업심을 시험해보기 위함이었고(슬기롭고 빈틈없는 기업이라면 사분의 삼 길이의 칠부 바지를 응당 남성 패션의 대명사로 만들 수 있어야 합니다. 따라서 귀사의 광고 및 판촉 전략에는 문제가 있어 보입니다), (2) 귀사가 양질의 당사 제품을 유통하는 판매업자로서 적합한 자질을 갖추고 있는지 시험해보기 위함이었습니다(충실하고 믿음직한 직매점이라면, 디자인과 재봉이 아무리 형편없어도 리바이 상표를 달고 있는 한 어떤 바지라도 팔 수 있는 법입니다. 따라서 귀사는 분명 신의가 없는 기업입니다).

우리는 앞으로 더는 이런 진저리나는 불평불만에 시달리고 싶지 않습니다. 부디 서신은 오로지 주문서에 국한해주시길 바랍니다. 우리는 분주하고 역동적인 기업으로, 쓸데없는 파렴치와 괴롭힘 때문에 업무를 방해받을 수는 없습니다. 귀하께서 또다시 우리를 괴롭히시면, 그땐 그 가엾은 어깨에 채찍이 후려치는 고통을 맛보게 되실 수도 있음을 숙지하십시오.

분노로 치를 떨며,
사장 거스 리바이

세계가 이해하는 건 오로지 힘과 물리력밖에 없다는 흐뭇한 생각에 취해 이그네이셔스는 곤잘레스 씨의 펜으로 리바이 사장의 서명을 베꼈고, 에이벌먼 사장에게 보내는 사무실 책임자의 서한은 찢어버린 뒤 대신 자기가 쓴 것을 발송 우편함에다 슬쩍 집어넣었다. 그런 다음 미스 트릭시가 축 늘어져 있는 바닥 근처를 깨금발로 슬금슬금 걸어서 서류정리 부서로 되돌아왔고, 아직 정리하지 못한 서류 더미를 집어 들고는 그대로 쓰레기통에 처넣었다.

⸬

"이봐요, 미스 리, 거 뚱땡이 초록색 모자, 그 인간 이제 여기 안 와요?"
"그래, 다행이지 뭐야. 그런 진상들이 사업을 망치거든."
"거 고아 친구도 안 오고요? 우아! 고아들이 어떻게 됐나 되게 궁금하네요. 내 장담하는데, 경찰이 사상 처음으로 흥미 있어 할 고아들 같더라고요."
"말했잖아, 고아들한테 이런저런 물품들을 보내는 거라고. 자선사업 좀 하는 걸론 아무도 안 다쳐. 그냥 기분 좋은 일이라고."

"고아들이 뭘 받는지는 모르지만 그 대가로 엄청난 돈을 내는 거 보니, 거 정말 〈기쁨의 밤〉식의 자선처럼 들리는데요."

"고아들 걱정 말고 바닥 걱정이나 해. 안 그래도 골치 아픈 문제가 한둘이 아니야. 달린은 춤추고 싶어 안달이지, 넌 급료 올려 달라고 난리지. 게다가 더 큰 문제들도 있단 말이야." 레이나는 요즘 들어 갑자기 밤늦은 시각에 출몰하기 시작한 사복형사들을 생각했다. "가게는 파리만 날린다니까."

"암요. 왜 아니겠냐고요. 나는 이 갈봇집에서 굶어죽을 지경이라고요."

"이봐, 존스, 너 요즘 경찰서에 들른 적 있어?" 레이나가 조심스레 물었다. 혹시라도 존스가 이곳에 경찰을 끌어들이는 게 아닌가 슬쩍 떠보려는 심산이었다. 이 존스라는 녀석, 급료는 얼마 안 나가도, 알고 보니 순 골칫거리였다.

"아니요, 경찰 친구들 보러 간 지 한참 됐걸랑요. 거 쓸 만한 증거 하나 잡을 때까지 기다리는 중이라고요." 존스가 먹구름을 훅 내뿜으며 말했다. "고아 사건의 단서가 잡히기만 기다리고 있다니까요. 이야!"

레이나는 산홋빛 입술을 일그러뜨리며, 경찰에 밀고한 자가 대체 누굴까 고민했다.

⸬

라일리 부인은 자기한테 정말 이런 일이 일어났다는 걸 믿을 수가 없었다. 텔레비전 소리라고는 들리지 않았다. 불평불만도 없었다. 욕실은 텅 비어 있었다. 심지어 바퀴벌레들조차 어디 다른 데로 철수해버린 듯했다. 그녀는 무스카텔 와인을 홀짝거리며 부엌 식탁에 앉아 있었고, 식탁을 가로지르기 시작한 바퀴벌레 새끼 한 마리는 훅 불어서 날려버렸다. 그 작은 몸통이 식탁 위로 호르르 날려가 사라지자 라일리 부인이 말했다. "잘 가라, 꼬마야." 그녀는 와인을 조금 더 따르다가 집에서 나는 냄새 역시 다르다는 걸 처음으로 알아차렸다. 냄새는 예전과 아주 비슷하긴 했지만 아들의 야릇한 체취, 늘 오래된 티백 냄새를 연상시키던 그 체취는 사라지고 없었다. 그녀는 잔을 든 채, 지금쯤 리바이 팬츠에선 우려내고 남은 페코 티백 냄새가 솔솔 나기 시작했을까 생각했다.

불현듯 라일리 부인은 언젠가 라일리 씨와 함께 영화 「레드 더스트」에 출연한 클라크 게이블과 진 할로를 보러 프리태니아 극장에 갔던 그 끔찍한 밤이 기억에 떠올랐다. 집으로 돌아오는 길 내내 어찔어찔한 열기와 혼미에 휩싸였던 점잖은 라일리 씨는 예의 그 은근한 접근을 시도했고, 그 결과 이그네이셔스가 잉태되었다. 불쌍한 라일리 씨. 그 후로 그는 살아생전 두 번 다시 영화를 보러 간 적이 없었다.

라일리 부인은 한숨을 내쉬고는 바퀴벌레 새끼가 아직도 살아서 주변을 기어 다니나 보려고 바닥을 내려다보았다. 너무 기분이 좋아서 아무것도 해치고 싶지 않았다. 그렇게 리놀륨 바닥을 이리저리 살피고 있는데, 좁은 복도에서 전화벨 소리가 울렸다. 그녀는 와인 병을 코르크 마개로 막은 뒤 차가운 오븐에 집어넣었다.

"여보세요." 부인이 수화기에 대고 말했다.

"안녕, 아이린?" 어떤 여자의 쉰 목소리가 물어왔다. "뭐하고 있어? 나 샌타 바탈리아야."

"그래, 어떻게 지내?"

"나 완전히 뻗은 거 있지. 방금 뒷마당에서 굴을 사오십 개쯤 까고 들어온 참이야." 샌타가 특유의 걸걸한 바리톤 음성으로 말했다. "힘들어죽겠어. 진짜야. 굴 칼로 그 바위 같은 것들을 쾅쾅 두드려대자니 말이야."

"난 그런 거 할 엄두조차 안 나는데." 라일리 부인이 솔직하게 말했다.

"난 괜찮아. 어렸을 때 엄마 대신 많이 까봤으니까. 우리 엄마는 라우 텐슐레거 시장 밖에서 작은 노점에 해산물을 놓고 파셨더랬지. 불쌍한 엄마. 배에서 갓 내린 것들을 떼다가. 영어는 한 마디도 제대로 못하시면서. 거기서 난 어려서부터 굴을 깠더랬어. 학교도 안 다니고. 그래, 못 다녔지. 거기 인도에 앉아 굴이나 쾅쾅 내리치며 살았다니까. 가끔은 엄마도 뭔가 트집거리를 잡아 나를 쾅쾅 내리치곤 했고. 우리 노점은 바람 잘 날 없었지 뭐야."

"어머님이 좀 욱하는 성격이었나 보다, 그치?"

"불쌍한 여자였지, 뭐. 그 낡은 햇빛가리개 모자 하나로 견디며 비가 오나 추위가 닥치나 허구한 날 거기 서 계셨으니까. 사람들이 하는 말은 대개 알아듣지도 못한 채로 말이야. 참 살기 힘든 시절이었어, 아이린. 세 상살이 참 험난했더랬지."

"아무렴." 라일리 부인이 동감을 표했다. "우리도 도편 거리에 살 적에 얼마나 힘들었는지 몰라. 우리 아버지도 찢어지게 가난하셨더랬어. 무슨 마차 만드는 공장 일을 하셨는데, 언제부턴가 자동차가 등장하더니, 나중 에는 팬벨트에 그만 손이 끼이고 마셨지. 팥이랑 쌀만으로 입에 풀칠하는 날이 하루 이틀이 아니었다니까."

"난 말이야, 팥을 먹으면 가스가 차는 거 있지."

"나도 그래. 그런데, 샌타, 전화는 어쩐 일이야?"

"오, 그래, 깜빡했네. 요 전날 밤 우리가 볼링 치러 갔을 때 기억나?"

"화요일 말이야?"

"아니, 수요일이었을 거야. 아무튼 그날 우리 앤절로는 체포되는 바람 에 못 왔잖아."

"아유, 망측해라. 경찰이 자기네 동료를 체포하다니."

"그래, 불쌍한 앤절로. 참으로 다정한 아이인데. 서에서 뭔가 문제가 있는 게 분명해." 샌타가 수화기에 대고 걸걸하게 기침을 했다. "하여간에 아이린이 차를 몰고 날 데리러 와서 우리끼리만 볼링장에 갔던 그날 밤 말이야. 근데 있지, 오늘 아침에 굴을 사러 어시장엘 갔는데, 어떤 영감이 나한테 와서 이러는 거야. '요 전날 밤에 볼링장에 오셨던 분 아니신가요?' 그래서 내가, '네, 자주 가긴 해요.' 그랬더니 이러지 뭐야. '음, 그날 제가 딸하고 사위하고 같이 거길 갔었는데, 머리칼이 불그스름한 부인이랑 함께 오신 걸 봤습니다.' 그래서 내가, '그러니까 헤나 염색한 부인 말이지요? 제 친구 미스 라일리예요. 제가 볼링을 좀 가르쳐주고 있답니다.' 그랬어. 그게 다야, 아이린. 그 영감은 그냥 모자를 까딱해 보이더니 시장 밖으로 걸어 나가더라고."

"도대체 누굴까?" 라일리 부인이 호기심이 잔뜩 동하여 말했다. "재밌네. 그 영감 어떻게 생겼어?"

"괜찮은 사람이었어. 나이는 좀 든 거 같지만. 전에 동네에서 어린애들 데리고 미사에 가는 걸 본 적이 있어. 손주들인가 봐."

"정말 이상하네. 도대체 누군데 내 얘길 물어보는 걸까?"

"글쎄, 모르지. 하지만 잘 지켜봐. 누군가 아이린을 눈여겨보고 있으니까."

"아유, 샌타! 난 이제 다 늙었는데, 뭘."

"무슨 소리야. 아직도 얼마나 근사한데. 볼링장에서 있지, 아이린한테 눈길 주는 남자들을 내가 수도 없이 봤다니까."

"아유, 말도 안 돼."

"사실이래도. 거짓말 아니야. 아이린은 너무 오래 그놈의 아들하고만 처박혀 살았어."

"이그네이셔스가 그러는데, 리바이 팬츠에서 잘해내고 있대." 라일리 부인이 방어적으로 말했다. "나, 어떤 영감탱이하고도 얽히고 싶지 않아."

"그렇게 늙지는 않았어." 샌타가 조금 심기가 상한 목소리로 말했다. "이봐, 아이린, 앤절로랑 오늘 밤 일곱 시쯤 데리러 갈게."

"그게 말이야, 잘 모르겠어. 이그네이셔스가 나더러 집에 좀 붙어 있으라고 해서."

"뭐 하러 집에 붙어 있어? 앤절로 말로는, 아들이 다 큰 어른이라던데."

"이그네이셔스는 밤에 자길 혼자 두고 나가면 무섭대. 강도가 들까 봐 무섭다나."

"그럼 걔도 데려와. 앤절로가 볼링 좀 가르쳐주면 되지."

"에이그! 이그네이셔스는 솔직히 운동을 즐기는 타입이 아니야." 라일리 부인이 재빨리 말했다.

"어쨌든 오긴 올 거지, 응?"

"알았어." 라일리 부인이 뜸을 들이다 결국 말했다. "운동을 하니까 팔꿈치 관절이 좋아지는 거 같기는 해. 이그네이셔스한테는 방문을 잘 잠그라고 하지, 뭐."

"그럼." 샌타가 말했다. "누가 걔를 해치려고."

"어차피 우리 집엔 훔쳐갈 것도 없으니까. 도대체 이그네이셔스는 왜 그런 생각을 하는지 모르겠네."

"앤절로랑 일곱 시까지 갈게."

"좋아. 그런데 말이야, 샌타, 어시장에 가서 그 영감이 누군지 좀 알아봐줘."

∷

리바이 저택은 세인트루이스 만의 잿빛 수면을 굽어보는 작은 언덕 위소나무 숲 속에 자리하고 있었다. 외부는 우아한 시골풍의 좋은 본보기였고, 내부는 촌티를 완전히 배제하려는 시도의 성공작이었다. 영구히 섭씨 이십사 도로 최적화된 자궁 같은 실내는 사시사철 가동되는 에어컨디셔너에 통풍구와 파이프라는 배꼽을 통해 연결되어 있었으며, 이 장치들은 멕시코만의 미풍을 여과하고 정화한 공기로 방들을 조용히 채우는 한편 리바이 가족의 이산화탄소와 담배연기와 권태감을 밖으로 배출시켰다. 이 거대한 생명유지장치의 핵심 기기는 음향학을 고려해 타일을 바른 건물 내부 어딘가에서, 마치 인공호흡 강좌를 진행하는 적십자사 강사처럼 운율에 맞춰 고동치고 있었다. "좋은 공기 들이쉬고, 나쁜 공기 내쉬고, 좋은 공기 들이쉬고……."

이 집은 우리가 상상할 수 있는 인간의 자궁만큼이나 육감적으로 안락했다. 의자들은 어떤 압력에도 비굴하게 굴복하는 스펀지와 잔털 덕분에 살짝만 건드려도 몇 인치씩 폭폭 들어갔다. 아크릴 나일론 카펫의 융털은 그 위를 친절하게도 걸어주는 사람들의 발목을 기분 좋게 간질여주었다. 바 옆에는 꼭 라디오 다이얼같이 생긴 것이 있었는데, 이걸 돌리면 실내 전체의 조명을 부드럽게 혹은 밝게, 분위기에 따라 마음대로 조절 가능했다. 인체에 맞게 디자인된 의자들과 마사지 테이블 하나, 부드러우면서도 도발적인 움직임으로 신체 곳곳을 자극해주는 운동기구 하나가 집 안 전역에 걸쳐 서로 쉽게 걸어갈 수 있는 거리에 자리 잡고 있었다. 리바이 별장, 이것이 해안도로 표지판에 쓰여 있는 이름인데, 이곳은 그야말로 감각의 천국이었다. 단열재로 마감한 벽 내부에는 세상 그 어떤 욕망도 충족시킬 수 있는 그 무언가가 있었다.

이 집에서 유일하게 불만스러운 물건이 서로 상대방이라 여기는 리바이 부부가 텔레비전 앞에 앉아 화면 색상이 뭉그러지는 광경을 지켜보고 있었다.

"페리 코모의 얼굴이 온통 초록색이네요." 리바이 부인이 엄청난 적개심을 드러내며 말했다. "꼭 시체처럼 보이는군요. 이 텔레비전, 매장에 도로 갖다 주는 게 좋겠어요."

"뉴올리언스에서 이번 주에 가져온 거잖아." 타월 천 목욕가운을 두른 리바이 씨가 브이 자로 여민 가슴 틈새로 거무스름한 털을 후후 불며 말했다. 그는 방금 사우나를 하고 나온 참이라 몸을 완전히 말리고 싶었다. 사시사철 가동되는 에어컨디셔너와 중앙난방장치를 갖추고 있어도 결코 안심할 순 없었다.

"글쎄, 다시 갖다 주란 말이에요. 고장 난 티비를 보다가 눈이 멀고 싶진 않으니까."

"오, 그만 좀 해. 내 보기엔 멀쩡한데 왜 그래."

"멀쩡해 보이지 않잖아요. 입술이 저렇게 시퍼런데."

"분장을 해서 그렇지."

"그럼 사람들이 코모의 입술에다 시퍼런 색을 칠한단 말이에요?"

"내가 알 게 뭐야."

"당연히 모르시겠지." 리바이 부인이 아콰마린 색 아이섀도를 칠한 두 눈을 남편 쪽으로 돌렸다. 남편은 노란 나일론 소파의 쿠션들 사이 어딘가에 폭 파묻혀 있었다. 털이 북슬북슬한 다리 끝에 타월 천과 샤워용 고무 슬리퍼가 보였다.

"귀찮게 굴지 마." 그가 말했다. "운동기구나 타고 놀지그래."

"오늘 밤엔 못 타요. 오늘 머리를 새로 했단 말이에요."

그녀는 가소성이 탁월하게 곱슬곱슬 말아 올린 백금색 머리카락을 만지작거렸다.

"미용사가 그러는데, 가발도 하나 사는 게 좋겠대요." 그녀가 말했다.

"가발로 뭐 하게? 가뜩이나 숱도 많으면서."

"갈색 가발을 갖고 싶어요. 그러면 개성도 바꿀 수 있고."

"이봐, 당신은 원래 갈색 머리잖아, 안 그래? 그러니까 머리는 그냥 자연스럽게 길도록 내버려두고, 가발을 사려거든 금발로 사는 게 어때?"

"그 생각은 못 했네요."

"그래, 잠시 그 생각 좀 하면서 조용히 있어. 나 지금 피곤해. 오늘 시내 나갔다가 회사에 들렀어. 그러고 나면 꼭 우울해진다고."

"거기 무슨 일 있어요?"

"없어. 전혀 없어."

"그럴 줄 알았어요." 리바이 부인이 한숨을 쉬었다. "당신은 아버님 사업을 수포로 돌아가게 만든 거예요. 그게 바로 당신 인생의 비극이죠."

"빌어먹을, 대체 그따위 낡은 공장을 누가 원해? 거기서 만든 바지는 아무도 사지 않는데. 이 모든 게 다 아버지 잘못이야. 삼십 년대에 주름 바지가 유행할 때, 민자 바지에 변화 줄 생각은 일체 하지 않으셨지. 의류업계의 헨리 포드였어. 그러다 민자 바지가 오십 년대에 다시 유행하니까 그제야 주름 바지를 만들기 시작하시더군. 지금은 어떤 줄 알아? 곤잘레스가 '여름 신상'이라 부르는 것들을 당신도 좀 봐야 해. 무슨 서커스 광대들이 입는 풍선 바지 같다니까. 게다가 그 소재하고는. 나 같으면 그런 천은 행주로도 안 쓰겠다."

"결혼할 무렵엔 난 당신을 신처럼 우러러봤어요, 거스. 추진력이 있는 남자라고 생각했죠. 당신은 리바이 팬츠를 정말 거대한 기업체로 만들 수도 있었어요. 어쩌면 뉴욕에도 사무실을 낼 수 있었을 거예요. 전부 당신 손에 넘어왔는데, 그걸 다 팽개쳐버리더군요."

"오, 그딴 헛소리 집어치워. 당신은 편하게 잘 살고 있잖아."

"아버님은 뚝심이 있었어요. 난 그분을 존경했다고요."

"아버지는 아주 비열하고 치졸한 분이셨어. 옹졸한 폭군이었다고. 젊었을 땐 나도 회사에 관심이 좀 있었지. 그래, 상당히 있었어. 그런데 아버지가 하도 독재를 하는 바람에 흥미를 죄다 잃고 만 거야. 적어도 내가 보기엔 리바이 팬츠는 아버지의 회사야. 그따위 것, 수포로 돌아가라지. 아버지는 내가 회사를 위해 괜찮은 아이디어를 내면, 내는 족족 다 거부하셨어. 당신 자신이 아버지고 내가 아들이라는 걸 확실히 보여주려고 말이야. 내가 '주름'이라고 하면 '주름은 안 돼! 절대 안 돼!' 하시고, 내가 '새로운 합성섬유들을 좀 써봅시다' 하면 '내 눈에 흙이 들어가도 합성은 안 돼' 하셨지."

"아버님은 마차에 바지를 싣고 행상 다니는 걸로 시작하셨어요. 그랬던 걸 얼마만큼 키워놓으셨는지 봐요. 그러니 당신이 시작한 지점에서라면 리바이 팬츠를 당신은 전국적 규모의 기업으로 키울 수 있었다고요."

"전국이 운이 좋은 거지, 뭘. 난 어린 시절을 몽땅 그놈의 바지 속에 갇혀 지냈단 말이야. 아무튼, 당신 얘기 지긋지긋하니까 이제 그만. 끝."

"좋아요. 조용히 있자고요. 봐요, 코모의 입술이 이젠 분홍빛으로 변하잖아요. 그리고 당신, 수전이랑 샌드라에게 아버지 노릇도 제대로 한 적이 없어요."

"지난번 샌드라가 집에 왔을 때, 그 애가 담배를 꺼낸다고 핸드백을 여는데 콘돔 한 곽이 내 발치에 툭 떨어지더군."

"그래서 어렵사리 이런 얘기 꺼내는 거잖아요. 당신은 딸들한테 어떤 귀감이 되어준 적이 한 번도 없어요. 애들이 그렇게 놀아나는 것도 이상할 게 없죠. 나는 애들한테 내 나름 최선을 다했어요."

"이봐, 수전하고 샌드라 얘기는 하지 말자고. 대학 다니느라 집 떠나 있는 애들 얘기해서 뭐 해. 그 애들이 무슨 짓을 하고 다니는지 우리로서는 모르는 게 약이야. 실컷 놀다 지치면 불쌍한 녀석들 하나씩 골라잡아 결혼들을 할 테고, 그럼 다 괜찮아질 거야."

"그럼 당신, 어떤 할아버지가 돼줄 생각이에요?"

"몰라. 나 좀 내버려둬. 가서 운동기구나 타고 월풀 목욕이나 해. 난 저 프로 계속 볼 거야."

"얼굴 색깔이 죄다 엉망인데 어떻게 계속 본단 말이에요?"

"그 얘긴 이제 꺼내지 마."

"다음 달에 우리 마이애미 가는 거예요?"

"아마도. 거기 가서 그냥 눌러 살지도 모르지."

"우리가 가진 거 다 포기하고요?"

"뭘 포기해? 당신 운동기구는 이사트럭에 집어넣으면 될 테고."

"하지만 회사는요?"

"회사는 이미 벌 만큼 다 벌었어. 이제 팔아치울 때라고."

"아버님이 돌아가셨기에 망정이지, 살아서 이 꼴을 어찌 보셨을까." 리바이 부인은 비극적인 눈길을 샤워용 슬리퍼에 흘긋 던졌다. "이제 당신은 여생을 전부 월드 시리즈나 더비 경마, 아님 데이토나 경주에 쏟아 붓겠군요. 그거야말로 진짜 비극이에요, 거스. 진짜 비극이라고요."

"리바이 팬츠 따위를 갖고 거창한 아서 밀러*식 비극을 쓰려고 들진 마."

"그나마 내가 당신을 지켜보고 있으니 천만다행이죠. 나라도 회사에 관심을 갖고 있어 다행이라고요. 미스 트릭시는 어때요? 여전히 사람들 이랑 잘 지내고 일도 잘하고 있으면 좋으련만."

"아직 살아 있어. 그것만 해도 대단한 거잖아."

"적어도 난 그 부인한테 관심이 있다고요. 당신이라면 진즉에 눈밭으로 내몰았을 테죠."

---

* 『세일즈맨의 죽음』을 쓴 미국의 극작가.

"그 노파는 진즉에 퇴직했어야 해."

"퇴직은 부인을 죽음으로 내모는 거라고 했잖아요. 누군가가 자기를 필요로 하고 사랑하고 있다는 걸 느끼게 해줘야 한다고요. 부인은 정신적 회춘의 진정한 가능성 그 자체란 말이에요. 언제 한번 우리 집으로 데려와요. 제대로 한번 돌봐주고 싶으니까."

"그 꼬부랑 노파를 여기로 데려와? 당신 제정신이야? 보기만 해도 리바이 팬츠를 생각나게 하는 할망구가 우리 집에서 코 골고 앉은 꼴은 못 봐. 당신 소파에도 온 데다 오줌을 싸놓을 거야. 갖고 놀 거면 멀찌감치 떨어져서 갖고 놀아."

"늘 이런 식이지." 리바이 부인이 한숨을 쉬었다. "내가 이런 인정머리 없는 양반을 그 오랜 세월 어떻게 참고 살았나 몰라."

"트릭시를 사무실에 데리고 있게 해준 걸로 됐잖아. 분명 하루 종일 곤잘레스를 돌아버리게 만들고 있을걸. 오늘 아침에 들렀더니, 다들 바닥에서 뒹굴고 있더군. 무슨 짓들을 하고 있었느냐고 묻지는 마. 뭐든 알 게 뭐야." 리바이 씨가 잇새로 휘익 휘파람을 불었다. "곤잘레스야 늘 그렇듯 정신이 딴 세상에 가 있는 친구지만, 새로 들인 직원 꼬락서니는 당신도 한번 봐야 해. 대체 그런 인물을 어디서 구했나 몰라. 당신은 봐도 못 믿을걸. 진짜라니까. 그 광대들 셋이서 하루 종일 사무실에서 뭘 하는지 생각도 하기 싫군. 여태 뭔 사달이 안 난 게 기적이지."

⸭

이그네이셔스는 프리태니아 극장에 가지 않기로 했다. 현재 상영작은 널리 호평을 받고 있는 스웨덴 영화로, 영혼을 잃어가는 한 남자에 관한 이야기인데, 썩 내키지 않았던 것이다. 그는 그렇게 지루한 영화를 상영

작으로 고른 것에 대해 극장 매니저와 얘기를 나눠봐야겠다고 생각했다.

그는 문의 빗장을 점검하며 어머니가 집에 언제 들어올까 생각했다. 별안간 어머니는 거의 매일 밤 외출을 하고 있었다. 하지만 지금 이그네이셔스에겐 다른 고민거리가 있었다. 그는 책상 서랍을 열고, 한때 잡지 시장을 겨냥해서 썼던 원고 한 무더기를 살펴보았다. 평론지를 위해 쓴 「보에티우스론」과 「로스비타에 대한 변명: 성녀 로스비타의 존재를 부정하는 자들에게」가 있었다. 가족 잡지를 위해서는 「렉스의 죽음」과 「어린이, 세계의 희망」을 썼었다. 일요일 특별판 시장을 공략하기 위한 시도로 「수질 안전을 위한 도전」과 「8기통 자동차의 위험성」, 「금욕, 산아제한을 위한 가장 안전한 방법」, 그리고 「뉴올리언스, 낭만과 문화의 도시」를 쓴 바 있었다. 오래된 원고들을 죽 훑어보던 그는, 각각 이렇게 다 훌륭한 원고들인데 왜 그중 하나도 잡지사에 송고하지 못했을까 하는 생각이 들었다.

하지만 지금은 눈앞에 닥친 몹시 상업적인 새 프로젝트가 하나 있었다. 이그네이셔스는 두 앞발로 책상을 쓰윽 문질러, 잡지 원고와 빅치프 노트며 할 것 없이 몽땅 방바닥으로 깔끔하게 떨어뜨림으로써 금세 책상을 치웠다. 새 바인더 노트를 앞에 놓고 거칠거칠한 표지에 빨간색 크레용으로 천천히 써나갔다. "어느 근로 청년의 일기, 혹은 나태로부터 벗어나". 제목을 다 적자, 블루호스 사의 새 유선 노트지 뭉치를 들고 띠지를 뜯어낸 뒤 그걸 바인더 노트에 끼웠다. 그러고는 이미 뭔가를 적어놓은 리바이 팬츠 레터지들을 연필로 구멍을 뚫어 바인더 노트 맨 앞쪽에 끼웠다. 이제 그는 리바이 팬츠 볼펜을 집어 들고 새 블루호스 노트지 첫 장에 글을 쓰기 시작했다.

친애하는 독자여,

책은 선대에 저항하는 불멸의 자식들이다.

— 플라톤

친애하는 독자여, 나는 눈 코 뜰 새 없이 분주한 사무실 생활에 점차 적응하게 되었다. 이러한 적응은 나로서는 결코 가능하리라 생각지 못했던 변화다. 물론, 내가 그간 리바이 팬츠 주식회사에서 짧은 경력을 쌓는 동안 몇 가지 노동 절감 방식을 주도적으로 도입하는 데 성공한 것은 사실이다. 나와 같은 사무직 근로자 동지들로서 잠깐의 휴식 시간에 이 통렬한 일기를 읽고 있는 여러분은, 내가 이룬 혁신안 한두 가지를 메모해도 좋을 것이다. 간부급 임원들과 실업계 거물들에게도 다음과 같은 내 소견들을 전하고자 한다.

나는 정해진 출근시간보다 한 시간 늦게 사무실에 도착하기로 했다. 그렇게 함으로써, 훨씬 더 푹 쉬게 되어 개운한 상태로 출근할 수 있으며, 잠에서 덜 깬 둔한 감각과 육체로 인해 자잘한 업무 하나하나가 고행과도 같은 암울한 근무 첫 시간을 피할 수 있기 때문이다. 늦게 출근함으로써 내가 수행하는 업무는 질적으로 훨씬 향상된다.

서류정리 체계와 관련된 혁신안은 당분간 비밀로 남겨두어야겠다. 상당히 혁명적이기도 하거니와 어떤 효력을 내게 될지는 두고 봐야 하기 때문이다. 이론적으로야 탁월한 결과를 가져오리라 생각되지만 말이다. 그러나 푸석푸석하고 누렇게 바랜 서류 종이들이 화재 발생의 위험이 있다는 건 말해두어야겠다. 또 모든 경우에 해당되지는 않겠지만 내 경우에 고려해야 할 좀 더 특수한 측면이 있는데, 서류들이 잡다한 해충의 거주지로 이용된다는 사실이다. 페스트가 중세에는 마땅히 받아들여야 할 운명이었지만, 지금

이 끔찍한 세기에 페스트에 감염된다는 건 그저 웃음거리일 뿐이다.

오늘 마침내 우리 사무실은 우리의 영주이자 주인인 G. 리바이 씨의 임재라는 은총을 받았다. 아주 솔직하게 말하자면, 그는 꽤나 무심하고 심드렁한 인물로 보였다. 나는 그의 주의를 명패(그렇다, 독자여, 드디어 칠을 해서 기둥에 붙였도다. 다분히 제왕다운 백합 문양이 그려져 있어 그 의미심장함이 배가되고 있다)로 돌렸지만, 그것 역시 그다지 그의 흥미를 돋우진 못했다. 그의 방문은 단시간에 끝났고 전혀 사업적인 목적도 아니었지만, 우리나라의 앞날을 쥐락펴락하는 이런 실업계 거물들이 품은 진의를 우리가 어찌 감히 왈가왈부하랴. 때가 되면 그는 내가 회사에 바치는 열정과 헌신을 알아줄 것이다. 그렇게 되면 내가 보인 본보기로 인해 그는 다시 한 번 리바이 팬츠에 대한 믿음을 회복하게 될지도 모른다.

라 트릭시*는 여전히 꿍꿍이속을 털어놓지 않고 있다. 이로써 내가 생각했던 것보다 훨씬 더 영악한 존재임을 입증하고 있는 셈이다. 추측건대 이 여인은 아주 많은 것을 알고 있고, 그 태도에서 보이는 무관심은 리바이 팬츠에 대해 품고 있는 분노의 가면에 불과하다. 퇴직 얘기를 할 때면 더욱 논리 정연해지는 걸 보라. 난 그녀에게 새 흰 양말이 필요하다는 걸 알아차렸다. 현재 신고 다니는 양말은 상당히 꼬질꼬질해져 있다. 머잖아 흡수성 좋은 흰색 운동 양말 한 켤레를 선물해야 할 듯싶다. 이런 행위로 감동을 주어 대화를 이끌어낼 수 있을지도 모르니까. 그리고 가끔 자신의 셀룰로

* 불어의 정관사 'la'를 이름 앞에 붙여 어떤 위엄과 교양과 세련된 자질을 부여하는 구어적 표현인데, 사실 트릭시의 진면모는 전혀 그렇지 않으므로 반어적이다. 하지만 이그네이셔스는 반어적으로 쓴 것이 아님.

이드 챙모자 대신 내 모자를 쓰려고 하는 걸 봐선 내 모자를 좋아하게 된 것 같다.

지난 회 글에서 이미 밝힌 바 있지만, 글쓰기의 기술을 완벽하게 연마하고자 은둔하고 명상하고 연구하는 일에 내 청춘을 바친 것은 다름 아닌 시인 밀턴의 본보기를 따른 것이다. 그러나 대홍수에 버금가는 어머니의 폭음이 거만하기 짝이 없는, 지극히 왕당파적인* 태도로 내 등을 떠밀어 세상으로 내몬 결과, 아직도 내 몸은 격변의 흐름 한가운데 놓여 있다. 난 여전히 근로 세계의 긴장에 적응해가는 과정에 있는 것이다. 일단 몸이 사무실에 적응하게 되면, 지체 없이 리바이 팬츠의 부산스러운 심장부인 공장으로 위대한 일보를 내디딜 생각이다. 공장 문 너머로 쉭쉭거리고 우르릉거리는 소리가 적잖이 들려오고 있지만, 다소 기력이 쇠한 현재의 건강 상태로는 그 지옥 같은 곳으로 내려가는 게 무리다. 가끔 어떤 공장노동자가 자기 자리를 이탈해 사무실로 찾아와 뭔가 무식한 호소를 늘어놓곤 한다(주로 상습적 술고래인 공장장이 또 술에 취했다는 얘기다). 내가 다시 건강한 몸으로 회복되면 공장노동자들을 만나볼 생각이다. 나는 사회운동에 대해 뿌리 깊고 영속적인 확신을 갖고 있다. 나는 내가 공장 사람들에게 뭔가 도움 될 만한 조처를 취할 수 있으리라 확신하고 있다. 나는 사회적 불의 앞에서 비겁하게 행동하는 자들을 참을 수 없다. 우리 시대의 문제들에 대해 과감하고 파격적인 헌신을 아끼지 않아야 한다고 믿는다.

사회생활 관련 메모: 난 적어도 한 번 이상 끔찍한 총천연색 공포의 매혹에 홀려 프리태니아 극장으로 현실도피를 했다. 그 어떤 취

---

* 청교도 혁명에서 왕당파는 밀턴의 정치적 숙적이었음.

향과 품위의 기준에도 위배되는 혐오스러운 영화들, 타락과 신성 모독의 그 수많은 필름들은 도저히 믿을 수 없어하는 내 눈을 아연 실색게 했고, 순결한 내 정신을 충격에 빠트렸으며, 내 유문을 꽉 꽉 봉해버렸다.

어머니는 현재 당신을 무슨 엉터리 운동선수로 바꿔놓으려는, 썩 달갑지 않은 자들과 어울리고 있는데, 이들은 정기적으로 볼링을 치며 망각에 빠져드는 타락한 인류의 표본들이다. 집에서 이런 심란한 일들에 시달리다 보니, 한창 활기를 띠어가는 업무를 지속해 나가기가 가끔은 힘이 든다.

건강 관련 메모: 오늘 오후 곤잘레스 씨가 자기 대신 숫자 한 열의 덧셈을 해달라고 부탁해오는 순간, 유문이 상당히 격렬하게 닫혔다. 그는 그런 요청이 나를 어떤 상태로 몰아넣었는지 알게 되자, 사려 깊게도 직접 덧셈을 했다. 난 소란을 피우지 않으려고 애를 썼으나 결국은 유문이 승리를 거두고 말았다. 이 사무실 책임자는 우발적이나마 귀찮은 존재가 될 수도 있겠다.

훗날을 기약하며,
여러분의 근로 청년, 대릴

이그네이셔스는 방금 작성한 글을 흡족한 기분으로 읽었다. 일기로는 모든 종류의 글이 다 가능했다. 이처럼 한 젊은이가 처한 문제들에 대한 당대적이고 생생하고 진실한 기록이 될 수도 있었다. 마침내 그는 바인더 노트를 닫고 머나에게 어떤 답장을 쓸까 곰곰 궁리하기 시작했다. 답장은 그녀의 존재 자체와 세계관에 대한 가차 없고 악랄한 공격이어야 했다. 아니, 그보다 먼저 공장을 답사하고 거기 내재된 사회운동의 가능성을 두 눈으로 확인할 때까지 기다리는 게 더 나을 듯했다. 그런 대담무쌍한 행위는 제대로 다뤄져야 한다. 그러자면 공장노동자들과 모의해서, 머나를 사회운동 분야에서 보수 반동처럼 보이게 만들 정도의 뭔가 근사한 일을 시도해볼 수 있지 않을까. 이 무례한 불여우보다 자기가 더 우월한 인간임을 입증해 보여야 했다.

그는 류트를 집어 들고 잠시 노래를 부르며 휴식을 취하기로 했다. 준비운동 삼아 거대한 혓바닥을 말아 올려 쓰윽 콧수염을 핥은 뒤 류트 현을 가볍게 퉁기며 노래하기 시작했다. "더는 지체하지 마요, 그대의 운명을 향해. 그대의 길을 떠나요, 명랑하고 기운차게 떠나요."

"입 좀 닥치지 못해!" 미스 애니가 닫힌 덧문 너머로 고함을 꽥 질렀다.

"어디서 감히!" 이그네이셔스가 그의 방 덧문을 활짝 열어젖히고는 어둡고 싸늘한 골목길을 내다보며 소리쳤다. "거기 창문 좀 열어보시죠. 어디서 감히 덧문 뒤에 숨어서 이 난립니까."

그는 미친 듯이 부엌으로 달려가더니, 냄비에 물을 가득 담아서 냉큼 자기 방으로 돌아왔다. 여전히 굳게 닫힌 미스 애니의 덧문에 물을 홱 끼얹으려는 순간, 거리에서 자동차 문이 쾅 닫히는 소리가 들렸다. 몇몇 사람이 골목길을 따라 걸어오고 있었다. 이그네이셔스는 덧문을 닫고 불을 끈 뒤, 어머니가 누군가에게 뭐라고 얘기하는 소리에 귀를 기울였다. 그들이 그의 방 창문 밑을 지나갈 때 맨큐소 순경이 뭐라 뭐라 하는 것에 이어, 어떤 여자의 쉰 목소리가 들렸다. "아이린, 내가 보기엔 안전해. 불이 다 꺼져 있잖아. 아들이 영화 보러 간 게 틀림없다니까."

이그네이셔스는 후다닥 오버코트를 걸쳐 입고, 그들이 부엌문을 막 열고 들어설 즈음 복도를 내처 달려 현관문으로 빠져나왔다. 현관 계단을 내려와서 보니 집 앞에 맨큐소 순경의 흰색 램블러가 주차되어 있었다. 힘겹게 허리를 굽힌 이그네이셔스는 한쪽 타이어 밸브에 손가락을 쿡 찔러 박고 바람 빠지는 소리가 그칠 때까지 기다렸다. 이윽고 타이어 바닥이 벽돌 길도랑에 팬케이크처럼 납작하게 들러붙었다. 그러자 그는 그의 덩치가 간신히 지나갈 수 있을 정도로 좁디좁은 골목길을 따라 집 뒤쪽으로 돌아갔다.

환한 불빛이 부엌을 밝히고 있었고 어머니의 싸구려 라디오 소리가 닫힌 창문 너머로 흘러나왔다. 이그네이셔스는 조용히 뒤편 계단을 올라 기름때에 절은 뒷문 유리창을 들여다보았다. 어머니와 맨큐소 순경이 거의 한 병 가득 든 얼리 타임스 위스키를 앞에 둔 채 식탁에 앉아들 있었다. 맨큐소 순경은 오늘따라 유난히 혹사당한 몰골인 반면, 라일리 부인은 한쪽 발로 리놀륨 바닥을 톡톡 두드리며 부엌 한가운데의 무언가를 바라보며 수줍게 웃고 있었다. 그곳엔 반백의 곱슬머리에 체구가 땅딸막한 여자가 흰색 볼링복 상의 안에서 출렁이는 젖가슴을 마구 흔들어대며 춤을 추고 있었다. 여자는 식탁과 스토브 사이를 왔다 갔다 하며 가슴을 자르르 흔들고 엉덩이를 빙글빙글 돌리면서 볼링화를 신은 발로 단호하게 스텝을 밟아나갔다.

바로 저 여자가 맨큐소 순경의 고모렷다. 하긴 맨큐소 순경 말고 저런 화상을 고모로 둘 인간이 또 어디 있으려고, 이그네이셔스는 혼자 콧방귀를 뀌었다.

"우후!" 라일리 부인이 신나게 외쳤다. "샌타 최고!"

"이것도 잘 봐." 반백의 여인이 프로복싱 경기의 심판처럼 소리를 지르고는 몸을 흔들어대며 낮게, 더 낮게 몸을 낮추어가더니, 급기야 바닥에 거의 드러눕다시피 했다.

"오, 하느님 맙소사!" 이그네이셔스가 바람결에 대고 외쳤다.

"그렇게 버티다 배 터질라." 라일리 부인이 깔깔 웃었다. "바닥까지 뚫고 내려가겠네."

"이제 그만하세요, 샌타 고모." 맨큐소 순경이 우울하게 말했다.

"염병할, 지금 와서 관둘 줄 아니. 이제 막 왔는데." 여자가 이렇게 응수하며 율동적으로 몸을 일으켰다. "늙으면 춤도 못 춘다고 누가 그래?"

팔을 바깥쪽으로 뻗다 여자는 그만 리놀륨 통로에 쿵 부딪히고 말았다.

"애고머니!" 라일리 부인이 실없이 너털웃음을 웃으며 위스키 병을 기울여 자기 잔에 따랐다. "이그네이셔스가 집에 와서 이 꼴을 보면 어떡하려고."

"이그네이셔스는 엿이나 먹으라고 해!"

"샌타!" 라일리 부인은 깜짝 놀라 헉 숨이 막혔지만, 이그네이셔스는 어머니가 살짝 기분 좋아한다는 걸 눈치 챘다.

"당신네들 그만두지 못해!" 미스 애니가 덧문 너머로 고함을 꽥 질렀다.

"저건 누구야?" 샌타가 라일리 부인에게 물었다.

"경찰 부르기 전에 당장 그만들 둬!" 미스 애니의 뭐에 눌린 듯한 목소리가 외쳤다.

"제발 부탁이니, 그만두세요." 맨큐소 순경이 초조한 목소리로 애원했다.

5

달린은 카운터 뒤에서 반쯤 채워진 술병에 물을 들이붓고 있었다.

"이봐, 달린, 이 개소리 좀 들어봐." 레이나 리가 신문을 접어 재떨이로 누르며 말했다. "'어젯밤 버건디 거리 570번지 〈엘 카발로 라운지〉에서, 세인트피터 거리 796번지에 함께 사는 세 여성, 프리다 클럽, 베티 범퍼, 그리고 리즈 스틸이 치안을 어지럽히고 공공질서를 문란케 한 혐의로 체포, 입건되었다. 체포한 경찰에 따르면, 이 사건은 한 신원미상의 남성이 이 세 여성 중 한 명에게 수작을 걸면서 일어났다. 이에 다른 두 여성이 이 남성을 구타했고, 그는 라운지에서 도망쳤다. 스틸이라는 여성은 바텐더에게 스툴 하나를 집어던지고 다른 두 여성은 스툴과 깨진 맥주병을 들고 라운지의 손님들을 위협했다. 손님들은 도망친 남성이 볼링화를 신고 있었다고 진술했다.' 어때, 기가 막히지? 이런 인간들이 프렌치 쿼터를 망치는 주범이라니까. 성실한 사내가 레즈비언 년들 중 하나를 슬쩍 채가려 하질 않나, 년들은 년들대로 사내를 들고패려 하질 않나. 옛날에는 여기도 점잖고 정상적인 손님들만 있었어. 지금은 순 게이랑 레즈비언뿐이지. 가게가 파리만 날리는 것도 이상할 게 없다니까. 레즈비언 년들, 정말 못 봐주겠어. 못 봐주겠다고!"

"밤에 여기 오는 사람들은 이제 사복형사들 밖에 없는 거 같아요." 달린이 말했다. "사복형사는 그런 여자들한테나 딱 붙여놔야 하는 건데."

"여기가 빌어먹을 경찰서가 돼가고 있다니까. 경찰관 자선협회를 위해 무슨 자선쇼라도 해야 할까 봐." 레이나가 역겹다는 듯이 말했다. "자리는 텅텅 비고, 경찰 몇 놈은 지들끼리 신호나 해대고. 난 나대로 내 시간의 절반을 달린 너, 이 꼴통아, 네가 그치들한테 술을 못 팔게 지켜보고 있어야 하고."

"그게 말이에요, 레이나." 달린이 말했다. "누가 경찰인지 내가 어떻게 알겠어요? 다 똑같아 보이는데." 달린은 코를 흥 풀었다. "나도 먹고살려고 하는 짓이잖아요."

"형사는 눈을 보면 알 수 있어, 달린. 그치들은 아주 자신만만하다고. 내가 이 장사를 오죽 오래했니. 형사는 각이 딱 나와. 뭔가를 끼적거려놓은 지폐, 위장한 옷차림, 딱 그거야. 눈을 봐서 모르겠으면, 돈을 봐. 연필로 뭘 잔뜩 끼적거려놓고 난리라니까."

"돈을 어떻게 봐요? 여긴 너무 컴컴해서 눈도 보기 힘들겠는데."

"뭐, 너부터 어떻게 좀 해야겠다. 여기 이렇게 자리나 차지하고 앉은 꼴이라니. 이러다 조만간 경찰서장한테 더블 마티니를 팔겠다고 나서겠군."

"그럼 무대에서 춤추게 해줘요. 죽여주는 춤사위를 익혔단 말이에요."

"오, 그 입 좀 닥쳐." 레이나가 고함을 꽥 질렀다. 존스가 만일 이곳에 경찰이 들락거린다는 걸 아는 날에는 파격 염가 청소부도 그날로 안녕이었다. "자, 나 좀 봐, 달린. 존스한테는 말이야, 요즘 들어 갑자기 밤에 경찰이 들끓기 시작했다는 얘기 절대 하면 안 돼. 흑인들이 경찰을 어떻게 생각하는지 잘 알지? 겁에 질려 당장 그만둘지도 몰라. 그러니까 내 말은, 나도 그 녀석이 길거리에 나앉지 않게 도와주려는 거라고."

"좋아요." 달린이 말했다. "하지만 옆자리에 앉은 남자가 혹시 경찰일까 봐 겁이 나서 도무지 돈벌이를 할 수가 있어야죠. 우리가 돈을 벌려면 여기 뭐가 필요한지 알아요?"

"뭔데?" 레이나가 짜증 난 투로 말했다.

"우리한테 필요한 건 바로 동물이에요."

"뭐야? 원, 세상에."

"동물 뒤치다꺼리 나 절대 못 하걸랑요." 존스가 대걸레를 카운터 스툴 다리마다 쿵쿵 박아대며 말했다.

"이리 와서 이 스툴 밑도 잘 닦아." 레이나가 그에게 소리쳤다.

"오! 우아! 내가 어딜 안 닦았다고 그러실까. 어어!"

"신문 좀 봐요, 레이나." 달린이 말했다. "이 거리에서 동물 없는 클럽은 거의 여기밖에 없어요."

레이나는 신문의 연예면을 펼치고 존스의 연기구름 속에서 나이트클럽 광고들을 찬찬히 살펴보았다.

"그러게, 우리 꼬마 달린 양이 아주 유능하시네. 우리 클럽 매니저라도 되고 싶은가 보지, 응?"

"그런 거 아니에요."

"그렇담 그 사실 잊지 마." 레이나는 이렇게 말하며 손가락으로 광고들을 죽 짚어나갔다. "여기 좀 봐. 〈제리네 바〉에는 뱀이 한 마리, 〈104〉에는 비둘기가 몇 마리, 새끼 호랑이, 침팬지……."

"그런 데가 사람들이 많이 가는 데예요." 달린이 말했다. "이런 사업을 하려면 유행을 빨리 따라가야죠."

"고맙기도 하지. 그래, 네 아이디어니까, 뭐 괜찮은 제안거리라도 있니?"

"거 동물원으로 업종 변경하는 데 만장일치로 반대할 것을 제안하걸랑요."

"넌 마루나 계속 닦아." 레이나가 말했다.

"내 앵무새를 이용하면 어때요?" 달린이 말했다. "녀석이랑 끝내주는 춤사위를 연습해왔거든요. 새가 굉장히 똑똑해요. 그 녀석 말하는 걸 레이나도 들어보면 알 거예요."

"아니, 흑인들 술집에는 새는 웬만하면 출입 금지걸랑요."

"새들한테도 기회를 줘요." 달린이 애원했다.

"우아!" 존스가 말했다. "거 정신들 차려요. 고아 친구 들어와요. 인도주의 시간이 돌아왔다고요."

조지가 헐렁한 빨간색 스웨터와 흰색 데님바지에 앞코가 뾰족한 베이지색 플라멩코 부츠 차림을 하고서 구부정히 어깨를 구부린 자세로 문을 밀고 들어섰다. 양손에는 볼펜으로 그린 단검 문신이 새겨져 있었다.

"미안해, 조지. 오늘은 고아들한테 줄 게 아무것도 없어." 레이나가 재빨리 말했다.

"거 보라지. 고아들은 차라리 유나이티드 편에다 구호를 요청하는 게 낫다니까." 존스가 이렇게 말하며 단검 문신에 대고 담배연기를 훅 뿜었다. "거 우리도 급료에 문제가 좀 있걸랑. 자선사업은 집 안에서부터 시작하는 거 아니겠냐고."

"뭐?" 조지가 물었다.

"요즘 고아원에는 건달들이 수두룩한가 보네." 달린이 말했다. "레이나, 나 같으면 쟤한테 아무것도 안 줄 거예요. 무슨 사기극 같은 걸 벌이는 게 분명해요. 쟤가 고아면, 난, 뭐, 영국 여왕이게."

"이리 와." 레이나가 조지에게 이렇게 말하더니 거리로 데리고 나갔다.

"무슨 일이에요?" 조지가 물었다.

"저 두 머저리들 앞에서는 입 조심 해야 해." 레이나가 말했다. "이봐, 새로 들인 청소부 녀석 말이야, 옛날 녀석들이랑은 좀 달라. 글쎄, 저 발랑 까진 놈이 처음 널 봤을 때부터 고아 어쩌고 하는 헛소리를 캐묻고 있다니까. 못 믿을 녀석이야. 안 그래도 지금 경찰 때문에 문제라고."

"그럼 새로 하나 구하면 되잖아요. 널린 게 애들인데."

"눈먼 에스키모라도 저런 급료 주고는 못 얻지. 녀석은 모종의 거래를 통해 얻은 셈이거든. 파격 할인 비슷하게. 저 녀석, 자기가 여길 그만두려 하면, 내가 자기를 부랑아로 체포하게 만들 수 있다고 생각하고 있어. 이 게 게 다 거래야, 조지. 그러니까 내 말은, 이런 사업에서는 항상 눈 크게 뜨고 어디 싸고 좋은 물건이 없나 살펴야 하는 거야. 알겠어?"

"그럼 난 어떡해요?"

"존스 녀석은 열두 시에서 열두 시 반 사이에 점심을 먹으러 나가. 그 러니까 넌 열두 시 사십오 분에 이리로 와."

"그럼 오후 내내 그 꾸러미들을 어떡하라고요? 세 시 이후까지 아무것 도 못 하잖아요. 그런 걸 들고 돌아다니긴 싫어요."

"버스터미널에 가서 한번 알아봐. 어떻든 상관없어. 넌 그저 물건들만 안전하게 지키면 돼. 그럼 내일 봐."

레이나는 다시 술집으로 들어갔다.

"그 꼬마 야단 좀 쳐서 보낸 거죠?" 달린이 말했다. "걔를 누가 거래개 선국*에다 고발하든지 해야 해요."

"우아!"

"제발, 레이나. 나랑 앵무새한테 한 번만 기회를 줘요. 우리 정말 끝내 준단 말이에요."

"예전에는 키와니스 클럽** 타입의 사람들이 즐겨 와서 이쁜 여자애가 엉덩이 흔드는 걸 구경하곤 했는데. 이제는 무슨 동물 나부랭이가 있어야 한다니. 요즘 사람들 뭐가 문젠 줄 알아? 다들 정신이 병들었어. 사람이 정직하게 일해서 벌어먹기가 이렇게 힘이 들어서야, 원." 레이나가 담배 에 불을 붙여 존스의 구름에 구름으로 맞섰다. "좋아. 어디 그 앵무새 오

---

* 불공정 허위광고나 판매과정의 사기행위를 단속하는 기구.

** 북미 사업가들의 봉사단체.

디션 좀 볼까. 네가 경찰이랑 스툴에 올라앉아 있는 것보다야 새랑 무대에 올라가는 게 더 안전할지도 모르지. 그놈의 새 좀 데려와 봐."

⁛

곤잘레스 씨는 소형 히터 옆에 앉아 강물 소리에 귀를 기울이고 있었다. 그의 평온한 영혼은 리바이 팬츠의 두 굴뚝 안테나보다 훨씬 높은 그 어딘가 열반의 공간을 떠돌고 있었다. 그의 감각은 쥐들이 달가닥거리는 소리, 묵은 종이와 나무 냄새, 그리고 지금 입고 있는 헐렁한 리바이 팬츠 바지 한 벌이 안겨주는 황홀한 기분을 잠재의식 속에서 만끽하고 있었다. 그는 가느다란 담배연기 한 줄기를 훅 내뱉고는 담뱃재를 저격수처럼 정확하게 재떨이 한가운데로 떨어뜨렸다. 최근에 불가능한 일이 일어났다. 리바이 팬츠에서의 삶이 전보다 훨씬 나아진 것이다. 원인은 바로 라일리 씨였다. 동화 속 주인공을 비밀리에 도와주는 요정이 있다지만, 세상에 그 어떤 요정이 리바이 팬츠의 낡고 썩은 계단 위에 이그네이셔스 J. 라일리 씨를 툭 떨어뜨리고 간 것일까?

라일리 씨는 직원 네 사람을 한데 합친 것 같았다. 그의 유능한 손을 거치면 정리할 서류들이 순식간에 사라지는 듯했다. 그는 미스 트릭시에게도 매우 친절했다. 그러므로 사무실에서 마찰이 일어날 일은 거의 없었다. 곤잘레스 씨는 어제 오후에 본 광경에 깊은 감명을 받았다. 라일리 씨가 무릎을 꿇고 앉아 미스 트릭시의 양말을 갈아 신겨주는 게 아닌가. 라일리 씨는 마음이 정말 따뜻한 사람이었다. 물론, 유문은 냉정하기 그지없는 사람이었지만. 그래도 유문에 대해 끝도 없이 이러쿵저러쿵하는 것 정도는 눈감아줄 수 있었다. 그게 유일한 옥의 티였으니까.

흐뭇한 마음으로 주위를 둘러보던 곤잘레스 씨는 라일리 씨가 사무실에 남긴 수작업의 결과물들에 눈길이 갔다. 미스 트릭시의 책상에는 크레용으로 한쪽 모퉁이에 고풍스러운 꽃다발을 그려 넣고 '미스 트릭시'라고 쓴 큼직한 명패가 붙어 있었다. 곤잘레스 씨 자신의 책상에는 '곤잘레스 씨'라고 쓰고 스페인 알폰소 왕의 왕관으로 장식한 명패가 붙어 있었다. 또 여러 부분으로 나뉜 십자가 하나가 사무실 한쪽 기둥에 붙박여 있었는데, 그중 '리비스 토마토 주스'와 '크래프트 젤리'라는 글자가 보이는 두 부분은, 라일리 씨의 표현을 빌리자면, 나뭇결 느낌을 살리고자 갈색 바탕에 검은 줄무늬가 살짝 들어가게끔 페인트칠을 할 예정이었다. 서류 캐비닛들 위의 빈 아이스크림 용기 서너 개에는 콩들이 벌써 어린 덩굴줄기를 틔우고 있었다. 라일리 씨의 책상 바로 옆 창문에 드리운, 수사복 같은 자줏빛 굵은 면직 커튼 덕분에 사무실에는 명상의 장소가 생겨났다. 커튼 사이로 비쳐든 햇빛이 쓰레기통 근처에 세워진 일 미터 높이의 성 안토니우스 석고상 위로 자줏빛 햇살을 드리우고 있었다.

라일리 씨 같은 직원은 전무후무했다. 대단히 헌신적이었으며 사업에도 깊은 관심을 보였다. 유문의 상태가 호전되면, 공장의 근로조건을 향상시킬 방법이 없을지 알아보려고 공장을 방문할 계획까지 세워놓고 있었다. 매사에 무심하고 칠칠치 못했던 다른 직원들에 비할 바가 아니었다.

문이 천천히 열리고, 미스 트릭시가 큰 종이가방을 앞세우고 등장했다.

"미스 트릭시!" 곤잘레스 씨가 자기 딴엔 굉장히 날을 세운 목소리로 외쳤다.

"누구?" 미스 트릭시가 화들짝 놀라며 말했다.

그녀는 자기가 입고 있는 남루한 잠옷과 플란넬 가운을 내려다보았다.

"오, 세상에." 그녀가 씨근거렸다. "어쩐지 바깥이 좀 춥다 했네."

"당장 집으로 돌아가세요."

"바깥이 너무 추워, 고메즈."

"죄송하지만, 그런 행색으로 리바이 팬츠에 계실 수는 없답니다."

"나 이제 퇴직하는 거야?" 미스 트릭시가 희망에 들뜬 목소리로 물었다.

"아니에요!" 곤잘레스 씨가 꽥 고함을 질렀다. "집에 가서 옷만 갈아입고 오시란 말입니다. 어차피 집이 요 근처시잖아요. 자, 어서요."

미스 트릭시가 발을 질질 끌며 나가더니 문을 쾅 닫았다. 하지만 사무실 바닥에 놓아둔 가방을 가지러 다시 들어왔고, 곧 다시 문을 쾅 닫고 나갔다.

한 시간 뒤 이그네이셔스가 출근할 때까지 미스 트릭시는 돌아오지 않았다. 곤잘레스 씨는 한 발짝, 또 한 발짝, 천천히 계단을 올라오는 라일리 씨의 육중한 발소리를 경청했다. 드디어 와락 문이 열리며 경이로운 이그네이셔스 J. 라일리가 등장했다. 숄이라고 해도 좋을 만큼 큰 체크무늬 스카프를 목에 두르고 그 한쪽 끝을 코트 속에 쑤셔 넣은 차림으로.

"안녕하십니까." 그가 당당하게 인사했다.

"어서 오세요." 곤잘레스 씨가 반가이 맞았다. "출근길은 즐거웠나요?"

"그럭저럭요. 아무래도 오늘 운전사는 잠재적인 속도광이 아닐까 의심되더군요. 계속 주의를 줘야 했습니다. 실은, 그 사람이나 저나 서로 적개심을 품은 채 헤어지고 말았죠. 우리 여직원 분께서는 오늘 아침 어디 가셨습니까?"

"집으로 돌려보내야 했답니다. 잠옷 바람으로 출근을 하셨지 뭐예요."

이그네이셔스는 눈살을 찌푸리며 이렇게 말했다. "어째서 집으로 돌려보내셨는지 이해할 수가 없군요. 여기는 그리 격식을 차리지 않는 분위기인데 말입니다. 우린 서로 가족 같은 사이지 않습니까. 괜한 일로 그분의 사기를 꺾지 않으셨기를 바랍니다." 그는 콩에 물을 주려고 냉수기 물을 컵에 받았다. "혹 어느 날 아침 제가 잠옷 바람으로 나타나더라도 너무 놀라지는 마십시오. 저 역시 잠옷이 상당히 편하거든요."

"물론 여러분이 어떤 옷을 꼭 입어야 한다고 지정할 생각은 전혀 없답니다." 곤잘레스 씨가 조마조마해하며 말했다.

"그러길 바랍니다. 미스 트릭시와 저도 인내심에 한계가 있으니까요."

곤잘레스 씨는 이그네이셔스가 던진 무시무시한 눈길을 피하려고 자기 책상에서 뭔가를 찾는 시늉을 했다.

"그럼 전 십자가를 마저 완성하겠습니다." 이그네이셔스는 마침내 이렇게 말하고는 행낭 같은 오버코트 주머니에서 페인트 이 쿼트를 꺼냈다.

"그거 좋은 생각이군요."

"지금은 십자가가 최우선 순위죠. 서류정리, 알파벳순 분류, 이 모든 업무는 이 프로젝트를 마무리할 때까지 일단 보류되어야 합니다. 십자가를 끝내고 나면, 그다음엔 공장을 방문할 생각이고요. 공장노동자들은 아마 자신들의 고충에 귀 기울여줄 온정적인 사람, 헌신적인 안내자를 달라고 비명을 지르고 있을 겁니다. 제가 그 사람들을 도울 수 있지 않을까 싶군요."

"물론입니다. 제가 이래라저래라 할 입장은 아니지요."

"그럼요." 이그네이셔스가 사무실 책임자를 빤히 노려보았다. "드디어 제 유문이 공장을 둘러볼 수 있을 만큼 호전된 듯 보입니다. 이런 기회를 그냥 날릴 수는 없죠. 괜히 기다렸다가는 또 몇 주 동안 꽉 닫혀버릴지 모르니까요."

"그렇다면 오늘 공장에 가보도록 하세요." 사무실 책임자가 열렬히 동의를 표했다.

곤잘레스 씨는 이그네이셔스를 기대에 찬 시선으로 바라보았지만 아무런 대답도 듣지 못했다. 이그네이셔스는 오버코트와 스카프와 모자를 서류 캐비닛 서랍 하나에 쑤셔 넣고서 곧장 십자가 작업에 착수했다. 열한 시 경이 되자, 작은 수채화 붓으로 구석구석 꼼꼼히 붓질을 하며 첫 번째 칠의 마무리 단계에 들어섰다. 미스 트릭시는 아직도 무단결근 중이었다.

정오에 곤잘레스 씨는 자신이 작업 중인 서류 뭉치를 훑어보고는 이렇게 말했다. "미스 트릭시가 대체 어딜 갔는지 모르겠네요."

"아무래도 그분의 사기를 완전히 꺾어버리신 모양인데요." 이그네이셔스가 싸늘하게 대꾸했다. 그는 붓으로 마분지의 거친 가장자리를 살살 칠하는 중이었다. "하지만 점심시간에는 나타나실지도 모릅니다. 어제 제가 런천 미트 샌드위치를 싸와서 드리겠다고 했거든요. 보아하니 미스 트릭시는 런천 미트를 굉장한 별미로 여기시더군요. 곤잘레스 씨께도 하나 드리고 싶지만, 미스 트릭시랑 제가 먹을 분량밖에 없어서 말입니다."

"오, 난 괜찮아요." 곤잘레스 씨는 쓴웃음을 지어 보이며 이그네이셔스가 미끈거리는 갈색 종이봉투를 여는 모습을 지켜보았다. "안 그래도 이 명세서와 청구서를 다 처리하자면 점심도 거르고 일을 계속해야 할 듯싶은데."

"그러시는 편이 좋겠군요. 리바이 팬츠를 적자생존의 세계에서 뒤처지게 해서는 안 될 테니까요."

이그네이셔스는 첫 번째 샌드위치에 이빨을 꾹 박더니 반으로 뜯어 한 동안 만족스레 씹었다.

"미스 트릭시가 꼭 오시면 좋겠는데." 그는 첫 번째 샌드위치를 다 먹고 나서 이렇게 말하고는 소화기관을 다 날려버릴 듯 요란한 트림을 연거푸 해댔다. "이런, 제 유문이 런천 미트를 받아들이지 못하나 봅니다."

그가 두 번째 샌드위치의 속을 이빨로 뜯어내고 있을 때 미스 트릭시가 들어왔다. 초록색 셀룰로이드 챙모자는 뒤로 돌아가 있었다.

"드디어 오셨네요." 이그네이셔스가 흐늘흐늘해진 커다란 양상추 잎을 입에 늘어뜨린 채 사무실 책임자에게 말했다.

"오, 그래요." 곤잘레스 씨가 무기력하게 말했다. "미스 트릭시군요."

"런천 미트가 저분의 기운을 북돋워줄 줄 알았습니다. 이리로 오세요, 상업의 어머니시여."

미스 트릭시는 성 안토니우스 석고상에 콩 부딪혔다.

"아침나절 내내 머릿속을 맴도는 게 있더라니, 글로리아." 미스 트릭시가 갈고리 같은 손톱으로 샌드위치를 꼭 움켜쥔 채 자기 책상으로 가며 말했다. 이그네이셔스는 샌드위치 한 조각 한 조각이 그녀의 잇몸과 혀와 입술을 작동시키는 그 정교한 과정을 홀린 듯 바라보았다.

"옷 갈아입는 데 굉장히 오래 걸리셨네요." 사무실 책임자가 미스 트릭시에게 쏠쏠히 말했다. 그녀가 갈아입고 온 옷은 잠옷이랑 가운보다 크게 나을 게 없었다.

"누구?" 미스 트릭시가 혓바닥 가득 씹고 있던 런천 미트와 빵의 곤죽 덩어리를 쑥 내밀며 물었다.

"옷 갈아입고 오는 데 오래 걸리셨다고 했어요."

"나? 금방 나갔다 온 건데."

"제발 이분 좀 괴롭히지 마십시오!" 이그네이셔스가 버럭 성을 내며 말했다.

"이렇게 늦을 이유가 없으니 말이지요. 집이 기껏 부두 근처인데." 사무실 책임자는 이렇게 말하고는 서류 뭉치로 돌아갔다.

"맛이 괜찮았나요?" 이그네이셔스는 미스 트릭시의 입술에서 찌푸린 표정이 완전히 가시자 이렇게 물었다.

미스 트릭시는 고개를 끄덕이더니 부지런히 두 번째 샌드위치를 먹기 시작했다. 하지만 겨우 반쯤 먹고 나자 의자 뒤로 폴싹 주저앉고 말았다.

"오, 배불러, 글로리아. 정말 맛있었어."

"곤잘레스 씨, 미스 트릭시가 남긴 샌드위치 좀 드시겠습니까?"

"아니, 됐습니다."

"좀 드시면 좋겠는데요. 안 그러면 쥐들이 떼거리로 몰려올 겁니다."

"그래, 고메즈, 좀 먹어봐." 미스 트릭시는 자기가 먹다 만 축축한 샌드위치 반쪽을 사무실 책임자의 책상 서류 위에 툭 떨어뜨렸다.

"대체 이게 무슨 짓이에요, 이런 어이없는 노인네 같으니!" 곤잘레스 씨가 비명을 질렀다. "빌어먹을 리바이 부인 때문에 이게 뭐람. 이건 은행에 보낼 명세서란 말이에요."

"감히 고결한 리바이 부인의 정신을 욕하다니요!" 이그네이셔스가 벼락같이 호통을 쳤다. "당신을 고발하겠습니다."

"이 명세서를 준비하는 데 한 시간이나 걸렸어요. 그런데 여기다 무슨 짓을 했는지 좀 봐요."

"부활절 햄이나 내놔!" 미스 트릭시가 으르렁거렸다. "추수감사절 칠면조는 또 어딨느냐고? 니켈로데온*에서 표 파는 멋진 일도 그만두고 이 회사로 온 건데. 이제 보니 내 이놈의 사무실에 뼈를 묻게 생겼구만. 여기가 직원 대접이 형편없다는 말을 안 할 수가 없네 그래. 나 지금 당장 퇴직해야겠어!"

"가서 손이나 씻고 오세요." 곤잘레스 씨가 그녀에게 말했다.

"옳아, 거 좋은 생각이야, 고메즈." 미스 트릭시는 이 말과 함께 여자 화장실로 비틀거리며 사라졌다.

이그네이셔스는 꼭 사기당한 기분이 들었다. 한바탕 소란이 일어나기

---

* 5센트(니켈)로 영화를 볼 수 있었던 과거의 대중영화관.

를 잔뜩 기대했었는데. 사무실 책임자가 명세서 사본을 만들기 시작하자 이그네이셔스는 십자가 작업장으로 돌아왔다. 하지만 먼저 미스 트릭시부터 일으켜 세워야 했다. 화장실에서 돌아오던 그녀가 십자가 아래, 즉 이그네이셔스가 서서 붓질하던 그 자리에 무릎을 꿇고 기도를 하고 있었던 것이다. 미스 트릭시는 계속 이그네이셔스의 주위를 맴돌았다. 간간이 곤잘레스 씨의 부탁으로 봉투를 붙이러 가거나 몇 번 화장실을 들락거리고 선잠에 빠질 때를 제외하고는 그의 주위를 떠나지 않았다. 사무실 책임자만이 타자기와 계산기를 두드려대느라 실내에서 유일하게 소음을 내고 있었는데, 이 두 가지 소음이 다 이그네이셔스의 신경을 살짝 거슬리게 했다. 한 시 반경이 되자 십자가는 완성을 눈앞에 두고 있었다. 십자가 맨 아랫부분에 '하느님과 상업'이라는 작은 금박 글씨만 새겨 넣으면 되었다. 잠시 후 이 모토까지 끝내자, 이그네이셔스는 한 발 물러서서 미스 트릭시에게 말했다. "자, 완성됐습니다."

"오, 글로리아, 정말 아름다워." 미스 트릭시가 진심 어린 투로 말했다. "이것 좀 봐, 고메즈."

"멋지군요." 곤잘레스가 피곤에 전 눈으로 십자가를 살펴보며 말했다.

"자, 이제 서류정리를 해볼까." 이그네이셔스가 부산을 떨며 말했다. "그런 다음엔 공장으로. 사회적 불의는 참을 수 없으니까."

"그래요, 유문이 잘 돌아가는 틈을 타 어서 공장에 가보도록 하세요." 사무실 책임자가 말했다.

이그네이셔스는 서류 캐비닛들 뒤로 돌아가, 정리되지 않은 채 쌓여 있는 서류 뭉치를 집어 들고 그대로 쓰레기통에 처넣었다. 마침 사무실 책임자가 손으로 두 눈을 가린 자세로 앉아 있는 걸 보자, 이그네이셔스는 첫 번째 서랍을 빼내 그걸 뒤집으며 그 안에 든 알파벳순 서류들을 몽땅 쓰레기통에 쏟아 부었다.

그런 다음 그는 공장 문을 향해 쿵 쿵 육중한 걸음을 옮겼고, 미스 트릭시 곁을 지나칠 때는 더욱 요란하게 쿵 쿵 걸었다. 그녀는 또 십자가 앞에 무릎을 꿇고 있었던 것이다.

⸬

순찰경관 맨큐소는 경사 앞으로 누구든 한 놈 체포해서 데려가려고 간밤에 야근까지 시도했다. 볼링장을 나와 고모를 데려다준 뒤, 뭔가 캐낼 것이 없나 살피러 혼자 술집에 들렀던 것이다. 그런데 거기서 캐낸 것이 바로 자신을 후려친 그 무지막지한 세 명의 여자들이었다. 그는 경사의 소환을 받고 서로 들어서면서 머리에 두른 붕대를 만지작거렸다.

"대체 무슨 일인가, 맨큐소?" 경사가 붕대를 보고 꽥 소리를 질렀다.

"좀 넘어졌습니다."

"어지간히도 자네답군그래. 자네가 자네 직업에 대해 손톱만큼이라도 뭘 안다면, 간밤에 우리가 잡아들인 그 여자들 같은 인간들에 대한 정보를 술집을 돌아다니면서 물고 와야지."

"예, 경사님."

"대체 어떤 창녀가 자네한테 〈기쁨의 밤〉에 관한 정보를 흘렸는지 모르겠지만, 우리 애들이 거의 밤마다 가서 죽치고 있는데도 여태 아무것도 못 캐냈다더군."

"저, 제 생각에는……."

"입 닥쳐. 자네가 거짓 정보를 물고 온 거야. 거짓 정보를 물고 오는 놈들한테 우리가 어떻게 하는지 아나?"

"모릅니다."

"버스터미널 화장실에 처박아버리지."

"예, 경사님."

"한 놈 잡아들일 때까지 하루 여덟 시간씩 거기 처박혀 있어."

"좋습니다."

"'좋습니다'라고 하지 마. '예, 알겠습니다'라고 해. 자, 당장 나가서 로커를 살펴봐. 오늘 자넨 농부야."

⁙

이그네이셔스는「어느 근로 청년의 일기」를 펼쳐 블루호스 사의 새 종이를 마주하고는 굉장한 허세를 부리며 볼펜심을 짤깍 눌렀다. 리바이 팬츠 사 볼펜의 심은 첫 번째 눌림에 바로 걸리지 않고 플라스틱 볼펜대 안으로 도로 들어가 버렸다. 이그네이셔스는 더욱 힘을 주어 눌렀지만, 볼펜심은 역시나 말을 듣지 않고 안으로 쏙 사라졌다. 볼펜을 책상 가장자리에 탕탕 내리치면서 이그네이셔스는 방바닥에 굴러다니는 비너스 메달리스트 연필 가운데 하나를 주워 들었다. 그 연필로 귀지를 좀 파다가, 어머니가 볼링장에 가려고 저녁 외출 준비를 서두르는 소리에 귀를 기울이며 정신을 집중하기 시작했다. 욕실로부터 이리저리 총총걸음을 치는 발소리가 분주히 들려왔다. 이는 어머니가 여러 단계의 몸단장을 한꺼번에 해치우려 하고 있는 것임을 그는 잘 알고 있었다. 이윽고 오랜 세월 어머니가 외출 준비를 할 때마다 나는 익숙한 소리들이 이어졌다. 머리빗이 변기에 풍덩 빠지는 소리, 분통이 바닥에 털썩 떨어지는 소리, 그리고 한바탕 혼란과 무질서의 와중에 문득문득 내지르는 외침들.

"아야!" 어머니가 한 번은 비명을 질렀다.

이그네이셔스는 오직 욕실에서만 나고 있는 둔탁한 소음에 짜증이 나서 어머니가 얼른 끝내주기를 바랐다. 마침내 찰깍 하고 불 꺼지는 소리가 들렸다. 곧 어머니가 그의 방을 똑똑 두들겼다.

"이그네이셔스, 애야, 나 나간다."

"그러세요." 이그네이셔스가 찬바람이 쌩쌩 도는 목소리로 말했다.

"문 좀 열어보렴. 에미한테 볼 인사라도 해주지 그러니."

"어머니, 저 지금 상당히 바쁩니다."

"그러지 말고, 이그네이셔스, 문 좀 열어라."

"친구분들이랑 얼른 좀 가주시죠, 제발."

"아유, 이그네이셔스, 이 녀석."

"어머니, 정말 이렇게 모든 차원에서 정신 사납게 구실 겁니까? 전 지금 굉장한 영화가 될 가능성을 지닌 작품을 저술 중이란 말입니다. 최고로 상업적인 걸로요."

라일리 부인이 볼링화로 문을 쾅 찼다.

"제가 힘들게 번 돈으로 그런 말도 안 되는 신발을 사시더니, 이젠 그걸 망가뜨릴 작정이신가요?"

"뭐라고? 지금 뭐라고 했니, 애야?"

이그네이셔스는 귀에 꽂고 있던 연필을 빼내고 방문을 열었다. 어머니는 밤색 머리카락을 이마 위로 한껏 부풀리고, 불안하게 안구까지 펼쳐 바른 볼연지 때문에 광대뼈가 빨갰다. 분가루를 잔뜩 묻힌 분첩의 야성적인 두드림 한 번으로 얼굴과 원피스 앞섶, 그리고 흘러내린 밤색 머리카락 몇 가닥이 온통 하얬다.

"오, 맙소사." 이그네이셔스가 말했다. "온통 분 범벅이시군요. 이게 다 그 바탈리아 부인의 화장 비법 중 하나일 테죠."

"도대체 왜 그렇게 샌타를 못 잡아먹어 안달이니, 이그네이셔스?"

"그 아주머닌 아랫도리만큼은 이미 숱하게 잡아먹혔을 텐데요. 애들도 몇몇 낳았을 테고요. 하지만, 어디 제 가까이 와보라죠, 잡아먹기는커

녕 배가 터지게 먹여드릴 테니까. 이 주먹 한 방으로 아주 든든히 말입니다."

"이그네이셔스!"

"게다가 그 아주머니만 보면 '젖통이'라는 천박한 말이 자꾸 생각나는군요."

"샌타는 할머니잖니. 부끄러운 줄 알아라."

"요 전날 밤엔 미스 애니의 조악한 호통질 덕분에 그나마 평온을 되찾아 천만다행이었지 뭡니까. 제 평생 그토록 파렴치하게 난잡한 파티는 본적이 없습니다. 그것도 바로 우리 집 부엌에서요. 그 친구가 제대로 된 경찰이라면, 당장 그 자리에서 그 '고모'인지 뭔지 하는 양반을 체포했을 겁니다."

"앤절로까지 못 잡아먹어 난리구나. 지금 고생이 말이 아니라는데. 샌타 말로는, 요즘은 하루 종일 버스터미널 화장실에서 죽치고 있는다더라."

"오, 맙소사! 대체 이 말을 믿어야 한단 말인가? 제발 그 마피아 친구분들하고 빨리 사라져주시죠. 절 좀 가만 내버려두시라고요."

"불쌍한 에미한테 그러지 마라."

"불쌍하다고요? 지금 불쌍하다고 하셨습니까? 제 노동으로 인해 돈다발이 말 그대로 이 집에 굴러들어오고 있는 상황에서 말입니까? 게다가 들어오기 무섭게 나가버리는 이 상황에서요?"

"그 얘긴 이제 그만하자, 이그네이셔스. 이번 주엔 너한테 고작 이십 달러 받은 게 다고, 그것도 내가 사정사정해서 받아낸 거 아니니. 네가 사들인 저 별의별 거시기들 좀 봐라. 오늘 집으로 가져온 저 무비 카메라 좀 보라고."

"무비 카메라는 곧 사용할 물건입니다. 하모니카는 거저나 마찬가지였고요."

"이런 식으로 나간다면, 그 사람 돈은 절대 갚지 못할 거야."

"그건 제가 알 바 아닙니다. 운전은 제 소관이 아니니까요."

"그러게, 넌 신경도 안 쓰지. 도대체 네가 신경 쓴 일이 뭐가 있니, 이 녀석아."

"이 방문을 열 때마다 말 그대로 판도라의 상자를 여는 거나 다름없다는 걸 내 진작 알았어야 하는 건데. 그나저나, 바탈리아 부인은 어머니가 집 앞 인도에 나와서 자기와 그 타락한 조카를 기다리고 있길 바라지 않을까요? 그래야 그 귀하디귀한 볼링 시간을 단 한 순간도 낭비하지 않죠." 이그네이셔스는 유문의 덫에 갇혀 부글거리던 여남은 개 브라우니 과자의 가스를 끄윽 토해냈다. "제발 잠시나마 절 편히 있게 해주세요. 하루 종일 직장에서 시달리는 것만으로도 모자란단 말입니까? 매일같이 마주쳐야 하는 그 끔찍한 것들을 이미 적절히 다 설명해드렸다고 생각했는데요."

"이 에미가 고맙게 생각하는 거 알잖니." 라일리 부인이 훌쩍거렸다. "이리 와서 착한 내 아들답게 작별 인사를 해다오."

이그네이셔스는 허리를 굽히고 어머니의 뺨에 살짝 입술을 갖다 댔다.

"오, 맙소사." 그가 입술에 묻은 분가루를 퉤퉤 뱉으며 말했다. "밤새도록 입이 까끌까끌하게 생겼군."

"내가 분을 너무 발랐니?"

"아뇨, 딱 좋습니다. 그런데 관절염인지 뭔지가 있지 않으셨던가요? 도대체 어떻게 볼링을 하실 수 있는 거랍니까?"

"운동 덕분에 몸이 좋아지는 듯싶구나. 기분이 한결 나아."

길에서 경적이 울렸다.

"친구분이 화장실에서 탈출했나 봅니다." 이그네이셔스가 콧방귀를 꿰었다. "버스터미널에서 어슬렁거리는 것도 딱 그 인간답군요. 아마 그 끔찍한 시니크루저 버스들이 들락날락하는 걸 구경하는 것도 좋아할 겁니다. 그 친구 세계관으론 그 버스가 틀림없이 굉장한 물건일 테니까요. 그게 바로 그 친구가 얼마나 덜떨어진 인간인가를 증명하는 바죠."

"일찍 들어오마, 얘야." 라일리 부인이 난쟁이 같은 앞문을 닫으며 말했다.

"강도가 침입해서 절 학대할지도 모른다니까요!" 이그네이셔스가 소리를 질렀다.

방문을 굳게 걸어 잠근 뒤 그는 텅 빈 잉크병을 움켜쥐고 창의 덧문을 열었다. 창밖으로 고개를 쑥 내밀고 골목을 내려다보니, 저 갓돌 쪽 어둠 속에 자그마한 흰색 램블러가 보였다. 그는 온힘을 모아 잉크병을 획 내던졌고, 그건 예상보다 훨씬 큰 효과음을 내며 자동차 지붕을 강타했다.

"어이!" 그가 살그머니 덧문을 닫을 때 샌타 바탈리아의 외침이 들렸다. 자못 흡족한 마음으로 그는 다시 바인더 노트를 열고 비너스 메달리스트 연필을 집어 들었다.

친애하는 독자여,
위대한 작가는 독자들의 친구요, 은인이다.

─매콜리

또 하루의 근무가 끝났도다, 관대한 독자여. 지난번에 얘기한 바와 같이, 나는 우리 사무실의 소란스럽고 광기 어린 분위기에 말하자면 고색창연한 풍치를 입히는 데 성공했다. 사무실의 비본질적 업무들은 천천히 줄어들고 있다. 지금 나는 화이트칼라 꿀벌

들(총 세 마리three bees)의 역동적인 벌집을 부지런히 꾸미는 중이다. 세 마리 벌이라는 비유는 사무직원으로서의 내 임무를 가장 적절히 묘사하는 3B*를 연상시킨다. 축출banish, 혜택benefit, 미화beautify가 그것이다. 또한 어릿광대 같은 우리 사무실 책임자의 행실을 가장 적절히 묘사하는 3B도 있다. 꾐bait, 구걸beg, 폐해 blight, 실수blunder, 지루함bore, 지배boss, 성가심bother, 그르침 bungle, 짐burden, 잡음buzz. (이 경우에는 목록이 다소 통제 불능이 돼버리는 것 같다.) 나는 우리 사무실 책임자가 인식의 혼란을 야기하고 훼방꾼 노릇을 하는 것 이외엔 아무 짝에도 쓸모없는 인물이라는 결론에 도달했다. 그가 없다면, 또 한 사람의 사무직원(라 다마 델 코메르치오**)과 나는 아주 평화롭고 만족스러운 분위기에서 서로를 배려하며 업무에 전념할 수 있을 텐데 말이다. 미스 T가 퇴직하고 싶어 하는 데는 부분적으론 그의 독재적인 방식에 책임이 있다고 난 확신한다.

드디어 독자 여러분에게 우리 공장을 묘사해줄 수 있는 때가 왔다. 오늘 오후, 십자가를 완성하고 성취감에 휩싸인 채(그렇다! 십자가가 완성됨으로써 우리 사무실은 꼭 필요한 영적 차원을 얻게 되었다) 나는 덜컹거리고 윙윙거리고 쉭쉭거리는 공장을 방문하는 일에 착수했다.

내 눈에 들어온 광경은 실로 위압적이면서도 혐오스러웠다. 저임금 노동 착취의 현장이 후세를 위해 원형 그대로 리바이 팬츠에 보존되어 있었던 것이다. 만일 우리나라의 폐물이란 폐물을 모조

---

* 꿀벌 세 마리가 영어로 three bees이다.

** 이탈리아어로 '상업의 어머니'.

리 쓸어 담아놓은 스미스소니언 박물관이 리바이 팬츠 공장을 어떻게든 진공 포장해서 노동자 한 사람 한 사람을 일하는 모습 그대로 고정시킨 채 미합중국의 수도로 옮겨놓는다면, 이 수상쩍은 박물관에 들른 방문객들은 저마다 그 화려한 관광객 복장에다 배변을 해버릴 만큼 깜짝 놀라고 말 것이다. 그건 바로『톰 아저씨의 오두막』과 프리츠 랑의「메트로폴리스」최악의 장면들을 합쳐놓은 광경이니 말이다. 기계화된 흑인노예제도라고 할까. 이는 흑인들이 이룩한 진보가 단지 면화를 따는 일에서 면직을 재단하는 일로 옮겨갔을 뿐임을 보여준다. (차라리 면화를 따는 일이라면, 그나마 건강에 좋은 야외에서 노래도 부르고 수박도 먹어가며[야외에서 삼삼오오 모여 앉은 흑인들이 대개 그러리라 여겨지는 풍경처럼] 일할 텐데.) 이제 사회적 불의와 관련해서 내 마음속 깊이 강렬하게 품고 있던 확신들이 깨어났다. 내 유문도 진심 어린 반응을 보였다.

(위에서 수박을 언급한 것에 대해, 인권단체들의 심기가 상하지 않도록 이 말은 하고 넘어가야겠다. 나는 미국의 민속 전통을 제대로 관찰해본 적이 없는 사람이며, 따라서 내 생각이 틀릴 수도 있다는 것을 말이다. 어쩌면 요즘 흑인들은 목화밭을 몽땅 불질러버리기라도 하려는 듯 멘톨 필터담배 한 개비를 입술에 달랑거리고, 한 손으론 트랜지스터 라디오를 귀에 바짝 대고서 중고차와 소프스타일 헤어 릴랙서와 로열 크라운 헤어 드레싱과 갤로 와인* 같은 광고 방송들이 귓전에 토해내는 소리를 들어가며 나머지 한 손으로 목화를 따는지도 모른다. 사실 나는 목화가 자라는 것을 한 번도 본 적이 없고 보고 싶은 마음도 없다. 내 비

---

* 여기 나열된 제품들(중고차, 곱슬머리 펴는 약과 모발용품, 값싼 와인)은 주로 가난한 흑인들을 대상으로 판매되는 것들이다.

록 미시시피 강변에 살고 있긴 하지만 말이다. [이 강은 아주 형편없는 노래와 시로 유명세를 타고 있다. 가장 널리 퍼진 모티프는 이 강을 아버지를 대체하는 상징적 존재로 만들려는 것이다. 사실 미시시피 강은 소용돌이와 급류로 인해 매년 무수한 목숨을 앗아가는 변덕스럽고 사악한 물이다. 생활하수와 산업폐기물, 그리고 치명적 살충제로 부글거리는 이 오염된 거무스름한 물속에 감히 발끝이라도 담그려 하는 사람을 내 평생 본 적이 없다. 심지어 물고기도 못 살고 죽는다. 그러므로 시조-하느님-모세-아버지-남근-아저씨로서의 미시시피 강은 전적으로 오도된 모티프로, 내 생각엔 아마 그 따분한 사기꾼 마크 트웨인으로부터 비롯된 듯싶다. 하지만, 이러한 현실과의 소통 실패는 거의 미국 '예술' 전 분야의 특징이다. 행여 미국 예술과 미국 자연 사이에 어떤 연관성이 있더라도 그건 순전히 우연에 불과한데, 그 이유는 단지 이 나라가 전반적으로 현실과의 소통이 부재하기 때문이다. 그리고 그것이 바로 내가 현실을 제대로 인지할 줄 아는 자들에게 배정된 림보에 갇혀 늘 사회의 주변부에 존재할 수밖에 없었던 이유 중 하나이다.] 아무튼 목화밭을 제대로 본 적도 없는 내가 지금껏 유일하게 뉴올리언스를 벗어나본 건 혼돈의 소용돌이를 거쳐 절망의 도가니 배턴루지에 당도한 일이었다. 아마 나는 앞으로 쓰게 될 글에서, 분명 플래시백 형식이 될 텐데, 늪지대를 건너갔던 그 고행길에 대해, 즉 내가 육체적 정신적 영적으로 다 망가져서 돌아온 그 불모지로의 여정에 대해 얘기하게 될 것이다. 그에 반해 뉴올리언스는 다소 무심하고 정체된 감이 있긴 하지만 그것이 그리 불쾌감을 주지 않는 안락한 대도시다. 적어도 기후는 온화하다. 그리고 내가 몸을 뉘일 집과 뱃속을 채울 닥터 너트*를 확실히 보장

---

* 닥터 너트는 뉴올리언스에 기반을 둔 한 음료 회사에서 생산했던 음료였다.

받을 수 있는 곳 역시 이곳, '초승달 도시'* 뉴올리언스뿐이다. 때로는 북아프리카의 몇몇 지역들[예를 들면 탕헤르 같은 곳들]이 내게 흥미를 불러일으킬 때도 있다. 하지만 배로 여행하면 진이 다 빠질 것 같고, 설령 경제적인 여유가 있다 해도 비행기 여행을 시도할 정도로 내가 변태는 아니다. 그레이하운드 버스만 해도 충분히 위협적이어서, 그걸 타고 가느니 난 차라리 현 상황을 받아들이고 만다. 제발 그놈의 시니크루저들이 운행을 중단하기를 바란다. 내 보기에는 그 버스들의 높이가 터널 통행 등과 관련된 주간州間 고속도로 법규에 위배되는 것 같은데, 친애하는 독자 여러분 가운데 법률적 소양이 있는 사람은 기억을 더듬어 관련 조항을 한번 찾아봐도 좋겠다. 그런 물건들은 반드시 제거되어야 한다. 그런 것들이 컴컴한 밤길 어딘가를 쌩쌩 달리고 있다는 생각만으로도 심히 우려스럽다.)

공장은 거대한 헛간 모양의 건물로, 내부에는 피륙과 재단용 테이블, 육중한 재봉틀, 다리미에 증기를 공급하는 화로 들이 자리하고 있다. 전체적인 인상은 다소 초현실적인데, 특히 이런 기계화된 환경에서 **레자프리캥****이 각자 맡은 일을 하느라 이리저리 움직이는 광경을 보면 더욱 그렇다. 여기에 담긴 아이러니가 정말이지 내 상상력을 사로잡았다. 조지프 콘래드 소설에서 뭔가가 문득 내 머릿속에 떠올랐는데, 그때 떠오른 것이 무엇이었는지 지금은 잘 기억나지 않는다. 아마 나 자신을 유럽의 무역회사 사무실에서 멀리 떨어져 아프리카에서 공포의 극치와 대면하고 있던, 『암흑의 핵심』의 주인공 커츠에 비유했던 것 같다. 차양 모자에 하얀 리넨 바지

---

* 폰차트레인 호수와 미시시피 강 곡류 사이에 펼쳐진 뉴올리언스의 모양에서 유래한 별칭.

** 불어로 '아프리카인들'. 여기서는 즉 흑인 노동자들을 가리킴.

차림으로, 얇은 모기장 뒤에서 수수께끼 같은 표정을 짓고 있는 내 모습을 상상했던 기억이 난다.

화로 덕분에 요즘처럼 쌀쌀한 날에도 이곳은 꽤 따뜻하고 훈훈하지만, 여름이 되면 노동자들은 다시 한 번 그들의 선조들이 겪었던 기후를, 석탄을 때서 증기를 생산하는 지 거대한 장치들로 인해 한층 증폭된 열대의 혹열을 만끽하게 될 것으로 보인다. 현재 공장이 풀가동되고 있지 않다는 건 익히 들어 알고 있는데, 내가 직접 관찰해본 결과 이 기계들 중 단 한 대만이 석탄과 함께 재단용 테이블처럼 보이는 것을 태우며 돌아가고 있었다. 게다가 공장노동자들이 각양각색의 천 조각들을 붙들고 비슬비슬 움직이고 있긴 했지만, 내가 그곳에 머문 동안 실제로 완성된 바지는 단 한 벌에 불과했다. 한 여자는 무슨 아기 옷 같은 걸 다리고 있었고, 또 한 여자는 큰 재봉틀 위에서 진분홍빛 공단 조각들을 이어 붙이며 뭔가를 술술 만들어내고 있는 듯했다. 다소 컬러풀하긴 해도 멋들어진 이브닝드레스를 만들고 있는 모양이었다. 거대한 전기 바늘 밑에서 옷감을 앞뒤로 획획 감쳐대는 그녀의 능률에 나는 그만 탄복하지 않을 수 없었다. 이 여자는 숙련된 노동자가 분명했다. 그런데 그런 재능을 리바이 팬츠 한 벌, 아니 여러 수십 벌을 생산해내는 데 쓰고 있지 않다는 사실이 배로 불행한 일이 아닌가. 공장은 분명 사기 진작 면에서 문제가 있었다.

나는 공장장 팔레르모 씨를 찾아보았지만 헛수고였다. 그는 재단 테이블과 재봉틀 사이 여기저기서 넘어져 생긴 무수한 타박상만 봐도 알 수 있듯이 으레 술병을 끼고 살다시피 하는 사람으로, 아마 우리 회사 근처에 널린 술집들 중 한 군데서 술 점심을 들이켜고 있었을 것이다. 리바이 팬츠가 자리한 지역에는 길모퉁이마다 술집이 하나씩은 꼭 들어서 있다. 이는 이 지역의 임금이 암담할 정도로 낮다는 사실을 보여주는 증표다. 사정이 특히나 절망적인 구역에는 술집이 교차로마다 서너 개에 이른다.

순진하게도 나는, 공장 벽에 걸린 확성기에서 흘러나오는 음탕한 재즈 음악이 노동자들에게서 목격되는 무심함의 근본 원인이 아닌가 하는 생각이 들었다. 이런 리듬으로 한참을 폭격당하다 보면 인간의 정신은 결국 붕괴되고 위축될 수밖에. 그래서 나는 음악을 제어하는 스위치를 찾아내어 꺼버렸다. 이러한 행동은 노동자 집단의 꽤나 시끄럽고 무지막지한 항의로 이어졌고, 그들은 나를 부루퉁한 눈길로 바라보기 시작했다. 나는 내 판단이 잘못되었음을 인정하는 한편 노동자들의 신뢰를 얻을 요량으로 다시 음악을 켜고 함박웃음을 지으며 상냥하게 손을 흔들어 보였다. (그들의 거대한 흰자위는 벌써 내게 "회사 끄나풀"이라는 딱지를 붙이고 있었다. 아무래도 그들을 돕고자 하는, 강박에 가까운 내 헌신적 의지를 보여주는 데 전력을 쏟아야 할 것 같다.)

음악에 대한 지속적인 반응은 그들에게 있어 소음에 대한 거의 파블로프식 조건반응을 발달시켜왔고 그 반응을 그들은 쾌감이라 믿고 있는 게 분명했다. 이런 종류의 음악에 맞춰 춤을 추는 타락한 아이들을 텔레비전에서 수도 없이 봐온 나로서는 이런 음악이 어떤 육체적 발작을 일으키는지 잘 알고 있었다. 그래서 노동자들을 좀 더 진정시킬 요량으로, 즉석에서, 물론 내 나름의 보수적인 방식으로 그런 발작을 시도해보았다. 그런데 내 몸이 정말이지 놀랍도록 민첩하게 움직이는 게 아닌가. 내게도 타고난 리듬 감각이 없지는 않은 모양이다. 내 조상들은 히스가 무성한 황야에서 지그 춤을 추는 데 아주 탁월한 자들이었음이 틀림없으리라. 나는 노동자들의 눈길을 모른 척하며 확성기 바로 밑에서 발을 질질 끌며 이리저리 움직였다. 몸을 비비꼬고, 고함을 지르고, 또 미친 듯이 "자! 자! 어서! 어서 해봐, 자기! 내 말 좀 들어. 와우!" 하고 웅얼거리기도 했다. 몇몇이 나를 가리키며 큰 소리로 웃기 시작하자 드디어 내가 그들의 환심을 사는 데 성공했다는 걸 알았다. 나 역시 그들의 의기충천한 기분을 공유하고 있음을 보여주려고 큰 소리로 따라 웃었다. 데 카시부스 비로룸 일루스트리움!* 위대한 인간들의 추락에 관하여! 그렇다. 어느 순간 나는 추락했다. 말 그대로, 추락이었다. 회전(특히 무릎 부위)에 의해 약해진 내 몸이 급기야 반발을 일으켰고, 텔레비전에서 숱하게 본, 좀 더 터무니없이 변태적인 스텝 한 가지를 분별없이 시도하다 그만 바닥으로 꽈당 내려앉고 말았던 것이다. 노동자들은 상당히 걱정스러운 표정이더니 곧 아주 우호적인 미소를 지어 보이며 한없이 공손한 태도로 나를 부축해 일으켜주었다. 그 순간 나는 음악을 꺼버린 과실에 대해 더는 걱정하지 않아도 된다는 걸 깨달았다.

흑인들은 지금껏 겪어온 시련에도 불구하고 대체로 상당히 쾌활한 종족이다. 나는 사실 그들과 별 상관없이 살아왔는데, 그건 내가 동급의 인간들이 아니면 아무와도 어울리지 않기 때문이고, 나와 동급인 인간들이 아무도 없으므로 난 아무와도 어울리지 않는 것이다. 노동자들은 다들 기꺼이 나와 얘기를 나누고 싶어 하는 눈치였는데, 그중 몇 명과 얘기를 나눠보니 그들이 미스 트릭시보다도 못한 임금을 받고 있다는 걸 알게 되었다.

---

* 라틴어로 '유명인들의 운명에 관하여'. 보카치오가 유명인들의 삶의 영고성쇠를 다룬 책 제목.

어떤 면에서 나는 늘 유색인종에 대해 일종의 동질감을 느껴왔다. 왜냐하면 그들의 처지가 나와 같기 때문이다. 우리는 미국 사회의 내부 세계 그 바깥에 존재하는 부류들 아닌가. 물론 나의 유배는 어디까지나 자의에 의한 것이다. 하지만 흑인들 다수는 미국 중산층의 열렬한 일원이 되고 싶어 하는 게 분명하다. 왜 그런지는 모르겠다. 솔직히 그들의 이런 욕망을 생각하면 그들의 가치 판단을 의심하지 않을 수 없다. 하지만 그들이 부르주아지의 일원이 되길 원한다 해도 그건 내가 상관할 바 아니다. 제 무덤 제가 판다는데 뭐라고 하랴. 개인적으로 난, 누군가가 나를 중산층으로 끌어올리려는 낌새를 채면 강경하게 대처할 것이다. 나의 계층 상승을 도우려는 어리바리한 인간이 있다면 그에 맞서 적극 항거 운동에 나설 거라는 말이다. 항거는 전통적인 현수막과 포스터까지 다 갖춘 수많은 데모 행렬의 형태를 취하게 되겠지만, 이 경우에는 현수막과 포스터에 "중산층을 종식시키자!", "중산층은 사라져야 한다!"라는 기치가 쓰일 것이다. 또한 작은 화염병 한두 개 정도는 던져줄 용의도 있다. 그뿐 아니라 간이식당이나 대중교통을 이용할 때도 중산층 가까이 앉는 걸 부지런히 회피함으로써 내 존재에 내재된 정직성과 장려한 품위를 유지할 생각이다. 만일 감히 내 옆자리에 앉을 정도로 죽고 싶어 안달이 난 중산층 백인이 있다면, 한 손으로 그자의 머리와 어깨를 늘씬하게 패주면서 다른 한 손으론 화염병 하나를 중산층 백인들을 가득 싣고 지나가는 버스 안으로 솜씨 좋게 던져 넣어주리라. 이런 내 공격이 한 달이 가든 일 년이 가든, 그 과정에서 발생한 대살육과 재산피해의 총 규모가 산출되고 나면 결국에는 모두가 날 혼자 내버려두게 되리라 확신한다.

나는 일부 백인 프롤레타리아들의 마음속에 공포를 불러일으킬 수 있는 흑인들의 능력에 경탄을 금치 못하며, (이건 다소 사적인 고백이지만) 이처럼 공포를 유발할 수 있는 능력이 내게도 있었으면 한다. 흑인은 자신의 존재 자체만으로 상대를 겁먹게 하질 않나. 내가 그 같은 결과를 얻으려면 위협을 좀 가해야 할 것이다. 어쩌면 나는 흑인으로 태어났어야 했다. 그랬다면 상당히 덩치 크고 무서운 흑인이 되어, 버스나 전차 안에서 이 비대한 허벅지로 백인 중년여성들의 시들어빠진 허벅지를 끊임없이 압박함으로써 적어도 한 번 이상 날카로운 공포의 비명을 이끌어낼 수 있을 텐데. 게다가 내가 흑인이라면 애초에 좋은 직장이란 없을 테니, 좋은 직장을 찾으라는 어머니의 끝도 없는 잔소리에 시달리는 일도 없을 텐데. 어머니 자신은 지치고 늙은 흑인 여인일진대, 박봉의 하녀살이 수십 년 세월에 곯을 대로 곯은 몸으로 어디 밤에 볼링 치러 나갈 수나 있으려고. 그럼 어머니와 나는, 우리를 원하는 데는 아무 데도 없고 우리가 애써 노력해봤자 무의미하다는 사실을 만족스레 깨달으며, 아무 사심 없는 평온한 상태로 곰팡내 나는 빈민가 판잣집에서 유유자적 살아갈 수 있은 텐데.

하지만 흑인들이 중산층으로 올라서는 끔찍한 광경은 보고 싶지 않다. 이러한 계층 이동은 한 종족으로서 그들이 지닌 완전무결함에 대한 굉장한 모욕이라고 생각한다. 그러나 지금 내 말투는 점점 비어드와 패링턴*을 닮아가고 있고, 이러다가는 이 특별한 저술에 영감을 준 상업적 뮤즈인 리바이 팬츠는 까맣게 잊고 말겠다. 아무튼 내 장래의 프로젝트 중 하나는 나의 관점에서 바라본 미합

---

* 찰스 오스틴 비어드와 버논 루이스 패링턴. 미국의 저명한 역사학자들.

중국 사회사가 될 듯싶다. 「어느 근로 청년의 일기」가 서점가에서 조금이라도 성공을 거둔다면, 그 후속타로 우리나라의 초상을 일 필휘지 그리게 될 것이다. 우리 조국은 여러분의 근로 청년처럼 완벽히 객관적인 관찰자의 정밀 분석을 필요로 하고, 나는 현대의 사회상을 평가하고 통찰하는 방대한 양의 원고와 메모를 차곡차곡 모아두고 있으니 말이다.

공장 사람들 얘기를 하다 보니 긴 여담으로 빠졌는데, 글의 날개를 타고 서둘러 공장으로 돌아가자. 앞서 이야기한 대로, 내가 벌인 춤 퍼포먼스와 뒤이은 엉덩방아가 숭고한 동지애를 촉발한 덕분에 그들이 나를 부축해서 바닥에서 일으켜주었다. 나는 진심으로 감사를 표했고, 그들은 십칠 세기 영국식 억양으로 몸은 좀 괜찮으냐고 걱정하는 말을 물어왔다. 나는 다친 데 없이 말짱했다. 오만은 기독교의 칠대 대죄 중 하나로서 내가 대체로 삼가고 있기 때문에, 손상을 입은 것은 아무것도 없었다.*

그러고 나서 나는 그들에게 공장에 관해 이것저것 물었다. 이것이야말로 내가 공장을 방문한 본래의 목적이니까. 그들은 꽤나 열렬히 나와 대화를 나누고 싶어 했고 나라는 인간에 대해 몹시 흥미를 느끼는 듯 보였다. 재단용 테이블 사이에서 지루한 시간을 보내다 보면 방문객이 배로 반가울 수밖에. 노동자들은 일에 대해선 대체로 어물쩍 넘겼지만 우리는 그런대로 허물없이 잡담을 나누었다. 사실 그들은 다른 어떤 것보다 내게 더 흥미를 느끼는 듯했다. 나는 그들의 관심이 귀찮지 않았고, 질문 하나하나에 흔쾌히 대답

---

* '오만'을 뜻하는 영어 단어 pride에는 '자존심'이란 뜻도 있다. 따라서 오만은 죄악이고, 손상을 입지 않은 건 자존심이다.

해주다 보니 어느새 질문은 꽤나 사적인 영역으로 흘렀다. 가끔 사무실로 기어들곤 하던 노동자 몇 명은 내가 만든 십자가와 부속 장식에 대해 예리한 질문들을 던졌다. 한 격정적인 기질의 여성은 가끔 동료들을 모아 십자가 주위에서 영가를 불러도 되겠느냐고 허락을 구하기도 했다. (물론 나는 허락했다. 영가라든가 끔찍한 십구 세기 캘빈주의 찬송가라면 딱 질색이지만, 합창 한두 곡으로 이 노동자들이 행복해진다면 내 고막이 공격당하는 것쯤 기꺼이 감내할 각오가 되어 있었다.) 임금에 대해 물어보자, 그들의 주급 봉투 안에 평균 삼십 달러($30) 이하의 돈이 들어온다는 걸 알게 되었다. 공장 같은 곳에서 일주일에 닷새 머무르는 것만으로도 그보다는 많이 받아야 마땅하다는 게 나의 심사숙고한 의견이다. 특히 새는 지붕이 언제 무너질지 모르는, 위협적인 리바이 팬츠 공장 같은 곳이라면 더더욱 그렇다. 그리고 누가 알겠는가. 이 사람들은 리바이 팬츠에서 빈둥거리는 것보다 훨씬 더 나은 일을 할 수 있는지도 모른다. 재즈를 작곡한다거나, 새로운 춤을 만들어낸다거나, 그들 각자가 능숙하게 잘하는 일이라면 뭐든지 간에 말이다. 공장에 이토록 무기력한 기운이 감도는 것도 무리는 아니었다. 하지만 침체된 생산라인과 분주히 돌아가는 사무실, 이토록 대조적인 두 조직이 하나의 품속(리바이 팬츠)에 안겨 있다는 것이 도저히 믿기지 않았다. 내가 공장노동자라면(아까 말했듯이, 난 덩치 크고 유달리 무서운 흑인 노동자였을 텐데), 벌써 오래전에 사무실로 난입하여 번듯한 임금을 내놓으라고 요구했을 것이다.

여기서 한 가지 언급해야 할 사항이 있다. 내가 만연히 대학원에 다니고 있을 무렵, 어느 날 커피숍에서 머나 민코프 양이라는, 뉴욕 브롱크스 출신의 시끄럽고 무례한 어린 학부 여학생을 만나게 되었다. 그랜드 콘코스*라는 세계에서 날아온 이 전문가는 나라는 존재의 독특함과 매력에 이끌려 내가 주관하고 있던 어전회의 석상으로 다가왔다. 내 세계관의 장엄함과 독창성이 대화를 통해 명명백백 드러나자 민코프라는 이 불여우는 모든 차원에서 나를 공격하기 시작했고, 어느 시점에선 테이블 밑에서 내 정강이를 냅다 걷어차기까지 했다. 나란 존재는 그녀를 매혹하는 동시에 혼란에 빠트렸다. 한마디로 난 그녀가 감당할 수 없는 차원의 남자였던 것이다. 고담 시 게토**의 편협성이 그녀로 하여금 '여러분의 근로 청년' 같은 독창적 남성을 상대하게끔 준비시켰을 리 만무했다. 그러니까 머나는 허드슨 강 이남과 이서에 사는 인간들은 모두 까막눈의 카우보이들이거나, 아니면 한술 더 떠, 집단 전체가 무지와 잔인함과 고문을 전문으로 하는 개신교 백인들밖에 없는 줄 알았던 것이다. (개신교 백인들을 변호할 생각은 없다. 나 역시 그들을 그다지 좋아하지 않으니까.)

곧 머나의 거친 사교 매너가 내 신하들을 석상에서 몰아냈고, 결국 우리 둘만 남게 되었다. 커피는 식고 오가는 말은 뜨거웠다. 당나귀처럼 힝힝대며 쉴 새 없이 지껄이는 그녀의 말에 내가 차마 동의를 표하지 못하면, 그녀는 나더러 반유대주의자라고 쏘아붙였다. 그녀의 논리는 설익은 진실과 틀에 박힌 사고의 조합이었고, 그 세계관은 지하철 터널의 관점에서 쓰인*** 우리나라 역사로부터

---

* 뉴욕 브롱크스의 주요 대로. 1960년대 무렵까지는 고급빌딩이 즐비한 중산층 주거지였음.

** 고담은 뉴욕의 별칭, 게토는 유대인 밀집 지역.

*** 세계적 규모의 지하철 도시 뉴욕의 시민들이 지하철 통근으로 인해 편협한 시각을 갖게 되었다고 비꼬는 표현. 이는 물론 현실을 왜곡하고 과장하는 이그네이셔스 특유의 사고방식에서 나온 것.

도출된 오도된 개념들의 합성에 불과했다. 그녀는 커다란 검은색 여행가방을 뒤지더니,『인간과 대중』,『지금!』,『무너진 바리케이드』,『거대한 파도』,『혐오』같은 손때 묻은 책들과 자기가 열성 회원으로 활동하고 있는 다양한 단체들, 즉 자유학생연맹, 섹스 청년회, 블랙 무슬림, 라트비아의 친구들, 혼혈아동협회, 백인시민연합과 같은 조직들의 선언문과 팸플릿으로 나를 공격(거의 말 그대로 '공격')해왔다. 보다시피 머나는 사회에 지독하리만치 참여하고 있었다. 반면에 나는, 이 불여우보다 더 나이 먹고 더 현명한 나는 지독하리만치 비참여적이었다.

그녀는 아버지로부터 상당한 액수의 돈을 뜯어내어 "바깥세상"을 경험하겠다며 집을 떠나 이곳의 대학으로 왔다. 그런데 불행히도 나를 발견한 것이다. 우리 둘 첫 만남의 트라우마는 서로의 마조히즘에 불을 지피며 일종의 (플라토닉한) 연애관계로 발전했다. (머나는 명백한 마조히스트였다. 경찰견이 그녀의 검은 타이츠에 송곳니를 콱 박고 있을 때나 상원 청문회장에서 붙들려 돌계단을 발부터 질질 끌려 내려올 때, 그럴 때만 행복감을 느끼는 여자였다.) 솔직히 난 머나가 내게 육감적으로 관심을 갖고 있는 게 아닌가 하는 의혹을 늘 품고 있었음을 시인해야겠다. 섹스에 대한 내 신랄한 태도에 그녀는 오히려 흥미를 느꼈고, 어떤 면에서 나란 존재는 그녀에게 일종의 또 다른 프로젝트가 되었다. 하지만 난 내 육체와 정신의 성채를 공략하려 드는 그녀의 모든 시도를 성공리에 좌절시켰다. 머나와 나는 개별적으로도 각기 다른 학생들을 혼란에 빠트리는 데 선수들이었기에, 커플이 되면서부터는 전교생의 대부분을 차지하는, 실없이 싱글거리는 남부 새대가리들의 혼을 두 배로 쏙 빼놓았다. 캠퍼스엔 이루 말할 수 없이 저질인 음모들로 우리 둘을 엮어놓은 소문들이 난무하고 있었다.

평발에서 우울증에 이르기까지 머나의 만병통치약은 바로 섹
스였다. 그녀는 이러한 철학을 후진적 정신을 쇄신해야 한다며 자
기 수하로 받아들인 두 명의 남부 미녀에게 설파하다 끔찍한 결과
를 초래하고 말았다. 이 순진한 미녀들이 여러 청년들의 열성적인
도움을 받아 머나의 충고대로 행한 결과, 하나는 신경쇠약에 걸리
고 다른 하나는 비록 미수에 그쳤으나 깨진 코카콜라 병으로 손목
을 그어 자살 기도를 했던 것이다. 머나는 이 여자애들이 애초에
너무 보수 반동적이었다고 해명해버리고는 곧 새로이 솟아난 열
정으로 모든 강의실과 피자가게를 돌며 섹스를 설교하러 다녔다.
그러다 한 번은 사회학과 건물 수위에게 강간당할 뻔한 일도 있었
다. 물론 그사이에도 나는 줄곧 그녀를 진실의 길로 안내하고자 애
를 썼다.

그렇게 몇 학기가 지나고, 머나는 그녀 특유의 무례한 태도로
"여기서 가르치는 건 죄다 내가 아는 것뿐이야."라고 말한 뒤 대학
에서 사라졌다. 검은 타이츠와 사자 갈기 같던 엉클어진 머리카락,
엄청나게 큰 여행가방이 모두 자취를 감추었다. 종려나무가 늘어
선 캠퍼스는 그리하여 다시금 종래의 무기력과 애무의 풍경으로
돌아갔다. 난 그 뒤로 몇 번인가 이 자유분방한 헤픈 계집을 만난
적이 있다. 그녀는 이따금 남부로의 "시찰여행길"에 오르는데, 그
여정의 막바지에 결국은 뉴올리언스에 들르기 때문이다. 그럴 때
면 그녀는 내게 한바탕 열변을 토하고, 또 기타 줄을 퉁겨가며 험
악한 감옥과 줄줄이 사슬에 묶인 채 노동 죄수들에 관한 노래로 날
유혹하려 든다. 머나는 아주 진지한 인간이지만, 불행히도 아주 비
위에 거슬리는 인간이기도 하다.

마지막 "시찰여행"을 끝내고 왔을 때 그녀는 상당히 지저분한 몰골이었다. 남부의 농촌 전역을 돌며 의회도서관에서 배웠던 포크송들을 흑인들에게 가르치고 온 참이었다. 흑인들은 좀 더 현대적인 음악을 선호한 모양이어서, 머나가 애잔한 가락의 만가를 시작하는 족족 반항적으로 트랜지스터라디오의 볼륨을 한껏 높여댔다. 흑인들이 그녀를 애써 무시하려 한 반면, 백인들은 그녀에게 대단한 관심을 보였다. 백인 빈민들과 노동자 일당은 그녀를 마을에서 쫓아내고, 그녀의 자동차 타이어를 찢고, 팔 부위에 슬쩍 채찍질을 가하기도 했다. 그녀는 블러드하운드 사냥개들에게 쫓기고, 소몰이막대로 전기충격을 받고, 경찰견들에게 물어뜯기고, 산탄총 총알 세례를 가볍게 당하기도 했다. 이런 순간순간을 그녀는 열렬히 사랑했고, 허벅지 위쪽에 난 개의 이빨 자국을 내게 아주 자랑스레 (그리고 이 말은 덧붙여야겠는데, 은근히 도발적으로) 보여주었다. 내 눈은 차마 믿기지 않는 광경에 아연실색했지만, 머나가 그런 경우에도 타이츠가 아니라 짙은 색 스타킹을 신고 있음을 알아차렸다. 그럼에도 내 피는 끓지 않았다.

우리는 꽤 정기적으로 서신을 교환해오고 있다. 머나가 쓰는 편지의 통상적인 주제는 나를 드러눕기 시위라든가 풀장 난입 시위, 연좌농성* 등에 참여하도록 촉구하는 것이다. 그러나 나는 간이식당에서 점심을 먹지도 않고 수영도 하지 않기 때문에 그녀의 충고를 그냥 묵살해왔다. 편지의 부차적인 주제는 나더러 맨해튼으로 와서, 그 기계화된 공포의 소굴 한가운데서 자기와 내가 한 쌍으로

---

* 풀장과 간이식당 등의 백인전용 시설을 점거하여 인종차별철폐를 부르짖은 흑인민권운동 차원의 시위를 비롯한 일련의 사회적 항의 시위들.

사람들의 혼을 빼놓을 우리의 기치를 높이 들자고 촉구하는 것이다. 언젠가 내 몸이 정말 건강해지면, 그때는 그런 여행을 할 수 있을지도 모르겠다. 사향내 풍기는 요 불여우 민코프는 아마 지금 이 순간, 무슨 사회운동 집회에 갔다가 포크송 부르기나 그보다 더한 짓거리로 흥청거릴 어느 난교파티에 가느라 지하철에 몸을 싣고 브롱크스 거리 밑 지하 깊숙한 터널을 지나가고 있을 것이다. 언젠가는 분명 우리 사회가 머나를 머나라는 이유만으로 체포할 날이 올 것이다. 투옥은 결국 그녀의 삶에 의미를 부여하고 그녀의 욕구불만에 종지부를 찍게 할 것이다.

그녀로부터 최근에 받은 편지는 전보다 더 뻔뻔하고 더 무례했다. 머나는 그녀의 수준에서 다뤄야 하는 인간인지라, 수준 이하의 공장 근로 환경을 살피다 보니 그녀 생각이 난 것이다. 나는 너무 오랜 시간 밀턴처럼 은둔과 명상의 삶 속에 틀어박힌 채 살아왔다. 이제 과감히 사회 속으로 걸음을 내디딜 때가 왔다. 머나 민코프 같은 데모꾼들의 그 지루하고 수동적인 방식 말고, 멋들어진 스타일과 풍치를 담아서 말이다.

독자 여러분은 곧 내게서 작가로서의 용감하고 대담하고 공격적인 결단을 목도하게 될 것이며, 그 결단은 나의 이토록 온유한 천성을 생각하면 예상하기 힘든 투지와 깊이와 힘을 보여줄 것이다. 내일 나는 세상의 모든 머나 민코프들에게 보내는 내 답변을 상세히 기술하려 한다. 그 결과, 우연찮게도, 리바이 팬츠의 권좌에서 곤잘레스 씨가 끌어내려질(말 그대로) 수도 있다. 그런 악마는 반드시 처리해야 한다. 그러고 나면 보다 강력한 인권위원회들 중 한 곳에서 내게 분명 영예의 월계관을 씌워주리라.

이렇듯 과도한 글쓰기의 결과, 손가락을 바늘로 콕콕 찌르는 듯한 참을 수 없는 통증이 밀려든다. 이제는 연필을, 내 진실의 엔진을 내려놓고 마비가 되다시피 한 두 손을 따뜻한 물에 담가줘야 할 때다. 정의라는 대의를 향해 내 속에서 뜨겁게 솟구치는 헌신적 의지가 이토록 통렬한 비판의 장문을 토해내었고, 이제 나는 리바이라는 '원 안의 원'이 새로운 성공과 고지를 향해 급상승하고 있음을 느낄 수 있다.

건강 관련 메모: 손은 마비되고, 유문은 일시적으로 열려 있다 (반쯤).

사회생활 관련 메모: 오늘은 아무 일도 없다. 어머니는 또 고급 매춘부 같은 차림으로 외출했다. 어머니의 패거리 중 하나는, 아마 여러분은 그가 누구인지 궁금할 테지만, 그레이하운드 버스에 대한 페티시를 드러냄으로써 스스로 얼마나 구제 불능인지를 보여준다.

이제부터 난 공장에서 감행할 대의를 위해, 흑백 혼혈아들의 수호성인인 성 마르티노 데 포레스에게 기도하려 한다. 그는 쥐떼를 몰아내는 성인이기도 하니 우리 사무실에도 도움이 될지 모른다.

훗날을 기약하며,
투지에 불타는 여러분의 근로 청년, 게리

⸬

탈크 박사는 사회학과 건물 연구실에서 창밖을 내다보며 벤슨 앤 헤지스 담배에 불을 붙였다. 어두운 캠퍼스 저편으로 야간 수업 중인 다른 건물들의 불빛들이 보였다. 그는 저녁 내내 책상을 뒤지며 전설적인 영국

국왕들에 관한 메모를 찾아 헤매고 있었다. 그건 언젠가 문고본으로 읽은 적 있는 백 페이지짜리 영국사 개론에서 황급히 베껴 쓴 글이었다. 내일 강의를 해야 하는데, 지금 거의 여덟 시 반이 다 되어가고 있었다. 탈크 박사는 유창하고 풍자적인 위트와 쉽게 일반화시켜 정리해주는 수업으로 유명했고, 덕분에 여학생들 사이에서 인기가 많았으며, 일반적으로는 거의 모든 것, 특수하게는 영국사에 대한 학식의 부족을 감출 수 있었다.

하지만 아무리 탈크라 해도, 리어와 아서에 대해 고작 전자의 왕에게 자식이 몇 있다는 사실을 제외하곤 아무것도 기억하지 못하는 현실을 그저 미끈한 궤변과 번드르르한 말주변만으로 모면할 순 없다는 건 잘 알고 있었다. 그는 재떨이에 담배를 비벼 끈 뒤 맨 아래쪽 서랍을 다시 뒤지기 시작했다. 그 서랍 맨 뒤쪽에, 앞서 책상을 수색할 때 철저히 살펴보지 않았던 오래된 서류 뭉치가 있었다. 이것을 무릎에 올려놓고 엄지손가락으로 한 장씩 넘겨보니, 예상대로 오 년이 넘도록 학생들에게 돌려주지 않고 쌓아둔 보고서들이 대부분이었다. 보고서 하나를 넘기던 그의 눈길이 거칠고 누렇게 변색된 빅치프 노트 종이 한 장에 쏠렸다. 거기엔 빨간색 크레용으로 이런 글이 쓰여 있었다.

당신이 가르친다고 공언하는 학문에 대한 당신의 철저한 무식은 사형으로 다스려 마땅하다. 이몰라의 성 카시아노*가 학생들의 철필에 찔려 죽었다는 사실을 당신이 알 리 있을까. 그는 죽음으로, 순교자의 영예로운 죽음으로, 가르치는 자들의 수호성인이 된 인물이다.

---

* 4세기 로마 시대의 주교. 기독교를 탄압한 황제 율리아누스에 의해 사형을 언도받고 자신이 가르치던 학생들의 철필에 찔려 죽음.

당신, 망상에 빠진 이 무식쟁이여, 성 카시아노에게 기도하라. "테니스 치러갈 사람?" 따위나 남발하고 골프 치고 칵테일 마셔 대는 사이비 현학자 당신, 당신 같은 종자야말로 수호성인이 절실히 필요한 법이지. 살날이 얼마 남지 않았음에도 당신은 결국 순교자가 아니라—당신은 그 어떤 성스러운 대의도 추구하지 않으니까—당신 본연의 모습, 즉 완전한 개자식으로 죽음을 맞을 것이다.

쾌걸 조로

이 종이 마지막 줄에는 칼이 하나 그려져 있었다.
"오, 이놈은 결국 어떻게 됐나 모르겠네." 탈크가 큰 소리로 말했다.

6

〈매티네 주점 오다가다 한잔〉은 캐럴턴 구역 어느 모퉁이에 자리하고 있었다. 이 구역은 세인트찰스 대로와 미시시피 강이 육칠 마일 가량 평행으로 달리다가 서로 만나면서 대로가 끝나는 곳이다. 대로와 전차 궤도가 한 축이 되고 강과 제방과 기차 철로가 또 다른 한 축이 되어 각이 하나 만들어지는데, 이 각 안에 조그만 동네 하나가 외따로 들어앉아 있다. 공기 중에는 강변의 양조공장에서 뿜어 나오는 아주 텁텁하고 메스꺼운 냄새가 가실 날이 없고, 특히 강바람이 육지로 불어오는 뜨거운 여름날 오후면 숨이 턱턱 막힐 지경에 이른다. 이 동네는 백 년 전쯤 아무렇게나 되는대로 생겨나 오늘날엔 도시라고 봐줄 수도 없는 몰골을 하고 있다. 도시의 길들은 세인트찰스 대로를 가로질러 이 동네로 접어들면서 차츰차츰 아스팔트에서 비포장도로로 변한다. 오래된 시골 마을 같은 이곳엔 심지어 헛간도 몇 채 있다. 한마디로 대도시 안에 고립된 소우주 같은 동네다.

〈매티네 주점 오다가다 한잔〉은 이 동네 다른 건물들과 별 다를 바 없었다. 키가 나지막하고, 페인트칠은 돼 있지 않고, 수직으로 똑바로 서 있지 않았다. 매티네는 오다가다 한 잔 술에 취하기라도 한 듯 살짝 오른쪽으로 휘어 철로와 강 쪽으로 기우뚱해 있었다. 건물 전면은 온통 각양각색의 맥주와 담배와 음료수 들의 함석 광고 포스터로 뒤덮여, 흡사 철옹성 같은 분위기를 풍겼다. 심지어 문에 늘어뜨린 차양에도 무슨 빵 브랜드 광고가 붙어 있었다. 매티네는 술집과 구멍가게를 겸하고 있었는데, 구멍가게 쪽이래야 기껏 몇 안 되는 생필품, 음료수, 빵, 통조림 정도에 불과했다. 카운터 옆에는 절인 고기와 소시지 몇 파운드를 냉장하는 아이스박스가 있었다. 그리고 이곳에 매티라는 사람은 없었다. 대신 왓슨 씨라는, 조용한 성품에 구릿빛 카페오레 피부색 주인장이 그 한정된 상품들에 대해 단독 권한을 행사하고 있었다.

"문제는 쓸 만한 직업적 기술이 하나도 없다는 거예요." 존스가 왓슨 씨에게 말하고 있었다. 나무 스툴에 올라앉은 존스의 얼음 집게처럼 구부린 두 다리는 늙은 왓슨 씨가 보는 앞에서 당장에라도 의자를 콕 집어 대담하게 채갈 듯싶은 형국이었다. "거 진즉에 뭐라도 좀 배워뒀으면, 고 늙다리 갈보네 마룻바닥 닦는 신세는 되지 않았을 텐데."

"착하게 굴어." 왓슨 씨가 막연하게 대꾸했다. "여주인한테 처신 바르게 해야지."

"뭐라고요? 이야. 아저씨는 아무것도 모르면서 왜 그러실까. 거기서 내가 새랑 일하게 생겼다니까요. 아저씨가 새랑 일한다면 어쩌실라나?" 존스가 담배연기를 카운터 위로 훅 뿜어 올렸다. "그러니까 내 말은, 달린 아가씨한테 기회를 주고 어쩌고 다 좋다 이거예요. 옘병할 리 아줌마랑 일한 지 오래 됐으니까. 그 아가씨도 기회를 좀 잡아야 하걸랑요. 하지만 내 장담하는데, 그놈의 새가 나보다 돈을 더 많이 벌게 생겼으니 하는 말 아니냐고요. 우아!"

"얌전하게 굴라니까, 존스."

"우아! 이봐요, 아저씨도 완전히 세뇌당했나 보네요." 존스가 말했다. "여긴 바닥 닦일 애도 하나 없는데 왜 그러실까. 어디 말 좀 해보시죠."

"괜한 말썽 부리지 마."

"어어! 아저씨 말투, 그거 딱 옘병할 리 아줌마 말투걸랑요. 둘이 못 만난 게 유감이네요. 아줌마는 아저씨 보면 아주 좋아죽을 텐데. 아저씨한테 이럴 거예요. '이봐, 당신은 내가 평생을 찾아 헤맨 어리바리한 옛날 깜둥이 타입의 사내로군.' 그러면서 '이봐, 자기 정말 멋진데, 우리 집 바닥에 왁스칠도 좀 해주고 벽도 좀 칠해줘, 응? 그리고, 자기, 화장실도 박박 좀 닦고 구두도 광 좀 내주지그래.' 이런다고요. 아저씨는 '예, 마님. 예, 마님. 분부대로 하구말굽쇼.' 이러고요. 그럼 아저씨는 샹들리에 닦다가 쿵 떨어져 궁뎅이가 터지고, 리 아줌마네 갈보 친구 중 하나가 놀러와 리 아줌마랑 그 친구랑 갈보 둘이서 화대를 서로 견주더니 리 아줌마가 아저씨 발치에 몇 닢 던지면서 '이봐, 아주 꼴값잖은 쇼 하고 자빠졌군. 경찰 부르기 전에 당장 그 돈 도로 내놔.' 이런다니까요. 이야!"

"여주인이 네놈 말썽 피우면 경찰 부른다고 안 그래?"

"안 그래도 내 목줄을 꽉 잡고 있걸랑요. 어어! 암만해도 경찰에 줄이 좀 있는 거 같다니까요. 경찰에 있다는 친구 얘기를 시도 때도 없이 하는 거 보면요. 자기 말로는, 자기네가 워낙에 고급 술집이라 경찰은 절대 발을 들여놓지 않는대나." 존스는 작은 카운터 위로 천둥구름 한 덩이를 덩실 만들어 올렸다. "그래도 거 똥자루 같은 고아 자식이랑 **뭔 짓** 꾸미고 있는 게 분명하다고요. 리 같은 여자가 '자선' 운운하면 뭔가 냄새가 나걸랑요. 게다가 내가 꼬치꼬치 따져 물었더니 그길로 고아 대장이 발길을 뚝 끊은 게, 암만해도 뭔가 구린 짓을 하는 거라니까요. 염병! 두고 보라지, 뭔 일인지 꼭 알아내고 말 테니. 일주일에 이십 달러 주는 덫에 덜커덕 걸린 것도, 뭔 놈의 독수리만 한 새랑 일하게 생긴 것도, 거 다 지겹걸랑요. 어디 다른 데 갈 만한 데 좀 없나 몰라. 우아! 나도 에어컨이랑 카라티비도 사고, 맥주보다 더 좋은 술도 마시며 빈둥거리고 싶다고요."

"맥주 한 잔 더 할 테야?"

존스는 선글라스 너머로 늙은 주인을 바라보았다. "거 지금 나한테 술을 더 팔려는 거예요? 똥줄이 빠져라 일하고 일주일에 이십 달러 버는 불쌍한 흑인 애한테요? 아저씨, 불쌍한 흑인들한테 절인 고기랑 음료수 팔아서 번 돈으로, 이제 나한테 공짜배기 술 한 잔 정도는 베풀 때가 되지 않았냐고요. 여기서 번 돈으로 아들도 대학 다 보내고 했으면서."

"그 아인 이제 학교 선생이야." 왓슨 씨가 맥주를 따르며 자랑스레 말했다.

"거 잘됐네요. 우아! 나는 평생 학교라고는 이 년도 못 다녀봤는데. 우리 엄마는 남의 집 빨래 해주러 나가고, 아무도 학교 얘기는 해주지 않았다고요. 나는 그냥 길바닥에서 타이어나 굴리며 허송세월 보내고요. 나는 타이어 굴리고, 엄마는 빨래하고, 아무도 아무것도 안 배우고. 옘병! 타이어나 굴리던 애한테 누가 일자리를 주겠냐고요. 그러니 고아들한테 처음 제나 팔아먹는 여자 밑에서 거 돈벌이한답시고 새랑 일하는 신세일 밖에. 이야."

"글쎄, 상황이 정말로 나쁘다면……."

"'정말로 나쁘다면'? 어어! 지금 나는 현대판 노예라니까요. 그만두면 부랑아로 고발당하고, 주저앉으면 최저임금 근처에도 못 가는 주급이나 받으며 일해야 하고."

"그럼 이렇게 하면 되겠구먼." 왓슨 씨가 카운터 위로 몸을 굽혀 존스에게 맥주를 건네며 은밀히 말했다. 카운터에 앉아 있던 다른 한 사내도 엿들으려고 몸을 슬며시 기울였다. 사내는 벌써 몇 분째 잠자코 앉아 두 사람의 대화를 다 듣고 있었다. "은근슬쩍 사보타주를 해보는 게 어떻겠나. 그런 덫에 걸렸으면 우리 흑인들은 그 길밖에 없지."

"'사보타주'가 뭔데요?"

"그러니까 말이야." 왓슨 씨가 속삭였다. "하녀가 박봉에 시달리면 수프에다 실수로 후추를 왕창 처넣는 거. 주차요원이 우라지게 더러운 취급을 받으면 기름 위로 쭈욱 미끄러져 담벼락에다가 차를 쾅 박아버리는 거. 뭐, 그런 거지."

"우아!" 존스가 말했다. "슈퍼마켓 점원이 잔업 수당 못 받으면 갑자기 손에 힘이 쭉 빠져 달걀 한 꾸러미 바닥에 툭 떨어뜨리는 거. 어어!"

"이제야 알아듣는구먼."

"우린 진짜 어마어마한 사보타주를 계획하고 있수다." 카운터에 잠자코 앉아 있던 그 사내가 침묵을 깨고 말했다. "내가 일하는 곳에서 대대적인 시위를 준비하고 있다 이 말이지."

"예?" 존스가 물었다. "그게 어딘데요?"

"리바이 팬티. 우리 공장에 덩치 큰 백인 녀석이 하나 오더니만, 회사 건물 꼭대기에다 원자폭탄을 투하하고 싶다고 난리가 났어."

"그건 사보타주 정도가 아닌 거 같은데요." 존스가 말했다. "전쟁이라도 일어날 판이걸랑요."

"착하게들 굴어요. 윗분들 존중하고." 왓슨 씨가 이 낯선 객에게 말했다.

사내는 낄낄 웃다가 눈에 눈물까지 맺혔다. "그 인간이 글쎄, 전 세계의 혼혈과 쥐들을 위해 기도한다지 뭐요."

"쥐라고요? 우아! 그 인간 백 프로 또라이네."

"아주 똑똑한 놈이라니까." 사내가 방어적으로 말했다. "신앙심도 아주 깊고. 사무실에 큰 십자가도 하나 만들어놨더라고."

"우아!"

"글쎄, 그 인간이 '여러분 모두는 중세시대에 훨씬 더 행복했을 겁니다. 여러분은 이제 대포와 화살을 준비하고, 이 건물 꼭대기에다 핵폭탄을 한 방 날려야 합니다' 이러더라고." 사내가 다시 웃었다. "뭐, 어차피 공장에서 그거 말고 더 그럴싸한 일도 없고. 그 인간이 엄청난 콧수염을 펄럭이며 하는 말 듣고 있으면 아주 재미나거든. 자기가 우리를 이끌고 대규모 시위를 일으킬 텐데, 그러고 나면 세상의 다른 모든 시위들은 그

낭 사모님들 친목회 수준으로 보일 거라나."

"암요. 그리고 어디 그뿐이겠느냐고요. 다들 깜빵 신세로 만들어놓고 말 텐데." 존스가 담배연기로 카운터를 자욱하게 뒤덮으며 말했다. "그 인간, 옘병할 백인 또라이로 보이걸랑요."

"하긴 좀 이상하긴 해." 사내가 시인했다. "그래도 우리 회사 사무실에서 일하고 있고, 게다가 거기 책임자 곤잘라 씨는 그 인간이 아주 똑똑하다고 생각한다니까. 뭔 짓이든 멋대로 하게 내버려두더라고. 공장에도 자기 마음대로 아무 때나 들락거리게 내버려두고. 그 인간이랑 같이 시위하겠다는 공장 사람들이 한둘이 아니야. 리바이 사장이 시위를 해도 좋다고 허락을 했다나. 사장은 우리가 시위를 해서 곤잘라를 쫓아냈으면 한대. 누가 알아? 혹시 임금이라도 인상해줄지? 곤잘라 그 사람은 벌써부터 그 인간을 두려워하고 있다니까."

"이봐요, 아저씨, 구세주 행세하는 그 백인 녀석 어떻게 생겼어요?" 존스가 짐짓 흥미를 보이며 물었다.

"덩치 크고, 뚱뚱하고, 또 노상 사냥모자를 쓰고 다니더라고."

존스의 눈이 선글라스 너머에서 휘둥그레졌다.

"그 사냥모자, 초록색 아니에요? 초록색 맞죠?"

"그래. 자네가 어떻게 아나?"

"우아!" 존스가 말했다. "아저씨들 이제 큰일 났네요, 큰일 났어. 경찰이 벌써부터 그 미친놈을 찾고 있다고요. 언젠가 밤에는 〈기쁨의 밤〉에 와서, 달린 아가씨한테 다짜고짜 버스 얘기를 늘어놓기 시작하더래요."

"허허, 이럴 수가." 사내가 말했다. "우리한테도 버스 얘기를 해주더라고. 언젠가 한번 버스를 타고 '아무개 흑심'으로 들어갔다가 어쨌다나."

"바로 그 자예요. 그 미친놈하고 엮이지 말라고요. 경찰이 수배 중인 놈이라고요. 아저씨네 공장의 불쌍한 흑인들, 다들 깜빵 신세가 되고 만다니까요. 우아!"

"그렇다면 그 인간한테 좀 물어봐야겠는데." 사내가 말했다. "경찰 용의자가 주도하는 시위라면 따를 생각이 눈곱만치도 없으니까."

⁙

곤잘레스 씨는 늘 그렇듯 일찌감치 리바이 팬츠에 출근했다. 그는 성냥개비 하나로 자기 쪽 소형 히터와 필터 담배에 불을 붙였는데, 이는 횃불 두 개에 불을 붙임으로써 또 하루의 일이 시작되었음을 알리는 그만의 상징적인 행위였다. 그런 다음 그는 이른 아침의 명상에 정신을 집중하기 시작했다. 어제는 라일리 씨가 또 한 번 사무실에 새로운 운치를 가미한 결과, 담자색과 회색, 황갈색의 오글오글한 크레이프페이퍼 장식 리본들이 이 전구에서 저 전구로 천장을 가로지르며 고리 모양으로 줄줄이 늘어뜨려져 있었다. 사무실의 십자가와 명패, 장식 리본들을 보고 있자니, 사무실 책임자는 크리스마스 장식이 생각나서 살짝 감상적인 기분에 젖어 들었다. 라일리 씨의 구역을 흐뭇하게 바라보던 그는 콩 넝쿨이 어느새 무럭무럭 자라나 캐비닛 서랍 손잡이들을 칭칭 감고 아래로 기어 내려오고 있음을 알아차렸다. 곤잘레스 씨는 서류 담당자가 저 연한 가지들을 건드리지 않고 어떻게 서류정리를 할 수 있는지 궁금했다. 이 사무적 수수께끼를 곰곰 생각해보고 있는데, 당사자 라일리 씨가 어뢰처럼 문을 벌컥 밀고 들어서는 바람에 깜짝 놀라고 말았다.

"안녕하십니까." 이그네이셔스가 숄처럼 커다란 체크무늬 스카프를 마치 집결 중인 어느 스코틀랜드 부족의 깃발처럼 등 뒤로 휘날리며 무뚝뚝하게 말했다. 싸구려 무비카메라를 어깨에 매달고, 한쪽 팔 밑에는 둘둘 만 침대 시트처럼 보이는 꾸러미를 끼고 있었다.

"흠, 오늘은 출근이 확실히 이르네요, 라일리 씨."

"무슨 말씀이신지? 전 항상 이 시간에 나오는데."

"오, 물론 그렇지요." 곤잘레스 씨가 온순하게 말했다.

"제가 무슨 목적이 있어 일찍 출근했다고 생각하십니까?"

"아니, 나는……."

"솔직히 말씀하세요. 왜 그렇게 이상하게 사람을 의심하시는 겁니까? 눈에서 말 그대로 편집증이 번득이는군요."

"뭐라고요, 라일리 씨?"

"말 그대롭니다." 이그네이셔스는 이렇게 쏘아붙이고는 육중한 걸음을 쿵 쿵 내디디며 문을 나가 공장으로 가버렸다.

곤잘레스 씨는 마음의 평정을 되찾으려 애썼지만, 공장으로부터 환호성 같은 소리가 들려오는 바람에 잘 되지 않았다. 아마 공장노동자들 중 한 사람이 아버지가 되었거나 복권에라도 당첨된 모양이었다. 그는 노동자들이 자기를 귀찮게 하지 않는 한, 자기도 그 정도의 예의 선상에서 대할 의향이 있었다. 그에게 있어 그들은 '두뇌 센터'와는 상관없는, 그저 리바이 팬츠 공장의 부품에 불과했다. 그들은 그가 신경 써야 할 일이 아니었다. 공장장 팔레르모 씨가 곤드레만드레 알아서 할 일이었다. 사무실 책임자는 어느 때고 적당한 용기가 생기면, 라일리 씨가 공장에서 보내고 있는 적잖은 시간에 대해 대단히 정치적인 방식으로 얘기를 꺼내볼 작정이었다. 하지만 요즘 들어 라일리 씨가 왠지 쌀쌀맞고 거리감이 느껴져, 그와 한 판 붙는다는 생각만으로도 몹시 두려웠다. 곰 발바닥 같은 무지막지한 손바닥으로 정수리를 정면으로 강타당해, 어디가 어떻게 부서질지 모를 부실한 사무실 바닥을 뻥 뚫고 말뚝 박힐지도 모른다고 생각하니 오금이 다 저렸다.

한편 공장에서는 노동자 장정 넷이 스미스필드 햄 같은 이그네이셔스의 허벅지를 감싸 안고 어느 재단 테이블 위로 그를 밀어 올리려 안간힘을 쓰고 있었다. 어깨들 위에 떠하니 걸터앉은 이그네이셔스는 세상에서 제일 진귀하고 제일 값비싼 화물의 하역을 관장하고 있기라도 한 듯 이리저리 방향을 지시하며 고함을 질러댔다.

"위로, 이제 오른쪽으로, 바로 거기!" 그는 아래를 보며 호통을 쳤다. "위로, 위로. 조심조심. 천천히. 단단히 붙잡고들 있는 겁니까?"

"아, 그럼요." 장정 넷 중 한 사람이 대답했다.

"느낌이 좀 느슨한데. 제발! 지금 내 정신이 절대적 불안의 상태로 악화되고 있단 말입니다!"

다른 노동자들은 장정 넷이 무거운 짐을 지고 우왕좌왕하는 모습을 흥미진진하게 구경하고들 있었다.

"자, 이제 뒤로." 이그네이셔스가 불안하게 외쳤다. "테이블이 바로 내 발밑에 올 때까지 뒤로들 가요."

"걱정 말아요, 라일 씨." 한 장정이 헐떡이며 말했다. "당신을 정확하게 저 테이블에다 겨냥하고 있으니까."

"보기엔 그렇지가 않다니까요." 이그네이셔스가 이렇게 대답하는 순간, 그의 몸이 기둥에 쿵 부딪혔다. "오, 맙소사! 어깨가 탈골됐어!"

지켜보던 노동자들 사이에서 비명소리가 났다.

"어이, 라일 씨 안 다치게 조심들 해." 누군가가 소리쳤다. "그러다가 골통을 빠개놓겠네."

"제발!" 이그네이셔스가 울부짖었다. "누구든 좀 도와줘요! 이러다간 내 몸이 산산조각 나고 말겠어."

"이봐요, 라일 씨." 한 장정이 헉헉거리며 말했다. "테이블이 이제 우리 바로 뒤에 있다고요."

"이 시련이 끝나기도 전에 저 화로에 내동댕이쳐질 거 같군. 그냥 바닥에서 연설하는 게 훨씬 더 현명한 방법이지 않았을까."

"다리 내려요, 라일 씨. 테이블이 바로 밑에 있으니까."

"천천히." 이그네이셔스가 이렇게 말하며 그 무지막지한 발 앞부리를 대단히 조심조심 아래로 뻗었다. "자, 됐군. 이제 됐어. 내가 균형을 잡고 나면 그땐 손들을 놓아도 좋습니다."

이그네이셔스는 마침내 긴 테이블 위에 똑바로 섰다. 오르는 과정에서 몸이 자극을 받아 아랫도리가 다소 흥분했다는 사실을 청중들에게 숨기려고, 그는 둘둘 만 침대 시트 꾸러미를 골반 앞쪽으로 잡고 있었다.

"동지들이여!" 이그네이셔스가 장엄하게 말하며 시트를 잡지 않은 한쪽 팔을 치켜들었다. "드디어 우리의 날이 왔습니다. 여러분 모두 잊지 않고 전쟁 무기들을 가져오셨겠지요." 재단 테이블 주위에 둘러선 무리로부터는 긍정의 말도 부정의 말도 나오지 않았다. "그러니까 제 말은, 막대기나 사슬, 몽둥이 같은 것들 말입니다." 그제야 노동자들은 일제히 키득거리며 울타리 말뚝이며 빗자루며 자전거 체인, 벽돌 따위를 흔들어 보였다. "세상에! 여러분은 정말 무시무시한 무기들을 이것저것 잡다하게 모아들 오셨군요. 우리의 공격이 발휘할 폭력성이 예상치를 훨씬 능가할지도 모르겠는데요. 하지만 우리의 타격 하나하나가 결정적일수록 결과 또한 결정적이 된다는 점, 명심하시길 바랍니다. 여러분의 무기를 대충 살펴보니, 오늘 우리가 벌일 성전聖戰이 최후의 성공을 거두리라는 믿음이 굳건해집니다. 우리가 지나간 길에는 파괴와 약탈이 휩쓸고 간 리바이 팬츠만이 남을 것입니다. 불에는 불로 맞서야만 합니다."

"대체 저게 뭔 소리래?" 한 노동자가 동료에게 물었다.

"우리는 이제 곧 사무실로 쳐들어가려 합니다. 그리하여 우리의 적을 기습하는 겁니다. 그자의 감각이 이른 아침결에 정신의 안개 속을 헤매며 몽롱해 있는 그 틈을 타서 말입니다."

"어이, 라일 씨. 미안하지만 말이요." 무리 가운데 한 사내가 외쳤다. "누가 그러는데, 당신이 경찰하고 문제가 좀 있어서 수배 중이라던데. 맞소?"

뭔가 불안하고 불편한 감정이 노동자들 사이에서 번졌다.

"뭐라고요?" 이그네이셔스가 소리를 꽥 질렀다. "대체 어디서 그런 비방을 들었습니까? 그건 전적으로 사실무근입니다. 아마 어떤 백인우월론자나 저 어디 촌구석의 무식한 백인 노동자가, 아니 어쩌면 곤잘레스 씨 본인이 퍼뜨린 악성 유언비어가 틀림없군요. 이봐요, 감히 어떻게 그런 말을 나한테. 여러분 모두 이제는 아실 겁니다. 우리의 대의를 짓밟으려는 적들이 이렇게 많다는 사실을 말입니다."

노동자들이 우레와 같은 박수갈채를 보내는 사이, 이그네이셔스는 저 노동자가 어떻게 그 덜떨어진 몽고증 환자 같은 맨큐소의 체포 미수 사건을 알게 되었을까 생각했다. 아마 그날 백화점 앞에 서 있던 인파 속에 저 자도 있었던 모양이다. 그 빌어먹을 순찰경관은 정말이지 다 된 밥에 코 빠뜨리는 재주가 보통이 아니었다. 하지만 일단 위기의 순간은 넘긴 듯했다.

"자, 이제 이걸 선봉에서 들고 나아갑시다!" 이그네이셔스가 박수갈채 끝머리에 깨작깨작 떨어지는 박수 소리를 뚫고 외쳤다. 그러고는 골반을 가리고 있던 침대 시트를 극적인 몸짓으로 홱 잡아채어 훌러덩 펼쳐 들었다. 시트에는 누런 얼룩들 가운데 "전진"이라는 고딕체 글자가 빨간색 크레용으로 쓰여 있었다. 그 밑에는 '무어인*의 존엄을 위한 성전'이란 문구가 정교한 파란색 필기체로 쓰여 있었다.

---

* 원래 이베리아 반도와 북아프리카의 이슬람교도를 뜻하던 말인데, 지금은 흔히 이슬람교도나 흑인을 지칭하는 말로 쓰임. 여기서는 흑인 공장노동자들을 가리킨다.

"저렇게 낡아빠진 걸 대체 누가 깔고 잤나 몰라." 영적인 성향에 격정적 기질을 지닌 여자 노동자가 말했다. 오늘의 성전을 위해 성가대 대표로 내정된 인물이었다. "주여!"

시위 예정자들 중에는 이와 똑같은 호기심을 좀 더 노골적인 육체의 언어로 표현하는 이들도 몇 있었다.

"자, 정숙!" 이그네이셔스가 천둥이 내리치듯 한쪽 발을 쿵 쿵 구르며 말했다. "제발 조용히 해주세요! 여기 이 위풍당당한 여성 동지 두 분께서 우리가 사무실로 진군해 들어갈 때 이 기치를 들고 앞장서실 겁니다."

"나는 저딴 거에 손 못 대요." 한 여자가 대답했다.

"정숙! 모두 정숙!" 이그네이셔스가 격분하여 외쳤다. "여러분이 과연 이런 대의를 떠받들 자격이 되는지 슬슬 의심이 가기 시작하는군요. 여러분은 궁극적 희생을 감내할 자세가 전혀 되어 있지 않아 보입니다."

"아니, 어째서 우리가 왜 저 낡은 이불때기를 들고 가야 해요?" 누군가가 물었다. "나는 이게 임금인상을 요구하는 시위인 줄 알았는데."

"이불때기? 이불때기라니, 거 무슨!" 이그네이셔스가 쏘아붙였다. "여러분 앞에 제가 들고 있는 것은 세상에서 가장 자랑스러운 기치이자 우리 목표의 발현이요, 우리가 추구하는 그 모든 것의 시각적 구현이란 말입니다." 이 말에 노동자들은 눈에 불들을 켜고 누런 얼룩들을 뜯어보았다. "만일 여러분이 소떼처럼 사무실로 들이닥칠 생각이라면, 여러분이 참여하고 있는 것은 집단난동 그 이상도 이하도 아닙니다. 바로 이 기치만이 이 소요에 형식과 신뢰를 부여해주는 것입니다. 이런 일에는 어떠한 기하학이 연루되어 있기 마련이고 꼭 지켜야 하는 의례가 있는 법이죠. 그러니, 자, 거기 두 숙녀 분께선 이 기치를 맞잡아 들고서 영예와 긍지를 갖고 흔들어주세요. 손을 높이 올려 이렇게 저렇게 좀 해보란 말입니다."

이그네이셔스가 지목한 두 여자가 마지못해 재단 테이블 쪽으로 느릿

느릿 걸어 나오더니, 엄지와 검지로 아주 조심스레 기치를 쥐고는 무슨 나병 환자의 수의인 양 내키지 않는 태도로 그걸 치켜들었다.

"상상했던 것보다 훨씬 더 인상적인 광경이로군요." 이그네이셔스가 말했다.

"어이, 처자들, 그 물건 내 주위에서 흔들지 마시게나." 누군가가 두 여자에게 이렇게 말하자, 낄낄거리는 웃음의 물결이 또 한 번 무리들 사이에서 퍼져 나갔다.

이그네이셔스는 무비카메라를 켜고 기치와 노동자들을 향해 겨누었다. "여러분 모두 막대기와 짱돌을 다시 한 번 흔들어주시겠습니까?" 노동자들은 즐거이 요구에 응했다. 머나가 이 광경을 봤더라면 에스프레소를 마시다 컥 하고 목이 메고 말리라. "이제 조금만 더 과격하게요. 맹렬하게 무기를 휘둘러봐요. 얼굴은 찡그리고. 고함을 질러요. 괜찮다면, 몇 분은 펄쩍펄쩍 좀 뛰어도 좋겠는데."

그들은 모두 너털웃음을 웃어대며 그의 지시에 따랐다. 물론 뚱한 얼굴로 기치를 든 두 여자는 제외하고.

사무실에서 곤잘레스 씨는 미스 트릭시가 등장하면서 문틀에 콩 부딪치는 모습을 지켜보고 있었다. 동시에 그는 공장으로부터 터져 나오는 저 새롭고도 격렬한 함성은 대체 무슨 의미일까 궁금해하고 있었다.

이그네이셔스는 일이 분가량 더 눈앞의 장면을 촬영한 다음 기둥 하나를 죽 훑어 올리며 천장까지 닿는 장면을 찍었는데, 이는 목표를 향한 포부를 암시하는 흥미롭고도 꽤나 절묘한 촬영 기법이 될 것으로 생각되었다. 아마 이걸 보면 질투가 머나의 사향내 나는 급소들을 잘근잘근 갈아 먹고 말리라. 기둥 꼭대기에 다다른 카메라는 공장 지붕의 녹슨 몇 평방피트 내부에 초점을 맞추었다. 뒤이어 이그네이셔스는 카메라를 한 노동자에게 넘기며 자기를 찍으라고 했다. 그 노동자가 카메라 렌즈를 자기에게 겨누자 이그네이셔스는 오만상을 찌푸리며 주먹을 획획 휘둘렀고, 그것이 노동자들을 몹시 즐겁게 했다.

"자, 이제 됐습니다." 그가 카메라를 다시 받아 스위치를 끄고는 인자하게 말했다. "이제 폭력적인 충동을 잠시 가라앉히고 전략을 짜도록 합시다. 우선 여기 이 두 숙녀분께서 기치를 들고 선봉에 나섭니다. 기치 바로 뒤에서 성가대가 적당한 포크송이나 찬송가를 부르며 따라가고요. 곡은 성가대를 맡은 숙녀분께서 고르시면 될 겁니다. 저는 여러분의 음악적 풍습을 전혀 모르기 때문에, 선곡은 전적으로 여러분에게 맡기겠습니다. 시간만 있다면 제가 여러분 모두에게 아름다운 마드리갈 몇 곡조 가르쳐드리고 싶긴 합니다만. 아무튼 다만 좀 힘찬 선율의 곡으로 고르시라는 제언은 드리고 싶군요. 그리고 나머지 분들은 전투대대를 구성하게 됩니다. 저는 카메라를 들고 맨 뒤에서 이 기념비적 사건을 기록하며 따라가겠습니다. 머지않은 미래에 우리 모두는 이 필름을 학생 단체나, 혹은 끔찍하기로 치자면 그와 매한가지인 여타 조직에 대여해주고 추가수익을 올릴 수 있을지도 모릅니다.

부탁드리건대, 이 한 가지는 명심들 하십시오. 우리의 첫 번째 접근은 평화적이고도 이성적인 접근이어야 한다는 것을요. 사무실에 진입하면, 두 숙녀분께선 이 기치를 사무실 책임자에게 전달해주세요. 성가대는 십자가 주위에 정렬하시고요. 전투대대는 불가피한 상황이 발생하기 전까진 뒤에서 대기합니다. 우리가 상대할 자가 다름 아닌 곤잘레스 그자인지라, 곧 전투대대에 신속히 도움을 청할 일이 생기리라 여겨집니다만, 어쨌든 곤잘레스가 이런 놀라운 장관이 일으키는 정서에도 반응하지 않는다면 제가 '공격!' 하고 외치겠습니다. 그것이 바로 여러분이 맹공격에 나서라는 신호입니다. 질문 있습니까?"

누군가가 "이게 다 뭔 개수작이래." 하고 말했지만, 이그네이셔스는 그 목소리를 무시했다. 공장 안에도 흔쾌히 쉬쉬하며 묵살해버리려는 기운이 팽배했다. 노동자들 대부분이 분위기 전환을 열렬히 원했기 때문이다. 공장장 팔레르모 씨가 잠시 두 화로 사이에 곤드레만드레 나타났다가는 곧 자취를 감추었다.

"그럼 전투 계획은 다들 이해하신 거 같군요." 이그네이셔스가 아무런 질문도 나오지 않자 이렇게 말했다. "기치를 든 두 숙녀분께선 저기 문간 쪽에 가서 자리를 잡아주시겠습니까? 성가대가 그 뒤에 정렬하고, 그 뒤에 전투대대가 서도록 합시다." 노동자들은 전쟁 무기로 서로를 쿡쿡 찔러대고 실실 웃어가며 부리나케 열을 맞추었다. "자, 됐습니다! 성가대는 이제 노래를 시작해도 좋습니다."

아까 그 영적인 성향의 여자가 조율피리를 불자 성가대원들이 열렬히 노래를 시작했다. "오, 예수님, 저의 곁에서 걸어가 주소서. 당신과 함께라면 저는 늘, 늘 기쁘옵니다."

"노래가 정말이지 꽤나 선동적이군요." 이그네이셔스가 한마디 했다. 그러고는 "전진!" 하고 외쳤다.

시위대 행렬이 어찌나 빨리 명령에 복종하는지, 이그네이셔스가 한마디 더 할 겨를도 없이 기치는 벌써 공장을 빠져나가 사무실 쪽 계단을 오르고 있었다.

"정지!" 이그네이셔스가 외쳤다. "누가 와서 날 좀 이 테이블에서 내려줘요."

오, 예수님, 저의 친구가 되어주소서.
끝까지, 오, 세상 끝까지 함께해주소서.
당신이 저의 손 잡으시고
저의 얘기 들으시며

곁에서 함께 걸어가시니
이 가슴 진실로 벅차오르옵니다.
곁에 늘 주님 당신이 함께하오니
비바람이 몰아쳐도 불평을 않겠나이다.

"정지!" 이그네이셔스는 전투대대의 마지막 줄이 문을 빠져나가는 걸 지켜보며 미친 듯이 외쳤다. "당장 이리 돌아오란 말입니다!"

문이 획 닫혔다. 그는 무릎을 꿇고 엉금엉금 기어서 테이블 가장자리에 이르렀다. 거기서 몸을 빙 돌린 다음, 한참 동안 사지를 버둥거린 뒤에야 간신히 테이블 가장자리에 앉는 데 성공했다. 두 발이 바닥으로부터 기껏 몇 인치 위에서 덜렁거리고 있음을 알아차린 그는 마음을 다잡고 어디 한번 뛰어내려보기로 결심했다. 테이블에서 훌렁 몸을 던지자 곧 바닥에 무사히 착륙하는가 싶었는데, 어깨에 메고 있던 카메라가 미끄러져 시멘트 바닥에 쾅 부딪치며 공허하게 깨지는 소리를 냈다. 내장이 터진 카메라에서 필름이 돌돌 풀려나와 바닥으로 쏟아졌다. 이그네이셔스는 카메라를 집어 들고 스위치를 켜보았지만 아무런 반응이 없었다.

그들이 저를 그 낡디낡은 감옥에 가둘지라도
오, 예수님, 보석금을 물어 이 몸을 꺼내주시고,
오, 오, 부디 늘 제게
삶의 이유를 가르쳐주소서.

"저 미친놈들이 대체 무슨 노래를 부르는 거야?" 이그네이셔스는 몇 피트에 달하는 필름을 끝도 없이 주머니에 쑤셔 넣으려 애를 쓰며 텅 빈 공장에 대고 외쳤다.

당신이 저를 해하시는 일 절대 없으며
당신이 저를 버리시는 일 절대, 절대, 절대 없으니
이 몸은 절대 죄를 짓지 아니하고
늘 승리만을 거두옵니다.
이제 진실로 주님 당신을 얻었나이다.

이그네이셔스는 다 풀어진 필름을 질질 끌며 황급히 문으로 가서 사무실로 들어섰다. 두 여자가 돌처럼 무표정한 얼굴로 얼룩덜룩한 시트의 뒷면을 당황해하는 곤잘레스 씨 앞에 펼쳐 보이고 있었다. 성가대원들은 눈들을 꾹 감은 채 선율에 푹 잠겨 강박적으로 노래를 부르고 있었다. 이그네이셔스는 이 난리통 언저리에서 온순하게 서성이고 있는 전투대대를 뚫고 사무실 책임자의 책상으로 다가갔다.

미스 트릭시가 그를 보고 물었다. "대체 무슨 일이야, 글로리아? 공장 사람들이 다 여기 와서 뭐 하고 있어?"

"도망갈 수 있을 때 얼른 나가세요, 미스 트릭시." 그가 정색을 하고 말했다.

그 망할 경찰 짭새들 멀리 멀리 내쫓으시어
오, 예수님, 늘 제게 평화를 내려주소서.

"무슨 소린지 안 들려." 미스 트릭시가 그의 팔을 움켜쥐고 물었다. "이거 무슨 민스트럴 쇼야?"

"얼른 변기에 가서 앉아 그 시들어빠진 밑이나 흔들고 계시라니까요." 이그네이셔스가 포악하게 소리를 질렀다.

미스 트릭시는 발을 질질 끌며 사라졌다.

"자, 어떻습니까?" 이그네이셔스는 곤잘레스 씨가 시트의 반대쪽 면에 쓰인 글귀를 볼 수 있게 두 숙녀의 위치를 조정하며 그에게 물었다.

"이게 무슨 뜻인지?" 곤잘레스 씨가 기치를 읽으며 물었다.

"이 사람들을 돕는 걸 거절하시는 겁니까?"

"이 사람들을 돕는 거라니요?" 사무실 책임자가 겁에 질린 목소리로 물었다. "대체 무슨 말을 하는 건가요, 라일리 씨?"

"난 지금 당신이 저지른 반사회적 죄상에 대해 말하고 있는 겁니다."

"뭐라고요?" 곤잘레스 씨의 아랫입술이 부들부들 떨렸다.

"공격!" 이그네이셔스가 전투대대를 향해 외쳤다. "이자는 피도 눈물도 없는 인간입니다."

"아니, 뭐 한마디라도 좀 하게 해주고 그러든가." 시트를 든 채 불만에 차 있던 두 여자 중 한 여자가 말했다. "곤잘레스 씨가 말 좀 하게 해주라고요."

"공격! 공격!" 이그네이셔스는 더욱 격렬하게 외쳐댔다. 파랗고 노란 눈동자가 툭 튀어나온 채 희번덕거렸다.

누군가가 무심코 서류 캐비닛들 위로 자전거 체인을 획획 휘두르다가 그만 콩 넝쿨들을 쳐서 바닥에 떨어뜨리고 말았다.

"아니, 이게 대체 무슨 짓입니까?" 이그네이셔스가 말했다. "누가 화분을 쳐서 엎으랬나요?"

"'공겨-억' 하랬잖아요." 자전거 체인 주인이 대답했다.

"당장 그만둬요." 이그네이셔스가 이번에는 다른 사내에게 호통을 쳤다. 이 사내는 작은 주머니칼을 들고 '자료 관리부-책임자 I. J. 라일리'라고 쓰인 명패를 무심히 수직으로 죽죽 그어대고 있었다. "대체 지금 무슨 생각으로 이러는 겁니까?"

"어이, '공겨-억' 하라면서." 몇몇 목소리가 대답했다.

> 이토록 외로운 세상에
> 당신이 은총을 내리시어
> 당신의 그 거룩한 빛으로
> 기나긴 밤을 훤히 밝혀주시옵니다.
> 오, 예수님, 이 괴로움 다 듣고 계시는 분,
> 당신을 영원히, 영원히 떠나지 않겠나이다.

"그 한심한 노랜 그만 좀 불러요." 이그네이셔스가 성가대를 보고 버럭 소리를 질렀다. "내 살다 살다 그런 터무니없는 신성모독은 처음 듣는군."

성가대는 노래를 뚝 그쳤고 하나같이 기분 상한 표정들이 되었다.

"대체 이게 무슨 짓인지 모르겠군요." 사무실 책임자가 이그네이셔스에게 말했다.

"오, 그 기집애 같은 주둥이 좀 닥치시죠, 이 덜떨어진 몽고증 환자 같으니."

"우린 공장으로 돌아가겠어요." 성가대 대변인인 격정적 기질의 여자가 성난 투로 이그네이셔스에게 말했다. "당신 정말 막돼먹었어. 경찰이 수배 중이라는 얘기가 이젠 믿기네."

"그러게." 몇몇 목소리가 동의했다.

"잠깐, 잠깐만 기다려요." 이그네이셔스가 애원했다. "누군가가 곤잘레스 저자를 공격해야 한단 말입니다." 그는 전투대대를 훑어보았다. "거기 벽돌 들고 있는 대원, 당장 여기로 나와 이 사람 머리 좀 내리쳐요."

"내가 왜 이걸로 사람 머리를 치나." 벽돌 든 사내가 말했다. "당신, 전과기록이 한 수백 미터는 되겠구먼."

두 여자는 역겹다는 듯 시트를 바닥에 내팽개치고는 성가대를 따라 나갔다. 성가대는 벌써 문밖으로 줄줄이 빠져나가고 있었다.

"아니, 지금 어디로들 가는 겁니까?" 이그네이셔스가 외쳤다. 침과 분노로 목이 꽉 멘 소리였다.

전투대대 전사들은 아무 말도 하지 않고 성가대와 두 여자 기수를 따라 사무실을 빠져나가기 시작했다. 이그네이셔스는 황급히 뒤뚱뒤뚱 쫓아가, 맨 뒤에 처진 전사들 꽁무니에 붙어 그중 한 명의 팔을 붙잡았다. 하지만 팔을 붙잡힌 사내는 이그네이셔스가 모기라도 되듯 손으로 철썩 내리치며 말했다. "우린 누가 깜빵에 처넣어주지 않아도 문제가 한도 끝도 없거덜랑."

"돌아들 와요! 아직 안 끝났단 말입니다. 원한다면 미스 트릭시를 내드리죠." 이그네이셔스가 사라지는 전투대대를 향해 미친 듯이 외쳤지만, 행렬은 소리 없이 단호히 계단을 내려가 공장 안으로 사라져갔다. 마침내 '무어인의 존엄을 위한 성전' 최후의 전사 한 명마저 나가버리자 쾅 하고 문이 닫혔다.

⁜

순찰경관 맨큐소는 손목시계를 보았다. 화장실에서 꼬박 여덟 시간을 보낸 참이었다. 이제 서에 가서 오늘의 의상을 돌려주고 귀가할 시간이었다. 오늘도 하루 종일 아무도 체포하지 못했는데, 설상가상으로 감기 기운까지 돌았다. 화장실 안은 쌀쌀하고 축축했다. 재채기가 나왔고, 이제 그만 문을 열고 나가려 했다. 하지만 문이 꼼짝도 하지 않았다. 문을 흔들어보고 걸쇠도 더듬어보았으나, 아무래도 걸쇠가 어디 걸린 모양이었다.

일 분쯤 그렇게 덜컹덜컹 흔들고 밀고 하다가 급기야 그는 소리치기 시작했다. "도와줘요!"

⸬

"이그네이셔스! 그래서 해고당했단 말이니?"

"제발, 어머니, 안 그래도 지금 폭발하기 일보 직전입니다." 이그네이셔스는 닥터 너트 병을 콧수염 밑으로 쑥 찔러 넣더니, 쭉쭉 빨고 꿀꺽꿀꺽 넘기며 아주 요란하게 마셔댔다. "잔소리 할멈처럼 지금 제 속을 박박 긁을 작정이시라면, 전 완전히 이성을 상실할지도 모릅니다."

"별것도 아닌 사무직을, 그걸 그래, 오래 하지도 못하다니. 그만치 공부를 하고서도."

"전 분노와 질시를 한 몸에 받은 거란 말입니다." 이그네이셔스가 상처 입은 표정을 거무스름한 부엌 벽으로 돌리며 말했다. 그러고는 뽕 소리 나게 병 주둥이에서 혓바닥을 빼내더니 닥터 너트 냄새가 나는 트림을 꺼억 내뿜었다. "결국 이게 다 머나 민코프의 잘못인걸요. 걔가 얼마나 골칫거리인지 잘 아시잖습니까."

"머나 민코프? 그런 말 같지도 않은 소리 하지도 마라, 이그네이셔스. 그 기집애는 지금 뉴욕에 있잖니. 내가 너를 모를까, 이 녀석. 틀림없이 리바이 팬츠에서 무슨 어리석은 실수라도 한 거지."

"제 출중함으로 인해 그 사람들이 혼란에 빠진 거라니까요."

"그 신문 이리 다오, 이그네이셔스. 구인광고나 훑어보자꾸나."

"진심이신가요?" 이그네이셔스가 벼락같이 소리를 질렀다. "제가 또 다시 심연으로 내쳐져야 한단 말입니까? 자비심은 몽땅 영혼에서 몰아내 버리신 모양이군요. 전 지금 최소한 일주일은 침대에 누워 간병을 받아야만 간신히 건강을 회복할 수 있을 정도란 말입니다."

"침대 얘기를 하니 말인데, 네 방 침대 시트는 도대체 어떻게 된 거니?"

"제가 그걸 어떻게 알겠습니까. 누가 훔쳐갔나 보죠, 뭐. 집에 누가 침입할지도 모른다고 제가 이미 경고를 드렸잖습니까."

"그러니까 네 말은, 누가 이 집에 침입해 네 방의 그 더러운 시트 하나만 달랑 훔쳐갔다고?"

"세탁을 좀 더 성심껏 해주신다면, 시트에 관한 묘사는 다소 달라질 수 있을 텐데요."

"그래, 됐다. 신문이나 이리 주렴, 이그네이셔스."

"큰 소리로 읽으려는 건 아니시죠? 지금 이 순간 제 몸이 그런 트라우마를 감당할 수 있을는지 모르겠는데요. 아무튼 지금 전 연체동물에 관한 아주 흥미로운 과학 기사를 읽고 있는 참이랍니다."

라일리 부인이 아들에게서 신문을 홱 낚아채자 그의 두 손에는 달랑 찢어진 신문 쪼가리 두 개만 남았다.

"어머니! 이렇듯 무례하게 나쁜 매너를 과시하시는 게 그 시칠리아 볼링 마피아들과 어울리신 결과입니까?"

"입 좀 다물어, 이그네이셔스." 어머니가 신문의 광고면을 찾아 강박적으로 페이지를 죽죽 넘기며 말했다. "내일 아침에 넌 해 뜨자마자 세인트찰스행 전차를 타는 거다."

"네?" 이그네이셔스가 멍하니 물었다. 그는 머나에게 이제 무슨 편지를 써야 하나 궁리하던 중이었다. 필름도 다 망가진 듯했다. 성전의 대참사를 편지로 설명하는 건 도저히 불가능할 것이다. "방금 뭐라고 하셨습니까, 우리 어머니께서?"

"해 뜨자마자 세인트찰스행 전차를 타라고 했다." 라일리 부인이 꽥 소리를 질렀다.

"그거 참 적절한 지적이시군요."

"그리고 집에 돌아올 때는 일자리를 꿰차고 와."

"아무래도 운명의 여신 포르투나가 바퀴를 또 아래로 돌리기로 작정한 모양이군."

"뭐라고?"

"아무것도 아닙니다."

⁑

리바이 부인은 전동식 운동기구에 엎드려 있었다. 기구의 여러 마디들이 풍만한 몸매를 부드럽게 자극하고, 보드랍고 하얀 살을 애정 어린 제빵사처럼 이리저리 치대고 주무르고 있었다. 그녀는 받침대 밑으로 두 팔을 감은 채 기구를 꼭 붙잡았다.

"오." 그녀는 얼굴 밑으로 닿는 부분을 잘근잘근 깨물며 감미롭고도 만족스러운 신음을 토해냈다.

"그 물건 좀 꺼." 남편의 목소리가 저 뒤 어딘에선가 들려왔다.

"뭐라고요?" 리바이 부인은 고개를 들고 몽롱한 시선으로 주위를 둘러보았다. "당신, 여기서 뭐하고 있는 거예요? 경마 때문에 줄곧 시내에 있는 줄 알았는데."

"생각을 바꿨어, 당신만 괜찮다면."

"그럼요, 나야 괜찮죠. 뭐든 내키는 대로 해요. 내가 어디 이래라저래라 할 입장인가요. 어디 당신 맘대로 즐겨봐요, 내가 눈 하나 깜짝하나."

"미안. 당신을 그 기구에서 억지로 떼어놔 미안하군."

"운동기구 얘기는 좀 빼주시죠, 괜찮다면요."

"오, 그 기구를 모욕했다면 미안하군."

"운동기구는 제발 끌어들이지 마요. 내 말은 그게 다예요. 난 잘해보려고 애쓰는 중이라고요. 여기서 말싸움 거는 건 내 쪽이 아니네요."

"제발 그 빌어먹을 기계나 다시 돌리고 입은 다물지그래. 난 샤워 좀 해야겠어."

"거봐요, 당신. 아무것도 아닌 일에 흥분하잖아요. 당신의 죄책감을 괜히 나한테 풀지 말란 말이에요."

"무슨 죄책감? 내가 무슨 짓을 했는데?"

"뭔지 알잖아요, 거스. 당신이 인생을 얼마나 한심하게 날렸는지 잘 알잖느냐고요. 사업전체를 수포로 만들고, 전국적 규모로 키울 기회도 다 내팽개치고. 아버님이 피땀 흘려 일구신 걸 거저 물려받아놓고선 이게 뭐냐고요."

"어이구."

"번창 일로에 있던 회사를 다 망쳐놓다니."

"이봐, 내가 오늘 그놈의 사업을 어떻게든 구해보려다 골치가 아파죽겠다니까. 그래서 경마에도 못 간 거잖아."

리바이 씨는 아버지와의 거의 삼십오 년에 걸친 싸움 끝에, 여생을 가능한 한 들볶이는 일 없이 맘 편히 살기로 결심했다. 하지만 그가 리바이 저택에 머물 땐 매일같이 아내에게 들볶였는데, 그건 단순히 아내가 남편이 리바이 팬츠 일로 들볶이고 싶어 하지 않는다는 사실을 원망하고 있었기 때문이다. 그리고 그가 리바이 팬츠에서 멀리 떨어져 있는 동안엔 회사 일로 훨씬 더 많이 들볶였는데, 회사에는 늘 말썽이 끊이지 않았기 때문이다. 만일 그가 하루 여덟 시간씩 투자해 리바이 팬츠를 제대로 경영한다면, 상황은 더 간단해지고 자신은 덜 들볶이게 될지도 모른다. 하지만 그는 '리바이 팬츠'란 이름만 들어도 신물이 났다. 그 이름만으로도 아버지가 떠올랐기 때문이다.

"그래, 무슨 일을 했는데요, 거스? 서신 몇 장에 서명하는 거요?"

"누굴 해고했어."

"정말요? 참 대단한 일을 하셨네요. 누군데요? 화로에 불 때는 인부?"

"왜, 전에 얘기했던 덩치 큰 괴짜 있잖아. 그 멍청이 곤잘레스가 고용했다던."

"오, 그 사람." 리바이 부인이 운동기구 위에서 돌아누웠다.

"그 인간이 사무실을 어떻게 만들어놨는지 당신도 좀 봐야 해. 천장에 주렁주렁 매달린 종이리본하며, 실내에 떡하니 걸린 십자가하며, 오늘은 내가 사무실에 들어서자마자 나한테 오더니, 공장노동자들 중 누가 자기 콩 넝쿨을 바닥에 떨어뜨렸다며 불평을 늘어놓기 시작하더군."

"콩 넝쿨? 리바이 팬츠가 무슨 텃밭이라도 되는 줄 알았나?"

"그 머릿속에 뭐가 굴러다니는지 알게 뭐야. 글쎄, 나더러 자기 화분을 박살낸 자랑 자기 명패를 난도질한 자를 해고해달라더군. 공장노동자들이 모두 자기한테 일말의 존경심도 보이지 않는 망나니들이라나. 다들 자기를 해코지하지 못해 안달이래. 그래서 내가 팔레르모를 만나보려고 공장에 갔지. 그자는 뭐, 당연히 자리에 없더군. 대신 내가 뭘 봤는지 알아? 공장 사람들이 벽돌이랑 쇠사슬 같은 걸 온 사방에 늘어놓고 있더라니까. 다들 감정이 몹시 격해져서 있는데, 나한테 하는 말이, 이 라일리라는 친구, 이 추레한 돼지 같은 놈이 자기들한테 온갖 잡동사니를 갖고 오게 하더니, 글쎄, 그걸 들고 사무실을 공격하고 곤잘레스를 두들겨 패라고 했대."

"뭐라고요?"

"그놈이 그간 공장을 들락거리며 임금은 형편없고 일은 과중하다고 사람들을 들쑤셨나 봐."

"틀린 말은 아닌 거 같네요." 리바이 부인이 말했다. "어제만 해도 수전과 샌드라가 편지에 그런 얘기를 써서 보냈더군요. 대학 친구들한테 당신 얘기를 했더니, 꼭 노예노동 착취로 먹고사는 농장주 같다고 했대요. 애들이 굉장히 흥분했어요. 당신한테 얘기해주려 했는데, 새 미용사랑 이래저래 골치 아픈 일이 있어 그만 깜박했지 뭐예요. 애들은 당신이 그 불쌍한 사람들 임금을 올려주지 않으면 다시는 집에 오지 않겠대요."

"고 녀석들, 자기들이 누군 줄 알고?"

"당신의 딸들인 줄 아는 거죠, 혹 잊었을까 봐 말하지만. 애들은 그저 당신을 존경하고 싶어 하는 거라고요. 자기들 얼굴 다시 보고 싶으면, 리바이 팬츠의 근로조건을 개선해야만 할 거래요."

"언제부터 흑인들한테 그렇게 관심이 많았대? 벌써 남자애들이 다 떨어져 나갔나?"

"또 애들을 탓하기 시작하는군요. 무슨 뜻인지 알겠어요? 그러니 나도 당신을 존경할 수가 없다는 거예요. 당신은 우리 딸들이, 하나가 말이고 다른 하나가 야구선수라 해도 제대로 못 키울 게 뻔해요."

"하나가 말이고 다른 하나가 야구선수라면, 우린 더 잘 먹고 잘 살 거라 내 장담하지. 최소한 돈은 벌어들일 테니."

"미안해요." 리바이 부인이 다시 운동기구의 스위치를 찰칵 켜며 말했다. "더는 이런 얘기 못 들어주겠네요. 이미 너무나 환멸을 느끼던 참이거든요. 도무지 이런 얘기를 애들한테 쏠 수나 있을까 몰라."

리바이 씨는 아내가 딸들에게 보내는 편지를 익히 보아 알고 있었다. 그건 패트릭 헨리*마저도 왕당파로 만들어버릴 만큼 구구절절 감정적이고 비이성적인 논조로 세뇌를 시키는 사설이었는데, 이런 편지들 때문에 딸들은 아버지가 어머니에게 행한 오만 가지 부당한 대접에 분노해서 휴가 때마다 적개심으로 털을 빳빳이 세운 채 돌아오곤 했다. 오늘은 그를 어느 청년 개혁가를 해고한 KKK 단원으로 캐스팅했으니, 리바이 부인은 이제 불타오르는 비방의 맹공격을 써내려갈 수 있을 것이다. 손에 쥔 소재가 좋아도 너무 좋았다.

"이 친구는 진짜 사이코야." 리바이 씨가 말했다.

"당신한테 인격은 정신병이잖아요. 도덕성은 콤플렉스고. 뭐, 하루 이틀 들은 얘긴가요."

"이봐, 그래도 공장 일꾼 하나가 와서, 이 또라이가 경찰에 수배된 인물이라는 소릴 어디서 들었단 얘기만 안 했어도 해고까지는 하지 않았을지 몰라. 그 소리 때문에 신속히 결단을 내린 거야. 가뜩이나 회사 일로 골치 아파죽겠는데, 경찰한테 찍힌 또라이까지 직원으로 쓸 순 없잖아."

"그런 소리 하지도 마요. 당신은 늘 그런 식이죠. 당신 같은 사람한테는, 개혁가니 이상주의자니 하는 사람들은 죄다 비트족** 내지 범죄자들이잖아요. 그건 그 사람들에 대한 당신의 자기 방어죠. 하지만 얘기해줘서 고마워요. 편지에 현실성을 더해줄 테니까."

"난 평생 한 사람도 해고한 적 없어." 리바이 씨가 말했다. "하지만 경찰이 찾고 있는 자를 데리고 있을 순 없지. 우리까지 휘말릴 수 있으니까."

"제발요." 리바이 부인이 운동기구 위에서 경고의 손짓을 보냈다. "그 젊은 이상주의자는 지금 이 순간 어디에서 분명 허우적대고 있을 거예요. 그걸 알면 애들 가슴이 찢어지겠죠. 내 가슴도 이리 찢어지는데. 난 원래 인격과 도덕과 교양을 갖춘 여자라고요. 당신은 그걸 한 번도 알아주지 않더군요. 그동안 당신과 엮이는 바람에 나까지 바닥으로 곤두박질쳐버

---

* 미국독립전쟁 때 영국의회와 국내 왕당파에 맞서 미국의 독립을 강력히 지지했던 정치인. '자유가 아니면 죽음을 달라'라는 연설로 유명.

** 1950년대 미국에서 현대산업사회를 부정하고 기성사회의 질서와 도덕을 거부하며 방랑자적인 생활태도를 견지하던 예술가 세대.

렸어요. 당신이랑 엮이면 뭐든지 싸구려처럼 보여. 나까지도. 내가 이렇게나 닮고 닮아버리다니."

"그래서 내가 당신도 망쳤다 이거야, 어?"

"나도 한때는 마음 따뜻하고 정이 넘치면서도 꿈이 큰 소녀였어요. 딸애들은 그걸 알죠. 난 당신이 리바이 팬츠를 전국적 규모의 기업으로 키울 줄 알았단 말이에요." 리바이 부인의 머리가 운동기구를 따라 위로 아래로 위로 아래로 오르락내리락했다. "그런데 봐요. 지금은 끽해야 직판점 몇 개 가진, 망해가는 작은 사업체에 불과하죠. 당신 딸들은 환멸을 느껴요. 나 역시 환멸을 느끼고요. 당신이 해고한 그 청년도 환멸을 느낀다고요."

"그래서 내가 자살이라도 하면 좋겠어?"

"거야 당신이 알아서 할 일이죠. 늘 당신 맘대로 하잖아요. 나야 그저 당신의 위안거리로 살아온 몸. 낡은 스포츠카랑 다를 게 없죠. 당신 맘 내킬 때 언제든 날 써먹어요. 난 상관없으니까."

"오, 입 좀 다물어. 당신을 대체 어디다 써먹겠어?"

"거봐요. 늘 공격적이라니까. 불안감에, 죄책감에, 적개심까지. 당신이 당신 스스로에 대해, 또 사람들을 대하는 태도에 대해 자긍심을 가진다면, 당신도 상냥한 사람이 될 텐데. 미스 트릭시 일만 해도 그래요. 당신이 그 부인한테 무슨 짓을 했는지 생각해봐요."

"그 노파한테는 아무 짓도 하지 않았어."

"내 말이 그 말이에요. 미스 트릭시는 외롭고, 또 두려워하고 있다고요."

"산송장이나 마찬가지잖아."

"수전과 샌드라가 떠난 뒤로 난 죄책감에 시달렸어요. 내가 지금 뭘 하고 있나? 내 인생의 과제는 뭘까? 난 관심사도 많고 꿈도 많은 여자인데."

리바이 부인이 한숨을 쉬었다. "나 자신이 아무짝에도 쓸모없다는 기분이 들어요. 당신의 새장 속에 수백 가지 물건들과 함께 갇혀버렸기에, 난 진정한 자아의 충만을 느낄 수 없다고요." 위로 아래로 오르내리는 그녀의 두 눈이 차갑게 남편을 쏘아보았다. "미스 트릭시를 이리 데려다 줘요. 그럼 그 편지 쓰지 않을게요."

"뭐? 노망난 노인네를 여기로 데려올 순 없어. 당신, 브리지 클럽은 어떻게 된 거야? 지난번엔 편지 안 쓰는 대가로 새 드레스 사 달랬잖아. 이번에도 그 정도 선에서 타협하자고. 이브닝드레스 한 벌 사줄 테니."

"그 부인의 경우엔, 사회활동을 계속하게끔 배려하는 정도로는 부족해요. 개인적인 도움이 필요하단 말이에요."

"당신은 통신강좌 들을 때 이미 그 노인네를 실험대상으로 써먹었잖아. 이젠 그냥 내버려두지그래. 곤잘레스한테 퇴직시키라고 해."

"그러기만 해봐요. 당신이 죽이는 꼴이 될 테니. 그랬다간 정말 아무도 자기를 원치 않는다고 생각할 거예요. 당신 손으로 사람을 죽이는 거라고요."

"오, 이런."

"우리 엄말 생각하면 미스 트릭시는 정말이지, 참. 엄마는 매년 겨울 산후안의 해변으로 가시는데. 선탠에, 비키니에. 춤추고, 수영하고, 웃고 놀고. 남자친구들까지."

"파도에 휩쓸려 쓰러지실 때마다 심장마비 일으키시는 건 어쩌고. 카지노에서 잃지 않는 돈은 카리브 힐턴 호텔 전속 내과의한테 다 갖다 바치는 꼴이지."

"당신은 우리 엄마가 당신을 훤히 꿰고 계시니까 싫은 거겠죠. 엄마가 옳았어요. 의사랑 결혼했어야 하는 건데. 꿈과 이상이 있는 남자랑." 리바이 부인은 한탄스러운 표정으로 오르락내리락했다. "사실 이제는 그리

개의치 않아요. 시련으로 인해 난 더욱 강해졌으니까."

"누가 그 빌어먹을 운동기구의 플러그 좀 뽑아버리면, 그건 얼마나 큰 시련이 되려나?"

"아까도 말했죠." 리바이 부인이 발끈하며 말했다. "운동기구 얘긴 빼달라고. 당신은 지금 적개심의 포로가 되어가고 있어요. 내 충고를 들어요, 거스. 가서 그 메디컬 아츠 빌딩의 정신과 의사 좀 만나봐요. 그 왜, 레니네 보석가게를 만성적자에서 헤어나게 해준 장본인 말이에요. 레니가 묵주를 판매한다는 사실에 대해 갖고 있던 콤플렉스를 완전히 치료해줬대요. 레니는 그 의사라면 절대 보증한대요. 요즘은 시내 전역의 사십 개쯤 되는 가톨릭 학교에다 묵주를 보급하는 수녀님들하고 독점계약을 맺었다지 뭐예요. 돈이 굴러들어온대요. 레니도 행복하고, 수녀님들도 행복하고, 아이들도 행복하고."

"잘됐네."

"레니는 아름다운 조각상과 종교 장신구 일습도 들여놨어요."

"행복하겠군."

"그럼요. 그리고 당신도 행복해야죠. 너무 늦기 전에 그 의사한테 가봐요, 거스. 딸애들을 생각해서라도 도움을 받아야 해요. 나야 뭐, 상관없지만."

"아무렴, 상관없겠지."

"당신은 지금 정서적으로 심각하게 불안정한 상태예요. 샌드라만 해도 정신과 상담을 받은 뒤론 훨씬 행복해하잖아요. 그 대학의 어떤 의사가 도와줬다는데."

"아무렴, 도와줬겠지."

"당신이 그 청년 운동가한테 한 짓을 알게 되면 샌드라는 정말 좌절할지도 몰라요. 결국 애들은 당신한테서 완전히 등을 돌리고 말 거예요. 마음 따뜻하고 정이 넘치는 애들이니까요. 짐승처럼 변해버리기 전의 나처럼."

"짐승처럼 변해버렸다고?"

"제발, 빈정거리려면 더는 한마디도 하지 마요." 오르락내리락 달달달달 진동하는 운동기구에서 아콰마린 색 손톱들이 경고의 손짓을 보냈다. "미스 트릭시를 데려와 줄래요, 아니면 딸들한테 편지를 보낼까요?"

"미스 트릭시를 데려와 주지." 결국 리바이 씨가 말했다. "그놈의 기구에다 노인네 올려놓고 오르내리게 만들다가 그 양반 엉덩뼈나 부러뜨리고 말지."

"운동기구 얘긴 빼라니까요!"

7

파라다이스 핫도그 상회는 포이드러스 거리에 위치한, 이 기업이 아니었다면 완전히 텅 비었을 어느 상가 건물의 어두컴컴한 일층에 자리하고 있었다. 이 자리는 예전에 자동차 정비소였던 곳이었다. 차고의 문은 보통 열려 있어, 끓는 핫도그와 머스터드 냄새뿐 아니라 수년에 걸쳐 숱한 하면과 협모빌 자동차에서 뚝뚝 흘러내린 윤활유와 엔진오일에 흠뻑 절어버린 시멘트 냄새까지 가세해 시큼한 악취가 지나가는 행인들의 콧구멍을 시큰거리게 했다. 행인들 중에는 이따금 파라다이스 핫도그 상회의 강력한 악취에 압도당해 정신이 혼미해진 나머지, 열린 문 너머 차고의 어둠 속을 흘긋 들여다보는 이도 있었다. 그들의 시선은 자전거 타이어 위에 거대한 양철 핫도그가 올려진 모양의 수레들이 죽 늘어선 광경과 마주쳤다. 고상한 차량 컬렉션과는 거리가 멀어도 한참 먼 광경이었다. 이 양철 핫도그 수레들 가운데 몇몇은 심하게 찌그러져 있었다. 여기저기 찌부러진 프랑크푸르트 소시지 하나는 아예 옆으로 쓰러져 하나밖에 없는 바퀴가 그 위로 나자빠져 있는 게, 영락없이 교통사고로 치명타를 입은 꼴이었다.

파라다이스 핫도그 상회를 황망히 지나쳐 가는 오후의 행인들 사이로 무시무시한 형체 하나가 어기적어기적 천천히 걷고 있었다. 이그네이셔스였다. 좁은 차고 앞에서 발길을 멈춘 그는 파라다이스에서 풍겨 나오는 훈김을 킁킁 맡으며 충만한 감각적 쾌감을 만끽했다. 콧구멍 안의 불거진 코털들이 핫도그와 머스터드와 윤활유의 각기 다른 냄새들을 분석하고, 목록을 만들고, 범주화하고, 분류해내느라 분주했다. 그는 숨을 깊이 들이쉬면서, 좀 더 섬세한 냄새, 즉 핫도그 빵의 아련한 향내도 감지되는지 궁금해했다. 미키 마우스 손목시계의 흰 장갑 모양 시계바늘을 보니, 점심을 먹은 지 겨우 한 시간밖에 지나지 않았다. 하지만 매혹적인 냄새 때문에 입 안 가득 군침이 마구 괴고 있었다.

그는 차고로 걸어 들어가 주위를 두리번거렸다. 한쪽 구석에서 한 노인이 커다란 솥에 핫도그 소시지를 부글부글 끓이고 있었다. 솥이 어찌나 큰지, 그 밑에 놓인 가스레인지가 마치 소인국의 것처럼 보였다.

"실례합니다." 이그네이셔스가 주인을 불렀다. "여기서 직접 판매도 하십니까?"

노인이 물기가 번들거리는 눈을 들어 덩치 큰 방문객을 쳐다보았다.

"뭘 드릴까?"

"핫도그를 하나 먹고 싶은데요. 냄새가 아주 기가 막힙니다. 딱 하나만 살 수 있을까 모르겠군요."

"그러시게나."

"제가 직접 골라도 될까요?" 이그네이셔스가 솥을 빤히 들여다보며 물었다. 끓는 물 속에서 프랑크푸르트 소시지들은 마치 인공염료 착색 후 현미경으로 확대해서 보는 짚신벌레들처럼 이리저리 씩씩거리며 부대끼고 있었다. 이그네이셔스는 코를 톡 쏘는 시큼한 냄새로 폐를 가득 채웠다. "난 지금 고급 레스토랑에 와 있고, 이건 바닷가재 양식장이라 상상해야겠군."

"자, 이 포크 받게." 노인이 이그네이셔스에게 휘어지고 부식된, 무슨 삼지창 비슷한 것을 내밀며 말했다. "물이 손에 안 닿게 조심하고. 산酸과 같은 거니까. 포크가 어떻게 됐는지 보면 알겠지."

"이런." 이그네이셔스가 처음 한 입을 베어 물고는 노인에게 말했다. "이거 상당히 질긴데요. 대체 이 안에 들어간 내용물이 뭐랍니까?"

"고무, 곡물, 소 내장 따위. 누가 알겠나. 난 이런 거 입에 대지도 않을 거네."

"왠지 묘하게 끌리는 맛이로군요." 이그네이셔스가 침을 꿀꺽 삼키며 말했다. "저 밖에서 제 코털이 뭔가 독특한 냄새를 감지한다고 생각했더니, 과연."

이그네이셔스는 행복에 겨운 야만인처럼 소시지를 질겅질겅 씹어대며 노인의 코에 난 흉터를 뜯어보고 그의 휘파람 소리에 귀를 기울였다.

"지금 그거, 스카를라티의 선율인가요?" 이그네이셔스가 결국 물어보았다.

"난 「건초 속의 칠면조」*를 불고 있다고 생각했네만."

"주인장께서 스카를라티의 작품에 조예가 있으시길 기대했습니다만. 스카를라티야말로 최후의 음악가라 할 수 있으니까요." 이그네이셔스는 이렇게 평하고는 기다란 핫도그를 향해 맹공격을 재개했다. "음악에 분명 소질이 있으시니, 그걸로 뭔가 그럴듯한 일을 도모해보실 수도 있을 텐데 말입니다."

노인이 음도 맞지 않는 휘파람을 다시 불어대는 동안 이그네이셔스는 계속 질겅질겅 씹어댔다. 이윽고 그가 말했다. "주인장께선 「건초 속의 칠면조」가 미국의 귀중한 문화유산이라고 생각하시는 모양이군요. 글쎄요, 사실은 그렇지가 않습니다. 그저 불협화음의 혐오스러운 졸작에 불과하죠."

"그게 뭐 그리 대수로운 문제라고 그러나."

"굉장히 대수로운 문젭니다, 어르신!" 이그네이셔스가 버럭 소리를 질렀다. "「건초 속의 칠면조」 따위를 숭상하는 관념이 바로 현재 우리가 처

---

* 19세기 초부터 전해 내려오는 유명한 미국 포크송.

한 딜레마의 근본 원인이니까요."

"자네 대체 어디서 굴러먹다 온 개뼈다귀야? 원하는 게 뭐야?"

"「건초 속의 칠면조」 따위가 소위 문화를 떠받치는 버팀목 중 하나라고 여기는 사회를 주인장께서는 어떻게 생각하십니까?"

"대체 누가 그런 생각을 한단 말인가?" 노인이 황당한 얼굴로 물었다.

"전부 다요! 특히 포크송 가수들과 삼류 선생들 말입니다. 꾀죄죄한 대학생들도, 초등학교 애들도, 마법사 주문 외듯이 늘 그 노래를 흥얼거리고 있지 않습니까." 이그네이셔스가 꺼억 트림을 했다. "아무래도 이 진미를 하나 더 맛봐야겠는데요."

네 번째 핫도그까지 먹어치운 이그네이셔스는 웅장한 분홍색 혓바닥을 쑥 내밀어 입술과 콧수염을 쓱쓱 핥은 뒤 노인에게 말했다. "이렇게 철저한 만족감을 누려본 게 대체 얼마 만인지 모르겠습니다. 이런 곳을 찾아내다니, 정말 운이 좋았지 뭡니까. 실은 제 앞에 하느님만이 아실 끔찍한 일들로 가득한 하루가 놓여 있답니다. 지금 전 실직 상태고, 일자리를 구하러 등 떠밀려 나온 길이거든요. 차라리 성배를 찾는 거라면 더 낫겠지 싶다니까요. 상업지구를 황황히 헤매고 다닌 지 벌써 일주일째인데, 아무래도 저한테는 오늘날의 고용주들이 원하는 어떤 특정한 변태성이 없는 모양입니다."

"운이 없나 보지, 안 그래?"

"글쎄요, 일주일 동안 구인광고를 보고 찾아간 데가 두 군데뿐이라서 말입니다. 어떤 날은 커낼 거리까지만 가도 완전히 기진맥진해버리더군요. 그런 날은 뒤늦게나마 영화관에 기어들어갈 기력만 있어도 좋은 편이죠. 사실, 시내에서 상영 중인 영화는 전부 다 봤습니다만, 죄다 비위 상하는 것들이라 무기한 연장 상영에 돌입할 게 확실하니, 다음 주는 특히나 암울할 듯싶은데요."

노인은 잠자코 이그네이셔스를 바라보다가 곧 육중한 솥과 가스레인지, 그리고 찌부러진 수레들 쪽으로 눈길을 돌렸다. 그러곤 이렇게 말했다. "내 자네를 당장 여기 취직시켜줄 수 있는데."

"대단히 고마운 말씀이십니다." 이그네이셔스가 짐짓 겸손을 떨며 말했다. "그렇지만 여기서는 일을 할 수가 없겠는데요. 이 차고가 유난히 습해서 말입니다. 제겐 지병이 여럿 있지만, 그중에서도 특히 호흡기가 약하답니다."

"이 안에서 일하지 않아도 돼. 그러니까 내 말은, 노점상으로 쓰겠다는 걸세."

"뭐라고요?" 이그네이셔스가 버럭 소리를 질렀다. "비가 오나 눈이 오나 하루 종일 밖에서 말입니까?"

"여긴 눈은 안 오잖나."

"드문 경우지만 올 때도 있긴 있습니다. 제가 이 수레들 중 하나를 끌고 터덜터덜 걸어 나가자마자 올지도 모르죠. 그럼 전 무슨 시궁창 같은 데서 발견될 테고요. 얼굴에 뚫린 구멍마다 고드름이 주렁주렁 매달리고, 도둑고양이들이 제 마지막 숨결에서 온기를 앗아가려고 제 몸뚱이를 앞발로 긁어대고 있을 겁니다. 네, 말씀은 고맙습니다만 사양하렵니다. 그럼 전 이만. 무슨 약속 같은 게 있었지 싶군요."

이그네이셔스는 멍하니 작은 손목시계를 들여다보았고, 시계는 또 멈춰 있었다.

"그냥 잠깐 동안만 해보게." 노인이 애원했다. "딱 하루만 해보라고. 어때? 노점상이 절실히 필요해서 그래."

"딱 하루요?" 이그네이셔스는 믿을 수 없다는 듯 되뇌었다. "딱 하루라고요? 딱 하루라도 귀중한 시간을 허비할 수는 없습니다. 가야 할 데도 많고 만날 사람도 한둘이 아니란 말입니다."

"알겠네." 노인이 단호하게 말했다. "그렇담 소시지 값으로 일 달러 내놓고 가게."

"아무래도 그건 이 가게, 아니 차고라고 해야 하나, 아무튼 여기서 부담해주셔야 할 거 같은데요. 미스 마플 뺨치는 우리 어머니께서 간밤에 제 주머니를 뒤져 극장표 꽁다리를 한 무더기 찾아내시는 바람에, 오늘은 차비만 달랑 주시지 뭡니까."

"경찰을 부르겠네."

"오, 맙소사!"

"돈 내놔! 안 그러면 고발하겠어!"

노인이 긴 포크를 집어 들더니, 썩어가는 집게 두 쪽을 솜씨 좋게 이그네이셔스의 목구멍에 갖다 댔다.

"수입 목도리에 구멍 난다니까요!" 이그네이셔스가 비명을 질렀다.

"차비라도 내놔."

"콘스탄티노플 거리까지 줄곧 걸어갈 수는 없잖습니까."

"택시 타. 집에 도착하면 누가 택시비 내줄 거 아냐."

"웬 노인네가 포크를 들이대고 오 센트 동전 두 개를 빼앗아갔다고 하면, 어머니가 믿어주실 거 같습니까?"

"또 날강도를 당할 순 없지, 암." 노인이 이그네이셔스의 얼굴에 침을 튀기며 말했다. "핫도그 장사를 하다 보면 이런 일 한두 번 겪는 줄 알아? 핫도그 노점상하고 주유소 직원은 봉이야, 봉. 강탈에, 폭행에. 어째서 아무도 핫도그 노점상을 존중하지 않는 건가."

"그건 분명 그렇지 않습니다, 주인장. 저만큼 핫도그 노점상을 존중하는 사람도 없을 겁니다. 우리 사회에 몇 안 되는 값진 서비스들 중 하나를 제공하는 분들 아닙니까. 핫도그 노점상에 대한 공격은 상징적인 행위라 할 수 있답니다. 그런 강도짓은 탐욕 때문이 아니라 노점상을 비하하고 싶은 욕망 때문에 촉발되는 거니까요."

"그 퉁퉁한 주둥아리 닥치고 돈이나 내놔."

"그만큼 연세가 드셨는데도 상당히 완고하시군요. 하지만 저 역시 집까지 오십 블록을 걸어갈 생각은 전혀 없습니다. 차라리 녹슨 포크로 죽임을 당하는 편이 낫지."

"좋아, 친구. 그럼 내 말 좀 들어보게나. 거래를 하자고. 자네가 수레를 하나 끌고 나가 딱 한 시간만 돌다 오면, 내 없던 일로 해줌세."

"보건국 같은 데서 허가를 받지 않아도 되는 겁니까? 그러니까 제 말은, 제 손톱 밑에 인간의 신체를 몹시 쇠약하게 만드는 물질 같은 게 끼어 있을지도 모른다는 뜻입니다. 그건 그렇고 주인장께선 노점상을 다 이런 식으로 고용하십니까? 인력 고용 방식이 아무래도 요즘 추세와 맞지 않는 듯싶은데요. 이게 꼭 무슨 배로 납치되어 강제노역 당하는 기분이란 말입니다. 고용이 이러니, 해고는 어떤 식이냐고 묻기도 겁나는군요."

"그러니 다시는 핫도그 장수한테 날강도질 하려 들지 말게나."

"이제 확실히 새겨들었습니다. 이중으로 단단히 새겨주셨지 않으셨습니까, 이 목구멍과 또 이 목도리에. 목도리에 대해서는 변상할 각오를 하셔야 할 겁니다. 요즘은 이런 목도리, 구하려야 구할 수도 없거든요. 이걸 만든 영국의 한 작은 공장이 나치 공군 루프트바퍼의 폭격으로 파괴되고 말았으니까요. 당시의 소문으로는, 나치가 압수한 어느 뉴스영화에서 처칠이 바로 이런 목도리를 두르고 있는 걸 독일인들이 보게 되었고, 따라서 영국의 사기를 꺾기 위해 루프트바퍼에게 그 공장을 직접 공격하라는 명령이 내려졌답니다. 제가 알기론, 그 무비톤 영상 속에 처칠이 두르고 있던 게 어쩌면 이 목도리일지도 모릅니다. 오늘날 이 목도리들은 수천 달러를 호가한다죠. 숄로도 두를 수 있고요. 한번 보시렵니까."

노인은 이그네이셔스가 목도리를 가지고 허리밴드로, 장식띠로, 망토로, 킬트로, 삼각건으로, 머릿수건으로 요리조리 매어 보이는 걸 지켜보다가 마침내 입을 열었다. "뭐, 자네가 한 시간 만에 파라다이스 핫도그에 손해를 끼치면 얼마나 끼치겠나."

"그 밖의 대안이 감옥에 가거나 목울대에 구멍 뚫리는 거밖에 없다면야 기꺼이 수레를 끌고 나가겠습니다. 얼마나 멀리 갈 수 있을지는 예측할 수 없습니다만."

"오해는 말게나, 젊은이. 난 나쁜 사람은 아냐. 하지만 사람이 참는 것도 한계가 있지. 파라다이스 핫도그를 명망 있는 기업으로 키우려고 지난 십 년간 그렇게 애를 썼는데, 그게 쉽지가 않더군. 사람들은 핫도그 노점상들을 깔보고 업신여긴다네. 이 사업이 백수건달들을 모아서 먹여 살리는 거라고들 생각하지. 그러니 점잖은 노점상 구하기가 아주 힘들어. 좀 괜찮은 사람을 만났다 싶으면 장사 나갔다가 깡패들한테 두들겨 맞기나 하고. 하느님은 왜 나한테 이런 시련을 주시는지, 원."

"하느님의 역사役事를 의심해선 안 됩니다." 이그네이셔스가 말했다.

"안 되겠지. 그래도 난 모르겠네."

"보에티우스의 글을 읽어보시면 깨달음을 좀 얻으실 수 있을 텐데요."

"켈러 신부와 빌리 그레이엄 목사의 설교는 단 하루도 빠짐없이 신문에서 읽는다네."

"오, 하느님 맙소사!" 잔뜩 흥분한 이그네이셔스가 침을 튀기며 말했다. "그러니 이토록 방황하시는 것도 무리가 아니네요."

"자, 이거." 노인이 화로 근처의 철제 로커를 열며 말했다. "이걸 걸치게."

그는 로커에서 하얀 가운 같은 걸 꺼내 이그네이셔스에게 건넸다.

"이게 뭐죠?" 이그네이셔스가 행복한 표정으로 물었다. "꼭 학자들이 입는 가운 같은데."

이그네이셔스는 그걸 머리 위로 뒤집어썼다. 오버코트 위에 이 가운을 걸치자, 그는 이제 막 부화하려는 공룡의 알 같은 꼴이 되었다.

"허리끈을 묶게."

"그건 싫습니다. 이런 옷들은 인체를 따라 자유롭게 흘러내려야 하는 법이죠. 이거, 저한테는 좀 끼는 거 같은데, 더 큰 사이즈는 없습니까? 자세히 보니, 이 가운 소맷부리가 좀 누렇게 바랬군요. 가슴에 있는 이 얼룩은 피가 아니라 케첩이기를 바랍니다만. 혹 이걸 마지막으로 걸쳤던 사람이 깡패의 칼에 찔려 죽은 건 아닌가 모르겠군요."

"자, 이 모자도 쓰게." 노인이 이그네이셔스에게 작은 네모 모양으로 접힌 하얀 종이 모자를 건넸다.

"종이 모자 따윈 절대 쓰지 않겠습니다. 지금 제가 쓰고 있는 모자가 더할 나위 없이 훌륭하고 건강에도 훨씬 좋으니까요."

"사냥모자를 쓰면 안 돼. 이게 파라다이스 핫도그 상회의 유니폼이란 말일세."

"그 종이 모자는 절대 쓰지 않을 겁니다! 주인장 비위 맞추려고 이런 쓸데없는 놀음 하다가 폐렴에 걸려 죽을 순 없단 말입니다. 차라리 그 포크를 제 급소에다 박아 넣으시죠. 그래도 그 모자는 절대 안 씁니다. 불명예와 질병을 얻느니, 차라리 죽음을 택하렵니다!"

"알았네. 그만하게." 노인이 한숨을 쉬었다. "이리 와서 이 수레나 가져가게."

"제가 그렇게 망가진 흉물을 끌고 보란 듯이 길거리를 돌아다닐 거라 생각하십니까?" 이그네이셔스가 몸에 걸친 노점상 가운을 매만지며 맹렬히 따져 물었다. "저기 타이어 측면이 흰색이고, 몸체가 반짝거리는 걸로 주시죠."

"알았네, 알았어." 노인이 퉁명스레 말했다. 그는 수레에 달린 작은 통의 뚜껑을 열어놓더니, 포크로 솥에서 든 핫도그를 찍어 수레의 그 작은 통으로 천천히 옮겨 담기 시작했다. "자, 자네한테 핫도그 열두 개를 주겠네." 그는 이제 양철 핫도그 빵 위에 달린 뚜껑을 열었다. "여기엔 핫도그 빵 한 봉지를 넣어두겠네. 알겠나?" 그러고는 핫도그 빵 뚜껑을 닫고서 반짝거리는 빨간색 양철 핫도그에 낸 곁문을 잡아당겼다. "이 안엔 핫도그를 보온해주는 작은 액체 연료통이 들어 있지."

"세상에." 이그네이셔스가 존경심을 담아 말했다. "이 수레들은 마치 복잡한 퍼즐 같군요. 아무래도 계속 엉뚱한 문을 열어댈 듯싶은데요."

노인이 이번에는 핫도그 꽁무니에 달린 또 다른 뚜껑을 열었다.

"거긴 뭐가 들었습니까? 기관총이라도 들었나요?"

"여긴 머스터드하고 케첩이지."

"뭐, 그럼 용기를 내어 한번 시도해보도록 하죠. 몇 발짝 가기도 전에 액체 연료부터 팔아치울지도 모르겠습니다만."

노인이 수레를 굴려 차고 문 쪽으로 밀어주고는 말했다. "좋았어, 친구. 어서 가보게."

"감사합니다." 이그네이셔스는 이렇게 대답하고는 커다란 양철 핫도그를 인도 위로 밀어 올렸다. "한 시간이 되면 지체 없이 돌아오겠습니다."

"그걸 밀고 인도로 다니면 안 돼."

"설마 찻길로 가라는 건 아니겠죠."

"그런 수레를 인도에서 밀고 다니다간 체포될 수도 있어."

"잘됐네요." 이그네이셔스가 말했다. "경찰이 쫓아다니면 강도는 안 당하겠죠."

이그네이셔스는 천천히 수레를 밀며 파라다이스 핫도그 본부를 빠져나와 행인들의 빽빽한 흐름 속으로 들어갔다. 그들은 대형 핫도그가 다가

가자 뱃머리의 물살처럼 양쪽으로 좍 갈라지며 길을 터주었다. 인사 담당자들을 만나고 다니느니 이렇게 시간을 보내는 편이 았다. 이그네이셔스가 생각하기에는, 자신이 지난 며칠간 개중 몇몇 담당자로부터 꽤나 혹독한 대접을 받았던 것이다. 게다가 지금은 자금 부족으로 영화관 출입은 꿈도 꿀 수 없게 된 상황이기에, 집에 돌아가도 괜찮을 만한 시간이 될 때까지는 어차피 상업지구를 정처 없이 지루하게 떠돌아야 했다. 거리를 오가는 이들은 이그네이셔스를 쳐다보기만 할 뿐 아무도 사 먹으려 들지 않았다. 반 블록쯤 갔을 때 그는 소리 높여 외치기 시작했다. "핫도그! 파라다이스 핫도그!"

"찻길로 내려서라니까." 노인이 그의 등 뒤 어디쯤에서 소리를 질렀다.

이그네이셔스는 모퉁이를 돌아 어느 건물에 수레를 기대 세웠다. 그러고는 자기가 먹을 요량으로 이 뚜껑 저 뚜껑 열어젖히며 핫도그 하나를 뚝딱 만들더니 게걸스레 먹어치웠다. 어머니는 한 주일 내내 심기가 사나워, 닥터 너트 한 병 사주지 않을 뿐더러 아들이 저술 작업 중일 때 방문을 쾅쾅 두들기기도 하고 집을 팔고 양로원으로 들어가겠다며 협박하기도 했다. 또한 이그네이셔스에게 순찰경관 맨큐소의 용기를 입이 닳도록 늘어놓았는데, 이 청년은 가혹한 시련에 맞서 일자리를 지키기 위해 **싸우고**, 그토록 일하기를 **원하며**, 버스터미널 화장실에서 겪는 유배의 고통을 꿋꿋이 견뎌내고 있다는 것이다. 맨큐소 순경의 상황을 생각하면, 이그네이셔스는 보에티우스가 황제의 총애를 잃고 처형되기 전 부당하게 옥살이를 하던 그때의 상황이 떠올랐다. 그래서 어머니도 진정시키고 집안 분위기도 개선시킬 겸, 보에티우스가 옥중에서 쓴 『철학의 위안』 영문 번역본을 어머니에게 건네며, 맨큐소 순경이 화장실에 갇혀 있는 동안 읽어보게 갖다 주라고 했다. "이 책은 우리가 바꿀 수 없는 건 그대로 받아들이라는 가르침을 줍니다. 부당한 사회에서 정의로운 사람이 겪는 곤경을 묘사하고 있죠. 가히 중세사상의 근간이 되는 책이랍니다. 이 책은 틀림없이 위기의 순간마다 그 순경 친구분에게 도움이 돼줄 겁니다." 이그네이셔스가 크게 인심 쓰듯 말했다. "그래?" 라일리 부인이 말했다. "아유, 착하기도 하지, 이그네이셔스. 불쌍한 앤절로가 이걸 받으면 아주 기뻐할 거다." 그리하여 최소한 한나절은 맨큐소 순경에게 보낸 선물이 콘스탄티노플 거리의 가정사에 한시적이나마 평화를 가져다주었다.

첫 번째 핫도그를 먹어치운 이그네이셔스는 또 하나를 만들어 질겅질겅 씹어대며, 또다시 일하러 나가야 하는 상황을 늦추려면 어머니에게 또 어떤 친절을 베풀어 환심을 사야 할까 곰곰 궁리했다. 그렇게 십오 분이 흐르고, 작은 통에 든 핫도그 재고가 눈에 띄게 줄어들고 있음을 깨닫자 그는 잠시 식욕을 자제하기로 했다. 그는 수레를 밀고 천천히 거리를 따라 내려가며 소리치기 시작했다. "핫도그!"

마침 조지가 갈색 무지 종이에 싼 꾸러미들을 한 아름 안은 채 커론델렛 거리를 하릴없이 배회하던 참에 그 외침을 들었고, 곧 가르강튀아 못지않은 거구의 핫도그 노점상에게 다가갔다.

"어이, 잠깐만요. 그거 하나 줘요."

이그네이셔스는 수레를 막고 선 소년을 준엄한 눈길로 쳐다보았다. 덕지덕지 돋아난 여드름하며, 머릿기름 번지르르한 장발에서 늘어뜨려진 듯 보이는 뿌루퉁한 얼굴하며, 귀 뒤에 꽂힌 담배 한 개비, 아쿠아마린 색 재킷, 미끈한 부츠, 게다가 꼭 끼는 바지의 사타구니가 신학과 기하학의 모든 법칙을 위반하며 비위 상하게 툭 불거져 나온 것까지, 소년의 이런 꼬락서니에 그의 유문은 심한 거부반응을 일으켰다.

"이거 미안한데." 이그네이셔스가 콧방귀를 뀌었다. "프랑크푸르트 소시지가 몇 개 남지 않아 좀 아껴둬야겠는데. 좀 비켜주시지."

"아껴둬요? 누구 몫으로?"

"그건 네가 상관할 바 아니지, 이 부랑아 녀석아. 학교는 안 가고 뭐하는 거냐? 괜히 사람 귀찮게 하지 마라. 아무튼 잔돈도 없고."

"동전은 나한테 있는데." 얄팍하고 희멀건 입술이 조소로 일그러졌다.

"댁한테는 소시지를 팔 수 없소이다. 이제 됐냐?"

"아저씨 무슨 문제 있어? 왜 이래요?"

"나, 무슨 문제 있냐고? 그런 네놈은 뭐가 문젠데? 점심때가 지난 지 얼마나 됐다고 벌써부터 핫도그 타령이니, 제정신이냐? 양심이 꺼림칙해서 너한테는 도저히 못 팔겠다. 그 역겨운 피부나 한번 보고 말해. 너같이 한창 자랄 나이에는 야채와 오렌지 주스, 통밀 빵, 시금치 등등으로 배를 꾹꾹 채워줘야 하는 법이거늘. 난 절대 미성년자의 타락에 동조하지 않을 테다."

"무슨 헛소리야? 그놈의 핫도그나 하나 팔란 말이에요. 배고파 죽겠다고요. 점심 못 먹었다니까요."

"안 돼!" 이그네이셔스가 어찌나 매섭게 호통을 치는지 지나가던 행인이 다 쳐다보았다. "이 수레로 콱 치어버리기 전에 냉큼 꺼져."

조지가 양철 핫도그 빵에 난 통의 뚜껑을 홱 열어젖히더니 말했다. "어이, 여기 많이 있네. 핫도그 하나 만들어주면 되겠네."

"도와줘요!" 이그네이셔스는 문득 강도가 많다고 경고하던 노인의 말이 떠올라 소리를 질렀다. "누가 빵을 훔쳐가요! 경찰!"

이그네이셔스는 수레를 후진시킨 다음 조지의 사타구니로 돌진해 들어갔다.

"아야! 조심해, 이 또라이야."

"도와줘요! 강도야!"

"제발 주둥이 좀 닥쳐." 조지가 이렇게 말하며 문을 쾅 닫았다. "이 뚱땡이 호모 같은 놈, 어디다 콱 가둬버려야 하는데. 알아먹어?"

"뭐라고?" 이그네이셔스가 꽥 소리를 질렀다. "버릇없이 그게 무슨 망발이냐?"

"이런 미친 뚱땡이 호모 자식." 조지는 더욱 크게 으르렁거리고는 그만 발길을 돌려 구부정히 어깨를 구부린 채 건들건들 걸어갔다. 부츠 뒤축의 금속 징들이 인도를 철컥철컥 긁어대기 시작했다. "야, 호모 손이 만진 걸 누가 먹고 싶어 하겠냐?"

"감히 나한테 그런 상스러운 말을 하다니. 누가 저 녀석 좀 잡아줘요!" 이그네이셔스는 거리 저 멀리 행인들 무리 속으로 사라져가는 조지를 보고 고래고래 소리를 질렀다. "누구 예의범절 아시는 분, 저 불량 청소년 좀 잡아주시죠. 저기 저 추잡한 애 녀석 말입니다. 저놈은 존경심을 대체 얻다 두고 다닌답니까? 저런 쥐방울만 한 부랑아 자식은 그냥 확 잡아다가 쓰러질 때까지 채찍으로 후려쳐야 하는데!"

핫도그 수레 주위에 모여든 사람들 가운데 한 여자가 말했다. "에이그, 끔찍해라. 저런 핫도그 장수들은 대체 어디서 구해오는 거래?"

"백수건달들이죠. 다 백수건달들이에요." 누군가가 여자에게 대답했다.

"이게 다 술 때문이우. 내 보기에는 다들 술 퍼먹고 미친 거 같으이. 저런 미친놈들이 버젓이 싸돌아다니게 그냥 놔두면 안 되는데."

"저기 말입니다, 내가 지금 편집증 증세가 걷잡을 수 없이 악화된 겁니까?" 이그네이셔스가 둘러선 무리를 보고 물었다. "아니면 덜떨어진 몽고증 환자 같은 당신네들이 정말로 나를 두고 하는 얘긴가요?"

"그냥 내버려둡시다." 누군가가 말했다. "아이고, 저 눈 좀 봐."

"내 눈이 어디가 어때서요?" 이그네이셔스가 눈에 쌍심지를 켜고 말했다.

"그냥들 갑시다."

"제발 그래주시죠." 이그네이셔스가 입술을 부들부들 떨며 말했다. 그는 부르르 떨리는 신경계를 진정시키려고 핫도그를 하나 만들었고, 덜덜 떨리는 두 손으로 빨간 소시지 비닐 껍질과 빵 *끄트머리*를 입에 대고서 한 번에 이 인치씩 입속으로 밀어 넣었다. 그렇게 해서 의욕적으로 질겅질겅 씹어대니 쿵쾅거리던 머리가 마사지를 받은 듯 진정되었다. 마지막 일 밀리미터쯤 남은 빵 부스러기마저 싹 밀어 넣고 나자 한결 마음이 편안해졌다.

이그네이셔스는 다시 수레의 손잡이를 움켜쥐고 천천히 밀며 어기적어기적 커론덜렛 거리를 따라 걸어 올라갔다. 이 블록을 돌고 오겠다는 약속을 지키느라 다음 모퉁이에서 돌았고, 갤리어 홀의 쇠락한 화강암 벽에 멈춰 선 뒤 마지막 여정에 오르기 전에 파라다이스 핫도그 두 개를 더 먹어치웠다. 마지막 모퉁이를 돌아 다시 한 번 '파라다이스 핫도그 상회'라는 간판이 포이드러스 거리의 인도 위로 비스듬히 내걸린 걸 보자, 돌연 이그네이셔스는 제 딴에는 힘차게 총총걸음을 치기 시작하더니 차고 문으로 들어설 무렵에는 숨을 헉헉대고 있었다.

"도와줘요!" 이그네이셔스는 안쓰럽게 숨을 몰아쉬며 양철 핫도그를 차고의 야트막한 시멘트 턱에 쿵 갖다 박았다.

"아니, 어떻게 된 건가? 한 시간은 족히 나가 있을 줄 알았는데."

"제가 이렇게 살아 돌아온 것만도 우리 두 사람한테는 다행인 줄 아셔야죠. 놈들이 다시 공격해왔단 말입니다."

"누구 말인가?"

"갱단이요. 누군지는 제가 알 게 뭡니까. 이 손 좀 보시라니까요." 이그네이셔스가 두 앞발을 노인의 눈앞에 쑥 내밀었다. "제 자신이 이런 트라우마를 겪게 한 데 대해 신경계 전체가 들고일어나기 일보 직전입니다. 갑자기 제가 쇼크 상태에 빠지더라도 그러려니 하세요."

"대체 무슨 일이 있었던 건가?"

"거대한 십대 지하조직의 일원인 놈한테 커론덜렛 거리에서 습격을 당했습니다."

"강도를 당했나?" 노인이 흥분해서 물었다.

"것도 아주 잔인무도하게요. 이런 큼지막한 녹슨 권총을 제 관자놀이에 딱 갖다 대지 뭡니까. 사실 정확히 급소를 누르는 바람에 제 왼쪽 두뇌의 혈액순환이 한참 동안 멈췄다니까요."

"커론덜렛 거리에서 지금 이 시간에? 그런데도 말려준 사람이 아무도 없어?"

"아니, 어느 누가 말린답니까. 이런 일은 오히려 부추기느라 난리들이죠. 먹고살겠다고 아등바등하는 불쌍한 노점상이 공개적으로 굴욕당하는 이런 광경은 아마 이웃집 불구경하듯 즐길 겁니다. 아까도 그 꼬맹이가 기선 잡고 나오는 걸 다들 존중해주는 분위기 같던걸요."

"어떻게 생긴 놈이야?"

"그런 애들은 널리고 널렸죠, 뭐. 여드름에, 올백으로 넘긴 머리에, 편도선 비대증에. 사춘기 녀석들의 전형적인 꼬락서니더군요. 몸에 무슨 반점이 있거나 무릎이 후들거리거나 하는, 뭔가 다른 게 있었을지도 모릅니다만. 아무튼 정확히 기억나진 않습니다. 머리에 피스톨이 들이박히니까 두뇌의 혈액순환도 안 되고 겁도 나고 해서 전 그만 기절해버렸으니까요. 제가 인도에 쓰러져 있는 동안 그놈이 수레를 다 털어간 게 틀림없습니다."

"돈을 얼마나 가져갔나?"

"돈? 돈은 안 훔쳐가지 않았습니다. 하기야 훔쳐갈 돈도 없었죠. 이 진미들을 하나도 못 팔고 있었으니까요. 그놈은 핫도그를 약탈해간 겁니다. 그럼요. 그런데 몽땅 다 가져가지는 않았더군요. 정신이 돌아온 후 수레를 살펴보니, 한두 개 남아 있는 거 같았으니까요."

"이런 일은 듣도 보도 못 했네."

"녀석이 아마 굉장히 배가 고팠나 봅니다. 어쩌면 한창 성장기인 몸에 무슨 비타민 결핍이 생겼고, 그 결핍을 메우느라 발악을 하고 있었던 게 아닐까요. 인간의 식욕과 성욕은 비교적 동일한 성질의 것이니 말입니다. 무장 강간이라는 게 있다면, 무장 핫도그 강도라고 왜 없겠습니까. 저로서는 전혀 특이할 게 없는 사건인데요."

"자네 순 헛소리꾼이구만."

"제가요? 이건 사회학적으로 설명이 타당한 사건이라니까요. 책임은 바로 우리 사회에 있는 겁니다. 이 녀석은 선정적인 티비 프로와 음란 잡지에 미친 청소년으로, 그동안 꽤나 보수적인 또래 여자애들과 사귀어왔을 텐데, 이 여자애들은 녀석이 상상하는 섹스 프로그램에 동참하길 거부했을 거란 말입니다. 따라서 녀석은 충족되지 못한 육체적 욕망을 먹는 걸로 승화시키려 했을 테죠. 불행히도 전 이 모든 사태의 희생자가 된 셈이고요. 우린 오히려 이 소년이 먹는 행위에서 욕망의 출구를 찾았다는 사실에 하느님께 감사드려야 할 듯싶은데요. 녀석이 그러지 않았다면, 현장에서 제가 강간을 당했을지도 모를 일이니까요."

"넷만 남기고 다 가져갔군그래." 노인이 핫도그 수레의 작은 통을 들여다보며 말했다. "망할 놈의 후레자식, 대체 그 많은 핫도그를 어떻게 다 가져간 거야?"

"저는 짐작도 가질 않습니다." 이그네이셔스가 말했다. 그러더니 분개하며 이렇게 덧붙였다. "깨어났을 땐 이미 뚜껑이 활짝 열려 있었으니까요. 당연한 얘기지만, 아무도 절 부축해서 일으켜주지 않더군요. 이 하얀 가운이 제게 노점상이라는 낙인을 콱 찍어놨으니 말입니다. 꼭 무슨 불가촉천민같이."

"한 번 더 해보는 게 어떻겠나?"

"뭐라고요? 이런 몸 상태로도 제가 또다시 거리에 나가 척척 해낼 수 있을 거라 진정 기대하시는 겁니까? 제 수중의 십 센트는 세인트찰스행 전차의 차장 손에 고이 모셔질 겁니다. 그리고 오늘 나머지 시간은 뜨거운 욕조에 몸을 푹 담그고 조금이나마 정상적인 컨디션을 회복하려고 애를 쓰며 보낼 생각입니다."

"그럼 내일 다시 와서 한 번 더 해보는 건 어떤가, 친구?" 노인이 희망을 품고 말했다. "정말로 노점상이 필요해서 그래."

이그네이셔스는 노인의 코에 난 흉터를 요리조리 뜯어보고 한바탕 거나하게 트림도 뿜어내며 잠시 이 제안을 곰곰 따져보았다. 적어도 일은 하게 되는 셈 아닌가. 그것만으로도 어머니는 만족할 터였다. 이 일은 상사의 감독도 괴롭힘도 거의 당할 일 없었다. 헛기침을 하는 것으로 심사숙고를 종료한 그는 또 끄윽 트림을 했다. "아침에 몸이 움직이는 거 봐서 다시 올 수 있을 듯도 합니다만. 몇 시쯤 나오게 될지는 예측할 수 없으나, 뭐 어찌됐든, 아마 절 다시 보게 될 거라 기대하셔도 좋을 듯싶군요."

"잘됐구만." 노인이 말했다. "날 클라이드 씨라고 부르게."

"그러죠." 이그네이셔스는 이렇게 말하다가 입아귀에 붙은 빵 부스러기를 발견하자 혀로 쓱 핥았다. "그건 그렇고, 클라이드 씨, 아무래도 오늘은 이 가운을 입고 집에 가야겠습니다. 일자리를 구했다는 걸 어머니께 보여드리려고요. 어머닌 술을 꽤 심하게 드시는 편이라, 제가 이제 일을 해서 돈을 벌게 됐으니 술 공급이 끊이지 않을 거라고 안심시켜드려야 하니까요. 제 인생은 꽤나 우울하답니다. 언제고 날 잡아서 제 사연을 자세히 얘기해드리죠. 하지만 우선은 제 유문에 대해 한두 가지 알아두셔야 할 게 있습니다."

"유문?"

"네."

⠿

존스는 스펀지로 카운터 위를 마구잡이로 죽죽 밀고 있었다. 레이나 리는 금전등록기를 경고하듯 요란하게 잠그고서 아주 오랜만에 쇼핑하러 나가고 없었다. 카운터를 대충 적시고 난 후 존스는 스펀지를 양동이에 도로 던져 넣고는 테이블 한 자리를 차지하고 앉아 달린이 준『라이프』지 최신호를 아등바등 들여다보려 했다. 담배에 불을 붙여보았지만 담배연기로 인해 잡지는 더더욱 보이지 않았다. 〈기쁨의 밤〉에서 독서에 가장 좋은 불빛은 금전등록기에 달린 거위목 램프의 작은 불빛이므로, 존스는 카운터로 자리를 옮겨 잡지를 펼쳤다. 시그램 V. O. 위스키 광고의 칵테일파티 장면을 심화학습하려는 찰나 레이나 리가 출입문을 밀고 들어섰다.

"널 여기 혼자 두면 안 되지 싶더니." 레이나는 가방을 열고 교실에서 쓰는 분필 한 통을 꺼내 카운터 밑의 캐비닛에 넣었다. "대체 너 금전등록기로 뭘 하고 있는 거야? 바닥이나 더 닦도록 해."

"바닥은 옛날에 다 끝냈다고요. 이제 바닥청소 전문가가 다 됐다니까요. 깜둥이들이 쓸고 닦는 재주 하나는 타고났나 봐요. 이제 흑인들한테는 먹고 숨 쉬고 하는 거만큼 자연스러운 일이걸랑요. 어디 한번 한 살배기 흑인 애 손에다 빗자루 한번 쥐어줘 보라지, 죽어라고 쓸어댈 테니. 우아!"

존스는 곧 광고 페이지로 돌아갔고, 레이나는 캐비닛을 도로 잠갔다. 그런 그녀의 눈에 바닥에 길게 나 있는 먼지 자국들이 목격되었다. 존스가 바닥을 닦았다기보다는 쟁기질을 해놓은 듯했다. 깨끗한 바닥으로 이어진 선들은 고랑, 먼지 자국들로 이어진 선들은 두둑같이. 레이나는 몰랐지만 이건 존스가 시도한 교묘한 사보타주였다. 그에게는 훗날을 위한 더 거창한 계획도 있었다.

"이봐, 너 이리 와서 이 빌어먹을 바닥 좀 봐."

존스는 마지못해 선글라스 너머로 바닥을 내려다보았지만 아무것도 보이지 않았다.

"우아! 거 바닥 한번 끝내주네요. 이야! 〈기쁨의 밤〉에 일류 아닌 게 어디 있겠냐고요."

"저 한심한 꼬락서니 안 보여?"

"일주일에 이십 달러면, 저 정도 꼬락서니쯤 예상해야 하는 거 아니냐고요. 주급을 오십이나 육십쯤으로 올리면 저런 꼬락서니 안 봐도 될 텐데."

"돈을 투자하면 성과가 있어야 할 거 아냐." 레이나가 발끈하며 말했다.

"이봐요, 거 내가 받는 임금으로 살아본 적 있느냐고요. 흑인들은 장 보고 옷 살 때 무슨 특별 할인요금이라도 내는 줄 알아요? 여기 앉아 동전이나 세면서 도대체 뭔 생각을 하는 거예요? 우아! 내가 사는 데선 사람들이 담배를 어떻게 사는 줄 알아요? 한 갑째 살 돈이 없어 한 개비에 이 센트씩 내고 산다고요. 거 지랄 맞은 흑인으로 사는 게 어디 쉬운 줄 알아요? 옘병. 나 지금 농담하는 거 아니라고요. 부랑아 노릇이나, 이런 임금으로 살아보겠다고 발버둥치는 거나, 거 다 지겹걸랑요."

"거리를 헤매는 네놈한테 일자리 준 게 누군데? 그것도 경찰이 부랑아로 잡아넣기 직전에 말이야. 그 빌어먹을 선글라스 뒤에서 농땡이 칠 때는 그 생각도 좀 해야 할걸."

"농땡이요? 옘병. 농땡이 치는 게 이 지랄 맞은 갈봇집 박박 닦는 거냐고요. 한심한 손님들이 바닥에 질질 흘리는 거 다 쓸고 닦는 사람이 누군데요. 여기 오는 손님들도 불쌍하지. 재미 좀 보자고 왔다가 몰래 마약 탄술이나 먹고, 각얼음에서 성병이나 옮아서 가고. 우아! 그리고 투자라는 말이 나와서 하는 얘긴데, 이제 고아 친구도 발길을 끊었으니 좀 더 많이 투자할 수 있는 거 아니냐고요. 자선사업을 그만뒀으니, 그 유나이티드 편에 나가는 돈 나한테 좀 찔러주는 게 어떠냐 이거예요."

레이나는 아무 말도 하지 않았다. 그저 묵묵히 분필 구매 영수증을 소득세 환급에 수반되는 항목별 공제란에 올릴 수 있도록 회계장부에 끼워놓았다. 중고 지구본은 예전에 사두었고, 그 역시 캐비닛에 보관되어 있었다. 이제 필요한 건 책 한 권뿐. 다음에 조지를 보면 하나 갖다 달라고할 참이었다. 그에게는 고등학교를 중퇴하기 전에 갖고 있던 책들이 조금은 남아 있을 테니까.

레이나는 이 소품들을 모으는 데 시일이 좀 걸렸다. 한동안 사복형사들이 밤마다 들락거리는 통에, 애간장이 타고 정신이 뒤숭숭해서 조지가맡은 이 프로젝트를 도무지 건사할 수가 없었다. 게다가 이 위장한 경찰들에 맞선 레이나의 철통같은 방어벽에 치명적인 급소나 다름없는, 달린이라는 커다란 골칫덩이도 있었다. 하지만 사복형사들은 처음 출몰할 때그랬던 것처럼 어느 날 불현듯 자취를 감추었다. 레이나는 형사가 떴다하면 바로 알아챘고, 달린은 스툴에서 안전하게 치워져 새랑 공연 연습을하고 있으니, 그들도 더는 계속할 이유가 없었던 것이다. 레이나는 모두에게 무작정 그들을 모른 체하라고 단단히 주의시켜두기까지 했다. 짭새를 알아볼 수 있기까지 상당한 경험이 필요하지만, 일단 짭새를 알아보는눈이 생기면 숱한 골칫거리를 피해갈 수 있는 법이다.

이제 두 가지 문제만 해결하면 되었다. 하나는 책을 구하는 것. 조지도레이나가 책을 구비하는 데 찬성이라면, 그건 조지가 구해줄 수 있을 터였다. 레이나는 아무리 중고라도 책은 돈 주고 살 생각이 없었다. 또 하나는, 사복형사들이 사라졌으니 달린을 다시 카운터 스툴로 되돌려놓는 것. 달린 같은 여자는 급료를 주고 부리는 것보다 실적에 따라 수당을 주는 편이 나았다. 그리고 달린이 무대에서 새를 데리고 하는 짓을 보니, 〈기쁨의 밤〉은 동물 취향과 영합하지 않는 편이 영업에 더 이로울 듯했다.

"달린 어딨어?" 레이나가 존스에게 물었다. "걔하고 새한테 할 말이 있는데."

"전화해서 연습을 좀 더 해야 되니 오후에 나오겠다던데요." 존스가 한창 연구 중인 광고에 그대로 얼굴을 박은 채 말했다. "새를 데리고 먼저 수의사한테 들렀다 온대요. 털이 좀 빠지는 거 같다고요."

"그래?"

레이나는 지구본, 분필, 그리고 책, 이 삼종 세트로 꾸밀 계획에 몰두하기 시작했다. 이것이 돈벌이가 될 가능성이 있다면, 세련되고 고급스럽게 만들어야 했다. 그녀는 우아함과 외설스러움을 결합할 만한 몇 가지 조합을 상상해보았다. 지나치게 적나라할 필요는 없었다. 어쨌든, 아이들에게는 레이나의 매력이 먹혔으니까.

"우리 왔어요." 달린이 문간에서 명랑하게 인사를 했다. 헐렁한 바지와 모직 반코트 차림의 그녀가 덮개를 씌운 새장을 들고 총총거리며 들어왔다.

"저기 말이야, 너무 오래 머물 생각은 마." 레이나가 말했다. "너랑 네 친구한테 얘기할 게 있어."

달린이 카운터에 새장을 놓고 덮개를 벗기자 연주창에 걸린 거대한 장밋빛 앵무새가 나타났다. 마치 중고차처럼 여러 주인의 손을 거친 듯 보이는 새는 병색이 완연했다. 볏은 축 늘어져 있었고, "오-옥" 하고 끔찍한 울음을 내질렀다.

"됐어. 그건 이제 치워, 달린. 오늘 밤부터는 다시 스툴로 돌아가 술을 팔도록 해."

"에이, 레이나." 달린이 툴툴거렸다. "왜 그러는 거예요? 리허설 때 우리 아주 잘했잖아요. 삐걱대는 부분들을 다듬을 때까지 좀 기다려줘요. 이 공연, 완전 대박이라니까요."

"솔직히 말해서, 달린, 난 너랑 그 새가 무서워."

"잠깐만요, 레이나." 달린이 반코트를 벗더니, 바지와 블라우스 옆선에 안전핀으로 고정시켜놓은 작은 고리들을 보여주었다. "이거 보여요? 이것만 있으면 쇼는 매끈하게 돌아갈 거예요. 아파트에서 이걸로 연습을 얼마나 많이 했는데요. 이건 새로운 시도예요. 녀석이 이 고리들을 부리로 물고 내 옷을 쫙 찢는 거죠. 지금 이 고리들은 그냥 연습용이고, 무대의상을 만들 때는 갈고리단추 위에 고리를 꿰매 달아서 녀석이 고리를 물면 의상이 홀렁 벗겨지게 만들 거예요. 장담할게요, 레이나. 정말 끝내주는 히트작이 될 거예요."

"이봐, 달린, 그 빌어먹을 물건이 네 머리 위로 날아다니거나 아님 뭐든 다른 짓을 할 때가 더 안전했어."

"하지만 이젠 얘가 공연의 알짜 부분이 될 거예요. 고리를 **잡아당기**면……"

"그러게. 그러다 네 젖꼭지까지 잡아당겨 뜯어낼지도 모르지. 빌어먹을 사고라도 나서 앰뷸런스 달려오고 손님들 다 내쫓고 장사 말아먹는 사태만은 절대 반갑지 않다니까. 혹 이놈의 새가 무슨 생각에선지 객석으로 날아가 누구 눈이라도 콕 뽑아버리면 어떡해. 안 돼. 솔직히 말해 너도 저 새도 다 미덥지가 않아, 달린. 안전이 우선이야."

"에이, 레이나." 달린은 크게 낙담했다. "우리한테 기회를 줘요. 점점 좋아지고 있단 말이에요."

"안 돼. 꿈도 꾸지 마. 그놈의 물건, 똥 싸기 전에 어서 여기서 치워." 레이나가 덮개를 새장 위로 던졌다. "거시기들이 사라졌으니, 넌 다시 스툴로 돌아가."

"그럼 말이에요, 내가 거시기한테 거시기들 얘기를 해서 거시기가 겁을 먹고 그만두게 해버릴지도 모르죠."

존스가 광고에 파묻었던 고개를 들고 말했다. "둘이서 그렇게 아리송한 소리를 해대면, 당최 책을 읽을 수가 없다고요. 우아. 대체 '거시기들'은 누구고, '거시기'는 또 누구래요?"

"스툴에서 엉덩이 치워, 이 애송이 녀석. 바닥이나 박박 닦아."

"저 새는 〈기쁨의 밤〉까지 와서 연습하고 훈련하고 그랬다고요." 존스가 연기구름 속에서 미소를 지으며 말했다. "옘병. 새한테도 기회를 줘야지. 흑인들 대하듯이 대하면 안 되지."

"내 말이 그 말이에요." 달린이 진지하게 동의했다.

"고아들 자선사업도 끊고 불쌍한 청소부한테 도움의 손길도 안 내미는데, 수수료 챙기느라 아등바등 손님들 등쳐먹는 이 불쌍한 아가씨한테 아량 좀 베푸는 게 어떠냐고요. 옘병!" 존스는 달린이 춤 연습을 하는 동안 새가 무대 위에서 퍼덕거리며 돌아다니는 광경을 본 적이 있었다. 평생 그보다 더 한심한 공연은 본 적이 없었으니, 달린과 새는 합법적인 사보타주로 손색이 없었다. "여기저기 손 좀 보고 때깔 좋게 광 좀 내고, 한두 박자 비틀어주고 두세 박자 흔들어주고, 아쉬운 데 낄 거 끼고 군더더기 뺄 거 빼면, 쇼는 아주 대박이지, 대박. 이야."

"거봐요." 달린이 레이나에게 말했다. "존스는 잘 알 거예요. 흑인들은 리듬감을 타고 났으니까."

"우아!"

"난 누구누구 얘기로 누굴 겁주고 싶진 않단 말이에요."

"오, 입 닥쳐, 달린." 레이나가 소리를 꽥 질렀다.

존스가 두 사람을 연기구름으로 에워싸며 말했다. "달린 아가씨랑 저 새는 진짜 특이하다고요. 우아! 새로운 손님들 왕창 끌어 모을걸요. 대머리독수린지 대머리앵무샌지 무대에서 보여주는 술집이 또 어디 있겠느냐고요."

"이런 멍청이들, 돈 될 만한 조류 취향의 고객들이 정말 있다고 생각하는 거야?" 레이나가 물었다.

"어어! 새라면 뻑 가는 손님들이 있고말고요. 백인들은 앵무새며 카나리아며 옆에 두고 쭉쭉 빨고 그러잖아요. 그 사람들, 〈기쁨의 밤〉이 어떤 새를 내놓는지 한번 기다려보라 그래요. 이제 문 앞에 도어맨도 쓰고 상류층 고객도 확보하게 된다니까요. 우아!" 존스는 당장에라도 콰르릉거릴 듯 위태로워 보이는 비구름을 한 뭉텅이 만들어냈다. "달린 아가씨랑 저 새는 몇 군데 거친 부분만 손보면 된다고요. 엠병. 공연계에 갓 들어온 초짜잖아요. 기회를 좀 줘봐요."

"맞아요." 달린이 말했다. "난 공연계에 갓 들어온 초짜예요. 기회를 좀 줘요."

"듣기 싫어, 이 한심한 것아. 너 정말 저 새랑 스트립쇼 할 수 있다고 생각해?"

"네, 그럼요." 달린이 열정적으로 말했다. "갑자기 그 아이디어가 떠오르지 뭐예요. 아파트에서 녀석이 고리를 갖고 노는 걸 보고 있는데, 문득 혼잣말이 튀어나오는 거예요. '달린, 옷에 고리를 달면 어떨까?' 하고요"

"멍청한 소리 그만해." 레이나가 말했다. "좋아, 뭘 할 수 있나 보자고."

"우아! 진작 그러실 것이지. 쇼를 보러 별별 인간들 다 몰려들 거라니까요."

"샌타, 내가 도저히 전화를 하지 않을 수가 없었어."

"무슨 일이야, 아이린?" 바탈리아 부인의 걸걸한 바리톤 목소리가 담뿍 애정을 담아 물었다.

"이그네이셔스 문제야."

"이번엔 또 무슨 짓을 저질렀대? 이 샌타한테 다 털어놔 봐."

"잠깐만. 아직도 욕조에 들어앉아 있는지 좀 보고." 라일리 부인은 불안한 마음으로 욕실에서 들려오는 물 튀기는 소리에 귀를 기울였다. 고래가 숨이라도 쉬는지 요란뻑적지근한 콧김 소리가 칠이 다 벗겨진 욕실 문을 뚫고 복도로 둥둥 떠내려 왔다. "괜찮아, 아직 저 안에 있나 봐. 샌타한테는 거짓말 못 하겠어. 내가 말이야, 이 가슴이 찢어지는 듯싶어."

"저런."

"이그네이셔스가 한 시간 전쯤에 돌아왔는데, 무슨 푸주한 같은 옷을 걸치고 왔지 뭐야."

"잘됐네. 그 뻔뻔한 뚱보 백수가 새 일자리를 찾았나 보네."

"웬걸, 푸줏간에 취직한 게 아니래." 라일리 부인이 슬픔에 짓눌린 목소리로 말했다. "그게 글쎄, 핫도그 장사라지 뭐야."

"저런, 세상에." 샌타의 목소리가 컥컥거렸다. "핫도그 장사? 길거리에서 팔고 다니는 거?"

"그래, 길거리에서 팔고 다니는 거. 꼭 무슨 백수건달처럼."

"백수건달 맞지, 뭐. 아니, 그보다 훨씬 더 한심하지. 가끔 신문에 나는 경찰 수배 기사를 봐. 전부 다 부랑자들 아냐."

"아유, 끔찍해라!"

"누가 그 녀석 코를 한 방 갈겨줘야 하는데."

"처음에 들어오더니, 샌타, 나더러 무슨 일자리인지 맞혀 보라는 거야. 처음엔 물론 '푸주한' 아니냐고 그랬지."

"그랬겠지."

"그랬더니 버르장머리 없이 이래. '다시 맞혀보세요. 그건 어림도 없는 소립니다.' 그래서 한 오 분쯤 생각나는 대로 이것저것 불러봤지. 그러다 보니 도대체 그런 허연 유니폼을 입고 일할 만한 자리는 더는 생각도 안 나지 뭐야. 그제야 녀석이 입을 열더라고. '전부 틀렸습니다. 소시지 파는 일입니다.' 하마터면 나, 부엌 바닥에 기절해서 쓰러질 뻔했다니까, 샌타. 차라리 리놀륨 바닥에 머리라도 부딪쳐 깨졌으면 좋았으련만."

"그런들 눈도 깜짝 안 할 녀석이야, 그 녀석은."

"그러고도 남을 녀석이지."

"천년만년 살아봐라, 눈 하나 깜짝하나."

"불쌍한 지 에미 걱정은 눈곱만치도 안 해." 라일리 부인이 말했다. "그렇게 공부를 시켜놨는데, 원, 벌건 대낮에 거리에 나가 소시지를 팔겠다니."

"그래서 뭐라고 했어?"

"아무 말도 못 하겠더라고. 내가 입을 뗄 만하니까 벌써 욕실로 내뺐지 뭐야. 아직도 저 안에 틀어박혀 온 바닥에 물을 튀겨가며 첨벙대고 있다니까."

"잠깐만 기다려, 아이린. 오늘 우리 손녀 하나가 와 있거든." 샌타는 이 말과 함께 수화기 저편에서 누군가에게 호통을 쳤다. "스토브 근처엔 얼씬도 하지 말랬지, 샤메인. 주둥이 한 대 갈기기 전에 얼른 소파에 가서 놀아."

어린아이의 목소리가 뭐라고 대꾸를 했다.

"아휴." 샌타가 라일리 부인에게 태연하게 말을 이었다. "애들은 이쁘고 다 좋은데, 가끔은 알다가도 모르겠다니까. 샤메인! 따귀 한 대 올리기 전에 당장 밖에 나가 자전거나 갖고 놀아. 끊지 마, 아이린."

라일리 부인은 샌타가 수화기를 내려놓는 소리를 들었다. 그러자 이내 아이가 비명을 질렀고, 문이 쾅 닫혔으며, 곧 샌타가 다시 수화기를 들었다.

"젠장, 정말이지, 아이린, 쟤가 도통 사람 말을 들어먹질 않는다니까! 쟤 좀 먹이려고 스파게티랑 스튜랑 좀 만들려는데, 계속 냄비에서 알짱대는 거 있지. 학교 수녀님들이 매질을 좀 해주면 좋으련만. 앤절로는 어렸을 때 수녀님들한테 얼마나 맞았는지 말도 못 해. 어떤 수녀님은 걔를 칠판에다 메다꽂은 적도 있다니까. 그래서 앤절로가 오늘날 그렇게 다정하고 사려 깊은 어른이 된 거지."

"수녀님들은 이그네이셔스를 정말 이뻐하셨어. 그만큼 사랑스러운 아이였다고. 교리문답을 하도 잘 외워서, 성화란 성화는 다 상으로 타오곤 했더랬지."

"수녀님들이 좀 호되게 패줬어야 해."

"녀석이 작은 성화들을 들고 집에 오던 그 시절이 좋았는데." 라일리 부인이 훌쩍거렸다. "그땐 백주 대낮에 소시지를 팔게 될 줄은 꿈에도 생각 못 했지." 라일리 부인이 수화기에 대고 불안스레 격한 기침을 토했다. "그나저나, 샌타, 앤절로는 어떻게 지내고 있대?"

"걔 안사람 리타한테서 좀 전에 전화가 왔는데, 화장실에 내내 갇혀 있던 바람에 폐렴에 걸린 거 같다지 뭐야. 솔직히 말해서, 아이린, 앤절로는 꼭 귀신처럼 낯빛이 해쓱해졌어. 경찰들이 정당한 대우를 안 해주는 모양이야. 그 애가 경찰직을 얼마나 좋아하는데. 경찰학교를 졸업할 땐 저거시기, 아이보리 리그라도 졸업하는 줄 알았다니까. 어찌나 자랑스러워하던지."

"그러게, 불쌍한 앤절로가 요즘 안색이 영 안 좋아 보여." 라일리 부인이 동의했다. "기침도 심하고. 저기 말이야, 이그네이셔스가 준 그 책을 읽어보면 기분이 좀 나아질지도 모르는데. 이그네이셔스 말로는 영감을 주는 문학작품이라니까."

"그래? 이그네이셔스가 준 거라면 '영감을 주는 문학작품' 그거 못 믿겠는데. 음탕한 이야기만 한 보따리 들어 있는 거 아닌가 몰라."

"혹 내가 아는 사람이 녀석 수레를 끌고 다니는 걸 보기라도 하면 어떡하지?"

"부끄러워할 거 없어. 자식새끼 막돼먹은 게 어디 에미 탓인가, 뭐." 샌타가 툴툴거렸다. "아이린네 집에는 남자가 있어야 돼. 그래야 그 녀석 버르장머리를 고쳐놓지. 내 한번 그 점잖은 영감을 찾아가서 아이린을 어떻게 생각하는지 물어봐야겠어."

"점잖은 영감 따위 필요 없어. 내가 바라는 건 그저 야물딱진 자식새끼라고."

"걱정 마. 그냥 이 샌타한테 다 맡기라니까. 내가 다 알아서 해줄게. 생선가게 주인은 그 영감 이름을 모른대. 하지만 내가 알아내고 말 거야. 실은, 나 얼마 전에 세인트퍼디넌드 거리에서 그 영감이 걸어가는 걸 본 거 같은데."

"내 안부를 묻디?"

"그게 있지, 아이린, 말을 붙여볼 틈이 없었어. 그 사람이 맞는지도 확실치 않고."

"거봐. 그 영감도 아무 관심 없는 거라니까."

"그런 소리 마. 맥줏집에다 내가 수소문해볼게. 일요일 미사에도 나가서 좀 얼쩡거려야겠어. 내가 이름을 꼭 알아낼 거야."

"그 영감, 나한테 관심 없대도 그러네."

"아이린, 만나본다고 나쁠 건 없잖아."

"이그네이셔스만으로도 골치가 아파죽겠어. 정말 창피스럽지 뭐야, 샌타. 옆집 사는 미스 애니가 녀석이 수레 끌고 다니는 걸 보기라도 해봐. 안 그래도 우리 모자를 치안 방해자로 잡아넣지 못해 안달인데. 그 여편네는 허구한 날 자기 집 덧문 뒤에 숨어서 골목을 엿보고 있다니까."

"남들 신경 쓸 거 없어, 아이린." 샌타가 충고했다. "우리 동네 사람들은 어떤데 그래. 입들이 아주 개차반들이야. 누구든 클뤼니 수도회 세인트오도 교구에서 살 수 있는 사람이면 세상 그 어디에서도 살 수 있을걸. 어찌나 못된 말들을 해대는지, 아휴, 말도 마. 이 동네에 내 욕을 하고 다니는 여자도 하나 있지. 고 주둥아리 닥치지 않으면 내 언젠가 벽돌로 상판을 확 갈겨줄 작정이야. 누가 그러는데, 고년이 나더러 '헤픈 과부'라고 주둥일 놀리고 다닌다잖아. 하지만 걱정할 거 없어. 고년한테는 내 따끔한 맛을 보여줄 테니. 아무래도 조선소 다니는 남정네랑 바람이 난 거 같기도 하고. 고년 남편한테 안사람 단속 좀 잘하라고 투서라도 할까 봐."

"무슨 말인지 알아. 나 어릴 적 저 아래 도핀 거리에 살던 때가 생각나네. 그 시절 우리 아버지한테도 익명의 투서가 날아들곤 했더랬지. …… 나에 대해서 말이야. 어쩜 그리 못됐는지. 나는 늘 그게 우리 사촌이 보내는 거라고 생각했는데. 그 불쌍한 노처녀 말이야."

"어떤 사촌이었는데?" 샌타가 눈을 반짝이며 물었다. 아이린 라일리의 친척들은 하나같이 피비린내 나는 사연들이 있는지라, 그들의 얘기는 아주 들을 만했다.

"어렸을 때 펄펄 끓는 물이 든 솥을 팔에다 엎질렀지 뭐야. 그러니 피부가 얼룩덜룩 덴 몰골이었지, 뭐. 무슨 말인지 알지? 볼 때마다 항상 자기 집 부엌 식탁에 앉아 뭔가를 쓰고 있더라고. 틀림없이 내 얘기를 쓰고 있었을 거야. 라일리 씨와 만나기 시작하자 굉장히 질투가 심했으니까."

"다 그런 거지, 뭐." 샌타가 말했다. 아이린의 드라마틱한 족보에서 화상 입은 친척 정도는 따분한 이야기에 불과했다. 하지만 그녀는 곧 걸걸한 목소리로 명랑하게 말했다. "있지, 아이린이랑 앤절로랑 초대해서 조촐하게 파티라도 해야겠어. 걔 안사람도 올 수 있으면 오라고 하고."

"아유, 그거 멋지다, 샌타. 그런데 요즘 별로 파티할 기분이 아닌데."

"궁둥이 좀 흔들다 보면 기분이 한결 나아질 거야. 그 영감에 대해 뭐 좀 알아내면, 그이도 초대할게. 둘이서 춤이라도 춰."

"글쎄, 뭐, 이담에 그 영감 보면 미스 라일리가 안부 전하더라고 해주던가."

욕실 문 너머에서 이그네이셔스는 미적지근한 물속에 나른하게 드러누운 채, 한 손가락으로 플라스틱 비눗갑을 수면에서 앞뒤로 밀었다 당겼다 하며 이따금 어머니가 통화하는 소리에 귀를 기울이곤 했다. 그러다 때로는 비눗갑에 물이 가득 찰 때까지 꾹 눌러 가라앉게 만들기도 했다. 그럴 땐 욕조 바닥을 손으로 더듬어 비눗갑을 찾아낸 뒤 물을 따라 내고는 다시 수면에 띄웠다. 파랗고 노란 두 눈이 변기 위에 올려둔 마닐라지 편지봉투에 머물렀다. 이그네이셔스는 벌써 한참을 봉투를 열어볼까 말까 마음을 못 정하고 있었다. 일자리를 구했다는 트라우마가 유문에 부정적인 영향을 미치는 바람에, 따뜻한 물에 몸을 푹 담근 채 분홍색 하마처럼 이리 뒹굴 저리 뒹굴 하며 심신이 진정되기를 기다리는 중이었다. 일단 진정이 되고 나면 봉투를 공격할 생각이었다. 파라다이스 핫도그는 기분 좋은 직장이 될 것이 틀림없었다. 그는 강변 어딘가에 수레를 세워놓고 근로 일기에 쓸 메모를 차곡차곡 써 모아가며 시간을 보낼 계획이었다. 클라이드 씨에게는 왠지 아버지다운 면모가 있었는데, 이그네이셔스는 그 점이 마음에 들었다. 쭈글쭈글한 얼굴에 흉터가 있는 노인, 이 프랑크푸르트 소시지 업계의 거물은 근로 일기에 쓸 새 등장인물로 대환영이었다.

마침내 심신이 한껏 말랑말랑해진 이그네이셔스는 물이 뚝뚝 떨어지는 거대한 몸뚱이를 물 밖으로 일으켜 봉투를 집어 들었다.

"대체 얘는 왜 이런 봉투를 쓰는 거지?" 그는 성을 내며 두꺼운 갈색 봉투에 찍힌 뉴욕 플래너테리엄 스테이션 우체국의 원형 소인을 살펴보았다. "편지는 틀림없이 채점용 연필 아니면 더 한심한 걸로 썼겠지."

그는 젖은 손으로 봉투를 적시며 북 찢은 뒤 그 안에서 접힌 포스터 한 장를 꺼냈다. 포스터에는 큼직한 글씨로 다음과 같이 쓰여 있었다.

강연! 강연!
M. 민코프의 대담한 논평

"정치에서의 섹스:
보수 반동에 맞서는 무기로서의 성애의 자유"

28일 목요일 오후 8시
Y. M. H. A.* – 그랜드 콘코스

입장료 $1.00, 또는 만인을 위해 보다 풍요로운 양질의 섹스를, 사회적 소수자를 위해 긴급 타개책을 공격적으로 요구하는 M. 민코프의 탄원서에 서명시 무료입장 가능! (탄원서는 워싱턴으로 발송 예정임.) 지금 서명하고, 성적 무지와 순결과 두려움으로부터 미국을 구합시다. 이 대담하고 중차대한 운동에 동참할 만큼 당신들의 신념은 굳건하지 않습니까?

---

* 히브리 청년회(Young Men's Hebrew Association).

"오, 하느님 맙소사!" 이그네이셔스가 물이 뚝뚝 떨어지는 콧수염 사이로 뜨거운 포효를 내질렀다. "얘가 지금 대중 앞에서 강연을 하겠다고 설치는데도 다들 보고만 있나 그래? 대체 이 웃기지도 않는 강연 제목은 또 뭐람?" 이그네이셔스는 심사가 잔뜩 꼴려 포스터를 다시 한 번 읽었다. "어쨌든, 대담하게 논하기야 하겠지. 변태적인 심사지만, 고 깜찍한 불여우가 청중 앞에서 헛소리를 늘어놓는다니 들어보고 싶기도 한걸. 이번엔 취향과 품위를 거스르는 데 있어 유달리 탁월함을 발휘하는군."

포스터 아랫부분에 손으로 그린 화살표와 '뒷면으로'라고 쓴 글자를 따라 포스터를 뒤로 넘겼더니, 머나가 뭐라고 잔뜩 써놓은 글이 나타났다.

귀하,

무슨 일 있니, 이그네이셔스? 여태 소식 한 자 없군. 뭐, 편지 주지 않는다고 널 탓하려는 건 아냐. 지난번 편지에서 내가 좀 심하게 몰아붙인 것 같은데, 그건 단지 섹스를 바라보는 건강하지 못한 태도에서 기인했을 가능성이 다분한 네 그 편집증적 판타지로 인해 마음이 심란했기 때문이었어. 너도 알다시피, 우리 처음 만난 이후로 난 줄곧 너의 성적 성향을 명확히 밝히기 위해 네게 예리한 질문들을 던져왔잖니. 게다가 난 네가 충만하고 자연스러운 오르가슴을 통해 진정한 자기표현과 만족감을 얻을 수 있도록 돕고 싶었어. 난 네 정신을 존중하고 네 괴짜 성향들도 다 받아들여 왔기에, 정신과 섹스의 완벽한 균형이라는 저 높은 고지에 네가 올라서는 걸 보고 싶은 거야. (아주 충만하고 폭발적인 오르가슴이야말로 네 존재를 정화시키고 너를 음지에서 꺼내줄 테니까.) 그러니 지난번 편지에 대해 화내진 말아줘.

이 포스터에 대해선 조금 있다 설명해줄게. 내가 어쩌다가 이렇게 대담하고 헌신적인 강연을 하게 되었는지 너도 자못 궁금할 테지. 하지만 먼저 영화는 취소되었다는 소식부터 전해야겠다. 그러니까 혹시라도 집주인 역할을 맡을 계획이었다면, 잊어줘. 근본적으로 자금난이 문제였어. 아빠에게선 더는 한 푼도 짜낼 수 없었고, 할렘 소녀 레올라는 급료(혹은 급료의 부재) 문제로 굉장히 적대적으로 변해 결국은 내 귀에 살짝 반유대주의적으로 들리는 발언을 한두 마디 하고야 말더군. 자기네 인종을 돕겠다는 프로젝트인데 무상으로라도 일할 자세가 되어 있어야지, 그 정도도 헌신적이지 못한 애 따위 누가 필요하대? 새뮤얼은 어두운 숲(무지와 관습)을 배경으로 한 알레고리 드라마를 기획 중이라, 숲의 감각을 좀 익혀야겠다며 한동안 몬태나 주 삼림 감시원으로 일하기로 했어. 내가 아는 새뮤얼이라면 삼림 감시원으론 완전 젬병이지만, 그가 다룰 알레고리는 분명 도전적이고 논쟁적이며, 불쾌한 진실들로 가득 찬 작품이 될 거야. 이 친구에게 행운을 빌어줘. 정말 환상적인 친구라니까.

이제 강연 얘기로 돌아가자. 드디어 난 나의 철학과 기타 등등을 설파할 연단을 발견한 듯싶어. 이 모든 게 정말 묘하게 일어난 거 있지. 몇 주 전에 몇몇 친구들이 이스라엘에서 막 돌아왔다는 **진짜** 사나이를 위해 연 파티에 갔었거든. 그 사나이, 아주 굉장한 사람이더군. 정말이야.

이그네이셔스는 끄윽 하고 소량의 파라다이스 가스를 배출했다.

260

이스라엘에서 배워온 포크송들을 몇 시간이고 시간 가는 줄 모르고 부르지 뭐니. 음악은 기본적으로 사회적 항거와 표현의 도구가 되어야 한다는 내 이론을 뒷받침해주는 아주 의미심장한 노래들이었어. 우린 모두 그 사람 노래를 홀린 듯 경청하고 더 불러 달라고 애원하며 몇 시간이고 시간 가는 줄 모르고 그 아파트에 붙들려 있었어. 그러다 우린 다 같이 다양한 차원에서 얘기를 나누기 시작했고, 난 내가 품고 있는 전반적인 생각을 그에게 다 털어놓게 됐지.

"하아암." 이그네이셔스는 입이 찢어져라 하품을 했다.

그 사람이 이러더라. "왜 이 모든 생각들을 혼자 품고 있나요, 머나? 왜 세상에 알리지 않는 거죠?" 그래서 난 토론 모임이나 집단심리치료 모임에서 종종 얘기를 한다고 했지. 또 『뉴 데모크라시』, 『인간과 대중』, 『지금!』과 같은 저널 독자란에 실린 내 글에 대해서도 말해줬고.

"그만 욕조에서 나오너라, 얘야." 이그네이셔스는 어머니가 욕실문 너머로 악을 쓰는 소리를 들었다.
"왜요?" 그가 물었다. "어머니가 쓰시게요?"
"아니."
"그럼 제발 가주세요."
"너무 오래 들어앉아 있잖니."
"제발요! 지금 편지를 읽고 있단 말입니다."
"편지? 누가 도대체 너한테 편지를 썼대?"

"제 소중한 친구, 민코프 양이랍니다."

"지난번엔 그 기집애 때문에 리바이 팬츠에서 잘렸다고 하고선."

"뭐, 그러긴 했었죠. 하지만 오히려 전화위복이 된 듯싶은데요. 새 직장이 꽤나 맘에 들거든요."

"아유, 기가 찰 노릇이지." 라일리 부인이 서글프게 말했다. "별 신통치도 않은 공장 사무직에서마저 잘리고, 이제는 길거리에서 소시지나 판다니. 저기 말이다, 이그네이셔스, 내 한마디만 하마. 제발 그 소시지 장수한 테선 잘리지 마라. 샌타가 뭐래는지 아니?"

"뭐가 됐든 꽤나 통찰력 있고 예리한 언급일 거라 믿어 의심치 않습니다. 다만 우리 모국어에 대한 그분의 공격*을 제대로 이해하기가 꽤나 어려운 일이란 생각은 들지만요."

"누가 네 녀석 코에다 제대로 한 방 먹여야 한대더라."

"그 아주머니 입에서 나온 말 치고는 꽤나 교양 있는 말이군요."

"머나 그 기집애는 요즘 뭐 한다니?" 라일리 부인이 수상쩍은 듯이 물었다. "어째서 그렇게 편지질을 해대는 거래? 걔야말로 목욕물에 좀 푹 담가야겠던데."**

"머나의 정신은 구순기적 맥락이 아니고서는 물을 감당하지 못합니다."***

"뭐라고?"

"제발 생선 장수처럼 꽥꽥대지 말고 그만 가주시렵니까? 오븐에서 구

---

* 이탈리아계인 샌타가 완벽한 영어가 아닌 이탈리아계 방언을 쓰는 걸 얕보는 표현.

** 머나는 기성 사회의 통념과 제도를 부정하고 반사회적 행위를 추구하던 1960년대 히피. 그들은 주로 장발에 단정치 못한 옷차림을 하고 일부러 잘 씻지 않았다.

*** '물'은 마실 뿐, 씻는 용도로는 쓰지 않는다는 의미. 프로이트에 대한 풍자적 표현.

워지고 있는 와인 병 없나요? 저 좀 내버려두세요. 신경이 아주 곤두서 있단 말입니다."

"신경이 곤두서? 여태 한 시간도 넘게 뜨거운 물에 들어앉았으면서?"

"이젠 뜨겁지도 않습니다."

"그럼 얼른 욕조에서 나와."

"제가 이 욕조에서 나가는 게 어머니한테 왜 그렇게 중요하답니까? 어머니, 도무지 이해가 되질 않는군요. 가정주부로서 지금 당장 해야 한다고 여기시는 일 어디 없나요? 오늘 아침에 보니, 복도에 거의 야구공만 하게 뭉쳐진 먼지 보무라지가 눈에 띄던데. 청소 좀 하시죠. 전화로 시간도 물어서 정확히 맞춰놓으시고요. 뭐든 하시란 말입니다. 드러누워 낮잠을 즐기시든가요. 요즘 들어 꽤나 수척해 보이시는데."

"당연히 수척하지, 얘야. 네가 이 불쌍한 에미 가슴을 갈가리 찢어놓고 있잖니. 내가 어느 날 픽 쓰러져 죽기라도 하면 넌 어떡할래?"

"글쎄, 전 이런 비상식적인 대화에 동참하고 싶지 않습니다. 원하신다면, 거기 밖에서 독백이라도 하시든가요. 혼자 조용히 말입니다. 전 지금 M. 민코프가 이 편지에 써 보낸 온갖 새로운 공격에 집중해야 하니까요."

"더는 못 참는다, 이그네이셔스. 머지않아 내가 뇌졸중으로 부엌에 쓰러져 있는 꼴을 보게 될 게야. 두고 봐라. 넌 의지가지없는 천애 고아가 될 테니. 그래서 이 불쌍한 에미를 이토록 함부로 대한 죄과를 무릎 꿇고 하느님께 빌게 될 테니 말이다."

욕실에선 침묵만이 흘러나왔다. 라일리 부인은 하다못해 물 튀기는 소리나 종잇장 매만지는 소리라도 날까 싶어 기다렸지만 욕실문은 묘지 입구처럼 고요하기만 했다. 일이 분쯤 더 헛되이 기다리다 결국 라일리 부인은 복도를 지나 오븐을 향해 걸음을 옮겼다. 이그네이셔스는 오븐이 끼익 열리는 소리를 듣고서 그제야 다시 편지를 읽기 시작했다.

그랬더니 그 사람이 이러는 거야. "당신 같은 목소리와 인격이라면, 감옥에 있는 자들 앞에 서야 해요." 이 남자, 정말 무지무지 멋졌어. 강인한 정신력은 물론이거니와, 진정한 멘쉬*였지. 너무나 신사적이고 사려 깊어서 도저히 믿을 수 없을 정도였어. (특히나 새 뮤얼과 지내다 보니 더 그래. 이 친구는 헌신적이고 대범하긴 하지만 좀 너무 시끄럽고 아둔한 구석이 있거든.) 내 평생 이 포크송 가수처럼 헌신적으로 보수 반동사상과 편견에 맞서 싸우는 사람은 처음 봤어. 제일 친한 친구가 흑인 추상 화가래. 캔버스 위에 항의와 저항의 장대한 얼룩들을 만들어낸다는데, 가끔은 칼로 캔버스를 갈가리 찢을 때도 있다나 봐. 그 사람은 또 내게 교황이 어떻게 핵무장을 꾀하고 있는가를 자세히 보여주는 기가 막힌 팸플릿도 나눠주더구나. 그걸 보고 난 마음의 눈을 번쩍 뜨게 됐고, 가톨릭 교단에 맞서 투쟁하는 그를 지원하는 의미에서 그 팸플릿을 『뉴 데모크라시』지에 전달했어. 하지만 이 남자는 WASPS**에도 깊은 반감을 품고 있었지. 꼭 그들을 증오하는 것처럼 말이야. 요컨대, 아주 영민한 사람이더라니까.

이튿날 그 사람에게서 전화가 왔어. 브루클린 하이츠 지구 어디에서 사회운동조직을 만들려고 하는데, 나더러 거기 와서 강연을 해줄 수 있겠느냐는 거야. 난 완전히 감동 먹었지. 이 냉혹한 아귀다툼의 세계에서 이런 친구를…… 이렇게 참된 친구를 만나는 건

---

* 이디시어로 '훌륭한 사람'. 유럽 동부의 유대인 언어인 이디시어는 세계 각지로 이주한 유대인들을 통해 전 세계로 퍼졌다.

** 미국 백인 개신교도(White Anglo-Saxon Protestants). 미국 사회를 지배하는 주류 계층.

쉽지 않은 일이잖아…… 뭐, 그렇게 생각했어. 그런데 요점만 간단히 말하면, 강연이라는 이 바닥이 연예계와 별반 다를 바 없다는 사실을 난 몸소, **값비싼 대가를 치르고서** 배웠다는 거야. 성 상납이다 뭐다 판에 박힌 관행들, 왜, 그런 거 있잖아. 무슨 얘긴지 알겠어?

"지금 내가 내 눈으로 읽고 있는 이 언어도단의 취향 모독을 믿을 수가 있느냐고?" 이그네이셔스가 둥둥 떠다니는 비눗갑을 보고 물었다. "이 계집애는 수치심이라는 게 전혀 없는 모양이군!"

이번에도 난 사람들이 내 정신보다 내 몸에 더 큰 매력을 느낀다는 사실을 다시금 깨달았어.

"하아암." 이그네이셔스가 한숨을 내쉬었다.

개인적으론, 헌신적인 젊은 여성 자유주의자들을 지금 이 순간에도 등쳐먹고 있을 이 가짜 '포크송 가수'의 정체를 만천하에 폭로하고 싶은 기분이야. 내가 아는 어떤 사람이 그러는데, 이 '포크송 가수'가 실은 앨라배마 주 출신의 침례교도라는 소리를 어디서 들었대. 세상에, 무슨 그런 사기꾼이 다 있니. 그래서 그놈이 준 팸플릿을 꼼꼼히 뜯어봤더니 웬걸, KKK단이 인쇄한 거였더군. 이 사건을 보면, 너도 오늘날 우리가 다뤄야 하는 복잡 미묘한 이데올로기적 양상들에 대해 감이 좀 잡힐 거야. 내가 보기엔 꽤 괜찮은 자유주의 성향의 팸플릿 같았거든. 이제 난 『뉴 데모크라시』 편집장에게 그 팸플릿이 비록 도전적인 내용이긴 하지만 그릇된 인간들이 쓴 거라는 얘기를 전하는 굴욕도 겪어야 했어. 이번엔 WASPS의 반격에 내가 당한 꼴이 됐지. 이 사건으로 포 공원의 일이 떠올랐어. 내가 다람쥐인 줄 알고 먹이를 줬던 놈이 알고 보니 시궁쥐였지 뭐니. 얼핏 보면 누가 봐도 다람쥐 같았는데. 그러니 살면서 배우는 거 아니겠니. 그 사기꾼이 이거 하나는 깨닫게 해줬어. 쓰레기 같은 인간들로부터도 배울 게 있다는 걸 말이야. 난 이곳 Y(YMHA)*에 강당을 하루 저녁 빌릴 수 있는지 알아보기로 했지. 얼마 후에 좋다는 답이 왔어. 물론 이곳 브롱크스 Y의 청중들은 좀 편협한 감이 있긴 하지만, 내가 강연만 잘하면 언젠가는 노먼 메일러나 시무어 크림 같은 위대한 사상가들이 늘 견해를 공표하는 렉싱턴 대로의 Y에서 연설을 하게 될 날이 오지 않겠니. 시도해본다고 나쁠 건 없잖아.

이그네이셔스, 아무쪼록 네가 네 성격 문제를 바로잡도록 노력 중이었으면 해. 편집증이 더 나빠지진 않았니? 내 생각에 그 편집증은 네가 늘 방 안에 틀어박혀 외부세계를 불신하게 된 데서 비롯된 거 같아. 왜 악어들 우글거리는 아랫지방에서 살려고만 하니? 네 정신은 지금 비록 철저한 점검과 수리를 요하고 있지만, 넌 이곳 뉴욕에서 진정으로 성장하고 꽃필 수 있는 두뇌를 갖고 있단 말이야. 사실 넌 지금 네 자신과 네 지성을 한꺼번에 좌절시키고 있는 거야. 지난번 미시시피 주에서 돌아오는 길에 네게 잠깐 들러 마지막으로 보았을 때 이미 네 상태는 몹시 나빠져 있었어. 그런 수준 미달의 낡은 집에서 어머니랑 둘이서만 살고 있으니, 아마 지금쯤은 완전히 퇴행한 모습이겠지. 타고난 충동적 욕구들이 해방

---

* YMHA(히브리 청년회).

시켜 달라고 아우성치지 않니? 아름답고 의미심장한 연애가 널 완전히 탈바꿈시켜줄 거야, 이그네이셔스. 틀림없이 그렇게 돼. 지금은 거대한 오이디푸스의 굴레가 너의 두뇌를 에워싸고 널 파멸시키고 있다니까.

네 사회학적 혹은 정치적 사상 역시 더는 발전하고 있을 것 같진 않구나. 정당을 창설하겠다거나 신권神權에 의거한 대통령 후보를 지명하겠다는 꿈은 포기한 거니? 마지막으로 만났을 때 내가 네 정치적 무관심을 질타하자 넌 그런 아이디어를 내놨었어. 그게 보수 반동적 기획이라는 건 알았지만, 최소한 네가 어떤 정치의식을 발전시키고 있음을 보여주는 것이긴 했지. 제발 이 문제에 대한 네 생각을 편지로 써서 보내줘. 현 시국이 난 몹시 우려스러워. 우리나라엔 삼당 체제가 필요한데, 파시스트들이 하루하루 세력을 키워가고 있어. 이런 상황에서, 네가 얘기한 신권 정당은 파시스트 지지 세력의 상당 부분을 흡수할 만한 일종의 비주류파 전략이 될 수 있다니까.

이런, 이제 그만 써야겠다. 부디 강연이 성공을 거두길. 특히 네가 내 강연의 메시지를 들으면 뭔가 도움을 얻을 수 있을 텐데. 아무튼 신권 운동을 행동으로 옮길 생각이 있다면, 이곳 뉴욕에서 한 지부 정도는 조직할 수 있게 내가 도와줄게. 제발 집 밖으로 나와, 이그네이셔스. 그리고 널 둘러싼 세상 속으로 들어와. 난 네 미래가 걱정돼. 넌 언제나 나의 가장 중요한 프로젝트 중 하나이고, 네 정신 상태에 대해 들을 수 있다면 언제든 대환영이라는 거 알지? 그러니 '제발' 베개는 내던지고 얼른 편지해줘.

M. 민코프

한참 뒤, 겹겹이 주름진 분홍빛 살덩어리들을 낡은 플란넬 가운으로 감싸고 엉덩이 부위를 옷핀으로 고정시킨 차림으로 이그네이셔스는 자기 방 책상에 앉아 만년필에 잉크를 채우고 있었다. 어머니는 복도에서 또 다른 누군가와 통화를 하며 넋두리를 늘어놓는 중이었다. "그런데 내가 지 할미가 남긴 보험금을 그 녀석 대학 교육비로 한 푼도 남김없이 다 써버렸지 뭐야. 아유, 기가 찰 노릇이지. 그 돈을 다 하수구에 쏟아 부은 꼴이라니까." 이그네이셔스는 끄윽 트림을 하고서 서랍을 열어 편지지가 아직 남아 있는 줄 알고 찾기 시작했다. 그 안에서 그는 요요를 발견했다. 몇 달 전 동네에서 요요를 팔던 필리핀 사람에게서 산 것이었다. 요요 한쪽 면에는 그 필리핀인이 이그네이셔스의 요청을 받고 조각한 종려나무 한 그루가 새겨져 있었다. 이그네이셔스는 요요를 아래로 굴러 내렸다. 그런데 줄이 툭 끊어지더니, 요요는 방바닥을 도르르 굴러 침대 밑으로 들어가서는 빅치프 노트와 옛날 잡지 더미에 안착해버렸다. 손가락에 걸린 줄을 풀고 다시 서랍 속을 뒤지던 그는 리바이 팬츠 레터지 한 장을 발견했다.

사랑하는 머나,

비위 상하는 네 편지 잘 받았다. 정말로 넌, 포크송 가수들 같은 인간 이하의 잡것들과 네가 그런 천박한 만남을 가졌다고 해서 내가 관심이나 가질 거라 생각하는 거니? 매번 네 편지에는 어김없이 너의 너저분한 개인사가 언급되는 것 같은데, 제발 자제하고 정치적 화두나 뭐 그런 얘기만으로 국한해주길 바란다. 그럼 최소한 음담과 모독은 피해갈 수 있을 테니까. 하지만 시궁쥐와 다람쥐인지, 시궁쥐-다람쥐 아니면 다람쥐-시궁쥐인지, 그 상징은 여러 가지를 환기시키는 상당히 훌륭한 장치였다고 생각해.

너의 그 수상쩍은 강연이 열리는 어두운 밤에 유일하게 참석하는 청중이 있다면, 그건 아마 강연장 창문의 불빛을 보고 지옥처럼 춥고 끔찍한 자기 삶에서 벗어나기 위해 희망을 품고 찾아온, 죽도록 고독에 몸부림치는 늙은 도서관 사서가 아닐까 싶군. 그자의 구부정한 형체만이 단상 앞에 홀로 앉은 강당에서, 네 코맹맹이 소리가 텅 빈 의자들 사이로 메아리쳐 울리며 권태와 혼란과 에로틱한 막말을 그 불쌍한 자의 대머리 대갈통에다 깊이, 더 깊이 때려 박는 가운데, 혼란에 빠져 급기야 히스테리에 이른 그자는 옷을 훌러덩 벗어젖히고 머리 위로 끊임없이 윙윙거리는 그 완강한 소음에 맞서 몽둥이 같은 그놈의 결딴난 아랫도리를 절망적으로 흔들어대겠지. 내가 너라면, 당장 강연을 취소하겠어. Y 당국도 철회 요청을 두 손 들고 반길 게 분명해. 특히나 그들이 지금쯤 브롱크스의 전봇대마다 붙어 있을 게 뻔한 그 악취미의 포스터를 한 번이라도 볼 기회가 있었다면 더더욱 그럴걸.

내 사생활에 대한 언급은 불필요한 참견이었다. 그저 네가 충격적이리만큼 취향과 품위를 결여하고 있는 애라는 걸 드러내줄 뿐이더군.

사실, 내 사생활은 크나큰 변화를 겪었지. 현재 난 식품유통산업과 아주 활기찬 관계를 맺고 있기에, 앞으로는 한가로이 네게 편지 쓸 시간이나 있을지 심히 의문이다.

바쁜 와중에,
이그네이셔스

8

"노인네 좀 가만 내버려둬." 리바이 씨가 말했다. "봐, 잠들려고 하잖아."

"가만 놔두라고요?" 리바이 부인이 미스 트릭시를 노란 나일론 소파에 기대어 눕혔다. "그거 알아요, 거스? 가만 놔두는 거야말로 이 불쌍한 여인의 삶에 있어 비극이라는 것을요. 부인은 지금껏 늘 혼자였어요. 누군가가 필요해요. 사랑이 필요하다고요."

"어이구."

리바이 부인은 관심사도 많고 꿈도 많은 여자였다. 지난 세월 마음 내키는 대로 브리지 게임, 아프리카 제비꽃, 수전과 샌드라, 골프, 마이애미, 패니 허스트와 헤밍웨이, 통신강좌, 미용사, 햇빛, 미식, 사교댄스, 그리고 최근 몇 년간은 미스 트릭시까지, 원 없이 탐닉해왔다. 하지만 미스 트릭시만큼은 멀리서 지켜보는 것으로 만족해야 했는데, 그렇게 해서는 심리학 통신강좌에 개설된 프로그램을 수행하기에 충분치 않았고, 결국 기말고사를 철저히 망치고 말았다. 통신대학은 심지어 F 학점도 줄 수 없다고 했다. 하지만 지금 리바이 부인은 그 젊은 이상주의자의 해고와 관련한 게임에서 패를 제대로 쓴 덕분에, 그 쭈글쭈글한 살과 챙모자, 스니커즈, 기타 등등 미스 트릭시의 모든 것을 리바이 저택에 데려다놓을 수 있었다. 곤잘레스 씨는 기꺼이 이 늙은 경리 보조에게 무기한 휴가를 내주었다.

"미스 트릭시." 리바이 부인이 다정하게 말했다. "일어나보세요."

미스 트릭시가 눈을 뜨고 씨근거렸다. "나 퇴직한 거야?"

"아니에요, 부인."

"뭐?" 미스 트릭시가 으르렁거렸다. "난 퇴직한 줄 알았는데!"

"미스 트릭시, 부인은 스스로가 늙고 지쳤다고 생각하시는군요. 그거 아주 안 좋은 거예요."

"누가?"

"부인이요."

"오, 그래. 난 아주 지쳤어."

"모르시겠어요?" 리바이 부인이 물었다. "그건 다 마음속 생각일 뿐이 에요. 일종의 노년성 정신질환인 거죠. 부인은 아직도 아주 매력적인 여성인걸요. '난 아직도 매력적이다. 난 매력이 넘치는 여자다' 하고 스스로 다짐해보세요."

미스 트릭시는 헤어스프레이를 뿌린 리바이 부인의 머리카락에 대고 푸우, 하고 투덜대듯 코 고는 소리를 뿜어냈다.

"제발 그 노파 좀 가만 내버려두지 않으시렵니까, 프로이트 박사님?" 『스포츠 일러스트레이티드』지를 보고 있던 리바이 씨가 고개를 들어 성을 내며 말했다. "차라리 수전과 샌드라가 집에 왔으면 싶을 정도군. 당신 하고 좀 놀아주게. 당신네 그 커내스터* 모임은 어떻게 된 거야?"

"말 걸지 마요, 당신, 이 인생의 실패자 같으니. 딱한 처지에 놓인 정신 질환자가 있는데, 내가 어떻게 커내스터 따위나 하고 있겠어요?"

"정신 질환자? 그저 노쇠한 노인네일 뿐이야. 여기로 데려오면서 어땠 는지 알아? 자그마치 서른 군데나 되는 주유소에 들러야 했다고. 결국 난 매번 차에서 내려 어느 게 남자화장실이고 어느 게 여자화장실인지 말해 주는 것도 지쳐, 그냥 멋대로 고르라고 했지. 그랬더니 어떤 체계가 나오

---

* 카드 게임의 일종.

더군. 평균치의 법칙이랄까. 노인네한테 돈을 걸었더니 대충 오십 대 오십으로 나오더라니까."

"더는 얘기하지 마요." 리바이 부인이 경고했다. "단 한마디도. 정말이지 늘 그런 식이군요. 이 항문기 강박증 환자를 그렇게 고생시키다니."

"로런스 웰크* 안 나왔어?" 미스 트릭시가 난데없이 물었다.

"아니에요, 부인. 그냥 편히 앉아 계세요."

"엥, 오늘 토요일 **맞잖아**."

"곧 나올 거예요. 걱정 마세요. 자, 이제 얘기 좀 나눠볼까요. 요즘 부인은 어떤 꿈을 꾸시나요?"

"지금은 기억 안 나."

"기억을 더듬어보세요." 리바이 부인이 모조 다이아몬드가 박힌 샤프 펜슬로 수첩에 뭔가를 끼적대며 말했다. "애를 좀 써보세요, 미스 트릭시. 부인의 정신은 뒤틀려 있어요. 불구자나 다를 바 없어요."

"내가 늙었는지는 몰라도 병신은 아니야." 미스 트릭시가 사납게 호통을 쳤다.

"거봐, 괜히 환자분을 흥분하게 만드시네, 플로렌스 나이팅게일 부인." 리바이 씨가 말했다. "정신분석 좀 아는 거 가지고, 그나마 노인네 머릿속에 남은 제정신마저 다 망쳐버리겠군. 그저 퇴직해서 잠이나 실컷 자고 싶은 양반을."

"당신은 어차피 인생 다 망친 사람. 이 부인의 인생까지 망치려 들지 마요. 이 환자는 절대 퇴직 못 시켜요. 스스로 느끼게 해줘야 한다고요. 사람들이 자기를 원하고, 자기를 필요로 하고, 자기를 사랑하고……."

"당신은 저 빌어먹을 운동기구나 켜고, 노인네는 낮잠이나 즐기게 놔

---

* 미국의 음악가이자 '로런스 웰크 쇼'라는 인기 방송 프로의 사회자.

두라니까!"

"운동기구 얘긴 꺼내지 않기로 했잖아요."

"노인네 좀 내버려둬. 그냥 내버려두라고. 가서 실내자전거나 타란 말이야."

"조용히 해, 제발!" 미스 트릭시가 꽥 소리를 지르고는 두 눈을 문질렀다.

"부인 앞에선 상냥한 말투로 얘기해야 해요." 리바이 부인이 속삭였다. "목소리를 높이거나 말다툼하는 건 부인을 더 불안하게 만든다고요."

"그 말은 믿어주지. 조용히 하자고. 그리고 그 노망난 할망구는 이 거실에서 치워줘."

"그래요. 늘 그렇듯 어디 당신 생각만 해봐요. 아버님이 오늘 이런 당신 모습 보셨으면 어땠을까요?" 리바이 부인이 경악을 하며 아쿠아마린 색 눈꺼풀을 휙 치켜들었다. "흥분거리나 찾아 헤매는 이 바람둥이 꼰대 같으니."

"흥분거리?"

"당신네들, 이제 그만 입들 닥쳐." 미스 트릭시가 경고했다. "나한테는 여기 끌려온 날이 재수 옴 붙은 날인 거 알아둬. 고메즈하고 거기 있을 때가 훨씬 나았어. 쾌적하고 조용하고. 지금 이걸 무슨 만우절 장난이라고 하는 거면, 하나도 안 웃겨!" 미스 트릭시가 눈곱 낀 눈으로 리바이 씨를 쳐다보았다. "엥, 당신이 내 친구 글로리아를 해고한 고놈이구만. 불쌍한 글로리아. 그동안 사무실에서 제일로 친절한 사람이었는데."

"오, 이럴 수가!" 리바이 부인이 한숨을 쉬었다. 그러고는 남편을 돌아보았다. "뭐예요, 딱 한 사람만 해고해요? 그럼 글로리아는 또 누구죠? 미스 트릭시를 인간답게 대해준 단 한 사람인데. 친구가 되어준 단 한 사람이라는데. 이런 걸 알기나 해요? 신경이나 써요? 오, 절대 아니죠. 당신이야 리바이 팬츠가 화성으로 가든 말든 알 바 아니겠죠. 어느 날 경마장에 있다가 사무실로 쳐들어가 글로리아를 내쫓기나 하지."

"글로리아?" 리바이 씨가 물었다. "글로리아라는 사람 해고한 적 없어!"

"아니, 당신이 해고했어!" 미스 트릭시가 빽빽거렸다. "내 두 눈으로 똑똑히 봤다고. 불쌍한 글로리아는 친절 그 자체였는데. 글로리아가 나한테 양말도 주고 런천 미트도 준 거 기억하고 있다고."

"양말? 런천 미트?" 리바이 씨가 잇새로 휘익 휘파람을 불었다. "오, 이런."

"그래요." 리바이 부인이 소리쳤다. "이 홀대받는 존재를 마음껏 비웃어봐요. 하지만 당신이 리바이 팬츠에서 또 무슨 악행을 더 저질렀는진 얘기하지 마요. 도저히 못 참을 듯싶네요. 애들한테 글로리아 얘긴 하지 않겠어요. 당신 같은 냉혈한을 애들이 이해할 리 없죠. 그 애들은 너무나 순진하니까."

"그래, 글로리아 얘긴 안 하는 편이 좋겠군." 리바이 씨가 성을 내며 말했다. "이따위 바보 같은 짓거리 계속할 생각이라면 장모님 따라 산후안 해변으로 보내버리겠어. 가서 웃고 떠들든, 수영하든, 춤을 추든, 맘대로 해."

"지금 나 협박하는 거예요?"

"이제 그만!" 미스 트릭시가 더욱 사납게 으르렁거렸다. "나 지금 당장 리바이 팬츠로 돌아가고 싶어."

"봤죠?" 리바이 부인이 남편에게 물었다. "일을 하고 싶다는 저 열망, 당신도 들었죠? 그런데도 퇴직을 시켜 모든 희망을 꺾어버리고 싶은 거예요? 거스, 제발. 가서 상담 좀 받아봐요. 계속 이러면 말년이 힘들어져요."

미스 트릭시는 짐이랍시고 가져온 잡동사니 봉지를 챙기려고 손을 뻗고 있었다.

"좋아요, 미스 트릭시." 리바이 씨가 애완용 고양이라도 부르듯이 말했다. "자, 차 타러 갑시다."

"아이고, 다행이구만." 미스 트릭시가 안도의 한숨을 쉬었다.

"부인한테 손대지 마요!" 리바이 부인이 비명을 질렀다.

"난 아직 의자에서 일어나지도 않았다고." 남편이 대답했다.

리바이 부인이 미스 트릭시를 밀쳐서 도로 소파에 앉히더니 말했다. "자, 거기 가만 앉아 계세요. 부인은 도움의 손길이 필요하답니다."

"당신네들 도움은 필요 없어." 미스 트릭시가 씨근거렸다. "일으켜나 달라고."

"일으켜드려."

"제발요." 리바이 부인이 경고의 몸짓으로 반지를 낀 통통한 손을 치켜들었다. "이 홀대받는 존재는 내가 친히 돌보기로 했으니 당신은 신경 쓰지 마요. 나한테도 신경 끊어요. 딸애들도 잊어버려요. 스포츠카나 타고 드라이브나 즐기라고요. 오늘 오후에 레가타*가 열리잖아요. 봐요, 당신 아버지가 피땀 흘려 버신 돈으로 내가 설치한 저 전망창 너머로 돛들이 보이네요."

"당신네들, 내 언젠가 꼭 복수해줄 거야." 미스 트릭시가 소파에서 으르렁거리고 있었다. "걱정 말라고. 두고 보면 알아."

미스 트릭시는 일어나려 했지만, 이미 리바이 부인이 노란 나일론 소파에 꼼짝 못하게 붙박아두고 있었다.

---

* 요트나 보트 경주 대회.

감기는 점점 더 심해졌고, 기침을 할 때마다 목구멍과 가슴이 타들어가듯 아프다가 그 뒤로도 한동안은 폐에 먹먹한 통증이 남았다. 순찰경관 맨큐소는 입에 고인 침을 싹 닦아내고는 목에 끓는 가래도 없애려 애를 썼다. 언젠가 오후엔 끔찍한 폐소공포증이 엄습하는 바람에 화장실 안에서 혼절할 뻔한 적이 있었는데, 지금은 감기에 수반되는 현기증으로 혼절하기 일보 직전이었다. 그는 잠시 머리를 화장실 칸막이벽에 대고 눈을 감았다. 빨갛고 파란 구름들이 눈꺼풀 위로 둥둥 떠다녔다. 오한이 너무 심해져 경사가 매일 화장실에 데려다주고 또 데리러 와야 하는 지경에 이르기 전에, 어서 수상한 놈을 하나 체포해서 이놈의 화장실을 벗어나야 했다. 경찰로서 명예를 얻는 게 그의 한결같은 바람이었는데, 버스터미널 화장실에서 폐렴으로 죽는다면 이 무슨 명예란 말인가. 친척들조차 비웃을 일이었다. 게다가 자식들은 학교 친구들에게 뭐라고 하겠는가.

맨큐소 순경은 화장실 바닥의 타일을 물끄러미 바라보았다. 초점이 흐릿한 게 잘 보이지 않았다. 그는 순식간에 공황에 빠졌다. 허리를 숙여 좀더 가까이서 들여다보니, 엷은 안개 같은 것은 일종의 회색 막을 이루며 화장실 바닥을 온통 뒤덮다시피 한 희부연 습기였다. 그는 무릎에 펴놓은 『철학의 위안』으로 다시 돌아가 눅눅해진 책장을 넘겼다. 이 책은 그를 더욱 우울하게 만들고 있었다. 책을 쓴 이가 곧 왕에게 고문당할 처지라지 않나. 서문에 그렇게 쓰여 있었다. 그만큼 시간을 들여 고생스레 이 책을 썼는데, 결국 머리에 못질 같은 거나 당하게 될 거라니. 맨큐소 순경은이 사내가 못내 안쓰러웠고, 이자가 쓴 것을 꼭 읽어봐야만 할 것 같았다. 지금까지 겨우 스무 페이지가량 읽었을 뿐인데, 그는 이 보에티우스라는 인물이 혹 유명한 도박사가 아니었을까 하는 의문이 일기 시작했다. 매번 운명이니 가망이니 운명의 바퀴니 하는 소리들을 늘어놓고 있었으니까. 아무튼, 딱히 인생을 긍정적으로 바라보게 만드는 그런 책은 아니었다.

몇 문장 읽다 말고 맨큐소 순경의 마음은 옆길로 새기 시작했다. 그는 화장실 문틈으로 밖을 내다보았다. 소변기와 세면대, 종이타월을 누가 와서 쓰는지 살피려고 문은 항상 일이 인치 정도 살짝 열어두고 있었다. 지금 세면대에는 맨큐소 순경이 거의 날마다 보다시피 하는 소년이 서 있었다. 그는 미끈한 부츠가 세면대에서 종이타월 박스로 왔다 갔다 하는 광경을 지켜보았다. 소년은 세면대에 몸을 기대고 서서 볼펜으로 손등에 뭔가를 끼적거리기 시작했다. 이거 뭔가 냄새가 나는데, 하고 맨큐소 순경은 생각했다.

그는 화장실 문을 열고 소년에게 다가갔다. 콜록콜록 기침을 하면서도 애써 기분 좋게 말을 꺼내려 했다. "어이, 틴구, 똔에다 머 그디 쓰고 이냐?"

조지는 외알 안경과 팔꿈치까지 내려오는 턱수염을 보고 말했다. "불알 한 방 차버리기 전에 얼른 꺼져."

"경탸를 부드띠지." 맨큐소 순경이 비아냥거렸다.

"아니." 조지가 대꾸했다. "그냥 꺼져. 시비 붙고 싶지 않으니까."

"경탸리 겁나냐?"

조지는 이 미친놈은 또 누군가 싶었다. 이놈도 그 핫도그 노점상만큼이나 상태가 안 좋았다.

"이봐, 또라이, 제발 꺼져. 경찰이랑 붙고 싶은 생각 없다니까."

"딘쨔냐?" 맨큐소 순경이 유쾌하게 물었다.

"그래. 그리고 너 같은 또라이랑도 붙을 생각 없고." 조지가 외알 안경 너머로 눈물이 질질 배어나는 눈과 입가 턱수염에 철철 묻은 침을 보며 말했다.

"너 테포한다." 맨큐소 순경이 콜록콜록 기침을 하며 말했다.

"뭐라고? 젠장, 완전히 정신 나갔군."

"나 뚠탈경관 맹큐또다. 위당근무 둥." 조지의 여드름 앞에 경찰 배지가 번쩍거렸다. "나당 서에 둠 가댜."

"대체 날 왜 체포해요? 그냥 여기 서 있었을 뿐인데." 조지가 신경질적으로 항의했다. "아무 짓도 안 했다고요. 왜 이래요?"

"혀미가 이떠."

"무슨 혐의요?" 조지가 바짝 당황하며 물었다.

"아하!" 맨큐소 순경이 침을 질질 흘리며 말했다. "너 딘쨔 겁나느구나."

그는 조지의 팔을 붙잡아 수갑을 채우려고 손을 뻗쳤다. 하지만 조지는 맨큐소 순경이 겨드랑이에 끼고 있던 『철학의 위안』을 순식간에 낚아채 그의 옆머리를 세차게 갈겨버렸다. 이그네이셔스가 총 십오 달러를 주고 구입한 이 큼직하고 고상한 한정판 영문 번역본의 진가가 두꺼운 사전이나 다름없는 힘으로 맨큐소 순경의 머리를 강타한 것이다. 맨큐소 순경은 눈에서 떨어진 외알 안경을 집으려고 허리를 굽혔다. 몸을 다시 일으키는 순간, 소년이 그 책을 손에 든 채로 화장실 문을 잽싸게 빠져나가는 게 보였다. 쫓아가려 했지만 머리가 너무 심하게 쿵쿵거렸다. 그는 자신이 잠복하고 있던 그 칸으로 돌아가 숨을 돌렸고, 아까보다 더 심한 우울감에 빠져들었다. 그 책에 대해 라일리 부인에게 뭐라고 한단 말인가.

조지는 부리나케 버스터미널 대기실 로커를 열고 거기 보관해둔 갈색 종이 꾸러미들을 꺼냈다. 그러고는 로커 문을 닫지도 않고서 커널 거리로 내처 달렸고, 금속 징 소리를 철컥거리며 중앙 상업지구를 향해 줄달음을 치는 내내 어깨 너머로 흘끔흘끔 돌아보며 턱수염과 외알 안경이 보이지 않나 잔뜩 조바심을 쳤다. 그를 뒤쫓는 턱수염은 어디에도 보이지 않았다.

정말 운이 나빴다. 그놈의 사복 경찰이 오후 내내 그를 찾아 버스터미널을 배회하고 있었다니. 그럼 내일은 어쩌지? 버스터미널은 더는 안전하지 않았다. 이젠 출입 금지다.

"빌어먹을 미스 리." 조지는 발걸음을 재촉하며 악을 썼다. 미스 리가 그렇게 빡빡하게 굴지만 않았어도 이런 일은 일어나지 않는 건데. 그 깜둥이만 해고해버렸어도 예전처럼 두 시에 꾸러미를 가지러 갈 수 있는 건데. 그랬으면 되는 걸, 하마터면 체포당할 뻔하다니. 이게 다 이 물건을 버스터미널에 보관해둬야 했기 때문이고, 이게 다 매일 오후 두 시간 동안 이 물건에 꼼짝없이 붙들려 있어야 하기 때문이었다. 이런 물건을 대체 어디다 둔단 말인가. 그렇다고 이런 걸 오후 내내 들고 다니기도 피곤한 노릇이었다. 집에는 항상 어머니가 있으니 집에 가져갈 수도 없었다.

"에잇, 빡빡한 년." 조지가 중얼거렸다. 그는 꾸러미들을 겨드랑이에 좀 더 바싹 올려 끼우다가 아까 사복 경찰에게서 낚아챈 책이 손에 그대로 들려 있음을 알아차렸다. 짭새한테서 훔친 거라니. 그것도 나쁘진 않았다. 미스 리도 책이 필요하다며 한 권 가져오라고 했고. 조지는 제목을 보았다. 『철학의 위안』이라. 자, 이제 미스 리에게 책이 생겼다.

⁛

샌타 바탈리아는 감자 샐러드를 한 숟가락 떠서 맛을 본 뒤, 혓바닥으로 숟가락을 싹싹 핥아서 샐러드 접시 옆에 놓인 종이 냅킨 위에다 깔끔하게 올려놓았다. 그런 다음 잇새에 낀 파슬리와 양파 찌꺼기를 쪽쪽 빨아들이면서 벽난로 선반 위의 어머니 사진을 보고 말했다. "다들 좋아라 하겠죠. 감자 샐러드를 이 샌타만큼 잘 만드는 사람 없잖우."

거실은 파티 준비가 거의 다 되어 있었다. 구형 콘솔 라디오 위에는 오 분의 이 정도 남은 얼리 타임스 위스키 병과 여섯 개들이 세븐업 한 상자를 올려두었다. 조카에게 빌린 축음기는 깨끗하게 닦인 리놀륨 바닥 한 가운데 놓고, 전기 코드를 샹들리에까지 끌어 올려 연결해놓았다. 대용량 포테이토칩 두 봉지는 붉은 플러시 천 소파의 양쪽 구석에 하나씩 자리 잡고 있었다. 올리브 병은 접어서 덮개를 씌운 간이침대 위 양철 쟁반에 담아놓고서 뚜껑을 열어 포크 하나를 꽂아두었다.

샌타는 벽난로 선반 위의 사진을 집어 들었다. 검은 드레스에 검은 스타킹을 신고, 굴 껍데기로 덮인 어두운 골목길에 서서 적의에 찬 표정을 짓고 있는 한 늙은 여인의 사진이었다.

"불쌍한 엄마." 샌타가 한껏 다정하게 말하며, 사진에다 대고 쪽 소리 나게 요란하고 축축한 키스를 했다. 액자 유리의 꼬질꼬질한 기름때는 이런 애정 공세가 얼마나 잦은지를 여실히 보여주었다. "참 고단한 인생 살다 가셨수." 사진 속에서 작은 석탄덩이 같은 시칠리아인 특유의 검은 눈동자가 꼭 살아 있는 사람처럼 이글거리며 샌타를 쏘아보았다. "내가 유일하게 갖고 있는 엄마 사진인데, 하필 골목길에 서 계실 게 뭐람. 서운하잖우."

샌타는 불공평한 인생살이를 생각하며 한숨을 쉬고는 벽난로 선반 위, 밀랍 과일이 담긴 그릇과 종이 백일홍 부케, 성모 마리아 상, 그리고 프라하의 아기 예수 상 그 사이 어디쯤에다 사진을 털썩 내려놓았다. 그런 다음 각얼음과 식탁의자 하나를 가지러 부엌으로 돌아갔다. 잠시 후 의자와 각얼음이 담긴 작은 피크닉 쿨러를 들고 돌아온 뒤에는, 제일 좋은 젤리 글라스들을 꺼내 벽난로 선반 위의 어머니 사진 앞쪽에다 가지런히 늘어 놓았다. 사진이 손 닿는 데 있게 되자 그녀는 또 사진을 붙들고 키스를 했고, 그 순간 입속에 물고 있던 각얼음이 액자 유리에 닿아 딸그랑 소리를 냈다.

"내가 날마다 엄마를 위해 기도 드리우." 샌타는 혓바닥 위에서 각얼음의 균형을 잡아가며 사진을 보고 두서없이 말을 이었다. "세인트오도 성당에 엄마를 위해 촛불이 하나 타고 있다는 거 알고 계시우."

누가 현관 덧문을 두들겼다. 샌타가 사진을 황급히 내려놓는 바람에 사진의 앞면이 바닥으로 엎어졌다.

"아이린!" 샌타가 문을 열고서, 현관 계단에 주뼛거리고 있는 라일리 부인과 그 아래 인도에 서 있는 조카 맨큐소 순경을 보자 환성을 질렀다. "어서 들어와, 이쁜이. 오늘 정말 근사한데."

"고마워, 친구." 라일리 부인이 말했다. "후유! 차로 예까지 오는 데 얼마나 걸리는지 잊고 있었지 뭐야. 나랑 앤절로랑 거의 한 시간을 차 안에 있었나 봐."

"탸가 마켜떠 그대요." 맨큐소 순경이 거들었다.

"얘 감기 든 거 좀 봐." 샌타가 말했다. "아휴, 앤절로, 이제 그만 화장실에서 꺼내 달라고 서에다 말 좀 해라. 리타는?"

"오고 띠픈 기부니 아니대요. 머디가 아프대요."

"하긴, 애들이랑 하루 종일 집에 갇혀 있으니 그럴 만도 하지." 샌타가 말했다. "에이, 그래도 콧바람 좀 쐬게 해야지, 앤절로. 걔는 어디가 문제라니?"

"딘경이요." 앤절로가 애처로이 대답했다. "딘경이 예민해뎌서."

"신경과민, 그거 끔찍하고말고." 라일리 부인이 말했다. "그나저나 어쩜 좋아, 샌타? 앤절로가 말이야, 이그네이셔스가 준 책을 잃어버렸대. 안타까운 노릇이지. 나야 책은 상관없지만, 이그네이셔스한테는 절대 얘기하면 안 돼. 그랬다간 우리 집에 한 판 거하게 싸움이 날 테니까."

라일리 부인은 그 책이 영원히 비밀에 붙여져야 한다는 뜻으로 손가락을 입술에 갖다 댔다.

"아무튼, 코트나 이리 줘." 샌타는 열의에 차서 라일리 부인의 낡은 자주색 울 코트를 찢어발기다시피 벗겼다. 볼링 치는 밤이면 수도 없이 따라붙던 이그네이셔스 J. 라일리의 망령이 오늘 밤 자기 집 파티까지 쫓아와 망치게 둘 수는 없다고 굳게 다짐한 터였다.

"집이 참 좋아, 샌타." 라일리 부인이 예의를 차려 말했다. "깨끗하고."

"그래. 하지만 거실 바닥에 리놀륨을 새로 깔고 싶어. 참, 종이 커튼 써 본 적 있어, 아이린? 그리 보기 나쁘진 않더라. 메종 블랑슈 백화점에서 괜찮은 걸 몇 개 봤는데."

"내 언젠가 괜찮은 종이 커튼을 사다가 이그네이셔스 방에 달아줬더니만, 녀석이 그걸 창문에서 홱 떼어내 구겨버리지 뭐야. 그런 건 흉물스럽다나. 아유, 기가 차서, 원."

"각자 자기 취향이 있는 거지, 뭐." 샌타가 얼른 받아넘겼다.

"이그네이셔스는 내가 오늘 밤 여기 온 거 몰라. 구일 기도 드리러 간다 하고 왔어."

"앤절로, 아이린한테 뭐 마실 거 좀 만들어드리렴. 너도 위스키 좀 마셔라, 얼른 감기 떨쳐내게. 부엌에 콜라도 좀 있을 거야."

"이그네이셔스는 구일 기도도 못마땅히 여기지 뭐야. 도대체 그 녀석이 좋아하는 게 뭔지 몰라. 솔직히 나, 내 배 아파 낳은 자식인데도, 이그네이셔스한테 슬슬 질릴 지경이라니까."

"있지, 내가 맛있는 감자 샐러드 만들어놨어, 이쁜이. 그 영감이 자기는 감자 샐러드 좋아한다고 그러잖아."

"녀석이 빨래랍시고 내놓는 그 대문짝만 한 가운을 샌타도 좀 봐야 해. 게다가 이렇게 빨아 달라, 저렇게 빨아 달라, 어찌나 잔소리를 해대는지. 하는 말만 듣고 있으면, 꼭 티비에 나와 세제 파는 사람 같다니까. 이그네이셔스 녀석, 시내에서 수레나 끌고 다니는 주제에 엄청난 출세라도 한 것처럼 유세를 떨어, 글쎄."

"앤절로 좀 봐. 우리한테 근사한 술을 만들어준대."

"저기, 아스피린 좀 있어?"

"아휴, 아이린! 정말 분위기 깨도 너무 깬다. 뭐라도 한잔 마셔. 그리고 영감이 올 때까지 기다리자. 오늘 한번 신나게 즐기는 거야. 있지, 아이린 하고 영감하고는 축음기 바로 앞에서 춤추면 되겠다."

"춤? 나 어떤 영감하고도 춤출 기분 아닌데. 오늘 낮에 그놈의 가운 다리느라 발도 퉁퉁 부었고."

"아이린, 영감을 실망시키면 안 되지. 성당 앞에서 내가 초대했을 때 그 영감 얼굴이 어땠는지 아이린도 봤어야 해. 불쌍한 노인네. 아무도 불러내주는 사람이 없었나 봐."

"그 영감, 오고 싶어 하긴 했어?"

"오고 싶어 했느냐고? 정장을 입어야 되느냐고 묻더라."

"그래서 뭐랬는데?"

"뭐, 이렇게 말해줬지. '뭐든 내키는 대로 입고 오세요, 선생님.'"

"그래, 잘했네." 라일리 부인은 자신의 초록색 호박단 칵테일 드레스를 내려다보았다. "이그네이셔스가 나더러 구일 기도에 가면서 웬 칵테일 드레스 차림이냐고 묻더라고. 녀석은 그때 방구석에 들어앉아 시답잖은 헛소리나 끼적이고 있기에, 내가 '얘야, 뭘 그렇게 쓰고 있니?' 그랬더니, '핫도그 노점상으로 살아간다는 것에 대해 쓰고 있습니다.' 이러지 않겠어. 아유, 정말이지 어처구니가 없어서. 도대체 그런 얘기를 읽고 싶어 할 사람이 어디 있다고. 오늘은 소시지 팔아서 얼마를 벌어왔는지 알아? 사 달러야. 이래서야 그 사람 돈을 어떻게 다 갚는담?"

"봐, 앤절로가 근사한 하이볼을 만들었네."

라일리 부인은 앤절로에게서 젤리 글라스를 받아 들더니 꿀꺽꿀꺽 두 모금 만에 절반을 비워버렸다.

"저렇게 멋진 하이파이브인가 뭔가 하는 거, 도대체 어디서 났대?"

"무슨 소리야?" 샌타가 물었다.

"거실 한가운데 저 축음기 말이야."

"응, 우리 조카딸애 거야. 애가 얼마나 이쁜지 몰라. 세인트오도 고등학교를 이제 갓 졸업했는데, 벌써 판매사원으로 일자리를 얻었잖아."

"내 말이 그 말이야!" 라일리 부인이 흥분해서 말했다. "그 어린것도 이그네이셔스보다 더 잘해내고 있지 않느냐고."

"세상에, 앤절로." 샌타가 말했다. "기침 좀 그만해라. 저 뒷방에 가서 좀 누워 있지 그러니. 영감이 올 때까지 좀 쉬고 있으렴."

"불쌍한 앤절로." 순경이 자리를 뜨자 라일리 부인이 말했다. "참 착한 청년이야. 샌타랑 앤절로가 나한테 이리 좋은 친구가 되어주다니. 앤절로가 이그네이셔스를 체포하려던 바람에 우리 셋이 이렇게 만나게 된 걸 생각하면, 참."

"영감은 왜 아직도 안 나타나나 몰라."

"어쩜 오지 않으려는지도 모르지, 샌타." 라일리 부인이 술잔을 비웠다. "괜찮다면, 나 이거 한 잔 더 마실게. 골칫거리가 한둘이 아니야."

"그럼 그렇게 해. 난 이 코트 부엌에다 갖다 두고서 앤절로가 어떻게 하고 있는지 보고 올게. 지금까지 우리 집 파티에 오신 손님들은 두 분 다 어찌 이리들 행복하신지. 제발 영감은 오는 길에 넘어져 다리라도 부러지는 일 없어야 할 텐데."

샌타가 나가자, 라일리 부인은 유리잔을 버번위스키로 채우고 칵테일 계량컵으로 세븐업 한 컵을 따라 넣었다. 그러고는 숟가락을 들어 감자 샐러드를 한입 맛 본 뒤 입술로 숟가락을 말끔히 닦아 종이 냅킨 위에 도로 내려놓았다. 샌타네 두 가구 연립주택의 다른 절반 쪽에 사는 가족이 난동이라도 부리는 듯 시끌벅적대기 시작했다. 라일리 부인은 술을 홀짝홀짝 마셔가며 벽에 귀를 바짝 대고서 시끄러운 고함 소리 가운데 뭐라도 좀 알아들을까 싶어 귀를 쫑긋 세웠다.

"앤절로는 기침약을 먹고 있더라." 샌타가 거실로 돌아오며 말했다.

"이 집은 벽이 참 다부지네." 벽 저편에서 벌어진 말다툼의 요지가 뭔지 끝내 알아듣지 못한 라일리 부인이 말했다. "나랑 이그네이셔스랑 이런 데 살면 좋으련만. 그럼 미스 애니도 불평할 일 하나 없을 텐데."

"영감은 대체 어디 있는 거야?" 샌타가 현관 덧문을 바라보며 말했다.

"어쩜 오지 않으려나 보지."

"어쩜 깜박 잊었는지도 몰라."

"늙으면 다 그렇지, 뭐."

"그렇게 늙은이는 아니야, 아이린."

"몇 살인데?"

"육십 대 후반쯤 됐을까 그래."

"그래, 아주 늙은 건 아니네. 우리 집안의 탄테이* 마거리트는 말이야, 왜, 전에 얘기했잖아, 동전 지갑에서 오십 센트 꺼내가려고 어린 불량배 녀석들이 흠씬 두들겨 팼다던. 그 양반은 곧 여든 줄에 든다니까." 라일리 부인이 술잔을 비웠다. "그 영감, 무슨 재미난 영화라도 보러 갔나 봐. 샌타, 나 한 잔 더 마셔도 되지?"

"아이린! 그러다 바닥에 나가떨어지겠다. 그 점잖은 영감한테 주정뱅이를 소개시켜줄 순 없어."

---

* 집안 아주머니를 뜻하는 불어 '탕트(tante)'의 뉴올리언스식 발음. 아이린의 집안은 프랑스계이다.

"조금만 마실게. 오늘은 마음이 좀 심란하네."

라일리 부인은 위스키를 유리잔에 왈칵 쏟아 붓고서 다시 자리에 앉다가 대용량 포테이토칩 봉지를 깔아뭉개고 말았다.

"오, 세상에, 내가 뭘 어쩐 거야?"

"방금 포테이토칩을 박살내버렸어." 샌타가 살짝 화가 나서 말했다.

"아유, 완전히 가루가 됐겠는데." 라일리 부인이 엉덩이 밑에 깔린 봉지를 끄집어내며 말했다. 그러고는 납작해진 셀로판 포장지를 살펴보았다. "저기, 샌타, 지금 몇 시나 됐어? 이그네이셔스가 오늘 밤엔 아무래도 강도가 들이닥칠 거 같다며 일찍 들어오래서 말이야."

"오, 너무 그러지 좀 마, 아이린. 방금 왔으면서, 뭘."

"솔직히 말해서, 샌타, 나 그 영감 만나고 싶지 않아."

"글쎄, 지금은 너무 늦었어."

"그래, 하지만 나랑 그 영감이랑 도대체 뭘 어쩌겠어?" 라일리 부인이 걱정스레 말했다.

"아휴, 긴장 좀 풀어, 아이린. 나까지 불안해지잖아. 오라고 한 게 괜히 미안해지네." 샌타는 라일리 부인이 입술로 가져간 술잔을 잠시 끌어내렸다. "이제 내 말 좀 들어봐. 아이린은 관절염이 아주 지독했어. 그런데 볼링 덕분에 훨씬 좋아졌지. 안 그래? 밤이면 밤마다 그 제정신 아닌 녀석하고 집에만 갇혀 있는 걸 이 샌타가 나타나서 구해줬잖아. 그렇지? 그러니까 이 샌타 말 좀 들어. 아이린도 이그네이셔스 그 녀석이나 돌보며 평생을 혼자 썩고 싶진 않을 거라고. 이 영감, 돈도 제법 있어 보이더라. 옷도 깔끔하게 입고. 전에 어디서 아이린을 봐서 알고 있대. 아이린한테 마음이 있다니까." 샌타는 라일리 부인의 눈동자를 똑바로 들여다보았다. "영감이 아이린의 빚을 갚아줄 수도 있다고!"

"뭐?" 라일리 부인은 그런 생각은 미처 해보지 못했다. 별안간 영감이 살짝 더 매력적으로 다가왔다. "깨끗하긴 해?"

"그럼, 깨끗하고말고." 샌타가 발끈하며 말했다. "내가 내 친구를 무슨 부랑자랑 엮어주려는 줄 알아?"

누군가가 현관 덧문을 가볍게 두들겼다.

"오, 분명 그 영감일 거야." 샌타가 잔뜩 고대하며 말했다.

"나는 이제 그만 가봐야 한다고 말 좀 해줘."

"간다고? 어딜 간다는 거야, 아이린? 그 사람이 바로 문간에 있는데."

"그러게, 응?"

"내가 나가볼게."

샌타는 문을 열고 덧문을 바깥쪽으로 밀었다.

"어머, 로비쇼 씨." 샌타가 라일리 부인에게는 보이지 않는 어둠 속 누군가를 향해 말을 건넸다. "기다리고 있었어요. 제 친구 미스 라일리가 선생님이 어디 계신지 계속 궁금해하고 있었지 뭐예요. 추운데 어서 들어오세요."

"그래요, 미스 바탈리아. 좀 늦어서 미안합니다. 손주 녀석들 데리고 동네 한 바퀴 돌고 와야 하는 바람에. 수녀님들을 위해 무슨 묵주들을 추첨 판매 한다고 해서요."

"알아요." 샌타가 말했다. "저도 며칠 전에 어떤 꼬마 녀석한테서 추첨권을 한 장 샀는걸요. 정말 아름다운 묵주들이죠. 제가 아는 어떤 부인은 작년에 수녀님들이 경품으로 걸었던 보트 선외기를 받기도 했답니다."

라일리 부인은 소파에 얼어붙은 듯이 앉아, 술잔 속에 떠다니는 바퀴벌레라도 발견한 사람처럼 술잔만 뚫어져라 쳐다보고 있었다.

"아이린!" 샌타가 소리쳤다. "뭐하고 있어? 로비쇼 씨한테 인사 드려야지."

라일리 부인이 고개를 들었다. 눈앞에는 D. H. 홈스 앞에서 맨큐소 순경이 체포했던 바로 그 노인이 서 있었다.

"만나 뵙게 돼서 반가워요." 라일리 부인이 자기 술잔을 보고 말했다.

"아마 미스 라일리는 기억을 못 하시는 거 같습니다만." 로비쇼 씨가 환하게 웃고 있는 샌타에게 말했다. "전에 한번 뵌 적이 있지요."

"두 사람이 예전부터 잘 아는 사이라니, 세상에." 샌타가 유쾌하게 말했다. "정말 세상 좁네요."

"그러-어-어-게." 라일리 부인은 심히 민망해서 목이 메었다. "어찌 이런."

"기억하시지요?" 로비쇼 씨가 부인에게 말했다. "시내 홈스 근처에서 말입니다. 그 경찰관이 아드님을 체포하려다가 대신 저를 잡아갔지 않습니까."

샌타의 눈이 뚱그레졌다.

"오, 그러네요." 라일리 부인이 말했다. "이제야 기억이 좀 나는 듯싶네요, 조금은."

"하지만 미스 라일리의 잘못은 아니었습니다. 다 그놈의 경찰 때문이지요. 그치들은 다 빨갱이들이라니까요."

"저기, 그렇게 큰 소리로 얘기하시면 좀 곤란한데." 라일리 부인이 주의를 주었다. "이 집 벽이 좀 얇아서 말이에요." 그러곤 팔꿈치를 움직여 소파 팔걸이에 놓인 자신의 빈 술잔을 툭 쳐서 떨어뜨렸다. "오, 이런. 샌타, 어서 앤절로한테 가서 빨리 나가라고 귀띔해줘야 하지 않을까. 나는 택시를 타면 돼. 그 애한테는 뒷길로 나가라고 해. 그편이 더 나을 거야. 응?"

"무슨 말인지 알겠어, 친구." 샌타가 로비쇼 씨를 돌아보았다. "있지요, 볼링장에서 이 친구하고 저를 보셨을 때, 혹 저희랑 같이 있던 남자는 못 보셨던가요?"

"두 숙녀 분 말고 다른 일행은 보이지 않던데요."

"그게 '앤' 군이 체포당하던 날 밤 아니었나?" 라일리 부인이 샌타에게 속삭였다.

"오, 그래, 맞아. 그날은 아이린이 차를 몰고 날 데리러 왔었어. 볼링장 바로 앞에서 펜더가 완전히 떨어져나갔던 거 기억나지?"

"그래. 그래서 그걸 뒷좌석에다 실었지. 차가 그 꼴이 돼버린 게 다 이 그네이셔스 그 녀석 때문이라니까. 뒷좌석에 앉아 사람 신경을 어찌나 긁어대던지, 원."

"오, 이런." 로비쇼 씨가 말했다. "제가 못 참는 게 하나 있는데, 과오를 깨끗이 인정하지 않는 사람이랍니다."

"저는요, 누가 저를 거지발싸개 대접하면 어떡하는 줄 아세요?" 샌타가 말을 이었다. "되도록이면 다른 쪽 뺨까지 대주려고 한답니다. 무슨 말인지 아시겠지요? 그런 게 기독교인다운 행동 아니겠어요. 그렇지, 아이린?"

"그럼." 라일리 부인이 건성으로 동의했다. "샌타, 저기, 아스피린 좀 있어?"

"아이린!" 샌타가 발끈하며 말했다. "있지요, 로비쇼 씨, 만일 선생님을 체포한 경찰을 다시 보게 된다면 어떠시겠어요?"

"두 번 다시 보는 일 없기를 바랄 뿐입니다." 로비쇼 씨가 감정이 격해져서 말했다. "그놈은 더러운 빨갱이에요. 그치들은 경찰국가를 세우고 싶어 하는 놈들이라니까요."

"네, 하지만 한번 생각해보세요. 그만 용서하고 잊으시면 어떨까요?"

"샌타." 라일리 부인이 끼어들었다. "내가 부엌에 가서 아스피린이 있나 좀 찾아봤으면 싶은데."

"보통 수치스러운 일이 아니었단 말입니다." 로비쇼 씨가 샌타에게 말했다. "온 집안사람이 다 그 얘기를 들었지요. 경찰이 우리 딸아이한테 전화를 넣는 바람에."

"에이, 별일도 아닌데요, 뭘." 샌타가 말했다. "살면서 한 번쯤 잡혀 들어가지 않는 사람 어디 있나요. 여기 이분 보이세요?" 샌타는 벽난로 선반 위에 엎어져 있던 사진을 집어 두 손님에게 보여주었다. "불쌍한 우리 어머니랍니다. 경찰은 우리 어머니가 치안을 교란시켰다며 다짜고짜 라우텐슐레거 시장에 와서 네 번씩이나 잡아갔더랬어요." 샌타는 잠시 말을 멈추고 사진에 축축한 키스를 했다. "그래도 우리 어머니, 신경이나 쓰신 줄 아세요? 천만의 말씀."

"어머님이셔?" 라일리 부인이 흥미를 보이며 물었다. "고생이 많으셨겠지, 응? 어미 노릇이라는 게 참 고달픈 길이야, 정말."

"그러니까 제가 하려는 말은요." 샌타가 말을 이었다. "저라면 체포 좀 당했기로서니 그렇게 기분 나빠하지 않을 거라는 거죠. 경찰은 워낙 업무가 과중하잖아요. 때로는 실수를 할 때도 있고 그러거든요. 그네도 어쨌든 사람이니까."

"나는 늘 반듯한 시민으로 살았는데." 라일리 부인이 말했다. "저기, 나 싱크대에 가서 이 잔 좀 박박 씻고 와야겠어."

"오, 가만 좀 앉아 있어, 아이린. 나 로비쇼 씨랑 얘기 좀 하자."

라일리 부인은 구형 콘솔 라디오 쪽으로 가서 얼리 타임스 위스키를 한 잔 따랐다.

"그 맨큐소 순경이란 놈은 절대 못 잊습니다." 로비쇼 씨가 말했다.

"맨큐소라고요?" 샌타가 대경실색하며 물었다. "우리 친척 중에도 똑같은 이름을 가진 사람들이 많은데. 실은, 그중 하나가 경찰이에요. 솔직히 말하면, 지금 여기 와 있답니다."

"이그네이셔스가 날 부르는 소리가 들리는 듯싶어. 나 그만 가봐야겠어."

"아이린을 부른다고?" 샌타가 물었다. "무슨 소리야, 친구? 이그네이 셔스는 육 마일이나 떨어진 주택가에 있는데. 어머, 우리 여태 로비쇼 씨 한테 술 한 잔 드리지도 않았네. 내가 가서 앤절로를 데려올 테니, 아이 린이 술 한 잔 만들어드려." 라일리 부인은 바퀴벌레나 하다못해 파리라 도 한 마리 발견되었으면 하는 심정으로 자기 술잔만 맹렬히 노려보았다. "코트 이리 주세요, 로비쇼 씨. 친구분들은 어떻게들 부르시는지?"

"클로드요."

"클로드, 전 샌타라고 해요. 그리고 저 친구는 아이린이고요. 아이린, 인사 드려."

"안녕하세요." 라일리 부인이 그저 기계적으로 내뱉었다.

"내가 없는 동안 둘이서 좀 친해지고 있어봐요." 샌타는 이 말과 함께 다른 방으로 사라졌다.

"그 우람한 청년은 잘 있지요?" 로비쇼 씨가 둘 사이에 내려앉은 침묵 을 깨볼 요량으로 물었다.

"누구요?"

"아드님 말입니다."

"오, 그 녀석. 네, 그 아인 잘 있답니다." 라일리 부인의 마음은 도로 콘 스탄티노플 거리로 날아갔다. 오늘 집을 나올 때 이그네이셔스는 방에 틀 어박혀 뭔가를 써대며 머나 민코프에 대해 뭐라고 중얼거리고 있었다. 방 문 너머로 이그네이셔스가 "쓰러질 때까지 채찍질을 당해도 싼 년" 하며 혼자 지껄이는 소리가 들렸었다.

기나긴 침묵이 이어졌다. 정적을 깨는 거라곤 라일리 부인이 술잔을 입에 물고 요란스레 홀짝이는 소리뿐.

"포테이토칩 좀 드시겠어요?" 침묵 때문에 마음이 더 불안해진 라일리 부인이 마침내 이렇게 물었다.

"네, 좋습니다."

"바로 그 옆에 있는 봉지예요." 라일리 부인은 셀로판 봉지를 뜯는 로비쇼 씨를 바라보았다. 그의 얼굴과 회색 개버딘 양복은 둘 다 말쑥하고 방금 다린 것처럼 산뜻해 보였다. "저기, 샌타한테 무슨 도울 일이라도 생긴 게 아닐까요. 어쩜 바닥에 쓰러져 있는 건 아닌가 몰라."

"방에서 나간 지 얼마 되지도 않았잖습니까. 금방 돌아오겠지요."

"이 집 바닥이 좀 위험해서요." 라일리 부인이 반짝이는 리놀륨 바닥을 뚫어져라 살피며 말했다. "미끄러지면 머리통이 깨질 수도 있을 듯싶네요."

"그러니 늘 조심하며 살아야 하는 법이지요."

"아유, 그럼요. 저는 항상 조심하고 또 조심한답니다."

"저도 그렇습니다. 조심해서 손해 볼 건 없지요."

"그렇고말고요. 이그네이셔스가 요전에 한 말이 바로 그 말이라니까요." 라일리 부인은 거짓말을 했다. "글쎄, 그 애가 저보고 이러지 않겠어요. '엄마, 조심해서 손해 볼 건 없잖아요, 그쵸?' 그래서 제가 '맞다, 아들아. 부디 몸조심하렴.' 그랬지요."

"훌륭한 조언입니다."

"전 늘 이그네이셔스한테는 조언을 해준답니다. 아시지요? 전 항상 그 애가 잘되게 도와주려고 나름 애쓰는걸요."

"틀림없이 훌륭한 어머니이실 겁니다. 시내에서 모자가 함께 있는 모습을 여러 번 본 적이 있는데, 그때마다 거 참 잘생긴 청년이라고 생각했지요. 아드님이 뭐랄까, 좀 눈에 확 띄지 않습니까."

"전 그 애한테 최선을 다한답니다. 늘 이렇게 말해주지요. '조심해라, 아들아. 미끄러져 머리통이 깨지거나 팔에 금이 가지 않도록 해야 한다.'"

라일리 부인은 각얼음을 살짝 빨았다. "이그네이셔스는 아주 어릴 적부터 안전교육을 받고 자랐는걸요. 그 애도 그 점에 대해 늘 고마워하고요."

"정말 교육을 잘 시키셨군요."

"이그네이셔스한테는 또 늘 이렇게 말해주곤 하지요. '길 건널 때 조심해라, 아들아.'"

"차는 정말 조심해야 해요, 아이린. 제가 이름을 불러도 괜찮겠지요?"

"좋으실 대로 하세요."

"아이린, 참 예쁜 이름이에요."

"그렇게 생각하세요? 이그네이셔스는 맘에 들지 않는대요." 라일리 부인은 성호를 긋고 술잔을 마저 비웠다. "저 참으로 힘들게 살아왔어요, 로비쇼 씨. 그쪽한테 이런 얘기 한들 뭐 어떻겠어요."

"클로드라고 불러요."

"하느님께 맹세컨대, 제가 진 십자가가 너무 끔찍하답니다. 술 한 잔하시겠어요?"

"네, 그러지요. 너무 독하게는 말고요. 술을 그다지 좋아하진 않아요."

"오, 이런." 라일리 부인이 코를 훌쩍이며 유리잔 두 개에 찰랑찰랑하게 위스키를 들이부었다. "제 신세를 생각하니, 원. 가끔은 정말이지 목놓아 엉엉 울고 싶어요."

그 말이 끝나기 무섭게 라일리 부인은 주체 못할 눈물을 요란스레 쏟기 시작했다.

"오, 울지 말아요." 로비쇼 씨는 뜻밖에 비극으로 흐르고 있는 저녁 분위기에 어쩔 줄 몰라 하며 애원했다.

"무슨 수를 쓰든지 해야겠어요. 어디 관계당국을 불러 그 녀석을 좀 잡아가게 하든지." 라일리 부인이 흐느끼며 말했다. 그러다 잠깐 울음을 멈추고 얼리 타임스를 한 모금 꿀꺽 마셨다. "무슨 소년원 같은 데라도 넣어주지 않을까요."

"아드님 나이가 서른 아닌가요?"

"이 가슴이 다 찢어졌어요."

"무슨 글을 쓰고 있다고 들은 거 같은데요."

"세상에 아무도 읽고 싶어 할 리 없는 시답잖은 헛소리나 끼적이는 거랍니다. 지금은 또 머나라는 기집애랑 서로 헐뜯는 편지들을 주거니 받거니 하는 모양이에요. 이그네이셔스는 말로는 그 기집애를 아주 혼쭐을 내주겠다는데. 아유, 끔직해서, 원. 불쌍한 머나."

로비쇼 씨는 도저히 뭐라 할 말이 떠오르지 않아서 이렇게 물었다. "신부님한테 부탁해서 아드님을 좀 잘 타일러보도록 하면 어떨까요?"

"신부님이요?" 라일리 부인이 눈물을 흘리며 말했다. "이그네이셔스는 신부님 말씀을 들을 애가 아니에요. 우리 교구 신부님을, 글쎄, 이단이라지 뭐예요. 이그네이셔스가 키우던 개가 죽었을 때 두 사람이 좀 심하게 다퉜더랬지요." 로비쇼 씨는 이 수수께끼 같은 발언에 대해 아무 해줄 말이 없었다. "정말 끔직했답니다. 그땐 저까지 성당에서 쫓겨나는 줄 알았으니까요. 도대체 그 녀석 머리에 든 생각들은 다 어디서 주워온 건지 몰라. 애 아버지가 이 세상 사람이 아니니 망정이지. 아들 녀석이 핫도그 수레나 끌고 돌아다니는 걸 보면 그이 가슴이 얼마나 찢어질까."

"핫도그 수레라니요?"

"핫도그 수레를 끌고 길거리 온 데를 돌아다닌대요, 글쎄."

"오, 그럼 취직을 한 거로군요."

"취직이요?" 라일리 부인이 흐느껴 울었다. "동네에 소문이 다 퍼졌어요. 옆집 사는 여자는 수천 번도 더 질문을 해대고, 콘스탄티노플 거리 전체가 그 녀석 얘기로 시끌시끌하답니다. 녀석 공부시키느라 들인 돈을 생각하면, 원. 부모가 나이가 들면 자식이 부모한테 위로가 되어야 하는 법인데 말이에요. 도대체 이그네이셔스한테 내가 무슨 위로를 받겠어요?"

"아마 학교를 너무 오래 다녀서 그런가 봅니다." 로비쇼 씨가 조언을 했다. "그놈의 대학에는 빨갱이들이 판을 치니까요."

"그래요?" 라일리 부인이 흥미를 보이며 물었다. 초록색 호박단 칵테일 드레스 자락으로 눈가를 훔치면서도, 무릎에 스타킹 올이 널찍하게 나가 있는 걸 로비쇼 씨에게 적나라하게 보여주고 있다는 사실은 까맣게 몰랐다. "어쩜 그래서 이그네이셔스가 잘못되었나 봐요. 지 에미를 홀대하는 게 빨갱이들하고 똑같네요."

"언제고 한번 민주주의에 대해 어떻게 생각하느냐고 물어보세요."

"꼭 그럴게요." 라일리 부인이 흔쾌히 말했다. 이그네이셔스야말로 공산당이 되기 십상인 타입 아닌가. 겉으로 보기에도 좀 그래 보였다. "겁을 좀 줄 수도 있겠어요."

"아드님이 속을 그렇게 썩이다니, 안 될 말이지요. 인품이 이리 훌륭하신 어머니신데. 저는 여성의 그런 점을 존경한답니다. 볼링장에서 미스 바탈리아와 함께 계신 걸 알아보고는 혼자 생각했지요. '언젠가 저 여인을 만나봤으면 좋겠다' 하고요."

"정말 그러셨어요?"

"고결한 인품이 존경스러웠지요. 그 더러운 짭새 앞에서 아드님을 위해 당당하게 맞서시는 모습을 보고 말입니다. 더군다나 집에서 아드님 때문에 문제가 많다니 더더욱 그렇군요. 용기가 필요한 일이지 않습니까."

"차라리 앤절로가 녀석을 잡아가게 내버려둘 걸 그랬어요. 그랬다면 이런 일도 안 생기고, 이그네이셔스도 감옥에 잘 갇혀 있을 텐데."

"앤절로는 누굽니까?"

"애고머니! 내가 무슨 입방정을 떤 거람. 제가 뭐라고 그랬나요, 클로드?"

"앤절로가 뭐 어쩌고 하시던데."

"아이고, 저기, 샌타가 괜찮은지 좀 가보고 와야겠어요. 불쌍한 것. 스토브에 데기라도 한 건 아닌가 몰라. 샌타는 늘 여기저기 잘 데지 뭐예요. 당최 불 근처에서 조심할 줄을 몰라요, 글쎄."

"데었으면 소리를 질렀겠지요."

"샌타는 안 그래요. 원체 배짱이 두둑해놔서, 그 친구는요. 찍 소리도 안 낼 거예요. 강인한 이탈리아인의 피가 흘러서 그런가 봐요."

"아니, 이런, 세상에!" 로비쇼 씨가 벌떡 일어서며 고함을 질렀다. "그 놈이잖아!"

"뭐라고요?" 라일리 부인이 불현듯 겁에 질려 이렇게 묻고는 주위를 돌아보았다. 샌타와 앤절로가 문간에 서 있었다. "거봐, 샌타. 내 이런 일이 생길 줄 알았어. 아이고, 신경이 다 문드러졌네. 그냥 집에 얌전히 있을걸."

"네놈이 더러운 짭새만 아니라면, 내 진즉 네놈 코에다 한 방 단단히 먹였을 게야." 로비쇼 씨가 앤절로를 향해 고래고래 악을 쓰고 있었다.

"아휴, 제발 진정해요, 클로드." 샌타가 차분하게 말했다. "여기 이 앤절로는 무슨 악의가 있어 그랬던 게 아니에요."

"내가 아주 개망신을 당했단 말입니다, 저 빨갱이 때문에."

순찰경관 맨큐소는 격하게 기침을 하더니 잔뜩 우울한 얼굴이 되었다. 그리고 이제는 또 어떤 지독한 일이 벌어질까 생각했다.

"오, 이런, 난 그만 가는 게 좋겠어." 라일리 부인이 절망적으로 말했다. "이러다간 싸움밖에 더 날까. 우리 전부 신문에 나고 말 거야. 그럼 이그네이셔스는 참으로 좋아하겠지."

"어째서 날 여기 오라고 한 거요?" 로비쇼 씨가 샌타를 보고 거칠게 물었다. "이게 다 뭡니까?"

"샌타, 저기, 택시 좀 불러줄래?"

"아휴, 입 좀 다물어, 아이린." 샌타가 말했다. "자, 제 말 좀 들어보세요, 클로드. 앤절로가 그날 체포해서 미안하대요."

"그건 아무런 의미도 없는 거요. 이제 와서 사과해봤자 너무 늦었다고. 난 이미 손주들 앞에서 대대적인 망신을 당했단 말입니다."

"앤절로한테 화내지 마세요." 라일리 부인이 애원했다. "이게 다 이그네이셔스 잘못이에요. 내 배 아파 낳은 자식이지만, 외출할 때 꼬락서니가 어지간히 괴상해야지. 앤절로가 그때 녀석을 잡아넣었어야 해요."

"그 말이 맞아요." 샌타가 거들었다. "아이린 말 좀 들으세요, 클로드. 그리고 우리 조카딸애 축음기는 발로 밟지 않게 조심해주시고요."

"이그네이셔스가 앤절로한테 좀 상냥하게 굴었더라면 애초에 이런 일은 일어나지 않았을 거예요." 라일리 부인이 둘러선 이들에게 말했다. "이 불쌍한 앤절로가 얼마나 심한 감기에 걸렸나 좀 보세요. 애도 지금 가시밭길을 걷는 중이라고요, 클로드."

"말 한번 잘했어, 친구." 샌타가 말했다. "앤절로는 당신을 잡아들인 벌로 이런 감기까지 걸렸어요, 클로드." 샌타는 통통한 손가락을 들어 로비쇼 씨를 살짝 나무라듯 흔들어 보였다. "지금 애는 화장실에 갇힌 신세죠. 다음엔 서에서 내쫓길 거예요."

순찰경관 맨큐소는 애처로이 기침을 했다.

"내가 좀 흥분했나 보군요." 로비쇼 씨가 인정했다.

"던땡님을 테포해떠는 안 되어는데." 앤절로가 쉰 목소리로 간신히 말했다. "불안해떠 그대떠요."

"다 내 잘못이에요." 라일리 부인이 말했다. "이그네이셔스 그 녀석을 보호하려다 보니 그만. 그냥 앤절로가 잡아가게 놔뒀어야 하는데." 라일리 부인이 하얗게 분칠한 얼굴을 돌려 로비쇼 씨를 바라보았다. "로비쇼 씨, 이그네이셔스를 잘 모르서서 그래요. 어디를 가나 사고를 치는 애랍니다."

"누가 이그네이셔스 그 녀석 콧대를 한 방 날려줘야 하는데." 샌타가 열을 내며 말했다.

"누가 그 녀석 주둥이도 한 방 갈겨줘야 해." 라일리 부인도 거들었다.

"누가 이그네이셔스 그 녀석 좀 흠씬 패줘야 하는데." 샌타가 말했다. "자, 이제 그만하고, 우리 모두 친구가 되자고요."

"좋습니다." 로비쇼 씨가 말했다. 그는 앤절로의 파리한 손을 잡고 흐느적흐느적 흔들었다.

"아유, 정말이지 잘됐어요." 라일리 부인이 말했다. "이리 와서 소파에 앉으세요, 클로드. 샌타가 그 이쁜 조카딸애한테서 빌린 하이파이브 기기를 틀어준대요."

샌타가 패츠 도미노의 레코드를 축음기에 올려놓는 사이, 앤절로는 코를 계속 훌쩍이며 조금 어리벙벙한 표정으로 라일리 부인과 로비쇼 씨 맞은편에 놓인 식탁의자에 가서 앉았다.

"아유, 이제 다 잘됐어요." 라일리 부인이 귀청이 찢어질 듯한 피아노와 베이스 소리를 뚫고 명랑하게 외쳤다. "저기, 샌타, 소리 조금만 줄여주겠어?"

쿵쾅거리는 리듬의 볼륨이 살짝 줄어들었다.

"좋아요." 샌타가 손님들에게 환성을 올렸다. "내가 가서 맛있는 샌타표 감자 샐러드용 접시들을 내올 테니, 그사이 모두 친구가 되어 있도록 해요. 자, 어서요, 아이린과 클로드. 두 사람, 춤 좀 땡기는 거 어때요?"

벽난로 선반 위의 석탄처럼 새카만 두 눈동자가, 재즈 가락에 맞춰 발을 쿵쿵 구르며 흥겹게 거실을 나서는 샌타를 노려보고 있었다. 세 손님은 축음기의 쿵쾅거리는 리듬에 잠긴 채 조용히 장밋빛 벽지와 리놀륨 장판 꽃무늬만 뜯어보고 있었다. 그런데 갑자기 라일리 부인이 두 신사를 보고 소리를 질렀다. "어쩜 좋아요? 내가 나올 때 이그네이셔스가 목욕물을 틀어놓고 있었는데, 그 녀석, 틀림없이 잠그는 걸 잊었을 거예요." 대꾸하는 사람이 아무도 없자 부인은 이렇게 덧붙였다. "어미 노릇이라는 게 참 고달픈 길이랍니다."

9

"보건당국에서 자네한테 고발이 들어왔네, 라일리."

"오, 겨우 그겁니까? 사장님 얼굴을 뵈니 무슨 간질 발작이라도 일어난 줄 알았는데." 한입 가득 핫도그를 우물거리며 들어온 이그네이셔스가 수레를 쿵 하고 차고 안으로 집어넣으며 클라이드 씨에게 말했다. "그 고발이란 게 도대체 뭐며 어떻게 일어날 수 있었다는 건지 짐작이 안 가는군요. 장담컨대, 전 청결의 화신입니다. 제 개인적인 습관은 나무랄 데가 없단 말입니다. 결핵이나 성병 같은 전염병도 없는데 도대체 뭘 핫도그에 옮길 수 있다는 건지 알 수가 없군요. 핫도그에 뭐가 있다면, 그건 애초부터 거기 있던 거겠죠. 이 손톱 좀 보시렵니까."

"헛소리 집어치워, 이 뚱보 건달 자식."

클라이드 씨는 이그네이셔스가 검사해보라고 내민 앞발을 쳐다보지도 않았다. "자네, 여기서 일한 지 고작 며칠밖에 안 됐네. 내 수년간 사람들을 부려왔지만, 보건당국이랑 문제를 일으킨 적은 한 번도 없었다고."

"분명 저보다 교활한 놈들이었나 보군요."

"자넬 조사하는 담당까지 붙었어."

"오." 이그네이셔스는 태연하게 대꾸하더니, 다음 말을 잇기 전에 잠시 담배꽁초처럼 입 밖으로 비죽 튀어나와 있던 핫도그 꽁지를 질겅질겅 씹었다. "그러니까 그자가 바로 관료주의의 빤한 부속물이었군요. 딱 관료제의 말단처럼 생겼더라니. 공무원들이란 말입니다, 대다수 사람들에겐 얼굴이 있는 자리가 완전히 텅 빈 자들입니다."

"닥쳐, 이 돼지 굼벵이 같으니. 지금 먹고 있는 소시지, 값은 치르고 먹는 건가?"

"뭐, 간접적으로는요. 제 쥐꼬리만 한 급료에서 제하시면 되지 않습니까." 이그네이셔스는 클라이드 씨가 종이철에 숫자를 적어 넣는 걸 지켜보았다. "어디 한번 말씀해보시죠. 그 케케묵은 위생 규정 중에 제가 뭘 위반했다는 겁니까? 제가 보기엔 조사관이 뭔가 위증을 한 거 같은데요."

"보건당국에서 말하기를, '숫자 칠 번' 수레 노점상을 봤다는군. 바로 자네 말일세."

"그렇군요. 지복의 숫자 칠. 바로 그게 죄군요. 그 자들은 이미 저를 찍어놓고 별러온 거로군요. 칠 번이 왠지 아이러니하게도 재수 없는 수레일 거 같더라니. 가능한 한 빨리 다른 수레로 교환해주셨으면 합니다. 저건 분명 제가 밀고 다니기엔 불길한 물건이니까요. 다른 수레를 끌고 나가면 더 잘할 수 있으리란 확신이 듭니다. 새 수레로, 새 출발을!"

"나도 말 좀 하겠네."

"뭐, 꼭 그러셔야 한다면요. 하지만 제가 지금 불안과 전반적 우울로 말미암아 기절하기 일보 직전이라는 경고는 해드려야 할 거 같은데요. 어젯밤에 본 십대들 해변 뮤지컬 영화가 유난히 사람을 죽여주지 뭡니까. 서프보드를 타고 노래하는 장면에선 전 거의 쓰러질 지경이었습니다. 게다가 어젯밤엔 두 번이나 악몽에 시달렸고요. 한 번은 시니크루저 버스, 또 한 번은 제가 아는 여자애가 나온 꿈이었죠. 그 여자애 꿈은 꽤나 잔인하고 외설적이더군요. 그 얘기를 해드리면 사장님도 분명 경악하실 겁니다."

"그 사람들이 자네가 세인트조지프 거리 하수구에서 고양이를 끄집어내고 있는 걸 봤다네."

"겨우 그따위 일이나 하고들 있는 거랍니까? 무슨 그런 터무니없는 거짓말을!" 이그네이셔스는 이렇게 말하고는 혓바닥을 날름 내밀어 최후의 핫도그 꽁지를 입속으로 쏙 밀어 넣었다.

"세인트조지프 거리에서 대체 뭘 하고 있었던 겐가? 거긴 온통 창고랑 선창뿐인데. 세인트조지프 거리는 사람 구경하기도 힘들다고. 심지어 우리 구역도 아니잖나."

"뭐, 전 몰랐습니다. 그냥 잠시 좀 쉬려고 거기서 비실대고 있었을 뿐인걸요. 이따금씩 사람이 지나가긴 하던데요. 우리한테는 안된 일이지만, 다들 핫도그가 그리 당기는 기분은 아닌 거 같더군요."

"그러니까 거기 있었단 말이지? 하나도 못 팔았다 해도 놀랄 일도 아니군그래. 그리고 그 망할 놈의 고양이하고도 노닥거렸을 테고."

"그 얘길 하시니까 말인데, 그 근처에서 집짐승 한두 마리를 본 듯싶기는 합니다."

"그러니까 고양이하고 노닥거렸던 게로군."

"아뇨, 고양이랑 '노닥거리지' 않았습니다. 그냥 잠시 붙잡고 쓰다듬어줬을 뿐인걸요. 꽤나 예쁘장한 얼룩고양이였죠. 핫도그를 하나 줬더니 글쎄, 요놈이 먹기를 거부하지 않겠습니까. 취향과 품위가 있는 놈이더군요."

"그게 얼마나 심각한 위반인지 알기나 해, 이 미련 곰탱아?"

"아뇨, 모르겠는데요." 이그네이셔스가 성을 내며 말했다. "사람들은 고양이가 지저분하다고 당연히들 생각합니다. 하지만 그걸 어떻게 안단 말입니까? 고양이는 청결하기로 악명 높은 동물입니다. 조금만 불쾌한 낌새가 느껴져도 자기 몸을 끊임없이 핥아대거든요. 그 조사관이란 작자가 고양이에 대해 편견을 갖고 있는 게 분명합니다. 그 고양이한테 기회조차 주지 않고서 말입니다."

"지금 그 고양이 얘기를 하는 게 아니잖나!" 클라이드 씨가 노발대발했다. 그러는 통에, 그의 코에 허옇게 남은 흉터 주위로 자줏빛 혈관이 부풀어 오르는 게 이그네이셔스의 눈에도 훤히 보였다. "네 녀석 얘기를 하는 거라고."

"글쎄, 저는 확실히 깨끗하니까요. 그 점에 대해선 이미 논의를 마쳤잖습니까. 전 그저 고양이가 공정한 발언의 기회를 갖는 걸 보고 싶었던 겁니다. 사장님, 이렇게 끝도 없이 절 괴롭히시렵니까? 가뜩이나 신경이 완전히 결딴이 날 지경인데 말입니다. 좀 전에 제 손톱을 보셨으니, 제 손이 끔찍하리만치 떨리고 있다는 걸 눈치 채셨겠죠. 파라다이스 핫도그 상회를 고소해서 정신과 치료비를 받아내고 싶지는 않습니다만. 아마 사장님께선 제가 아무런 입원보험에도 들어 있지 않다는 걸 모르시나 봅니다. 물론 파라다이스 핫도그는 너무 구석기 시대 같은 회사라, 직원들에게 그런 혜택을 베풀 생각 같은 건 하지도 못하겠지만 말입니다. 솔직히, 사장님, 이 추레한 회사의 근로조건들이 점점 더 불만스러워지는군요."

"왜, 뭐가 문젠가?" 클라이드 씨가 물었다.

"모든 게 다요. 더군다나 제 가치를 인정받고 있다는 느낌이 전혀 들지 않는단 말입니다."

"뭐, 적어도 출근은 매일 하고 있지. 그건 인정해주겠네."

"그거야 감히 집에 있으려 했다가는 뜨겁게 구운 와인 병으로 인사불성이 되도록 얻어맞을 테니 그런 겁니다. 저희 집 문을 여는 것은 암사자 소굴에 침입하는 것과 다름없으니까요. 어머니가 점점 더 심통을 부리며 포악해지고 계시거든요."

"알겠지만, 라일리, 난 자넬 해고하고 싶진 않아." 클라이드 씨가 아버지다운 어조로 말했다. 그는 노점상 라일리의 슬픈 이야기를 익히 들어 알고 있었다. 술에 절어 사는 어머니, 갚아야 할 피해 보상액, 모자에게 닥친 빈곤의 위협, 그리고 어머니의 난잡한 친구들까지. "내 자네한테 새 구역을 정해주고 다시 한 번 기회를 주겠네. 판촉 장비들도 내줌세. 아마 도움이 될 걸세."

"새 구역 지도는 자선병원 정신병동으로 보내주셔야 할지도 모르겠는데요. 성심성의를 다하는 그곳 수녀님들과 정신과 의사들이 제게 충격요법을 행하는 짬짬이 지도 해독하는 것도 도와주실 겁니다."

"거, 입 좀 닥쳐."

"거보세요. 벌써 제 발의권을 망쳐놓으시잖습니까." 이그네이셔스는 끄윽 트림을 했다. "뭐, 이왕이면 경치 좋은 구역으로 골라주셨으면 합니다. 발이 피로에 절어 마비되고 아플 때를 위해 의자들이 넉넉히 마련된 공원지대라면 더 좋겠고요. 오늘 아침에 일어나는데 발목이 삐끗하지 뭡니까. 그 즉시 침대기둥을 붙잡았기에 망정이지, 그렇지 않았다면 바닥에 나자빠져 아주 만신창이가 됐을지도 모릅니다. 족근골이 지금 여차하면 완전히 항복 선언을 해버리기 일보 직전이라니까요."

이그네이셔스는 이를 보여주려고 기름에 전 시멘트 바닥 위로 사막부츠를 질질 끌며 클라이드 씨 주위를 절뚝절뚝 걸었다.

"그만둬, 이 돼지 굼벵이 같으니. 절름발이도 아니면서."

"아직까진 완전 절름발이는 아닙니다. 하지만 군데군데 작은 뼈들과 인대들이 항복의 백기를 흔들기 시작하고 있습니다. 제 몸의 기관들은 일종의 휴전을 공표하려고 준비 중인 듯싶고요. 소화기는 이미 통째 기능을 멈추다시피 했고, 일부 세포조직은 유문을 뒤덮다시피 자라나 유문을 영원히 봉쇄해버릴 거 같단 말입니다."

"자넬 프렌치 쿼터에 배치하겠네."

"뭐라고요?" 이그네이셔스가 벼락같이 고함을 질렀다. "제가 그런 악의 소굴을 걸어 다닐 거라 생각하십니까? 아뇨, 프렌치 쿼터라니, 말도 안 됩니다. 그런 분위기에선 제 영혼이 붕괴되고 말 겁니다. 게다가 거긴 길도 굉장히 좁고 위험하지 않습니까. 차에 치이거나 건물에 끼어 꼼짝달싹 못하기 십상이죠."

"시키는 대로 하든지 아니면 그만둬, 이 뚱땡이 호래자식. 이게 마지막으로 주는 기회야." 클라이드 씨의 흉터가 다시 허연색으로 돌아오기 시작했다.

"그렇습니까? 그런데 제발 발작은 두 번 다시 일으키지 말아주시죠. 저 소시지통 안으로 굴러 떨어져 화상이라도 입으면 어쩌시려고요. 정 그러시다면, 제가 소돔과 고모라로 소시지를 나르는 수밖에 없겠군요."

"좋아. 그럼 결정 난 거네. 내일 아침에 오면 판촉 장비들을 달아주지."

"대신 쿼터에서 핫도그가 많이 팔릴 거라는 약속은 못 드립니다. 아마 전 그곳에 거주하는 변태적인 악마들에 맞서 제 명예를 지켜내느라 매 순간 정신없이 바쁠 테니까요."

"쿼터에선 주로 관광객 대상의 장사가 될걸세."

"설상가상이군요. 타락한 인간들만이 관광을 다니는 법인데. 개인적으로 전 도시 밖으로 나가본 적이 단 한 번밖에 없습니다. 그건 그렇고, 제가 배턴루지까지의 그 각별했던 고행길에 대해 말씀 드린 적 있던가요? 시경계선 밖에는 끔찍한 일들이 허다하답니다."

"아니, 듣고 싶지 않네."

"저런, 안됐습니다. 제게 심각한 트라우마를 남긴 그 여행 얘기를 들으시면 귀중한 혜안을 좀 얻으실 수도 있을 텐데. 하지만 듣지 않으시겠다니 오히려 잘됐습니다. 그 여행의 심리적, 상징적 오묘함은 파라다이스 핫도그식 심성으론 이해될 리 없을 테니까요. 다행히 전 그걸 고스란히 기록으로 남겨두었답니다. 늪지대 속으로 마치 심연처럼 빨려 들어간 그 여정을 통해 종국에는 내면의 궁극적 공포에까지 이른 제 여행담을, 훗날 언젠가는 독서 대중 가운데 영민한 이들이 읽고서 많은 걸 배우게 될 날이 올 겁니다."

"이제 내 말 좀 듣게, 라일리."

"그 여행기를 쓰다가 불현듯, 시니크루저 버스를 초현실주의적인 놀이공원의 롤러코스터에 비유하는 아주 기가 막힌 직유법이 떠오르더군요."

"그만 입 좀 닥쳐!" 클라이드 씨가 위협적으로 포크를 휘두르며 고함을 질렀다. "오늘 영수증 좀 보자고. 얼마나 팔았나?"

"오, 맙소사." 이그네이셔스가 한숨을 내쉬었다. "그 얘기가 왜 안 나오나 했네."

두 사람은 수익을 놓고 몇 분간 옥신각신했다. 사실 이그네이셔스는 이즈 플라자 광장에 앉아 항구를 들락거리는 배들을 바라보며 해운업의 역사와 마르코 폴로에 관한 메모를 빅치프 노트에 끼적이느라 아침나절을 다 보냈다. 메모를 하는 짬짬이 머나 민코프를 파괴할 방법을 강구해보았지만 만족스러운 결론에 이르지는 못했다. 가장 그럴듯한 계획은 도서관에서 군수품 관련 도서를 찾아내 폭탄을 제조한 다음 일반 무지 종이에 싸서 머나에게 부치는 것이었다. 하지만 곧 자신의 도서대여카드가 취소됐다는 사실이 떠올랐다. 그러고 나서 오후 한나절은 고양이를 쫓아다니느라 허비했다. 이그네이셔스는 고양이를 집에 데려가 애완용으로 키워볼까 싶어 빵 보관통에 가두려고 애를 썼다. 하지만 고양이는 보기 좋게 도망가고 말았다.

"직원에겐 다소 할인을 해주는 아량을 베푸실 수도 있지 않을까 싶은데 말입니다." 이그네이셔스가 힘주어 말했다. 하루치 영수증을 정산해보니, 자신이 먹어치운 핫도그 값을 제하면 집에 가져갈 일당이 정확히 일 달러 이십오 센트밖에 되지 않았던 것이다. "결국은 제가 사장님의 최고 고객이 되고 있는 셈이지 않습니까."

클라이드 씨는 노점상 라일리의 목도리를 포크로 푹 찌르더니 차고 밖으로 내몰면서, 아침 일찍 출근해서 프렌치 쿼터 일을 시작하지 않으면 해고하겠다고 으름장을 놓았다.

이그네이셔스는 침울한 기분으로 옷자락을 풀럭이며 전차에 올라타고 주택지구를 향해 달렸다. 그가 파라다이스 가스를 어찌나 맹렬히 뿜어대는지, 전차는 비록 만원이었지만 그의 옆자리에는 아무도 앉으려 하지 않았다.

부엌으로 들어서자, 무릎을 꿇고 기도하는 어머니가 그를 맞았다. "주님, 어찌하여 제게 이토록 끔찍한 십자가를 내리셨나이까? 제가 무얼 그리 잘못했나이까, 주님? 말씀해주옵소서. 전 여태 착하게 살아왔나이다."

"이런 신성 모독적인 행위는 당장 그만두시죠." 이그네이셔스가 소리를 질렀다. 라일리 부인은 천장을 향해 질문의 눈길을 던지고는 천장의 기름때와 갈라진 틈새들 사이에서 대답을 구하고 있었다. "이 야만적인 도시의 거리에서 생존을 위해 투쟁하느라 맥 빠지는 하루를 보내고 온 사람한테, 참 먹도 어울리는 인사로군요."

"손은 왜 또 그 모양이니?"

이그네이셔스는 고양이를 빵 보관통에 잡아두려고 구슬리다가 생긴 생채기들을 바라보았다.

"어느 굶주린 창녀랑 묵시록적인 전투를 치르고 온 참입니다." 이그네이셔스가 끄윽 트림을 했다. "제 완력이 더 세지 않았다면 그 여자가 수레를 다 털어갈 뻔했죠. 결국엔 나들이옷이 다 흐트러진 꼴을 하고서 절뚝거리며 전장에서 사라지더군요."

"이그네이셔스!" 라일리 부인이 비극적으로 외쳤다. "넌 하루하루 점점 더 망종이 되어가는 듯싶구나. 도대체 이게 웬일이니?"

"오븐에서 병이나 꺼내시죠. 지금쯤 다 익었을 겁니다."

라일리 부인이 의뭉스레 아들을 쳐다보며 물었다. "이그네이셔스, 너정말 빨갱이는 아닌 거지?"

"오, 하느님 맙소사!" 이그네이셔스가 울부짖었다. "이 다 쓰러져가는 집에서 매일같이 매카시 마녀사냥을 당하는군요. 아닙니다, 어머니! 전에도 말씀드렸잖습니까. 전 공산당 지지자가 아니라니까요. 도대체 어쩌다가 그런 생각을 품게 되신 거랍니까?"

"어디 신문에서 읽었는데, 대학이 빨갱이들 천지라더라."

"뭐, 다행히도 전 그런 사람들과 만난 적이 없습니다. 우연히라도 마주쳤다면, 아마 초주검이 되도록 아주 늘씬하게 패줬을 겁니다. 대체 제가 어머니 친구, 그 바탈리아 부인 같은 인간들이랑 한 공동체 안에서 살고 싶어 할 거라 생각하십니까? 거리를 쓸고, 돌을 깨고, 왜, 있잖습니까, 황폐한 공산국가의 주민들이 늘 하는 일, 뭐 그런 거나 하면서요? 제가 원하는 건 고상한 취향과 품위를 갖춘 왕, 신학과 기하학에 조예가 깊고 '풍요로운 내면의 삶'을 가꾸는 왕, 그런 왕이 다스리는 도덕적이고 강력한 군주제란 말입니다."

"왕? 왕을 원한다고?"

"오, 이제 그만 쩍쩍거리시죠."

"왕을 원한다는 사람은 생전 처음 보는구나."

"제발!" 이그네이셔스가 식탁에 깔린 방수포를 앞발로 쿵 쿵 내리쳤다. "현관을 쓸든, 미스 애니네에 가든, 포주 같은 바탈리아 아주머니한테 전화를 하든, 볼링장에 가서 볼링 연습을 하든, 뭐든 하시라니까요. 전 좀 가만 내버려두시고요! 전 지금 엄청난 불운의 주기에 들어와 있단 말입니다."

"'주기'라니, 도대체 무슨 소리니?"

"계속 이렇게 절 괴롭히시면, 오븐에서 와인 병을 꺼내와 어머니의 다 망가진 플리머스 앞머리에다 명명식이라도 해버릴 겁니다."* 이그네이셔스가 씩씩거렸다.

"불쌍한 여자랑 거리에서 쌈질을 하다니." 라일리 부인이 비통한 어조로 말했다. "아유, 끔찍해라. 그것도 핫도그 수레 바로 코앞에서 말이다. 이그네이셔스, 넌 도움이 좀 필요해 보이는구나."

"글쎄, 전 텔레비전이나 보러 가렵니다." 이그네이셔스가 성을 내며 말했다. "요기 베어 쇼**가 곧 시작하거든요."

"잠깐 기다려라, 애야." 라일리 부인이 바닥에서 몸을 일으켜 스웨터 주머니에서 조그만 마닐라지 편지봉투를 꺼냈다. "옜다, 이거. 오늘 너한테 온 거란다."

"오?" 이그네이셔스가 조그만 황갈색 봉투를 낚아채며 흥미롭게 말했다. "지금쯤 이 편지의 내용을 다 외우고 계시겠군요."

"싱크대 가서 손에 난 상처나 좀 박박 문질러 씻으럼."

"그건 나중에 해도 됩니다." 이그네이셔스가 말했다. 그러곤 봉투를 찢었다. "보아하니 제가 보낸 서한에 M. 민코프가 필사적으로 다급하게 답장을 쓴 거 같은데요. 제가 꽤나 호되게 야단을 쳤거든요."

라일리 부인이 의자에 앉아 다리를 꼬고는 흰 양말과 낡은 검정 에나멜 구두를 애처롭게 흔들어대는 동안, 아들의 파랗고 노란 두 눈은 편지지로 사용된 메이시 백화점 봉투를 펼쳐 들고 훑어 내려갔다.

　　귀하,
　　흠, 드디어 네 소식을 듣게 됐구나, 이그네이셔스. 정말이지 구
　　역질 나고 또 구역질 나는 편지였어. 레터지 상단에 인쇄된 "리바

---

* 배의 진수식 때 뱃머리 위로 샴페인이나 적포도주 병을 내리쳐서 깨며 배의 명명식을 거행한다.

** '요기'라는 이름의 곰이 주인공으로 나오는 만화영화.

이 팬츠"에 대해선 언급하지 않겠다. 아마 넌 그런 게 반유대주의적 조롱*이라 생각하나 보지? 다행히 난 그런 수준 낮은 공격에는 휘둘리지 않아. 네가 그 정도로 바닥을 칠 줄이야. 살다 보면 별꼴을 다 본다더니.

강연에 대한 네 소견에는 자칭 마음 넓고 중립적이란 사람이 그러리라고는 생각지도 못할 굉장히 치졸한 질투심이 엿보이더군. 강연은 벌써 내가 아는 몇몇 열성파들의 관심을 끌기 시작했어. 참석하겠다고 약속한 사람 하나는(영민한 친구들 몇 명도 데리고 오겠대) 출퇴근 시간에 제롬 대로행 노선을 타고 가다 알게 된 사람인데, 굉장히 똑똑해. 이름은 옹가. 케냐에서 온 교환학생으로, 뉴욕대에서 19세기 프랑스 상징주의자들에 대한 논문을 쓰고 있어. 물론 넌 옹가처럼 똑똑하고 열성적인 사람을 이해하지도 좋아하지도 않겠지. 난 그 사람이 하는 얘기라면 몇 시간이고 귀 기울일 수 있어. 그는 진지한 데다, 네가 늘 그러듯이 온갖 사이비적인 것들을 들고 나오지도 않거든. 옹가가 하는 말은 의미가 있어. 옹가는 **진짜** 진국이고 활력이 넘쳐. 사내답고 과감해. 현실을 향해 돌진해 들어가 비밀의 장막을 찢어발기는 사람이야.

"오, 맙소사!" 이그네이셔스가 우는 소리를 했다. "이 왈가닥이 마우마우단원**한테 강간을 당했군그래."

"그게 무슨 말이니?" 라일리 부인이 미심쩍게 물었다.

---

* 리바이(Levy)는 유대인 이름, 팬츠(Pants)는 바지를 뜻하는 명사. 그런데 Pant가 동사일 경우 '헐떡거리다'는 뜻이므로, Levy Pants는 '리바이가 헐떡댄다'는 문장이 되어 외설적 말장난이 가능하다.

** 마우마우단은 1950년대 케냐의 반(反)백인 비밀결사단체.

"가서 텔레비전이나 켜주시겠습니까? 워밍업 좀 시키게요." 이그네이 셔스는 무심히 한마디 던지고는 다시 맹렬히 읽어 내려가기 시작했다.

　짐작하겠지만, 그 사람은 너랑 완전히 달라. 음악가이자 조각가 이기도 하고, 매 순간을 뭔가 창조하고 자각하면서 현실적이고 의 미 있는 일을 하는 데 바치고 있어. 그 사람의 조각은 풀쩍 튀어나 와 나를 덥석 잡을 것만 같은 게, 생명력과 존재감이 그렇게 충만 할 수가 없어.
　적어도 편지는 받았으니 네가 아직 살아 있다는 건 알겠구나. 지금 네가 하고 있는 걸 '사는 것'이라 부를 수 있다면 말이야. "식 품유통산업"과 관계를 맺고 있다는 이 거짓말들은 다 뭐니? 우리 아버지의 레스토랑 물자조달 사업에 대한 공격인 거니? 그렇다면, 그 또한 날 흔들진 못해. 왜냐하면 아버지랑 난 수년째 이데올로기 적인 문제로 등을 돌린 상태니까. 현실을 직시하자, 이그네이셔스. 마지막으로 내가 널 본 이후로 넌 아무것도 하는 일 없이 방구석 에서 빈둥빈둥 썩어가고 있잖아. 네가 내 강연에 대해 드러낸 적개 심은 너 자신의 실패와 성취의 부재, 그리고 정신적(?) 발기부전을 표명하는 것에 지나지 않아.

"이 자유주의자 갈보 년이 엄청나게 큰 종마의 남근에 푹 찔린 게 틀림 없군." 이그네이셔스가 격분하여 중얼거렸다.
"뭐라고? 그게 무슨 말이니, 얘야?"

　이그네이셔스, 아주 심각한 정신적 파탄이 닥쳐오고 있어. 넌 **뭔가** 해야만 해. 병원에 가서 자원봉사라도 한다면 그 무기력의 늪에서 벗어날 수 있을 텐데. 그런다고 네 유문이나 다른 데 무리를 주는 것도 아닐 테고. 적어도 하루에 한 시간만이라도 자궁 속 같은 그 집에서 나와. 산책을 해, 이그네이셔스. 나무도 보고 새도 봐. 생명이 온통 네 주위에서 요동치고 있다는 걸 느껴보란 말이야. 유문이 닫히는 건, 유문 스스로가 죽은 생물체 안에서 살고 있다고 생각하기 때문이야. 마음을 열어, 이그네이셔스. 그러면 유문도 열릴 거야.

네게 성적 판타지가 있다면, 어떤 거라도 좋으니 다음번 편지에 자세히 적어 보내줘. 어쩌면 내가 그 의미를 해석해서, 네가 겪고 있는 성심리적 위기를 극복하는 데 도움을 줄 수 있을지도 몰라. 대학 다닐 때 내가 누누이 얘기했잖아, 언젠가 넌 이런 식의 정신병적 국면을 겪게 될 거라고.

네가 관심 있을 것 같아 말하는데, 방금 『사회적 혐오』를 읽다가 루이지애나 주의 문맹률이 미국에서 가장 높다는 사실을 알게 됐어. 너무 늦기 전에 그 난장판 같은 곳을 빠져나오라니까. 강연에 대해 네가 한 소리, 사실 난 개의치 않아. 네 상황을 이해해, 이그네이셔스. 우리 집단심리치료 모임 사람들도 다들 네 사례를 흥미롭게 주시하고 있어(내가 너의 편집증적 망상에서부터 시작해 단계별로 순서대로, 배경 설명도 덧붙여가며 다 얘기해줬거든). 모두 널 응원하고 있어. 내가 강연 때문에 바쁘지만 않다면, 좀 뒤늦은 감이 있지만 시찰여행차 개인적으로 널 만나러 갈 텐데. 아무튼 다시 만날 때까지 잘 버티고 있기를 바란다.

M. 민코프

이그네이셔스는 편지를 난폭하게 접었다. 그렇게 접힌 메이시 백화점 봉투를 곧 공처럼 똘똘 말아 휴지통으로 휙 던졌다. 라일리 부인이 시뻘게진 아들의 얼굴을 쳐다보며 물었다. "그 기집애가 뭘 원한다니? 요샌 뭘 한대?"

"머나는 어떤 운 없는 흑인 녀석에게 한바탕 힝힝대며 잔뜩 퍼부을 준비를 하고 있는데요. 것도 공개적으로 말입니다."

"아유, 끔찍해라. 넌 친구를 참 잘도 고르는구나, 이그네이셔스. 흑인들은 이미 고생할 만큼 고생했다, 얘야. 고달픈 길을 걸어들 왔지. 인생살이 참 힘든 거란다, 이그네이셔스. 너도 이제 알게 될 거야."

"네, 대단히 고마운 말씀이십니다." 이그네이셔스가 사무적인 태도로 말했다.

"너 공동묘지 앞에서 프랄린 과자 파는 늙은 흑인 여자 알지? 아유, 이그네이셔스, 그 여자 정말 안됐더구나. 일전에 보니, 구멍이 숭숭 난 얄궂은 코트 쪼가리를 입고 있지 뭐니. 추운 날이었는데. 그래서 내 그 여자한테 그랬지. '이봐요, 아주머니, 그렇게 구멍이 숭숭 난 코트 쪼가리 입고 있다가는 아주 지독한 감기에 걸리고 말 거유.' 그랬더니 그 여자 하는 말이……."

"제발요!" 이그네이셔스가 격렬하게 외쳤다. "저 지금 흑인들 방언 따위 듣고 있을 기분 아닙니다."

"이그네이셔스, 그러지 말고 좀 들어보렴. 정말로 보기 딱하더라니까. 글쎄, 이러지 않겠니. '에이구, 추운 거 괜찮아요, 부인. 이제 익숙하걸랑요.' 아유, 정말 대차지 않니." 라일리 부인이 동의를 구하며 이그네이셔스에게 호소의 눈길을 보냈지만, 돌아오는 것은 코웃음 치는 콧수염뿐이었다. "정말 대단하지 않니. 그래서 내가 어쨌게, 이그네이셔스? 이십오 센트짜리 동전 하나를 주며 이랬단다. '이거 받아요. 손주들한테 조그만 거 뭐 하나 사다줘요.'"

"뭐라고요?" 이그네이셔스가 폭발했다. "그러니까 우리 소득이 그런 식으로 나간다는 말씀입니까? 제가 거리에서 구걸하다시피 하는 동안, 어머닌 그런 사기꾼들한테 우리 돈을 던져주고 다니시는군요. 그 여자 옷 차림은 다 계략입니다. 공동묘지에서 근사하고 목 좋은 곳을 차지하고 있는 게 누군데요. 분명히 저보다 열 배는 더 벌어들일 겁니다."

"이그네이셔스! 그 여잔 빈털터리란다." 라일리 부인이 처연하게 말했다. "네 녀석이 그 여자만큼만 대차다면 좋으련만."

"네, 잘 알겠습니다. 이젠 타락한 사기꾼 노파와 절 비교하시는군요. 더 기분 나쁜 건, 제가 그 비교에서 지고 있다는 겁니다. 어머니란 분이 어떻게 자식을 이다지도 중상할 수 있답니까." 이그네이셔스가 식탁보에 앞발을 쿵 들이박았다. "자, 이만큼 했으면 충분합니다. 전 이제 거실에 가서 요기 베어나 보렵니다. 와인 드시는 짬짬이 저한테도 간식거리 좀 갖다 주세요. 유문이 자기를 진정시켜달라고 비명을 질러대는군요."

"거기 좀 조용히 해." 미스 애니가 덧문 너머로 소리를 꽥 질렀다. 그사이 이그네이셔스는 노점상 가운 자락을 여미고는 자신의 막중대사에 대해 곰곰 궁리하며 복도로 휙 나왔다. 그 왈가닥 불여우의 파렴치함에 맞서 공격을 재정비하는 문제 말이다. 공장에서 벌인 민권운동 차원의 공격은 대원들의 대오 이탈로 실패했다. 하지만 정치와 성의 영역에서 치고 들어갈 다른 공격법이 분명 있을 것이다. 가능하면 정치 쪽이 더 나으렷다. 이제부턴 전략을 짜는 데 전적으로 집중해야 했다.

⠿

레이나 리는 황갈색 스웨이드 바지를 입은 다리를 꼰 채 카운터 스툴에 올라앉아 있었다. 탄탄한 근육질의 엉덩이가 스툴을 바닥에 단단히 박고서 완벽한 수직 자세로 그녀를 떠받칠 것을 호령하고 있었다. 그녀가 살짝 움직이면, 볼기짝에 붙은 굉장한 근육들이 잔물결 일으키듯 깨어나 스툴이 단 일 인치라도 기울거나 흔들리는 걸 막아주었다. 근육들은 스툴의 쿠션 주위로 잔물결처럼 차르르 떨리면서 스툴을 꽉 붙듦으로써 똑바로 서 있게 했던 것이다. 오랜 세월에 걸쳐 연습하고 사용해온 결과, 그녀의 엉덩이는 대단히 다재다능하고 능수능란한 물건이 되어 있었다.

그녀는 자신의 몸이 늘 경이로웠다. 그 몸은 비록 공짜로 받은 것이었으나, 그처럼 인생에 도움 되는 물건은 돈을 주고도 사본 적이 없었다. 드물긴 하지만 감상에 젖거나 종교적인 기분에라도 빠져드는 순간이면, 레이나 리는 자신과 친구가 될 수 있는 몸을 만들어준 신의 자비로움에 감사드렸다. 이 몸을 위해 그녀는 숙련공의 손길처럼 냉정하리만큼 정밀한 전문 서비스와 막대한 관리를 제공함으로써 신의 선물에 기꺼이 보답해왔다.

오늘은 달린의 첫 드레스리허설 날이었다. 달린은 조금 전 커다란 옷상자를 들고 도착해 무대 뒤로 사라졌다. 레이나는 달린의 무대장치를 바라보았다. 그것은 목수가 만든 스탠드였는데, 모양은 모자걸이처럼 생겼지만 갈고리 대신 커다란 링들이 꼭대기에 붙어 있었고, 각기 다른 길이의 체인에 매달린 링 세 개가 꼭대기에서부터 늘어뜨려져 있었다. 레이나가 지금까지 지켜본 바로는 그리 신통할 게 없었지만, 달린은 의상만 갖춰 입으면 공연이 환상적으로 변모할 거라고 말했다. 레이나는 불평할 수 없었다. 모든 걸 감안해볼 때, 달린과 존스의 말에 설득당해 달린에게 공연을 허락한 건 잘한 일이었다. 공연은 싼 값에 얻은 셈이고, 무엇보다 새가 아주 훌륭하다는 건 인정해야 했다. 숙련된 프로배우 뺨치는 이 새는 이 공연에서 인간의 부족분을 거의 메우고도 남았다. 거리에 즐비한 다른 클럽들이야 호랑이와 침팬지, 뱀 취향의 고객들을 차지할 테면 하라지. 〈기쁨의 밤〉은 조류 취향의 고객들을 확실히 거머쥐었으니까. 인간성의 한 측면에 대한 레이나의 특정 지식에 따르면, 조류 취향의 고객들은 실로 엄청나게 많을지도 몰랐다.

"됐어요, 레이나. 우린 준비 다 됐어요." 달린이 무대 뒤에서 외쳤다.

레이나가 존스를 돌아보며, 담배연기와 먼지 구름 속에서 칸막이 좌석을 쓸고 있는 그에게 말했다. "레코드 좀 틀어."

"미안하지만, 레코드 트는 거까지 일주일에 삼십은 받아야 하걸랑요. 우아!"

"빗자루 내려놓고 죽음기나 틀어, 서에 전화하기 전에." 레이나가 고함을 질렀다.

"거 스툴에서 내려와 직접 틀지 그러실까. 서에는 내가 전화해서 옘병할 경찰한테 요즘 코빼기도 안 보이는 사장님 고아 친구나 찾아보라고 똥기기 전에요. 이야!"

레이나는 존스의 얼굴을 찬찬히 들여다보았지만, 그의 두 눈은 연기와 검은 안경 뒤에 가려져 보이지 않았다.

"그게 무슨 소리야?" 레이나가 결국 묻고 말았다.

"거 고아한테 준 거라고는 매독뿐이면서 뭘 그러실까. 우아! 나한테 거지랄 맞은 레코드프레이어 소리 더는 꺼내지 말라고요. 이 고아 사건의 실마리를 잡기만 하면 내 직접 경찰에 똥겨버릴 테니. 이놈의 갈봇집에서 최저임금도 못 받고 일하는 거, 심심하면 협박당하는 거, 거 다 지긋지긋하걸랑요."

"이봐요, 음악은 어딨어요?" 달린의 간절한 목소리가 들렸다.

"네가 경찰한테 뭘 증명할 수 있는데?" 레이나가 존스에게 물었다.

"어어! 그러니까 고아들하고 뭔가 구린 구석이 있긴 있나 보네요. 우아!

내 그럴 줄 알았지. 그러니 경찰에 날 고발하려 들면 나도 고발해버린다고요. 거 경찰 본부 전화통에 불이 좀 붙겠는데요. 이야! 이제 나 좀 조용히 쓸고 닦고 하게 가만 냅두라고요. 레코드프레이어는 흑인들한테는 너무 첨단이걸랑요. 내가 만졌다가는 기계가 망가질지도 모른다니까요."

"너 같은 애송이 부랑아가 경찰한테 자기 말을 믿게 하려고 기를 쓰는 꼴, 어디 한번 보고 싶군그래. 더구나 네 녀석이 금전등록기에 손을 대고 있단 사실까지 고하면 어떻게 될까?"

"무슨 일이에요?" 달린이 작은 커튼 뒤에서 물었다.

"내가 이 집에서 손대는 거라고는 구정물 가득한 양동이뿐이걸랑요."

"난 그렇게 반박할 건데. 안 그래도 경찰은 널 주시하고 있어. 나같이 경찰의 오랜 친구가 네 녀석에 대해 몇 마디 해주면 그걸로 상황 종료지. 경찰이 누구 말을 믿을 거 같아?" 레이나는 존스를 바라보았고, 그의 침묵이 자신의 질문에 대한 대답임을 알았다. "이제 축음기 틀어."

존스는 칸막이 좌석 안에 빗자루를 던져놓고 「낙원의 이방인」 판을 틀었다.

"자, 여러분, 저희 인사드려요." 달린이 앵무새를 팔 위에 올린 채 무대 위로 나와 허리를 야릇하게 튕기며 말했다. 목선이 깊게 파인 오렌지색 새틴 이브닝드레스 차림에, 틀어 올린 머리 꼭대기에는 큼지막한 난초 조화를 꽂고 있었다. 그녀는 스탠드를 향해 몇 가지 음란한 동작을 서투르게 선보였고, 그사이 앵무새는 팔 위에서 불안하게 흔들렸다. 달린은 한 손으로 스탠드 꼭대기를 잡은 채 골반으로 스탠드 기둥을 기괴하게 지분거리며 신음을 토해냈다. "오우."

그녀가 앵무새를 제일 낮은 링에 내려놓자, 새는 부리와 발톱을 이용해 그 위쪽 링으로 한 단계씩 올라가기 시작했다. 달린이 광란의 난교파티라도 하듯 기둥 주위에서 허리를 튕기고 휘돌리는 사이 마침내 새는 허리 높이까지 올라왔다. 그녀가 드레스 옆구리에 꿰맨 고리를 새에게 내밀었다. 새는 부리로 고리를 덥석 물었고, 곧 드레스 앞자락이 활짝 열렸다.

"오우." 달린이 드러난 속옷을 관객들에게 보여주느라 그 작은 무대의 가장자리로 허리를 꿈틀대며 걸어가는 동안 신음을 토해냈다. "오우. 오우."

"우아!"

"그만, 그만!" 레이나가 소리를 지르며 스툴에서 벌떡 일어나더니 축음기를 탁 꺼버렸다.

"왜요, 뭐가 문제예요?" 달린이 감정 상한 목소리로 물었다.

"너무 저질이라는 게 문제지. 우선, 매춘부 같은 그 옷차림. 우리 클럽에선 좀 근사하고 세련된 공연을 해야 해. 이건 점잖은 사업이라고, 이 멍청한 것아."

"우아!"

"그 오렌지색 드레스를 입고 있으니 꼭 창녀 같단 말이야. 게다가 헤픈 년처럼 그 소리들은 다 뭐야? 꼭 술 처먹고 골목길에서 정신 못 차리는 화냥년 같잖아."

"하지만 레이나……."

"새는 괜찮아. 네가 저질이지." 레이나는 산홋빛 입술 사이에 담배를 꼬나물고 불을 붙였다. "쇼를 전반적으로 재고해야겠어. 네 꼴을 보니, 운동신경이 망가졌거나 뭐 어떻게 된 거 같아. 이 사업은 내가 알아. 스트립 쇼는 여성에 대한 모욕이라고. 이런 데 오는 인간말짜들은 허튼계집 따위 욕보이는 걸 보려고 오는 게 아니라니까."

"어어!" 존스가 레이나 리 쪽으로 연기구름을 훅 날렸다. "거 좀 근사하고 세련된 고객들이 밤에 이런 데 온다고 말할 줄 알았는데."

"닥쳐!" 레이나가 말했다. "잘 들어, 달린. 허튼계집은 누구라도 욕보일 수 있어. 그 얼간이들이 보고 싶은 건, 어여쁘고 깨끗한 처녀를 욕보이고 벌거벗기는 거란 말이야. 제발 부탁인데, 그놈의 머리를 좀 써, 달린. 넌 순결한 처녀가 돼야 해. 근사하고 세련된 요조숙녀처럼 굴어야 한다고. 새가 네 옷을 잡아채기 시작하면 깜짝 놀라야 하는 거란 말이야."

"내가 세련되지 않았다고 누가 그래요?" 달린이 화를 내며 물었다.

"좋아. 넌 세련됐어. 그렇다면 무대 위에서도 세련되게 굴어. 그래야 쇼가 드라마가 되지, 젠장."

"이야. 이러다 〈기쁨의 밤〉이 이 쇼로 아카데미상 타는 거 아닌가 몰라. 까짓거, 저 새도 나무주연 하나 타버려."

"넌 바닥이나 닦아."

"분부대로 합죠, 스칼라 오호러 아씨."

"잠깐." 레이나가 돌연 뮤지컬 영화에 나오는 감독처럼 과장되게 소리를 질렀다. 그녀는 늘 자기 직업의 연극적인 측면들을 즐겼다. 연기를 하고, 포즈를 잡고, 장면을 구성하고, 막을 연출하는 것을. "바로 그거야."

"그게 뭔데요?" 달린이 물었다.

"아이디어 말이야, 이 바보야." 레이나는 담배를 입술 앞쪽에 들고는, 마치 그게 감독의 메가폰인 양 거기 대고 말을 했다. "자, 자, 이 장면을 상상해봐. 넌 남부 규수가 되는 거야. 한창 꽃다운 나이에 이른, 옛 남부*의 어여쁜 처녀로, 유서 깊은 대농장에서 이 애완용 새를 기르고 있는 거지."

"야호, 난 맘에 들어요." 달린이 신이 나서 말했다.

"물론 그렇겠지. 자, 자, 잘 들어봐." 레이나의 머리가 획획 돌아가기 시작했다. 이 연극은 그녀의 최고 역작이 될지도 몰랐다. 새는 스타의 자질이 충분했다. "너한테 남부 농장 스타일의 풍성한 드레스와 페티코트, 레

---

* 미국 남북전쟁 이전, 흑인노예노동으로 구축된 대농장 시절의 남부.

이스를 입힐 거야. 커다란 모자도. 양산도. 아주 세련된 걸로. 머리카락은 컬을 말아 어깨로 흘러내리게 하고. 넌 그런 모습으로 방금 성대한 무도회에서 돌아온 참이야. 거기선 닭튀김과 돼지목살을 앞에들 놓고서 수많은 남부 신사들이 널 어찌 좀 더듬어보지 못해 안달하며 껄떡댔지. 하지만 넌 그들을 모두 냉정하게 잘라냈어. 왜냐고? 넌 요조숙녀니까, 젠장. 자, 이제 무대로 가보자고. 무도회는 끝났지만, 넌 순결을 잘 지켜냈어. 그러니까 새를 데리고 나와 새한테 잘 자라는 인사를 하며 이렇게 말하는 거야. '얘, 오늘 무도회는 멋쟁이 신사들이 넘쳐났지만, 그래도 난 순결을 잘 지켰단다.' 그 순간 그 빌어먹을 새가 네 드레스를 홱 잡아채는 거지. 넌 충격을 받고 깜짝 놀라. 넌 순진하니까. 하지만 워낙 품위 있는 숙녀라 그걸 제지하지도 못해. 알아들어?"

"정말 굉장해요." 달린이 말했다.

"정말 극적이지." 레이나가 정정했다. "이런 게 드라마야. 좋아, 한번 해보자고. 음악, 마에스트로."

"우아! 이거 정말 남부 대농장으로 돌아간 꼴 아니냐고." 존스가 레코드판의 맨 첫 홈들 사이로 바늘을 밀어 넣으며 말했다. "이런 순 노랭이 갈봇집에서 입을 연 내가 바보지."

달린이 짐짓 점잔을 빼며 무대로 나와 새침하게 걸어 다니더니, 입술을 장미 봉오리처럼 봉긋 오므리며 말했다. "얘, 오늘 멋쟁이 신사들은 무도회가 넘쳐났지만⋯⋯."

"그만!" 레이나가 고함을 질렀다.

"좀 봐줘요." 달린이 애원했다. "처음 하는 거잖아요. 그동안 연습했던 건 스트립쇼지 연기가 아니었잖아요."

"그런 간단한 대사 한 줄도 기억 못 해?"

"거 달린은 〈기쁨의 밤〉식 신경과민이라고요." 존스가 무대 전방에 구름을 일으켰다. "수준 낮은 임금에 강도 높은 협박이면 딱 그렇게 되걸랑요. 저 새도 머잖아 그렇게 될 거예요. 깩깩 울고 발톱으로 할퀴고 스탠드에서도 홀라당 굴러떨어지고. 우아!"

"달린은 네 친구지, 응? 너한테 늘 잡지 주는 거 봤어." 레이나가 발끈하며 말했다. 이 존스란 녀석이 정말로 그녀의 성미를 건드리기 시작했다. "이 공연은 거의 네 아이디어잖아, 존스. 너 정말 달린이 무대에 서는 걸 보고 싶은 거야?"

"암요. 우아! 누군가는 여기서 출세 좀 해야지 않겠냐고요. 어쨌든 이 쇼는 엄청나게 고급이고 손님들 왕창 끌어 모을 거예요. 나도 급료 좀 올려 받고요. 어어!" 존스는 얼굴 아래쪽 반을 열고서 누런 초승달 같은 미소를 지어 보였다. "나는 저 새한테 희망을 몽땅 걸었다니까요."

레이나는 사업에 도움이 되면서도 존스를 골탕 먹일 수 있는 아이디어가 떠올랐다. 그의 행동은 이미 도를 넘어섰다.

"좋아." 레이나가 그에게 말했다. "내 말 좀 들어봐, 존스. 넌 달린을 도와주고 싶지? 또 이 공연이 썩 괜찮다고 생각하고, 응? 달린이랑 저 새가 고객들을 엄청 몰고 와서 도어맨이 필요하게 될 거라 말한 적도 있잖아. 글쎄, 그 도어맨이 이미 여기 있지 않겠어. 바로 너."

"어어! 최저임금도 못 받는데 밤까지 여기서 얼쩡거릴 순 없다고요."

"오프닝나이트 때 나와." 레이나가 한결같은 어조로 말했다. "정문 앞 보도에 나가 서 있어. 의상은 빌려다 줄게. 진짜 옛 남부 문지기 복장으로. 그걸 입고 사람들을 여기로 끌어들이는 거야. 알겠어? 난 네 친구와 그 친구의 새를 위해 공연이 만석이 되는 걸 보고 싶거든."

"엠병. 이 지랄 맞은 술집 당장 때려치워야겠네. 스칼라 오호러랑 대머리독수린지 앵무샌지는 무대에 세울지 모르겠지만, 농장노예까지 앞에 세워놓지는 못한다고요."

"그렇다면 서에 모종의 신고가 들어가겠군."

"그럼 고아 신고도 하나 접수하게 되겠네요."

"과연 그럴까."

존스는 그게 사실이라는 걸 알고 있었다. 마지못해 그가 말했다. "좋아요. 까짓거, 오프닝나이트 때 나올게요. 사람들도 좀 데려오고요. 사업장 문을 영원히 닫게 해줄 사람들로 데려온다고요. 거 왜, 초록색 모자 쓴 그 옘병할 뚱보 같은 인간들로 데려온다니까요."

"그 사람은 어떻게 됐을까." 달린이 말했다.

"입 다물고 대사나 외워봐." 레이나가 달린에게 소리를 질렀다. "여기 네 친구가 네가 출세하는 걸 보고 싶어 하잖아. 네 친구가 네가 잘되게 도와준대, 달린. 그러니 네 실력이 얼마나 대단한지 보여줘 봐."

달린은 목청을 가다듬고 조심스레 또박또박 대사를 읊었다.

"얘, 오늘 무도회는 멋대가리 신사들이 넘쳐났지만, 그래도 난 순결을 잘 지켰단다."

레이나는 그만 달린과 새를 움켜잡고 무대에서 끌어내린 뒤 뒷골목으로 와락 떼밀어버렸다. 존스는 뒷골목에서 들려오는 소리에 귀를 쫑긋 세웠다. 옥신각신 다투고 애원하는 소리로 한동안 시끌시끌하다가 돌연 누군가의 얼굴을 철썩 때리는 소리가 났다.

그는 물을 마시려고 카운터 뒤로 가서 레이나 리를 영원히 끝장낼 수 있는 사보타주를 곰곰 생각했다. 밖에서는 앵무새가 깩깩대고 달린이 울고불고 난리였다. "난 배우가 아니에요, 레이나. 이미 말했잖아요."

잠시 아래를 내려다보던 존스는, 레이나 리가 방심한 나머지 카운터 밑의 작은 캐비닛을 열어놓은 채로 둔 걸 발견했다. 오후 내내 그녀는 달린의 드레스리허설에 정신이 빠져 있었던 것이다. 존스는 무릎을 꿇었고, 〈기쁨의 밤〉에 들어온 이후 처음으로 선글라스를 벗었다. 우선은, 좀 전보다야 밝아지긴 했으나 여전히 어두침침한 불빛에 두 눈이 익숙해져야 했다. 불빛은 카운터 뒤편 바닥에 덕지덕지 들러붙은 먼지를 드러내 보일 정도는 되었다. 그는 작은 캐비닛 내부를 들여다보았다. 거기엔 무지 종이로 싼 꾸러미 열 개가량이 질서정연하게 쌓여 있고, 한쪽 구석에는 지구의 하나, 분필 한 통, 비싸 보이는 큼직한 책 한 권이 놓여 있었다.

그는 캐비닛에서 뭔가를 집어감으로써 자신의 이 발견을 망치고 싶지 않았다. 레이나 리의 매같이 예리한 눈과 경찰견 뺨치는 코가 금세 눈치채고 말 테니까. 그는 잠시 생각해본 끝에 금전등록기에서 연필을 가져왔고, 꾸러미 더미의 측면을 따라 내려가며 각 꾸러미 측면에다 가능한 한 깨알 같은 글씨로 〈기쁨의 밤〉 주소를 적어 넣었다. 병 속에 넣어 띄워 보내는 편지처럼, 이 주소가 어떤 응답을 가져올지도 모른다. 어쩌면 합법적인 사보타주 전문가로부터 응답이 올지도. 갈색 무지 종이 꾸러미에 적힌 주소는 총에 묻은 지문만큼이나 파괴력이 있다고 존스는 생각했다. 주소도, 지문도, 절대 거기 있어선 안 되는 것들이니까. 그는 꾸러미들을 원래대로 균형을 맞춰 바로잡아가며 조심스레 다시 쌓았다. 그런 다음 연필을 금전등록기에 도로 넣고 물을 마셨다. 마지막으로, 캐비닛의 문을 자세히 살피며 자기가 처음 발견했을 때와 똑같은 각도로 열려 있는 것까지 확인했다.

존스가 카운터 뒤에서 나와 되는대로 비질을 재개할 때쯤, 레이나와 달린과 새가 사고뭉치 갱단 같은 꼴로 뒷골목에서 들이닥쳤다. 달린의 머리엔 난초가 축 늘어져 달랑거렸고, 새는 얼마 안 남은 깃털마저 엉망으로 헝클어져 있었다. 하지만 레이나 리는 여전히 말쑥해서 마치 폭풍이 기적적으로 그녀만 피해간 듯했다.

"좋아. 자, 자, 달린." 레이나가 달린의 어깨를 잡고 말했다. "빌어먹을 네 대사가 뭐지?"

"우아! 거 진짜 사려 깊은 감독이 따로 없네. 영화라도 만든다면 출연자들 반은 다 죽어 나지, 죽어나."

"닥치고 바닥이나 닦아." 레이나가 존스에게 이렇게 말하고는 달린을 흔들었다. "이제 제대로 좀 읊어봐, 이 멍청한 것아."

달린은 속절없이 한숨짓더니 말했다. "얘, 오늘 무도회는 멋쟁이 신사들이 넘쳐났지만, 그래도 난 순교를 잘 지켰단다."

⁙

순찰경관 맨큐소는 경사의 책상에 기대서서 씨근거리며 말했다. "그 화당떨에며 둠 내보내 두딥띠오. 더는 뚬을 떨 뚜가 없뜹니다."

"뭐라고?" 경사는 자기 앞에 선 창백한 몰골을, 이중초점 안경 너머 물기 어린 핏발 선 눈을, 하얀 염소수염 사이로 드러난 까칠한 입술을 쳐다보았다. "뭐가 문젠가, 맨큐소? 자넨 왜 사내답게 견뎌내질 못하나? 감기 따위에나 걸리다니. 경찰은 감기에 걸리지 않아. 경찰은 **강인**하다고."

맨큐소 순경은 염소수염에 침을 튀기며 기침을 토했다.

"자넨 버스터미널에서 한 놈도 못 낚았어. 내가 한 말 기억하나? 한 놈 잡아들일 때까진 거기 있으란 말이야."

"폐덤에 걸릴띠도 몰라떠요."

"감기약 먹어. 그리고 당장 나가서 한 놈 잡아와."

"고모님 말뜨미, 그 화당떨에 계똑 있따가느 듀글띠도 모르다고."

"자네 고모? 다 큰 어른이 고모님 말을 들어야 한다고? 맙소사. 자네 대체 어떤 사람들이랑 알고 지내는 건가, 맨큐소? 스트립쇼 하는 술집에 혼자 가서 앉아 있는 아주머니들에, 고모님들에. 무슨 여자들 친목회 같은 데라도 들었나 보군. **똑바로 서.**" 경사는 심한 기침의 여파로 부들부들

324

떨고 있는 비참한 몰골을 찬찬히 살펴보았다. 그는 직원 사망에 대한 책임은 지고 싶지 않았다. 맨큐소에게 유예기간을 주고 서에서 내쫓는 게 더 낫지 않겠는가. "좋아. 버스터미널로 돌아가지 않아도 돼. 다시 거리로 나가 햇볕 좀 쬐라고. 하지만 명심해. 내 자네한테 이 주간 시간을 주지. 그때까지도 한 놈 못 잡아오면, 그땐 옷 벗을 각오해. 알아들었나, 맨큐소?"

맨큐소 순경은 코를 훌쩍이며 고개를 끄덕였다.

"노려케 보게뜹니다. 하 놈 댜바 오게뜹니다."

"내 쪽으로 기울지 좀 마." 경사가 고함을 질렀다. "감기 옮고 싶지 않으니까. 일어나. 당장 꺼져. 가서 약이랑 오렌지 주스 좀 마셔. 젠장."

"꼭 하 놈 댜바 오게뜹니다." 맨큐소 순경이 씨근거리며 재차 다짐했지만, 이번 말투는 어쩐지 훨씬 자신감이 덜했다. 이윽고 그는 아주 진기한 차림새로 정처 없이 떠나갔다. 오늘 의상은 짓궂은 경사가 그에게 날린 최고의 결정타, 야구 모자에 산타클로스 복장이었다.

⠿

이그네이셔스는 어머니가 복도에서 방문을 쾅쾅 두드리며 오늘 하루치 일당으로 가져온 급료 오십 센트는 어쨌느냐고 고래고래 따져 묻는 걸 못 들은 척했다. 그는 빅치프 노트와 요요, 그리고 고무장갑을 책상 위에서 싹 쓸어버리고는 근로 일기를 꺼내 글을 쓰기 시작했다.

친애하는 독자여,

양서란, 영구불멸의 생명력을 가지도록 향유를 발라 보존시킨 위대한 정신의 고귀한 수혈이다.

― 밀턴

클라이드의 변태적인 (그리고 내가 보기엔 꽤나 위험한) 정신은 내 불굴의 존재를 폄하할 또 다른 수단을 여태 강구해오고 있었다. 처음에 난 이 소시지 업계의 군주, 육류업계의 거물에게서 제2의 아버지 같은 존재감을 찾을 수 있을 거라 생각했는데 웬걸, 나에 대한 그의 질투와 분노는 나날이 커져만 가고 있다. 그런 감정들은 종국에는 여지없이 그를 집어삼키고 정신을 망가뜨리고 말 것이다. 내 당당한 체격과 복잡한 세계관, 내 태도에 내재된 품위와 취향, 이 수렁 같은 현세에서 제 직분을 다하는 내 도덕심, 이 모든 것이 클라이드를 당황케 하고 놀라게 한 것이다. 이제 그는 나를 프렌치 쿼터로 좌천시키기에 이르렀다. 경이로운 과학의 힘을 빌려 탄생한 몇몇 현대판 변종들을 포함해, 인간이 가장 광적인 탈선 상태에서 생각해낼 수 있는 오만 가지 악덕이 득시글거리는 구역, 프렌치 쿼터로 말이다. 상상컨대 쿼터는 런던 소호나 북아프리카의 몇몇 구역들과 별반 다르지 않으리라. 하지만 프렌치 쿼터의 주민들은 미국식 '버티기 정신'과 '요령'을 타고난 자들 아닌가. 그들은 앞에서 언급한 지구상의 다른 타락한 지역 주민들이 즐기는 유희거리들을 그 다양성과 상상력 차원에 있어 그에 필적하거나 그보다 능가하기 위해 지금 이 순간에도 아마 기를 쓰고 있을 것이다.

확실히 프렌치 쿼터 같은 구역은 청렴하고 순결하고 분별 있고 감수성 예민한 근로 청년에게는 적합한 환경이 아니다. 에디슨이나 포드, 록펠러가 어디 그런 역경에 맞서 싸워야 했던가.

하지만 클라이드의 악마 같은 정신은 그런 단순한 굴욕을 주는 데서 멈추지 않았다. 쿼터에서는 소위 클라이드가 "관광객 고객"이라 부르는 자들을 상대하기 때문에 나는 일종의 무대의상 같은 옷을 차려입고 나서야 했다.

(새 구역에서의 첫날인 오늘 하루 내가 접해본 손님들로 판단해보건대, '관광객'이란 자들은 상업지구에서 내 핫도그를 사 먹던 바로 그 늙수그레한 부랑자들인 듯싶다. 틀림없이 그자들은 스터노*를 흡입해 인사불성이 된 상태에서 프렌치 쿼터로 비틀비틀 넘어왔을 테고, 그리하여 클라이드의 노쇠한 머릿속에서 '관광객'이란 자격을 얻게 된 것이리라. 도대체 클라이드는 파라다이스 제품을 사서 그것으로 하루하루를 연명하는 게 분명한 밑바닥 인생들, 페인들, 떠돌이들을 제대로 본 적이나 있을까. 다른 노점상들—'여보게', '이봐', '자네', '친구', '이 사람아' 따위의 이름으로 불리는 지치고 병든 행상들—과 부랑자 고객들 사이에 끼인 나는 그야말로 길 잃은 영혼들의 림보에 꼼짝없이 갇힌 신세다. 하지만 이들은 우리 시대의 철저한 패배자들이라는 단순한 사실로 인해 어떤 영적인 속성을 부여받는다. 이 산산조각난 비참한 인생들이야말로 우리 시대의 성자들일지 누가 알겠는가. 장렬하게 망가진, 황갈색 눈동자의 늙은 검둥이들, 텍사스와 오클라호마 주 황무지에서 굴러들어온 천대 받는 뜨내기들, 쥐들이 들끓는 도시의 하숙집에서 안식처를 찾는 몰락한 소작인들이 말이다.

그럼에도 나는 내가 훗날 늙고 병들었을 때 나 자신은 핫도그로 입에 풀칠하는 처지가 아니기를 정녕 바란다. 저작물이 팔리면

---

* 깡통에 든 고형 알코올 연료.

수익이 좀 생길 것이다. 또 필요하다면 언제든 불쾌하기 짝이 없는 M. 민코프의 행적을 쫓아 순회강연을 할 수도 있을 것이다. 물론 이는, 취향과 품위를 거스르는 민코프의 역겨운 행태에 대해 이미 독자 여러분에게 자세히 전한 바 있듯이, 앞으로 그녀가 전국의 수많은 강연장에 뿌려놓게 될 무식과 외설의 오물덩어리를 치워내기 위함이다. 어쩌면 그녀의 첫 청중들 가운데 수준 있는 누군가가 있어, 강연 첫날 댓바람에 그녀를 연단에서 끌어내려 성감대 주변을 채찍으로 후려칠지도 모르는 일이다. 아무튼 밑바닥 인생들의 주거지는 혹 그곳에 깃들어 있을지도 모를 여하간의 영적 속성에도 불구하고 육체의 안락함 차원에서 수준 이하의 장소라는 건 두말할 나위 없거니와, 듬직하고 맵시 좋은 체격을 가진 내가 빈민굴 뒷골목에서 잠을 청하는 일에 쉬이 적응할 것 같지도 않다. 그러느니 난 단연코 공원 벤치에 몸을 뉘이리라. 그러므로 나로서는 이 덩치 자체가 우리 문명의 구조 속에서 내가 끝도 없이 추락하는 걸 막아주는 안전장치인 셈이다. [어쨌거나 나는 소위 자신이 속한 사회를 주관적으로 바라보려면 반드시 바닥을 쳐야 한다는 말을 믿지 않는다. 수직 낙하를 하는 대신, 어느 정도 육신의 안위는 배제되지 않는 선에서 사회 바깥쪽으로 적당히 이탈된 지점을 향해 수평 이동을 할 수도 있으니까. 여러분도 잘 알다시피 어머니의 경천동지할 폭음이 나를 현 시대의 광기 속으로 던져 넣었을 때, 난 바로 거기, 우리 시대의 맨 가장자리에 있었던 것이다. 솔직히, 그 이후로 상황은 점점 더 나빠졌다는 말을 해야겠다. 사정은 지금 악화일로에 있다. 민코프, 나의 성애性愛를 초월한 애인, 그녀도 나를 공격해오고 있다. 심지어 내 파멸의 주체인 어머니조차 당신 자신을 먹여 살리는 손을 물어뜯기 시작했다. 내 운명의 주기는 점점 더 아래로 추락하고 있다. 오, 포르투나, 그대 변덕스러운 여신이여!] 나는 먹을 것과 안락함의 부족이 정신을 고결하게 만들기보다는 도리어 인간의 영혼 속에 불안감만을 불러일으키고, 보다 긍정적인 충동들을 오로지 먹을 것을 얻으려는 목적으로만 몰고 간다는 사실을 깨달았다. 내가 비록 풍요로운 내면의 삶을 누리고 있긴 하나, 먹을 것과 안락함 또한 내겐 반드시 필요한 것들이다.)

하지만 이쯤해서 당면한 문제로 돌아가자. 나에 대한 클라이드의 복수 말이다. 그전에 쿼터 구역을 담당했던 노점상은 말도 안되는 해적 의상을 입었는데, 그건 뉴올리언스의 민간전승과 역사 앞에 파라다이스 핫도그가 바치는 묵례이자 핫도그와 크리올* 전설을 연결시키려는 클라이드식 발상이었다. 클라이드는 차고에서 내게 그 옷을 강제로 입어보게 했다. 물론 그 의상은 결핵 환자에 발육부전이었을 전임 노점상의 체격에 맞게 만들어진 것이므로, 아무리 밀고 당기고 숨을 들이마시고 몸을 구겨 넣어봤자 내 근육질 체구에 맞을 리 없었다. 그리하여 일종의 타협이 이루어졌다. 나는 내 사냥모자 둘레에 빨간 새틴 재질의 해적 스카프를 둘렀다. 왼쪽 귓불에는 금귀고리랄까, 이색적인 물건을 파는 가게에서 샀을 법한 큼직한 링 귀고리를 끼웠다. 그리고 검정 플라스틱 단검을 하얀 노점상 가운 옆구리에 안전핀으로 부착시켰다. 뭐, 그다지 인상적이지 않은 해적이라고 독자 여러분은 말할지도 모르겠다. 하지만 거울 속 내 모습을 찬찬히 살펴보는 순간, 나는 내 자신이 아주 드라마틱한 방식으로 매혹적이라는 걸 인정하지 않을 수 없었

* 원래는 루이지애나에서 태어난 프랑스 스페인계 백인 정착민 후손을 가리켰으나. 점차 흑인 노예와 토착민 후손까지 두루 포함하게 됨.

다. 나는 클라이드를 향해 플라스틱 단검을 휘두르며 외쳤다. "널 빤지를 걸으시오*, 제독!" 하지만 상상력 없고 소시지 같은 정신을 가진 그에게 이건 지나치게 버거운 행동이란 걸 아뿔싸, 난 미처 깨닫지 못했다. 깜짝 놀란 그가 창 같은 포크로 나를 공격하기 시작했다. 우린 아주 형편없는 사극에 등장하는 두 허풍쟁이처럼 몇 분간 차고 안에서 상대를 향해 덤벼들었다. 포크와 단검이 필사적으로 탁탁 부딪쳤다. 하지만 곧 내 플라스틱 무기로는 미친 므두셀라**가 휘두르는 긴 포크의 적수가 될 수 없음을 깨달았거니와 클라이드가 최악의 상태로 치닫고 있음을 목도하게 되자 우리의 어설픈 결투를 그만 끝내려 했다. 그래서 그를 눙치려고 목청껏 달랬다. 간청도 했다. 급기야 항복까지 선언했다. 그런데도 클라이드는 계속 들이댔으니, 내 해적 차림이 하도 그럴듯해서 우리가 낭만적인 옛 뉴올리언스의 황금시대로 돌아가 있다고 단단히 착각한 모양이었다. 신사들이 핫도그를 둘러싼 명예의 문제를 이십 보 떨어져서 결정하던 시대로 말이다. 바로 그 순간 내 복잡한 머릿속에서 뭔가가 이해되기 시작했다. 클라이드는 정말로 나를 죽이려 하고 있었던 것이다. 그로서는 완벽한 핑계를 댈 수도 있으리라. 이른바 정당방위. 그의 계략에 내가 완전히 넘어간 꼴이었다. 그런데 다행히도 내가 넘어지고 말았다. 뒷걸음질을 치다 수레에 걸리는 바람에 늘 위태위태한 균형감각을 잃고서 그만 바닥에 나자빠진 것이다. 머리가 수레에 부딪혀 꽤 아프긴 했지만, 바닥에 뻗은 채로 난

---

* 해적이 포로를 죽일 때, 눈을 가린 후 뱃전 너머까지 뻗은 널빤지 위를 걷게 해서 바다에 빠트렸다.

** 969세까지 살았다는 창세기 속의 유대 족장. 아주 나이가 많은 사람을 뜻함.

유쾌하게 외쳤다. "사장님이 이겼습니다." 그러고는 녹슨 포크가 위협하는 사지死地에서 날 낚아채준 포르투나, 사랑스러운 운명의 여신에게 조용히 경의를 표했다.

그길로 허둥지둥 차고에서 수레를 끌고 나온 뒤 쿼터를 향해 황황히 길을 재촉했다. 거리를 오가는 숱한 행인들이 약식으로 차려입은 내 해적 의상에 호의적인 눈길을 보내왔다. 단검이 찰가닥찰가닥 옆구리를 때리고, 귀고리가 귓불에서 달랑거리며, 빨간 스카프는 황소라도 달려들게 할 만큼 햇빛에 반짝이는 가운데, 나는 목숨이 아직 붙어 있음에 감사하는 한편 쿼터에서 나를 기다리는 끔찍한 상황에 맞서 마음을 굳게 다잡으며 시내를 가로질러 의연히 걸어갔다. 내 순결한 분홍빛 입술에서 수많은 기도문이 큰 소리로 흘러나왔다. 일부는 감사기도요, 일부는 탄원이었다. 간질과 광기를 다스리는 성 마투리노께 클라이드 씨가 평정을 찾도록 도와달라고 기도드렸다(성 마투리노는 우연찮게도 광대들의 수호성인이기도 하다). 나 자신을 위해서는 장의 탈을 막아주는 은자 성 메데리코께 소박한 인사를 전했다. 그리고 하마터면 죽음의 부름에 화답할 뻔했던 좀 전의 불상사를 곱씹다가 어머니에 대해 생각하기 시작했다. 왜냐하면 어머니 자신이 저지른 비행의 대가를 아들이 대신 치르려다 죽는다면 어머닌 과연 어떤 반응을 보일지 늘 궁금했기 때문이다. 어느 미덥지 못한 장례식장 지하실에서 조악한 싸구려 장례식을 치르는 어머니의 모습이 눈에 선하다. 슬픔으로 정신이 나간 채, 벌게진 눈에서 눈물을 펑펑 쏟으며, 어머니는 아마 내시체를 관에서 끄집어내려 버둥대면서 술에 취해 울부짖을 것이다. "내 아들 데려가지 말아요! 왜 가장 사랑스러운 꽃들이 시들고 꺾여야 한답니까?" 클라이드 씨의 녹슨 포크가 내 목에 뚫은 두 개의 구멍에 어머닌 끊임없이 당신 손가락을 쑤셔 넣으며 무식한 그리스식 저주와 복수의 말을 토해낼 테고, 그 와중에 장례식은 보나 마나 한 판 서커스로 변질되고 말리라. 상상건대, 장례 과정은 제법 구경거리가 될 것이다. 하지만 어머니가 감독을 맡는 한, 태생적인 비극은 곧 멜로드라마로 변하고 만다. 어머닌 생명이 떠난 내 손에서 하얀 백합을 낚아채어 반으로 부러뜨리고는 늘어선 조문객들, 고인의 지난 삶을 축복하고 명복을 비는 참석자들과 구경꾼들을 향해 울부짖을 것이다. "보세요, 우리 이그네이셔스도 이 백합처럼 지고 말았어요. 녀석도, 백합도, 난데없이 낚아채어 꺾였지 뭐예요." 어머닌 백합을 도로 관 안으로 던지지만, 조준이 제대로 될 리 없어 꽃은 아마 내 창백한 얼굴에 정면으로 날아들 것이다.

나는 어머니를 위해, 평생 하녀로 일하며 금욕 생활을 실천한 루카의 성녀 지타께 기도를 드렸다. 부디 어머니가 알코올 중독과 떠들썩한 야간 술 파티의 유혹을 이겨 낼 수 있도록 도와주시길 염원하면서.

이렇게 막간 예배로 의기충천해진 나는 단검이 옆구리를 찰가닥찰가닥 때리는 소리에 귀를 기울였다. 찰가닥거리는 플라스틱 소리 하나하나가 "이그네이셔스, 용기를 낼지어다. 그대에겐 속전속결의 검이 있지 아니한가." 하고 말을 건네며, 마치 도덕성을 수호하는 무기인 양 나의 쿼터행을 격려해주는 것만 같았다. 내가 마치 십자군 전사라도 된 듯한 기분이 들기 시작했다.

마침내 나는 마주치는 행인들의 관심 어린 눈길을 못 본 척하며 커낼 거리를 건넜다. 쿼터의 좁은 거리들이 나를 기다리고 있었다. 부랑자 하나가 핫도그를 달라고 청해왔다. 나는 손을 휘저어 그를 쫓아버리고는 성큼성큼 나아갔다. 그런데 불행히도 내 발이 내 영혼과 보조를 맞추질 못했다. 발목 아래쪽 세포들이 휴식과 안락을 달라고 비명을 질러대고 있어 그만 수레를 갓돌에 세워놓고 앉았다. 오래된 건물 발코니들이 마치 우화에 등장하는 악마의 숲 속 검은 가지들처럼 내 머리 위로 스산하게 드리워져 있었다. 상징적이게도 디자이어행 버스* 한 대가 디젤 배기가스로 나를 질식시키다시피 하며 맹렬히 지나쳐 갔다. 잠시 명상을 통해 기운을 차리려고 눈을 감았는데, 그길로 그만 까무룩 잠이 들었던 모양이다. 정신을 차려보니, 웬 경찰이 옆에 서서 무례하게도 구두코로 내 갈빗대를 쿡쿡 찌르며 날 깨우고 있는 게 아닌가. 분명 내 몸에서 방출되는 사향내가 특별히 정부 당국자들의 흥미를 유발하는 것이리라. 나 말고 세상 어느 누가 백화점 앞에서 얌전히 제 어미를 기다리는데 경찰이 다가와 검문을 한단 말인가. 세상 어느 누가 의지가지없는 길 잃은 새끼고양이 한 마리를 하수구에서 건져 올렸다 해서 감시당하고 고발당하는가 말이다. 나란 존재는 마치 발정 난 암컷처럼 경찰과 보건국 공무원 패거리들을 끌어당기는 것 같다. 언젠가 세상은 터무니없는 핑계를 대며 날 잡아가고야 말 것이다. 나를 냉난방 장치가 갖춰진 지하 감옥으로 끌고 가 형광 조명과 방음 천장 아래 가둬놓고서, 그들의 조그만 라텍스 심장들이 소중히 여기는 그 모든 것을 멸시한 대가를 치르게 할 날을 난 그저 속수무책으로 기다릴 뿐이다.

　나는 몸을 똑바로 일으켜 세워—이건 그 자체로 장관인데—그 무례한 경찰을 내려다보며 말 한마디로 그를 제압했으나, 다행

---

* 뉴올리언스를 배경으로 한 테네시 윌리엄스의 『욕망이라는 이름의 전차A Streetcar Named Desire』에서와 같이, 행선지명인 '디자이어'는 '욕망'이라는 뜻.

히 그는 내 말을 이해하지 못했다. 나는 다시 수레를 밀고 쿼터 중심부로 더 깊이 들어갔다. 이른 오후라 거리엔 인적이 뜸했다. 이 구역 주민들은 간밤에 벌인 온갖 망측한 짓거리들의 여파로 여태 침대에 늘어져 있을 게 뻔했다. 찢어진 구멍이나 부러진 성기 여기저기에 한두 바늘 꿰맬 정도의 병원 치료를 요하는 자들도 부지기수일 것이다. 닫힌 덧문들 뒤에서 게걸스레 날 주시하고 있을 사납고 타락한 눈들이 얼마나 많을지 난 그저 짐작만 할 뿐이었다. 하지만 그런 생각은 가급적 떨쳐버리려 애썼다. 가뜩이나 나 자신이 푸줏간의 특별히 질 좋은 스테이크가 된 듯한 기분이 들기 시작했으니까. 하지만 덧문 뒤에서 유혹적으로 날 불러 세우는 자는 아무도 없었다. 어두컴컴한 아파트마다 들어앉아 저마다 고동치는 심장을 부여잡고 있을 저 음험한 심성의 주민들은 좀 더 은밀한 방식으로 유혹을 하는 자들이 분명했다. 내 생각엔 적어도 종이쪽지 하나 정도는 팔랑거리며 내려오겠거니 했다. 이윽고 어느 창문에서 얼린 오렌지주스 캔 하나가 휙 날아오더니 거의 나를 맞힐 뻔하며 떨어졌다. 빈 깡통 안에 무슨 전언이라도 들어 있나 싶어 몸을 굽혀 집어 들었는데 웬걸, 끈적끈적한 농축 주스 찌꺼기만 내 손에 똑똑 흐르는 게 아닌가. 이건 또 무슨 음탕한 메시지람? 이 문제에 대해 곰곰 생각하며 깡통이 날아온 창문을 올려다보고 있는데, 늙은 부랑자 하나가 수레로 다가와 프랑크푸르트 소시지 하나를 달라고 청해왔다. 마지못해 그자에게 핫도그를 팔면서, 늘 그렇듯 결정적인 순간에 일이 훼방을 놓는구나 하고 유감스레 결론을 짓고 말았다.

그때쯤엔 물론 깡통이 날아온 창문은 닫힌 뒤였다. 다시 거리를 따라 내려가면서도 행여 어떤 신호가 오지 않나 싶어 닫힌 덧문들을 계속 주시했다. 건물 앞을 지나갈 때 미친 듯한 웃음소리가 터져 나오는 곳이 한두 군데가 아니었다. 망상에 사로잡힌 거주자들이 뭔가 음탕한 여흥에 빠져 흥청거리고 있는 게 분명했다. 나는 내 순결한 귀를 닫고 소름끼치도록 깔깔대는 그 소리들을 애써 듣지 않으려 했다.

한 무리의 관광객이 저마다 보석처럼 번쩍이는 안경을 쓰고 카메라를 똑바로 쥔 채 거리를 어슬렁거리고 있었다. 그들은 나를 보자 걸음을 멈추더니, 탈곡기 소리(상상할 수 없을 만큼 끔찍한 소리일 게 분명한)처럼 내 섬세한 고막을 공격하는 억센 중서부 억양으로 사진을 찍게 포즈를 좀 취해달라고 요청해왔다. 그들의 정중한 요구가 마음에 들어 나는 이를 묵인해주었다. 내가 그들의 소원대로 몇 가지 그럴듯한 포즈를 취해주자 그들은 몇 분간 정신없이 셔터를 눌러댔다. 나는 양철 수레가 해적선이라도 되는 양 그 앞에 떡하니 서서, 한 손으로 파라다이스 핫도그호의 이물을 잡고 다른 한 손은 위협적으로 단검을 휘두름으로써 각별히 기억에 남을 만한 포즈를 취해주었다. 촬영이 정점을 찍도록 이번엔 수레 위로 올라서려 했는데, 내 건실한 체격이 그 얄팍한 수레가 감당하기엔 지나치게 큰 부담이었음이 드러났다. 수레가 발밑에서 굴러가기 시작했으니 말이다. 하지만 이 일행의 신사들이 친절하게도 수레를 붙잡고는 내가 내려오도록 도와주었다. 마침내 이 사근사근한 일행이 작별을 고해왔다. 그들이 시야에 들어오는 건 뭐든 닥치는 대로 찍어대며 거리를 따라 내려갈 때, 그 가운데 인정 많은 한 부인이 이렇게 말하는 소리가 들렸다. "정말 안됐지 뭐유. 저 사람한테 다만 얼마라도 쥐어줬음 좋았을걸." 불행히도 일행 중에 아무도(죄다 우익 보수주의자들임이 틀림없다) 자비를 호소하는 그녀의 말에 호의적인 반응을 보이지 않았다. 내게 몇 푼 던져주는 행위가 복지국가에 찬성하는 신임투표라고 생각들 하는 게 분명했다. "아, 그래봤자 나가서 술이나 더 퍼마시는 데 쓰고 말지." 하고 다른 한 여자가 귀에 거슬리게 혓바닥을 굴리는 코맹맹이 소리로 친구들에게 이런 지혜의 충고를 전하는 게 아닌가. 보아하니 WCTU* 회원입네 하는 면상을 가진 주름투성이의 쪼그랑할멈이었다. 다른 사람들도 이 WCTU 갈보 편인 모양이어서, 다들 가던 길을 계속 갔다.

솔직히 말해, 그들이 내게 뭐라도 바쳤다면 난 거절하지 않았을 것이다. 모름지기 야심만만하고 고군분투하는 근로 청년이라면 자기 손에 한 푼이 들어와도 살뜰히 챙기는 법이니까. 게다가 옥수수 지대에서 온 저 촌뜨기들이 저 사진들을 갖고 어느 사진 콘테스트에서 한몫 잡을 수도 있는 일이다. 그래서 잠시 그 관광객 일행을 쫓아갈까 말까 고민하고 있는데, 놀랍게도 꼭 무슨 관광객 풍자화에서 튀어나온 듯한 인물이 내게 큰 소리로 인사를 건네는 게 아닌가. 버뮤다팬츠 차림에, 시네마스코프 카메라가 틀림없어 보이는 엄청나게 거대한 장비와 렌즈의 무게에 짓눌려 헉헉대고 있는, 안색이 파리하고 체구가 왜소한 사내가 말이다. 좀 더 가까이서 살펴보니, 그는 다름 아닌 순찰경관 맨큐소였다. 물론 나는 귀고리를 조이는 척하며, 이 경찰계의 마키아벨리가 덜떨어진 몽고증 환자 같이 히죽이 웃는 모습을 알은체하지 않았다. 화장실에 감금된 신세에서 이제 풀려난 모양이었다. 그는 "안녕하세요?" 하며 무식하게도 끈덕지게 굴었다. "제 책은 어딨습니까?" 하고 내가 위협적으로 물었다. "아직 읽는 중입니다. 아주 좋은 책이더군요." 그가 겁

---

* 기독교 여성 금주 연합(Women's Christian Temperance Union).

에 질려 대답했다. "그 책이 주는 교훈을 잘 본받도록 하세요." 하고 내가 훈계를 했다. "다 읽고 나면, 그것이 인류에게 전하는 메시지에 대한 비평과 분석을 써서 제게 제출하도록 하시고!" 이 지시가 아직 공기 중에 쩌렁쩌렁 울리는 가운데, 난 보무도 당당하게 성큼성큼 거리를 따라 내려갔다. 그러다 곧, 아차, 수레를 놔두고 온 걸 깨닫고서 호기롭게 발길을 돌려 되찾으러 갔다. (수레는 끔찍이도 거추장스러운 물건이다. 나는 마치 끊임없이 지켜보고 있어야 하는 지진아에게 꼼짝없이 매인 몸이 된 기분이다. 굉장히 큰 양철 달걀 위에 올라앉은 암탉 같은 기분이다.)

자, 여기서 거의 두 시가 다 되었고, 핫도그는 딱 한 개 팔렸다. 성공이 목표라면, 여러분의 근로 청년은 부산을 떨며 쏘다녀야 할 판이었다. 프렌치 쿼터 주민들의 진미 목록 상단에는 프랑크푸르트 소시지가 올라 있지 않은 게 분명했고, 관광객들도 파라다이스 제품을 포식하려고 이 그림같이 아름답고 화려한 뉴올리언스 구시가지로 오는 건 아닐 터였다. 상업 용어로 판촉 문제라고 하는 것이 생길 게 불을 보듯 뻔했다. 그 사악한 클라이드가 복수심에서 내게 "흰 코끼리"* 구역을 준 것이다. 이 용어는 일전에 영업 회의를 하던 중 그가 내게 갖다 붙인 말인데, 분노와 질투가 또다시 나를 쓰러뜨린 셈이다.

게다가 최근에 M. 민코프가 최근에 보인 파렴치한 행태에 대해서도 대처할 방도를 강구해야 한다. 어쩌면 이곳 쿼터에서 뭔가 적절한 소재를 얻을 수 있을지도 모르겠다. 고상한 취향과 품위를,

---

* 성가시고 처치 곤란한 물건을 뜻함. 옛 샴 왕국의 왕이 눈 밖에 난 신하에게 신성한 동물로 여기던 흰 코끼리를 하사하여, 그 사육비로 결국 재산을 탕진하고 파멸하게 만든 데서 유래.

신학과 기하학을 수호하기 위한 성전이 될 만한 것으로 말이다.

사회생활 관련 메모: 내가 가장 좋아하는 여배우 주연의 새 영화가 곧 시내 영화관 중 한 곳에서 개봉한다. 그녀의 최근작인 서커스 뮤지컬은 그야말로 경악스럽고 압도적이었다. 이번 영화도 어떻게든 꼭 보러 가야겠다. 걸림돌은 이 수레뿐. 광고전단에 따르면 이 신작은 "세련된" 코미디라는데, 그녀가 타락과 신성모독의 새로운 경지를 개척했음이 틀림없다.

건강 관련 메모: 놀라운 체중 증가. 이는 점점 도를 더해가는 어머니의 불쾌한 태도에서 비롯된 스트레스 탓이 분명하다. 무릇 인간은 자기를 돕는 자를 미워하게 된다는 게 인간성의 자명한 이치다. 그러니 어머니가 나를 공격하는 게 아니겠는가.

좌불안석의 심정으로,
적들에게 포위된 여러분의 근로 청년, 랜스

⠿

사랑스러운 여학생이 탈크 박사에게 기대에 부푼 미소를 지어 보이며 속삭이듯 말했다. "전 그냥 교수님 수업이 좋아요. 그러니까, 교수님 수업이 대단하다는 뜻이죠."

"오, 이런." 탈크가 기쁨에 겨워 대답했다. "고마운 말이군. 내 수업은 좀 일반론이라……."

"역사에 대한 교수님의 접근법은 아주 활기차고, 아주 현대적이고, 또 아주 참신하게 비정통적인걸요."

"난 우리가 옛날 형식과 접근법 중 일부는 버려야 한다고 진심으로 믿고 있어." 탈크의 목소리는 젠체하고 현학적이었다. 이 매력적인 제자에게 술 한잔 하자고 청해야 할까? "역사란 결국, 진화하는 거니까."

"그럼요." 여학생이 눈을 동그랗게 뜨며 말했다. 어찌나 동그랗게 뜨는지, 한순간 탈크는 그 파란빛 속에 풍덩 빠져 모든 걸 잊어버릴 수도 있을 것 같았다.

"난 그저 학생들이 흥미를 가지길 바랄 뿐이야. 솔직히 말해보지. 보통 학생들은 켈트족의 영국사 따윈 관심이 없어. 그 문제라면 나도 마찬가지고. 그렇기 때문에, 나 스스로도 인정하는 바지만, 내 수업 시간엔 늘 공감대가 형성되는 거야."

"그럼요." 여학생은 핸드백을 쥐려고 손을 뻗치다가 탈크의 값비싼 트위드 재킷 소매를 우아하게 스쳤다. 탈크는 그 손길에 저릿저릿한 전율을 느꼈다. 바로 이런 애가 대학에 다녀야 하는 거였다. 그의 연구실 밖에서 어느 수위에게 강간당할 뻔했던, 그 포악하고 단정치 못한, 그 무시무시한 민코프 같은 여자애들이 아니라 말이다. 민코프 양을 생각만 해도 탈크 박사는 몸서리가 났다. 수업시간에 그녀는 기회가 있을 때마다 그에게 모욕을 주고 이의를 제기하고 중상모략을 일삼는 한편, 괴물 같은 라일리를 부추겨 공격에 동참시키기 일쑤였다. 그 둘은 결코 잊지 못할 놈들이다. 교수들 중 누구도 그 둘을 잊으려야 잊지 못할 것이다. 둘은 마치 로마를 급습한 두 명의 훈족 같았다. 둘이서 결혼을 했을까, 탈크 박사는 무심코 그런 생각이 들었다. 둘은 확실한 천생연분이었다. 어쩌면 둘 다 쿠바로 망명했을지도 모른다. "일부 역사적 인물들은 너무 지루해요."

"매우 지당한 언급이야." 탈크가 동의했다. 영국 역사 속 인물들에 대한 반대운동이라면 기꺼이 합류할 의사가 있었다. 그들이야말로 오랜 세월 그의 삶에 있어 크나큰 두통거리였으니까. 그들 모두의 궤적을 좇는 것만으로도 머리가 지끈지끈했다. 그는 잠시 말을 멈추고 벤슨 앤 헤지스 담배에 불을 붙인 뒤 큼큼거리며 목에 들러붙은 영국 역사의 가래를 떨어냈다. "그자들 모두 어리석은 실수를 참 많이도 저질렀지."

"그럼요." 여학생은 손거울을 들여다보았다. 곧 그녀의 눈빛이 딱딱해지면서 목소리가 조금 퉁명스러워졌다. "뭐, 이런 역사에 관한 잡담으로 교수님의 시간을 허비하고 싶진 않아요. 두 달 전쯤 제가 제출한 보고서가 어떻게 됐는지 여쭤보고 싶었어요. 그러니까, 이 수업에서 제가 어떤 성적을 받게 될 건지 좀 알고 싶은 거죠."

"오, 그래." 탈크 박사가 말을 얼버무렸다. 희망의 거품이 푹 꺼져버렸다. 속을 들여다보면 학생들은 다 똑같았다. 이 사랑스러운 여학생 역시 성적이라는 이윤을 점검하고 계산하는 냉혹한 눈매의 여성 사업가로 돌변했다. "보고서는 물론 제출했겠지?"

"분명히 제출했어요. 노란색 바인더로 묶인 거예요."

"그럼 어디 찾을 수 있는지 한번 볼까." 탈크 박사는 일어나서 책장 위에 켜켜이 쌓인 케케묵은 학기말 논문과 보고서, 시험지 들을 뒤지기 시작했다. 그가 이 무더기를 정리하고 있을 때, 줄 간격 넓은 유선 노트 종이로 접은 비행기 하나가 어느 바인더에서 톡 떨어지더니 바닥으로 스르륵 미끄러져 내렸다. 탈크는 이를 알아채지 못했다. 이건 몇 년 전 어느 학기에 그의 연구실 창문과 채광창을 통해 날아든 수많은 종이비행기 가운데 하나일 뿐이었다. 비행기가 바닥에 착륙하자 여학생이 그걸 주웠고, 누렇게 바랜 종이에 뭔가 쓰인 것을 보고는 비행기를 펼쳤다.

"탈크, 당신은 지금껏 젊은이들을 오도하고 타락시킨 죄를 지었도다. 고로 당신을 그 발육부전의 고환에다 줄을 묶어 죽을 때까지 매달아놓을 것을 포고하는 바이다. 쾌걸 조로" 여학생은 빨간 크레용으로 쓴 메시지를 다시 한 번 읽었고, 탈크가 책장 위의 수색에 박차를 가하는 동안 핸드백을 열고 그 안으로 비행기를 톡 떨어트리고는 버클을 찰칵 닫았다.

10

거스 리바이는 괜찮은 남자였다. 또한 호남아였다. 전국의 흥행주와 트레이너, 코치와 매니저 친구들이 수두룩했다. 그 어떤 경기장이건 스타디움이건 경마장이건 간에, 거스 리바이는 적어도 그곳 관계자 한 사람정도는 알고 있다고 장담할 수 있었다. 소유주들과 매표원들과 선수들을잘 알고 있었고, 심지어는 볼티모어 메모리얼 스타디움 건너편 주차장에서 땅콩을 파는 노점상으로부터 매년 크리스마스카드를 다 받을 정도였다. 그만큼 두루두루 호감을 사는 인물이었다.

리바이 저택은 그가 스포츠 경기나 명절 같은 시즌과 시즌 사이에 들르는 곳이었다. 이곳에는 친구가 없었다. 크리스마스 때 리바이 저택에 크리스마스 시즌을 알려주는 유일한 표시, 크리스마스 정신의 유일한 지표라고는 딸들의 출현뿐이었는데, 대학에서 돌아오는 딸들은 엄마를 계속 괴롭히면 부권을 영원히 부정하겠다는 협박을 앞세워 용돈을 더 달라고 요구했다. 매년 크리스마스를 위해 리바이 부인은 선물 목록이 아니라 팔월 이후 자신이 당한 부당하고 가혹한 처우들의 목록을 작성했고, 이 목록은 어김없이 딸들의 크리스마스 양말 안으로 직행했다. 리바이 부인이 딸들에게 바라는 유일한 선물은 그 아이들이 아버지를 공격하는 것이었다. 리바이 부인은 크리스마스가 정말 좋았다.

지금 리바이 씨는 저택에 머물며 춘계훈련이 시작되기를 기다리는 중이었다. 곤잘레스가 플로리다와 애리조나 순으로 예약을 해두었다. 하지만 리바이 저택의 분위기는 마치 크리스마스가 다시 온 듯했다. 지금 리바이 저택에서 벌어지고 있는 일은 훈련 캠프로 떠날 때까지 미뤘어야 하는데, 하고 리바이 씨는 생각했다.

리바이 부인은 남편이 애지중지하는 노란 나일론 소파 위에 미스 트릭시를 뉘어놓고 그 쪼그랑할멈의 얼굴에 크림을 문지르고 있었다. 이따금 미스 트릭시의 혀가 쏙 튀어나와 윗입술에 묻은 크림을 살짝 맛보곤 했다.

"그 꼴을 보니 속이 다 메슥거리는군." 리바이 씨가 말했다. "밖으로 좀 데리고 나가주면 안 될까? 날씨도 좋은데."

"부인은 이 소파를 좋아해요." 리바이 부인이 대꾸했다. "그냥 좀 즐기게 내버려둬요. 그러는 당신이나 밖에 나가 스포츠카에 왁스칠이라도 하는 게 어때요?"

"조용!" 미스 트릭시가 리바이 부인이 방금 사다준 커다란 틀니를 낀 채 으르렁거렸다.

"저 소리 좀 들어봐." 리바이 씨가 말했다. "이 집의 진짜 주인은 따로 계시는군."

"그냥 자기주장을 하는 거잖아요. 그게 그렇게 성가셔요? 틀니를 끼니까 자신감이 좀 생긴 거예요. 물론 당신은 그마저도 심통이 나겠죠. 난 부인이 왜 그렇게 불안정한지 이제는 좀 이해되기 시작했어요. 알고 보니, 곤잘레스한테 하루 종일 무시당하고, 오만 가지 방식으로 쓸모없는 사람 취급을 당했더군요. 그러니 부인은 무의식적으로 리바이 팬츠를 증오하고 있다고요."

"누군 안 그래?" 미스 트릭시가 말했다.

"슬프군, 슬퍼." 리바이 씨는 그저 이렇게 대답할 뿐이었다.

미스 트릭시가 뭐라고 툴툴거리자 그녀의 입술 사이로 공기가 휘파람처럼 새어나왔다.

"이쯤에서 그만두지." 리바이 씨가 말했다. "그동안 당신이 여기서 온갖 우스꽝스러운 놀이들을 맘대로 하게 내버려뒀지만, 이번 건 도무지 말이 안 되는 짓거리야. 당신이 장례식장을 열고 싶다면 내 그렇게 해주지. 하지만 이 거실에선 안 돼. 자, 이제 그만 노인네 얼굴에서 그 찐득한 것 좀 닦아내고, 내가 노인네를 차에 태워 시내로 돌려보내게 해줘. 제발 집에 있는 동안 나 좀 마음 편히 있게 해달란 말이야."

"거봐요, 당신. 갑자기 화를 내잖아요. 하긴 그게 정상적인 반응이긴 하죠. 당신답진 않지만."

"그저 나 화나게 하려고 이러는 거야? 이런 짓 하지 않고도 얼마든지 날 화나게 할 수 있잖아. 그러니 노인네는 좀 내버려둬. 바라는 건 퇴직뿐인 양반이야. 이게 말 못하는 짐승을 괴롭히는 것과 다를 게 뭐 있어."

"난 매력이 넘치는 여자야." 미스 트릭시가 잠결에 중얼거렸다.

"이거 좀 봐요!" 리바이 부인이 환한 목소리로 외쳤다. "이런데도 저 눈밭으로 내쫓자고요? 이제야 겨우 속을 터놓기 시작했는데? 이 여인은 당신이 지금껏 행하지 않은 그 모든 것의 상징 같은 존재라고요."

갑자기 미스 트릭시가 벌떡 일어나며 으르렁거렸다. "내 챙모자 어딨어?"

"조짐이 좋군." 리바이 씨가 말했다. "그 노인네가 오백 불짜리 틀니로 당신을 콱 물어뜯을 때까지 어디 한번 기다려보자고."

"내 챙모자 누가 가져갔어?" 미스 트릭시가 사납게 다그쳤다. "여긴 어디야? 이 손 저리 치워."

"저기, 부인." 리바이 부인이 말을 시작했지만, 미스 트릭시는 모로 누워 얼굴에 발린 크림을 소파에 묻히며 이내 잠들어버렸다.

"이보세요, 요정 대모님, 이 한심한 놀이에 벌써 돈을 얼마나 쓴 줄 알아? 그 소파 천갈이 비용, 난 못 내."

"그래요. 돈이란 돈은 다 말들한테나 쏟아 부으시죠. 사람은 허우적대든 말든 내버려두고요."

"노인네가 자기 혀를 물어뜯기 전에 그놈의 틀니나 끄집어내주는 게 좋을걸. 그랬다간 그 양반, 정말 곤란한 신세가 될 테니."

"신세 얘기가 나왔으니 말인데, 오늘 아침 부인이 글로리아에 대해 해준 얘기를 당신도 들었어야 해요." 리바이 부인이 부당함과 비극을 받아들이겠다는 의미의 몸짓을 해 보였다. "글로리아는 친절의 화신이었어요. 모처럼 미스 트릭시한테 관심을 보여준 사람이었죠. 그런데 느닷없이 당신이 나타나 글로리아를 부인의 인생에서 내쫓은 거예요. 그게 부인한테 아주 심각한 트라우마를 입힌 거라고요. 우리 애들도 글로리아에 대해 알고 싶어 할 거예요. 두고 봐요, 애들이 당신한테 질문을 좀 해댈 테니."

"아무렴, 그럴 테지. 아무래도 당신, 갈수록 제정신이 아니군. 글로리아란 사람은 없다니까. 계속 그렇게 당신의 그 피후견인한테 얘기를 걸다가는, 당신도 그 노인네 따라서 오락가락하는 지대로 끌려 들어갈걸. 수전과 샌드라가 부활절 방학 때 집에 오면, 당신이 넝마 조각 가득 찬 종이가방을 껴안고 운동기구에 올라 날뛰는 꼴을 보게 되겠군."

"오, 오. 이제 알겠네요. 글로리아 사건에 대한 알량한 죄의식이로군요. 싸움 걸고, 분개하고. 이러다간 끝이 굉장히 안 좋을 거예요, 거스. 제발 시합 하나 정도 빼먹고 레니네 의사한테나 가봐요. 그 사람은 기적을 일으킨다니까요. 정말이에요."

"그럼 그 사람한테 리바이 팬츠 좀 제발 처분시켜달라고 부탁해보지 그래. 이번 주에 부동산업자 세 명하고 얘기를 해봤는데, 하나같이 자기들이 본 물건 중 가장 안 팔릴 물건이라더군."

"거스, 내가 지금 잘못 들은 거예요? 당신이 물려받은 유산을 팔아치우겠다는 소리로 들렸는데?" 리바이 부인이 비명을 질렀다.

"조용!" 미스 트릭시가 으르렁거렸다. "내 당신네들한테 복수할 거야. 두고 봐, 혼쭐을 내줄 테니. 암, 제대로 갚아주고말고."

"오, 닥쳐요." 리바이 부인이 호통을 치며 다시 소파에 눕자 노파는 그 즉시 곯아떨어졌다.

"그래도 한 사람은 말이야." 리바이 씨가 차분하게 말을 이었다. "아주 저돌적인 인상의 이 업자는 다소 희망을 주긴 주더군. 처음엔 다른 업자들 말과 다르지 않았어. '의류공장은 요즘 아무도 원하지 않아요. 시장이 완전히 죽었어요. 리바이 공장은 워낙 구식이라 보수하고 현대화해야 할 게 수천 군데죠. 철도 측선이 지나가긴 하나, 오늘날엔 옷같이 가벼운 제품은 요즘은 트럭으로 이송하는데, 이곳 부지는 트럭이 들어오기에 위치가 안 좋아요. 고속도로로 진입하려면 시내를 가로질러야 하니까요. 남부의 의류사업은 이제 한풀 꺾였어요. 심지어 땅의 가치도 그리 썩 높지 않아요. 이 지대 전체가 슬럼화되어가고 있어요.' 등등, 이야기가 끝도 없더군. 하지만 이 업자는 어쩌면 슈퍼마켓 체인을 끌어들여 점포 부지로 공장을 사들이게 해볼 수는 있겠다고 하더라고. 뭐, 그건 맘에 들었어. 그런데 또 걸림돌이 나타났지. 리바이 팬츠 주위에는 주차장이 없고, 주변 지역의 생활수준이나 그런 게 너무 낮은 관계로 큰 시장을 지탱하지 못하고, 등등. 그러면서 유일한 희망은 창고로 임대하는 길밖에 없다고 하더니, 또 창고 수익은 높지가 않은 데다 창고로는 입지가 안 좋다는 거야. 또 그 고속도로 어쩌고 하는 소리. 그러니까 염려 마. 리바이 팬츠는 아직 우리 거야. 우리가 물려받은 침실 요강처럼."

"침실 요강? 아버님이 흘리신 피와 땀이 침실 요강이라고요? 당신의 진의를 알겠네요. 아버님이 이루신 것들에 대한 최후의 기념비를 파괴하려는 거라고요."

"리바이 팬츠가 기념비라고?"

"어쩌자고 내가 거기서 일을 하고 싶어 했는지 당최 모르겠구만." 미스 트릭시가 리바이 부인의 손에 꼼짝 못하게 눌린 베개들 밑에서 성을 내며 말했다. "가엾은 글로리아는 제때 거길 빠져나가 정말 다행이야."

"실례합니다, 숙녀님들." 리바이 씨가 잇새로 휙 휘파람을 불며 말했다. "글로리아 얘기는 두 분이서 오붓하게 하시죠."

그는 일어나서 월풀 욕조로 들어갔다. 물이 몸을 휘감으며 소용돌이치고 분출되는 동안, 그는 어떻게 하면 리바이 팬츠를 어떤 불쌍한 작자에게 떠넘길 수 있을지 곰곰 궁리했다. 뭔가 용도가 있을 것이 분명한데. 스케이트장? 체육관? 아님 흑인 교회? 그리고 만약 리바이 부인의 운동기구를 방파제로 가져가 멕시코만에 내다버리면, 그럼 어떻게 될까? 그는 몸을 꼼꼼히 말리고 목욕가운을 걸친 뒤 경마신문을 가지러 거실로 돌아왔다.

미스 트릭시는 소파에 앉아 있었다. 얼굴은 깨끗이 닦이고, 입술은 오렌지색으로 발리고, 시력이 약한 눈은 아이섀도로 강조되어 있었다. 리바이 부인은 숱이 적은 노파의 머리에 검은색 가발을 씌우고 있었다.

"도대체 지금 나한테 무슨 짓을 하는 거야?" 미스 트릭시가 자신의 후원자에게 씨근거리며 말했다. "언젠가는 이 대가를 치르게 해주겠어."

"놀랍지 않아요?" 리바이 부인이 그간의 적개심은 흔적도 없이 사라진 목소리로 의기양양하게 남편에게 말했다. "여기 좀 봐요."

리바이 씨는 믿을 수가 없었다. 눈앞에는 리바이 부인의 어머니와 똑 닮은 미스 트릭시가 앉아 있었다.

⸬

〈매티네 주점 오다가다 한잔〉에 들른 존스는 맥주를 한 잔 가득 따른 뒤 거품 속에 이를 박아 넣었다.

"그 리라는 여자가 널 제대로 대접해주지 않는구먼, 존스." 왓슨 씨가 말했다. "내가 눈 뜨고 봐줄 수 없는 게 하나 있는데, 흑인이 흑인이라는 이유로 놀림감이 되는 거라고. 그 여자가 널 남부 대농장 검둥이처럼 차려 입혀놓고 하는 짓 좀 보라지."

"우아! 깜둥이들은요, 깜둥이라고 사람들이 푸하하 웃어대지 않아도 충분히 힘들걸랑요. 옘병. 경찰이 일자리를 구하라 해서 왔다고 그 망할 리 여편네한테 말한 게 실수였다고요. 그냥 공정고용센타 사람들이 보내서 왔다고 말했어야 하는데. 그럼 그 여편네 겁 좀 집어먹었을 텐데."

"서에 가서 거기 그만두고 다른 일자리 구해보겠다고 말해보지그래."

"어어! 거 경찰서라는 데는 내 발로는 걸어 들어가지 않을 거고, 경찰이라는 놈들한테는 입을 나불대지도 않을 거예요. 경찰 짜식들은 눈만 한 번 마주쳐도 날 그냥 깜빵에 처넣는다니까요. 우아! 흑인들은 일자리는 죽어라 못 구해도 깜빵 빈자리 꿰차는 재주는 타고들 났지. 깜빵 가서 제일 좋은 건 삼시 세끼 꼬박꼬박 나온다는 건데, 나는 굶어죽어도 그냥 바깥에 있을래요. 깜빵 가서 차량 번호판이나 양탄자, 가죽벨트, 그딴 거 만들고 자빠졌느니 갈봇집 바닥이나 박박 닦는 게 낫다고요. 거 〈기쁨의 밤〉 같은 올가미에 걸려든 내가 바보라고요. 이 문제는 나 스스로 해결해야 된다니까요."

"그래도 경찰한테 가서 잠시 실직상태라고 말하는 게 낫지 않을까."

"그러게요. 그러고 나서 한 오십 년 실직상태로 푹 쉬면 되겠네요. 기술도 없는 깜둥이를 어느 누가 애타게 찾으려고요. 이야. 그 망할 리 여편네, 경찰이라면 한 무더기 알고 있걸랑요. 안 그랬으면 술 파는 아가씨에, 마약 탄 술에, 그런 개차반 갈봇집은 애당초 문 닫았다고요. 그러니 내 발로 리 여편네 경찰 친구들한테 찾아가서 '이봐요, 경관 나리, 나 잠시 부랑아로 지낼까 하는데요.' 하고 말하는 일은 없다니까요. 그래봤자 '좋아, 짜식, 그럼 깜빵살이도 좀 해야지?' 이러기나 하지. 우아!"

"이봐, 사보타주는 어떻게 돼가고 있나?"

"별 신통치는 않아요. 리 여편네가 요전 날에는 초과 근무까지 시켜가며 바닥을 닦게 하더라고요. 쓰레기가 좀만 더 쌓였다가는 먼지 구뎅이에거 한심한 손님들 발목이 푹푹 빠지게 생겼다나. 옘병. 내가 거 고아들한테 보내는 꾸러미에 주소를 써놨다는 얘기 했나요? 그러니까 리가 아직도 유나이티드 편에 물건을 배포하고 있다면 뭔가 답이 오긴 올 거예요. 고놈의 주소가 뭘 물고 올지 진짜 기대된다니까요. 두고 보라고요, 잘하면 짭새를 하나 물고 올지도 모르니까. 우아!"

"진전이 없는 건 아니구먼. 경찰한테 가서 얘기를 해보래도 그러네. 네녀석이 하는 얘기 이해해줄 거야."

"나는 경찰이 **무섭다고요**, 왓슨 씨. 이야. 울즈워스에 그냥 서 있기만 했는데도 경찰이 와서 막 끌고 간다면 아저씨도 무서울걸요. 가뜩이나 리가 경찰당국의 절반쯤 되는 자들이랑 휘젓고 다닐지도 모르는 이 판국에. 우아!" 존스가 버섯 모양의 방사능구름을 공중으로 뭉클 쏘아 올리자, 낙진들이 절임고기로 가득 찬 냉장고와 카운터 위로 서서히 내려앉았다. "그나저나 그날 여기 있었던 그 어리바리한 아저씨는 어떻게 됐어요? 거 왜, 리바이 팬티에서 일한다던 사람. 또 본 적 없어요?"

"데모 얘기하던 그 사람?"

"예. 그 아저씨네 공장의 데모짱이 거 왜, 뚱뚱한 백인 괴짜랬잖아요. 불쌍한 흑인들한테 공장 지붕에다 핵폭탄 떨어뜨리게 해서 자폭하게 만들고, 나머지 흑인들은 다 깜빵 가게 만들려는 놈 말이에요."

"그 사람, 그 후로는 본 적이 없는데."

"옘병. 거 뚱보 괴짜가 어디 처박혀 있는지 되게 궁금하네요. 리바이 팬티에 전화해서 물어볼까 봐요. 그놈을 핵폭탄처럼 〈기쁨의 밤〉에다 펑 떨어뜨려주고 싶걸랑요. 그놈이라면 리 여편네를 오줌 질질 싸게 만들 수 있을 거 같다니까요. 우아! 내가 도어맨이 되면, 역대 남부 대농장 문지기들 중 최고의 사보타주를 자랑하는 문지기가 될 거예요. 내가 끝장나기 전에 목화밭이 먼저 홀라당 불타게 될 테니까."

"조심해, 존스. 문제 일으키지 마."

"우아!"

⠿

이그네이셔스는 점점 더 기분이 나빠지기 시작했다. 유문이 아교라도 붙여놓은 듯 딱 붙어서 아무리 날뛰어도 열리지 않았다. 엄청난 트림들이 위장의 가스주머니에서 비어져 나와 소화기 내부를 마구 헤집고 다녔다. 일부는 요란한 소리를 내며 빠져나왔고, 기력이 딸린 나머지는 가슴에 자리를 잡고서 굉장한 격통을 일으켰다.

이렇게 건강이 쇠퇴해진 물리적인 원인은 그 자신도 알고 있다시피 파라다이스 제품을 지나치게 열심히 소비한 데 있었다. 하지만 그보다 더 미묘한 원인들이 있었으니, 그중 하나는 어머니가 점점 더 대담해지면서 대놓고 반감을 표시하고 있다는 사실이었다. 이젠 어머니를 통제하기가 불가능한 상황에 이르렀다. 어머니가 이토록 적대적이고 호전적으로 변해가고 있는 걸로 봐선, 어떤 비주류 극우 단체에라도 가입한 게 아닌가 싶었다. 어쨌건 최근 들어 어머니는 거무끄름한 부엌에서 아들의 정치철학에 관해 온갖 질문을 퍼부으며 마녀사냥을 수행하고 있었다. 그건 정말 이상한 일이었다. 어머니는 늘 극도로 비정치인 사람이었으며, 선거에서는 모친에게 효도할 성싶은 후보를 찍곤 했으니까. 라일리 부인은 프랭클린 루스벨트의 네 번 임기 내내 그를 확고하게 밀었는데, 그건 뉴딜정책 때문이 아니라 대통령의 어머니 새라 루스벨트가 아들에게 존경받고 효도 받는 것처럼 보였기 때문이다. 또한 라일리 부인은 미주리 주 인디펜던스의 빅토리아풍 저택 앞에 선 트루먼 가의 여인에게 표를 던진 것이었지 딱히 해리 트루먼을 찍은 게 아니었다. 라일리 부인에게 닉슨과 케네디는 해나 닉슨과 로즈 케네디를 의미했다. 따라서 모친이 돌아가신 후보들의 경우에는 어찌해야 할지 혼란스러워, 모친들이 부재하는 선거 때는 그냥 집에 있었다. 이런 어머니였는데, 왜 갑자기 아들에 맞서면서까지 '미국의 길'을 수호하려고 이토록 어설픈 노력을 기울이는지 이그네이셔스는 이해할 수 없었다.

또 다른 원인은 머나였다. 언제부턴가 머나는 어릴 적 프리태니아 극장에서 본 배트맨 시리즈물과 비슷한 일련의 꿈속에 계속 등장하고 있었다. 에피소드 하나가 끝나면 그다음 에피소드로 이어졌다. 어느 날의 한 섬뜩한 에피소드에선 그가 유대인들에게 순교당한 성인 소小야고보로 환생해 어느 지하철 승강장에 서 있었는데, 머나가 '성적性的 빈자貧者들을 위한 비폭력 대회'라고 쓴 플래카드를 들고서 회전문을 밀고 들어오더니 그에게 야유를 보내기 시작했다. 그러자 이그네이셔스–성 야고보는 "예수님은 유대인이든 아니든 우리 모두의 앞에 나서실 것입니다. 포피족이든 귀두족이든." 하고 당당하게 예언했다. 하지만 머나는 코웃음을 칠 뿐, 플래카드로 그를 밀어붙여 지하철이 질주해오고 있는 선로를 향해 와락 밀어뜨리는 게 아닌가. 그는 지하철에 으깨지기 일보 직전 꿈에서 깨어났다. M. 민코프 꿈은 예의 그 해묵고 끔찍한 시니크루저 버스 꿈보다 더 나쁘게 전개되고 있었다. 이그네이셔스가 이층 좌석에 장엄하게 앉아 가는데, 그 비운의 버스가 다리 난간을 홀 넘더니 공항 활주로를 따라 이동 중인 제트기와 쾅 충돌하는 꿈들 말이다.

이렇듯 밤에는 꿈에 시달리고, 낮에는 클라이드 씨가 정해준 그 말도 안 되는 구역에서 시달렸다. 프렌치 쿼터에선 그 누구도 핫도그엔 관심이 없는 듯했다. 그래서 집에 가져오는 일당은 점점 더 적어졌고, 그만큼 어머니는 점점 더 퉁명스러워졌다. 대체 이 악순환은 언제, 어떻게 끝이 나려는지.

그는 오늘 아침 조간신문에서 어느 여성 예술인 단체의 그림 전시회가 쿼터의 해적 골목에서 열리고 있다는 기사를 읽었다. 보나마나 볼썽사나운 그림들일 테니 잠시 눈요깃감으로 삼아도 좋겠지 싶어, 그는 대성당 뒤편 울타리 쇠말뚝에 내걸린 갖가지 그림들을 향해 해적 골목의 포석 위로 수레를 밀어 올렸다. 수레 앞머리에는 쿼터 사람들 사이에서 영업을 좀 해볼 요량으로 빅치프 종이에 크레용으로 '십이 인치짜리 파라다이스'라고 쓴 문구를 떡하니 붙여놓았다. 아직까지 야릇한 메시지에 반응을 보인 사람은 아무도 없었다.

해적 골목은 커다란 모자를 쓰고 잘 차려입은 여인들로 붐볐다. 이그네이셔스는 그 무리 속으로 수레 앞머리를 쿡 박아 넣고 앞으로 들이밀었다. 한 여자가 빅치프 문구를 읽고는 비명을 지르며 동료들을 불러들이더니 전시회에 출현한 이 소름끼치는 망령을 피해 한쪽으로 몰아갔다.

"핫도그 드시겠습니까, 숙녀님들?" 이그네이셔스가 쾌활하게 물었다.

여인들의 눈이 게시물과 귀고리, 스카프, 단검을 찬찬히 훑어 내리더니 그에게 제발 비켜달라는 눈빛을 쏘아 보냈다. 전시회에 비만 와도 끔찍할 텐데, 하물며 이건.

"핫도그요, 핫도그." 이그네이셔스가 살짝 성이 난 목소리로 외쳤다. "위생적인 파라다이스 주방에서 갓 나온 진미들이랍니다."

뒤이은 침묵 속에서 그가 세차게 트림을 내질렀다. 여인들은 하늘과 대성당 뒤편 작은 정원을 바라보는 척 딴청을 부렸다.

이그네이셔스는 수레가 표방하는 가망 없는 대의를 그쯤에서 포기하고 말뚝 울타리 쪽으로 쿵 쿵 걸어가, 거기 걸린 유화와 파스텔화, 수채화들을 바라보았다. 그림 스타일은 조잡함으로 치자면 제각각이었지만 주제는 비교적 서로 엇비슷해서, 수반에 떠 있는 동백꽃이라든가 고문에 가까우리만치 야심찬 모양새로 배열된 진달래꽃, 그리고 하얀 풍차 모양의 목련꽃이 대부분이었다. 여인들이 울타리에서 멀찌감치 뒤로 물러나 무슨 소규모 수비대 같은 대열을 이루며 모여 있었기에, 이그네이셔스는 한동안 홀로 이 애꿎은 작품들을 맹렬히 뜯어보았다. 수레 또한 이 예술인 단체의 덩치 큰 뚱보 신참에게서 몇 걸음 떨어진 포석 위에 홀로 덩그마니 서 있었다.

"오, 맙소사!" 이그네이셔스가 울타리를 따라 이리저리 슬렁슬렁 거닐더니 버럭 고함을 질렀다. "이런 졸작들을 어떻게 감히 대중 앞에 선보일 수가 있답니까!"

"저리 좀 가주시죠, 선생님." 한 대범한 여자가 말했다.

"목련은 저렇게 생기지 않았습니다." 이그네이셔스가 눈에 거슬리는 목련 파스텔화에 단검을 휘두르며 말했다. "숙녀님들은 식물학 수업 좀 들으셔야는데요. 가능하면 기하학도 함께 말입니다."

"댁이 우리 작품을 봐줄 필요는 없을 텐데요." 무리 속에서 감정 상한 목소리가 튀어나왔으니, 바로 문제의 목련을 그린 여자였다.

"그건 아니지요!" 이그네이셔스가 호통을 쳤다. "숙녀님들에겐 취향과 품위를 갖춘 평론가가 필요하지요. 이런, 세상에! 대체 이 동백꽃은 어느 분 거랍니까? 어디 말해보세요. 이 수반의 물은 꼭 자동차 기름 같지 않습니까."

"그냥 좀 가주시죠." 날카로운 목소리가 말했다.

"여러분은 차나 브런치 대접하는 일 따윈 그만두시고, 마음잡고 그림 공부에 매진하시는 편이 낫겠습니다." 이그네이셔스가 벼락같이 고함을 질렀다. "우선 붓 잡는 법부터 배우세요. 모두 모여서 누군가의 집을 칠해

보는 걸로 시작하면 어떨까 싶군요."

"저리 가요."

"여러분이 '화가'랍시고 시스틴 성당의 장식에 참여했다면, 거긴 엄청 나게 조악한 기차역 꼴이 되고 말았을 겁니다." 이그네이셔스가 콧김을 뿜었다.

"우린 상스러운 노점상한테 모욕당할 생각 추호도 없어요." 커다란 모 자 집단의 대변인이 거만하게 나서서 말했다.

"그렇군요!" 이그네이셔스가 소리쳤다. "그러니까 핫도그 노점상의 명 예를 훼손하고 다닌 게 바로 당신들이었군요."

"미쳤나 봐."

"상스럽기는."

"너무 천박해."

"자극하지 마."

"우린 당신이 여기 있는 거 원치 않아요." 대변인이 신랄하고 간략하게 얘기했다.

"이거 원, 상상조차 못할 일이로군!" 이그네이셔스는 거세게 숨을 몰 아쉬고 있었다. "당신들은 분명 현실과 제대로 소통하는 자를, 당신들이 캔버스에 저지른 만행을 진솔하게 평가해줄 수 있는 사람을 두려워하고 있습니다."

"제발 가줘요." 대변인이 명령했다.

"그러죠." 이그네이셔스는 수레의 손잡이를 움켜잡고 밀었다. "당신들 모두 여기 이 울타리에 버젓이 걸어놓은 것들에 대해 무릎 꿇고 용서를 빌어야 할 겁니다."

"저런 게 나돌아다니면 도시의 질이 떨어지지." 어기적어기적 해적 골 목을 벗어나는 이그네이셔스의 등에 대고 한 여자가 쏘아붙였다.

뒤미처 이그네이셔스는 작은 돌멩이 하나가 뒤통수를 때리는 느낌을 받고 깜짝 놀랐다. 그는 화가 나서 수레를 포석 위로 마구 밀치며 거의 골목 끝 지점까지 나아갔다. 거기서 그는 수레가 보이지 않도록 좁은 통로에 세웠다. 발이 아팠다. 쉬는 동안 핫도그를 달라고 귀찮게 구는 사람이 아무도 없기를 바랐다. 비록 장사는 최악이었지만, 사람에게는 모름지기 자신에게 충실하고 자신의 복지를 먼저 챙겨야 하는 때가 있는 법. 이대로 계속 나가다가는 발이 피투성이가 되고 말리라.

이그네이셔스는 대성당의 측면 계단에 불편하게 쭈그리고 앉았다. 작동불능 상태인 유문으로 인해 최근 불어난 몸무게와 부종 탓에, 서 있거나 눕는 것 빼고는 그 어떤 자세도 웬만큼 다 거북했다. 그는 사막부츠를 벗고 거대한 석판 같은 발을 살피기 시작했다.

"오, 이런." 이그네이셔스의 머리 위로 어떤 목소리가 들렸다. "눈앞에 저게 다 뭐야? 기껏 나와서 이런 끔찍한 싸구려 전시나 보다니. 아휴, 제일 번 작품 꼬락서니하고는. 이건 뭐, 해적 라피트*의 유령이군. 아냐, 뚱보 아버클**인가? 아니면 마리 드레슬러***? 빨리 좀 말해줘, 궁금해 죽을 거 같아."

이그네이셔스가 고개를 들고 보니, 방금 재재거린 건 〈기쁨의 밤〉에서 어머니 모자를 사갔던 바로 그 간드러지게 우아한 젊은이였다.

"저리 가, 이 날라리 호모야. 우리 어머니 모자는 어쨌지?"

"오, 그거." 젊은이가 한숨을 내쉬었다. "안됐지만, 장난 아니게 화끈했던 어떤 모임에서 망가져버렸지 뭐야. 그 모자, 다들 끔찍이 좋아했는데."

---

* 19세기 초 뉴올리언스를 거점으로 활동한 해적이자 밀수업자.

** 뚱보 배우의 선구자격인, 무성영화 시대의 할리우드 코미디 배우.

*** 큰 체구에 희극적이고 당당한 이미지를 지닌, 무성영화 시대의 여배우.

"물론 그랬겠지. 그 모자가 어떤 식으로 모독을 당했는지는 묻지 않겠다."

"사실 기억도 안 나. 그날 밤은 이 깜찍한 **무아***께서 마티니를 너무 많이 마셨거든."

"오, 맙소사."

"도대체 당신, 그 괴상한 차림새로 뭘 하고 있는 거야? 꼭 집시여왕으로 여장한 찰스 래프턴** 같은걸. 도대체 뭐라고 차려입은 거야? 아이, 궁금해 죽겠네."

"저리 꺼져, 이 날라리 변태 녀석." 이그네이셔스가 끄윽 트림을 하자, 가스 분출 소리가 해적 골목 양쪽 벽 사이로 울려 퍼졌다. 여성 예술인 단체가 이 화산 폭발음의 진원지를 향해 전원 모자를 돌렸다. 이그네이셔스는 젊은이의 황갈색 벨벳 재킷과 담자색 캐시미어 스웨터, 그리고 선이 날카롭고 빤질빤질한 얼굴의 이마 위로 흘러내린 금발 고수머리를 노려보았다. "때려눕히기 전에 어서 꺼지라니까."

"오, 이런, 이런." 젊은이가 어린애처럼 짧고 명랑한 호흡으로 웃어젖히자, 벨벳 재킷의 솜털이 파르르 떨렸다. "당신 미쳤구나, 진짜루, 응?"

"저게 감히!" 이그네이셔스가 꽥 소리를 질렀다. 그러고는 단검을 뽑아 이 플라스틱 무기로 젊은이의 종아리를 때리기 시작했다. 젊은이는 킬킬대더니 공격을 피하려고 이그네이셔스 앞에서 요리조리 폴짝폴짝 뛰는데, 몸놀림이 여간 유연한 게 아니어서 공격은 제대로 먹혀들지 않았다. 결국 젊은이는 폴짝폴짝 뛰며 해적 골목을 가로지르더니 이그네이셔스에게 손을 흔들어 보였다. 이그네이셔스는 코끼리 발 같은 거대한 사막

---

* 불어로 '나'.

** 영화 「노트르담의 꼽추」(1939)에서 집시 소녀를 사랑하는 콰지모도 역을 맡은 배우.

부츠 한 짝을 집어 들고는 한쪽 발끝으로 뱅그르르 돌고 있는 녀석에게
휙 내던졌다.

"오우." 젊은이가 새된 비명을 질렀다. 그가 그 신발을 주워 이그네이
셔스에게 도로 내던지자, 신발은 주인 얼굴에 날아가 정통으로 꽂혔다.

"오, 하느님 맙소사! 얼굴이 다 망가졌겠군."

"입 좀 다무셔."

"널 폭행죄로 얼마든지 입건시킬 수 있어."

"내가 당신이라면, 경찰이랑은 가능한 한 멀찌감치 떨어져 지낼 텐데.
그 꼴을 보면 경찰이 뭐랄 거 같아, 메리 마블*? 그리고 날 폭행죄로 입건
시키겠다고? 아휴, 좀 현실적이 되자고요. 그렇게 점쟁이처럼 차려입고
손님 낚으러 돌아다니는데도 경찰이 그냥 놔두다니, 이거 놀랄 일인걸."
젊은이는 라이터를 탁 하고 열어 세일럼 담배에 불을 붙이고는 탁 하고
닫았다. "게다가 그런 맨발에다 장난감 칼까지? 지금 장난하셔?"

"경찰은 내 말이라면 다 믿지."

"네, 어서 해보시죠, 제발."

"넌 한 몇 년 갇히게 될 거다."

"오, 당신 진짜 제정신 아니구나."

"글쎄, 내가 여기서 네 말을 듣고 앉았어야 할 이유가 없지." 이그네이
셔스가 스웨이드 사막부츠를 꿰신으며 말했다.

"오!" 젊은이가 행복한 비명을 질렀다. "그 얼굴 표정. 꼭 소화불량에
걸린 베티 데이비스** 같아."

"말 걸지 마, 이 변태 녀석. 가서 간드러지는 네 친구들하고나 놀아. 쿼

---

* 만화 '캡틴 마블 시리즈'에 등장하는 마블 패밀리의 여자 영웅.

** 강인하고 지적이며 개성적인 연기자로 널리 사랑받은 여배우.

터엔 그런 녀석들이 득실거릴 테니."

"어머님은 잘 지내셔?"

"우리 어머니의 성스러운 이름을 그 퇴폐적인 입에 올리지 않았으면 좋겠는데."

"어머, 이미 올려버렸으니 뭐, 잘 지내시지? 어머님 아주 상냥하고 좋으신 분이더라. 아주 순진무구한 부인이시던데. 당신, 진짜 운 좋은 줄 알아."

"너랑 어머니 얘기 할 마음 없어."

"그런 차림이 당신 스타일이라면, 좋다 이거야. 난 그저 당신 어머님이, 아들이 헝가리판 잔 다르크같이 차려입고 거리를 행군하는 거 모르셨으면 하는 거지. 그 귀고리, 너무 마자르족스러워."

"이런 의상을 원한다면, 그럼 하나 사." 이그네이셔스가 말했다. "나한테 와서 찝쩍대지 말고."

"그런 건 아무 데서나 파는 게 아니잖아. 오, 파티에 하고 가면 만장의 갈채를 받겠는걸."

"네가 들락거리는 파티라면, 분명 진정한 묵시록적 비전 그 자체이겠군. 우리 사회가 이 지경이 될 줄 내 진즉에 알아봤어. 몇 년 안에, 너와 네 친구들이 이 나라를 접수하지 않을까 싶다."

"오, 안 그래도 그럴 작정이야." 젊은이가 환하게 웃으며 말했다. "우린 가장 높으신 분들이랑 연줄이 좀 있거든. 알면 깜짝 놀랄걸."

"아니, 난 놀라지 않아. 로스비타라면 이미 오래 전에 예견했을 사태니까."

"그게 도대체 누군데?"

"중세 수녀로, 예언자지. 내 인생의 안내자야."

"오, 당신 끝내준다, 진짜루." 젊은이가 아주 신이 나서 말했다. "그리고 말이야, 이러리라곤 상상도 못했는데, 당신 예전보다 몸이 더 불어난 거 있지. 도대체 어디까지 불어나려는 거야? 비만도 비만 나름이지, 이건 뭔가 좀 지독하리만큼 역겨운 구석이 있는걸."

이그네이셔스가 벌떡 일어나더니 플라스틱 단검으로 젊은이의 가슴을 쿡 찔렀다.

"이거나 받아라, 이 인간쓰레기야." 이그네이셔스가 소리를 지르며 캐시미어 스웨터를 단검으로 쿡쿡 찔렀다. 이내 단검 끝이 부러지며 보도의 포석 위로 떨어졌다.

"오, 이런." 젊은이가 새된 비명을 질렀다. "스웨터 다 찢어지겠다, 이 미친 뚱땡이 자식아."

해적 골목 저쪽에선 여성 예술인 단체 회원들이 몰래 도주하려고 준비하는 아랍인들처럼 울타리에서 그림들을 떼어내고 알루미늄 접의자를 접고들 있었다. 연례 야외 전시회는 이미 사달이 났다.

"나는 취향과 품위를 수호하는 복수의 칼이다." 이그네이셔스가 고래고래 고함을 질렀다. 그가 부러진 무기로 스웨터를 난도질하고 있을 때, 여인들은 로열 거리를 향해 해적 골목을 우르르 빠져나가기 시작했다. 뒤처진 몇몇은 이제야 목련이며 진달래며 허겁지겁 떼어내고 있었다.

"애초에 말을 건 내가 잘못이지, 이 미친놈아." 젊은이가 악에 받쳐 숨을 헉헉대며 내깔겼다. "이건 내 스웨터 중에 제일 좋은 거란 말이야."

"남창 주제에!" 이그네이셔스가 단검으로 젊은이의 가슴을 슥 긁으며 호통을 쳤다.

"오, 끔찍해."

그는 도망가려 했지만, 이그네이셔스가 단검을 휘두르고 있지 않은 손으로 그의 팔을 단단히 붙들고 있었다. 젊은이는 손가락 하나를 이그네이셔스의 링 귀고리 가운데로 쑥 밀어 넣어 아래로 잡아당기며 말했다. "칼버려."

"이럴 수가." 이그네이셔스가 포석 위로 칼을 떨어뜨렸다. "귀가 찢어졌나 봐."

젊은이가 귀고리를 뇌주었다.

"드디어 일을 냈군!" 이그네이셔스가 징징대며 말했다. "넌 여생을 연방감옥에서 썩을 줄 알아."

"이 스웨터 좀 봐, 이 역겨운 괴물아."

"너희 같은 뻔지르르한 인간쓰레기들이나 그런 실패작 같은 옷을 입고 다니지. 부끄러운 줄을 알든가, 아님 최소한 옷에 대한 취향이라도 길러."

"이 끔찍한 자식. 이 비대한 **흉물.**"

"이거 치료하느라 눈, 귀, 코, 목 병원에서 몇 년은 보내야 할 거 같은데." 이그네이셔스가 귀를 만지작거리며 말했다. "매달 혼비백산할 치료비 청구서가 날아갈 테니 각오 단단히 해둬. 네가 모종의 수상쩍은 놀음을 어디에서 하고 있건, 내 변호사 군단이 아침 댓바람으로 그리 찾아갈 거야. 그 사람들한테는 못 볼 꼴을 볼 수도 있다고 미리 경고해줘야겠군. 다들 너희 같은 음지 생명체들에 대한 지식은 전무하다시피 한 명석한 변호사들이자 이 사회의 기둥들이요, 귀족적인 크리올 학자들이니까. 널 직접 대면하는 것조차 거부할지도 몰라. 그럼 자기들 대신 아랫사람을 보내겠지. 불쌍해서 데리고 있는 하급사원 같은 자들 말이야."

"이 끔찍하고 악독한 짐승."

"하지만 이 법률계의 기라성 군단이 거미줄 같은 네 아파트에 도착할 때까지 기다려야 하는 불안감을 덜어주고자, 원한다면 지금 합의를 보는 데 동의해주지. 오륙 달러면 충분해."

"내 스웨터는 사십 달러짜리야." 젊은이가 말했다. 그는 단검에 긁혀

너덜너덜해진 부분을 더듬었다. "당신은 이거 물어낼 준비 됐어?"

"물론 아니지. 땡전 한 푼 없는 자와는 언쟁에 말려들지 말지어다."

"난 당신을 얼마든지 고소할 수 있어."

"아무래도 우리 둘 다 법에 호소할 생각은 버려야 할 듯싶군. 넌 아마 법정 재판과 같은 경사스러운 행사에 너무 들뜬 나머지 티아라에 이브닝드레스 차림으로 나타날지도 몰라. 그걸 본 늙다리 재판관은 머릿속이 갈팡질팡할 테지. 그럼 우리 둘 다 무슨 날조된 죄목으로 여지없이 유죄선고를 받게 될 거야."

"이 구역질 나는 야수."

"이제 그만 가서 네 구미에 맞는 수상쩍은 오락이나 하는 게 어때?" 이그네이셔스가 끄윽 트림을 했다. "저기 봐, 차터스 거리를 배회하는 수병이 하나 있군. 꽤나 외로워 보이는데."

젊은이는 해적 골목의 한쪽 끝 지점과 만나는 차터스 거리를 흘깃 쳐다보았다.

"오, 쟤." 그가 말했다. "쟨 티미인데, 뭐."

"티미?" 이그네이셔스가 발끈하며 물었다. "저 녀석 알아?"

"물론이지." 젊은이가 권태가 뚝뚝 묻어나는 나른한 목소리로 말했다. "나의 친애하는 **오래디오랜** 친구 중 하나야. 수병 같은 거 전혀 아니고."

"뭐라고?" 이그네이셔스가 벼락같이 고함을 질렀다. "그러니까, 저 녀석이 이 나라 군대의 일원을 흉내 내고 있다는 건가?"

"쟤가 흉내 내는 건 그것만이 아냐."

"이거 극히 심각한 문제로군." 이그네이셔스가 눈살을 찌푸리자 빨간 새틴 스카프가 사냥모자 아래로 흘러내렸다. "우리 눈에 보이는 군인들, 수병들이 죄다 그저 변장한 미친 퇴폐주의자에 지나지 않을 수도 있다니. 하느님 맙소사! 우린 모두 어떤 무시무시한 음모의 덫에 걸려 있는지도 몰라. 이런 일이 일어나고 있을 줄 내 진즉에 알아봤어. 미국은 아마 완전히 무방비 상태일 거야!"

젊은이와 수병은 서로 허물없이 손을 흔들어 보였고, 수병은 곧 대성당 앞쪽으로 돌아 시야에서 사라졌다. 그러자 몇 발짝 뒤에서 수병을 따라가던 순찰경관 맨큐소가 베레모를 쓰고 염소수염을 붙인 꼴로 해적 골목 끝에 나타났다.

"오!" 젊은이는 맨큐소 순경이 수병의 뒤를 몰래 밟고 있는 걸 지켜보며 쾌활하게 새된 비명을 질렀다. "신출귀몰한 경관 나리 아냐. 쿼터 사람들 모두 저치가 누군지 다 알고 있다는 걸 경찰에선 모르는 걸까?"

"너도 저자를 알아?" 이그네이셔스가 조심스레 물었다. "저잔 굉장히 위험한 인물이야!"

"저치 모르면 간첩이지. 다시 돌아와서 얼마나 다행인지 몰라. 무슨 일 당한 건 아닌가 다들 궁금해하던 참이었는데. 우린 저치를 끔찍이도 사랑한다니까. 오, 난 경찰에서 또 어떤 변장을 시켜 내보낼까 무척이나 기다려져. 당신도 저치가 사라지기 몇 주 전에 하고 나온 꼴을 봤어야 해. 그 카우보이 의상은 해도 해도 너무하던걸." 젊은이는 미친 듯이 웃음을 터뜨렸다. "글쎄, 부츠 때문에 제대로 걷지도 못하고 발목이 계속 꺾이는 거 있지. 한번은 말이야, 내가 당신 어머니의 그 W.P.A* 모자 때문에 무지 열받아 있는데, 저치가 차터스 거리에서 날 불러 세우지 뭐야. 그러곤 듀메인 거리에서 또 날 불러 세우더니 대화를 시도하려고 하지 않겠어. 그날 저치는 뿔테안경에 목이 둥근 스웨터 차림이었는데, 뭐, 자기가 방학을 맞아 내려온 프린스턴대 학생이라나. 한마디로 전설적인 인물이라니까.

---

* 공공사업진흥국(Works Progress Administration.). 뉴딜 정책에 따라 일자리 창출을 목적으로 설립된 기관(1933~43).

암튼 경찰이 저치의 가치를 제대로 알아주는 데로 돌려보내줘서 정말 다행이야. 최근에 어디 있었는진 모르지만, 그건 저치의 귀중한 재능을 낭비한 거고말고. 오, 저치의 말투. 어떤 사람들은 저치가 영국 관광객 흉내를 낼 때가 제일 좋대. 최고지, 진짜루. 하지만 난 늘 저치의 남부 연대장 말투가 더 좋더라. 그건 정말 취향의 문제 같아. 한때 우린 저치가 음란한 수작을 걸었다고 신고해서 두 번씩이나 잡혀가게 만들었지. 그때마다 경찰들, 완전히 당황해서 난리 치는 꼴이라니. 그 때문에 저치가 심한 곤란을 겪진 않았어야 하는데. 왜냐하면 우리한텐 아주 소중한 존재니까."

"저자는 철두철미한 악당이라고." 이그네이셔스가 쏘아붙였다. 그러고는 말했다. "그나저나, 우리나라 '군인' 가운데 과연 얼마만큼이 네 친구 같은 놈들일까? 변장한 남창 녀석들 말이야."

"누가 알겠어? 난 몽땅 다였으면 좋겠는걸."

"물론 이건 말이지." 이그네이셔스가 진지하게 생각에 잠긴 목소리로 말했다. "전 세계적 차원의 위장일 수도 있어." 빨간 새틴 스카프가 들썩거렸다. "이다음 전쟁은 알고 봤더니 대규모 난교파티일 수도 있다고. 맙소사. 세계의 군 지도자들 가운데 망상에 빠져 가짜 역할을 연출하고 다니는 늙은 미치광이 남색자들이 얼마나 많을까? 사실 어쩌면 그게 세상을 위해서는 제법 유익할지도 모르지. 전쟁은 영원히 끝이라는 걸 의미할 수도 있으니까. 그리고 이것이 영원한 평화의 열쇠가 될 수도 있으니까 말이야."

"분명 그럴 수 있을 거야." 젊은이가 쾌활하게 말했다. "절대 평화주의."

이그네이셔스의 머릿속에서는 두 줄의 신경 말단이 만나 즉시 제휴를 맺었다. 어쩌면 파렴치한 M. 민코프를 공격할 방법을 발견한 것 같았다.

"권력에 미친 세계의 지도자들은, 자국의 군부와 군대가 그저 온통 변장한 남색자 일색이라는 걸 알면 기절초풍들 하겠지. 단지 춤을 추고 파티를 열고 이국의 춤사위를 배울 목적으로 타국의 변장한 남색자 군인들과 기꺼이 만나고 싶어 하는 놈들이라는 걸 말이야."

"꺄악, 너무 멋지지 않아? 정부가 우리한테 여행 경비를 대줄 거라니. 이 얼마나 거룩한 일일까. 우리가 세상의 분쟁에 종지부를 찍고 인류의 희망과 신념을 되살릴 거라니."

"어쩌면 너희가 미래의 희망일지도 몰라." 이그네이셔스가 한쪽 앞발로 다른 쪽 앞발을 극적으로 쾅 쾅 내리치며 말했다. "그 외엔 이 세상에 별다른 장밋빛 미래가 없는 듯 보이니까."

"그리고 우린 인구폭발을 종식시키는 데도 도움이 될 거야."

"오, 하느님 맙소사!" 파랗고 노란 눈에서 불꽃이 번득였다. "너희네 방식이 내가 늘 주장해온 엄격한 산아제한 전략보다 더 설득력이 있고 더 그럴싸한 거 같군그래. 내 글에 공간을 좀 할애해서 이걸 다뤄야겠어. 이 주제는 세계의 문화 발전에 일가견을 가진 심오한 사상가의 관심을 끌 만한 가치가 있다고. 네가 내게 이토록 새롭고도 귀중한 통찰력을 주다니, 이거 정말 고마운데."

"오, 너무 재밌는 날이지 뭐야. 당신은 집시, 티미는 수병, 저 신출귀몰한 경관 나리는 예술가." 젊은이가 한숨을 폭 쉬었다. "오늘 분위기는 꼭 마르디 그라* 같은데, 나만 왕따 된 기분인걸. 나도 집에 가서 뭐라도 후딱 입고 나와야겠다."

"잠깐 기다려." 이그네이셔스가 말했다. 이런 기회가 자신의 부어오른 손가락 사이로 빠져나가게 내버려둘 수는 없었다.

---

* 가톨릭 전통인 사육제 축제의 마지막 날. 뉴올리언스의 마르디 그라는 2주 전부터 펼쳐지는 흥겨운 음악과 춤, 화려한 가장행렬로 일명 "지상 최고의 공짜 쇼"라 불린다.

"탭댄스화를 신을래. 지금 딱 루비 킬러*에 필이 꽂혔는걸." 젊은이가 신이 나서 이그네이셔스에게 말했다. 그러고는 노래를 부르기 시작했다. "당신은 집에 가서 당신 팬티 챙겨 와요. 나도 집에 가서 내 팬티 챙겨 올 게요. 그리고 우리 함께 떠나는 거예요. 오 호 호. 우린 춤을 추며 떠날 거예요, 춤을 추며 버펄로로 호 호⋯⋯."

"그 역겨운 짓거리 좀 집어치워." 이그네이셔스가 성을 내며 말했다. "이런 인간들은 채찍으로 후려쳐서 기강을 바로잡아야 하거늘."

젊은이가 이그네이셔스 주위로 탭댄스를 추며 말했다. "루비는 너무 사랑스러워. 텔레비전에 루비의 옛날 영화들이 나오면 눈이 빠져라 본다니까. '이십오 센트 은화 한 닢 있으면, 침대차 사환에게 팁을 줄 수 있어요, 조명을 낮춰요, 오 호 호, 우린 춤을 추며 떠날 거예요, 춤을 추며⋯⋯.'"

"제발 잠시만이라도 진지해져봐. 여기서 웬 오두방정이냐."

"이 무아께서? 오두방정? 좋아, 대체 원하는 게 뭐야, 집시 여인아?"

"너희는 정당을 구성해서 후보를 낼 생각 같은 거 해본 적 없어?"

"정치 말이야? 오, 오를레앙의 처녀**여. 왜 그런 따분한 짓을."

"이건 굉장히 중요한 일이라고!" 이그네이셔스가 안달이 나서 소리를 질렀다. 그는 머나에게 어떻게 하면 정치에 섹스를 끼워 넣을 수 있는지 보여줄 작정이었다. "나 역시 전에는 한 번도 생각해본 적 없는 바지만, 바로 너희가 미래의 열쇠를 쥐고 있을지도 몰라."

---

* 워너 브러더스의 초기 뮤지컬 영화, 특히 「42번가」에서 활약했던 여배우. 이 영화에서 뮤지컬 넘버 「Shuffle off to Buffalo」를 부르며 탭댄스를 춘다.

** 백년전쟁 때 영국군으로부터 오를레앙을 구한 프랑스의 애국 소녀 잔 다르크의 별칭. 뉴올리언스는 오를레앙 공의 이름을 딴 도시이고(불어로 '누벨 오를레앙'), 시내에는 1959년 프랑스로부터 선물받은 잔 다르크 동상이 있다.

"글쎄, 그래서 뭘 어떻게 하고 싶으신가요, 엘리노어 루스벨트 여사님?"

"너흰 정당부터 조직해야 해. 계획을 짜야 한다고."

"오, 제발." 젊은이가 한숨을 내쉬었다. "그런 남자들 세계의 얘기라면 머리가 어질어질해."

"우리가 세상을 구할 수도 있다니까!" 이그네이셔스가 웅변하는 연사처럼 울부짖었다. "세상에, 왜 진작 이 생각을 못 했지?"

"이런 대화가 내 기분을 얼마나 우울하게 만드는지 당신은 짐작도 못 할 거야." 젊은이가 말했다. "당신은 지금 우리 아버지를 생각나게 한단 말이야. 이보다 더 우울한 일이 어딨겠어?" 젊은이는 한숨을 쉬었다. "아이, 서둘러야겠다. 쪽 빼입을 시간이야."

"안 돼!" 이그네이셔스가 젊은이의 재킷의 옷깃을 움켜쥐었다.

"오, 세상에." 젊은이가 손으로 목을 잡으며 헉헉거렸다. "아무래도 밤새 약발 좀 받아야겠는걸."

"우린 지금 당장 조직해야 해."

"아이, 당신 때문에 말도 못하게 우울하다, 진짜루."

"선거운동을 시작하려면 조직적인 대규모 집회를 열어야 해."

"그거 혹시 파티 같은 거 아냐?"

"그래, 어떤 면에선. 하지만 너희의 목적을 분명히 밝혀야 하는 자리지."

"그렇다면 재미있지 않을까. 아휴, 요즘 파티들은 어찌나 따분하고 또 따분하던지."

"이건 파티가 아니야, 이 바보야."

"오, 걱정 마셔. 다들 엄청 진지하게 굴 테니깐."

"좋아. 이제 내 말 잘 들어. 너희가 올바른 궤도에 오를 수 있도록 내가 가서 강연을 해줄 작정이야. 정치조직에 대해서라면 내가 꽤나 해박하거든."

"꺄악, 멋지다. 지금 입고 있는 그 환상적인 의상으로 꼭 입고 와야 해. 그럼 내 장담하는데, 한눈파는 인간 아무도 없을 거야." 젊은이가 한 손으로 입을 가린 채 새된 비명을 질렀다. "오, 어떡하면 좋아. 진짜 화끈한 모임이 되려나 봐."

"지체할 시간 없어." 이그네이셔스가 엄숙하게 말했다. "묵시록적 대참사가 바로 눈앞에 와 있단 말이야."

"그럼 다음 주에 우리 집에서 하는 걸로 하자."

"빨간색, 흰색, 그리고 파란색 깃발을 준비해둬." 이그네이셔스가 충고했다. "정치 집회엔 으레 그런 게 있어야 구색이 맞는 법이지."

"그런 건 엄청 많아. 장식할 일이 만만찮겠는걸. 친한 애들 좀 불러서 도와달라고 해야겠다."

"그래, 그렇게 해." 이그네이셔스가 흥분해서 말했다. "모든 차원에서 빠짐없이 준비를 시작하도록 해."

"오, 알고 보니 당신, 이렇게 재밌는 사람일 줄이야. 그 끔찍한 싸구려 바에서는 그렇게도 적대적이더니."

"나란 존재는 다양한 얼굴을 가지고 있지."

"정말 놀랍단 말이야." 젊은이는 이그네이셔스의 의상을 물끄러미 바라보았다. "당신 같은 사람이 홀홀 나돌아다니게 그냥 놔두다니. 어떤 면에선, 나 당신 존경스러워."

"대단히 고맙군." 이그네이셔스의 목소리는 부드럽고 만족스러웠다. "대부분의 바보들은 내 세계관을 전혀 이해하지 못해."

"어머, 그럴 리가."

"네가 겉모습은 불쾌하고 천박하리만치 여자 같아도, 그 밑에는 제법 영혼 비슷한 게 있는 모양이군. 어때, 보에티우스를 좀 폭넓게 읽어본 적 있나?"

"누구? 오, 왜 이러실까. 난 신문도 안 읽는걸."

"그렇다면 넌 지금 당장 독서 프로그램을 시작해야겠군. 그래야만 우리 시대의 위기를 이해할 수 있을 테니까." 이그네이셔스가 엄숙하게 말했다. "후기 로마 저작부터 시작해. 물론 보에티우스를 포함해서. 그런 다음 중세 초기로 광범위하게 파고들어봐. 르네상스와 계몽 시대는 건너뛰어도 좋아. 대부분 위험한 정치선전밖에 없으니까. 생각해보니 낭만주의와 빅토리아 시대도 생략하는 게 낫겠어. 현대로 넘어오면 엄선된 만화책 몇 권은 필히 공부해야 해."

"아이, 진짜 대단한 인물이셔."

"특히 배트맨을 추천하지. 왜냐하면 이 인물은 자신이 처한 이 심연과도 같은 끔찍한 사회를 초월하고 있으니까. 도덕성 또한 꽤나 완고하고. 난 배트맨을 존경해."

"오, 저기 좀 봐. 또 티미야." 젊은이가 말했다. 수병이 차터스 거리를 좀 전과 반대방향으로 지나가고 있었다. "만날 똑같은 구역 지겹지도 않나? 왔다 갔다, 갔다 왔다. 쟤 좀 봐. 지금이 겨울인데 아직도 흰색 여름옷을 입고 있다니. 쟤는 자기가 해안경비대의 봉이라는 것도 모른다니까. 아휴, 말도 마, 어찌나 아둔하고 멍청한지."

"안색이 꽤나 흐려 보이던데." 이그네이셔스가 말했다. 베레모를 쓰고 염소수염을 단 예술가가 몇 발짝 뒤에서 부지런히 수병의 뒤를 쫓아 차터스 거리를 지나가고 있었다. "오, 맙소사! 저 우스꽝스러운 경찰이 일을 다 망쳐놓고 말 거야. 저자는 만사에 옥에 티라고. 아무래도 네가 가서 저 정신 나간 수병을 거리에서 쫓아내야 할지도 모르겠는데. 자칫 해군 당국에 체포되기라도 하면 사기꾼이란 게 금세 뽀록날 테고, 그럼 우리의 정치 전략도 끝장이니까. 서구문명 사상 가장 험난한 정치 쿠데타를 망쳐놓기 전에, 어서 저 광대 녀석 좀 몰래 치워버려."

"오!" 젊은이가 행복에 겨운 비명을 질렀다. "내가 가서 재한테 다 얘기해줄게. 자기가 뭘 망칠 뻔했는지를 들으면 비명을 지르며 기절하고 말 거야."

"자, 그러니까 준비 게을리하지 마." 이그네이셔스가 경고했다.

"아이, 몸이 부서져라 일한다니까." 젊은이가 쾌활하게 말했다. "구역 모임에 유권자 등록, 팸플릿, 위원회까지 싹. 여덟 시쯤 초동집회를 시작할 거야. 난 세인트피터 거리에 살아. 로열 거리 바로 근처의 노란색 벽토 건물. 딱 보면 알아. 자, 이거, 내 명함이야."

"오, 맙소사!" 이그네이셔스가 간소하게 만든 작은 명함을 들여다보며 웅얼거렸다. "설마 이름이 도리언 그린은 아니겠지?"

"아니, 맞아. 이름 끝내주지 않아?" 도리언이 나른하게 물었다. "내 진짜 이름을 말해주면, 당신은 두 번 다신 나한테 말도 안 걸 거야. 너무 평범해서 생각만 해도 죽고 싶은 이름이지 뭐야. 난 네브래스카 주의 밀 농장에서 태어났어. 그쯤 되면 짐작이 가지?"

"뭐, 어쨌거나, 난 이그네이셔스 J. 라일리야."

"그렇게 끔찍하진 않네. 난 호러스나 험프리, 뭐 그런 이름일 거라 생각했는데. 그건 그렇고, 당신, 우릴 실망시켜선 안 돼. 연설할 거 잘 연습해둬. 청중몰이는 내가 보장한다니까. 다들 권태와 전반적 우울증으로 다 죽어가는 마당이니 초대권을 얻자고 싸움이라도 할걸. 전화만 때려, 정확한 날짜를 조율하게."

"이 역사적 비밀회합이 얼마나 중요한지 꼭 강조하도록 해." 이그네이셔스가 말했다. "이 핵심그룹에 어중이떠중이는 필요 없으니까."

"축제의상으로 빼입고 온 족속들도 몇 있을지 몰라. 그게 바로 뉴올리언스의 멋진 점이잖아. 원한다면 일 년 내내 가장무도회랑 마르디 그라를 즐길 수 있는 거. 진짜루, 때로는 이곳 쿼터가 성대한 가장무도회 그 자체 같아. 때론 친구와 적이 구분이 안 될 정도인걸. 하지만 당신이 이런 의상에 반대한다면 내가 모두에게 말할게. 그 여린 가슴들이 실망으로 무너지긴 하겠지만 말이야. 몇 달 동안 제대로 된 파티라곤 구경도 못했거든."

"취향과 품위를 갖춘 의상이라면 뭐, 몇 명쯤은 반대하지 않겠어." 이그네이셔스가 마지못해 말했다. "그 정도면 이 회합에 적절한 국제적인 분위기를 더해줄 수도 있을 테지. 정치가들은 으레 민속의상을 입은, 몽고증 환자같이 덜떨어진 인간들이랑 악수를 하고 싶어 하는 것처럼 보인단 말이야. 그래, 다시 생각해보니, 의상 한두 벌 정도는 꼭 입도록 부추겨도 괜찮겠어. 하지만, 여자 분장은 절대 안 돼. 정치가들은 그런 '여자들'이랑 어울리는 자기 모습이 사람들 눈에 띄는 거 좋아하지 않아. 시골 유권자들한테 괜히 반감만 살 테니까."

"난 이제 가서 멍청이 티미 좀 찾아봐야겠다. 간 떨어지게 놀래줘야지."

"그 마키아벨리 같은 경찰 조심해. 만약 그자가 이 음모의 낌새를 알아차리면 우린 다 끝장이야."

"오, 그치가 우리 구역으로 복귀한 게 이렇게 반갑지만 않아도, 호객행위를 하고 있다고 경찰에 제보해서 즉각 체포하게 만들 텐데. 홋, 당신은 상상도 못할걸, 순찰차가 잡으러 왔을 때 그치 얼굴에 나타난 그 놀라운 표정을. 체포하는 경찰들 표정은 또 어떻고. 그런 건 돈 주고도 못 보지. 하지만 우린 모두 그치가 돌아와서 기뻐. 이젠 누구도 감히 그치를 함부로 취급하지 않을 거야. 잘 가, 집시 마님."

도리언은 퇴폐 수병을 찾으려고 부리나케 해적 골목을 내려갔다. 이그네이셔스는 로열 거리 쪽을 바라보며 여성 예술인 단체는 어떻게 됐을까 생각했다. 그러고는 쿵 쿵 육중한 걸음으로 수레를 숨겨놓은 통로로 다가가 핫도그 하나를 만들기 시작했고, 날이 저물기 전에 손님이 다만 몇이라도 찾아와주기를 기도했다. 슬프게도 그는 운명의 여신 포르투나가 지금 자신의 바퀴를 얼마나 아래쪽으로 돌리고 있는지 새삼 깨달았다. 사람들이 핫도그를 사게 해달라고 기도할 날이 올 줄은 상상도 못 했으니까. 하지만 지금은 그나마 M. 민코프에게 대적할 장대한 새 계획이 준비되어 있지 않은가. 초동집회 생각에 그는 엄청나게 고무되었다. 이번엔 그 왈가닥 불여우의 혼을 완전히 빼놓고 말리라.

⁙

　문제는 보관이었다. 조지는 매일 거의 오후 한 시부터 세 시까지 꼼짝없이 꾸러미들을 떠안게 되었다. 어느 날 오후에는 영화관에 들어가 시간을 때우는데, 동시 상영 중인 나체촌 영화 두 편을 관람하는 어둠 속에서조차 좌불안석이었다. 불안해서 꾸러미들을 옆 좌석에 둘 수도 없었다. 특히나 그런 극장에서는. 하릴없이 무릎 위에 꾸러미들을 올려놓고 화면을 가득 채운 구릿빛 살덩이들의 향연을 지켜보는 세 시간 동안, 그의 머릿속에선 내내 그 짐의 존재가 떠나질 않았다. 때로는 그 물건들을 옆구리에 끼고 상업지구와 쿼터 일대를 지루하게 쏘다니는 날도 있었다. 하지만 세 시쯤 되면 이 마라톤 같은 산책에 지친 나머지 그날의 거래를 성사시킬 의욕조차 남아나지 않았다. 게다가 들고 다닌 지 두 시간이 지나면 꾸러미 포장지가 눅눅해져 찢어지기 시작했다. 만에 하나 꾸러미 중 하나라도 열려 길거리에 쏟아진다면, 향후 몇 년은 족히 청소년 구치소에서 보내야 하리라. 왜 그 사복 경찰은 화장실에서 그를 체포하려 했을까? 아무 짓도 하지 않았는데. 그자에게는 분명 탐정으로서의 초능력 같은 게 있는 듯했다.

마침내 조지는 그나마 약간의 휴식과 앉을 기회가 보장되는 장소를 생각해냈다. 세인트루이스 대성당. 그는 성자상 앞에 촛불들이 밝혀진 단 옆의 신자석으로 가서 앉았고, 꾸러미들을 옆에 쌓아두고는 두 손에 뭔가를 그리기 시작했다. 손 문신이 끝나자, 앞쪽 선반에서 기도서를 하나 집어 들어 찬찬히 훑어보았다. 기도문을 하나씩 넘겨가며 미사집전 사제의 그림을 뜯어보면서 미사 절차에 대한 희미한 기억을 되살렸다. 미사는 정말 굉장히 단순한 거라고 조지는 생각했다. 떠날 시간이 될 때까지 기도서를 이리저리 넘기며 들여다보았다. 그러고는 꾸러미들을 모아 차터스 거리로 나왔다.

가로등에 기대선 수병 하나가 그에게 윙크를 날렸다. 조지는 문신한 두 손으로 음탕한 손짓의 답례를 건네고는 구부정히 어깨를 구부린 채 건들건들 거리를 걸어 내려갔다. 해적 골목을 지나가려는데 웬 비명소리가 들렸다. 바로 거기 해적 골목에서, 예의 그 미친 핫도그 노점상이 어떤 게이 녀석을 플라스틱 칼로 찌르려 하고 있는 게 아닌가. 이놈의 노점상은 정말 보통 유별난 게 아니었다. 조지는 잠시 걸음을 멈추고, 게이 녀석이 새된 비명을 질러대는데도 아랑곳없이 연방 들썩거리고 흔들거리는 스카프와 귀고리를 쳐다보았다. 아마도 노점상은 오늘이 몇 일인지, 무슨 달인지, 아니 심지어 몇 년인지조차 모르는 게 아닐까. 오늘이 무슨 마르디 그라인 줄 아는 모양이었다.

때마침 조지는 예의 그 화장실 사복 경찰이 수병의 뒤를 쫓아 거리를 내려오고 있는 걸 보았다. 경찰은 오늘은 꼭 비트족처럼 보였다. 조지는 옛 스페인 식민지 시절 정부청사인 카빌도의 아치 뒤로 달려가 아케이드를 내처 달려 통과한 뒤 세인트피터 거리로 빠져나왔고, 그러고도 로열 거리까지 죽 달음박질쳐 버스 노선들이 닿는 주택지구 쪽을 향해 황망히 걸음을 옮겼다.

사복 경찰이 이제는 대성당 주변을 기웃거리다니. 조지는 그곳도 짭새들한테 넘겨야 했다. 그자들은 정말 빈틈이 없었다. 젠장. 승산이 없었다.

그리하여 그는 다시금 보관 문제로 정신이 쏠렸다. 자신이 마치 경찰의 눈을 피해 도주 중인 탈주범이 된 기분이었다. 이젠 어디로 가지? 그는 디자이어행 버스에 올라 내내 그 생각에 잠겼다. 버스는 흔들흔들 버번 거리로 접어들어 〈기쁨의 밤〉을 지나쳐갔다. 레이나 리가 보도에 나와, 술집 정면 유리진열장에 포스터를 붙이고 있는 깜둥이에게 이래라저래라 지시를 내리고 있었다. 깜둥이가 담배를 톡 튕겼다. 명사수가 조준한 게 아니었다면 미스 리의 머리카락에 불을 내고도 남을 뻔했다. 실로 꽁초는 겨우 일 인치가량 비켜난 높이에서 미스 리의 머리 위를 획 가로질러 날아갔으니 말이다. 깜둥이 자식들, 정말 갈수록 시건방져지고 있었다. 조지는 조만간 밤중에 깜둥이들 동네로 차를 몰고 들어가 계란이라도 몇 개 던지고 와야 할 것 같았다. 친구들과 그런 짓을 하지 않은 지도 꽤 되었다. 누군가의 차를 타고 마력을 한껏 올린 채 쳐들어가, 멍청하게도 보도에 나와 서 있는 깜둥이 자식들에게 흙탕물을 잔뜩 튀겨놓고 돌아오곤 했는데.

하지만 다시 보관 문제로 돌아가자. 버스가 일리지언 필드 대로를 건넜을 즈음 조지에게 한 가지 묘안이 떠올랐다. 옳지, 바로 그거였다. 내내 눈앞에 있었는데도 그걸 깨닫지 못했다니. 그는 플라멩코 부츠의 뾰족한 앞코로 자기 정강이라도 콱 걷어차고 싶은 심정이었다. 꽤 근사하고, 널찍하고, 비바람에도 끄떡없는 양철통, 그걸 보지 않았나 말이다. 세상 그 어떤 사복 경찰도, 그가 아무리 교활한 자라 해도 열어볼 생각조차 하지 못할 이동성 대여 금고, 천하에 가장 덩치 큰 봉이 몰고 다니는 안전 금고, 바로 그 망할 괴짜 노점상의 수레에 달린 빵 보관통 말이다.

11

"아휴, 이거 좀 봐." 샌타가 신문을 눈앞으로 바짝 당기며 말했다. "우리 동네에서 고 깜찍한 데비 레이놀즈가 나오는 영화를 하고 있네."

"아유, 그 여자 너무 이뻐." 라일리 부인이 말했다. "당신도 좋아해요, 클로드?"

"그게 누군데요?" 로비쇼 씨가 유쾌하게 물었다.

"왜 그 자그마한 데브라 레이놀즈 있잖아요." 라일리 부인이 대답했다.

"딱히 기억이 나질 않는군요. 영화를 자주 보러 가는 편이 아니라서 말입니다."

"얼마나 사랑스러운지 몰라요." 샌타가 말했다. "몸집이 정말 조그맣죠. 데비가 태미 역으로 나왔던 고 깜찍한 영화 봤어, 아이린?"

"데비가 눈이 머는 영화 아냐?"

"아니야, 친구! 다른 영화를 떠올리고 있나 본데."

"오, 내가 누굴 떠올렸는지 알겠어. 준 와이먼이야. 그 여자도 이쁘잖아."

"아휴, 준도 괜찮았지, 그럼." 샌타가 말했다. "난 그 여자가 강간당하는 바보 역으로 나왔던 영화가 기억나."

"저런, 그 영화는 안 보길 잘 했네."

"아휴, 진짜 멋진 영화였어, 아이린. 얼마나 극적이었다고. 알지? 강간당할 때 그 불쌍한 백치의 표정이라니. 절대로 못 잊을 거야."

"누구 커피 더 마시겠어요?" 로비쇼 씨가 물었다.

"네, 여기 좀 더 줘요, 클로드." 샌타가 신문을 접어 냉장고 위로 던져

올리며 말했다. "앤절로가 오지 못해 너무 안됐어. 불쌍한 녀석. 누굴 체포할 때까지 혼자서 밤낮을 가리지 않고 일해야 한다잖아. 오늘 밤에도 어디 밖에 나가 있을 텐데. 아이린도 걔 마누라 리타가 나한테 늘어놓는 소리 좀 들어봐야 한다니까. 앤절로가 글쎄, 수상한 자들을 유인하려면 입어야 한다면서 값비싼 옷들을 잔뜩 사들고 왔다지 뭐야. 기가 막혀서. 그것만 봐도 그 애가 경찰직을 얼마나 사랑하는지 알 수 있잖아. 경찰에서 쫓겨나면 애가 얼마나 낙심을 할까. 제발 무슨 부랑자라도 좀 잡아들이면 좋으련만."

"앤절로의 앞길이 가시밭길이구나." 라일리 부인이 건성으로 말했다. 그녀는 지금 이그네이셔스가 일을 마치고 돌아와 집 앞에 떡하니 붙여놓은 '선의의 인간들에게 평화를'이라는 표어에 정신이 팔려 있었다. 미스 애니는 그게 출현하자마자 덧문 너머로 고래고래 악을 쓰며 그것에 대해 따져 묻기 시작하는데, 원. "저기, 누가 평화를 원한다고 하면 어떤 생각이 들어요, 클로드?"

"제가 듣기엔 빨갱이 같은데요."

라일리 부인이 품은 최악의 공포가 실현되었다.

"누가 평화를 원한대?" 샌타가 물었다.

"이그네이셔스가 집 앞에다 평화 운운하는 문구를 내걸었지 뭐야."

"내 그럴 줄 알았어." 샌타가 발끈하며 말했다. "그 녀석, 처음엔 왕을 원한다더니 이젠 평화를 원한단 말이지. 잘 들어, 아이린. 아이린을 위해서 하는 말인데, 정말 그 녀석은 어디다 좀 가둬놔야 한다니까."

"하지만 귀고리는 하지 않는데. 내가 물어보니까, '난 귀고리 같은 거 하지 않아요, 엄마' 그러더라고."

"앤절로는 거짓말 안 해."

"어쩌면 쪼그만 걸로 하나 갖고 있는지도 모르지."

"귀고리는 귀고리지. 그렇지 않아요, 클로드?"

"맞습니다." 클로드가 샌타에게 맞장구를 쳤다.

"어머나, 샌타, 저 티비 위의 성모 마리아 상 정말 이쁘다." 라일리 부인이 귀고리 얘기에서 얼른 딴 데로 화제를 돌렸다.

모두가 냉장고 옆에 놓인 텔레비전 수상기를 바라보자, 곧 샌타가 말했다. "어때, 정말 멋지지 않아? 텔레비전 성모님이야. 바닥에 흡착판이 붙어 있어서, 부엌에서 설레발치며 돌아다니다가 잘못 건드려도 떨어지지 않는다니까. 레니네 가게에서 샀어."

"레니네 가게에는 없는 게 없더라." 라일리 부인이 말했다. "질이 좋은 플라스틱으로 만든 거 같은데. 깨지지도 않겠어."

"그건 그렇고 다들 오늘 저녁식사는 어땠나요?"

"아주 맛있었습니다." 로비쇼 씨가 말했다.

"정말 굉장했어." 라일리 부인이 동의했다. "이렇게 근사한 식사를 해본 게 얼마 만인지 몰라."

"끄으윽." 샌타가 트림을 했다. "아무래도 그 속 채운 가지요리에 마늘을 너무 많이 넣었나 봐요. 암튼 난 마늘 다루는 덴 영 젬병이지 뭐예요. 손주 녀석들까지도 '에이, 역시 할머닌 마늘 양념엔 영 젬병이네요.' 이런다니까요."

"아유, 얼마나 귀여워들." 라일리 부인이 맛에 일가견이 있는 손자들에 대해 한마디 했다.

"제 입엔 가지요리 괜찮던데요." 로비쇼 씨가 말했다.

"있지요, 저는 바닥을 닦고 음식을 만들 땐 그저 행복하기만 하답니다." 샌타가 손님들에게 말했다. "미트볼이나 새우 잠발라야를 큰 냄비 하나 가득 요리하는 게 너무 좋아요."

"저도 요리하는 거 좋아합니다." 로비쇼 씨가 말했다. "가끔 딸애한테도 도움이 되지요."

"그럼요." 샌타가 말했다. "요리할 줄 아는 남자는 집안 살림에 큰 도움이 되고말고요." 그녀는 식탁 밑으로 라일리 부인을 발로 쿡쿡 찔렀다. "요리하기 좋아하는 남자를 데리고 사는 여잔 정말 운 좋은 거죠."

"어때요, 아이린도 요리하는 거 좋아해요?" 로비쇼 씨가 물었다.

"저한테 물으시는 건가요, 클로드?" 라일리 부인은 이그네이셔스가 귀고리를 한 모습이 어땠을까 생각하던 참이었다.

"딴생각 말고 정신 차려, 아이린." 샌타가 다그쳤다. "클로드 씨가 요리하는 거 좋아하느냐고 물으시잖아."

"그럼요." 라일리 부인은 거짓말을 했다. "요리하는 거 그럭저럭 좋아해요. 하지만 어떨 땐 부엌이 너무 더워서요, 특히 여름에는. 그쪽 골목엔 바람이 통 불지를 않거든요. 뭐, 어쨌거나 이그네이셔스는 인스턴트 식품을 좋아하니까요. 이그네이셔스한테 닥터 너트 몇 병하고 제과점 케이크만 양껏 주면, 녀석은 그걸로 만족해하는걸요."

"그럼 전기 레인지를 하나 장만해야겠군요." 로비쇼 씨가 말했다. "저도 딸애한테 하나 사다 줬는데, 가스스토브처럼 뜨거워지지 않습디다."

"그만한 돈이 다 어디서 나오는 거죠, 클로드?" 샌타가 관심을 보이며 말했다.

"철도회사에서 연금이 좀 넉넉히 나오는 편입니다. 사십오 년을 근무했더랬지요. 퇴직할 때는 금으로 된 멋진 넥타이핀도 하나 받았고요."

"아유, 근사해라." 라일리 부인이 말했다. "출세하셨네요. 그렇죠, 클로드?"

"그리고 집 근처에 작은 임대주택도 몇 채 가지고 있답니다." 로비쇼 씨가 말했다. "봉급에서 조금씩 떼서 부동산에 계속 투자를 한 거지요. 부동산이 썩 괜찮은 투자처니까요."

"아무렴요." 샌타는 라일리 부인에게로 열심히 눈을 굴리며 눈치를 주었다. "이젠 생활이 퍽 안정되었겠어요, 그렇죠?"

"살기는 아주 편안합니다. 하지만 알다시피, 딸애와 사위한테 얹혀사는 게 피곤할 때가 있더군요. 젊은 애들이니까요. 자기네 가족끼리의 삶도 있는 거고. 다들 나한테 잘해주지만, 나는 나대로 내 집을 갖고 싶은 겁니다. 무슨 뜻인지 알겠지요?"

"저 같으면 그냥 살던 데 계속 살겠어요." 라일리 부인이 말했다. "따님이 아버지 모시는 걸 귀찮아하지 않으면 그만한 터전이 어딨겠어요. 저도 그만한 자식 하나 있으면 얼마나 좋을까요. 지금 누리는 것들에 감사하며 살아요, 클로드."

샌타가 구두 굽으로 라일리 부인의 발목을 짓이겼다.

"아얏!" 라일리 부인이 비명을 질렀다.

"이런, 미안해, 친구. 난 발이 왜 이렇게 큰지 몰라. 발이 커서 늘 골치라니까. 신발 가게엔 맞는 신발이 없어. 직원이 내가 들어서는 걸 보면, '아이고, 미스 바탈리아께서 또 오셨네요. 이를 어째?' 이런다니까."

"그리 크지 않은데, 뭘." 라일리 부인이 식탁 아래를 내려다보며 말했다.

"이 작은 구두 안에 우그려 넣어서 그래. 언제 맨발일 때 한번 봐봐."

"내 발은 좀 시원찮은데." 라일리 부인이 두 사람을 보고 말했다. 샌타가 결점은 꺼내지 말라는 눈치를 주었으나 라일리 부인은 좀체 입을 다물 줄 몰랐다. "어떤 날은 잘 걷지도 못해요, 글쎄. 이그네이셔스가 어렸을 때 그 애를 줄곧 안고 돌아다녀야 해서 이리 나빠진 모양이에요. 에그, 녀석이 어지간히 천천히 걸었어야 말이지요. 예사로 잘 넘어지기도 하고. 무겁기는 또 얼마나 무거웠게요. 암만해도 그래서 관절염이 생겼나 봐요."

"두 분, 내 말 좀 들어봐요." 샌타가 재빨리 끼어들어, 라일리 부인이 또 무슨 끔찍한 결점을 들추어내지 못하게 입막음을 했다. "우리 고 귀엽고 깜찍한 데비 레이놀즈를 다 같이 보러 가는 게 어때요?"

"그게 좋겠군요." 로비쇼 씨가 말했다. "영화관엔 통 갈 기회가 없는데 말입니다."

"영화 보고 싶어?" 라일리 부인이 물었다. "난 잘 모르겠어. 이놈의 발 때문에."

"에이, 그러지 말고, 밖으로 나가자. 여긴 마늘 냄새가 진동을 하잖아."

"이그네이셔스가 그 영화는 영 별로라고 했던 거 같은데. 개봉되는 영화는 빠짐없이 다 보는 애잖아, 그 녀석은."

"아이린!" 샌타가 발끈하며 말했다. "정말이지 항상 그 녀석 타령이군. 그렇게 골치를 썩이는데도. 제발 정신 좀 차려, 친구. 생각이 조금이라도 있는 에미라면, 그런 아들은 벌써 오래 전에 자선병원에다 집어넣었을 거야. 거기선 호스로 물을 뿌리고, 몸에다 전기소켓을 찌른다고. 이그네이셔스 그 녀석한테 따끔하게 본때를 보여준단 말이야. 버릇을 싹 고쳐놓는다니까."

"그래?" 라일리 부인이 관심을 보이며 물었다. "그렇게 하는 데 얼마나 들까?"

"전부 공짜야, 아이린."

"의료 사회화 제도로군요." 로비쇼 씨가 말했다. "아마 거기선 빨갱이들과 그 동조자들이 일하고 있을 겁니다."

"거긴 수녀님들이 운영하는 곳이에요, 클로드. 세상에, 대체 그 빨갱이 운운하는 건 다 어디서 주워들은 거예요?"

"수녀님들이 속고 있는 걸지도 모릅니다." 로비쇼 씨가 말했다.

"아유, 끔찍해라." 라일리 부인이 애처로이 말했다. "불쌍한 수녀님들.

빨갱이 패거리인 줄도 모르고 봉사를 하시다니, 원."

"누가 운영하든 무슨 상관이야." 샌타가 말했다. "병원비 공짜에다 가둬주기까지 한다면야 이그네이셔스는 당연히 거기로 가야지."

"이그네이셔스가 늘어놓는 소릴 들으면, 병원 사람들도 아마 화가 나서 그 앨 영원히 가둬버릴지도 몰라." 라일리 부인은 입으로는 그렇게 말했지만, 생각해보니 그런 대안도 솔깃하지 않은 건 아니었다. "어쩜 녀석은 의사들 말도 제대로 듣지 않을 텐데."

"글쎄, 의사들 말 다 듣게 돼 있어. 머리를 때리고, 구속복을 입히고, 물도 뿌리는데, 지까짓게 별 수 있어?" 샌타는 좀 지나치다 싶을 정도로 열을 내며 말했다.

"이젠 자신 생각도 좀 해야지요, 아이린." 로비쇼 씨가 말했다. "이러다 아들 녀석이 지 어미를 세상 하직하게 만들겠어요."

"내 말이 그 말이에요. 제발 얘기 좀 해줘요, 클로드."

"글쎄, 그게." 라일리 부인이 말했다. "이그네이셔스한테 기회를 한번 줘보자고요. 언젠가는 번듯이 출세할지도 모르잖아요."

"소시지나 팔면서?" 샌타가 물었다. "세상에." 그녀는 고개를 내저었다. "글쎄, 난 이 접시들 좀 싱크대에 갖다 놓고 올게. 자, 이러지들 말고, 우리 가서 어여쁜 데비 레이놀즈나 보자고요."

몇 분 뒤 샌타가 거실의 어머니 사진 앞에 멈춰 서서 작별의 키스를 한 다음 세 사람은 극장을 향해 출발했다. 온화하고 향기로운 날이었다. 멕시코만으로부터 부단히 남풍이 불어오고 있었다. 이젠 저녁이 되어도 대기는 따뜻했다. 지중해 요리의 텁텁한 냄새가 아파트와 두 가구 연립주택마다 활짝 열어젖힌 부엌 창문들을 타고 술렁술렁 흘러나와 이 혼잡한 동네를 떠돌고 있었다. 주민들은 냄비 떨어지는 소리들, 윙윙거리는 텔레비전 수상기들, 말다툼하는 목소리들, 비명을 질러대는 아이들, 쾅 닫히는 문소리들이 한데 어울려 만들어내는 불협화음에 아주 작은 소리일망정 저마다 일조하고 있는 듯했다.

"세인트오도 교구가 오늘 밤은 치고 박고 난리도 아니네요." 샌타가 생각에 잠겨 한마디 했다. 세 사람은, 각 구역을 따라 일직선상으로 죽 늘어선 두 가구 연립주택들의 계단과 갓돌 사이 좁은 인도를 천천히 걸어 내려가는 중이었다. 가로등 불빛들이 아스팔트와 시멘트와 줄줄이 이어진 낡은 슬레이트 지붕들의 거리, 나무 한 그루 없는 이 삭막한 거리를 비추고 있었다. "여름엔 훨씬 더 끔찍해요. 열 시, 열한 시가 될 때까지 모두 거리에 나와 돌아다닌다니까요."

"아유, 말도 마. 난 몸서리가 나." 라일리 부인이 두 친구 사이에서 극적인 포즈로 절뚝절뚝 걸어가며 말했다. "내가 도핀 거리 출신이잖아요. 우린 식탁의자들을 인도에 내놓고서, 어떨 땐 자정이 다 되도록 나와 앉아 집 안의 열기가 식기를 기다렸다니까요. 게다가 거기 앉아서 하는 얘기들 하고는! 아이고."

"고약한 얘기들밖에 없지, 뭐." 샌타가 동의했다. "아휴, 그 걸디건 입들."

"불쌍한 아버지." 라일리 부인이 말했다. "참 가난하셨더랬지요. 어느 날엔가 일하러 나가셨다가 그만 팬벨트에 손이 껴였는데, 동네 사람들은 아버지가 술에 취해 그런 거라고 낯 두꺼운 소리들을 하지 뭐예요. 그 문제로 우리가 익명의 투서를 얼마나 많이 받았게요. 그리고 우리 집안의 불쌍한 탄테 부-부*는 또 어떻고요. 이제 여든 줄에 접어든 아주머니신데, 먼저 세상을 뜬 남편을 위해 촛불을 밝혀두곤 하다가 그게 그만 침실

---

* '사고뭉치 아주머니' 정도의 표현(Tante Boo-boo). boo-boo는 가벼운 실수나 실책이란 뜻.

협탁에서 떨어지는 바람에 매트리스를 홀라당 태워먹었더랬지요. 그걸 사람들은 침대에서 담배를 피워 그런 거라고 입들을 놀리더라니까요, 글쎄."

"유죄로 밝혀질 때까지는 누구든 무죄 아니겠습니까."

"저도 그렇게 생각해요, 클로드." 라일리 부인이 말했다. "바로 요전 날에도 이그네이셔스한테 이렇게 말해줬지요. '이그네이셔스, 뉘든 유죄로 밝혀질 때까지는 죄가 없는 거 아니겠니'라고요."

"아이린!"

그들은 빽빽한 차량의 흐름이 잠시 뜸해진 틈을 타 세인트클로드 대로를 건넜고, 네온 불빛을 받으며 대로 반대편을 따라 계속 걸었다. 어느 장례식장 앞을 지나가고 있을 때, 샌타가 걸음을 멈추더니 인도에 나와 서 있는 한 남성 문상객에게 말을 걸었다.

"저, 선생님, 여기 모신 분이 누구신가요?"

"로페즈 할머님을 추모하고 있습니다만." 남자가 대답했다.

"그렇군요. 그럼 프렌치먼 거리에서 작은 가게를 하시던 그 로페즈 씨의 미망인 말씀이세요?"

"예, 바로 그분입니다."

"저런, 정말 유감이네요." 샌타가 말했다. "그래, 어떻게 돌아가셨대요?"

"심장병이었답니다."

"아유, 딱하기도 하지." 라일리 부인이 감정이 북받쳐 말했다. "에그, 불쌍해라."

"글쎄, 옷이라도 좀 차려입고 나왔으면 들어가서 문상이라도 할 텐데." 샌타가 남자에게 말했다. "저랑 친구들은 그냥 영화 보러 나온 길이 돼놔서. 고마웠어요. 그럼."

세 사람이 다시 걸어가는 동안 샌타는 라일리 부인에게 무수한 서러움과 시련으로 점철된 로페즈 노부인의 음울했던 삶에 대해 들려주었다. 그러고는 이렇게 말을 맺었다. "그분 가족에게 미사 기도를 열어드리도록 할까 봐."

"아이고." 라일리 부인이 로페즈 노부인의 인생사에 압도당한 나머지 이렇게 말했다. "나도 미사 기도를 바쳐야겠어. 그 불쌍한 부인의 영혼이 안식을 얻을 수 있도록 말이야."

"아이린!" 샌타가 빽 소리를 질렀다. "그 사람들 알지도 못하잖아."

"뭐, 그건 그래." 라일리 부인이 힘없이 수긍했다.

극장에 도착하자, 샌타와 로비쇼 씨 간에 누가 표를 살 것인가를 두고 잠깐 실랑이가 벌어졌다. 라일리 부인은 이번 주 내로 이그네이셔스의 트럼펫 값을 지불하지 않아도 된다면 자기가 냈을 거라고 말했다. 로비쇼 씨가 끝내 뜻을 굽히지 않아 결국 샌타가 양보했다.

"하긴, 뭐." 샌타가 두 숙녀에게 표를 건네주는 로비쇼 씨를 보고 말했다. "그 많은 돈을 다 가진 분이니까."

샌타가 라일리 부인에게 눈을 찡긋해 보였지만, 부인의 마음은 이미 이그네이셔스가 해명을 거부한 예의 그 표어로 옮아가 있었다. 영화가 상영되는 동안에도 라일리 부인은 거의 내내, 급속히 줄어들고 있는 이그네이셔스의 급료와 트럼펫 대금, 파손된 건물 배상비, 귀고리, 그리고 푯말에 이르기까지 꼬리에 꼬리를 무는 상념에 빠져들었다. 가끔 샌타가 "아휴, 이뻐라!"라든가, "저 귀여운 드레스 좀 봐, 아이린!" 하고 즐거운 탄성을 올릴 때만 라일리 부인은 정신을 차리고 스크린에서 벌어지고 있는 상황으로 돌아오곤 했다. 그러다 어느 순간, 아들과 온갖 골칫거리—사실 이 두 가지는 완전히 같은 것이지만—에 대한 상념을 방해하는 또 다른 일이 벌어졌다. 로비쇼 씨의 손이 슬그머니 그녀의 손을 덮더니 그길로 계속 잡고 있는 게 아닌가. 라일리 부인은 너무도 두려운 마음에 그대로 얼어붙고 말았다. 어째서 영화만 보러 오면 그녀가 아는 남자들은, 라일리 씨나 로비쇼 씨나, 하나같이 호색한으로 변하는 걸까? 부인은 멍하니 스크린을 응시하고 있었지만, 눈에 보이는 건 컬러 화면에서 까불대는 데비 레이놀즈가 아니라 흑백 화면에서 목욕을 하는 진 할로의 모습이었다.

라일리 부인이 로비쇼 씨의 손을 쉬이 뿌리치고 극장 밖으로 나갈 수 있으려나 어쩌나 고민하고 있는데, 샌타가 소리를 질렀다. "저것 좀 봐, 아이린. 저 깜찍한 데비한테 애가 생길 모양이야!"

"뭐가 생겨?" 라일리 부인이 격하게 소리를 지르며 미친 듯이 와락 울음을 터뜨리고 말았다. 울음은 그칠 줄 몰랐고, 겁에 질린 로비쇼 씨는 급기야 그녀의 밤색 머리를 안아 조심스레 자기 어깨에 기대게 했다.

⸬

친애하는 독자에게,

자연은 가끔 바보를 만든다. 하지만 젠체하는 바보들은 모두 사람이 만든다.

—J. 애디슨

생각도 없고 배려도 없는 사회에서 어떻게든 생계를 꾸려보려는 열에 들뜬 시도로써, 프렌치 쿼터의 해묵은 포석 위를 사막부츠 밑창이 닳고 닳아 은색 고무창이 다 드러나도록 뛰어다니고 있는 와중에, 추억 속의 옛 지인(변태) 하나가 반갑게 인사를 해왔다. 이 성도착자에 대한 나의 도덕적 우위를 너무도 쉽게 입증할 수 있었던 몇 분간의 대화를 통해, 나는 다시금 우리 시대의 위기에 대해

숙고하지 않을 수 없었다. 으레 그렇듯 통제가 불가능하고 자유분방한 나의 지성이 너무나 장대하고 대담한 계획을 내 귀에 속삭였고, 귓전을 파고드는 그 얘기를 생각하는 것만으로 나는 온몸이 움츠러들었다. "그만둬!" 나는 신과 같은 내 지성을 향해 울부짖으며 애원했다. "이건 미친 짓이야." 그럼에도 난 여전히 내 두뇌의 충고에 귀를 기울이고 있었으니, 그건 바로 '성도착이라는 타락을 통해 세계를 구원'할 기회를 제안하는 것이었다. 그리하여 거기 쿼터의 낡은 포석 위에 서서, 나는 이 시들시들한 꽃 같은 인간을 구워삶아, 멋이나 부리고 다니는 그의 패거리들을 형제애의 기치 아래 하나로 모으도록 만들고야 말았다.

우리의 첫걸음은 이들 무리 중 한 명을 막강한 고위 관직에 선출되도록 만드는 것이다. 운명의 여신 포르투나가 우리의 바퀴를 호의적으로 돌려준다면야 대통령직까지 말이다. 그런 다음 이들은 군대에 침투할 것이다. 군인으로서 이들은 서로 형제의 유대를 맺고, 군복을 소시지 껍질처럼 몸에 착 달라붙게 재단하고, 새롭고 다양한 디자인의 전투복을 고안해내고, 칵테일파티를 여는 등 끝도 없이 분주한 시간을 보낼 것이고, 따라서 군사훈련에 할애할 시간 따윈 아예 없을 것이다. 우리가 종국에 참모총장으로 만들 자는 오로지 패셔너블한 의상에만 관심을 가질 테고, 의상에 따라 참모총장이 되었다가 사교계에 데뷔하는 처녀가 되었다가 하며 입맛 당기는 대로 변신하게 될 것이다. 전 세계의 변태들 또한 이곳의 동지들이 단결하여 이룬 성공을 목도하게 되면, 자신들도 하나로 뭉쳐 자국의 군대를 접수하려고 법석을 떨 것이다. 변태들이 통제권을 장악하는 데 다소 난관이 따르는 보수 반동 국가라면, 그 정부를 전복하는 데 일조할 반군 세력을 파견할 것이다. 그리하여 마침내 현존하는 정부들을 전부 타도하고 나면, 세계는 이제 전쟁이 아니라 최고의 의전과 가장 진정한 의미의 국제적 정신으로 무장한 전 지구적 차원의 난교파티를 즐기게 되리라. 왜냐하면 이들은 단순한 국가적 차이를 진정 초월한 존재들이기 때문이다. 이들의 정신은 단 한 가지 목표를 추구한다. 따라서 진정으로 단결하고, 모두 하나가 되어 생각한다.

정권을 장악한 남색자들 중에는 물론 폭탄 같은 장치들에 대해 뭐 하나라도 아는 게 있을 만큼 실용적인 인간은 아무도 없을 것이다. 그러니 핵무기는 죄다 어디 지하창고 같은 데 묻혀 썩어갈 것이다. 때때로 참모총장, 대통령, 그리고 기타 등등의 인사들이 반짝이와 깃털 의상들로 차려입고 무도회와 파티마다 세계 각국의 정상들, 즉 외국의 변태들을 보란 듯이 영접할 것이다. 그 어떤 반목과 불화도 새롭게 단장한 유엔의 남자 화장실 안에서 쉽게 해결될 수 있으리라. 발레와 브로드웨이 뮤지컬 같은 여흥 문화가 사방천지에 번성할 것이며, 평범한 국민들도 아마 예전 지도자들의 냉엄하고 적대적이며 파시즘적인 성명들을 듣던 때보다야 이런 문화를 누리면서 훨씬 더 행복해할 것이다.

이제까지 거의 모든 사람들이 세상을 지배할 기회를 누려왔다. 이 사람들이라고 해서 기회가 주어지지 말란 법이 어디 있단 말인가. 이들은 핍박 받는 사회의 약자로 충분히 오래 살아왔다. 권력을 쟁취하려는 이들의 운동은 어떤 면에서 보자면 만인을 위한 기회·정의·평등을 향해 나아가는 전 세계적 행보의 일환인 셈이다. (예를 들어, 상원에서 자신의 의상도착증을 거리낌 없이 실천하고 있는 의원을 한 사람이라도 본 적 있는가? 전혀 없다! 이 사람들은 오랜 세월 대표 한 사람 없이 살아왔다. 이들이 처한 곤경은 국가적, 세계적 차원의 치욕이다.)

이제 성도착이라는 타락은 예전처럼 한 사회의 쇠락을 뜻하는 게 아니라, 이 환란의 세상에 평화의 도래를 알리는 신호탄이 될 것이다. 새로운 문제에는 새로운 해법을 내놓아야 한다.

나는 이 운동에 일종의 멘토르이자 안내자 역할을 맡고자 한다. 세계사, 경제학, 종교, 정치 전략에 관한 내 적지 않은 지식의 보고에서 이들은 운영 절차의 규정들을 길어 올릴 수 있을 것이다. 보에티우스 역시 타락한 로마에서 이와 유사한 역할을 하지 않았던가. 체스터턴*이 보에티우스를 두고 했던 이 말처럼 말이다. "이리하여 그는 수많은 기독교인들에게 안내자이자 철학자요, 친구로서 진정으로 봉사했다. 이는 엄밀히 말해, 그의 시대는 타락했던 반면 그의 교양은 완벽했기 때문에 가능한 일이었다."

이번에야말로 나는 머나, 고 붙여우를 깜짝 놀래줄 테다. 이 계획은 진부한 통념들의 밀실에 갇힌 그 융통성 없는 자유주의자 왈가닥이 이해하기엔 숨이 턱 막힐 정도로 충격적인 것이다. '무어인의 존엄을 위한 성전', 즉 내가 처음으로 우리 시대의 문제에 뛰어들었던 이 눈부신 공격은 선봉에 선 무지한 공장노동자들의 근본적으로 부르주아적인 세계관만 아니었어도 굉장히 장대하고 결정적인 쿠데타가 되었을 터였다. 하지만 이번에는 다르다. 지금 나는 중산층의 김빠진 철학을 거부하는 이들, 논쟁적인 입장을 기꺼이 받아들이고 또 자신들이 추구하는 대의를, 그것이 아무리 지지도가 낮고 아무리 중산층의 콧대를 위협하는 한이 있어도 기꺼이 따르려는 이들과 함께 일하려고 하는 것이다.

---

* 영국의 비평가이자 소설가.

M. 민코프가 정치에서의 섹스를 원한다고 했던가? 그렇다면 내가 그녀에게 정치에서의 섹스를 주겠다. 그것도 넘치도록! 그녀는 분명 내 기획의 독창성에 압도당한 나머지 그 어떤 반응도 보이지 못할 것이다. 그나마 질투로 부글부글 끓어오르긴 할 것이다. (이 계집은 손을 좀 봐줘야 한다. 그런 뻔뻔함을 그냥 두고 볼 수는 없는 노릇이다.)

실용주의냐 윤리냐, 이 양자 간 논쟁이 내 머릿속을 휘몰아치고 있다. 과연 '평화'라는 이 영광스러운 목표가 '도덕적 타락'이라는 엄청난 수단을 써도 될 만큼 가치가 있는 것인가? 중세 도덕극에 등장하는 두 인물처럼, 실용주의와 윤리가 내 머릿속 복싱링에서 스파링을 하고 있다. 그렇다고 이 둘의 격투에서 결론이 날 때까지 마냥 기다리고 있을 수는 없다. 그만큼 나는 '평화'에 완전히 사로잡혀 있다. (감식안이 있는 어떤 영화 제작자가 이 '일기'의 영화 판권에 흥미를 보일지도 모르니, 여기서 이 논쟁 장면의 촬영에 대해 한마디 덧붙이는 것도 좋겠다. 악기용 톱의 근사한 반주가 배경음악으로 깔리고, 주인공의 안구가 기막히게 상징적인 방식으로 논쟁 장면과 겹치는 게 어떨까. '근로 청년'을 연기할 매력적인 신인은 분명 잡화점이나 모텔, 혹은 사람들이 흔히 "발굴"되곤 하는 그런 장소 어디에서나 찾을 수 있을 것이다. 영화는 스페인이나 이탈리아, 아니면 배우들이 한 번쯤 보고 싶어 할 법한 흥미로운 땅, 예를 들어 북아메리카 지역에서 촬영되면 좋지 않을까.)

궁색한 프랑크푸르트 소시지 관련 최신 뉴스에 관심 있는 독자에게는 유감스럽지만, 오늘은 아무 얘기도 전하지 않으련다. 내 정신은 이 장엄한 계획에 완전히 사로잡혀버렸으니까. 이제 나는 M. 민코프에게 서신을 보내고 초동집회에서 강연할 내용도 좀 메모해

놓아야 한다.

사회생활 관련 메모: 나의 게으른 모친께서는 또 외출 중이신데, 오히려 잘된 일이다. 나를 향한 어머니의 악에 받친 비난과 통렬한 독설이 내 유문에 굉장히 부정적인 영향을 끼치고 있으니 말이다. 말로는 무슨 성당에서 열리는 '오월의 여왕 대관식'에 참석하러 간다고 했지만, 지금이 오월이 아닌 관계로 어머니의 진실성은 심히 의심스럽다.

내가 제일 좋아하는 여배우가 주연을 맡은 "세련된 코미디 영화"가 곧 시내 극장에서 개봉한다. 어떻게든 개봉 첫날에 **반드시** 가야 한다. 영화의 최신판 타락상하며, 신학과 기하학, 취향과 품위의 면전에서 벌일 그 천박함의 과시가 과연 어떠할지 지금으로선 그저 상상만 할 수 있을 뿐. (이렇듯 강박적으로 영화를 보려는 증세를 나 스스로도 이해할 수가 없다. 아무래도 난 영화에 대한 열망을 '핏속에' 타고난 듯싶다.)

건강 관련 메모: 배 둘레가 엄청나게 늘고 있다. 노점상 가운의 솔기가 불길하게 뿌지직거린다.

후일을 기약하며,
여러분의 평화주의자 근로 청년, 탭

⁜

리바이 부인은 자신이 싹 개조시킨 미스 트릭시를 부축해 계단을 올라가 문을 열었다.
"여긴 리바이 팬츠잖아!" 미스 트릭시가 으르렁거렸다.

"네, 부인을 원하고 부인을 필요로 하는 곳으로 돌아오신 거랍니다."
리바이 부인이 어린아이 달래듯 말했다. "게다가 다들 부인을 얼마나 그
리워했게요. 곤잘레스 씨는 매일 전화통을 붙잡고 부인을 보내달라며 애
걸복걸하던걸요. 부인이 회사에 없어선 안 될 중요한 존재라는 걸 아셨으
니, 어때요, 멋지지 않아요?"

"난 퇴직한 줄 알았는데." 커다란 틀니가 곰 잡는 덫처럼 철컥 하고 닫
혔다. "당신네들이 날 속였구만!"

"이제 만족해?" 리바이 씨가 아내에게 물었다. 그는 미스 트릭시의 허
섭스레기로 가득한 종이가방 하나를 들고 두 사람 뒤를 따라오는 중이었
다. "노인네한테 칼이라도 있었으면, 당신은 지금 당장 병원으로 실려 가
야 할 판이라고."

"부인의 이 불같은 목소리 좀 들어봐요." 리바이 부인이 말했다. "아주
정력적이지 않아요? 정말 믿기지 않을 정도예요."

미스 트릭시는 사무실로 들어서자마자 리바이 부인의 손에서 빠져나
가려 했으나, 구두를 신은 발로는 평소 스니커즈를 신었을 때처럼 힘을
받지 못하고 그저 비틀거리기만 했다.

"아니, 다시 '복귀'하신 건가요?" 곤잘레스 씨가 심히 낙담하며 외쳤
다.

"보고도 못 믿겠지요?" 리바이 부인이 물었다.

곤잘레스 씨는 마지못해 미스 트릭시를 쳐다보았는데, 그녀의 두 눈
은 파란색 아이섀도로 테두리를 두른 희부연 물웅덩이 같았다. 오렌지색
으로 두툼하게 부풀려 그린 입술선은 거의 콧구멍에 가 닿을 지경이었고,
귀고리 근처에는 살짝궁 비뚤어지게 얹힌 까만 가발 밑으로 백발 몇 가닥
이 삐죽이 삐져나와 있었다. 짧은 치마 밑으로는 말라빠진 흰 다리와 조
그만 발이 적나라하니 드러나, 구두가 마치 스노슈즈처럼 보였다. 그리고

날마다 태양등 밑에서 온종일 낮잠을 잔 덕분에 미스 트릭시의 피부는 황동색으로 잘 구워져 있었다.

"확실히 건강해 보이시네요." 곤잘레스 씨가 말했다. 그는 부자연스러운 목소리에 억지웃음을 지어 보였다. "굉장히 잘 돌봐주셨군요, 리바이 부인."

"난 매력이 넘치는 여자야." 미스 트릭시가 헛소리를 웅얼거렸다.

곤잘레스 씨는 초조하게 웃어넘겼다.

"자, 내 말 좀 들어봐요." 리바이 부인이 그에게 말했다. "이 여성분이 겪는 문제는 일부 그런 태도에서 비롯하는 거예요. 비웃음은 전혀 도움이 안 된다는 말이죠."

곤잘레스 씨는 리바이 부인의 손에 입을 맞추려 했으나 성공하지 못했다.

"자신이 꼭 필요한 존재라는 느낌을 받도록 배려해드리면 좋겠어요, 곤잘레스. 이 여성분의 정신은 아직 예리하답니다. 그런 능력을 발휘할 수 있는 일거리를 드리도록 해요. 좀 더 권위를 부여해드려요. 업무적으로 능동적인 역할을 맡는 게 부인에게는 절실히 필요하답니다."

"물론입니다." 곤잘레스 씨가 동의했다. "저도 줄곧 그렇게 말해왔었지요. 안 그래요, 미스 트릭시?"

"누구?" 미스 트릭시가 으르렁거렸다.

"저도 부인께서 좀 더 책임과 권위를 가져주시길 바라마지않았다고요." 사무실 책임자가 목소리를 높였다. "그렇지 않나요?"

"오, 입 닥쳐, 고메즈." 미스 트릭시의 틀니가 캐스터네츠처럼 찰가닥거렸다. "당신 나한테 그 부활절 햄 사다줬어? 그것부터 짚고 넘어가자고."

"좋아. 이만하면 잘 놀았으니, 돌아가지." 리바이 씨가 아내에게 말했다. "자, 어서. 난 벌써 우울해지고 있다니까."

"잠깐만요." 곤잘레스 씨가 말했다. "사장님께 드릴 우편물이 좀 있는데요."

사무실 책임자가 우편물을 가지러 자기 책상으로 가자, 사무실 뒤쪽에서 뭔가 쿵 하는 소리가 났다. 자기 책상에 앉아 졸기 시작한 미스 트릭시를 제외하고 모두가 몸을 돌려 서류정리 부서 쪽을 바라보았다. 그곳엔 검은 장발에 키가 엄청나게 큰 사내가 바닥에 떨어진 캐비닛 서랍을 주워 올리고 있었다. 그는 서류들을 대충 서랍에 도로 쑤셔 넣더니 서랍을 캐비닛 구멍으로 탕 소리 나게 끼워 닫았다.

"저쪽은 잘라티모 씨입니다." 곤잘레스 씨가 속삭였다. "여기서 일한 지 며칠 되지 않습니다만, 아무래도 일을 같이 해나갈 수 없을 거 같아요. 저 사람을 리바이 팬츠 플랜에 포함시키는 건 좋은 생각이 아닌 거 같습니다."

잘라티모 씨는 어리벙벙한 표정으로 서류 캐비닛을 바라보더니 몸을 긁적였다. 그러고는 다른 서랍을 열어 그 안에 든 것들을 한 손으로 더듬더듬 훑는 사이 다른 한 손으론 닳아서 너덜너덜해진 니트 셔츠 속을 파고들어 겨드랑이를 긁어댔다.

"한번 만나보시겠습니까?" 사무실 책임자가 물었다.

"아니, 관둬." 리바이 씨가 말했다. "대체 여기서 일하는 자들은 다 어디서 데려오는 건가, 곤잘레스? 다른 데선 이런 사람들 본 적도 없다네."

"행색이 꼭 조직폭력배 같네요." 리바이 부인이 말했다. "여기에 현금을 보관하거나 하지는 않죠?"

"제 보기에 잘라티모 씨는 정직한 사람 같긴 합니다." 사무실 책임자가 속삭였다. "다만 알파벳순으로 정리하는 걸 못하는 게 문제지요." 그는 리바이 씨에게 우편물 다발을 건네주었다. "대부분 춘계훈련 때 머무실 호텔 예약 확인서들이랍니다. 그리고 에이블먼에서 온 서한이 한 통 있는데, 이게 그러니까, 회사가 아니라 사장님 앞으로 온 거고 또 친전親展이 명시되어 있어서 직접 뜯어보시는 게 좋겠다는 생각이 들었습니다. 온 지는 며칠 됐고요."

"그 날강도가 이번엔 또 뭘 원하는 거지?" 리바이 씨가 성을 내며 말했다.

"아마 날로 눈부시게 성장하던 회사가 도대체 어떻게 된 건가 궁금한가 보죠." 리바이 부인이 평을 날렸다. "리언 리바이가 죽은 후로 도대체 무슨 일이 일어난 건가 궁금한가 봐요. 이 에이블먼이란 작자가 어느 난봉꾼한테 몇 마디 충고라도 던지고 싶었나 보네요. 읽어봐요, 거스. 그게 당신이 리바이 팬츠에서 해야 할 일주일치 일일 테니."

리바이 씨는 "친전"이라는 단어가 빨간색 볼펜으로 세 번이나 되풀이해 적힌 봉투를 들여다보았다. 열어보니, 첨부 서류가 스테이플로 찍혀 있는 편지 한 통이 나왔다.

친애하는 거스 리바이 귀하,

우리는 여기 동봉하는 귀하의 서신을 받고 충격과 모욕을 금치 못했습니다. 당사는 지난 삼십 년간 귀사 제품의 직매점으로 충실히 협력해왔고, 지금까지 항상 귀사에 대해 지극히 우호적인 감정을 품고 있었습니다. 귀하의 부친께서 돌아가셨을 때 우리가 비용을 아끼지 않고 화환을 보냈던 사실을 아마 귀하도 기억하고 계시겠지요.

길게 가타부타 할 것 없겠습니다. 한 며칠 불철주야 심사숙고한 끝에 우리는 귀하가 보낸 서신의 원본을 우리 측 변호인에게 전했고, 그 결과 명예훼손으로 $500,000 청구 소송을 제기할 것을 권유

받고 있습니다. 그것이 훼손된 우리의 자존심을 조금이나마 보상 받는 조처라 여겨집니다만.

변호인을 고용하십시오. 신사답게 법정에서 뵙지요. 더 이상의 협박은 사양합니다.

진심으로 행운을 빌며,
에이벌먼 포목점 대표
I. 에이벌먼

리바이 씨는 편지지를 휙 넘겨 에이벌먼이 받았다는 서신의 복사본을 읽어내리며 표정이 싸늘하게 식었다. 믿을 수가 없었다. 대체 누가 일부러 수고스레 이런 글을 썼단 말인가? "덜떨어진 몽고증 환자 I. 에이벌먼 사장 귀하"라니. "귀하께서 현상을 전혀 파악하지 못하고 계심을 여실히 보여주는"이라니. "귀하 자신의 황폐한 세계관"이라니. "그 가엾은 어깨에 채찍이 후려치는 고통을 맛보게 되실 수도 있음을 숙지하십시오"라니. 그중 최악은 "거스 리바이"라는 서명이 너무나 진짜 같아 보인다는 사실이었다. 지금쯤 에이벌먼은 원본 서신을 껴안고 키스를 쪽쪽 퍼붓고 있을 터였다. 에이벌먼 같은 자에게 이런 서신은 저축 채권 내지 은행 백지수표나 마찬가지였다.

"누가 이딴 걸 썼나?" 리바이 씨가 곤잘레스 씨에게 서신을 건네주며 추궁했다.

"뭐예요, 거스? 뭐 문제 있어요? 당신한테 문제가 다 있어요? 이게 바로 당신 문제 중 하나죠. 도대체 뭐가 문제인지 말을 안 하잖아요."

"오, 이럴 수가!" 곤잘레스 씨가 새된 비명을 질렀다. "이런 끔찍한 일이!"

"조용!" 미스 트릭시가 으르렁거렸다.

"뭐예요, 거스? 당신이 제대로 처리 못한 일인가요? 누구 다른 사람한테 권한 위임한 게 문젠가요?"

"그래, 문제야. 우리가 하루아침에 알거지로 나앉게 될지도 모를 문제라고."

"뭐라고요?" 리바이 부인이 곤잘레스 씨에게서 서신을 낚아챘다. 그걸 읽고 그녀는 무시무시한 노파로 돌변했다. 헤어스프레이를 뿌려 광택이 도는 고수머리는 뱀 무리로 변했다. "당신, 드디어 해냈군요. 아버님한테 복수하려고, 아버님 사업을 말아먹으려고 못하는 짓이 없군요. 내 결국은 이렇게 될 줄 알았어."

"오, 입 좀 다물어. 난 여기서 편지 같은 거 쓴 적도 없다니까."

"수전과 샌드라는 대학을 그만둬야 할 거야. 저기 저 인간 같은 조폭들이나 선원들한테 몸 파는 신세가 되고 말 거라고."

"엉?" 잘라티모는 뭔가 자기 얘기를 한다는 걸 눈치 채고 뜨악한 표정이 되었다.

"당신, 진짜 **진절머리** 나요." 리바이 부인이 남편에게 악을 썼다.

"조용!"

"그럼 내 신세는 뭐가 좀 나아지나?" 리바이 부인의 아콰마린 색 눈꺼풀이 파르르 떨렸다. "난 이제 어떻게 되는 거지? 이미 내 인생 다 망가졌는데, 이젠 또 어떻게 되는 거냐고. 쓰레기통이나 뒤지고, 함선이나 따라다녀? 엄마 말이 다 옳았어."

"조용히들 해!" 미스 트릭시가 이번에는 훨씬 더 표독스럽게 쏘아붙였다. "이렇게 시끄러운 인간들은 살다 살다 또 처음이네."

리바이 부인은 숫제 의자에 쓰러져, 이제 자기는 에이번 화장품이라도 팔러 다녀야 할 신세라느니 어쩌느니 하며 흐느껴 울었다.

"자네, 이에 대해 뭐 아는 바 없나, 곤잘레스?" 리바이 씨가 입술이 하얗게 질린 사무실 책임자에게 물었다.

"전혀 아는 바가 없습니다." 곤잘레스 씨가 잔뜩 기어들어가는 목소리로 말했다. "그런 서신은 저도 처음 보는데요."

"서신 업무는 자네가 맡고 있잖나."

"그건 제가 쓴 게 아니랍니다." 그의 입술이 바들바들 떨리고 있었다. "제가 어떻게 리바이 팬츠에 그런 짓을요!"

"그래, 자네가 그랬을 리 없다는 건 나도 알아." 리바이 씨는 생각을 가다듬으려 애썼다. "누군가가 아주 작정하고 우릴 겨냥했나 본데."

리바이 씨는 몸을 긁적이고 있는 잘라티모를 제치고 서류 캐비닛으로 가서 A로 분류된 서랍을 열었다. 에이벌먼 관련 서류철은 없었다. 서랍은 아예 텅 비어 있었다. 다른 서랍 몇 개를 더 열어보았지만 그중 절반이 텅 비어 있었다. 명예훼손 소송에 이런 식으로 맞서야 하다니, 기가 막힌 출발 아닌가.

"자네들, 서류정리를 대체 어떻게 하고 있는 건가?"

"안 그래도 저도 그게 궁금했는데요." 잘라티모 씨가 흐리멍덩한 표정으로 말했다.

"곤잘레스, 전에 여기서 일했던 그 덩치 큰 괴짜 녀석, 이름이 뭐였지? 왜, 있잖나, 초록색 모자 쓰고 덩치 크고 뚱뚱한 놈 말이야."

"이그네이셔스 라일리 씨입니다. 서신을 외부로 보내는 건 그 친구 소관이었지요." 대체 누가 그런 끔찍한 편지를 쓴 것일까?

"자, 이봐요." 존스의 목소리가 전화기 너머로 울렸다. "혹시 거기 리바이 팬티에 초록색 모자 쓴 엠병할 뚱보 아직도 일하나요? 콧수염 기르고 덩치 큰 백인 남자 말이에요."

"아뇨, 없습니다." 곤잘레스 씨가 날 선 목소리로 전화를 받고는 수화기를 쾅 내려놓았다.

"누군가?" 리바이 씨가 물었다.

"오, 저도 모르는 사람입니다. 라일리 씨를 찾는데요." 사무실 책임자는 손수건으로 이마를 훔쳤다. "공장노동자들을 선동해서 절 죽이려 했던 바로 그 친구를 말입니다."

"라일리?" 미스 트릭시가 말했다. "그건 라일리가 아니었어. 그건⋯⋯."

"젊은 이상주의자 말인가요?" 리바이 부인이 흐느끼며 말했다. "그 사람을 찾는 게 누구죠?"

"모르겠습니다." 사무실 책임자가 대답했다. "목소리로 봐선 흑인 같았는데."

"아마 그럴 거예요." 리바이 부인이 말했다. "지금도 저 밖에서 불행한 사람들을 돕고 있겠죠. 그 청년의 이상주의가 아직도 건재하다는 걸 알게 되니 힘이 나는군요."

뭔가 생각에 잠겨 있던 리바이 씨가 사무실 책임자에게 물었다. "그 괴짜 이름이 뭐였다고?"

"라일리. 이그네이셔스 J. 라일리입니다."

"그랬어?" 미스 트릭시가 관심을 보이며 말했다. "거 참 이상하네. 난 노상 그 이름이⋯⋯."

"미스 트릭시, 제발." 리바이 씨가 성을 내며 말했다. 그 라일리라는 뚱보는 에이벌먼에게 보내진 서신에 적힌 날짜를 전후해서 이 회사에서 일하고 있었다. "어떤가, 그 라일리라는 친구가 이런 편지를 쓸 수 있을 거라 생각하나?"

"어쩌면요." 곤잘레스 씨가 말했다. "잘은 모르겠습니다. 그 친구에게 정말 기대가 컸었는데, 결국엔 노동자들을 부추겨 제 머리통을 때려 부수려 들더군요."

"그래요." 리바이 부인이 투덜거렸다. "그 젊은 이상주의자한테 다 뒤집어씌워 봐요. 이상주의가 더는 귀찮게 굴지 못하게 그 사람을 아예 어디다 가둬버리지그래요. 이봐요, 그 젊은 이상주의자 같은 사람들은 그런 부정한 짓은 하지 않아요. 어디, 수전과 샌드라 귀에 이 얘기가 들어가면 어떻게 되나 두고 보자고요." 리바이 부인은 딸애들이 분명 충격에 빠질 거라는 뜻의 몸짓을 취해 보였다. "흑인들이 그 사람의 조언을 구하러 여기까지 전화를 걸어요. 그런 사람을 당신은 모함하려 드는군요. 더는 못 참아요, 거스. 못 참아, 못 참는다고요!"

"그럼 내가 저걸 썼다고 말하면 좋겠어?"

"물론 아니죠!" 리바이 부인이 남편에게 꽥 소리를 질렀다. "나더러 늘 그막에 보호시설에라도 들어가란 말이에요? 그 젊은 이상주의자가 썼다면, 그자가 문서위조죄로 감옥에 가야죠."

"저어, 뭐가 어떻게 돌아가는 겁니까?" 잘라티모 씨가 물었다. "이 창고가 폐업을 하는 건가요, 뭔가요? 저도 좀 알고 싶어서요."

"입 닥쳐, 이 조폭 떨거지 같으니." 리바이 부인이 광분하며 말했다. "그러다 다 뒤집어쓰는 수가 있어."

"엉?"

"입 좀 안 다물 거야? 당신 때문에 전부 뒤죽박죽이잖아." 리바이 씨가 아내에게 말했다. 그리고는 다시 사무실 책임자에게로 돌아섰다. "이 라일리라는 친구 전화번호를 좀 줘."

곤잘레스 씨가 미스 트릭시를 깨워 전화번호부를 달라고 했다.

"전화번호부는 내가 다 갖고 있어." 미스 트릭시가 으르렁거렸다. "나 말곤 아무도 못 보지, 암."

"그럼 콘스탄티노플 거리의 라일리라는 사람을 좀 찾아봐주세요."

"그렇다면 뭐, 좋아, 고메즈." 미스 트릭시가 으르렁거렸다. "잠자코 기다려." 그녀는 자기 책상 저 안쪽 구석에서 나란히 쟁여놓은 사무실 전화번호부 세 권을 꺼낸 뒤 돋보기로 페이지를 세세히 훑어보다가 전화번호 하나를 그들에게 넘겼다.

리바이 씨가 다이얼을 돌렸더니 어떤 목소리가 응답을 했다. "안녕하세요, 리걸 세탁소입니다."

"전화번호부 하나 이리 내놔봐요." 리바이 씨가 호통을 쳤다.

"싫어." 미스 트릭시는 소리를 꽥 지르며 손바닥을 전화번호부 더미 위에 철퍼덕 내려놓고는 새로 매니큐어를 바른 손톱으로 삼엄한 경계 태세를 갖추었다. "당신한테 주면 잃어버리기나 하지. 번호는 내가 잘 찾아줄게. 당신네들은 어째 그리 참을성이 없고 흥분을 잘 하누. 당신네들 집에 있는 동안 내 수명이 한 십 년은 줄었어. 대체 왜 불쌍한 라일리를 가만두지 못하는 게야? 아무것도 아닌 거 갖고 쫓아낼 때는 언제고."

리바이 씨는 미스 트릭시에게 두 번째로 받은 전화번호를 돌렸다. 살짝 취한 목소리의 여자가 전화를 받더니 라일리 씨는 오후 늦게나 돼야 들어온다고 말했다. 그러고는 울기 시작하는데, 리바이 씨도 그만 기분이 울적해져 고맙다고 말하고는 전화를 끊었다.

"뭐, 집에 없다는군." 리바이 씨가 사무실의 관중을 향해 말했다.

"라일리 씨는 항상 리바이 팬츠의 이익을 최우선으로 생각하는 거 같았는데." 사무실 책임자가 서글프게 말했다. "어째서 그런 폭동을 일으켰는지 도무지 알 수가 없군요."

"일단 전과가 있는 사람 아닌가."

"지원하러 왔을 땐 경찰 요주의 인물이라곤 상상도 못 했답니다." 사무실 책임자는 절레절레 고개를 내저었다. "아주 세련된 사람으로 보였으니까요."

곤잘레스 씨는 잘라티모 씨가 그 긴 집게손가락으로 콧구멍 한쪽을 깊이 탐색하는 모습을 지켜보았다. 이 인간은 또 무슨 짓을 하려고 들까? 그는 두려움에 오금이 저렸다.

이때 공장 문이 쾅 하고 열리더니 노동자 한 사람이 고함을 질렀다. "어이, 곤잘레스 씨, 팔레르마 씨가 화로 문에 손을 데었수다."

공장에서 어수선한 소리들이 들려왔다. 한 사내가 욕지거리를 내뱉고 있었다.

"오, 세상에." 곤잘레스 씨가 외쳤다. "인부들을 진정시켜요. 금방 갑니다."

"이봐." 리바이 씨가 아내에게 말했다. "어서 여길 뜨자고. 속이 다 쓰려."

"잠깐만요." 리바이 부인이 곤잘레스 씨에게 손짓을 했다. "미스 트릭시 말인데요, 아침에 출근하면 반갑게 좀 맞아드려요. 그럴듯한 일거리도 좀 맡겨드리고요. 과거엔 심리가 불안정한 탓에 책임이 무거운 일은 꺼리셨을지 몰라요. 하지만 이젠 다 극복하신 듯싶어요. 그리고 기본적으로 리바이 팬츠에 대해 뿌리 깊은 증오심을 품고 계시는데, 분석해보니 그게 다 두려움에 근거한 거더군요. 불안감과 두려움이 증오심을 낳은 거죠."

"지당한 말씀입니다." 사무실 책임자는 듣는 둥 마는 둥 대답했다. 공장에서 들려오는 소리가 심상치 않았다.

"어서 공장에 가보게, 곤잘레스." 리바이 씨가 말했다. "라일리한테는 내가 연락을 취해보지."

"네, 사장님." 곤잘레스 씨는 두 사람에게 허리가 꺾이도록 절을 한 뒤 사무실을 뛰쳐나갔다.

"좋아, 그만 가지." 리바이 씨가 문을 열고 잡아주었다. 누구든 리바이 팬츠에 가까이 오면 온갖 골칫거리에 휘말리고 우울한 영향을 받기 십상이었다. 여긴 도대체가 잠시도 그냥 내버려둘 수 없는 곳이었다. 들볶이는 일 없이 느긋하게 살고 싶은 사람이라면 리바이 팬츠 같은 회사는 소유하지 않는 게 나았다. 명색이 책임자인 곤잘레스가 회사 밖으로 어떤 우편물이 나가는지도 모르지 않는가. "자, 프로이트 박사님, 어서 갑시다."

"당신, 어쩜 그리 침착할 수 있죠? 에이벌먼이 소송을 걸어 우리 살림이 다 날아가게 생겼는데, 당신은 아무렇지도 않나 보군요." 아콰마린 색 눈꺼풀이 파르르 떨렸다. "그 이상주의자를 잡아넣지 않을 생각이에요?"

"지금 말고 나중에. 오늘 하루는 이만하면 충분해."

"그사이 에이벌먼은 경찰청을 앞세워 우리 목을 죄어올 거예요."

"그 친구, 지금 집에 있지도 않잖아." 리바이 씨는 전화통에 대고 울어대는 여자와 다시 얘기할 기분이 아니었다. "일단 해안으로 가. 집에 가서 밤에 다시 전화하자고. 걱정할 거 없어. 내가 쓰지도 않은 편지를 가지고 오십만 불을 내놓으라고 소송을 걸 수는 없지."

"오, 그래요? 에이벌먼 같은 자는 그러고도 남을 인간이에요. 그 인간이 고용했다는 변호사, 안 봐도 눈에 선하네요. 앰뷸런스 뒤나 쫓다* 병신이 됐거나, 보험금을 노리고 제가 지른 불에 제가 데어 불구가 됐을 그런 부류겠죠."

"자, 당신 서두르지 않을 거면 혼자 버스 타고 해안으로 와. 난 이놈의 회사 때문에 소화불량이 도지니까."

"그래, 알았어요. 일생을 몽땅 허비한 사람이 저 여성분을 위해선 일 분도 내주기 아까울 테죠, 안 그래요?" 리바이 부인은 시끄럽게 코를 골고 있는 미스 트릭시를 가리켰다. 그러곤 미스 트릭시의 어깨를 흔들었

---

* 교통사고를 당한 이들을 상대로 돈벌이하는 변호사를 '앰뷸런스 뒤를 쫓는 자(ambulance chaser)'라고 함.

다. "저 가요, 부인. 이제 아무것도 걱정하실 거 없어요. 곤잘레스 씨한테 얘기 다 해놨고, 곤잘레스 씨도 부인을 다시 뵙게 되어 기쁘대요."

"조용히 해!" 미스 트릭시가 엄포를 놓았다. 틀니가 위협적으로 찰가닥거렸다.

"어서 가자니까, 당신한테 광견병 주사 맞히러 가는 불상사 같은 거 생기기 전에." 리바이 씨가 성질을 내며 모피 코트를 두른 아내의 팔을 붙잡았다.

"여기 좀 한번 봐요." 장갑을 낀 손이 꼬질꼬질 때가 묻은 사무실 가구를, 뒤틀린 마룻바닥을, I. J. 라일리가 서류 관리자였던 시절부터 천장에 늘어져 있는 크레이프페이퍼 장식 리본들을, 알파벳순 정리에 좌절한 나머지 휴지통을 발로 차고 있는 잘라티모 씨를 차례로 가리켜 보였다. "서글퍼요, 서글퍼. 수포로 돌아간 사업체에, 앙갚음하느라 수치를 무릅쓰고까지 문서를 위조하는 불행한 젊은 이상주의자들이라니."

"썩 나가지 못해, 당신네들." 미스 트릭시가 손바닥으로 책상을 철썩철썩 치며 으르렁거렸다.

"저 확신에 찬 목소리 좀 들어봐요." 리바이 부인이 자랑스레 말했다. 모피를 두른 둥그스름한 몸은 이미 문밖으로 끌려 나가는 중이었다. "내가 기적을 이룬 거예요."

문이 닫히자 잘라티모 씨가 멍하니 몸을 긁적이며 미스 트릭시에게로 다가갔다. 그녀의 어깨를 툭툭 치며 그가 물었다. "저어, 부인, 이 문제 좀 도와주시겠어요? '월리스'와 '월리엄스', 둘 중에 뭐가 먼저인가요?"

미스 트릭시는 한순간 그를 노려보았다. 그러더니 그의 손에 이빨을 콱 박아 넣었다. 공장에 있던 곤잘레스 씨는 잘라티모 씨의 비명소리를 들었다. 그는 화상을 입은 팔레르모 씨를 버려두고 무슨 일인지 알아보러 돌아가야 할지 공장에 계속 머물러야 할지 갈피를 잡을 수 없었다. 공장노동자들은 이미 확성기 아래에 삼삼오오 모여 춤판을 벌이고 있었다. 리바이 팬츠는 한 사람에게 참으로 많은 걸 요구하지 않는가.

리바이 씨의 스포츠카가 해안으로 이어지는 염성 소택지를 지나고 있을 때, 리바이 부인이 바람에 펄럭이는 모피를 목까지 바짝 올려 여미며 말했다. "재단을 하나 설립해야겠어요."

"그렇군. 그런데 에이벌먼 측 변호사가 우리한테서 그 돈을 다 뺏어가면 어쩌려고."

"그러진 못할 거예요. 그 젊은 이상주의자는 이미 덫에 걸렸으니까." 리바이 부인이 침착하게 말했다. "전과기록에, 폭동 선동죄에. 그 사람 신원 조회하면 형편없을 거예요."

"오. 별안간 당신의 그 젊은 이상주의자가 범죄자라는 데 동의하는군 그래."

"단연코 그 사람 단독 범행이죠."

"하지만 뜬금없이 무슨 재단이야? 당신은 미스 트릭시 프로젝트를 맡고 싶어 했잖아."

"그래요."

"그래, 그럼 재단 따윈 없는 거야."

"수전과 샌드라가 알면 아마 진저리를 칠 거예요. 당신의 그 한량 같은 인생관 때문에 자기들 인생이 망가질 뻔했다는 걸요. 당신이 시간을 내어 직접 회사를 관리하지 않는 바람에 누가 우리한테 오십만 달러짜리 소송을 걸게 됐다는 걸 말이에요. 그 애들이 알면 오죽 원망을 할까. 애들한테 당신이 준 거라곤 물질적인 안정밖에 없는데. 자기들이 매춘부나 그보다 더 고약한 신세가 될 수도 있다는 걸 알면 수전과 샌드라는 아주 진저리를 칠 거라고요."

"그렇게 되면 최소한 돈은 벌어들 오겠지. 지금은 모든 게 공짜잖아."

"제발, 거스. 더는 한마디도 하지 마요. 내 영혼이 아무리 짐승처럼 변했다 해도 감성이란 게 조금은 남아 있다고요. 당신이 내 딸들을 그런 식으로 비방하는 건 도저히 용납 못 해요." 그래놓고 리바이 부인은 만족스레 한숨을 내쉬었다. "이 에이벌먼 사건은 당신이 오랜 세월 저질러온 무수한 잘못과 실수와 책임 회피 중에서도 가장 위험한 거란 말이에요. 이 얘길 들으면 애들은 모골이 송연할 텐데. 물론, 당신이 싫다면야 공연히 애들을 겁주진 않겠어요."

"재단 설립에 얼마나 필요한데?"

"아직 결정 못 했어요. 규정과 조례부터 정하느라."

"그럼 이 재단을 뭐라고 불러야 할지 여쭤도 될까요, 구겐하임 부인? '수전과 샌드라 비자금'?"

"아버님을 기려 '리언 리바이 재단'이라고 할래요. 당신이 아버님 이름을 기리기 위해 아무것도 한 게 없으니 나라도 뭔가 해야 하지 않겠어요. 그 위대한 분을 추모하는 상도 제정할 생각이에요."

"알겠군. 다시 말해, 비열한 걸로 치면 타의 추종을 불허하는 늙은이들한테 월계관을 씌워주겠다 이거군."

"제발, 거스." 리바이 부인이 장갑 낀 손을 쳐들었다. "딸애들은 미스 트릭시 프로젝트에 대한 내 보고를 받고 아주 감동하더군요. 재단을 설립하면 애들도 가문의 이름에 믿음이 생길 거예요. 당신이 아버지 역할에 완전히 실패한 걸 만회하자면 나라도 최선을 다해야죠."

"리언 리바이 재단에서 상을 받는다는 건 공개적인 모욕일걸. 나중에 당신 손에는 수상자들이 제기한 명예훼손 소송서류들이 넘쳐날 거라고. 잊어버려. 브리지 게임은 어떻게 됐어? 다른 사람들은 지금도 즐겨하던데. 레이크우드에서 골프는 이제 안 치나? 댄스 교습이라도 좀 더 받지그래. 미스 트릭시를 데리고 다니든지."

"아주 솔직하게 말하면, 며칠 전부터 미스 트릭시가 좀 지겨워지기 시작했어요."

"그게 회춘 프로그램이 돌연 중단된 진짜 이유로군."

"부인한테는 내가 할 수 있는 최선을 다했어요. 수전과 샌드라는 내가 부인을 의욕적으로 만들려고 그렇게 장시간 애쓴 걸 자랑스러워한단 말이에요."

"아무튼 리언 리바이 재단은 없는 걸로 알아."

"그게 그렇게 골낼 일인가요? 당신 목소리에 짜증이 묻어나는군요. 들어보면 다 알아요. 적개심이 묻어난단 말이에요. 거스, 제발, 당신을 위해서예요. 메디컬 아츠 빌딩의 그 의사. 레니를 구해준 그 의사요. 너무 늦기 전에 가봐요, 제발. 그리고 이제부터 난 당신이 가능한 한 빨리 그 젊은 이 상주의자랑 연락을 취하나 안 하나 매순간 감시하며 지켜볼 거예요. 난 당신을 알아요. 당신은 그 일을 차일피일 미룰 거고, 그러다 보면 에이블먼이 리바이 저택 앞으로 밴을 끌고 와 모든 걸 다 가져가버리겠죠."

"당신 운동기구까지 포함해서 말이지."

"말했잖아요!" 리바이 부인이 비명을 질렀다. "운동기구 얘기는 꺼내지 말라니까!" 그러고는 주름이 잡힌 모피의 매무새를 가다듬었다. "자, 그럼 이제 에이블먼이 들이닥쳐 이 스포츠카의 휠캡마저 다 떼어가기 전에 라일리인지 뭔지 하는 사이코를 잡아들여요. 그런 사람을 상대론 에이블먼도 소송 못 해요. 레니의 주치의가 라일리의 정신 상태를 분석해주면, 정부가 그자를 어디다 격리 수용시켜 더는 다른 사람들 인생 망치고 다니지 못하게 해주겠죠. 수전과 샌드라한테는 이 얼마나 다행한 일인가요. 하마터면 집집마다 다니며 바퀴벌레약이나 파는 신세가 될 뻔했다는 사실을 몰라도 되니 말이에요. 아버지란 사람이 자기들 복지와 관련된 문제를 이토록 부주의하게 다루었다는 걸 알면, 애들은 억장이 무너질 텐데."

조지는 파라다이스 핫도그 상회 차고 건너편, 포이드러스 거리에서 매복하고 기다렸다. 수레에 쓰인 이름을 기억하고 판매사의 주소를 찾아 알아낸 것이다. 아침나절 내내 그 덩치 큰 노점상을 기다렸지만 그는 끝내 나타나지 않았다. 어쩌면 해적 거리에서 게이를 찌른 죄로 해고당했을지도 모를 일이었다. 정오가 되자, 조지는 매복지를 떠나 프렌치 쿼터로 내려가 미스 리에게서 꾸러미들을 받아들고 나왔다. 다시 포이드러스 거리로 돌아온 지금, 그는 노점상이 이제나저제나 나타날까 조바심치고 있었다. 만나면 친절하게 굴어야겠다고, 일단 몇 달러쯤 건네고 봐야겠다고 조지는 마음먹고 있었다. 핫도그 노점상들은 분명 가난뱅이들일 테니 몇 푼이라도 감지덕지할 것이다. 앞잡이로 삼기에 이 노점상만큼 적격인 인물이 또 있을까. 무슨 일이 벌어지고 있는지 감도 못 잡을 것이다. 하지만 교육은 잘 받은 것 같았다.

　　드디어 한 시가 조금 넘은 시각, 하얀 가운 하나가 폴럭이며 전차에서 내리더니 차고로 휙 들어갔다. 몇 분 뒤 그 괴짜 노점상이 수레를 끌고 보도로 나왔다. 저번처럼 귀고리, 스카프, 그리고 단검까지 다 갖춰 입은 걸 조지는 알아보았다. 저걸 다 차고 안에서 달았다면 영업 전략의 일환인 게 분명했다. 말하는 본새로 봐선 학교를 오래 다닌 냄새가 났는데. 아마 그래서 맛이 갔는지도 모른다. 조지 자신은 현명하게도 최대한 일찍 학교라는 곳을 때려치웠다. 맹세코 저 인간 같은 꼴은 되고 싶지 않았으니까.

　　조지는 노점상이 몇 발짝쯤 수레를 밀고 가다 돌연 멈춰 서서 종이 한 장을 수레 앞쪽에 테이프로 붙이는 걸 죽 지켜보았다. 조지는 심리전을 펼칠 생각이었다. 노점상의 학벌에 알랑방귀를 뀌는 전략으로 말이다. 아부와 돈이면 수레의 빵 보관통쯤 대여받는 건 문제도 아닐 것이다.

그때 웬 노인이 차고에서 고개를 쑥 내밀더니, 어느새 노점상의 뒤를 쫓아가 기다란 포크로 그의 등짝을 마구 후려쳤다.

"빨리 좀 움직여, 이 원숭이 같은 놈아." 노인이 외쳤다. "한참을 늦어 놓고선. 벌써 오후란 말이야. 오늘은 수익을 내서 갖고 오든지, 안 그럼 각오해."

노점상이 냉정하고 차분하게 뭐라고 말을 했다. 조지는 알아들을 수 없었지만, 그의 말은 오래도록 이어졌다.

"자네 어머니가 약을 하든 말든 내 알 바 아니지." 노인이 대답했다. "이젠 그놈의 차 사고니, 악몽이니, 빌어먹을 여자 친구니 하는 헛소린 듣고 싶지도 않아. 어서 꺼져, 이 살찐 개코원숭이 같으니. 오늘 최소한 오 달러는 벌어오도록 해."

노인이 힘껏 밀어붙이자 노점상은 모퉁이로 둘둘둘 굴러가더니 곧 세인트찰스 대로로 사라졌다. 노인이 차고로 돌아가는 걸 보고 조지는 수레를 쫓아 구부정히 어깨를 구부린 채 건들건들 걷기 시작했다.

미행당하는 줄은 꿈에도 모른 채, 이그네이셔스는 세인트찰스 대로를 달려 내려오는 차량의 흐름을 거슬러 쿼터 쪽을 향해 수레를 밀었다. 간밤에 초동집회 연설문을 준비하느라 느지막이 잠자리에 드는 바람에 오늘 해가 중천에 뜨도록 누렇게 절은 시트 속에 쥐 죽은 듯 널브러져 있다가, 그나마 어머니가 방문을 탕탕 두드리며 소리를 질러대는 통에 간신히 잠을 깨고 나온 길이었다. 그렇게 해서 이제 겨우 거리로 나섰는데, 또 다른 문제가 있었다. 오늘이 바로 그 세련된 코미디 영화가 RKO 오르페움 극장에서 개봉하는 날이었다. 집에 돌아갈 차비 십 센트는 어머니에게서, 비록 그마저도 내놓기 아까워하긴 했지만 어찌어찌 우려낼 수 있었다. 지금부터 어떻게든 핫도그 대여섯 개를 신속히 팔아치운 다음 수레는 어디다 세워놓고 극장으로 바로 가면, 매순간 총천연색으로 펼쳐질 신성모독의 향연을 믿기지 않는 눈으로 실컷 빨아들일 수 있으리라.

　수익을 올릴 방도에 골몰하느라 이그네이셔스는 한동안 수레가 반듯하게 일자로 굴러가고 있음을 알아채지 못하고 있었다. 어쩌다 수레를 좀 더 갓돌 쪽으로 밀었는데, 수레가 전혀 오른쪽으로 움직이려 들지 않았다. 멈춰 서서 살펴보니, 타이어 하나가 전차 선로의 홈에 콕 끼인 게 아닌가. 그는 선로 밖으로 수레를 밀어내려 했다. 하지만 너무 무거워서 수레는 쉽사리 튀어 오르지 않았다. 이번엔 허리를 굽히고 수레 한쪽을 들어 올리려 해보았다. 거대한 양철 핫도그 빵 밑으로 두 손을 밀어 넣는 순간, 때마침 옅은 안개를 뚫고 삐거덕거리며 다가오는 전차 소리가 들렸다. 두 손바닥에 오소소 소름이 쫙 돋았고, 유문은 극도의 공황 상태에서 한순간 갈팡질팡하다 끝내 철썩 닫히고 말았다. 이그네이셔스는 미친 듯이 양철 빵을 위로 번쩍 들어 올렸다. 타이어가 선로 밖으로 쑥 빠져나가 하늘로 솟구치더니 허공에서 잠시 균형을 잡나 싶었는데, 뒤미처 수레가 옆으로 와당탕 넘어지자 타이어도 덩달아 수평으로 뻗어버렸다. 이 난리 통에 양철 빵의 작은 뚜껑들 가운데 하나가 열려, 따끈따끈 김이 피어오르는 핫도그 몇 개가 길바닥에 주르륵 쏟아졌다.

　"오, 하느님 맙소사!" 이그네이셔스가 전차의 윤곽이 반 블록쯤 앞에서 서서히 드러나는 걸 바라보며 혼자 중얼거렸다. "운명의 여신이 지금 내게 이 무슨 악랄한 장난을 치는 거란 말인가!"

　수레의 잔해를 버려둔 채, 이그네이셔스는 선로를 따라 전차를 향해 하얀 무무* 같은 노점상 가운이 발목에 휙휙 감기도록 쿵 쿵 육중한 걸음

---

* 화려한 무늬에 헐렁한 하와이 전통 드레스.

을 옮겼다. 올리브색과 황동색의 전차가 한가로이 덜컹덜컹 흔들흔들, 천천히 그를 향해 굴러왔다. 전차 운전사는 거대하고 둥그런 하얀 형체가 선로 한가운데 헐떡이며 서 있는 걸 보고는 전차를 세우고 앞쪽 창문을 열었다.

"이거 미안합니다." 귀고리가 운전사를 올려다보며 외쳤다. "잠깐만 기다려주시면, 넘어진 제 동업자를 똑바로 일으켜 세우겠습니다."

옳지, 조지는 이때다 싶었다. 그는 이그네이셔스에게 달려가 명랑하게 말을 건넸다. "어이, 교수님, 우리 같이 이거 도로에서 치워요."

"오, 맙소사!" 이그네이셔스가 벼락같이 소리를 질렀다. "나의 숙적, 사춘기 꼬맹이 아냐! 오늘 일진, 정말 기대되는군. 전차에 치이고 동시에 날강도까지 당할 운명이라니, 파라다이스 핫도그 사상 초유의 기록을 세울 판이군. 저리 가, 이 타락한 꼬마 건달아."

"저쪽 끝을 잡아요. 이쪽은 내가 잡을게요."

전차가 두 사람을 향해 땡그랑 종을 울렸다.

"오, 그래, 까짓것." 이그네이셔스가 마지못해 결단을 내렸다. "사실, 이 우스꽝스러운 애물단지는 여기 널브러진 채로 그냥 둔다면야 나로선 더 바랄 게 없겠지만."

조지가 양철 빵의 한끝을 잡고 말했다. "소시지가 더 쏟아지기 전에 뚜껑은 닫는 게 좋을걸요."

이그네이셔스는 그 작은 뚜껑을, 자기가 마치 프로축구 시합에서 승리를 목표로 공을 차는 선수인 양 발로 쾅 차서 닫았다. 그 바람에 통에서 비어져 나와 있던 핫도그 하나가 육 인치짜리 두 조각으로 깨끗하게 잘라졌다.

"진정하시죠, 교수님. 수레가 박살나겠어요."

"입 닥쳐, 이 농땡이 녀석. 누가 너랑 말 섞자고 했냐."

"좋아요." 조지가 어깨를 으쓱하며 말했다. "나는 뭐, 그냥 좀 도와드리려는 것뿐인데."

"아니, 네놈이 어떻게 날 도와줄 수 있다고?" 이그네이셔스가 싯누런 송곳니 한두 개를 드러내며 포효했다. "아마 지금 치안 당국이 네놈의 그 질식할 거 같은 헤어토닉 냄새를 따라 맹렬히 추적 중일 거다. 너 대체 어디서 왔냐? 왜 날 따라다녀?"

"이봐요, 이 고철 덩어리 일으키는 거 도와드려요, 마요?"

"고철 덩어리? 이 파라다이스 차량을 두고 하는 말이냐?"

전차가 그들을 향해 한 번 더 땡그랑 종을 울렸다.

"자, 어서요." 조지가 말했다. "들자고요."

"이것만은 똑똑히 알아둬라." 이그네이셔스가 숨 가쁘게 수레를 들어올리며 말했다. "우리의 친교는 오직 이 위급상황 때문이란 것을."

양철 빵 안의 내용물들이 측면에 부딪쳐 달가닥거리는 소리와 함께 수레가 드디어 타이어 두 개를 딛고 똑바로 섰다.

"이제 됐어요, 교수님. 도움이 되어 기쁘네요."

"혹시 모를까 봐 하는 말인데, 이 부랑아 녀석아, 그러고 있다가는 저 전차 구조망에 들입다 걸려들고 말 거다."

전차가 두 사람 옆으로 느릿느릿 굴러갔다. 덕분에 차장과 운전사는 이그네이셔스의 옷차림을 좀 더 찬찬히 뜯어볼 수 있었다.

조지는 이그네이셔스의 앞발 하나를 덥석 잡고 그 안에 이 달러를 쑤셔 넣었다.

"돈인가?" 이그네이셔스가 행복하게 물었다. "이거 잘됐군." 그는 재빨리 지폐 두 장을 주머니에 챙겨 넣었다. "왜 이러는지 그 음흉한 동기는 묻지 않겠다. 내가 이 우스꽝스러운 수레를 처음 끌고 나왔던 그 참담한 날, 그날 네놈이 날 중상모략한 데 대해 이런 천진한 방식으로나마 내게 보상하는 거라고 난 받아들이런다."

"바로 그거예요, 교수님. 그리고 난 죽었다 깨나도 그렇게 멋지게는 표현 못 하는데. 교육을 정말 잘 받았나 봐요."

"오?" 이그네이셔스는 기분이 몹시 좋아졌다. "영 가망 없는 놈은 아니구나. 핫도그 먹을래?"

"아니, 괜찮아요."

"그럼 미안하지만 난 하나 먹어야겠다. 내 몸이 좀 진정시켜달라고 애타게 청하고 있으니." 이그네이셔스는 수레의 통 안을 들여다보았다. "맙소사, 핫도그가 엉망진창이 됐군."

이그네이셔스가 여기저기 뚜껑을 쾅쾅 닫고 두 앞발을 통 안에 집어넣고 있는 사이, 조지가 말했다. "내가 교수님을 도와줬으니, 교수님도 나좀 도와줄래요?"

"그래줄 수도 있지." 이그네이셔스가 핫도그를 깨물며 건성으로 말했다.

"이거 보여요?" 조지가 옆구리에 끼고 있던 갈색 포장지 꾸러미들을 가리켜 보였다. "학용품들이죠. 지금 이게 골칫거리예요. 점심 때 도매상에서 받아오는 건데, 학교가 파하기 전엔 배달 못 하거든요. 그래서 거의 두 시간 동안 이걸 들고 다녀야 해요. 알겠어요? 오후에 이 꾸러미들을 넣어둘 만한 곳, 그게 바로 내가 찾고 있는 거란 말이죠. 이제부터 한 시쯤 어디서 교수님을 만나 이 꾸러미들을 빵 통에 좀 넣어뒀다가, 세 시 이전에 적당히 봐서 찾아가면 될 거 같네요."

"턱도 없는 소리." 이그네이셔스는 끄윽 트림을 했다. "내가 그 말을 믿어줄 거라 생각하다니, 너 진심이냐? 학교가 파한 다음에 학용품을 배달한다고?"

"매일 몇 달러씩 지불할게요."

"그럴래?" 이그네이셔스가 흥미를 보이며 말했다. "그렇담 일주일치 임대료를 선불로 내렴. 소액은 취급하지 않아."

조지는 지갑을 열어 팔 달러를 이그네이셔스에게 건넸다.

"자, 여기요. 좀 전에 이 달러 드렸으니, 일주일치 십 달러 되는 거죠."

이그네이셔스는 흔쾌히 새 지폐들을 주머니에 집어넣더니 조지가 옆구리에 끼고 있던 꾸러미 하나를 홱 낚아채며 말했다. "보관할 물건이 뭔지 좀 봐야겠다. 어린애들한테 신경안정제라도 팔고 있을지 누가 알아."

"어이!" 조지가 소리쳤다. "포장이 뜯기면 물건은 배달 못 해요."

"거참, 안됐군." 이그네이셔스는 소년이 가까이 오지 못하게 막아서며 갈색 포장지를 북 찢었다. 우편엽서처럼 보이는 것들이 그 안에 한 뭉치 들어 있었다. "이게 다 뭐지? 국민윤리용 시각 교재들인가? 아님, 고등학생들을 바보로 만들기는 매한가지인 뭐 다른 과목 교재?"

"이리 내놔, 이 또라이야."

"오, 하느님 맙소사!" 이그네이셔스는 눈앞에 보이는 것을 뚫어지게 응시했다. 고등학교 시절 누가 포르노 사진 한 장을 보여줬을 때, 그는 그 자리에서 쓰러지며 냉수기에 부딪쳐 귀까지 다치질 않았던가. 지금 이 사진은 그것보다 훨씬 더 훌륭했다. 나신의 여자가 지구본을 옆에 두고 책상 끄트머리에 앉아 있었다. 분필로 자위행위를 암시하는 듯한 포즈가 이그네이셔스의 흥미를 끌었다. 여자의 얼굴은 커다란 책으로 가려 있었다. 사진을 들고 있지 않은 쪽 앞발로부터 무심히 툭툭 날리는 타격을 조지가 요리조리 피하고 있는 사이, 이그네이셔스는 그 책 표지에 인쇄된 제목을 유심히 뜯어보았다. 아니키우스 만리우스 세베리누스 보에티우스, 『철학의 위안』. "오, 도무지 내 눈을 믿을 수가 없군. 이렇게 환상적일 수가. 정말 기가 막힌 취향이로군. 이럴 수가."

"돌려줘요." 조지가 애원했다.

"이건 **압수한다**." 이그네이셔스는 맨 위에 있던 그 사진을 주머니에 챙겨 넣으며 흡족한 미소를 지었다. 포장이 찢긴 꾸러미를 조지에게 돌려준 뒤, 그는 손가락 사이에 끼어 있는 포장지 쪼가리를 보았다. 주소가 쓰여 있었다. 그는 그것도 주머니에 챙겨 넣었다. "대체 너 이런 거 어디서 났냐? 이 고매한 여인은 누구지?"

"상관할 바 아니잖아요."

"알겠군. 비밀작전이다 이거군." 이그네이셔스는 종이 쪼가리에 적힌 주소를 생각했다. 혼자서 한번 조사를 진행해보기로 했다. 곤궁에 빠진 여성 지식인이 돈 몇 푼 벌자고 아무 일이나 하고 있질 않은가. 사진 속에서 읽고 있던 책이 어떤 식으로든 길잡이 역할을 한다면, 그녀의 세계관은 꽤나 통렬한 게 틀림없었다. 어쩌면 그녀는 '근로 청년'과 마찬가지 상황에 처해 있는지도 모른다. 그녀 역시 어떤 통제할 수 없는 힘에 의해 적대적인 세기에 내던져진 혜안의 소유자이자 철학자인지. 이그네이셔스는 그녀를 만나야만 했다. 정말이지 신선하고 값진 통찰력을 지닌 여인일지도 모른다. "뭐, 좀 불안하긴 하다만 수레는 빌려주지. 하지만 오늘 오후엔 네가 이 수레 좀 지키고 있어야겠다. 난 꽤 급한 약속이 있어서 말이야."

"어이, 그게 무슨 말이죠? 얼마나 걸리는데요?"

"두 시간쯤."

"난 세 시까진 주택지구로 가야 해요."

"글쎄, 오늘 오후엔 좀 늦게 가라니까." 이그네이셔스가 버럭 성을 내며 말했다. "난 네놈이랑 어울려, 빵 보관통도 더럽혀, 이미 내 기준을 엄청나게 하향조정하고 있단 말이다. 내가 널 고발하지 않은 것만도 다행인 줄 알아. 경찰에 아주 대단한 친구가 하나 있는데, 맨큐소 순경이라고, 아주 교활한 사복 경찰이지. 그 친구는 너 같은 녀석들이 사고만 쳐주길 목

빠지게 기다리고 있어. 그러니 무릎 꿇고 내 자비심에 감사나 드리렴."

맨큐소? 이건 터미널 화장실에서 조지를 붙잡았던 그 사복 경찰의 이름이 아니었나? 조지는 몹시 불안해졌다.

"그래, 그 사복 경찰인지 뭔지 하는 친구분께선 어떻게 생기셨대요?" 조지는 배짱을 부리려고 부러 이죽거렸다.

"키가 작고 여간해선 눈에 잘 안 띄지." 이그네이셔스의 목소리는 간사했다. "갖가지 변장을 하기로 유명해. 범죄꾼들을 찾아 끝도 없이 헤매다니며 동에 번쩍 서에 번쩍 신출귀몰하는 인물이야. 한동안은 화장실에 잠복하고 있었지만 지금은 다시 거리로 나왔으니, 내가 손짓만 까딱하면 언제든 달려올 수 있다니까."

조지는 목구멍에 뭔가가 치밀어 올라 숨이 꽉 막혔다.

"꿍꿍이수작 마요." 그는 침을 꿀꺽 삼켰다.

"작작 좀 해, 이 왈짜자식. 고귀한 여성 학자의 타락을 부추기는 이 쓰레기 같은 놈." 이그네이셔스가 박박 짖어댔다. "내가 명탐정 셜록 맨큐소한테 네놈의 그 사악한 물건들을 고발하지 않는 것만도 넌 그저 감사해서, 내 가운 자락을 끌어안고 키스라도 퍼부어야 마땅할 것을. 잔말 말고, 두 시간 후에 RKO 오르페움 앞으로 와!"

이그네이셔스는 커먼 거리를 따라 위풍당당하게 출렁출렁 걸어갔다. 조지는 꾸러미 두 개를 빵 보관통에 넣어두고 갓돌에 앉았다. 맨큐소의 친구를 만나다니, 운도 참 지지리 없었다. 거구의 노점상에게 제대로 한 방 먹은 것이다. 그는 분노에 차서 수레를 노려보았다. 꾸러미에 매인 것도 모자라, 커다란 핫도그 수레까지 덤터기를 쓴 꼴이었다.

이그네이셔스는 매표소 직원에게 돈을 획 던져주고는 오르페움 극장 안으로 말 그대로 몸을 던져 무대 앞쪽의 각광을 향해 뒤뚱뒤뚱 통로를 내려갔다. 타이밍이 절묘했다. 동시 상영 중인 두 번째 영화가 막 시작되고 있었다. 그렇게 멋진 사진들을 취급하는 소년이라니, 확실한 횡재였다. 이그네이셔스는 소년을 공갈 협박해서 매일 오후 수레를 지키게 만들수는 없을까 궁리했다. 이 꼬마 건달은 경찰에 친구가 있다는 그의 말에 유독 눈에 띄는 반응을 보이지 않았던가.

이그네이셔스는 영화의 크레디트를 보며 콧방귀를 뀌었다. 영화에 참여한 사람들 모두가 하나같이 맘에 들지 않았다. 특히 무대 디자이너는 과거에도 그를 한두 번 기함시킨 게 아니었다. 여주인공은 서커스 뮤지컬에 나왔을 때보다 훨씬 더 비위가 상했다. 이 영화에서는 웬 늙다리 속물한테 유혹을 당하는 젊고 똑똑한 비서로 나왔다. 그자는 개인용 제트기로 그녀를 버뮤다로 데려가 호텔 스위트룸에 들여놓았다. 두 사람이 함께 보내는 첫날 밤, 그 난봉꾼이 그녀의 침실 문을 여는 순간 그녀는 온몸에 두드러기가 일었다.

"저런 쓰레기 같은 여자를 봤나!" 이그네이셔스가 침 묻은 팝콘을 몇줄 앞으로 튀기며 말했다. "감히 처녀인 척을 하다니. 저 타락한 얼굴 좀 보라지. 얼른 덮쳐버려!"

"낮에 오면 별 이상한 인간들이 많다니까." 쇼핑백을 든 한 여자가 동행에게 말했다. "저치 좀 봐. 귀고리를 했어."

곧 화면이 뽀얗게 변하면서 러브신이 나왔고, 이그네이셔스는 자제력을 잃기 시작했다. 광적인 흥분이 온몸을 덮치는 게 느껴졌다. 조용히 있으려 했지만 도저히 그럴 수 없었다.

"무명천을 몇 겹이나 겹쳐놓고 찍었군." 그가 침을 튀기며 말했다. "오, 맙소사. 저 두 사람이 실제로는 얼마나 주름이 자글자글하고 혐오스러운지 누가 알겠어. 구역질이 다 치미는군. 영사실에 누구 있으면 전기 좀 꺼버릴 수 없나? 제발!"

그는 단검으로 좌석의 옆면을 시끄럽게 두들겨댔다. 나이 든 안내원 여자가 통로를 내려와 단검을 빼앗으려 했지만 이그네이셔스는 몸싸움을 하며 버텼고, 결국 여자는 카펫 위로 나자빠졌다. 여자는 일어서더니 절뚝거리며 가버렸다.

여주인공은 자신의 정절이 흔들리고 있다고 여기며, 자신이 난봉꾼과 함께 침대에 누워 있는 일련의 편집증적 망상에 빠져들었다. 침대는 거리로 끌려나왔다가 그 리조트 호텔의 수영장 위를 둥둥 떠다녔다.

"이런 세상에. 저런 지저분한 얘기가 그래, 코미디란 말인가?" 이그네이셔스가 어둠 속에서 따져 물었다. "오늘 여기 와서 한 번도 웃은 적이 없는데. 저토록 고도로 오염된 쓰레기라니, 정말 내 눈을 믿을 수가 없군. 저 여자는 쓰러질 때까지 채찍질 좀 당해야 해. 우리의 문명을 근본부터 훼손시키고 있다고. 우리를 파멸시키려고 중국 공산당이 보낸 첩자가 분명해. 오, 제발! 누구 양식 있는 분 계시면 어서 두꺼비집으로 가주시죠. 이 극장 안의 사람들 수백 명이 도덕적으로 타락하고 있습니다. 어쩌면 우리 모두에게 다행히도, 이 오르페움이 전기세 내는 걸 깜박 잊었을지도 몰라."

영화가 끝나자 이그네이셔스가 소리쳤다. "저렇게 미국인의 얼굴을 하고 있지만, 저 여자의 본색은 '도쿄 로즈'*가 틀림없어!"

그는 자리에 남아 다음 회까지 한 번 더 보고 싶었지만 부랑아 녀석이 생각났다. 이그네이셔스는 모처럼 굴러든 호재를 망치고 싶지 않았다. 그에겐 이 꼬맹이가 꼭 필요했다. 하릴없이 그는 영화가 상영되는 동안 자기 앞에 차곡차곡 쌓인 네 개의 팝콘 상자를 밟고 어물어물 일어섰다. 완전히 진이 빠진 상태였다. 감정도 다 소진돼버렸다. 그는 숨을 헐떡이며

---

* 2차 세계대전 때 일본이 미군의 사기저하를 목적으로 내보냈던 영어방송 '라디오 도쿄'의 여성 진행자들을 통칭. 그중에서도 특히 유일하게 체포되어 미국을 떠들썩하게 만든 미국계 일본 여성 아이바 토구리를 지칭한다.

비틀비틀 통로를 걸어 올라가 햇빛 찬란한 거리로 나섰다. 바로 거기, 루스벨트 호텔 앞 택시 정류장에 조지가 뿌루퉁한 얼굴로 수레를 지키고 있었다.

"젠장." 조지가 비아냥거렸다. "거기서 영영 안 나오는 줄 알았네. 대체 무슨 약속인데 그래요? 그냥 영화 보러 간 거잖아요."

"제발." 이그네이셔스가 한숨을 쉬었다. "방금 끔찍한 트라우마를 겪고 나온 참이야. 어서 가봐. 내일 한 시 정각, 커낼 거리와 로열 거리 교차 지점에서 만나자."

"좋아요, 교수님." 조지가 꾸러미들을 들고 구부정히 어깨를 구부린 채 건들건들 걷기 시작했다. "입단속이나 단단히 해주시죠, 네?"

"두고 보렴." 이그네이셔스가 단호하게 말했다.

그는 부들부들 떨리는 손으로 핫도그를 하나 만들어 먹으며 주머니 속 사진을 슬쩍 엿보았다. 위에서 내려다보니 여인의 몸매는 훨씬 더 푸짐하고 위안이 되었다. 파산한 로마사 전공 교수일까? 파멸한 중세 학자일까? 얼굴을 드러냈더라면 좋았을걸. 그녀에게서 풍기는 고독과 초연함, 고독한 관능과 학구적 쾌락이 더없이 그를 매혹했다. 그는 포장지 쪼가리에 깨알 같은 글씨로 조잡하게 쓴 주소를 보았다. 버번 거리. 그러면 그렇지, 이 영락한 여인은 착취를 일삼는 장사치들의 손아귀에 잡혀 있었다. '일기'에 쓰기에 이 얼마나 자극적인 소재인가. 생각해보니 그 글에는 관능적인 면이 다소 부족했다. 이참에 입맛 다시게 할 암시를 넉넉히 주입할 필요가 있었다. 이 여인의 고백록이면 분위기 좀 후끈 띄울 수 있으리라.

이그네이셔스는 쿼터 쪽으로 둘둘둘 굴러가다가 아주 광기 어린 찰나의 한순간, 정사情事를 생각했다. 머나는 화르르 질투심에 불타올라 에스프레소 잔의 운두를 얼마나 잘근잘근 씹어대는지. 고 불여우에게 이 여류 학자와 보낸 풍성한 관능의 순간순간을 모조리 묘사해주리라. 그런 출신

배경과 보에티우스적인 세계관을 지닌 여인이라면, 그가 성적인 면에서 그 어떤 미숙한 행동과 실수를 저지른다 해도 금욕적이며 숙명론적인 시각으로 봐줄 것이다. 넓은 마음으로 이해해줄 것이다. "부드럽게 대해줘요" 하고 이그네이셔스는 그녀에게 속삭이리라. 머나라면, 아마 사회적 문제로 시위할 때처럼 격렬하고 심각하게 섹스를 공격했을 것이다. 이그네이셔스가 이 부드러운 쾌락을 묘사해주면 고 불여우는 얼마나 괴로워할까.

"내가 감히 그럴 용기가?" 이그네이셔스는 이렇게 자문하다가, 무심결에 수레를 누가 주차해둔 자동차에 쿵 찧었다. 수레의 손잡이가 배를 쿡 찔러 끄윽 하고 트림이 나왔다. 그 여인에게 그녀를 알게 된 경위는 말해주지 않겠다. 먼저 그는 보에티우스를 논할 생각이다. 그럼 꼼짝없이 압도당하지 않을 수 없으리라.

이그네이셔스는 그 주소를 찾아갔다. "오, 맙소사! 이 가엾은 여인이 악마들에게 붙잡혀 있군." 그는 〈기쁨의 밤〉 건물 정면을 살피다가 유리 진열장에 붙은 포스터 쪽으로 쿵 쿵 걸어갔다. 거기엔 이렇게 쓰여 있었다.

로버타 E. 리 기획 공연
아리따운 숫처녀 아가씨, 할렛 오하라
(애완동물 동반 출연!)

할렛 오하라는 누구일까? 그보다 더 중요한 건, 대체 어떤 애완동물이란 말인가? 이그네이셔스는 호기심이 동했다. 하지만 나치 같은 여주인의 분노를 사는 게 두려워 불편하나마 갓돌에 앉아 기다려보기로 했다.

레이나 리는 달린과 새를 지켜보고 있었다. 공연 준비는 거의 마무리

된 상태였다. 이젠 달린이 대사만 제대로 쳐준다면 별문제 될 게 없었다. 그녀는 무대에서 눈길을 거두고 스툴 밑바닥 청소와 관련해 존스에게 이러쿵저러쿵 추가 지시를 내린 다음 패딩문 출입구로 가서 둥근 유리창 밖을 내다보았다. 공연은 오후 내내 질리게 본 터였다. 공연은 정말이지 그나름대로 꽤 훌륭했다. 조지는 새 상품으로 확실히 돈을 벌어들이고 있었다. 만사가 순조로워 보였다. 존스도 드디어 고분고분해진 듯싶었다.

레이나는 문을 활짝 열어젖히고 거리를 향해 고함을 질렀다. "어이, 거기. 저리 비키지 못해, 이런 진상 같으니라고."

"제발." 거리에서 성량이 풍부한 목소리가 이렇게 대답하더니 핑곗거리를 찾느라 잠시 머뭇거렸다. "발을 좀 다쳐 잠시 쉬고 있는 것뿐이랍니다."

"어디 딴 데 가서 쉬어. 그 거지 같은 수레, 우리 가게 앞에서 당장 치우란 말이야."

"확실히 말씀드리지만, 일부러 이 가스실 같은 소굴 앞에 쓰러진 게 아닙니다. 내 의지로 여기 다시 온 게 아니란 말입니다. 발이 그저 기능을 멈춘 겁니다. 마비가 왔다니까요."

"마비가 와도 한 블록 더 가서나 올 것이지. 당신이 여기서 또 어슬렁거리며 영업 망치는 꼴 더는 못 봐. 그런 귀고리까지 하고 있으니 완전히 호모 같군. 사람들이 보면 여기가 무슨 게이바인 줄 알겠어. 어서 꺼져."

"사람들이 그런 착각을 할 리 있겠습니까. 두말할 것도 없이 이 술집이 이 도시에서 가장 음침한 곳인데. 그나저나 핫도그 하나 사실 의향은 없으신지?"

달린이 문간으로 와서 말했다. "어머, 이게 누구셔. 가엾은 어머니는 좀 어떠세요?"

"오, 하느님 맙소사." 이그네이셔스가 포효했다. "운명의 여신 포르투

418

나여, 어이하여 날 여기로 인도하셨나이까?"

"이봐, 존스." 레이나 리가 소리쳐 불렀다. "빗자루는 그만 두들기고 여기 와서 이 진상 좀 쫓아내."

"거 유감이네요. 경비원 급료는 일주일에 오십 달러부터 시작하걸랑요."

"당신, 그 가엾은 어머니한테 정말 함부로 하더군요." 달린이 문간에서 말했다.

"두 숙녀분은 보에티우스를 읽어봤을 리 없겠지요." 이그네이셔스가 한숨을 쉬었다.

"저치랑 엮이지 마." 레이나가 달린에게 말했다. "제 잘난 맛에 사는 재수덩어리야. 존스, 이 초 여유를 줄 테니 당장 튀어나오지 못해. 안 그럼 이 진상이랑 부랑죄로 잡혀 들어갈 줄 알아. 시건방진 녀석들은 이제 넌더리가 나."

"대체 어떤 나치 돌격대원이라도 들이닥쳐 날 묵사발로 만들어놓을지 알 수가 없군." 이그네이셔스가 침착하게 말했다. "그렇다고 날 겁줄 순 없을 겁니다. 오늘 하루치의 트라우마는 이미 다 겪었으니까요."

"이야!" 존스가 문밖을 내다보며 말했다. "거 옘병할 초록색 사냥모자 아냐. 몸소 납시었구만. 생방송으로."

"손님들을 그리 등쳐먹더니, 분노한 손님들한테 해코지라도 당할까 봐 특별히 무섭게 생긴 흑인을 고용하기로 머리를 좀 썼나 봅니다." 초록색 사냥모자가 레이나 리에게 말했다.

"냅다 쫓아버려." 레이나가 존스에게 말했다.

"우아! 저런 코끼리를 무슨 수로 쫓아내느냐고요."

"저 시커먼 안경 좀 봐. 온몸이 온통 약에 절어 있는 게 틀림없군."

"당장 들어가지 못해." 레이나가 이그네이셔스를 빤히 쳐다보고 있는 달린에게 말했다. 그녀는 달린의 등을 떠민 뒤 존스에게 말했다. "좋아, 넌 저 인간 손 좀 봐."

"어디 면도칼이라도 꺼내 날 갈겨보지그래." 이그네이셔스가 레이나와 달린이 안으로 들어가자 말했다. "내 얼굴에 양잿물을 부어보든가. 아님 칼로 찔러. 하긴 자네가 어떻게 알겠나, 내가 두 발 절뚝거리는 프랑크 소시지 장수가 된 게 다 시민권에 대한 깊은 관심 때문이었다는 걸. 인종 문제에 대한 입장 때문에 난 특히나 전도양양했던 직위를 잃었어. 이렇게 망가진 두 발은 즉 내 예민한 사회적 양심이 초래한 간접적인 결과라고."

"우아! 거 불쌍한 흑인들 죄다 깜빵에 처넣으려다가 리바이 팬티에서 쫓겨났나 보네요, 예?"

"그걸 어떻게 알지?" 이그네이셔스가 신중하게 말했다. "그 무산된 쿠데타에 자네도 가담했었나?"

"아뇨, 주변에서 사람들이 그러던데요."

"그랬나?" 이그네이셔스가 흥미를 보이며 말했다. "당연히 내 행동거지와 몸가짐에 대해서도 언급을 했겠지. 그래서 날 알아들 보는군. 내가 전설적 인물이 되었을 거라곤 생각지도 못했는데. 민권운동을 너무 성급하게 포기한 게 아닌가 싶군." 이그네이셔스는 몹시 기뻤다. 이제 을씨년스러운 날들은 가고 화창한 날이 오려는 모양이었다. "내가 일종의 순교자가 된 건지도 모르겠는걸." 그가 끄윽 트림을 했다. "핫도그 하나 들겠나? 난 인종과 종교를 막론하고 누구에게나 똑같이 정중한 서비스를 제공하고 있어. 파라다이스 핫도그는 공공 편익 분야에서 선구적인 역할을 해왔지."

"당신처럼 말발 좋은 백인이 거 어쩌다 소시지나 팔러 다니는 신세가된 거래요?"

"제발 담배연기는 다른 데로 좀 불어. 불행히도 난 호흡기가 그리 좋지 못해. 아무래도 어머니 뱃속에서 수태될 때 아버지 쪽이 특히 약하지 않았나 싶어. 정자가 아마 사전 준비도 없이 무턱대고 방출된 모양이야."

이게 웬 복이야, 존스는 생각했다. 이 옘병할 뚱보가 딱 마침맞은 때 하늘에서 뚝 떨어져주다니.

"거 정신이 어떻게 좀 된 거 아니냐고요. 좋은 직장에, 커다란 뷰우익 자동차에, 뭐 그런 지랄 맞은 것들 다 누리고 살아야죠. 우아! 에어콘에, 카라티비에⋯⋯."

"이봐, 이 직업은 아주 만족스럽다니까." 이그네이셔스가 냉랭히 말했다. "야외 근무에, 상관의 간섭도 없고. 유일한 부담이라면 발이 아픈 것뿐이지."

"거 내가 대학을 나왔으면, 소시지 수레나 끌고 다니면서 사람들한테 그런 개똥 같은 쓰레기는 팔지 않을 텐데."

"제발! 파라다이스 제품은 최상급 품질이야." 이그네이셔스는 허리에 찬 단검으로 갓돌을 툭툭 두들겼다. "저런 수상쩍은 술집에 고용된 주제에, 감히 남의 직업을 문제 삼다니."

"옘병, 누군 〈기쁨의 밤〉이 좋아서 이러고 있는 줄 알아요? 이야. 나도 어디 다른 데 가고 싶다고요. 어디 좋은 데, 벌이가 제법 쏠쏠한 데로 가서 먹고살 만한 정도는 벌고 싶다니까요."

"내 그럴 줄 알았어." 이그네이셔스가 버럭 성을 냈다. "다시 말해, 완전히 부르주아가 되고 싶다 이거군. 자네들 족속은 전부 세뇌되었군그래. 자네도 출세를 한다거나 뭐 그런 꼴불견이 되고 싶은 거겠지."

"이봐요, 이제야 말이 좀 통하네요. 우아!"

"지금은 도저히 자네 가치판단의 오류에 대해 논할 시간이 없군. 하지만 자네한테서 얻고 싶은 정보가 좀 있는데. 혹시 저 음침한 소굴에 책을 좋아하는 여자가 있나?"

"그럼요. 항상 나한테 뭔가 읽을거리를 찔러주면서 자기계발 하라고 그런다니까요. 아주 괜찮은 아가씨라고요."

"오, 이럴 수가." 파랗고 노란 두 눈이 순간 번득였다. "혹시 내가 그 절세의 귀감을 만날 수 있는 길이 어디 없을까?"

존스는 대체 이게 무슨 소리인가 어리둥절했다. "우아! 아가씨를 보고 싶으면, 거 언제 밤에 한번 와서 아가씨가 애완동물 데리고 춤추는 거 봐요."

"하느님 맙소사. 그 아가씨가 설마 이 할렛 오하라는 아니겠지."

"맞아요. 그 아가씨가 바로 할라 오호러."

"보에티우스에다 애완동물이라." 이그네이셔스가 중얼거렸다. "대단한 발견이로군."

"한 이틀이나 사흘 있으면 아가씨 공연 시작하걸랑요. 거 언제 궁뎅이 끌고 이리 한번 오라고요. 이렇게 끝내주는 쇼는 본 적이 없다니까요. 우아!"

"그래, 상상 이상이겠지." 이그네이셔스가 정중한 어조로 말했다. 퇴폐적인 옛 남부에 대한 재기 넘치는 풍자극이 〈기쁨의 밤〉 객석의 무식한 돼지들 앞에서 펼쳐질 참이었다. 불쌍한 할렛. "그런데 말이야, 아가씨의 애완동물은 대체 뭐지?"

"어어! 그건 말해줄 수 없다고요. 직접 눈으로 봐야 돼요. 아주 놀라 자빠질 대박 공연이라니까요. 할라는 대사도 있어요. 흔히 보는 그런 스트립쇼 아니걸랑요. 할라가 말을 한다고요."

이런 세상에. 객석의 누구 한 사람 제대로 이해하지 못할 통렬한 논평이리라. 그는 할렛을 만나야만 했다. 그들은 서로의 생각을 나누어야 했다.

"이봐, 한 가지 알고 싶은 게 있는데." 이그네이셔스가 말했다. "이 시궁창의 나치 여주인 말이야, 밤마다 여기 죽치고 있나?"

"누구요? 미스 리요? 아뇨." 존스는 내심 미소를 지었다. 사보타주는 너무나 완벽하게 굴러가고 있었다. 이 옘병할 뚱보가 진짜로 〈기쁨의 밤〉에 오고 싶어 하다니. "여사장이 그러는데 할라 오호러는 아주 완벽하고, 아주 세련돼서, 밤마다 와서 감독할 필요가 없다더라고요. 할라 공연이 시작되면 자기는 캘리포니아로 휴가를 떠나겠대요. 우아!"

"그거 잘됐군." 이그네이셔스가 군침을 흘리며 말했다. "자, 그럼 난 미스 오하라의 공연을 꼭 보러 와야겠는데. 자네가 비밀리에 무대 바로 앞 테이블을 하나 예약해줘. 그 여인의 일거수일투족을 전부 보고 듣고 해야겠어."

"이야. 거 대환영입죠. 한 이틀 있다 궁뎅이 끌고 오라고요. 이 집 최고의 대우를 해줄 테니까."

"존스, 너 지금 그 진상이랑 노닥거리는 거야, 뭐야?" 레이나가 문간에서 물어왔다.

"걱정 안 해도 됩니다." 이그네이셔스가 여주인을 보고 말했다. "지금 가려는 참이니까. 당신 똘마니한테 된통 겁을 먹었거든요. 내 다시는 이 더러운 돼지우리 앞을 지나는 실수 따위 하지 않겠습니다."

"잘됐네." 레이나가 이렇게 말하고는 문을 획 닫았다.

이그네이셔스는 존스에게 자못 흡족한 공모의 눈길을 보냈다.

"어어, 이봐요." 존스가 말했다. "가기 전에 어디 말 좀 해보라고요. 거 깜둥이가 부랑아가 되거나 최저임금도 못 받고 일하거나 하지 않으려면 뭘 어떻게 해야 되냐고요."

"제발." 이그네이셔스는 갓돌을 찾아 짚고서 몸을 일으키려고 가운 자락을 손으로 마구 더듬었다. "자네 머리가 얼마나 뒤죽박죽인지 전혀 자각이 없군그래. 자네의 가치판단은 다 글러먹었어. 최고의 자리에 오르거나, 아니면 원하는 게 뭔지는 몰라도 아무튼 그걸 이루고 나면, 결국 신경 쇠약에 걸리거나 그보다 더 나쁜 처지에 놓이고 마는 거야. 어디, 흑인이 궤양에 걸렸다는 소리 들어봤나? 당연히 없겠지. 그냥 오두막에 만족하며 살아. 자넬 들들 볶아대는 백인 부모가 없다는 걸 운명의 여신에게 감사하고. 보에티우스를 한번 읽어봐."

"누구요? 뭘 읽어요?"

"보에티우스는, 삶의 투쟁이란 궁극적으로 다 무의미하며 인간은 현실을 받아들일 줄 알아야 한다는 가르침을 줄 거야. 이 현자에 관한 건 미스 오하라한테 가서 물어봐."

"이봐요, 당신도 인생의 반을 부랑아로 산다면 거 어떨 거 같으냐고요."

"그러면야 더할 나위 없지. 나도 지금보다 더 행복하고 좋았던 시절에는 부랑자로 살았다고. 내가 자네 처지라면 얼마나 좋을까. 그럼 한 달에 한 번 생활 보조금 조로 나온 수표를 찾느라 우편함을 뒤질 때만 방에서 나오면 될 텐데. 자네 팔자가 얼마나 좋은지 생각 좀 하고 살아."

이 옘병할 뚱보는 과연 천하의 괴짜였다. 불쌍한 리바이 팬티 사람들이 앙골라 깜빵행을 당하지 않은 것만도 천만다행이었다.

"자, 그럼 잊지 말고 한 이틀 있다 오라고요." 존스가 귀고리에다 연기를 훅 뿜었다. "할라가 아주 멋진 걸 선보일 테니까."

"기꺼이 오도록 하지." 이그네이셔스가 흔쾌히 말했다. 머나가 얼마나 이빨을 갈아댈는지.

"우아!" 존스가 수레 앞쪽으로 걸어와 빅치프 노트 종이를 찬찬히 살펴봤다. "거 누가 수레에다 장난 좀 친 모양이네요."

"그건 영업용 미끼일 뿐이야."

"이야. 다시 한 번 보는 게 좋을 텐데요."

이그네이셔스가 쿵 쿵 굉음을 내며 수레 앞머리로 돌아와 보니, '십이 인치짜리(12) 파라다이스'라는 문구를 그 꼬맹이 건달 녀석이 다양한 모양의 성기들로 장식해놓은 게 아닌가.

"오, 하느님 맙소사!" 이그네이셔스는 볼펜으로 갈긴 낙서투성이의 종이를 훅 잡아 뜯었다. "내가 이걸 내내 밀고 다녔단 말인가?"

"이 앞에 나와 기다리고 있을게요." 존스가 말했다. "이봐요!"

이그네이셔스는 유쾌하게 앞발을 흔들고는 어기적어기적 멀어져갔다. 드디어 그에게도 돈을 벌어야 할 이유가 생겼다. 할렛 오하라. 그는 문구가 뜯겨나간 수레 앞머리를 앨지어스 선착장 진입로를 향해 돌렸다. 그곳은 오후마다 부두 노동자들이 모여드는 장소였다. 그는 큰 소리로 외치고 애원도 해가며 북적대는 인파 속으로 수레를 들이밀었고, 팔리는 제품마다 소방관 버금가는 정력으로 케첩과 머스터드를 정중하게 아주 넉넉히 뿌려주며 돌아다니는 사이 어느새 핫도그를 모두 팔아치웠다.

이 얼마나 찬란한 하루인가. 운명의 여신 포르투나의 계시는 단순한 길조 그 이상이었다. 깜짝 놀란 클라이드 씨는 노점상 라일리에게서 기분 좋은 인사말과 함께 십 달러를 건네받았고, 이그네이셔스는 꼬마 건달과 프랑크푸르트 업계의 거물로부터 받은 지폐로 가운을 두둑하게 채운 채 달뜬 마음으로 옷자락을 풀럭이며 전차에 올랐다.

그가 집에 들어섰더니 어머니는 전화에 대고 조용히 뭐라고 얘기 중이었다.

"지난번에 했던 말 생각해봤는데 말이야." 라일리 부인이 수화기에 바짝 붙어 속삭이고 있었다. "그게 그렇게 나쁜 생각은 아닌 듯싶기도 해. 내 말 무슨 뜻인지 알지?"

"그럼, 알다마다." 샌타가 대답했다. "자선병원 사람들은 이그네이셔스를 좀 편히 쉬게 해줄 거야. 클로드도 이그네이셔스가 주변에서 얼쩡거리는 거 좋아하지 않을 테고.”

“그 사람 나 좋아하나 봐, 응?”

“좋아하냐고? 그 사람이 글쎄, 오늘 아침에 전화해서는 아이린이 재혼을 하긴 할 거 같으냐고 묻는 거 있지. 세상에. 그래서 내가, ‘저기, 클로드, 그럼 청혼을 해봐요.’ 그랬지. 아휴, 나 두 사람처럼 번갯불에 콩 볶아 먹는 연애는 또 처음 보네. 그 불쌍한 남잔 지금 외로워서 미치려 한다니까.”

“참 자상한 사람이긴 하더라.” 라일리 부인이 수화기에 대고 속살거렸다. “한데 가끔 그 빨갱이 운운하는 소리를 해서 사람을 불안하게 만들지 뭐야.”

“대체 무슨 얘기를 그렇게 주절대시는 겁니까?” 이그네이셔스가 복도에서 벼락같이 소리를 질렀다.

“이런.” 샌타가 말했다. “이그네이셔스가 들어온 모양이네.”

“쉬잇.” 라일리 부인이 전화에 대고 말했다.

“글쎄, 내 말 좀 들어봐. 클로드가 일단 재혼만 하면, 그놈의 빨갱이 타령은 쑥 들어갈 거야. 너무 한가한 게 그 사람 문제라니까. 아이린이 애정을 좀 쏟아줘 봐.”

“샌타!”

“맙소사.” 이그네이셔스가 침을 튀기며 말했다. “또 그 포주 같은 바탈리아 아주머니랑 통화하시는 겁니까?”

“닥쳐, 이 녀석아.”

“이그네이셔스 녀석 머리통이라도 한 대 쥐어박아 주지그래.” 샌타가 말했다.

“그럴 힘이라도 있으면 좋겠어, 나도.” 라일리 부인이 대답했다.

“오, 아이린, 깜박 잊을 뻔했네. 앤절로가 오늘 아침에 커피 한 잔 하러 들렀었어. 근데, 거의 못 알아볼 지경인 거 있지. 그놈의 모직 양복 빼입은 걸 아이린도 좀 봤어야 해. 꼭 애스터 부인*의 말 같은 꼬락서니였다니까. 불쌍한 앤절로. 그렇게나 열심히 노력하는데. 요즘은 고급 술집들을 샅샅이 돌아다니고 있대. 어서 한 놈 잡아들이면 좋으련만."

"아유, 기가 찰 노릇이지." 라일리 부인이 서글프게 말했다. "경찰에서 쫓겨나면 앤절로는 뭘 해먹고 산대 그래? 자식이 셋이나 딸렸는데."

"고상한 취향과 진취적 기상을 가진 자라면 파라다이스 핫도그에 도전적인 일자리가 몇 개 있습니다만." 이그네이셔스가 말했다.

"그 정신 나간 녀석 하는 소리 좀 봐." 샌타가 말했다. "아휴, 아이린, 얼른 자선병원에 전화하는 게 좋지 않겠어, 응?"

"기회를 한 번 더 줘보자고. 언젠가 출세를 할지도 모르잖아."

"이런 말 해봤자 내 입만 아프지." 샌타가 거친 한숨을 내쉬었다. "그럼 오늘 밤 일곱 시쯤 만나. 클로드가 이리로 오겠대. 우릴 데리러 온다니까, 호수 쪽으로 멋지게 드라이브 가서 근사한 요리를 먹고 오는 거야. 우후! 거기 두 연애 풋내기들은 나 같은 샤프롱이 있어 복 받은 줄 알아. 두 사람, 특히 클로드 같은 사람한테는 샤프롱이 꼭 필요하고말고."

샌타는 여느 때보다 더 걸걸한 목소리로 너털웃음을 터뜨리고는 전화를 끊었다.

"대체 어머닌 그 늙은 포주 아주머니랑 무슨 수다를 그렇게 떠시는 겁니까?" 이그네이셔스가 물었다.

"닥치지 못해!"

"네, 고마운 말씀이십니다. 보아하니 여기는 변함없이 아주 쾌활한 분

---

* 미국 부동산 대재벌가의 부인으로, 19세기 후반 뉴욕 상류 사교계를 좌지우지한 전설적인 인물. '애스터 부인의 말 같다'는 표현은 주제넘게 거드름을 피우거나 분에 넘치게 빼입은 경우를 이른다.

위기로군요."

"오늘은 도대체 얼마나 갖고 들어왔니? 십오 센트?" 라일리 부인이 악을 썼다. 그러고는 벌떡 일어나 노점상 가운 주머니에 손을 푹 찔러 넣더니 그 환상적인 사진을 꺼내고 말았다. "이그네이셔스!"

"이리 주세요." 이그네이셔스가 벼락같이 호통을 쳤다. "감히 와인 냄새 풍기는 손으로 이 숭고한 이미지를 더럽히려 하시다뇨."

라일리 부인은 다시 한 번 사진을 힐긋 엿보고는 질끈 눈을 감았다. 꼭 감은 눈꺼풀 밑으로 눈물 한 방울이 배어나왔다. "네가 소시지를 팔러 다니기 시작할 때부터 결국은 이런 사람들하고 어울리게 될 줄 알았구나."

"무슨 말씀이십니까, '이런 사람들'이라니?" 이그네이셔스가 버럭 성을 내며 사진을 주머니에 도로 챙겨 넣었다. "이건 혹사당하고 있는 고매한 여인이란 말입니다. 이 여인에 대해 말씀하시려거든 먼저 존경심과 예의부터 갖추세요."

"아예 말을 말자꾸나." 라일리 부인이 눈꺼풀을 꼭 닫은 채로 훌쩍였다. "가서 네 방에 들어앉아 헛소리나 더 쓰려무나." 그 순간 전화가 울렸다. "분명 리바이 씨일 거다. 오늘만 벌써 두 번이나 전화가 왔더랬다."

"리바이 씨요? 대체 그 악덕 업주가 뭘 원한답디까?"

"나한테는 얘기 안 하더라. 어서 받아봐, 이 정신 나간 녀석아. 어서 받으라니까. 수화기를 들란 말이다."

"글쎄, 그 사람하곤 일절 얘기하고 싶지 않습니다." 이그네이셔스가 벼락같이 고함을 질렀다. 그러고는 수화기를 들더니, 메이페어*식 억양을 잔뜩 입혀 꾸며낸 목소리로 말했다. "예에?"

"라일리 씨 되십니까?" 어떤 남자가 물어왔다.

---

* 영국 런던의 고급 주택가.

"라일리 씨는 지금 안 계십니다."

"저는 거스 리바이라고 합니다." 남자의 뒤에서는 웬 여자의 목소리가 이렇게 조잘대고 있었다. "당신이 뭐라는지 한번 들어보자고요. 기회를 또 날리고, 사이코는 도망가겠죠."

"정말 유감입니다만." 이그네이셔스가 또박또박 말했다. "라일리 씨는 오늘 오후 몹시 중대한 용무로 인해 시외로 불려 나가셨습니다. 실은, 지금 맨더빌의 주립 정신병원에 계시답니다. 그쪽 회사에서 잔인하게 해고 된 뒤로, 정기적으로 맨더빌을 오가며 통원치료를 받고 계시지요. 자존감에 심각한 훼손을 입으셨거든요. 리바이 씨께선 앞으로 정신과 치료비에 대한 청구서를 받게 되실 텐데, 꽤 놀랄 만한 액수일 겁니다."

"그러니까 정신이 나갔다는 얘깁니까?"

"아주 심하게, 완전히요. 여기서 대단한 소동을 일으키셨답니다. 처음 맨더빌로 가실 때는 무장 차량으로 호송시켜야 했을 정도였지요. 아시다시피, 그분 덩치가 상당하지 않습니까. 오늘 오후엔 주 경찰 앰뷸런스를 타고 가셨고요."

"맨더빌로 문병을 가도 될까요?"

"그야 물론입니다. 가서 만나보십시오. 쿠키를 좀 사다 드리세요."

이그네이셔스는 수화기를 쾅 내려놓은 뒤, 아직도 눈을 꼭 감은 채 훌쩍이고 있는 어머니의 손바닥에 십오 센트짜리 동전 하나를 쥐어주고는 어기적어기적 자기 방으로 갔다. 문을 열기 전에 그는 잠시 발을 멈추고서, 칠이 다 벗겨져가는 나무문에 붙여놓은 '선의의 인간들에게 평화를'이라는 표어를 똑바로 고정시켰다.

모든 징조가 상승기류를 타고 있었다. 이제 드디어 그의 운명의 바퀴가 하늘을 향해 회전하고 있었다.

12

시끌벅적한 소란이 동네를 한 차례 휩쓸었다. 우편배달부가 요란하게 불어대는 호루라기 소리, 콘스탄티노플 거리를 덜컹거리며 다가오는 우편배달트럭, 어머니의 흥분된 외침, 호루라기 소리에 기함하겠다며 우편배달부에게 악다구니를 부리는 미스 애니, 이 모든 게 초동집회 참석차 의관을 갖추고 있던 이그네이셔스의 손길을 잠시 중단시켰다. 그는 우편배달 영수증에 서명을 해준 뒤 황급히 자기 방으로 뛰어 들어가 방문을 잠갔다.

"그게 뭐니, 얘야?" 라일리 부인이 복도에서 물었다.

이그네이셔스는 마닐라지 봉투에 찍힌 '항공 속달' 스탬프와 자필로 조그맣게 쓴 "긴급"과 "신속"이라는 간곡한 글귀를 바라보았다.

"오, 세상에." 그가 행복에 겨워 말했다. "민코프, 고 불여우가 제정신이 아닌가 보군."

그는 봉투를 찢어 편지를 꺼냈다.

귀하,

정말 네가 이 전보를 보낸 거니, 이그네이셔스?

머나 평화당 중앙위원회 북동부지구 즉각 구성. 모든 차원 망라.

남색자들만 모집. 정치판의 섹스. 세부사항 추후 고지.

전국의장 이그네이셔스.

이게 다 무슨 뜻이니, 이그네이셔스? 정말 나더러 호모들을 모으라는 거니? 대체 어느 누가 남색자로 등록되고 싶어 할까? 이그네이셔스, 난 정말 걱정된다. 너 요즘 동성애자들과 어울리고 있는 거니? 결국 네게 이런 일이 일어나리라 짐작했어야 하는 건데. 체포 사건과 차 사고에 관한 편집증적 망상이 첫 번째 단서였는데. 이제 모든 게 밖으로 터져 나오는구나. 넌 정상적인 성적 출구가 오랫동안 막혀 있었기에 지금 성적 범람이 엉뚱한 통로로 스며 나오고 있는 거야. 망상은 이 모든 사태의 시작이었고, 그 후로 넌 줄곧 위기를 겪어오다 결국엔 적나라한 성적 일탈에 이르고 만 거야. 난 네가 조만간 이성을 잃으리라는 걸 알 수 있었어. 이제 정말 그런 일이 일어난 거지. 우리 집단심리치료 모임의 사람들은 네 병증이 악화되었다는 소식을 들으면 정말 우울해할 거야. 제발 그 쇠락해가는 도시를 떠나 북부로 와. 원한다면 수신자 부담으로 전화해도 좋아. 그래서 네가 겪고 있는 성 정체성의 문제를 우리 함께 의논해보자. 어서 치료를 받아야지, 안 그럼 새된 비명이나 질러대는 호모가 돼버릴지도 몰라.

"아니, 이 불여우가 어디서 감히?" 이그네이셔스가 포효했다.

신권 정당의 꿈은 어떻게 됐니? 입당할 만반의 채비를 갖춘 사람들이 몇 명 있었는데. 그들이 이 남색자 일에 끼려 할지는 잘 모르겠다. 하지만 우리가 이 남색자 정당을 이용해서 비주류 파시스트들을 걸러낼 수는 있을 것 같아. 어쩌면 우익을 반으로 분열시킬 수도 있고. 그렇다곤 해도 이게 좋은 생각 같진 않아. 만일 남색자 아닌 사람들이 입당하고 싶다는데 거절해봐. 우린 편파적이라는 비난을 받게 될 거고, 그럼 모든 게 틀어질 거야. 내 강연은, 안타깝게도 꼭 성공이라고 할 순 없었어. 잘 진행되긴 했지만, 내 말이 사람들한테 먹혀들어야 말이지. 심지어 청중 가운데 중년 두세 명은 아주 적의에 찬 힐문조로 나를 몰아세우려 들지 뭐야. 하지만 집단심리치료 모임의 몇몇 친구들이 그자들의 적의에 적의로 맞섰고, 급기야 이 반동들을 강연장에서 쫓아내고 말았단다. 짐작했던 대로, 내가 그 지역 청중에 비해 좀 지나치게 전위적이었던 모양이야. 옹가는 나타나지도 않았어. 같잖은 자식. 내 마음 같아선 그 자식을 그냥 확 아프리카로 추방해버리면 좋겠어. 난 정말 그 자식이 뭐 좀 아는 인간인 줄 알았는데. 정치적으로 몹시 무관심한 인간인가 봐. 강연장에 오겠다고 약속해놓곤, 그 얼간이 같은 놈이. 아무튼 이그네이셔스, 이 남색 정당 계획은 그리 현실적인 것 같진 않구나. 게다가 악화되어가는 네 정신건강의 위험한 발현이라고밖에 여겨지지 않는걸. 이 기이한 병증의 전개가 아무리 예측 가능한 것이었다 해도, 그걸 우리 집단심리치료 모임에 어떻게 얘기해줘야 할지 모르겠다. 우리 모임은 정말 그동안 줄곧 널 응원하고 있었거든. 개중 몇몇 친구들은 심지어 자신들을 너와 동일시하고 있을 정도란 말이야. 네가 무너지면, 그들도 무너질지 몰라. 당장 너와의 교신이 필요해. 제발 오후 6시 이후 아무 때나 수신자 부담으로 전화해줘. 난 몹시, 네가 몹시 걱정돼.

M. 민코프

"완전히 절절매는군그래." 이그네이셔스가 행복에 겨워하며 말했다. "미스 오하라와의 묵시록적인 만남에 대해 들으면 그땐 어떻게 되나 보자."

"이그네이셔스, 좀 전에 받은 게 뭐니?"

"머나, 고 불여우한테서 온 편집니다."

"도대체 그 기집애가 원하는 게 뭐라니?"

"제 심장이 자기 거라고 맹세하지 않으면 자살하겠다는데요."

"아유, 끔찍해라. 보나마나 네 녀석이 그 불쌍한 애한테 거짓말을 밥 먹듯 했겠지. 내가 널 모를까, 이그네이셔스."

문 뒤에서 옷 갈아입는 소리가 들렸다. 금속 조각이 바닥에 떨어지는 듯한 소리도 났다.

"너 어디 가니?" 라일리 부인이 칠이 벗겨져가는 방문에 대고 말했다.

"제발, 어머니." 착 가라앉은 저음의 목소리가 대답했다. "지금 저 상당히 급합니다. 귀찮게 좀 굴지 마세요, 제발."

"원, 쥐꼬리만큼 갖고 들어오는 그 돈을 벌자고 나가느니 차라리 하루 종일 집에 들어앉아 있는 편이 낫겠다, 이 녀석아." 라일리 부인이 문에 대고 악을 썼다. "도대체 그 남자한테 갚을 돈을 어떻게 다 메운다니?"

"절 좀 가만 내버려두시면 좋겠는데요. 오늘 밤 정치 집회에서 연설을 하기로 되어 있어, 생각을 정리해야 한단 말입니다."

"정치 집회? 이그네이셔스! 아유, 참 대단하구나. 넌 아마 정치를 하면 성공할 게다, 애야. 원체 목소리가 좋잖니. 그래, 어떤 모임이니, 아들아? '초승달 도시 민주당원회'? 아님 '올드 레귤러스'*?"

"안타깝지만, 지금으로선 어떤 정당인지 비밀입니다."

"도대체 무슨 정당이기에 비밀이라니?" 라일리 부인이 수상쩍다는 듯이 물었다. "설마 빨갱이 무리랑 어울리는 건 아니지?"

---

* 뉴올리언스를 근거지로 하는 보수적 성향의 친민주당 정치 단체.

"하아암."

"누가 빨갱이에 대한 팸플릿을 주더구나, 애야. 그래서 빨갱이에 대한 걸 모조리 읽고 있단다. 이 에미 속일 생각은 하지도 마라, 이그네이셔스."

"네, 아까 오후에 보니 복도에 팸플릿이 있더군요. 아들 교육을 위해 일부러 거기 떨어뜨려놓으신 게 아니면, 오후마다 벌이시는 와인 파티를 진탕 즐기시던 중 그게 무슨 거대한 색종이 조각인 줄 알고 거기 던져놓으신 거겠죠. 오후 두 시쯤 되면 어머닌 눈에 초점 맞추기가 힘드실 테니 말입니다. 아무튼 팸플릿은 대충 다 훑어봤습니다. 아주 유치찬란한 수준이더군요. 세상에, 대체 어디서 그런 쓰레기를 주워 오셨는지. 아마 묘지에서 프랄린 과자 파는 그 늙은 여자한테서 받으셨나 본데, 글쎄, 전 공산주의자가 아닙니다. 그러니 절 좀 내버려두세요."

"이그네이셔스, 너 말이다, 혹 자선병원에 가서 좀 쉬면 좋을 듯싶지 않겠니?"

"혹시 그 정신병동 말씀하시는 겁니까?" 이그네이셔스가 격분해서 다그쳤다. "제가 미쳤다고 생각하십니까? 어느 멍청한 정신분석의가 감히 제 정신세계의 작동기제를 헤아릴 수나 있을 거라 생각하시나요?"

"그냥 좀 쉬라는 말이란다, 애야. 노트에다 글도 좀 쓰고 좋잖니."

"거기서는 절 텔레비전이나 새 자동차, 냉동식품 따위나 좋아하는 머저리로 만들려고 할 겁니다. 이해 못 하시겠습니까? 정신의학은 공산주의보다 더 나쁜 거라니까요. 전 세뇌당하길 거부합니다. 절대 로봇이 되진 않겠습니다!"

"하지만, 이그네이셔스, 거기서는 문제가 있는 수많은 사람들을 도와준다더라."

"제가 문제가 있는 걸로 보이나요?" 이그네이셔스가 울부짖었다. "그런 사람들이 가진 문제라는 건 새 자동차와 헤어스프레이를 좋아하지 않는다는 거, 그거뿐이란 말입니다. 단지 그런 이유로 격리당하는 겁니다. 그게 그 사회의 다른 구성원들을 두렵게 만드니까요. 이 나라의 모든 정신병동은 라놀린, 셀로판, 플라스틱, 텔레비전, 세분화 등등을 참지 못하는 사람들로 득실거리는 거란 말입니다."

"이그네이셔스, 그건 사실이 아니란다. 너 왜, 저기 아래 블록에 살던 베크널 영감 기억나지? 벌거벗고 온 동네를 뛰어다니는 바람에 감금됐잖니."

"물론 벌거벗고 온 동네를 뛰어다니셨죠. 영감님 피부는 모공을 막는 데이크론과 나일론 옷을 더는 견디지 못했으니까요. 저는 늘 베크널 영감을 우리 시대의 순교자 중 한 사람으로 여겨왔답니다. 처참하게 희생되신 분이죠. 자, 이제 현관으로 뛰어가서 택시가 도착했는지나 좀 봐주세요."

"도대체 택시 탈 돈은 어디서 났다니?"

"매트리스 밑에 몇 푼쯤 숨겨놓는답니다." 이그네이셔스가 대답했다. 오늘도 그는 꼬맹이 건달 녀석을 협박해서 십 달러를 또 뜯어낸 뒤 수레를 지키게 해놓고는, 로즈 스테이트 극장에 가서 자동차 경주를 펼치는 십대들에 관한 영화를 보며 오후 시간을 보내고 왔다. 그 꼬맹이 왈짜자식은 완전히 횡재였다. 그동안 운명의 바퀴를 불리하게 돌린 데 대해 운명의 여신이 보상코자 보내준 선물이었다. "가서 덧문 틈으로 슬쩍 한번 봐주세요."

문이 끼익 열리더니 이그네이셔스가 해적 의상으로 성장한 모습을 드러냈다.

"이그네이셔스!"

"그런 식으로 반응하실 줄 알았습니다. 그래서 지금껏 이 장신구들을 파라다이스 핫도그 상회에 보관해둔 겁니다."

"앤절로 말이 맞았어." 라일리 부인이 울부짖었다. "넌 그동안 내내 마르디 그라 축제에라도 가는 사람처럼 차려입고서 돌아다닌 게로구나."

"여기 스카프. 이 옆구리의 단검. 솜씨와 취향을 은근히 드러내는 장식 한두 개 달았을 뿐인걸요. 이게 답니다. 전체적인 효과는 상당히 매혹적이죠."

"그런 꼬락서니로 나갈 순 없다." 라일리 부인이 고함을 질렀다.

"제발요. 히스테리 소동, 더는 안 됩니다. 이러시면 오늘 강연과 관련해 제 머릿속에서 형태를 잡아가던 생각들이 모조리 흐트러지고 말 겁니다."

"도로 방으로 들어가지 못해, 이 녀석." 라일리 부인이 이그네이셔스의 팔을 마구 때리기 시작했다. "어서 들어가란 말이다, 이그네이셔스. 이번엔 농담 아니다. 이런 식으로 날 욕보이는 건 용납 못 해."

"세상에! 어머니, 제발 그만하세요. 이러다간 연설을 못 할 상태가 될지도 모른다니까요."

"도대체 무슨 연설을 하려고? 어딜 가는 거니, 이그네이셔스? 말하지 못해, 이 녀석!" 라일리 부인이 아들의 뺨을 사정없이 올려붙였다. "집 밖으로 한 발짝도 못 나갈 줄 알아, 이 정신 나간 녀석 같으니."

"오, 하느님 맙소사, 어머니 지금 제정신이세요? 저한테서 당장 물러나시죠. 이 가운에 단검이 달린 걸 똑똑히 보셨을 텐데요."

또 한 번의 일격이 이그네이셔스의 코를 강타했다. 뒤이은 일격은 오른쪽 눈에 명중했다. 그는 휘청거리며 복도를 걸어가더니, 긴 덧문을 휙 열어젖히고는 마당으로 뛰쳐나갔다.

"들어오지 못해." 라일리 부인이 현관에서 고래고래 악을 썼다. "아무 데도 못 간다, 이그네이셔스 이놈."

"어디 그 다 해진 잠옷 바람으로 나와서 절 잡아보시죠!" 이그네이셔스가 반항적으로 되쏘아주고는 거대한 분홍빛 혀를 쑥 내밀었다.

"당장 돌아와, 이그네이셔스!"

"어이, 거기 두 사람, 그만하지 못해." 미스 애니가 현관 덧문 너머로 소리를 질렀다. "내가 아주 신경줄이 다 닳아 문드러졌어."

"이그네이셔스 좀 봐요." 라일리 부인이 미스 애니를 향해 소리쳤다. "아유, 기가 막힐 노릇 아니우?"

이그네이셔스는 벽돌 보도에서 어머니에게 손을 흔들어 보이고 있었다. 귀고리가 가로등 불빛을 받아 반짝거렸다.

"이그네이셔스, 착하지, 제발 돌아오렴." 라일리 부인이 애원을 했다.

"가뜩이나 그 웬수 같은 우편배달부 호루라기 때문에 머리가 지끈지끈 쑤신다고." 미스 애니가 큰 소리로 위협을 했다. "계속 이러면 일 분 안에 경찰에 고발해버리겠어."

"이그네이셔스." 라일리 부인이 소리쳐 불렀지만 이미 때는 늦었다. 택시 한 대가 동네로 들어서고 있었다. 어머니가 다 해진 잠옷 바람의 굴욕을 까맣게 잊은 채 갓돌로 달려 나오는 순간 이그네이셔스는 손을 들어 택시를 잡았다. 이그네이셔스는 어머니의 밤색 머리카락 바로 코앞에서 뒷좌석 문을 쾅 닫은 뒤 운전사를 향해 주소를 부르짖었다. 그는 어머니의 손을 단검으로 쿡 찌르고는 운전사에게 당장 출발하라고 했다. 택시는 벼락같이 급출발을 했고, 그 바람에 길도랑의 돌멩이 몇 개가 튀어 올라 라일리 부인의 찢어진 레이온 잠옷 사이로 다리를 아프게 때렸다. 부인은 멀어져가는 빨간 미등을 잠시 지켜보다 집 안으로 뛰어들어 샌타에게 전화를 걸었다.

"어이, 무슨 가장 파티에라도 가나 봐요?" 세인트찰스 대로로 접어들자 운전사가 이그네이셔스에게 물었다.

"가는 길이나 잘 보시고, 먼저 말 걸진 마시죠." 이그네이셔스가 벼락같이 호통을 쳤다.

가는 내내 운전사는 한마디도 하지 않았지만, 이그네이셔스는 뒷좌석에서 요란스레 연설문을 연습하며 핵심 사항들을 강조하느라 단검으로 앞좌석을 툭툭 두드리곤 했다.

그는 세인트피터 거리에서 택시를 내렸다. 내리자마자 소음부터 귀에 훅 들이꽂혔다. 삼층짜리 벽토 건물에서 흘러나오는, 희미하지만 격앙되고 광기 어린 노랫소리와 웃음소리였다. 1700년대 후반, 어느 부유한 프랑스인이 아내와 자식들, 그리고 노처녀 **탕트***들로 구성된 가족의 거처로 이 저택을 지었다. **탕트**들은 집 안에 남아도는 변변찮은 가구들과 함께 다락방에 틀어박혔고, 지붕에 뚫린 두 개의 작은 천창을 통해 험담 섞인 수다와 바느질과 주기적인 묵주기도로 이루어진 자신들의 **몽드**** 그 바깥에 존재한다고 믿었던 세상을 조금이나마 엿보며 살아갔다. 하지만 이 건물의 두툼한 벽돌 벽엔 아직도 출몰하는지도 모를 프랑스 부르주아 계급의 유령들을 전문 장식가의 손길이 말끔히 몰아내버렸다. 이제 외관은 산뜻한 카나리아 노랑으로 칠해졌고, 진입로 양쪽에 설치된 모조 황동 칸델라에는 가스등 불꽃이 부드럽게 명멸했으며, 그 호박색 불길은 현관과 덧문의 검은 에나멜 표면에 반사되어 일렁였다. 양쪽 칸델라 아래쪽 포석 위엔 오래된 화분들이 놓여 있었고, 화분마다 스패니시 대거 나무들이 날카롭고 뾰족한 잎들을 쭉쭉 뻗치며 자라고 있었다.

이그네이셔스는 이 앞에서 극심한 혐오의 눈길로 건물을 바라보며 서 있었다. 파랗고 노란 두 눈은 화려한 외관을 비난했다. 코는 갓 칠한 에나멜의 찌르는 듯한 냄새에 반발했다. 귀는 굳게 닫힌 검은 에나멜가죽 덧문 뒤에서 흘러나오는, 노래하고 재잘대고 키득거리는 소음에 오그라들었다.

---

* 불어로 고모·이모·숙모 등 집안의 아주머니를 뜻함.

** 불어로 '세계'.

그는 퉁명스레 목청을 가다듬으며 세 개의 황동 초인종과 각 초인종 위에 붙은 작은 흰색 명패들을 쳐다보았다.

빌리 트루하드
라울 프레일　　—3층
프리다 클럽
베티 범퍼
리즈 스틸　　—2층
도리언 그린　　—1층

그는 맨 아래 초인종을 손가락으로 쿡 찌르고 기다렸다. 덧문 너머의 광란이 아주 살짝 누그러졌다. 진입로 저 안쪽 어디서 문이 하나 열리더니, 도리언 그린이 정문 쪽으로 걸어 나왔다.

"오, 이런." 그는 보도에 서 있는 인물을 보자 이렇게 말했다. "대체 어디 있다 온 거야? 초동집회가 지금 급속도로 통제 불능이 돼가고 있다니까. 내가 한두 번 나서서 질서를 잡아보려 했지만 도저히 안 되지 뭐야. 하지만 분위기는 후끈 달아오르는 중인걸."

"사람들 사기에 찬물 끼얹는 짓은 하지 않았겠지." 이그네이셔스가 단검으로 조급히 철문을 두드리며 준엄하게 말했다. 그는 도리언이 살짝 비틀거리며 걸어오고 있음을 알아채자 다소 화가 났다. 이건 그가 기대했던 게 아니었다.

"오, 얼마나 멋진 모임인지 몰라." 도리언이 정문을 열어주며 말했다. "다들 스스럼없이 느긋하게들 놀고 있어."

도리언은 이를 묘사하느라 투박하나마 잽싸게 팬터마임 동작을 취해 보였다.

"오, 맙소사." 이그네이셔스가 말했다. "그런 끔찍한 외설은 그만둬."

"오늘 밤이 지나면 몇 사람은 신세 완전히 망칠걸. 날이 밝자마자 멕시코시티로 대량 탈출이 있을 거야. 하지만 뭐, 멕시코시티는 끝내주게 화끈한 곳이니까."

"오늘 집회에서 전쟁 도발 결의안 같은 걸 획책하려는 자가 아무도 없기를 확실히 못 박아두겠어."

"오, 이런, 그럴 일은 절대 없다니깐."

"그 말을 들으니 안심이 되는군. 우리가 시작부터 어떤 반대에 부딪칠지는 아무도 몰라. 어쩌면 '내부의 적'이 있을지도 모르지. 국내와 전 세계의 군사연합체에 벌써 말이 새나갔을지도 모르고."

"아이, 얼른 따라와, 집시 여왕. 빨랑 안으로 들어가자."

두 사람이 진입로를 따라 걷는 동안 이그네이셔스가 말했다. "이 건물은 혐오스러우리만치 현란하군그래." 그는 벽을 따라 늘어선 종려나무들 뒤에 숨겨진 파스텔 색조의 등불들을 바라보았다. "대체 어떤 자가 이따위 흉물을 장식한 거야?"

"물론 나지, 마자르족 처녀야. 훗, 이 건물은 내 소유인걸."

"진작 알아봤어야 하는데. 이런 퇴폐적인 별난 취향을 유지할 돈이 대체 어디서 나오는지 물어봐도 될까?"

"저 멀리 밀밭에 사는 우리 가족한테서." 도리언이 한숨을 쉬었다. "매달 고액의 수표를 보내주서. 그 대가로 난 네브래스카 주엔 얼씬도 하지 않겠다는 약속만 하면 돼. 뭐랄까, 난 상당한 물의를 일으키고 고향을 떠났거든. 그놈의 밀밭과 그 끝없는 평원. 아휴, 그 모든 게 얼마나 우울했는지 말로 다 표현 못해. 그랜트 우드*는 그걸 낭만적으로 그린 거라 할 수

* 미국 중서부 시골의 풍경과 사람들을 주로 그린 미국의 대표적 화가. 그의 작품 「아메리칸

있지. 난 동부로 가서 대학을 마치고 여기로 휘릭 내려왔어. 오, 뉴올리언스는 자유 그 자체라니까, 진짜루."

"하긴, 쿠데타를 일으킬 집회 장소가 생긴 거군. 하지만 이곳을 보고 나니, 아무래도 재향군인회관이나 그 비슷한 장소를 빌렸더라면 더 좋았지 싶은데. 이곳은 다과회 댄스파티나 가든파티 같은 변태 놀음에 더 어울리는 배경 같아 보이니까."

"당신 이거 알아? 전국을 망라하는 어느 실내장식 전문 잡지가 이 건물을 네 페이지짜리 컬러 특집으로 다루고 싶어 하는 거?" 도리언이 물었다.

"네게도 분별력이라는 게 있다면, 모욕도 그런 모욕이 없다는 걸 알아야지." 이그네이셔스가 콧방귀를 뀌었다.

"오, 금귀고리 처녀야, 그대 때문에 내가 미쳐. 자, 여기가 문이야."

"잠깐." 이그네이셔스가 신중하게 말했다. "저 끔찍한 소음은 대체 뭐지? 꼭 누가 산 제물로 바쳐지기라도 하는 소린데."

두 사람은 진입로의 파스텔 불빛 아래 서서 귀를 기울였다. 안뜰 어딘가에서 누군가가 고통으로 울부짖고 있었다.

"오, 이런. 저치들 지금 뭐하는 거야?" 도리언이 조바심치는 목소리로 말했다. "저런 멍청이들. 행실머리가 엉망이라니깐."

"아무래도 우리가 조사를 해봐야겠는데." 이그네이셔스가 음모의 속삭임 조로 말했다. "강박관념에 사로잡힌 어느 군장교가 신분을 위장한 채 우리 집회에 숨어들었다가, 충실한 당원 하나를 족쳐 우리 비밀을 빼내려 하고 있는지도 몰라. 헌신적인 군인은 아무리 저열한 짓이라도 못하는 게 없는 법이지. 어쩌면 외국 첩자일 가능성도 있어."

고딕」(1930)은 20세기 미국 미술의 아이콘으로 꼽힘.

"꺄악, 너무 재밌다!" 도리언이 새된 비명을 질렀다.

그와 이그네이셔스는 각기 팔랑거리고 뒤뚱거리며 안뜰까지 걸어갔다. 과거에 노예 숙사였던 곳에서 누군가가 도와달라고 소리치고 있었다. 노예 숙사의 문은 살짝궁 열려 있었지만 이그네이셔스는 막무가내로 문을 향해 몸을 던졌고, 그 바람에 유리창 몇 장이 박살이 났다.

"오, 하느님 맙소사!" 이그네이셔스가 눈앞의 광경을 목도하고는 비명을 질렀다. "놈들이 공격해왔군!"

그는 쇠고랑을 차고 벽에 사슬로 묶인 조그마한 수병을 쳐다보았다. 티미였다.

"아휴, 당신이 문을 어떻게 해놨는지 좀 봐." 도리언이 이그네이셔스 뒤에서 따졌다.

"적은 우리 중에 있어." 이그네이셔스가 광분하며 말했다. "누가 주둥이를 놀린 거지? 말해봐. 누군가가 우릴 노리고 있다니까."

"오, 나 좀 내보내줘." 조그마한 수병이 애원했다. "여긴 끔찍할 정도로 깜깜해."

"이런 멍청이." 도리언이 수병을 보고 꽥꽥거렸다. "누가 널 여기다 묶어놨어?"

"그 끔찍한 빌리랑 라울이. 너무 소름 끼치는 놈들이야, 그 두 놈은. 노예 숙사를 네가 어떻게 개조했는지 보여주겠다며 날 이리로 데려왔는데, 정신을 차려보니 이 더러운 사슬에 날 묶어놓고는 파티장으로 냅다 돌아가 버린 거 있지."

조그마한 수병은 사슬을 철컹철컹 흔들었다.

"여길 재단장한 지 얼마 되지도 않았다니까." 도리언이 이그네이셔스에게 말했다. "오, 이 문을 어떡해."

"그 첩자들 어디 있지?" 이그네이셔스가 단검을 뽑아 들고 휘두르며 다그쳤다. "놈들이 이 건물을 빠져나가기 전에 체포해야 해."

"제발 나 좀 내보내줘. 난 어두운 거 못 견딘단 말이야."

"문이 망가진 건 다 네 탓이야." 도리언이 넋이 나간 수병에게 씩씩거렸다. "위층에서 그 두 잡년들이랑 시시덕거리더니 결국은."

"문을 부순 건 저 사람이야."

"이 사람한테 뭘 기대하겠니? 딱 보면 몰라?"

"네놈들, 두 변태 녀석들이 지금 내 얘기를 하고 있나?" 이그네이셔스가 발끈하며 물었다. "기껏 문짝 하나 가지고 이렇게들 흥분하다니, 험악한 정치판에선 얼마나 오래 버틸 수나 있을지 심히 의심스럽군."

"오, 나 좀 제발 내보내줘. 이 기분 나쁜 사슬에 더 묶여 있다간 꽤액 비명을 지를 테야."

"오, 입 좀 닥쳐, 이 바보 같은 지지배." 도리언이 이렇게 쏘아붙이며, 티미의 분홍빛 두 뺨을 가로지를 만큼 요란하게 따귀를 올려붙였다. "우리 집에서 썩 나가. 네가 놀던 거리로 돌아가란 말이야."

"오!" 수병이 소리쳤다. "어떻게 그런 심한 말을."

"제발." 이그네이셔스가 주의를 주었다. "우리의 운동이 내부 갈등으로 망쳐져선 안 돼."

"적어도 나한테 단 한 명의 친구는 남아 있는 줄 알았는데." 수병이 도리언에게 말했다. "내가 잘못 알았구나. 자, 어서. 또 때려봐. 그래야 네 맘이 즐겁다면, 때려보라니까."

"널 건드리기조차 싫어, 이 헤픈 지지배야."

"아무리 한심한 작가를 쥐어짜더라도 이렇게 지독한 멜로드라마를 쓸수 있을까 싶군." 이그네이셔스가 평을 했다. "자, 그쯤 하면 됐어, 이 변태 녀석들. 최소한의 취향과 품위는 지켜야지."

"어서 때려보란 말이야!" 수병이 깩깩 비명을 질렀다. "날 때리고 싶어

죽겠는 거 다 알아. 날 무지 아프게 하고 싶지, 안 그래?"

"보아하니 저 녀석, 네가 조금이라도 신체적 상해를 가해주지 않으면 진정하지 않을 태세인데." 이그네이셔스가 도리언에게 말했다.

"흥, 난 저런 멍청한 허튼계집 몸엔 손끝 하나 대지 않을래."

"그럼 저 입을 막자면 뭔가 조치를 취해야 해. 내 유문이 저런 미치광이 수병의 노이로제를 참아주는 데도 한계가 있거든. 저 녀석을 정중하게 우리의 운동에서 제명시켜야겠어. 기본적으로 자질이 안 돼. 저 녀석이 풍기는 저 사향내 요란한 마조히즘은 누구라도 맡을 수 있다고. 지금 이 순간에도 이 노예 숙사가 찌들도록 풍기고 있군. 게다가 보아하니 꽤나 취한 모양인데."

"당신도 날 증오하지, 이 거대한 괴물아." 수병이 이그네이셔스에게 악을 썼다.

이그네이셔스가 단검으로 티미의 머리를 제법 호되게 내리치자 수병은 조그맣게 신음을 흘렸다.

"대체 저 녀석은 무슨 저열한 망상을 하고 있는지 도무지 알 수가 없군." 이그네이셔스가 한마디 했다.

"오, 저 녀석 또 때려줘." 도리언이 흥에 겨워 재잘거렸다. "재밌어죽겠네, 진짜루."

"제발 이 끔찍한 사슬 좀 풀어줘." 수병이 애원했다. "세일러복이 온통 녹물로 더러워지고 있다니까."

도리언이 문틀 위에서 가져온 열쇠로 쇠고랑을 풀고 있는 사이 이그네이셔스가 말했다. "수갑과 사슬은 말이야, 현대에 와서 새로운 기능들을 갖게 됐지. 일찍이 이 기구들을 고안해내곤 몹시 흥분했을 발명가들조차 삶이 보다 단순했던 그 시절에는 꿈에도 생각지 못했을 기능들이지. 내가 만일 교외 택지 개발업자라면, 노란 벽돌의 농장형 주택이나 케이프 코드식 스플릿 레벨*을 지을 때마다 벽면에 수갑이랑 사슬을 적어도 한 세트씩은 꼭 설치할 거야. 그럼 주민들은 텔레비전이든 탁구든 집 안에서 뭐라도 하다가 지겨워지면, 식구들끼리 서로를 한동안 묶어놓을 수 있어. 아마 다들 좋아할 거야. 아내들은 이렇게 말하겠지. '우리 남편이 간밤에 날 사슬에 묶어줬어. 정말 근사하더라. 당신 남편은 최근에 그래준 적 있어?' 그리고 아이들은 자식을 묶을 준비를 하고 기다리는 어머니들한테로 학교가 파하기 무섭게 달려올 테고. 아이들한테는 텔레비전으로 인해 둔화된 상상력을 키우는 데 도움이 되고, 청소년 범죄도 눈에 띄게 감소할 거야. 또 아버지가 직장에서 돌아오면, 전 가족이 아버지를 덮쳐 사슬로 꽁꽁 묶어버릴 수도 있어. 식구들 먹여 살리느라 하루 종일 밖에 나가 일하고 올 만큼 멍청하다는 죄로 말이야. 골치 아픈 친척 늙은이들은 차고에 묶어놓으면 돼. 한 달에 한 번 복지연금 수표에 서명할 때만 손을 풀어주면 되고. 즉, 수갑과 사슬이 있으면 우리 모두의 삶이 더 나아질 수 있단 얘기지. 그래, 이 아이디어는 노트와 메모지에 적어놔야겠군."

"오, 이런." 도리언이 한숨을 쉬었다. "그 입 좀 다물어줄래?"

"팔이 **온통** 녹물투성이야." 티미가 말했다. "빌리와 라울, 이 자식들 어디 내 손에 잡히기만 해봐."

"우리의 소규모 집회가 상당히 통제 불능이 돼가는 모양인데." 이그네이셔스가 도리언의 아파트에서 쏟아지는 광란의 소음을 가리키며 말했다. "쟁점 사안들을 머리로만 더듬고 있는 게 아닌가 보군. 자극 받은 중추신경이 거기만이 아닌걸."

"오, 세상에. 난 차라리 안 보고 말래." 도리언이 프랑스 시골풍 유리패널 문을 밀며 말했다.

---

* 1층과 2층이 반 층 정도 차이가 나게 좌우로 붙은 주택(split level).

그 안에서 이그네이셔스가 본 건 부글부글 들끓고 있는 인간 용광로였다. 저마다의 손에 지휘봉처럼 들린 담배들과 칵테일 잔들이 허공을 휘저으며 수다와 비명과 노래와 폭소의 교향악을 지휘하고 있는 광경이라니. 이 북새통을 뚫고 주디 갈런드의 목소리가 거대한 스테레오 축음기의 내부로부터 흘러나오고 있었다. 축음기 앞에는, 실내에서 유일하게 정적인 존재들이라 할 수 있는 사내 몇 명이 축음기가 마치 제단이라도 되는 양 숙연히 서 있었다. "신성해!" "정말 환상적이야!" "인간미가 넘쳐!" 그들은 자신들의 성소聖所와도 같은 이 기기에서 흘러나오는 목소리에 감탄을 금치 못하고 있었다.

이그네이셔스의 파랗고 노란 두 눈이 그들의 성스러운 의식을 떠나 나머지 구역으로 천천히 옮겨가자, 그곳엔 또 다른 손님들이 수다를 떨어대며 티격태격하고 있었다. 손들과 팔들이 가지각색의 우아한 몸짓으로 허공을 가를 때마다 헤링본 능직물과 마드라스 무명천과 양모와 캐시미어가 찰나적으로 획획 나타났다 사라졌다. 손톱이며 커프스단추며 새끼손가락 반지며 이빨이며 눈동자며 이 모든 게 다 반짝거렸다. 어느 우아한 손님들 무리의 중앙에는 작은 말채찍을 든 카우보이가 그를 둘러싼 팬들 중 한 명에게 날름날름 채찍을 휘두르며 과장된 비명과 킬킬대는 쾌감의 웃음을 유발하고 있었다. 또 다른 무리의 중앙에는 까만 가죽 재킷을 입은 촌뜨기가 유도의 잡기 동작을 가르치며 계집애 같은 원생들을 황홀경에 빠트리고 있었다. 시범 상대로 나섰던 어느 우아한 손님의 몸이 한순간 뒤틀리며 음탕한 체위가 되었다가 곧 커프스단추들과 갖가지 보석들의 충돌음을 유발하며 바닥에 쿵 메다 꽂히자, "오, 나도 그거 좀 가르쳐줘." 하고 촌뜨기 사범 근처에 있던 누군가가 비명을 질렀다.

"아이, 그나마 좀 나은 사람들만 초대했는데." 도리언이 이그네이셔스에게 말했다.

"세상에, 이럴 수가." 이그네이셔스가 침을 튀기며 말했다. "농촌의 무식하고 보수적인 칼뱅파 백인 노동자들의 표를 확보하는 데 굉장한 어려움이 따르리라 예상되는군. 지금 눈앞에 보이는 것과는 좀 다른 궤도로 우리 이미지를 재건해야겠는데."

티미는 검은 가죽 촌뜨기가 열렬한 지원자들을 차례로 비틀어 메다꽂는 광경을 죽 지켜보다가 한숨을 폭 내쉬었다. "너무 재밌겠다."

거실 자체는 실내장식가들이 **수수하**다고 부를 만한 것이었다. 사방 벽과 높은 천장은 흰색이었고 앤티크 가구 몇 점만이 띄엄띄엄 놓여 있었다. 이 널찍한 방에서 유일하게 관능적인 요소라면 흰색 리본으로 묶어놓은 샴페인 빛깔의 벨벳 커튼뿐이었다. 앤티크 의자 두세 개는 사람이 앉는 용도가 아니라 기괴한 디자인 때문에 선택된 게 분명해 보였는데, 어린애 하나 겨우 앉힐까 말까 한 쿠션이 있다 뿐이지 가구라는 낌새만 야릇하게 풍기는 물건이었다. 이런 곳에서 인간은 휴식을 취하거나 앉거나 하다못해 긴장이라도 푸는 건 고사하고, 스스로 포즈를 취함으로써 최대한 실내장식을 보완하는 인간 가구로 변신해줘야 마땅할 듯싶었다.

실내장식을 찬찬히 살펴본 뒤 이그네이셔스가 도리언에게 말했다. "이 안에서 기능적인 물건은 저 축음기뿐인데, 그조차 오용되고 있는 게 분명하군. 여긴 영혼이라곤 없는 방이야." 그러고는 요란하게 콧방귀를 뀌었는데, 얼마간은 이 거실 때문이었고, 또 얼마간은 그 자신이 네온사인만큼이나 장식을 보완해주는 인물임에도 불구하고 실내의 어느 누구도 자신을 거들떠보지 않는다는 사실 때문이었다. 초동집회 참가자들은 세계의 운명보다 오늘 저녁 자신들의 개인적인 운명에 훨씬 더 관심이 많은 듯했다. "이 회칠한 무덤 같은 방 안에서 아무도 우릴 쳐다보지도 않는군. 심지어 집주인한테 인사조차 하지 않다니. 저렇게 퍼마셔대는 술과 또 저렇게 지독한 향수 냄새로 혹사시키고 있는 사계절 에어컨이 다 누구 건데. 꼭 여자들 싸움판에 구경꾼이 된 기분이군."

"재네들은 신경 쓰지 마. 몇 달 동안 파티다운 파티에 굶주려서 그런 것뿐이니까. 아이, 이리 와. 내가 여길 어떻게 꾸몄나 좀 봐봐." 그는 이그네이셔스를 벽난로 선반 쪽으로 데려가서 빨간 장미, 흰 장미, 파란 장미가 한 송이씩 꽂힌 화병 하나를 보여주었다. "이거 진짜 끝내주지 않아? 저 촌스러운 크레이프페이퍼보다 훨씬 나아. 크레이프페이퍼도 좀 사긴 했는데, 그거로는 뭘 해봐도 맘에 들지 않던걸."

"꽃은 꽃이로되 흉물이로군." 이그네이셔스가 짜증스럽게 말하고는 단검으로 화병을 툭툭 쳤다. "염색한 꽃들은 부자연스럽고 변태적이며, 어쩐지 음란하기까지 하단 말이야. 너희 때문에 내가 고생깨나 하게 생겼군."

"오, 그놈의 말, 말, 말." 도리언이 신음을 했다. "그럼 부엌으로 가자. 여성 지부를 만나봐야지."

"정말이야? 지부라고?" 이그네이셔스가 탐욕스레 말했다. "그렇담 너의 선견지명에 찬사를 보내야겠군."

그들은 부엌으로 들어갔다. 한쪽 구석에서 감정적인 말다툼을 벌이고 있는 젊은 사내 둘을 제외하면, 부엌은 아주 조용했다. 테이블에 여자 셋이 앉아 캔 맥주를 마시고 있었다. 그녀들이 이그네이셔스를 정면으로 쳐다보았다. 한 손으로 캔을 우그러뜨리고 있던 여자가 동작을 멈추더니 그 캔을 싱크대 바로 옆 화분에 휙 던져 넣었다.

"아가씨들." 도리언이 말했다. 맥주 처자들 셋이 야단스레 브롱크스식 환호*를 올렸다. "여기는 이그네이셔스 라일리. 새 얼굴이야."

---

* 상대방을 야유하거나 불만을 표시할 때 혀를 내밀고 부르르 떨면서 내는 소리. 브롱크스의 양키 스타디움에서 뉴욕 양키스 팬들이 야유하던 방식에서 유래.

"악수나 하자, 뚱땡이." 캔을 우그러뜨렸던 여자가 말했다. 그녀는 이그네이셔스의 앞발을 덥석 잡더니 그것마저 우그러뜨리려는 기세로 우악스레 흔들어댔다.

"오, 맙소사!" 이그네이셔스가 비명을 질렀다.

"앤 프리다야." 도리언이 소개했다. "저쪽은 베티와 리즈."

"처음 뵙겠습니다." 이그네이셔스는 또다시 악수를 당할세라 두 손을 슬그머니 노점상 가운 주머니에 집어넣었다. "여러분이 우리의 대의에 크나큰 도움이 되어주시리라 믿습니다."

"저런 친구를 어디서 건졌어?" 프리다가 도리언에게 물었다. 다른 두 여자는 이그네이셔스를 뜯어보며 서로 옆구리를 쿡쿡 찔렀다.

"그린 씨와 저는 제 어머니를 통해 만났습니다." 이그네이셔스가 도리언 대신 호기롭게 말했다.

"설마." 프리다가 말했다. "당신 어머니 아주 재밌는 분이신가 봐."

"뭐, 그다지." 이그네이셔스가 대답했다.

"자, 맥주나 한 캔 드셔, 뚱보 씨." 프리다가 말했다. "병맥주라면 좋았겠는데. 여기 베티가 병마개를 이빨로 딸 수 있거든. 이빨이 꼭 쇠갈고리 같다니까." 베티가 프리다에게 외설적인 몸짓을 해 보였다. "쟨 조만간에 이빨이 몽땅 목구멍으로 굴러떨어질 날이 올 거야."

베티가 빈 맥주 캔으로 프리다의 머리를 쳤다.

"네년은 그런 소리 들어도 싸." 프리다가 식탁의자 하나를 와락 치켜들며 말했다.

"아휴, 그만들 해." 도리언이 꽥꽥거렸다. "셋 다 점잖게 굴지 않으려면 당장 나가주셔."

"사실 말이야." 리즈가 말했다. "부엌에 이렇게 죽치고 있으려니 지루해 죽을 지경이야."

"맞아." 베티가 소리쳤다. 그러고는 프리다가 머리 위로 치켜들고 있던 의자의 가로대를 낚아챘고, 둘은 그걸 차지하려고 몸싸움을 벌이기 시작했다. "왜 우리만 여기 앉아 있어야 하냐고?"

"당장 그 의자 내려놔." 도리언이 말했다.

"그래요, 제발." 이그네이셔스도 거들었다. 그는 한쪽 구석으로 피신해 있던 참이었다. "그러다 누가 다치겠습니다."

"이를테면 당신이라든가." 리즈가 말했다. 그러면서 따지도 않은 맥주 캔 하나를 이그네이셔스를 향해 던졌는데, 그는 용케 머리를 숙여 피했다.

"이럴 수가!" 이그네이셔스가 말했다. "다시 거실로 돌아가야겠군."

"얼른 꺼져, 왕궁둥이." 리즈가 그에게 말했다. "이 안의 산소를 당신이 다 들이마시고 있잖아."

"아가씨들!" 도리언이 여태 엎치락뒤치락하고 있는 프리다와 베티를 보고 빽 소리를 질렀다. 두 여자의 티셔츠가 땀으로 축축해지고 있었다. 둘은 의자를 맞붙든 채 사방 돌아다니며 으르렁대고 헐떡대면서 상대방을 벽과 싱크대에 밀어붙여 사정없이 짓뭉개고 있었다.

"야, 그쯤 해둬." 리즈가 친구들에게 소리쳤다. "이 인간들이 너흴 우악스러운 애들이라 생각하겠다."

리즈는 다른 의자 하나를 집어 들어 두 레슬러 사이에 끼어들었다. 그러곤 의자를 번쩍 치켜들더니 프리다와 베티가 서로 맞붙고 있는 의자를 쾅 내리쳤고, 그와 동시에 그 두 여자는 양쪽으로 벌러덩 나가떨어졌다. 의자 두 개도 우당탕퉁탕 바닥으로 떨어졌다.

"누가 너보고 끼어들랬어?" 프리다가 리즈의 짧게 깎은 머리를 그러쥐고 따졌다.

도리언은 넘어진 의자 다리에 발부리를 채이면서도 두 여자를 다시 테이블에 앉히려고 애를 쓰며 꽥꽥거렸다. "아휴, 이제 저기 좀 앉아서 조신하게들 있어."

"이 파티 아주 엿 같네." 베티가 말했다. "뭐야, 신나는 거 없어?"

"우릴 초대해서 내려오게 해놓고는 기껏 이 빌어먹을 부엌에나 처박혀 있으라니?" 프리다가 쏘아붙였다.

"흥, 너흰 저기 합류하면 쌈질밖에 더 하겠어? 잘 알면서 그러셔. 한 집에 사는 이웃이니까 예의상 내려오라고 한 거지. 말썽나면 안 돼. 이건 몇 달 만에 보는 최고의 파티란 말이야."

"좋아." 프리다가 툴툴거렸다. "숙녀들처럼 여기 조신하게 앉아 있어주지." 세 여자는 동의한다는 뜻으로 서로의 팔을 툭툭 쳤다. "하긴 우린 셋방살이 신세니까. 어서 가서 저 가짜 카우보이한테나 잘해줘. 지넷 맥도널드* 같은 목소리를 내는 놈 말이야. 저놈이 지난번 차터스 거리에서 우리한테 엿 먹이려던 바로 그 자식이거든."

"저이는 아주 세련되고 친절한 사람이야." 도리언이 말했다. "분명 너희를 본 적도 없을걸."

"이거 왜 이래, 눈 똑바로 뜨고 우릴 봤는데." 베티가 말했다. "우리가 저 자식 머리통을 붙잡았다니까."

"그 잘난 불알을 콱 차주고 싶은데." 리즈가 말했다.

"제발." 이그네이셔스가 거드름을 피우며 말했다. "주위에 보이는 거라곤 다툼뿐이군. 당신들은 대오를 정비하고 공동전선을 펴야 한다고."

"저 인간 왜 저래?" 리즈가 아까 이그네이셔스에게 던졌던 맥주 캔을 따며 물었다. 거품이 훅 솟구쳐 파라다이스 제품으로 부풀어 오른 이그네이셔스의 배를 적셨다.

---

* 1930~40년대 뮤지컬 영화로 이름을 날린 소프라노 가수 겸 배우.

"흠, 더는 못 참겠군." 이그네이셔스가 버럭 성을 내며 말했다.

"좋아." 프리다가 말했다. "당장 꺼져."

"이 부엌은 오늘 밤 우리 구역이야." 베티가 말했다. "누가 사용하지는 우리가 결정해."

"여성 지부에서 주최하는 첫 번째 셰리주 파티라, 그거 볼 만하겠군." 이그네이셔스는 콧방귀를 뀌고는 쿵 쿵 육중한 걸음을 문간으로 내디뎠다. 그가 나가려는 찰나, 빈 맥주 캔 하나가 날아와 그의 귀고리 근처의 문틀을 맞혔다. 도리언이 뒤따라 나와 문을 닫았다. "도대체 네가 어쩔 작정으로 저런 막돼먹은 여자들을 초대해 우리의 운동을 더럽히려는 건지 모르겠군."

"아이, 어쩔 도리가 없었어." 도리언이 해명했다. "초대 안 해도 어차피 들이닥치는걸, 뭐. 그렇게 되면 더 끔찍하다니까. 기분들이 좋을 땐 진짜 재밌는 여자들인데, 최근에 경찰이랑 문제가 좀 있더니 그러고 나서부턴 아무한테나 화풀이를 해대는 거 있지."

"당장 이 운동에서 제명시키도록 해!"

"뭐든 하라는 대로 할게, 마자르족 아가씨." 도리언이 한숨을 쉬었다. "사실, 난 쟤들이 좀 안됐지 뭐야. 예전엔 캘리포니아에서 살았다는데, 그땐 무지 근사한 시간을 보냈었나 봐. 그러다 머슬 비치에서 어떤 보디빌더를 폭행하는 사건이 있었대. 쟤들은 그 남자애랑 팔씨름을 한 거라는데, 그 뒤로 일이 일파만파 커진 모양이야. 말 그대로 남부 캘리포니아에서 줄행랑을 놔야 했지. 그 멋진 독일제 자동차를 몰고 사막을 무작정 달렸대. 훗, 내가 쟤들한테 은신처를 제공한 셈이지. 어쨌거나 여러모로 근사한 세입자들인걸. 그 어떤 경비견보다 우리 집을 잘 지킨단 말씀이야. 게다가 어떤 늙은 은막의 여왕한테서 받는다는데, 돈도 엄청 많아."

"그래?" 이그네이셔스가 관심을 보이며 물었다. "그럼 제명 운운한 건 좀 성급했던 거 같군. 정치 운동을 하려면 출처를 따지지 않고 자금을 모아야 하니까. 그 처자들에겐 분명 청바지와 부츠에 가려 잘 보이진 않지만 매력이 있긴 있지." 그는 부글부글 들끓고 있는 손님들 무리를 훑어보았다. "일단 이 사람들을 조용히 시켜. 분위기를 정돈해야 해. 우린 지금 중대한 과업을 눈앞에 두고 있다고."

카우보이, 그 음탕한 가짜 계집은 말채찍으로 우아한 손님 하나를 간질이고 있었다. 검은 가죽 재킷의 촌뜨기는 황홀경에 빠진 손님 하나를 바닥에 메다꽂고 있었다. 사방이 온통 비명과 한숨, 깩깩거리는 탄성 천지였다. 축음기에선 이제 레나 혼이 노래하고 있었다. "세련됐어.""바삭바삭해.""지극히 우주적이야." 축음기를 둘러싼 무리가 경건하게 경탄의 말을 내뱉고 있었다. 돌연 카우보이가 흥분한 팬들에게서 빠져나왔다. 그는 레코드 가사에 맞춰 립싱크를 하기 시작하면서 마치 부츠와 카우보이 모자 차림의 나이트클럽 여가수처럼 간드러지게 실내를 휘젓고 다녔다. 깩깩 넘어들 가는 탄성이 빗발치는 가운데 손님들이 그를 에워싸며 모여들었고, 그 바람에 검은 가죽 촌뜨기는 더는 비틀어 눕힐 사람도 없이 덩그마니 혼자 남겨졌다.

"이 난장판을 당장 멈추게 해." 이그네이셔스가 카우보이에게 윙크를 날리고 있는 도리언에게 소리쳤다. "내가 지금 취향과 품위에 지극히 반하는 행위를 목격하고 있다는 사실도 사실이지만, 저치들이 풍기는 고약한 분비액과 향수 냄새 때문에 숨이 막혀 죽겠단 말이야."

"오, 너무 그렇게 고루하게 굴지 마셔. 그냥 재미 좀 보는 건데, 뭘."

"정말 유감이군." 이그네이셔스가 사무적인 투로 말했다. "내가 오늘 여기 온 건 지극히 중차대한 임무 때문이라고. 손 좀 봐줘야 하는 계집이 있단 말이야. 건방지고 당돌하고 헤프기 짝이 없는 불여우지. 자, 그러니 저 비위 상하는 음악은 끄고 이 남색자들을 좀 진정시켜. 이제 문제의 핵심으로 들어가야 해."

"아이, 뭐야, 난 당신이 재미나게 해줄 줄 알았는데. 이런 식으로 불쾌하고 따분하게 굴 거면, 차라리 그만 가주는 게 좋겠어."

"이대로 갈 순 없어! 아무도 날 막지 못해. 평화! 평화! 평화!"

"오, 이런. 당신 이 일에 진심이구나, **진짜루**, 응?"

이그네이셔스는 도리언을 뿌리치고 우아한 손님들을 마구 밀치며 성큼성큼 실내를 가로질러 가더니 축음기의 플러그를 홱 뽑았다. 그가 돌아서자, 손님들이 내지르는 아파치족 전쟁 구호의 거세 버전이 쏟아졌다.

"이런, 짐승." "미친놈." "도리언이 약속한 게 이거야?" "오, 그 환상적인 레나를." "저 그로테스크한 의상 좀 봐. 저 귀고리도. 오, 기막혀." "내가 제일 좋아하는 노래였는데." "아우, 끔찍해." "어쩜 저렇게 천박할 수가." "정말 엄청난 괴물이잖아." "악몽, 이건 악몽이야."

"조용!" 이그네이셔스가 분노에 찬 그들의 웅성거림을 뚫고 호통을 쳤다. "친구들, 오늘 밤 나는 그대들이 세상을 구하고 평화를 가져올 방법을 알려주고자 여기 이 자리에 섰습니다."

"진짜 미쳤나 봐." "도리언, 이 무슨 재미없는 장난이야?" "대체 어디서 굴러먹다 온 개뼈다귀지?" "매력이라곤 털끝만큼도 없는 주제에." "아우, 더러워." "우울해." "누가 저 기분 째지는 레코드 좀 다시 틀어줘."

"도전은 지금 그대들 앞에 놓여 있습니다." 이그네이셔스가 목청을 한껏 높여 말을 이었다. "그대들만의 남다른 재능을 세상을 구하는 데 쓰겠습니까, 아니면 동포들에게서 그냥 등을 돌리고 말겠습니까?"

"오, 한심하기 짝이 없군!" "하나도 재미없어." "이런 유치한 수작이 계속되면 난 갈래." "저토록 한심한 취향이라니." "누가 레코드 좀 다시 틀어줘. 레나, 나의 레나." "내 코트 어딨지?" "분위기 좋은 바에나 가자." "어머, 내 제일 비싼 재킷에 마티니를 엎질렀어." "분위기 좋은 바에나 가자고."

"오늘날 세계는 심히 불안정한 상황에 처해 있습니다." 이그네이셔스가 앵앵거리고 씩씩거리는 소리들에 맞서 목청을 높였다. 그러다 잠시 말을 멈추고는 빅치프 종이에 끼적거려둔 메모를 찾아 주머니 속을 흘긋 들여다보았다. 하지만 메모 대신 한쪽 귀퉁이가 접히고 찢긴 미스 오하라의 사진을 꺼내고 말았다. 손님 몇몇이 그걸 보고 새된 비명을 질렀다. "우리는 묵시록적 참사를 막아야만 합니다. 불에는 불로 맞서야 합니다. 그러므로 나는 그대들에게 기대를 거는 겁니다."

"오, 세상에, 저 인간이 대체 무슨 소릴 하는 거야?" "나 너무 우울해지려고 해." "저 두 눈, 정말 섬뜩해." "분위기 좋은 바에나 가자니까." "샌프란시스코로 가자."

"조용히 해, 이 변태들아!" 이그네이셔스가 울부짖었다. "내 말 좀 들어보라고."

"도리언." 카우보이가 간드러진 리릭소프라노 목소리로 애원했다. "제발 저 인간 입 좀 막아줘. 우린 한창 신나고 재밌게, 아주 기분 째지게 노는 중이었단 말이야. 오, 저 인간은 재미 하나도 없다니까."

"맞아." 어느 몹시도 우아한 손님이 말했다. 팽팽한 얼굴이 선탠 메이크업을 해서 가무스름했다. "저 인간, 정말 끔찍해. 너무 우울해."

"우리가 이런 헛소리를 다 듣고 있어야 해?" 또 다른 손님이 따져 물었다. 그는 담배가 이그네이셔스를 사라지게 해줄 요술 지팡이라도 되는 양 흔들어대고 있었다. "이거 무슨 장난 같은 거니, 도리언? 알다시피 우린 테마가 있는 파티를 끔찍이도 좋아해. 하지만, 세상에, 이건 아니지. 그러니까 내 말은, 난 텔레비전 뉴스도 안 보는 사람이란 말이야. 하루 종일 가게에서 일하고 왔는데, 파티에 와서 이따위 소리를 듣고 있어야겠어? 기어이 말을 해야겠다면 나중에 하라고 해. 하는 말 취향 하고는, 정말 끔찍해."

"정말 부적절하지 뭐야." 검은 가죽 촌뜨기가 돌연 호들갑스레 교태를 부리며 한숨 쉬듯 말했다.

"좋아." 도리언이 말했다. "레코드 틀어. 진짜루 난 재밌을 줄 알았는데." 그가 이그네이셔스를 쳐다보니, 이그네이셔스는 요란스레 콧방귀를 뀌고 있었다. "알고 보니, 친구들, 이거 완전히 분위기 잡치는 폭탄인걸."

"좋았어." "도리언 최고." "플러그 꽂아야지." "난 레나가 너무 좋아." "이거야말로 레나 생애 최고의 레코딩 아닐까." "정말 세련됐어. 저 특별한 가사들." "뉴욕에서 한 번 본 적이 있는데, 정말 멋지더라." "다음엔 「집시」를 틀어줘. 난 에델을 흠모해." "오, 너무 좋아. 노래 나온다."

거기서 이그네이셔스는 불타는 갑판 위의 소년처럼 서 있었다.* 음악이 성소에서 다시 한 번 솟구쳐 올랐다. 도리언은 실내에 있는 모두가 그러듯 대놓고 이그네이셔스를 무시하며 한 무리의 손님들 쪽으로 쪼르르 달려가 재잘대기 시작했다. 이그네이셔스는 지금, 고등학교 시절 화학실험실에서 그가 하던 실험이 폭발해 눈썹을 태워먹고 기겁을 했던 그 암울한 날만큼이나 외로운 기분이었다. 그때 그는 충격과 공포로 오줌까지 지렸건만 실험실의 누구 한 사람 그에게 신경 쓰지 않았다. 선생조차도 못 본 척했는데, 이그네이셔스는 과거에도 여러 번 비슷한 폭발을 일으킨 적이 있어 미운 털이 단단히 박혔던 것이다. 그날 내내, 풀이 죽어 교내를 서성이던 그를 모두가 투명 인간인 양 취급했다. 지금 도리언의 거실에 서서 다시금 투명 인간이 된 기분에 사로잡힌 이그네이셔스는 자의식을 털어내려고 상상의 적에게 단검으로 페인트 공격을 가하기 시작했다.

---

* 영국 여류시인 펠리시아 헤먼스의 시 「카사비앙카」의 첫 행 "The boy stood on the burning deck"을 차용한 구절. 1798년 나일 해전 중 폭발한 프랑스 기함에서 끝까지 자리를 지키다 죽은 소년(프랑스 해군 장교의 아들)의 헌신적이고 영웅적인 죽음을 기리는 내용.

이젠 많은 이들이 레코드의 노래를 따라 부르고 있었다. 두 사람이 축음기 근처에서 춤을 추기 시작했다. 춤은 산불처럼 번졌고, 실내는 곧 무도장의 지브롤터인 양 외톨이로 남겨진 이그네이셔스 주위를 쌍쌍이 몸을 흔들며 빙글빙글 도는 커플들로 가득 찼다. 도리언이 카우보이의 품에 안겨 휙 지나갈 때, 이그네이셔스는 그의 주목을 끌어보려 했으나 허사였다. 카우보이를 단검으로 찔러보려고까지 했지만, 그 둘은 과연 교활하고 날랜 댄스 팀이었다. 끝내 이그네이셔스의 존재감이 완전히 소멸되려는 순간, 돌연 프리다, 리즈, 그리고 베티가 부엌에서 들이닥쳤다.

"저놈의 부엌 더는 못 견디겠다." 프리다가 이그네이셔스에게 말했다. "우리도 뭐, 다 같은 인간이잖아." 그녀는 이그네이셔스의 배에 가볍게 주먹을 날렸다. "당신 왕따구나, 뚱땡이."

"그게 무슨 말인지?" 이그네이셔스가 도도하게 물었다.

"당신 의상이 반응이 영 별로인 거 같다 이 말씀이야." 리즈가 한마디 거들었다.

"실례지만, 아가씨들. 난 이만 가봐야겠군."

"어이, 가지 마, 뚱보 씨." 베티가 말했다. "누가 춤을 청해올 거야. 저치들은 괜히 당신 엿 먹이는 거라고. 배를 포기하지 마.* 저치들, 자기네 엄마한테도 엿 먹일 인간들이라니까."

마침 그 순간, 티미가 거실에 나타났다. 그는 잃어버린 참팔찌를 찾으러, 그리고 할 수만 있다면 사슬 놀이를 더 해보려는 열망을 갖고 슬그머니 노예 숙사로 다시 갔다가 돌아온 참이었다. 그가 딴전을 부리듯 쭈뼛쭈뼛 이그네이셔스에게로 다가오더니 애절하게 물었다. "춤추지 않을

---

* 1812년 영미전쟁 때 미국 해군 함장 제임스 로렌스가 영국 함대와의 교전에서 치명상을 입고 휘하의 장교들에게 내린 명령. "배를 포기하지 말라. 가라앉을 때까지 지휘하라."

래?”

“거봐, 우리가 뭐랬어.” 프리다가 이그네이셔스에게 말했다.

“나 그거 보고 싶어.” 리즈가 소리쳤다. “너희 둘 림보춤 추는 거, 그것 좀 보자. 자, 어서. 막대 대신 빗자루 가져올게.”

“오, 하느님 맙소사!” 이그네이셔스가 말했다. “제발. 난 춤 못 춰.”

“오, 그러지 말고.” 티미가 말했다. “내가 가르쳐줄게. 난 춤추는 거 좋아하거든. 내가 리드할게.”

“어서 해봐, 이 왕궁둥이.” 베티가 으름장을 놓았다.

“안 돼. 가당찮은 일이야. 단검에, 이 가운에. 다치는 사람이 생길지도 몰라. 난 연설하러 왔지 춤추러 온 게 아니라고. 나 춤 안 춰. 절대 안 춰. 평생 한 번도 춰본 적이 없다니까.”

“그럼 지금 춰보면 되겠네.” 프리다가 그에게 말했다. “이 수병의 기분을 상하게 하면 안 되지.”

“안 춘다니까 그러네!” 이그네이셔스가 박박 짖어댔다. “춰본 적도 없고, 춘다 하더라도 술 취한 변태 녀석이랑 시작할 생각은 더더욱 없어!”

“오, 너무 그렇게 이성애자처럼 굴지 마.” 티미가 한숨을 쉬었다.

“내 균형감각은 항상 수준미달이었단 말이야.” 이그네이셔스가 해명했다. “우린 바닥으로 추락해 엉덩이가 부서질 게 뻔해. 제정신도 아닌 이 수병은 불구가 되거나 그보다 더한 상황에 처할 수도 있어.”

“이 뚱보, 말썽꾼으로 보이는데.” 프리다가 친구들에게 말했다. “안 그래?”

프리다가 한쪽 눈을 찡긋해 보이자 세 여자가 한꺼번에 이그네이셔스를 공격했다. 한 여자는 그에게 다리를 걸었고, 또 한 여자는 그의 무릎 뒤쪽을 걷어찼다. 그리고 나머지 여자는 근처에서 빙글빙글 돌고 있던 카우보이에게로 그를 와락 떼밀었다. 이그네이셔스는 용케 카우보이를 움켜잡고 버티고 섰는데, 카우보이는 그만 도리언의 공포에 질린 손을 놓치고서 근들근들하는가 싶더니 곧 바닥으로 떨어졌다. 카우보이가 바닥에 내려앉는 순간, 축음기 바늘이 레코드에서 튀어 올라 음악이 멈췄다. 대신 그 자리는 손님들이 일제히 질러대는 새된 비명과 공포의 절규로 채워졌다.

"오, 도리언, 저 인간 좀 쫓아내!" 어느 우아한 손님이 혼비백산해서 비명을 질렀다.

손님들 중 일부가 거실 한구석으로 우르르 몰려가자, 반지와 팔찌와 커프스단추 들이 한꺼번에 짤랑거리며 엄청난 금속성 소음을 터뜨렸다.

"어이, 뚱보, 저 암캐 같은 카우보이 녀석을 볼링 핀처럼 간단히 쓰러뜨리던데." 프리다가 이그네이셔스를 보고 감탄스럽다는 듯 외쳤다. 그는 아직도 균형을 잡느라 두 팔을 허우적거리고 있었다.

"잘했어, 뚱땡이." 리즈가 말했다.

"뚱땡이를 누구 다른 사람한테 발사해보자." 베티가 친구들에게 말했다.

"당신 대체 무슨 짓을 한 거야, 이 흉측한 짐승, 이 괴물아?" 도리언이 이그네이셔스를 보고 울부짖었다.

"이건 능욕이야." 이그네이셔스가 호통을 쳤다. "내가 이따위 모임에 와서 무시당한 것도 모자라 중상모략까지 당하다니. 이 올가미 같은 집 사방 벽에 갇혀 아주 고약한 공격을 다 당하는군. 네놈이 책임보험에라도 들어 있길 바라는 바다. 그렇지 않다면, 내 법률고문들이 네놈을 손봐주는 날에 이 번지르르한 재산을 잃을 수도 있으니까."

도리언은 무릎을 꿇고 앉아 카우보이의 얼굴에 손부채질을 해주고 있었다. 카우보이의 눈꺼풀이 파닥거리기 시작했다.

"저 인간 나가라고 해, 도리언." 카우보이가 흐느꼈다. "하마터면 날 죽일 뻔했어."

"난 당신이 색다르고 재미있는 사람인 줄 알았어." 도리언이 이그네이셔스를 보고 씩씩거렸다. "그런데 알고 보니 우리 집에 발 들여놓은 것들 중 최악의 저질이지 뭐야. 문을 부순 순간부터 요 모양 요 꼴이 될 줄 짐작했어야 하는 건데. 아휴, 이 착한 애한테 대체 무슨 짓을 한 거야?"

"아악, 바지가 더러워졌어." 카우보이가 깩깩 괴성을 질렀다.

"나도 잔인하게 공격을 당해 그 날라리 카우보이 자식한테 떼밀렸던 거라고."

"뻥까지 마, 뚱땡이." 프리다가 말했다. "우리가 다 봤어. 이 인간이 질투를 하던데, 도리언. 너랑 춤추고 싶었던 거지."

"아우, 끔찍해." "빨랑 가라고 해." "파티 다 망치고 있잖아." "정말 괴물 같아." "위험한 자야." "완전 말짜군."

"그만 나가줘!" 도리언이 소리쳤다.

"우리가 처리해주지." 프리다가 말했다.

"그래, 좋다." 이그네이셔스는 세 여자가 퉁퉁한 손들을 그의 노점상 가운에 푹 찔러 넣고 그를 문간으로 몰아가기 시작하자 호기롭게 말했다. "너희는 이제 선택을 한 거다. 전쟁과 유혈참사가 난무하는 세상에서 살아가도록 해. 폭탄이 떨어지더라도 날 찾아올 생각은 마. 나는 내 방공호에 숨어 있을 테다!"

"입 닥쳐." 베티가 말했다.

세 여자는 이그네이셔스를 문밖으로 몰고 나와 진입로 끝으로 밀어댔다.

"이 운동에서 손을 떼게 해주어 감사하오, 운명의 여신이여!" 이그네이셔스가 벼락같이 고함을 질렀다. 여자들이 그의 스카프를 내리쳐 한쪽 눈을 덮어버린 통에, 어디로 가고 있는지 잘 볼 수도 없었다. "너희처럼 병적인 인간들은 유권자들을 사로잡지도 못해."

그들은 정문 밖 인도로 이그네이셔스를 와락 밀쳐냈다. 정문에 있는 스패니시 대거 나무들이 종아리를 아프게 찌르는 바람에 그는 앞으로 고꾸라질 뻔했다.

"좋아, 덩치." 프리다가 정문을 닫으며 소리쳤다. "앞으로 딱 십 분 준다. 십 분 지나면 우리가 쿼터를 이 잡듯 뒤질 테니 알아서 해."

"그 살찐 궁둥이 우리 눈에 안 띄는 게 좋을 거야." 리즈가 말했다.

"얼른 꺼져, 뚱보 씨." 베티가 덧붙였다. "우린 싸움다운 싸움을 못 해본 지 오래 됐거든. 몸이 아주 근질근질하다고."

"너희 운동은 이제 끝장이다." 이그네이셔스가 서로 밀치며 진입로를 걸어 들어가는 여자들의 등에 대고 징징거렸다. "내 말 들려? 끄-을-짜-앙. 너희는 정치나 유권자 설득에 대해서 아무것도 모르지. 전국에서 단 한 군데 선거구도 쟁취하지 못할 거다. 쿼터 지구조차 따내지 못할 거라고!"

문이 쾅 닫히고 여자들은 파티장으로 되들어갔다. 파티는 여세를 몰아 다시금 분위기가 고조되는 듯했다. 음악이 다시 시작되었고, 꺅꺅거리고 숨넘어가는 새된 비명이 이그네이셔스의 귀에 전보다 더 시끄럽게 들려왔다. 그는 단검으로 검은 덧문을 쿵 쿵 두드리며 악을 썼다. "너희는 패하고 말 거다!" 춤을 추는 무수한 발들이 토닥토닥 구르고 스륵스륵 비비는 소리만이 그의 외침에 화답해왔다.

곧 실크 정장에 중절모 차림의 웬 신사가 인접한 건물 문간의 어둠 속에서 잠시 나오더니, 여자들이 들어가고 없는지를 확인했다. 그러고는 이그네이셔스를 지켜보며 다시 어둠 속으로 사라졌다. 이그네이셔스는 미칠 듯이 노하여 뒤뚱뒤뚱 건물 앞을 서성이고 있었다.

이그네이셔스의 유문은 철썩 닫히는 것으로 감정상의 동요에 반응했다. 두 손 역시 미치도록 가려운 좁쌀 같은 하얀 발진을 풍성하게 틔우는 것으로 공감을 표했다. 이제 평화 운동 건에 대해 머나에게 뭐라고 한단 말인가? 실패로 끝난 '무어인의 존엄을 위한 성전'처럼, 이제 그는 가려운 두 손에 또 한 번의 완패를 떠안게 되었다. 운명의 여신 포르투나, 이 사악한 걸레 같으니라고. 아직 어스름이 내리지도 않았는데, 이대로 콘스탄티노플 거리로 돌아가 어머니에게 갖은 공격을 당할 수는 없었다. 감정이 한껏 고무되어 가다가 절정의 발치에서 그만 꺾여버린 이 마당에 도저히 그럴 수는 없었다. 거의 일주일을 초동집회에만 전념해왔건만, 지금 그는 수상쩍은 세 여자에 의해 정치적 투쟁의 장에서 쫓겨난 신세가 되어 좌절과 분노에 휩싸인 채 세인트피터 거리의 축축한 포석 위에 서 있었다.

늘 그렇듯 빈사 상태인 미키 마우스 손목시계를 들여다보며 그는 몇 시쯤 되었을까 생각했다. 어쩌면 〈기쁨의 밤〉에서 첫 공연을 보기에 이른 시각일지도 몰랐다. 아니, 미스 오하라의 공연은 이미 막을 올렸을지도 모른다. 그와 머나가 정치 행위의 영역에서 겨룰 운명이 아니라면, 그렇다면 섹스의 영역에서 겨루어야 하리라. 미스 오하라는 머나의 시건방진 두 눈, 정확히 정확히 그 사이에 날카롭기 그지없는 창을 꽂아줄 것이다. 이그네이셔스는 다시 한 번 사진을 들여다보며 군침을 흘렸다. 어떤 종류의 애완동물일까? 오늘 밤을 실패의 아가리에서 억지로라도 끌어낼 가능성은 아직 남아 있었다.

그는 한쪽 앞발로 다른 쪽 앞발을 긁어대며, 신변의 안전이라도 확보하자면 서둘러 움직이는 게 상책이라고 생각했다. 그 야만적인 세 여자가 자신들이 내뱉은 협박을 정말로 실행에 옮길지도 모르니까. 그는 버번 거리를 향해 세인트피터 거리를 출렁출렁 걸어 내려갔다. 실크 정장에 중절모 차림의 신사가 문간 어둠 속에서 나와 그의 뒤를 쫓았다. 버번 거리와 만나는 지점에서 이그네이셔스는 방향을 꺾었고, 밤을 즐기러 나온 관광객들과 쿼터 사람들의 행렬을 뚫고 커널 거리 쪽으로 걷기 시작했다. 이 인파 속에 섞이니 그도 특별히 희한해 보이진 않았다. 그는 엉덩이를 이리저리 자유자재로 흔들어 사람들을 통통 쳐내면서 좁은 인도 위의 인파를 헤치고 나아갔다. 머나가 미스 오하라에 관한 소식을 읽는다면 아마 경악한 나머지 편지지 위로 에스프레소를 왕창 뿜어낼 것이다.

그가 길을 건너 〈기쁨의 밤〉이 자리한 구역에 이르자 약쟁이 깜둥이가 외쳐대는 소리가 들렸다. "우아! 어서들 옵쇼. 미스 할라 오호러가 애완동물 데리고 춤추는 거 보러들 옵쇼. 백 프로 진짜배기 남부 대농장 댄싱 쇼 확실히 보장함다. 거 지랄 맞은 술은 뽕 맞고 골로 갈 위력 완전 보장이요. 우아! 술잔에 입만 갖다 대도 무조건 성병 감염이요. 어어! 생전 들도 보도 못한 미스 할라 오호러의 옛 남부 애완동물 댄싱 쇼. 오늘 밤이 드디어 오프닝나이트. 이런 쇼는 어디서도 두 번 다시 구경 못 한다. 이야."

이그네이셔스는 〈기쁨의 밤〉 앞을 서둘러 지나가는 행인들 사이로 그를 보았다. 보아 하니 호객꾼의 간절한 외침에 귀 기울이는 사람은 아무도 없는 듯했다. 호객꾼은 소리치는 걸 멈추고 먹구름 한 덩어리를 훅 뿜어 올렸다. 그는 연미복을 입고 실크해트를 짙은 선글라스 위로 비스듬히 눌러 쓴 채, 자신의 호소에 전혀 아랑곳하지 않는 사람들을 향해 담배연기 너머로 미소를 짓고 있었다.

"여기요, 여기! 다들 이리로 얼렁얼렁들 옵쇼. 가던 길 멈추고 거 궁뎅이를 〈기쁨의 밤〉 스툴에다가 좀 꽉꽉 박아들 봅쇼." 그가 다시 외치기 시작했다. "〈기쁨의 밤〉은 진짜배기 흑인들 데려다가 최저임금도 안 주고 부려먹는 곳임다. 우아! 진짜보다 더 진짜 같은 남부 대농장 분위기 진짜로 보장함다. 손님들 눈알 바로 코앞 무대에선 목화솜이 자라고요, 막간에는 거 민권운동가 궁뎅이를 평평 두들겨 패줌다. 어어!"

"미스 오하라 벌써 시작했나?" 이그네이셔스가 호객꾼의 팔꿈치를 쿡 찌르며 군침을 삼켰다.

"이야!" 드디어 옘병할 뚱보가 납시었다. 몸소. "이봐요, 귀고리랑 스카프는 어째서 아직도 하고 있냐고요. 아무튼 그게 도대체 무슨 차림이에요?"

"제발." 이그네이셔스는 단검을 살짝 달가닥거렸다. "수다 떨 시간 없어. 미안하지만 오늘 밤엔 출세에 대해 충고해줄 것도 없고. 미스 오하라 시작했나?"

"몇 분 있으면 시작하걸랑요. 어서 궁뎅이 디밀고 들어가 무대 앞자리에 앉으라고요. 웨이터장한테 말했더니, 테이블 하나 예약해놓는댔으니까."

"정말인가?" 이그네이셔스가 간절히 물었다. "나치 여주인은 나가고 없으면 좋겠는데."

"오늘 오후에 캘리포니아로 휙 날아갔다고요. 할라 오호러가 너무 훌륭해서, 자기는 한동안 바닷물에 궁뎅이나 담그고 클럽 걱정은 안 하겠대요."

"훌륭하군, 훌륭해."

"자, 빨랑 쇼 시작하기 전에 들어가라고요. 우아! 단 일 분도 놓치고 싶지 않을걸요. 옘병. 할라가 몇 초 뒤에 바로 나온다니까요. 어서 가서 저 지랄 맞은 무대 바로 밑에 자리 잡고 앉아서 미스 오하라 볼기짝에 소름 돋는 거까지 다 보라고요."

존스는 이그네이셔스를 재빨리 패딩문으로 몰아붙였다.

이그네이셔스는 뒤에서 어찌나 힘을 받았던지, 가운이 발목에 풀럭 휘감길 정도로 휘청하며 〈기쁨의 밤〉으로 떠밀려 들어갔다. 실내는 어두컴컴했지만, 〈기쁨의 밤〉이 지난번 왔을 때보다 좀 더 더러워졌다는 건 알아볼 수 있었다. 바닥에 먼지가 하도 많아, 미량이나마 목화 수확이 가능하지 않을까 싶을 정도였다. 물론 목화가 보일 리는 만무했다. 이건 〈기쁨의 밤〉이 표방하는 악덕 상술의 일환임이 틀림없었다. 그는 웨이터장을 찾아 주위를 두리번거렸지만 아무도 보이지 않았고, 그래서 군데군데 놓인 테이블에 흩어져 앉은 노인 몇 명을 지나쳐 어두침침한 실내를 쿵 쿵 걸어가서는 무대 바로 밑 작은 테이블에 엉덩이를 부렸다. 그의 사냥모자는 단독으로 빛을 발하는 녹색의 각광처럼 보였다. 이렇게 가까운 자리라면, 미스 오하라에게 무슨 몸짓을 해 보이거나 보에티우스에 대해 뭔가 귓속말을 해서 관심을 끌 수도 있을 것 같았다. 관객 중에 영혼의 동지가 있는 걸 알면 그녀는 압도당하고 말리라. 이그네이셔스는 이곳에 앉아 있는, 몇 안 되는 멍한 눈빛의 사내들을 흘끗 둘러보았다. 확실히 미스 오하라는 한낮의 영화관에서 아이들이나 성추행할 얼빠지고 일그러진 늙은 이들처럼 보이는 이 음침한 돼지들에게 자신의 진주를 던질 수밖에 없는 신세였다.

작은 무대의 양옆에 자리한 삼인조 밴드가 「그대는 내 행운의 별」을 쿵작쿵작 연주하기 시작했다. 그 자체로 좀 더러워 보이는 무대에 현재로선 음란한 무희들이라곤 보이지 않았다. 이그네이셔스는 뭐라도 좀 주문하려고 카운터 쪽을 건너다보았고, 지난번 어머니와 그에게 술을 내준 바로 그 바텐더의 눈이 마주쳤다. 바텐더는 그를 못 본 척했다. 그러자 이그네이셔스는 카운터에 기대앉은 한 여자에게 요란스러운 눈짓으로 신호를 보냈다. 마흔 살쯤 되어 보이는 이 라틴계 여자는 금니를 한두 개 드러내며 끔찍한 추파를 던져왔다. 그녀는 바텐더가 미처 말릴 새도 없이 카운터에서 무겁게 몸을 떼더니 테이블로 다가왔고, 이그네이셔스는 무대가 따뜻한 난로라도 되는 양 거기에 바짝 붙으며 움츠러들었다.

"술 한 잔 할라나, 친구?"

지독한 입 냄새가 콧수염을 거쳐 코로 훅 끼쳤다. 그는 모자에서 스카프를 벗겨내 콧구멍을 틀어막았다.

"네, 고맙군요." 그가 스카프에 눌린 목소리로 대답했다. "닥터 너트 한 병 주시겠습니까? 반드시 차갑게 서리 앉은 걸로."

"어디, 머가 있나 보자." 여자가 두루뭉술한 대답을 내뱉고는 밀짚 샌들을 딸각거리며 카운터로 돌아갔다.

이그네이셔스는 그녀가 몸동작을 마구 섞어가며 바텐더에게 얘기하는 모습을 지켜보았다. 두 사람은 다양한 손짓과 몸짓을 취해 보였는데, 그 대부분이 이그네이셔스를 가리키는 것이었다. 어찌됐든 이그네이셔스 생각에는, 근육질 여자들 셋이 쿼터를 아무리 휘젓고 다녀도 이 소굴에 들어앉아 있는 한 자신은 안전하리라 여겨졌다. 바텐더와 여자가 신호를 좀 더 주고받더니, 이윽고 여자가 샴페인 두 병과 술잔 두 개를 들고 샌들을 딸각거리며 이그네이셔스에게로 돌아왔다.

"닥터 너트 없어." 그녀는 이렇게 말하며 테이블 위에 쟁반을 쾅 내려놓았다. "미라*, 샴페인 값 이십사 달러야."

"이건 불법이오!" 그는 여자를 향해 몇 차례 단검을 휘둘렀다. "콜라나 갖다 줘요."

"콜라 없어. 암것도 없어. 샴페인뿐이야." 여자는 테이블에 자리를 잡고 앉았다. "자, 어서, 자기. 샴페인 따바. 나 아주 목말라."

또다시 입 냄새가 술술 풍겼다. 이그네이셔스는 이러다 질식하지 싶을 만큼 단단히 스카프로 코를 틀어막았다. 이 여자에게서 무슨 병균이라도 옮겨붙어, 그것이 두뇌로 급속히 침투하여 자신을 꼭 덜떨어진 몽고증 환자로 만들어버릴 것만 같았다. 혹사당하는 미스 오하라. 직장동료랍시고

---

* 스페인어로 '이봐'.

이런 인간 이하의 여자들이랑 갇혀 지내는 처지라니. 필연적으로 미스 오하라의 보에티우스적인 초연함은 몹시 숭고하리라. 라틴 여자가 이그네이셔스의 무릎에 계산서를 떨어뜨렸다.

"감히 내 몸에 손대지 마!" 그가 스카프를 뚫고 호통을 쳤다.

"**아베 마리아!* 케 파토!****" 여자가 혼잣말로 중얼거렸다. 그러고는 이렇게 말했다. "**미라**, 지금 돈 내나, 이 **마리콘*****. 그 큰 **쿨로****** 칵 차서 쫓아낼 거야."

"어찌 이리도 친절하실까." 이그네이셔스가 웅얼거렸다. "뭐, 당신이랑 술 마시려고 온 건 아니니까. 그만 이 테이블에서 썩 꺼지시지." 그는 입으로 크게 심호흡을 했다. "이 샴페인도 가져가고."

"**오이, 로코*******, 당신……."

여자의 협박은 매가리 없는 팡파르 비슷한 걸 울려대는 밴드 소리에 묻혀버렸다. 그리고 레이나 리가 황금빛 금박 멜빵바지를 입고 무대에 나타났다.

"오, 하느님 맙소사!" 이그네이셔스가 침을 튀겼다. 약쟁이 깜둥이가 그를 감쪽같이 속인 것이다. 그는 클럽을 당장 뛰쳐나가고 싶었지만, 여주인이 용건을 끝내고 무대를 뜰 때까지 기다리는 편이 더 현명하리라는 걸 깨달았다. 순식간에 그는 무대 옆면에 머리를 처박고 웅크렸다. 머리 위로 나치 여주인이 말하기 시작했다. "환영합니다, 신사 성기 여러분." 불쾌하기 짝이 없는 첫마디에 이그네이셔스는 하마터면 테이블을 쳐서

---

* 스페인어로 '아이고, 세상에'.

** 스페인어로 '이런 괴짜 녀석'.

*** 스페인어로 '호모 자식'.

**** 스페인어로 '엉덩이'.

***** 스페인어로 '어이, 이 미친놈'.

넘어뜨릴 뻔했다.

"지금 돈 내나." 라틴 여자가 손님의 얼굴을 찾아 테이블 밑으로 머리를 들이밀며 독촉했다.

"입 다물어, 이 걸레 같으니라고." 이그네이셔스가 쉭쉭거렸다.

밴드가 사박자로 편곡된 「세련된 숙녀」를 더듬더듬 연주하기 시작했다. 나치 여주인이 큰 소리로 외쳤다. "자, 이제 소개합니다. 순수하고 아리따운 숫처녀, 미스 할렛 오하라." 어느 테이블의 늙은이 하나가 힘없이 박수를 쳤고, 이그네이셔스가 무대 가장자리 위를 슬쩍 올려다보니 여주인은 무대를 내려가고 없었다. 대신 그 자리엔 여러 개의 링으로 장식된 스탠드 하나가 서 있었다. 미스 오하라는 대체 뭘 하려는 걸까?

이윽고 달린이 나일론 망사를 몇 미터나 질질 늘어뜨린 이브닝드레스 차림으로 무대를 쓸며 당당히 등장했다. 머리에는 테가 넓은 기괴한 모자가, 팔에는 기괴한 새 한 마리가 얹혀 있었다. 또 다른 누군가가 박수를 쳤다.

"미라, 지금 돈 내나. 안 그럼 칵, 이 카브론*."

"얘, 오늘 무도회는 멋쟁이 불알들이 넘쳐났지만, 그래도 난 순결을 잘 지켰단다." 달린이 새를 보고 조심스레 말했다.

"오, 하느님 맙소사!" 이그네이셔스는 더는 입을 다물고 있을 수가 없어 버럭 고함을 질렀다. "저런 백치가 진정 할렛 오하라란 말인가?"

앵무새가 달린보다 먼저 그를 알아보았는데, 새의 구슬 같은 두 눈이 무대에 오른 뒤로 줄곧 이그네이셔스의 큼지막한 링 귀고리에 눈독을 들이고 있었기 때문이다. 이그네이셔스가 고함을 지른 순간, 새는 달린의 팔에서 푸드득 날아올라 무대로 내려앉더니 깩깩거리고 폴짝폴짝 뛰면

---

* 스페인어로 '개자식'.

서 이그네이셔스의 머리를 향해 돌진했다.

"어머머." 달린이 외쳤다. "그 미친놈 아냐."

이그네이셔스가 황급히 클럽에서 도망치려는 순간, 새가 무대에서 폴짝폴짝 뛰어와 그의 어깨 위로 냅다 올라앉았다. 새는 노점상 가운에 발톱을 단단히 박고서 부리로 귀고리를 잽싸게 물었다.

"이럴 수가!" 이그네이셔스는 펄쩍 뛰어올라 가려움에 시달리는 두 앞발로 새를 마구 후려쳤다. 저 타락한 여신 포르투나는 그의 앞길에 대체 무슨 조류의 저주를 심어놓았단 말인가? 그가 자리를 박차고 문을 향해 비트적거리며 걷기 시작하자 샴페인 병들과 유리잔들이 바닥에 떨어져 박살이 났다.

"내 앵무새 데리고 와." 달린이 부르짖었다.

레이나 리도 이제 무대 위에 올라와 악을 쓰고 있었다. 밴드는 연주를 멈추었다. 몇 안 되는 늙은 후원자들은 이그네이셔스의 진로에서 비켜났고, 그는 작은 테이블 사이사이를 허우적허우적 나아가는 내내 자신의 귀와 어깨에 착 달라붙은 장밋빛 깃털 덩어리를 마구 후려치며 짐승 같은 괴성을 내지르고 있었다.

"도대체 저 진상이 여길 어떻게 들어왔죠?" 레이나 리가 객석에서 어리벙벙해 있는 칠십대 노인들을 보고 물었다. "존스 어딨어? 누가 존스 자식 좀 불러와."

"돌아와, 이 미친 뚱보 자식아." 달린이 울부짖었다. "오프닝나이트란 말이야. 왜 하필 막 올리는 날 여기 온 거야?"

"세상에." 문을 찾아 더듬거리던 이그네이셔스가 헐떡이며 말했다. 그가 지나온 자리에는 뒤집어진 테이블이 즐비했다. "이 악마들아, 감히 순진한 고객들한테 미친 새를 날려? 내일 아침 당장 고소당할 줄 알아."

"돌아와! 이십사 달러 내놔. 지금 당장 내노라고."

이그네이셔스는 앵무새를 달고서 허둥지둥 뛰쳐나가다가 테이블 하나를 더 엎었다. 그 순간 귀고리가 느슨해지는 느낌이 드는가 싶더니, 앵무새와 그놈 부리에 단단히 물린 귀고리가 어깨에서 홀러덩 떨어져나갔다. 공포에 질린 이그네이셔스는 라틴 여자를 간발의 차이로 제치고 문밖으로 튀어나갔고, 여자는 아주 단호하게 계산서를 흔들어댔다.

"우아! 이봐요!"

이그네이셔스는 비트적거리며 존스를 그대로 지나쳐갔다. 존스는 사보타주가 이렇게 극적인 양상을 띠게 될 줄은 상상도 못했다. 완고하게 닫혀버린 유문을 움켜쥔 채 연방 숨을 헐떡이며 이그네이셔스는 거리로, 그리고 달려오는 디자이어행 버스의 진로로 전진을 계속했다. 처음엔 인도의 행인들이 내지르는 비명이 들렸다. 뒤이어 쿵쿵쿵쿵 길바닥을 난타하는 타이어 소리와 끼익 하는 브레이크 소리가 들렸고, 그러고 나서 눈을 힐긋 치켜떴을 땐 불과 일 미터쯤 앞에서 쏟아지는 전조등 불빛에 그만 눈이 부셔 아무것도 보이지 않았다. 시야에서 전조등이 잠시 일렁이다 점차 사라지면서 그는 혼절하고 말았다.

존스가 얼른 차도로 뛰어들어 그 큼지막한 손으로 하얀 가운을 잡아당기지 않았더라면 이그네이셔스는 버스 바로 코앞에서 쓰러졌을 것이다. 대신 그는 뒤로 벌렁 나자빠졌고, 버스는 디젤 배기가스를 내뿜으며 그의 사막부츠에서 일이 인치쯤 떨어진 지점을 덜컹거리며 지나갔다.

"죽었어?" 레이나 리가 도로에 뻗은 하얀 천의 둔덕을 찬찬히 살피며 기대에 찬 목소리로 물었다.

"죽으면 안 대. 이십사 달라 받아야 대, 저 **마리콘**."

"이봐요, 일어나봐요, 옘병." 존스가 축 늘어진 형체 위로 담배연기를 내뿜으며 말했다.

실크 정장에 중절모 차림의 신사가 골목에서 걸어 나왔다. 그는 이그네이셔스가 〈기쁨의 밤〉에 들어가는 걸 본 뒤로 줄곧 그곳에 숨어 있었다. 그러다 이그네이셔스가 클럽에서 하도 저돌적이고 다급하게 뛰쳐나오는 바람에 너무 놀라서 여태 아무 행동도 하지 못하고 있었던 것이다.

"제가 좀 보겠습니다." 중절모의 신사는 이렇게 말하며 허리를 굽혀 이그네이셔스의 심장에 귀를 갖다 댔다. 북소리가 쿵쿵 나는 걸 보니, 몇 마나 됨직한 하얀 가운 속에 생명은 아직 살아 숨 쉬고 있었다. 그는 이그네이셔스의 맥을 짚었다. 미키 마우스 시계는 박살이 나 있었다. "이 사람 괜찮습니다. 잠시 정신을 잃었을 뿐이에요." 신사가 큼큼 목청을 가다듬더니 매가리 없이 지시를 내렸다. "모두 물러서세요. 숨통을 좀 터줍시다."

거리는 사람들로 가득 찼고, 버스는 그로부터 몇 미터 아래 멈춰 선 채 교통을 막고 있었다. 갑자기 마르디 그라 축제 시즌의 버번 거리 같았다.

존스는 검은 선글라스 너머로 이 낯선 신사를 바라보았다. 어쩐지 낯이 익은 얼굴이었다. 전에 본 적이 있는 어떤 사람이 옷을 잘 차려입고 나타난 그런 느낌이랄까. 특히 유약한 눈빛이 아주 눈에 익었다. 존스는 붉은 수염 위로 보이던, 이와 똑같은 눈이 기억났다. 그리고 캐슈너트 사건 때 서에서 파란 모자 밑으로 보이던, 역시나 이와 똑같은 눈이 기억났다. 그는 입을 꾹 다물었다. 경찰은 경찰이었다. 이들이 굳이 괴롭히지 않는 한 못 본 척하는 게 상책이었다.

"저 사람은 어디서 왔대요?" 달린이 둘러선 사람들에게 묻고 있었다. 장밋빛 앵무새는 다시 그녀의 팔에 얹혀 있었고, 귀고리가 황금빛 벌레처럼 부리에서 대롱거렸다. "오프닝나이트에 이 무슨 날벼락이람. 이제 어떡해요, 레이나?"

"어떡하긴 뭘 어떡해." 레이나가 발끈하며 말했다. "저 진상은 거리 청소부가 올 때까지 그냥 뻗어 있게 놔둬. 그리고 존스 이놈은 혼쭐을 내야지."

"우아! 이봐요! 저자는 제멋대로 들어간 거라고요. 우리 둘이 멱살을 잡고 맞붙었지만, 저 옘병할 인간은 〈기쁨의 밤〉에 들어가려고 아예 작정을 한 거 같더라니까요. 나는 까딱 잘못해서 사장님이 빌린 이 옷 찢어먹을까 봐 여간 겁이 난 게 아니걸랑요. 그 돈까지 물어내야 하면 〈기쁨의 밤〉은 파산하지 않겠느냐고요. 우아!"

"그 잘난 주둥아리 좀 닥치지 못해. 아무래도 서에 전화해서 내 친구들한테 까바쳐야겠다. 넌 해고야. 달린, 너도. 너한테 무대를 맡긴 내가 잘못이지. 그 빌어먹을 새 데리고 우리 집 인도에서 썩 꺼져." 레이나는 이제 사람들에게로 몸을 돌렸다. "자, 여러분, 이왕 여기까지 오셨으니 〈기쁨의 밤〉으로 좀 들어오시는 게 어때요? 우리 클럽에선 품격 있는 쇼를 제공해드린답니다."

"미라, 리." 라틴 여자가 레이나 리에게 썩은 입 냄새를 슬쩍 풍겼다. "샴페인 값 이십사 달라 누가 내?"

"너도 해고야, 이 멍청한 히스패닉 년." 레이나가 미소를 지었다. "어서 들어오세요, 어서 들어오세요, 여러분. 들어들 오셔서, 손님들 입맛에 딱딱 맞춰 우리 칵테일 전문가들이 만들어내는 근사한 술맛도 좀 보시고요."

하지만 사람들은 요란하게 숨을 씨근거리고 있는 하얀 둔덕을 목들을 쭉 빼고 바라보느라 품격에로의 초대를 거부했다.

레이나 리가 이놈의 둔덕을 콱 걷어차서 의식을 차리게 만들어 자기 가게 앞 길도랑에서 치워보릴 작정으로 막 걸음을 떼려는 참인데, 중절모의 신사가 공손히 말을 걸어왔다. "전화를 좀 썼으면 합니다. 앰뷸런스를 부르는 게 좋을 듯싶어서요."

레이나는 실크 정장, 모자, 그리고 유약하고 불안정한 두 눈을 바라보았다. 안심할 수 있는 사람, 다루기 쉬운 사람은 귀신같이 알아보는 그녀가 아닌가. 돈 많은 의사일까? 아니면 변호사? 잘하면 이 작은 재난을 전화위복의 계기로 만들 수 있을지도 모른다.

"그럼요." 레이나가 속삭이듯 말했다. "도로에 자빠져 있는 저 진상한테 붙어 괜히 시간 낭비하실 거 뭐 있나요. 저 인간, 백수건달이나 마찬가지랍니다. 선생님은 재미를 즐길 줄 아시는 분 같은데요." 그녀는 신사에게 다가가려고 하얀 가운의 둔덕을 빙 돌았다. 둔덕은 화산처럼 요란하게 씩씩대며 콧김을 마구 내뿜고 있었다. 이그네이셔스는 환상의 나라 그 어쯤에서, 잔뜩 겁에 질린 머나 민코프가 '취향과 품위'의 법정에 회부되어 결격 판정을 받는 꿈을 꾸고 있었다. 이 불여우가 수도 없이 저지른 죄에 대한 대가로 그녀에게 육체적인 상해를 가하라는 끔찍한 형이 선고되려는 순간이었다. 레이나 리는 신사에게 바싹 다가간 다음 자신의 금박 멜빵바지 주머니에 손을 집어넣었다. 그러고는 신사 곁에 쭈그리고 앉아 손에 오므려 쥔 보에티우스 사진을 스리슬쩍 보여주었다. "이거 한번 봐요, 자기. 이런 거랑 하룻밤 보내는 거 어때요?"

중절모의 신사는 이그네이셔스의 창백한 얼굴에서 눈을 돌려 사진 속의 여자와 책, 지구본과 분필을 쳐다보았다. 그는 다시 한 번 큼큼 목청을 가다듬고서 이렇게 말했다. "난 순찰경관 맨큐소, 사복 경찰입니다. 당신을 포르노 소지와 매춘 혐의로 체포합니다."

바로 그때, 막 내린 여성 지부의 세 부원, 프리다, 베티, 그리고 리즈가 이그네이셔스를 에워싼 군중 속으로 쿵쾅거리며 들이닥쳤다.

13

이그네이셔스는 눈을 떴다. 눈앞에 하얀 빛이 둥둥 떠다니는 게 보였다. 머리가 쑤시고 귀가 윙윙거렸다. 곧 파랗고 노란 두 눈이 천천히 초점을 되찾았고, 두통에 시달리는 가운데 자신이 지금 천장을 쳐다보고 있음을 알아차렸다.

"이제야 깨어나는구나, 이 녀석아." 어머니 목소리가 바로 곁에서 들렸다. "이 꼴 좀 봐라. 이제 우리 완전히 망했구나."

"여기가 어딥니까?"

"잔머리 굴릴 생각은 하지 마라. 그럴 생각은 하지도 마, 이그네이셔스. 지금 경고하는 거야. 정말이지 난 너한테 질려버렸다. 농담 아니란다. 이런 일을 당하고도 내가 어찌 얼굴 들고 다닌다니?"

이그네이셔스는 고개를 돌려 주위를 둘러보았다. 그는 양쪽에 가리개가 쳐진 좁은 공간에 누워 있었다. 침대 발치로 간호사가 지나가는 게 보였다.

"이럴 수가! 여긴 병원이로군요. 제 담당의는 누굽니까? 전문가의 치료를 확실히 보장받도록 어머니께서 사심 없이 애써주셨기를 바랍니다만. 그리고 신부님도요. 신부님을 한 분 모셔와 주세요. 용인할 만한 분인지 아닌지는 제가 보면 알 겁니다." 이그네이셔스가 자신의 뱃살 봉우리를 만년설처럼 덮은 시트 위로 신경질적인 침을 간간이 튀겨가며 말했다. 그는 머리를 만져보더니 두통이 있는 부위에 붕대가 감겨 있음을 알아차렸다. "오, 하느님 맙소사! 두려워 마시고 말씀해주시죠, 어머니. 고통으로 짐작건대 치명상이 틀림없군요."

"입 다물고 이거나 보렴." 라일리 부인이 소리를 지르다시피 하며 이그네이셔스의 붕대 위로 신문을 휙 던졌다.

"간호사!"

라일리 부인은 얼른 아들의 얼굴에서 신문을 잡아채고는 그의 콧수염 위로 손바닥을 털썩 내려놓았다.

"입 다물래도, 이 정신 빠진 녀석 같으니. 여기 이 신문이나 좀 봐." 부인의 목소리가 날카롭게 갈라지고 있었다. "우린 이제 망했단 말이다."

'버번 거리 광란의 사고'라는 헤드라인 밑으로 사진 세 장이 나란히 실린 기사가 이그네이셔스의 눈에 들어왔다. 오른쪽 사진에는 이브닝드레스 차림의 달린이 앵무새를 들고 마치 떠오르는 신예 스타처럼 환한 미소를 짓고 있었다. 왼쪽 사진에는 레이나 리가 두 손으로 얼굴을 가린 채 순찰차 뒷좌석에 오르고 있었는데, 차 안은 이미 평화당 여성 지부 세 부원의 짧게 깎은 머리통으로 초만원이었다. 순찰경관 맨큐소는 양복이 찢기고 모자 테가 다 휘어진 꼴로 순찰차의 열린 문을 단호히 붙잡고 서 있었다. 가운데 사진에는 약쟁이 깜둥이가 도로에 죽어 널브러진 암소처럼 보이는 물체를 보며 씨익 웃고 있었다. 이그네이셔스는 실눈을 뜨고서 가운데 사진을 자세히 뜯어보았다.

"이거 좀 보라지." 그가 벼락같이 고함을 질렀다. "대체 이 신문은 사진부에 어떤 얼간이들을 고용하는 거랍니까? 제 용모를 거의 알아보지도 못할 지경이군요."

"사진 밑에 뭐라고 쓰여 있는지 읽어봐, 이 녀석아." 라일리 부인은 손가락으로 사진을 뚫어버릴 기세로 신문을 쿡쿡 찔렀다. "읽어보래도, 이그네이셔스. 콘스탄티노플 거리 사람들이 도대체 뭐라고 떠들어대는지 아니? 자, 어서, 내 귀에 들리게 큰 소리로 읽어, 이 녀석아. 길거리 싸움판, 추잡한 사진들, 밤거리 여자들. 거기 다 나와 있다. 어서 읽어, 이 녀석아."

"그러고 싶지 않습니다. 십중팔구 거짓과 중상으로 도배되어 있을 테니까요. 황색 언론의 하이에나들이 세간의 군침을 돌게 할 온갖 풍자와 비방 기사들을 흘려놓았을 게 뻔합니다." 그럼에도 이그네이셔스는 그 기사를 두서없이 여기저기 읽기 시작했다.

"아니, 그러니까, 그 제멋대로 달리던 버스가 절 치지 않았다고 주장한다 이 말입니까?" 그가 버럭 성을 내며 물었다. "제일 첫 줄부터가 거짓이군요. 교통공사에 연락하세요, 어머니. 이건 고소해야 합니다."

"입 닥치고, 기사나 끝까지 읽어."

어느 스트리퍼의 새가 가장 의상 차림의 핫도그 노점상을 공격했다. 사복 경찰 A. 맨큐소가 레이나 리를 매춘과 포르노 촬영 및 소지 혐의로 체포했다. 청소부 버마 존스가 A. 맨큐소를 카운터 밑 캐비닛으로 인도했고, 그곳에서 포르노 물품들이 발견되었다. A. 맨큐소는 자신이 상당 시간 이 사건을 조사해왔으며, 이미 리 여인의 하수인 중 한 명과 접촉한 사실도 있음을 기자들에게 밝혔다. 경찰은 리 여인의 체포로 인해 도시 전역에 퍼져 있는 고등학교 음란물 배포 조직이 궤멸했을 것으로 보고 있다. 경찰은 그 술집에서 고등학교 목록을 발견했다. A. 맨큐소는 그 하수인을 추적하겠다고 말했다. A. 맨큐소가 리 여인을 체포하는 사이, 클럽, 스틸, 범퍼, 이상 세 여성이 클럽 앞에 모여든 엄청난 군중을 뚫고 나타나 그를 습격했다. 그들 역시 체포되었다. 삼십 세 남성 이그네이셔스 쟈크 라일리는 쇼크 치료를 위해 병원으로 후송되었다.

"아이고, 지지리 운도 없지. 일이 없어 빈둥대던 사진 기자 양반을 어쩜 그리도 마침맞게 출동시켜 술 취한 날건달처럼 길거리에 나자빠진 네 녀석을 다 찍게 하니 그래." 라일리 부인이 훌쩍이기 시작했다. "네 그 추잡한 사진하며, 마르디 그라 때처럼 차려입고 내빼는 거 하며, 내 애당초 이런 일이 일어날 줄 알았어야 하는데."

"결국 제 인생 최악의 밤으로 내뺀 꼴이지 뭡니까." 이그네이셔스는 한숨을 쉬듯 말했다. "운명의 여신이 어젯밤은 정말이지 술에 취해 바퀴를 돌리더군요. 제가 이보다 더 내려갈 바닥이 과연 있을까 싶은데요." 그는 끄윽 트림을 했다. "저 얼간이 원수 같은 경찰이 현장에서 대체 뭘 하고 있었던 건지 여쭤봐도 되겠습니까, 어머니?"

"엊저녁에 네 녀석이 내빼자마자 샌타한테 전화를 했지. 서에 연락해서, 앤절로한테 도대체 네가 세인트피터 거리에서 뭘 하고 있는지 좀 알아봐 달라고 하게 말이야. 택시 운전사한테 네가 주소를 대는 걸 들었잖니."

"참 똑똑하십니다."

"난 네가 빨갱이 무리와 모임을 갖는 줄 알았단다. 완전히 헛짚었지. 앤절로가 그러는데, 너 아주 요상한 인간들이랑 어울리고 있었다면서."

"다시 말해 저한테 미행을 붙이셨다는 거군요." 이그네이셔스가 소리를 질렀다. "것도 제 친어머니께서요!"

"원, 새한테 공격을 다 당하고." 라일리 부인이 흐느꼈다. "꼭 그런 일을 당해야만 했니, 이그네이셔스. 새한테 공격당하는 사람이 세상에 어디 있다고."

"버스 운전사라는 작자는 어딨습니까? 당장 고발해야 합니다."

"넌 그냥 기절한 거야, 이 한심한 녀석아."

"그럼 이 붕대는 뭡니까? 몸이 전혀 괜찮지 않다니까요, 글쎄. 도로에 쓰러지면서 어딘가 급소를 다친 게 분명합니다."

"그냥 머리 좀 긁힌 것뿐이란다. 아무 이상 없다니까 그러네. 엑스레이도 다 찍어보더라."

"아니, 제가 의식을 잃은 동안 사람들이 제 몸을 가지고 장난을 쳤다고요? 어머니가 고매한 취향을 가진 분이었다면 말리셨을 텐데죠. 그 음탕한 의사들이 검사랍시고 어디에다 무슨 짓을 했는지 알게 뭡니까." 이그네이셔스는 두통과 귀울음 말고도, 의식이 깨어난 이후 줄곧 자신을 괴롭히고 있는 게 발기임을 이제야 깨달았다. 필히 그 점에 주목해야 했다. "추행이라도 당했는지 몸을 좀 살펴보게 잠시 자리 좀 비켜주시겠습니까? 오 분이면 충분할 겁니다."

"이놈, 이그네이셔스." 라일리 부인이 의자에서 벌떡 일어서더니, 병원에서 아들에게 입혀놓은 광대 같은 땡땡이 환자복의 멱살을 그러쥐었다. "잔머리 굴릴 생각은 하지도 마라. 그랬다간 뺨따귀가 떨어져 나가라 갈겨줄 테니. 앤절로한테 다 들었다. 너만큼 배운 녀석이 쿼터에서 요상한 인간들이랑 어울리고 밤거리 여자를 찾으러 술집을 들락거리다니." 라일리 부인이 새로이 울기 시작했다. "아유, 이런 게 다 신문에 나지 않아 천만다행이지 뭐니. 안 그랬으면 동네를 떠야 할 텐데."

"순진한 저를 도둑놈 소굴 같은 그 술집으로 안내한 건 어머니셨지 않습니까. 사실, 이건 다 그 끔찍한 계집애 머나 때문입니다. 고 불여우의 악행을 반드시 벌해야 하는데."

"머나?" 라일리 부인이 흐느끼며 말했다. "그 기집애는 여기 살지도 않아. 걔 때문에 리바이 팬츠에서 잘렸다느니 하는 정신 나간 얘기는 그만큼 들었으면 됐다. 이제 더는 나한테 이런 짓 안 통해. 넌 미쳤어, 이그네이셔스. 내 입으로 내 자식이 미쳤다고 해야 한들 어쩔 수가 없구나."

"얼굴이 많이 상하셨군요, 어머니. 여기 누구 한 사람 밀어내고 그 침대로 올라가 낮잠이라도 좀 주무시지 그래요. 주무시고 한 시간쯤 있다 다시 오세요."

"밤새 한 잠도 못 잤단다. 앤절로가 전화해서 네가 병원에 있다는데, 원, 풍이 다 오는 줄 알았구나. 하마터면 부엌 바닥에 그대로 쓰러져 머리가 깨질 뻔했다. 머리통이 반으로 쫙 갈라질 수도 있었다니까. 그러곤 옷을 갈아입으러 방으로 달려가다가 발목을 삐었지. 또 여기까지 차를 몰고 오는 길에 사고까지 날 뻔하고."

"차 사고, 더는 안 됩니다." 이그네이셔스는 놀란 나머지 숨이 헉 막혔다. "또 그러시면, 이제 전 소금광산으로 일하러 가야 할 겁니다."

"옜다, 이 한심한 녀석. 앤절로가 이걸 전해달라더구나."

라일리 부인은 의자 옆으로 손을 뻗어 바닥에서 큼지막한 『철학의 위안』을 집어 들었다. 그러고는 책의 한쪽 모서리로 이그네이셔스의 배를 겨냥해 획 던졌다.

"꺼어르륵." 이그네이셔스의 입에서 가스가 부글거렸다.

"앤절로가 어젯밤 그 술집에서 발견했다더라." 라일리 부인이 호기롭게 말했다. "터미널 화장실에서 누가 그걸 훔쳐갔대."

"오, 하느님 맙소사! 이 모든 게 다 계획된 거였군." 이그네이셔스가 두 앞발로 그 거대한 책을 마구 흔들며 비명을 질렀다. "이제야 모든 걸 알겠어. 어머니, 예전에 제가 말씀드렸잖습니까, 그 덜떨어진 몽고증 환자 같은 맨큐소가 우리의 숙적이라고. 지금 그놈이 최후의 일격을 가한 겁니다. 그런 놈한테 이 책을 빌려주다니, 내가 너무 순진했지. 이렇게 속을 줄이야." 그는 핏발이 선 두 눈을 감고 잠시 횡설수설 되는대로 징징거렸다. "남의 책도 아닌 내 책, 그것도 내 세계관의 근간이나 다름없는 이 책 뒤에 그 타락한 얼굴을 감춘 나치 제삼제국* 화냥년한테 기만을 당하다니. 오, 어머니, 제가 인간말짜들의 음모에 얼마나 잔인하게 농락당했는지 모르실 겁니다. 아이러니하게도, 운명의 여신 포르투나의 책 그 자체가 불운이었군요. 오, 포르투나, 이 타락한 걸레 같으니라고!"

"입 닥치지 못해." 라일리 부인이 호통을 쳤다. 분칠한 얼굴이 분노로

---

* 나치 통치하의 독일.

자글자글 주름이 졌다. "회복실 전체를 여기로 불러들여야 쓰겠니? 미스 애니는 이제 뭐라고 할 거 같아? 도대체 내가 어떻게 얼굴을 들고 다니겠 냐고, 이 한심한 놈, 이 정신 나간 이그네이셔스 이 녀석아. 게다가 병원에 선 널 데리고 나가려면 이십 달러를 내놓으란다. 앰뷸런스 운전사가 사람 이 좋아 아예 널 자선병원으로 싣고 갔다면 오죽 좋았을까. 그랬으면 좋 았을걸. 이런 돈 내는 병원에다 널 부려놓으면 어쩌자는 건지, 원. 도대체 이십 달러를 어디서 구해온다니? 네놈의 트럼펫 대금도 내일 당장 지불 해야 하는데. 또 그 남자한테 건물 보상비도 줘야 하고."

"당치도 않습니다. 이십 달러라니, 절대 내지 마세요. 순 날강도나 다름 없지 않습니까. 전 여기 그냥 두고 얼른 집으로 돌아가세요. 여긴 상당히 평화롭군요. 드디어 제 몸이 회복될지도 모르겠는데요. 이거야말로 지금 이 순간 제 영혼이 딱 원하는 거랍니다. 어머닌 기회가 닿는 대로 제 책상 에서 연필이랑 바인더 노트 좀 가져다주세요. 아직 기억이 생생할 때 이 트라우마를 기록해둬야겠습니다. 제가 허락했으니 제 방에 들어가셔도 좋습니다. 자, 어머니, 괜찮으시면 전 이만 휴식을 취하렵니다."

"휴식을 취한다고? 또 하루치 병원비로 이십 달러를 더 내라고? 당장 침대에서 나오지 못해. 내가 클로드를 불렀어. 그이가 와서 병원비를 내 준대."

"클로드? 대체 클로드가 누굽니까?"

"내가 아는 분이다."

"어머니, 대체 어떻게 되신 겁니까?" 이그네이셔스는 놀란 나머지 숨 이 헉 막혔다. "뭐, 지금 당장은 이거 한 가지만 명심해두시죠. 낯선 사람 한테 제 병원비를 내게 할 수는 없다는 것을요. 정직한 돈으로 자유를 되 찾을 때까지 전 그냥 여기 있으렵니다."

"당장 침대에서 일어나." 라일리 부인이 악을 썼다. 그러고는 환자복을 와락 잡아챘지만, 아들의 몸뚱이는 별똥별처럼 매트리스 속으로 쑥 가라 앉았다. "그 뚱뚱한 낯짝을 후려치기 전에 얼른 일어나지 못해."

어머니의 핸드백이 자신의 머리 위로 치솟는 걸 보고 이그네이셔스는 벌떡 일어나 앉았다.

"오, 맙소사! 볼링화를 신고 계시는군요." 이그네이셔스는 분홍빛 핏 발이 선 파랗고 노란 눈으로 침대 가장자리 너머 어머니의 늘어진 슬립과 흘러내린 면 스타킹 아래를 내려다보았다. "어머니 말고 또 누가 아들 병 상에 볼링화를 신고 오겠습니까."

하지만 어머니는 이 도전을 맞받아치지 않았다. 그녀는 지금 끓어오르 는 분노에 수반되는 불굴의 결단과 우월감에 휩싸여 있었다. 두 눈은 강 철처럼 매서웠고, 앙다문 입술은 단호했다.

만사가 잘못 돌아가고 있었다.

∷

클라이드 씨는 조간신문을 보자마자 라일리를 해고했다. 이 덩치 큰 원숭이의 노점상 경력은 이로써 끝이었다. 대체 그 개코원숭이 같은 놈이 왜 근무 외 시간까지 노점상 차림새를 하고 있었던 걸까? 라일리 같은 원 숭이 한 놈이 십 년 동안 기를 쓰고 쌓아올리려 했던 점잖은 기업의 평판 을 완전히 망쳐놓을 수 있었다. 핫도그 노점상들의 이미지 문제가 가뜩이 나 심각한 마당에, 매음굴 앞 도로에서 실신하는 놈이라니.

클라이드 씨와 가마솥은 함께 부글부글 끓어올랐다. 라일리 자식이 파 라다이스 핫도그 상회에 또다시 얼굴을 들이미는 날엔 포크로 그 목구멍 을 작살내주리라. 하지만 가운과 해적 의상 문제가 남아 있었다. 라일리 는 해적 장신구들을 어제 오후 차고에서 몰래 들고 나간 게 분명했다. 아무래도 그 덩치 큰 원숭이를 한번 만나긴 해야겠다. 다시는 얼씬도 말라는 얘기만 하게 되더라도 말이다. 라일리 같은 녀석에게서 유니폼을 돌려받으리란 기대는 숫제 하지 않는 편이 좋으니까.

클라이드 씨는 콘스탄티노플 거리의 주소로 여러 번 전화를 걸었지만 아무도 받지 않았다. 아마 그는 어딘가 다른 데로 치워졌는지도 모른다. 그 덩치 큰 원숭이의 모친은 술에 취해 집안 바닥 어디쯤에 죽은 듯이 쓰러져 있는 게 틀림없다. 이런 어머닌 과연 어떤 사람일지 상상도 가지 않는다. 참으로 굉장한 가족 아닌가.

탈크 박사는 참담한 일주일을 보내는 중이었다. 어찌된 영문인지, 몇 년 전 그 미친 대학원생으로부터 물밀듯 쇄도했던 협박장 가운데 하나를 학생들이 발견하고 만 것이다. 그게 어쩌다 학생들의 손에 들어가게 됐는지 알 수가 없었다. 결과는 이미 끔찍했다. 그 쪽지에 대한 소문이 은밀하게 천천히 퍼져나가고 있었고, 그는 캠퍼스의 우스갯거리가 되어가고 있었다. 예전에는 수업시간에 예의 바르던 학생들이 지금은 왜들 그렇게 웃고 수군대며 수업 분위기를 흐리는지, 그는 어느 칵테일파티에서야 비로소 동료 교수 중 한 사람으로부터 그 이유를 전해 듣고 알게 되었다.

"젊은이들을 오도하고 타락시킨 죄"라고 쓴 쪽지 내용은 심각한 오해와 잘못된 해석을 낳았다. 그는 이러다 결국 학교 측에 해명해야 하는 건 아닌지 걱정스러웠다. 게다가 그 "발육부전의 고환"이란 구절. 탈크 박사는 소름이 쫙 끼쳤다. 사건의 전모를 까밝히는 게 최상의 방책일지도 모르지만, 그 말은 즉 예의 그 졸업생을 찾아내야 한다는 뜻인데, 아무튼 그놈은 모든 책임을 부인하고 나설 그런 인간이었다. 어쩌면 그냥 라일리 군이 어떤 학생이었는지 애써서 설명하는 게 나을지도 모른다. 탈크 박사는 거대한 목도리를 두른 라일리 군과, 큼직한 여행용 가방을 들고 라일리 군과 짝을 지어 돌아다니며 온 캠퍼스를 전단지 쓰레기장으로 만들던 그 끔찍한 무정부주의자 여학생이 지금도 눈에 선했다. 다행히 그 여학생은 대학에 그리 오래 머물지 않았지만, 라일리라는 놈은 야자수나 벤치처럼 캠퍼스에 아예 뿌리를 내릴 작정인 듯싶었다.

탈크 박사는 그 두 사람을 과거의 어느 우울한 학기에 각기 다른 수업에서 만났다. 그 학기 내내 두 사람은, 신이 아니라면 아무도 대답하지 못할 건방지고 악의에 찬 질문을 해대고 이상한 소음을 내가며 강의를 교란시키곤 했다. 둘을 생각하면 지금도 몸서리가 쳐졌다. 이 모든 걸 무릅쓰고 그는 라일리에게 연락을 취해 해명과 자백을 받아내야 한다. 라일리 군을 한 번만 보면, 학생들도 그 쪽지가 병든 정신의 무의미한 망상이라는 걸 알아차릴 것이다. 학교 측에도 라일리 군을 보여주면 문제없을 것이다. 어쨌든 해법은 진정 물리적인 것이었다. 라일리 군을 그 풍성한 살째로 내놓는 것.

탈크 박사는 사교 모임에서 폭음을 한 뒤에 늘 마시는 보드카와 V-8 토마토 주스를 홀짝이며 신문을 보았다. 적어도 쿼터 사람들만은 떠들썩하게 즐기며 살아가고 있었다. 그는 음료를 홀짝이다가, 언젠가 한 번 라일리 군이 교직원 건물 창문 밑에서 시위를 하던 신입생들 머리 위로 시험지를 몽땅 쏟아버린 사건을 기억해냈다. 학교 측도 그 사건은 기억할 터였다. 그는 흡족한 미소를 지으며 다시 신문을 들여다보았다. 세 장의 사진이 아주 웃겼다. 천박하고 음탕한 서민들은 멀리서 보면 언제나 흥미진진했다. 그는 해당 기사를 읽다가 그만 사레가 들려 재킷에 음료를 훅 내뿜고 말았다.

라일리가 어쩌다 이렇게 전락했을까? 학생 때도 기인이긴 했지만, 지금 이건……. 그 쪽지를 쓴 자가 핫도그 노점상이라는 사실이 알려지면 뜬소문이 얼마나 더 극악해지겠는가. 라일리는 캠퍼스로 수레를 몰고 와 사회학과 건물 바로 코앞에서 핫도그를 팔려고 들 인물이었다. 놈은 고의적으로 이 사건을 대형 서커스로 만들 게 분명했다. 그건 바로 탈크, 그 자신이 광대가 되는 치욕적인 소극이 되고 말 것이다.

탈크 박사는 신문과 유리잔을 내려놓고 얼굴을 두 손에 묻었다. 그 쪽지를 감내하고 살아야 하다니. 모든 걸 부인하는 수밖에.

⸬

미스 애니는 조간신문을 보고 얼굴이 시뻘게졌다. 안 그래도 오늘 아침 라일리네 집이 왜 이렇게 조용한지 궁금하던 참이었는데. 에라, 이거야말로 인내심의 한계렷다. 이제 온 동네가 오명을 뒤집어쓰게 될 판 아닌가. 더는 참아줄 수 없었다. 저 인간들은 두말없이 이사를 가야 했다. 그녀는 동네 사람들에게 진정서를 돌려 서명을 받기로 작정했다.

⸬

순찰경관 맨큐소는 다시 한 번 신문을 보았다. 곧 그가 가슴팍에 신문을 펼쳐 들자 플래시 전구가 펑 터졌다. 그는 오늘 브라우니 홀리데이 카메라를 서에 가지고 와서 경사에게 사진을 찍어달라고 부탁했던 것이다. 경사의 책상, 경찰서 계단, 순찰차, 그리고 학교 앞 과속운전 단속 담당인 교통 여경 등등 사무적인 배경들 앞에서 말이다.

플래시 전구가 딱 하나 남자, 맨큐소 순경은 극적인 피날레를 위해 이 배경 중 두 가지를 결합해보기로 했다. 교통 여경이 레이나 리 역을 맡아 짐짓 험악한 얼굴로 복수의 주먹을 휘두르며 순찰차 뒷좌석에 오르는 사이, 맨큐소 순경은 신문을 들고 준엄하게 미간을 찌푸리며 카메라를 바라보았다.

"좋았어, 앤절로. 이제 다 됐지?" 여경이 오전 과속구간 통제시간이 끝나기 전에 근처 학교를 돌고 싶은 마음에 다그쳐 물었다.

"정말 고마워, 글래디스." 맨큐소 순경이 말했다. "우리 집 애들이 친구 녀석들한테 보여준다고 사진 몇 장 더 찍어달래서 말이야."

"뭐, 얼마든지." 글래디스가 허겁지겁 경찰서 앞마당을 빠져나가며 외쳤다. 어깨에 멘 가방이 검은색 속도위반 딱지들로 터질 듯했다. "마땅히 자랑할 만한 아빠잖아. 도움이 되었다니 나도 기뻐. 사진 더 찍고 싶으면 언제든 말만 해."

경사는 마지막 플래시 전구를 쓰레기통에 던져 넣고 맨큐소 순경의 곧추선 어깨를 손으로 꼭 쥐었다.

"자넨 혼자 힘으로 이 도시에서 가장 활발한 고등학교 포르노 밀매 조직을 와해시켰네." 그는 맨큐소 순경의 경사진 어깨뼈를 손으로 철썩 쳤다. "다른 사람도 아닌 이 맨큐소가 관내 최고의 민완 형사들까지 감쪽같이 속여 넘긴 여자를 잡아넣었어. 알고 보니, 맨큐소는 이 사건을 은밀히 수사하고 있었더군. 맨큐소는 그 여자의 하수인 중 한 놈의 얼굴도 알고 있지. 밖에 나가 내내 발로 뛰며 그 빌어먹을 세 여자들 같은 요주의 인물들을 찾아내 검거하려고 애쓴 사람이 누군가? 다름 아닌 맨큐소 자네라네."

맨큐소 순경의 올리브색 피부가 평화당 여성 지부 부원들이 할퀸 자리만 빼고 살짝 홍조를 띠었다. 할퀸 자리는 그냥 빨갰다.

"운이 좋았을 뿐입니다." 맨큐소 순경은 보이지 않는 가래를 삼키려고 큼큼거렸다. "누가 그 장소에 대해 단서를 주었고, 그다음엔 버마 존스가 카운터 밑에 있는 캐비닛을 살펴보라고 귀띔을 해준 겁니다."

"자넨 단독 검거를 행한 거라고, 앤절로."

앤절로? 이름을 불린 그의 낯빛이 주황색과 보라색 사이의 다채로운 스펙트럼으로 물들었다.

"이번 사건으로 승진을 한대도 놀랄 일은 아니지." 경사가 말했다. "자넨 꽤 오랫동안 순찰경관으로 근무하지 않았나. 한 이틀 전만 해도 난 자네를 아둔패기 취급을 했고. 그래, 어떤가? 어떻게 생각하느냐고, 맨큐소."

맨큐소 순경은 몹시 격렬하게 큼큼큼 목청을 가다듬었다.

"제 카메라 돌려주시겠습니까?" 마침내 후두가 시원하게 뚫리자 그는 뜬금없는 소리를 내뱉었다.

⁑

샌타 바탈리아가 신문을 어머니 사진 앞에 펼쳐 들고 말했다. "이거 어떠우, 엄마? 엄마 손자 앤절로가 출세하니 기분이 어떠우? 좋으시지, 응?" 그녀는 또 다른 사진을 손가락으로 가리켰다. "불쌍한 아이린의 미친 아들이 뭍으로 떠밀려온 고래마냥 길도랑에 드러누운 이 사진은 어떠우? 아휴, 서글퍼서, 원. 그 여편네가 이번엔 꼭 이 녀석을 어디 멀리 보내야 하는데. 덩치가 산만 한 백수건달이 집에서 뒹굴뒹굴하는데, 세상 어떤 남자가 아이린이랑 결혼하려 들겠수? 당치도 않은 소리지."

샌타는 어머니 사진을 와락 잡아채더니 쪽 소리 나게 축축한 키스를 했다. "편히 쉬우, 엄마. 엄마를 위해 내가 매일 기도드리고 있으니까."

⁑

클로드 로비쇼는 전차를 타고 병원으로 가면서 무거운 마음으로 신문을 보았다. 어떻게 이 덩치 큰 아들이 다 커서까지 아이린처럼 고상하고 사랑스러운 여인을 욕보일 수 있단 말인가. 아들 걱정에 가득이나 지쳐 안색이 파리한 여인을. 샌타 말이 옳았다. 아이린의 아들이 그 훌륭한 어머니를 더 욕보이기 전에 치료를 받게 해야 했다.

이번엔 겨우 이십 달러이겠지만 다음번엔 얼마로 불어나는지 모른다. 넉넉한 연금과 부동산이 좀 있다 해도 그런 의붓아들을 들일 여유는 없었다.

하지만 제일 곤란한 건 무엇보다도 망신살이 뻗친다는 거였다.

⊕

조지는 학창시절 마지막 학기의 기념물 중 하나인 '2학년 학업성취' 스크랩북에 그 기사를 오려 붙이는 중이었다. 그는 오리의 대동맥을 그린 생물학 스케치와 헌법의 역사에 관한 국민윤리 과제 사이의 빈 페이지에 그걸 붙였다. 젠장, 그 맨큐소라는 작자는 이거 하나는 알아줘야 했다. 정말 기민하고 빈틈이 없다는 것. 조지는 짭새들이 캐비닛에서 찾아낸 목록에 자기 이름도 올라 있을까 궁금했다. 만일 그렇다면 해안에 살고 있는 삼촌네 집에 가 있는 것도 좋은 생각일지 모른다. 그렇다 해도 그들은 삼촌 이름 역시 알아낼 것이다. 그렇다고 어디 다른 데 갈 만한 충분한 여비도 없었다. 당분간은 집 안에 처박혀 있는 게 상책이었다. 시내에 나가면 맨큐소라는 작자가 그를 알아볼지도 모른다.

거실 반대편에서 진공청소기를 돌리던 조지의 어머니는 아들이 학창시절 스크랩북에 작업하는 모습을 기대에 찬 눈길로 지켜보았다. 어쩌면 녀석이 다시 학교에 재미를 붙이는 건 아닐까? 아빠 엄마가 무슨 짓을 해도 말을 듣지 않던 애였다. 요즘 세상에 고등학교도 못 마친 아이에게 무슨 기회가 주어지려고. 무슨 일을 할 수 있으려고.

어머니는 진공청소기를 끄고 초인종 소리에 문을 열었다. 조지는 기사의 사진을 찬찬히 살펴보며 대체 그 망할 노점상이 〈기쁨의 밤〉에서 뭘하고 있었던 걸까 궁금해하고 있었다. 설마 그자까지 무슨 경찰 끄나풀같은 건 아니겠지. 아무튼 그자에게 음란 사진들이 어디서 났는지는 말해주지 않았는데. 웬지 이 사건의 전모엔 뭔가 묘한 구석이 있었다.

"경찰이라고요?" 조지는 문간에서 어머니가 되묻는 소리를 들었다. "분명 집을 잘못 찾아오신 거 같은데요."

조지는 부엌을 향해 뛰었지만 곧 빠져나갈 데가 없다는 걸 깨달았다. 임대주택단지 아파트엔 문이 하나 밖에 없었다.

⸬

레이나 리는 신문을 갈기갈기 찢어발기고 찢어발긴 쪼가리를 더 작은 쪼가리로 찢어발겼다. 여자 간수가 감방 앞에 와서 깨끗이 치우라고 하자, 같은 감방에 갇힌 평화당 여성 지부 부원들이 여간수에게 말했다. "썩꺼지시지. 이 방에 살고 있는 건 우리잖아. 우린 바닥에 종이가 널브러진게 좋아."

"저리 가." 리즈가 덧붙였다.

"꺼지라고." 베티도 거들었다.

"내가 이 감방을 제대로 다뤄주겠다." 여간수가 받아쳤다. "너희 넷, 간밤에 들어온 뒤로 계속 시끄럽게 굴고 있군."

"이 빌어먹을 방에서 나 좀 꺼내줘." 레이나 리가 여간수를 보고 부르짖었다. "이런 미친년들이랑 단 일 분도 더 못 있겠어."

"어이." 프리다가 두 룸메이트에게 말했다. "마담께서 우리가 싫으시댄다."

"너희 같은 인간이 쿼터를 망치는 주범이지." 레이나가 프리다에게 말했다.

"입 다물어." 리즈가 말했다.

"주둥이 닥쳐, 이쁜이." 베티가 말했다.

"나 좀 내보내줘." 레이나가 철창 틈새로 울부짖었다. "이 소름끼치는 년들이랑 지옥 같은 밤을 보냈단 말이야. 나도 권리가 있어. 날 여기 처박아 놓아선 안 돼."

여간수는 레이나를 보고 미소를 짓더니 그냥 가버렸다.

"이봐!" 레이나가 복도 저 아래쪽을 향해 고함을 질렀다. "돌아와!"

"진정해, 자기." 프리다가 충고했다. "소란 그만 좀 피워. 이제 이리 와서 그 브라 안에 숨겨놓은 당신 사진들이나 좀 보여주라."

"맞아." 리즈가 말했다.

"사진 좀 꺼내봐, 마담." 베티가 다그쳤다. "이 빌어먹을 벽만 쳐다보고 있는 것도 지긋지긋해."

세 여자가 동시에 레이나를 향해 덤벼들었다.

∷

도리언 그린은 자신의 수수한 명함을 뒤집어 뒷면에 또박또박 글씨를 썼다. '너무너무 멋진 아파트 임대. 문의는 1층으로.' 그는 포석이 깔린 인도로 걸어 나와 검은 에나멜가죽 덧문 아래쪽에 이 명함을 붙였다. 세 여자는 이번엔 꽤나 오래 돌아오지 못할 것이다. 경찰이 재범에 대해서는 으레 완강하니까. 그 여자들로서는 쿼터 주민들이랑 그리 썩 친하게 어울리지 않은 게 불행이었다. 그랬다면 분명히 누군가가 그 신출귀몰한 경관의 출현을 그녀들에게 일러줄 수 있었을 테고, 그럼 그녀들도 경찰을 공격하는 치명적 실수는 저지르지 않았을 텐데.

하지만 그 세 여자는 지나치게 충동적이고 공격적이었다. 그녀들이 없으니, 도리언은 자신의 신변과 집이 무방비로 노출된 기분이었다. 그는 특별히 주의해서 세공 철문을 단단히 잠갔다. 그러고는 초동집회가 남긴 쓰레기 청소 작업을 마무리하러 아파트로 되들어갔다. 그건 그의 생애 최고로 근사한 파티였다. 파티의 절정에서 티미가 샹들리에에서 떨어져 발목을 삐고 말았던 것이다.

도리언은 굽이 부러진 카우보이 부츠 한 짝을 집어 들어 쓰레기통에 처넣으며, 그 황당무계한 이그네이셔스 J. 라일리는 과연 무사할까 궁금했다. 세상에는 도저히 참아줄 수 없는 인간들이 있다. 집시 여왕의 그 다정한 어머니는 그 끔찍한 신문 기사에 억장이 무너졌으리라.

⠛

달린은 신문에서 자기 사진을 오려 부엌 식탁에 올려놓았다. 이렇게 기막힌 오프닝나이트가 또 있을까. 하기야 그 덕에 얼굴이 좀 알려지긴 했지만.

그녀는 할렛 오하라 드레스를 소파에서 집어 들어 옷장에 걸었고, 그 사이 앵무새는 주인을 지켜보며 횃대에서 조금 깩깩거렸다. 존스 녀석, 그 신사가 짭새라는 걸 알아차리자 사태를 확실히 접수하여 그를 카운터 밑 캐비닛으로 안내하다니. 이제 그녀와 존스는 둘 다 실업자가 되었다. 〈기쁨의 밤〉은 문을 닫았다. 레이나 리는 시중에서 추방되었다. 그 레이나가 말이다. 포르노 사진을 위해 포즈를 취하다니. 돈벌이를 위해 못할 짓이 없다니.

달린은 앵무새가 집까지 물고 온 금귀고리를 쳐다보았다. 레이나의 말이 결국 다 옳았다. 그 덩치 큰 또라이가 화근이었다. 불쌍한 자기 어머니를 그렇게 잔인하게 대하더니. 그 불쌍한 부인을.

달린은 취직할 만한 데를 곰곰 생각해보려고 자리에 앉았다. 앵무새가 계속 푸드덕거리고 깩깩거렸는데, 제일 좋아하는 장난감인 그 큼지막한 귀고리를 주인이 부리에 물려주자 이내 잠잠해졌다. 그때 전화가 울렸고, 전화를 받자 한 남자가 말했다. "이봐요, 아가씨, 이번에 얼굴 한번 아주 톡톡히 알렸습디다. 난 말이오, 버번 거리 오백 번 블록에서 클럽을 경영하고 있는 사람인데……."

⁙

존스는 〈매티네 주점 오다가다 한잔〉 카운터 위에 신문을 펼치고는 거기에 대고 연기를 훅 뿜었다.

"우아!" 그가 왓슨 씨에게 말했다. "아저씨가 사보타주 어쩌고 하는 소리, 진짜 끝내주는 아이디어였지 뭐예요. 내가 나 자신을 사보타주하는 바람에 나는 도로 부랑아가 돼버렸지만요. 어어!"

"이번 사보타주는 진짜 핵폭탄처럼 터진 거 같은데."

"뚱보 괴짜, 진짜 백 프로 핵폭탄이라니까요. 옘병. 그 인간 아무한테나 떨어뜨려 보라고요. 모두가 낙진을 뒤집어쓰고 궁뎅이가 팡팡 터져나가지. 이야! 〈기쁨의 밤〉은 어젯밤 완전히 동물원 꼴 났다고요. 우선은 새가 있고, 그다음에는 그 옘병할 뚱보가 어기적어기적 나타나고, 또 그다음에는 막 체육관에서 뛰쳐나온 거 같은 웬 암쾡이 세 마리가 우르르. 옘병. 다들 싸우고 할퀴고 소리 지르고 그 뚱보 괴짜는 꼭 죽은 듯이 길거리 도랑에 뻗어버리고, 기절해서 뻗은 이놈의 뚱보 주위로 사람들이 싸우고 욕하고 굴러다니고. 거 왜, 꼭 서부영화에 나오는 술집 싸움판이나 조폭들 패싸움 같더라니까요. 버번 거리는 구경꾼들이 얼마나 몰려들었는지 축구 시합이라도 벌이나 싶은 분위기고요. 경찰은 리, 그 나쁜 년을 질질 끌어다가 차에 태워가고요. 어어! 알고 보니, 서에 친구는 무슨 얼어 죽을 놈의 친구. 아마 그 여자가 후원한다던 고아원 애들도 몇 잡아갔을지 몰라요. 우아! 신문은 또 인간들을 한 무더기 보내와서는 사진을 펑펑 찍어대고 뭔 일이 있었던 거냐고 나한테 꼬치꼬치 물어대고. 거 깜둥이는 신문일면에 얼굴 못 나온다고 한 사람이 누구래요? 이야! 우아! 나는 아마 이도시에서 제일 유명한 부랑아가 될걸요. 내가 그 맨쿠사 순경한테는 '이봐요, 이제 이 갈봇집이 문 닫게 생겼는데, 거 경찰 친구들한테 내가 이번에 도와줬다고 말 좀 잘해서 부랑아라고 내 궁뎅이 끌고 가지 않게 해줄래요?' 이랬다고요. 누가 레이나 리하고 앙골라에 갇히고 싶겠냐고요. 바깥에서도 충분히 끔찍한 여잔데. 엠병."

"일자리 구할 계획은 있나, 존스?"

존스는 폭풍을 예고하는 듯한 먹구름을 한바탕 뿜어 올렸다. "최저임금도 못 받고 그딴 일 했으면, 유급 휴가라도 좀 받아야 마땅한 거 아닌가. 이야. 이제 또 어디 가서 일자리를 찾느냐고요. 가뜩이나 궁뎅이 끌고 돌아다니는 깜둥이들이 거리에 쌔고 쌨는데. 우아! 돈 되는 일자리 구하는 거 그리 쉬운 일 아니걸랑요. 이런 문제로 골머리 빠지는 게 나만도 아니고요. 거 달린이라는 처자도 대머리독수린지 앵무샌지 데리고 수지맞는 곳 찾기가 쉽지 않을 거예요. 무대에 궁뎅이 디밀자마자 무슨 일이 생겼는지 사람들이 다 봤는데, 거 일자리 찾는답시고 기웃거리다가 낯짝에 물벼락이나 안 맞으면 다행이게요. 무슨 말인지 알아요? 사보타주랍시고 그런 뚱땡이 폭탄을 떨어뜨리면, 달린처럼 죄 없는 사람들까지 줄줄이 신세 망친다 이 말이에요. 미스 리가 누누이 말하던 대로, 그 뚱보 괴짜는 사람들을 죄다 망하게 하는 인사라니까요. 달린이랑 대머리독수리린 앵무새지는 아마 지금 둘이서 서로 쳐다보며, '우아! 오프닝나이트 진짜 대박 폭탄이 터졌어. 세상에! 진짜 **죽여주는** 오프닝이지 뭐야.' 이러고 있을 거예요. 사보타주 불똥이 달린에게 튀어 미안하지만, 그 옘병할 뚱보를 보니까 나도 어쩔 수가 없더라고요. 그자가 〈기쁨의 밤〉에 뭔가 쾅 터뜨릴 줄 알았걸랑요. 이야. 뚱보가 진짜로 쾅 터뜨렸다니까요. 어어!"

"그 술집에서 일했는데도 경찰이 안 잡아가니, 자넨 운이 좋아."

"거 맨쿠사 순경이 캐비닛을 보여줘서 고맙다고 하던데요. '우리 경찰은 자네처럼 우릴 도와주는 사람들이 필요해.' 이러더라고요. 또 '자네 같은 사람들이 내 출셋길을 도와주는 거지.' 이러고요. 그래서 내가 '우아! 그럼 제발 서에 있는 친구들한테 잘 좀 말해서, 부랑아라고 내 궁뎅이 잡아넣지 않게 해줘요.' 그랬더니, '그리고말고. 서에 있는 사람들 모두가 자네 공에 감사할 거야.' 이러더라니까요. 거 짭새 녀석들이 나한테 **감사**한다네요. 어어! 나 이러다 무슨 상이라도 받는 거 아닌가 몰라. 우아!" 존스는 왓슨 씨의 황갈색 머리 위를 겨냥해 연기를 뿜었다. "리, 그 나쁜 년은 캐비닛 안에다 진짜 자기 사진들을 숨겨놨더라고요. 맨쿠사 순경이 사진들을 뚫어져라 쳐다보는데, 눈알이 바닥에 굴러떨어지는 줄 알았다니까요. '우아! 이런! 와우!' 이래가면서, '이봐, 나도 이제 진짜 승진하겠어.' 이러고요. 그래서 나는 속으로 '거 누구는 승진하고, 누구는 도로 부랑아 되고, 누구는 오늘 밤 이후로 최저임금도 못 받는 일자리조차 못 얻고, 누구는 온 시내를 궁뎅이 끌고 다니며 에어콘 사고 카라티비 사고.' 그랬다니까요. 옘병. 대걸레 전문가로서 명예를 누리다가 이제는 도로 부랑아라니."

"더 나빠지지 않은 게 다행이지."

"예. 왜 아니겠느냐고요. 아저씨는 작은 가게도 있고, 학교 선생인 아들도 있고, 아들은 바배큐 세트에, 뷰우익 자동차에, 에어콘, 카라티비, 다 가졌을 텐데. 우아! 나는 그 흔한 트랜스미터 라디오 하나 없다고요. 〈기쁨의 밤〉 급료로는 에어콘 같은 거 꿈도 못 꾸지." 존스는 철학적인 구름을 한 조각 만들어 올렸다. "그래도 한편으로는 맞는 말이에요, 왓슨 씨. 이 정도로 끝난 게 다행인지도 몰라요. 나도 그 엠병할 뚱보처럼 됐을지도 모르니까요. 우아! 그런 인간한테는 또 뭔 일들이 닥치려나? 어어!"

⁙

리바이 씨는 노란 나일론 소파에 자리를 잡고 앉아 신문을 펼쳤다. 남들보다 더 비싼 구독료를 지불하고 매일 아침 해안까지 배달되는 신문이었다. 혼자 소파를 독차지하고 있는 건 더없이 좋았지만, 미스 트릭시가 없어졌다는 사실만 가지고는 기분이 썩 밝아지지 않았다. 그는 간밤에 통잠을 이루지 못했다. 리바이 부인은 이른 아침부터 운동기구에 올라 그 포동포동한 몸뚱이를 오르락내리락하는 중이었다. 그녀는 파동 치는 기구의 앞면에 종이 한 장을 대고 그 위에 뭔가를 끼적이며 재단 설립 계획에 몰두하느라 조용했다. 그녀는 잠시 연필을 내려놓고 바닥에 놓인 상자에 손을 뻗어 쿠키를 하나 골라 집었다. 바로 이 쿠키가 리바이 씨가 불면의 밤을 보낸 이유였다. 이야긴즉슨, 리바이 씨와 리바이 부인은 소나무 숲을 지나 맨더빌의 정신병원으로 라일리 씨를 만나러 갔는데, 그자가 거기 없다는 사실을 알아냈을 뿐 아니라 두 사람을 장난이나 치고 다니는 한량들로 오해한 병원 측으로부터 대단히 무례한 취급을 당했던 것이다. 리바이 씨 눈에도 부인의 백금색 모발과 파란 렌즈의 선글라스, 그리고 이 파란 렌즈를 후광처럼 둘러싼 아콰마린 색 마스카라에는 뭔가 장난꾸러기처럼 보이는 구석이 있긴 했다. 이런 차림새로 맨더빌 정신병원

본관 앞에 세워둔 스포츠카 안에서 무릎에 어마어마한 크기의 더치 쿠키 상자를 무릎에 얹은 채 앉아 있는 그녀를 보노라면, 병원 측도 의심의 눈초리를 보낼 수밖에 없었으리라 리바이 씨는 생각했다. 하지만 그녀는 이 모든 걸 아주 태연하게 받아들였다. 라일리 씨를 찾는 일이 리바이 부인을 특별히 성가시게 하는 건 아닌 듯 보였다. 리바이 씨는 자신이 라일리 씨를 찾아내기를 아내가 딱히 바라고 있는 건 아니라는 걸 차츰 감지하기 시작했다. 아내의 마음속 한구석에는, 에이벌먼이 명예훼손 소송에서 이겨 자신들이 가난해지면 그 가난을 수전과 샌드라의 면전에 흔들어 보이며 이게 바로 너희 아버지의 궁극적 실패라고 큰소리치고픈 욕망이 도사리고 있다는 걸 말이다. 이 여자는 남편을 찍어 누를 기회를 엿볼 땐 도무지 요령부득인 음흉한 정신세계를 갖고 있었다. 이제 그는 아내가 과연 어느 편인지 의심이 들기 시작했다. 자기편인지, 아니면 에이벌먼 편인지.

그는 곤잘레스에게 춘계훈련 예약을 다 취소하라고 지시해두었다. 이 에이벌먼 사건을 어떻게든 깨끗이 처리해야 했다. 리바이 씨는 신문을 반듯하게 펴다가, 자신의 소화기관이 버텨주는 한 리바이 팬츠는 자신이 직접 관리했어야 했다는 사실을 새삼 또 한 번 깨달았다. 그랬다면 이런 일은 일어나지 않았을 텐데. 그리고 삶은 평화로울 수 있었을 텐데. 하지만 단지 그 이름, '리바이 팬츠'라는 이 다섯 글자만 보아도 속에서 신물이 돌았다. 회사 이름을 바꿨어야 했는지도 모른다. 아니면 곤잘레스를 갈아치우든가. 하지만 이 사무실 책임자는 대단히 충직한 직원이었다. 보람도 없고 보수도 적은 일이건만, 그는 자기 일을 정말로 소중히 여겼다. 그런 사람을 무작정 내쫓을 수는 없는 노릇이다. 이제 와서 어디서 새 직장을 구하겠는가. 더 중요한 문제는, 그를 내보낸들 대신 맡으려고 할 사람이 누가 있겠느냐는 것이다. 리바이 팬츠를 문 닫지 않고 여태 끌고 온 한 가지 그럴듯한 이유라면, 곤잘레스에게 계속 일자리를 제공하기 위해서가 아니었을까. 리바이 씨는 아무리 머리를 굴려도 이 사업체를 계속 운영할 다른 이유는 전혀 떠오르지 않았다. 공장이 문을 닫으면 곤잘레스는 아마 자살할지도 모른다. 그러니 이건 목숨이 달린 문제였다. 또 사겠다고 할 사람이 있을 것 같지도 않았다.

리언 리바이는 자신의 기념비적 사업체를 '리바이 트라우저스'*라고 이름 붙일 수도 있었을 것이다. 그것도 그리 나쁘진 않은데. 거스 리바이 는 평생, 특히나 어린 시절, 그가 "리바이 팬츠"라고 말하면 어김없이 "걔 가 그렇대?"라는 한결같은 대답이 돌아오곤 했다.** 스무 살쯤 됐을 무렵 그는 아버지에게 회사명을 바꾸는 게 사업에 도움이 될지 모른다는 말을 꺼낸 적이 있었는데, 그때 아버지는 이렇게 툴툴거렸다. "'리바이 팬츠' 가 갑자기 너한테 격이 안 맞기라도 하단 말이냐? 네가 먹는 음식이 '리 바이 팬츠'다. 네놈이 모는 차도 '리바이 팬츠'다. 내가 바로 '리바이 팬 츠'란 말이다. 그래, 이게 감사의 표시냐? 이게 자식 된 도리냐? 다음엔 내 이름까지 바꾸라고 하겠구나. 입 닥쳐, 이 놈팡이 녀석. 가서 자동차랑 계 집애들이나 데리고 놀아. 가뜩이나 대공황으로 골치가 아픈데, 네놈의 시 건방진 충고까지 들어줄 여유는 없어. 아니, 차라리 그 충고를 들고 후버 ***한테나 가봐. 가서 그 친구 이름을 **슐레미엘****로 바꾸라고 해. 이 사무실에 서 당장 꺼져! 입 닥치고!"

거스 리바이는 사진과 일면 기사를 들여다보았고, 곧 잇새로 쾌재의

---

* 트라우저스(Trousers) 역시 바지를 뜻하는 단어.

** 310쪽 주 참조

*** 미국 제31대 대통령. 재임기간(1929-33)에 불어 닥친 대공황으로 공공사업을 벌이는 등 구제에 힘썼으나 실패했다.

**** 이디시어에 기원을 둔 영어 단어로, '얼뜨기', '얼간이'라는 뜻.

휘파람을 불었다. "오, 이럴 수가."

"뭐예요, 거스? 뭐 문제 있어요? 문제가 있는 거예요? 당신 밤새 한숨도 못 잤잖아요. 밤새 월풀 욕조 돌아가는 소리가 들리던데. 봐요, 이제 신경쇠약이 오는 거예요. 히스테리 일으키기 전에 어서 레니의 주치의를 만나봐요."

"방금 라일리 씨를 찾았어."

"이제 행복하겠군요."

"당신은 안 그래? 봐, 그 인간이 신문에 났단 말이야."

"정말요? 이리 좀 가져와 봐요. 난 항상 그 젊은 이상주의자가 궁금했는데. 무슨 모범시민상이라도 받은 모양이죠?"

"요 며칠 전엔 이 친구보고 사이코라더니."

"우릴 꼭두각시처럼 조종해서 맨더빌까지 보낼 만큼 영리한 머리면, 그렇게 사이코는 아니죠. 어쩜 그런 이상주의자까지도 당신을 놀려먹는군요."

리바이 부인은 두 여자, 새, 그리고 씨익 웃고 있는 도어맨을 보았다.

"어딨어요? 이상주의자라고는 안 보이는데." 리바이 씨가 도로에 쓰러져 있는 암소를 가리켰다. "이게 그 사람이에요? 길도랑에? 이건 비극이에요. 흥청망청 마시고 취한, 아무 가망 없는, 이미 퉁퉁 불어터진 노숙자라니. 미스 트릭시와 나 말고도 당신이 망쳐놓은 또 한 사람으로 당신 책에다 꼭 기록돼요."

"어떤 새가 이 친구 귀를 물었대나, 뭐 그런 황당한 얘기로군. 여기 좀 봐. 이 사진들 속에 경찰 요주의 인물들이 한 무더기야. 이 친구한테 전과기록이 있다고 얘기했잖아. 이런 사람들이 이 친구의 동료들이지. 스트리퍼에, 포주에, 포르노 제작자에."

"한때는 이상주의적 대의명분에 헌신했던 사람인데. 지금은 이게 무슨 꼴이람. 걱정 마요. 당신도 언젠가는 이 모든 것에 대한 대가를 치르게 될 테니까. 몇 달 내로 에이벌먼이 당신을 끝장내면, 당신 아버님처럼 수레 하나 달랑 끌고 길거리에 나서게 될 거예요. 그래요, 에이벌먼 같은 사람을 농락하면 어떻게 되는지, 난봉꾼처럼 사업을 운영하면 어떻게 되는지, 그때 가서 배우게 될 거라고요. 수전과 샌드라는 자신들 수중에 돈 한 푼 없다는 걸 알면 충격에 빠지겠죠. 당신을 일절 본체만체할 거예요. 전前 아버지 거스 리바이 씨."

"글쎄, 난 지금 당장 시내로 가서 이 라일리라는 친구랑 얘기 좀 해야겠군. 이 정신 나간 편지 사건을 해결해야겠어."

"호호. 거스 리바이 탐정이라. 웃기지 마요. 그 편지는 보나마나 당신이 경마에서 이기고 기분 좋을 때 쓴 걸 텐데. 결국은 이 꼴이 날 줄 알았다니까요."

"이봐, 당신 보아하니 에이벌먼의 명예훼손 소송을 잔뜩 기대하고 있는 모양인데. 나랑 같이 망하는 한이 있어도 내가 몰락하는 꼴을 기어이 보고 싶다 이거군."

리바이 부인이 하품을 쩍 하더니 말했다. "당신이 평생 이 길로 끌고 온 것을 내가 무슨 수로 막겠어요? 내가 줄곧 당신을 두고 했던 말이 모두 사실이라는 걸, 이 사건을 통해 애들도 확실히 알게 되겠죠. 에이벌먼 소송을 생각하면 할수록 이 모든 게 필연이라는 생각이 드네요, 거스. 우리 엄마한테 돈이 좀 있는 게 다행이지 뭐예요. 내 언젠가 엄마한테 돌아가야 할 신세가 될 줄 알았어요. 엄마는 산후안을 포기해야겠지만 뭐, 어쩌겠어요. 푼돈으로 수전과 샌드라를 먹여 살릴 수는 없으니까."

"오, 입 좀 다물어."

"지금 나보고 입 다물라고요?" 리바이 부인은 계속해서 위로 아래로 위로 아래로 오르락내리락하고 있었다. "당신의 파멸을 그저 조용히 지켜보고만 있으라는 거예요? 나도 나와 딸애들을 위해 계획을 세워야 할 거 아니에요. 내 말은, 산 사람은 살아야 한다는 거죠, 거스. 난 당신이랑 같이 바닥으로 굴러떨어질 수는 없어요. 아버님이 세상을 뜨신 게 그나마 다행이네요. 아버님 살아생전에 리바이 팬츠가 웬 얄궂은 장난 때문에 날아가는 걸 보셨으면, 당신은 혼쭐이 나도 아주 단단히 났을 텐데. 암요, 그렇고말고요. 리언 리바이는 당신을 나라 밖으로 내쫓았을 거예요. 아버님은 용기와 결단력이 있는 분이셨죠. 그리고 무슨 일이 있어도 리언 리바이 재단은 살아남을 거예요. 엄마와 내가 근근이 꾸려가는 한이 있어도 상은 꼭 제정하고 말겠어요. 당신 아버지한테서 본 그런 용기와 배짱을 지닌 분들을 예우하고 상을 드릴 생각이에요. 당신이 바닥으로 굴러떨어지면서 아버님 이름까지 함께 끌고 가게 놔두진 않겠어요. 당신이야 에이벌먼 소송이 끝나고 운이 좋으면, 당신이 그렇게 사랑해 마지않는 스포츠 팀들 중 한 곳에서 잔심부름꾼으로 고용될 수도 있겠죠. 저런, 그때는 뼈 빠지게 일해야 할 거예요. 부랑아처럼 양동이와 스펀지를 들고 이리저리 뛰어다녀야 할 거라고요. 뭐, 그렇다고 자기연민에 빠지지는 마요. 다 당신이 자초한 일이니까."

이제 리바이 씨는 아내의 기이한 논리가 자신의 파멸을 필연적으로 만들고 있음을 알게 되었다. 그녀는 에이벌먼이 승리하는 걸 보고 싶은 것이다. 그래야 그 승리에서 괴상한 정당화를 얻어낼 테니까. 에이벌먼의 서신을 읽은 이후로 그녀의 정신은 이 사건을 다각도로 검토해온 게 틀림없었다. 실내자전거에 올라 페달을 밟거나 운동기구 위에서 오르락내리락하는 매순간, 그녀의 논리체계는 점점 더 설득력 있는 어조로 에이벌먼이 소송에서 이겨야 한다고 그녀를 세뇌시키고 있는 모양이었다. 그건 비단 에이벌먼의 승리일 뿐 아니라 그녀 자신의 승리이기도 할 터였다. 그녀가 지금껏 딸들 앞에 들고 서 있었던 대화체와 서간체의 이정표나 안

내 표지판은 모조리 애들 아버지의 최후의 참담한 실패를 가리키고 있었다. 리바이 부인은 자신이 틀렸음이 증명되는 게 참을 수 없었으리라. 그녀에게는 50만 달러짜리 명예훼손 소송이 꼭 **필요했다**. 심지어 그녀는 그가 라일리와 얘기를 하건 말건 관심조차 없었다. 에이벌먼 사건은 순전히 물질적이고 물리적인 차원을 넘어서서 이데올로기적이고 정신적인 차원으로 승화되어, 어떤 보편적이고 우주적인 힘이 거스 리바이는 패해야만 한다고, 거스 리바이는 자식도 없이 쓸쓸한 신세로 양동이와 스펀지를 든 채 영원히 떠돌아야 한다고 선고를 내린 것이다.

"아무튼, 라일리를 찾아가봐야겠어." 리바이 씨가 마침내 입을 열었다.

"어쩌면 그리 대단한 결정을. 믿기지가 않는군요. 공연히 애태우지 마요, 어차피 당신은 그 젊은 이상주의자한텐 어떤 혐의도 씌울 수 없어요. 그 사람, 너무 영리하니까. 당신을 또 놀려먹기나 하겠죠. 두고 봐요, 또 헛물만 켤 거예요. 어쩜, 맨더빌로 다시 가겠다니. 이번엔 병원 측이 당신을 가두고 말 거예요. 대학생들이나 탈 장난감 같은 스포츠카나 몰고 다니는 중년 남자, 바로 당신을요."

"난 그 친구 집으로 곧장 갈 거야."

리바이 부인은 재단 설립 계획을 적은 종이를 접고 운동기구를 끄며 이렇게 말했다. "뭐, 시내로 간다면 나도 좀 데려가요. 곤잘레스가 그러는데, 미스 트릭시가 그 조폭 같은 직원의 손을 깨물었다지 뭐예요. 부인이 걱정돼요. 만나보러 가야겠어요. 리바이 팬츠를 향한 부인의 해묵은 적개심이 또다시 터져 나오는 모양이에요."

"아직도 그 노망난 할망구를 가지고 놀고 싶어? 그만하면 충분히 괴롭히지 않았나?"

"이런 조그만 선행조차 베푸는 꼴을 못 보는군요. 당신 같은 타입은 심리학책에도 안 나오죠. 그러니 하다못해 레니의 주치의, **그 사람**을 위해서라도 거기 가서 진찰 좀 받도록 해요. 당신 사례가 정신분석학 학술지에 실리기만 하면, 그 사람은 당장 강연 초청을 받고 비엔나로 날아갈 텐데. 프로이트를 유명하게 만든 게 절름발이 여자였다나 뭐라나, 뭐 그런 것처럼 당신도 그 사람을 유명인사로 만들지 누가 알아요."

리바이 부인이 자비의 사명을 받들러 갈 준비를 하느라 아콰마린 색 아이섀도를 덕지덕지 처바르는 사이, 그는 견고한 시골풍 마차 차고처럼 지어진, 무려 차량 석 대를 수용할 수 있는 거대한 차고에서 스포츠카를 꺼낸 뒤 고요히 잔물결 치는 만을 바라보며 앉아 있었다. 속 쓰림이 작은 화살촉처럼 명치를 쿡쿡 찔러댔다. 라일리가 뭔가 자백을 해줘야 하는데. 자칫하다간 에이벌먼의 악덕 변호사들이 그를 참패시킬 수도 있었으니, 그런 일을 목도하는 기쁨을 아내에게 허락할 수는 없었다. 만일 라일리가 그 서신을 자기가 썼다고 실토한다면, 그래서 그가 이 사건에서 무사히 빠져나올 수 있다면, 그는 자신도 변하리라 마음먹었다. 새로운 사람으로 거듭나리라 맹세했다. 회사 경영에도 다소 관여할 생각이었다. 그곳을 직접 관리하는 것만이 합리적이고 실용적인 처사였다. 방치당한 리바이 팬츠는 방치당한 자식과 같았다. 조금만 마음 써서 양육하고 보살피고 먹이고 하면 될 것을, 그러지 못해 결국 온갖 문제를 일으키는 비행청소년이 될 수도 있었으니까. 리바이 팬츠로부터 거리를 두면 둘수록, 그곳은 더욱더 그를 괴롭혔다. 리바이 팬츠는 선천적인 결함이요, 물려받은 저주였다.

"내가 아는 사람들은 다 우람한 대형 세단을 몰아요." 리바이 부인이 조그만 차에 올라타며 말했다. "당신만 아니죠. 암요. 꼭 이렇게 캐딜락보다 더 비싼 어린애들 차를 갖고 내 머리카락을 사방으로 날리게 만들어야겠어요?"

그녀의 말을 입증이라도 하듯, 자동차 엔진이 굉음을 내며 해안 고속도로로 진입하자 헤어스프레이를 뿌린 머리카락 한 가닥이 빳빳하게 바람을 타고 나부꼈다. 소택지를 관통해 달리는 동안 두 사람 다 말이 없었다. 리바이 씨는 초조한 마음으로 자신의 앞날을 생각했다. 리바이 부인은 아콰마린 색 속눈썹을 바람에 조용히 휘날리며, 흡족한 마음으로 역시 자신의 앞날을 생각했다. 마침내 그들은 굉음을 내며 시내로 진입했고, 괴짜 라일리에게 가까이 다가간다고 생각하자 리바이 씨의 속도는 점점 더 빨라졌다. 그런 쿼터족 무리들과 어울리다니. 라일리의 사생활이 어떤지 상상조차 할 수 없었다. 괴이한 사건의 연속에, 광기에 광기의 덧칠이겠지.

"드디어 내가 당신 문제를 분석해낸 거 같아요." 시내의 교통체증에 말려 속도가 느려지자 리바이 부인이 말했다. "이 거친 운전이 바로 실마리예요. 이제야 빛이 보이기 시작하는군요. 당신이 왜 그렇게 방황했는지, 왜 그렇게 야망이라곤 없는지, 사업은 왜 수포로 돌아가게 만들었는지, 이제야 알겠어요." 리바이 부인이 극적인 효과를 위해 잠시 뜸을 들였다. "당신은 죽음을 갈망하는 거라고요."

"오늘 마지막으로 말하는데, 입 다물어."

"싸움, 적개심, 원망." 리바이 부인이 행복에 겨워하며 말했다. "이런 것들은 모두 끝이 아주 안 좋아요, 거스."

오늘은 토요일이었고, 주말 동안 리바이 팬츠는 자유기업제도라는 개념에 대한 공격을 멈춘 상태였다. 리바이 부부는 공장을 지나가고 있었다. 거리에서 보는 공장은, 열렸건 닫혔건 상관없이, 쇠락의 기운이 완연했다. 낙엽을 태울 때 나는 것 같은 미약한 연기가 안테나처럼 생긴 굴뚝 한 곳에서 피어올랐다. 리바이 씨는 저 연기가 뭘까 곰곰 생각했다. 어떤 공장노동자가 금요일 밤에 재단용 테이블 하나를 화로에 쑤셔 박은 채 그대로 놔둔 게 틀림없었다. 어쩌면 누군가가 지금 저 안에서 정말로 낙엽을 태우고 있는지도 몰랐다. 하긴 더 이상한 일들도 있었던 마당에야. 리바이 부인만 해도, 도자기에 한창 열을 올리던 시기엔 저 화로들 중 하나를 제멋대로 차출해 가마로 쓴 적이 있었다.

그들이 공장을 통과하고 그곳을 빤히 쳐다보던 리바이 부인이 "서글퍼요, 서글퍼." 하고 말하는 사이 차는 어느새 강을 끼고 돌아, 디자이어 거리 부둣가 건너편에 얼빠진 모양새로 서 있는 어느 목재 아파트 앞에 다다랐다. 땅바닥에 줄줄이 떨어진 온갖 부스러기 같은 것들이 지나가는 행인들에게 페인트칠이 돼 있지 않은 현관 계단을 올라와 건물 안의 어떤 목적지를 향해 들어오라고 유인하고 있었다.

"당신도 너무 오래 지체하진 마요." 리바이 부인이 크게 심호흡을 하고 몸을 들어 올리는 필수적인 과정을 거쳐 이 아담한 스포츠카에서 몸을 빼내며 말했다. 원래는 맨더빌의 환자에게 주려고 마련했지만 자기가 이미 맛을 본 더치 쿠키 상자도 같이 빼냈다. "미스 트릭시 프로젝트라면 나도 이젠 넌더리가 나요. 부인은 아마 쿠키를 먹어대느라 정신이 없었을 테니, 굳이 대화를 많이 나누려고 애쓸 필요도 없을 거예요." 그녀는 남편을 보고 미소를 지었다. "그럼 이상주의자랑 잘해봐요. 또 당하지 말고."

리바이 씨는 시내 주택가를 향해 속력을 높였다. 어느 신호대기에 걸렸을 때, 그는 잘 접어서 접의자 사이의 틈에 끼워둔 조간신문을 꺼내 라일리의 주소를 들여다보았다. 그는 추피툴러스 거리를 타고 강을 따라가다가 콘스탄티노플 거리로 방향을 틀어, 군데군데 움푹 팬 그 거리를 타고 강을 따라가다가 콘스탄티노플 거리로 방향을 틀었고, 군데군데 움푹 팬 그 거리를 덜컹거리며 달린 끝에 마침내 그 조그만 집을 발견했다. 거대한 덩치의 괴짜가 어떻게 저런 인형 집 같은 데서 살 수 있을까? 저 현관문을 대체 어떻게 들락날락한다지?

리바이 씨는 계단을 올라갔다. 그리고 현관 한쪽 기둥에 붙은 '어떤 대가를 치르더라도 평화를'이라는 표어와 집 정면 벽에 붙은 '선의의 인간들에게 평화를'이라는 표어를 읽었다. 이곳이 틀림없었다. 집 안에서 전화가 울리고 있었다.

"그 사람들 집에 없수!" 웬 여자가 옆집 덧문 너머로 고함을 질렀다. "그놈의 전화통만 아침 내내 울려대."

옆집 현관 덧문이 열리더니, 세상 괴로움을 다 짊어진 듯한 표정의 여자가 현관으로 나와 불그스름한 팔꿈치를 난간에 기댔다.

"혹시 라일리 씨의 행방을 아십니까?" 리바이 씨가 물었다.

"내가 아는 건 그놈이 오늘자 조간신문을 전부 도배했다는 것뿐이우. 그놈이 있어야 될 곳은 정신병원인데. 내가 아주 신경줄이 다 닳아 문드러졌다니까. 이놈의 인간들 옆집으로 이사를 오면서, 내 무덤 내가 판 게지."

"그 사람 여기 혼자 사나요? 제가 전화했을 땐 어떤 여자분이 받으시던데."

"그놈 에미였을 거유. 그 여자 신경줄이 아주 결딴이 나버렸어. 틀림없이 병원인지 어딘지, 아들놈 잡아놓은 데서 그 녀석 데려오려고 갔을 테지."

"라일리 씨를 잘 아십니까?"

"암, 어린애였을 때부터 알우. 그 에미가 얼마나 자랑스러워했다고. 학교 수녀님들도 모두 애를 이뻐했고. 아주 귀염둥이였지. 그런데 결국 어떻게 됐나 좀 봐. 길도랑에 자빠져 가지고. 암튼 그 사람들, 이 동네에서 이사 나갈 생각 하는 게 좋을 거야. 난 더는 못 참아. 둘이서 또 아주 지긋지긋하게 싸워댈 거라고."

"뭐 좀 여쭤볼게요. 라일리 씨를 잘 아신다고 하셨으니 말인데, 그 사람이 아주 무책임하거나 혹은 위험한 인물이라고 여기진 않으십니까?"

"대체 원하는 게 뭐유?" 미스 애니의 흐리멍덩한 눈이 가늘어졌다. "그놈이 무슨 다른 사고라도 친 겐가?"

"저는 거스 리바이라고 합니다. 제 회사에서 그 사람이 일한 적이 있지요."

"그러우? 아무려니, 이그네이셔스 그 미친놈이 그 직장을 얼마나 자랑스러워했는데. 늘 지 에미한테 자기가 얼마나 잘해나가고 있는지 떠벌리는 소릴 수도 없이 들었지. 그래, 참 잘도 해나갔습디다. 몇 주도 안 돼서 잘리고. 뭐, 그쪽 밑에서 일했다면야 놈을 잘 알겠구랴."

불쌍한 괴짜 라일리가 리바이 팬츠를 정말로 자랑스러워했단 말인가? 늘 입버릇처럼 그런 소릴 했다니. 이것도 그가 미쳤다는 훌륭한 증거였다.

"저기 말입니다, 경찰하고 뭐 문제는 없던가요? 무슨 전과 기록 같은 거 있지 않습니까?"

"그놈 에미한테 들락거리던 경찰이 있긴 했수. 정식 사복 경찰이었지. 하지만 이그네이셔스 그놈 때문은 아니우. 우선은 그 에미가 술을 홀짝이는 걸 좋아해. 최근에는 그렇게 취한 걸 못 봤지만 한때는 아주 제대로 마셔댔지. 하루는 뒷마당을 내다봤더니, 글쎄, 빨랫줄에 널어놓은 젖은 시트로 온몸을 칭칭 휘감고 있더라고. 이보우, 선생, 내 이 인간들 옆집에 살다가 수명이 한 십 년은 줄어들었을 게유. 시끄럽기가 말도 못 해! 밴조며 트럼펫이며 비명에 고함에 티비 소리까지. 이놈의 라일리 식구들은 어디 시골 농장 같은 데서 살게 해야 해. 내가 날마다 아스피린을 예닐곱 알씩 먹어대야 한다니까." 미스 애니는 홈드레스의 목둘레선 안으로 손을 집어넣더니 어깨에서 흘러내린 끈을 추어올렸다. "내 이것도 말해드리지. 솔직히 공평해야 되니까. 이그네이셔스 그놈도 자기가 키우던 그 큰 개가 죽기 전까지는 멀쩡했다고. 이만치 큰 개를 늘 우리 집 창문 바로 밑에서 짖어대게 했더랬는데. 그때부터 내 신경이 맛이 가기 시작한 게야. 그러다 그 개가 죽어버렸어. 뭐, 나는 이제야 좀 조용하고 편안하게 살게 되나 보다 했지. 하지만 웬걸. 이그네이셔스가 죽은 개 발에다 꽃들을 꽂아 가지고 자기 집 거실 앞쪽에 떡하니 눕혀두지 않았겠어. 그때가 그 모자가 처음으로 싸우기 시작했을 때지. 사실, 말하자면 그 여편네가 술을 마시기 시작한 것도 그때부터지 싶어. 그래서 이그네이셔스는 신부님한테 가서 개를 위해 무슨 기도라도 해달라고 부탁을 하더라고. 이그네이셔스는 무슨 장례식 같은 걸 계획했던 모양인데. 그래서? 신부님은 물론 안 된다고 했지. 아마 그때부터 이그네이셔스가 교회에 발을 끊었지 싶어. 결국 이그네이셔스 그 덩치는 자기가 직접 장례식을 주도하고 말더라고. 아이고, 아무리 철이 없어도 그렇지, 덩치 크고 뚱뚱한 고등학생이 할 짓은 아니지 않우. 저 십자가 보이우?" 리바이 씨는 앞마당에서 썩어가고 있는 켈트 십자가를 하릴없이 쳐다보았다. "저기서 그 일이 벌어졌수. 한 스무 명 남짓 되는 애들을 끌어다가 마당에 죽 둘러 세워놓고 자기를 지켜보게 하더라고. 이그네이셔스 그놈은 슈퍼맨마냥 커다란 망토를 둘러쓰고, 사방에는 촛불이 훨훨 타오르고. 그러는 내내 그 에미는 문간에 서서, 개를 쓰레기통에 버리고 당장 들어오지 못하느냐며 고래고래 악을 써대고. 아무튼 그때부터 이 집 신세가 고약하게 돌아가기 시작한 게지. 그 뒤로 이그네이셔스는 대학을 거의 십 년을 다니게 돼. 그 에미는 파산할 지경에 이르고, 갖고 있던 피아노까지 다 팔아치우고. 나야 뭐, 그러거나 말거나. 아, 그런데 그놈이 대학에서 골라온 기집애라는 게 꼬락서니 하고는. 난 속으로야, '옳다구나. 이그네이셔스가 곧 결혼을 해서 분가를 하겠구나.' 이랬지. 나 혼자 또 뜬구름 잡은 게야. 둘이서 한 짓이라고는 그놈 방에 틀어박혀 있던 게 다였으니. 원, 기집애랑 그놈이랑 밤마다 무슨 포크송 음악회라도 벌이는 줄 알았다니까. 창문으로 들리는 소리는 또 어떻고! '그

치마 좀 내려.'라는 둥 '내 침대에서 나가.'라는 둥, 또 '어떻게 네가 감히? 난 아직 동정이야.'라는 소리까지. 아이고, 끔찍해. 내가 하루 이십사 시간 내내 아스피린으로 버텼대도. 뭐, 그러다 그 기집애도 떠나갔어. 그 기집애를 나무랄 순 없지. 아무튼 그놈이랑 어울린 걸 보면, 걔도 참 요상한 애였던 게 분명해." 미스 애니가 이번에는 손을 반대편으로 집어넣어 그쪽 어깨끈을 추어올렸다. "이 도시의 하고많은 집들 놔두고, 어쩌다 내가 이리 이사를 온 게야 그래? 어디, 말 좀 해보우."

리바이 씨는 이 여자가 특별히 이곳으로 이사 온 이유에 대해 아무 생각도 할 수 없었다. 대신 이그네이셔스 라일리의 이야기를 듣다 보니 우울해졌고, 이제 그만 콘스탄티노플 거리를 벗어나고 싶은 마음뿐이었다.

"아무튼 말이우." 자기 수난사를 들어줄 사람에 목말라 하는 여자가 황급히 말을 이었다. "신문에 난 이 사건으로 이제 한계에 달했수. 지금 이 동네 평판이 얼마나 안 좋아졌는지 좀 봐. 그 인간들이 뭐든 또 시작하면, 이젠 경찰에 연락해서 그놈한테 접근금지 신청을 해버리겠어. 더는 못 참아. 내 이놈의 신경줄이 다 닳아 문드러졌다니까. 이그네이셔스 그놈이 목욕만 해도 우리 집에는 홍수가 밀어닥치는 소리가 나. 이놈의 목구멍도 못쓰게 됐지 싶어. 나도 늙을 만큼 늙었다고. 그 인간들 참을 만큼 참아왔다니까." 미스 애니가 리바이 씨의 어깨 너머를 흘긋 넘겨다보았다. "얘기 즐거웠수, 선생. 잘 가우."

여자는 자기 집 안으로 냉큼 뛰어들더니 덧문을 쾅 닫았다. 그녀의 갑작스러운 퇴장은 그녀가 들려준 라일리 씨의 기괴한 인생사만큼이나 리바이 씨를 어리둥절하게 만들었다. 뭐 이런 동네가 다 있담. 리바이 저택에서 살아온 그로서는 이런 사람들을 경험할 기회가 좀체 없었다. 그때 낡은 플리머스 한 대가 리바이 씨의 눈에 들어왔다. 차는 도로변에 주차하려고 애를 쓰며 휠캡을 긁어대다가 마침내 조용해졌다. 뒷좌석에 그 덩치 큰 괴짜의 실루엣이 보였다. 밤색 머리의 여자가 운전석에서 내리더니 외쳤다. "자, 다 왔다, 이 녀석아. 어서 차에서 내려!"

"침 줄줄 흘릴 늙은이와의 관계를 분명히 밝히지 않으시는 한 내리지 않겠습니다." 거대한 실루엣이 대꾸했다. "전 우리가 그 타락한 늙은 파시스트의 손아귀에서 벗어난 줄 알았단 말입니다. 제가 분명 잘못 생각한 거로군요. 지금껏 제 등 뒤에서 그 영감과 몰래 내통해오시다니요. D. H. 홈스 앞에 그 영감을 심어둔 것도 아마 어머니시겠죠. 지금 생각해보니 그 덜떨어진 몽고증 환자 맨큐소, 이런 악순환이 휘몰아치게 만든 시발점인 그 작자도 어머니가 거기 심어두였을 테고요. 나란 인간은 어찌 이토록 숫되고, 어찌 이토록 천진했을까. 벌써 몇 주 동안을 음모에 놀아나다니. 모든 게 다 계략이라니!"

"얼른 내려오지 못해!"

"알겠수?" 미스 애니가 덧문 너머로 말했다. "저 인간들 또 시작이우."

드디어 자동차 뒷문이 뻑뻑하게 열리더니, 부풀어 터질 듯한 사막부츠 한 짝이 발판 위로 내려섰다. 괴짜는 머리에 붕대를 감고 있었다. 피곤에 절고 창백해 보였다.

"처신사나운 여성과는 한 지붕 밑에서 지낼 수가 없습니다. 전 충격을 받고 상처를 받았단 말입니다. 다른 누구도 아니 내 친어머니가, 세상에. 그동안 절 그토록 잔인하게 공격하신 것도 놀랄 일이 아니군요. 어머닌 죄책감을 덜기 위해 절 희생양으로 이용하고 계신 거로군요."

뭐 이런 가족이 다 있담, 리바이 씨는 생각했다. 괴짜의 모친은 아닌 게 아니라 좀 헤픈 여자 같아 보이는 구석이 있었다. 그는 사복 경찰이 이 여자에게 무슨 볼일이 있었던 걸까 궁금했다.

"그 더러운 입 닥치지 못해." 여자가 악을 썼다. "클로드처럼 훌륭하고 점잖은 분을 두고 이 난리라니."

"훌륭한 사람이라." 이그네이셔스가 콧방귀를 뀌었다. "어머니가 그 타락한 인간들이랑 돌아다니기 시작했을 때부터 이렇게 되실 줄 알았습니다."

동네에는 벌써 몇몇 주민이 자기네 집 앞 계단에 나와들 있었다. 과연 얼마나 기막힌 하루가 되려는지. 리바이 씨는 이 사나운 모자와 더불어 공개적인 소동에 휘말릴 위험에 처해 있었다. 속 쓰림이 명치끝까지 올라와 욱신거렸다.

밤색 머리의 여자가 무릎을 털썩 꿇더니 하늘을 보고 한탄을 했다. "제가 뭘 그리 잘못했나이까, 하느님? 말씀해주옵소서, 주여. 저는 착하게 살아왔나이다."

"지금 렉스의 무덤에 무릎 꿇고 계십니다, 어머니!" 이그네이셔스가 버럭 고함을 질렀다. "자, 이제 그 타락한 매카시 앞잡이와 무슨 짓을 하고 돌아다녔는지 실토하시라니까요. 혹 무슨 비밀경찰조직 같은 데 소속되신 건 아닌가 모르겠군요. 내가 그따위 마녀사냥 팸플릿들로 폭격을 맞은 게 우연이 아니었어. 어젯밤 미행당한 것도 우연이 아니었고. 바탈리아, 그 뚱쟁이 아주머니는 어딨습니까? 어디 있죠? 그 여자는 채찍으로 맞아도 싸. 이 모든 게 나에 대한 쿠데타야. 나를 제거하려는 사악한 음모라고. 하느님 맙소사! 그놈의 새도 파시스트 일당한테서 훈련받은 게 분명해. 무슨 짓이든 할 놈들이라고."

"클로드는 나한테 구애하고 있었어." 라일리 부인이 반항하듯 말했다.

"뭐라고요?" 이그네이셔스가 벼락같이 호통을 쳤다. "그러니까 지금, 어떤 늙은이가 어머니 몸을 마음껏 더듬게 허락하셨다는 그런 말씀입니까?"

"클로드는 좋은 사람이야. 그이가 한 거라곤 내 손을 몇 번 잡은 것뿐이란다."

파랗고 노란 두 눈이 분노에 못 이겨 초점이 가운데로 쏠렸다. 그는 두 앞발로 귀를 틀어막고 더는 들으려 하지 않았다.

"그 늙은이가 얼마나 입에 담을 수도 없는 욕정에 몸부림을 칠지 알게 뭡니까. 제발 부탁이니, 제게 진실의 전모를 밝히진 말아주시죠. 신경이 완전히 결딴나기 일보 직전이란 말입니다."

"입들 닥쳐!" 미스 애니가 덧문 너머로 꽥 소리를 질렀다. "당신네들, 이 동네에서 살 시간도 얼마 남지 않았어."

"클로드는 똑똑한 사람은 아니지만 좋은 사람이야. 가족한테도 잘하고. 나한테는 그게 중요해. 샌타 말이, 그 사람이 자꾸 빨갱이 운운하는 건 외로워서 그렇대. 다른 할 일이 없어서 그러는 거란다. 그 사람이 지금 당장이라도 결혼해달라고 하면, 난 '좋아요, 클로드.' 그럴 거다. 난 그럴 거야, 이그네이셔스. 두 번 생각할 필요도 없어. 나도 죽기 전에 누구한테 좋은 대접을 받아볼 권리가 있단 말이다. 다음에 쓸 돈은 또 어디서 구하나 걱정하지 않아도 될 권리가 있다고. 아까 클로드랑 수간호사한테 네 옷을 받으러 갔다가 네 지갑을 건네받았는데, 그 안에 자그마치 삼십 달러 가까이나 들어 있더구나. 그래, 그걸 보고 나도 마음 정리했다. 네 녀석의 온갖 정신 나간 짓거리도 끔찍했다만, 뭣보다 이 불쌍한 에미한테 그런 돈을 감추다니……."

"그 돈은 어떤 목적을 위해 필요했던 겁니다."

"어떤 목적? 추잡한 여자들하고 놀아나려던 목적?" 라일리 부인은 렉스의 무덤에서 힘겹게 몸을 일으켰다. "넌 그냥 미치기만 한 게 아니야, 이그네이셔스. 못돼 처먹기까지 했어."

"진심으로 클로드라는 늙은 난봉꾼이 결혼을 원한다고 생각하시는 겁니까?" 이그네이셔스가 말꼬리를 돌리며 징징거렸다. "기껏 퀴퀴한 모텔 방을 전전하며 끌려다니게 되실 겁니다. 결국엔 자살로 끝나고 말 거라니까요."

"내가 결혼하고 싶다면 결혼하는 거야, 이 녀석아. 네 녀석이 날 막을 순 없어. 이젠 그렇게 못 해."

"그 사람은 위험한 과격분자란 말입니다." 이그네이셔스가 음흉하게 말했다. "그 마음속에 얼마나 소름끼치는 정치적, 이데올로기적 문제들이 잠복해 있을지 알게 뭡니까. 어머니를 고문하거나 더 심한 짓도 할 사람이니까요."

"감히 네놈이 뭔데 나한테 뭘 하라 마라야, 이그네이셔스?" 라일리 부인은 헐떡거리는 아들을 노려보았다. 그녀는 넌더리가 나고 지쳤으며, 이제 이그네이셔스가 무슨 말을 더 하든 아무런 관심도 없었다. "클로드는 아둔해. 그래. 그건 인정하마. 클로드는 내내 그놈의 빨갱이 운운하며 귀찮게 굴더구나. 그래. 아마 그 사람은 정치에 대해선 일자무식인지도 몰라. 하지만 난 정치 따위 아무래도 좋아. 난 그저 죽을 때 조금이라도 남부럽잖게 죽고 싶은 거야. 클로드는 인정이 많은 사람이고, 그건 네놈이 그 온갖 정치 타령이나 훌륭하게 학교를 졸업한 걸로 할 수 있는 것보다 더 대단한 거란다. 내 그렇게 애지중지 키웠건만, 너란 놈은 이 에미를 함부로 대하기나 하지. 죽기 전에 나도 누구한테 좋은 대접 한번 받아보고 싶구나. 네가 모든 걸 다 배웠는지는 몰라도, 이그네이셔스, 인간이 되는 법은 못 배웠어."

"좋은 대접 받고 사는 건 어머니 팔자가 아닙니다." 이그네이셔스가 울부짖었다. "어머닌 공공연한 마조히스트니까요. 좋은 대접 받으시면 혼란과 파멸에 빠지실 겁니다."

"지옥에나 가거라, 이그네이셔스. 어찌 이 에미 가슴을 이리도 수만 번 찢어놓는다니."

"제가 이 집에 있는 한, 그 사람은 한 발짝도 들여놓지 못합니다. 어머니한테 싫증 나면 그 뒤틀린 관심을 바로 저한테 돌릴 테니까요."

"뭐가 어쩌고 어째, 이 정신 나간 녀석아? 그 어리석은 입 좀 다물지 못해. 내가 아주 질려버렸다. 넌 내가 돌봐주마. 좀 쉬고 싶댔지? 그래, 이참에 아주 푹 쉬게 해주마."

"사랑하는 선친께선 무덤에서 채 몸이 식지도 않으셨는데." 이그네이셔스가 눈에서 물기를 닦아내는 시늉을 하며 울먹였다.

"네 애비는 이십 년 전에 죽었어."

"이십일 년이죠." 이그네이셔스가 득의양양한 표정을 지었다. "거보세요. 어머닌 사랑하는 남편을 다 잊으셨습니다."

"저기, 실례합니다." 리바이 씨가 무기력하게 말했다. "잠시 얘기 좀 나눌 수 있을까요, 라일리 씨?"

"뭐라고요?" 이그네이셔스는 그제야 현관에 서 있는 남자를 알아차렸다.

"이그네이셔스한테 무슨 볼일이라도?" 라일리 부인이 남자에게 물었다. 리바이 씨가 자기소개를 했다. "네, 얘가 바로 그녀석이에요. 지난번에 녀석이 전화에 대고 지껄인 황당한 소리는 믿지 않으셨어야 할 텐데. 내가 진이 다 빠져서 수화기를 뺏을 힘도 없었답니다."

"다 같이 집 안으로 들어가는 게 어떻겠습니까?" 리바이 씨가 물었다. "아드님과 조용히 얘기를 좀 나누고 싶은데요."

"여기선들 어떠려고요." 라일리 부인이 심드렁하게 말했다. 그러고는 동네를 둘러보니, 구경 나온 이웃들이 눈에 띄었다. "동네 사람들도 이젠 알 것 다 아는데요, 뭐."

하지만 부인은 현관문을 열어주었고 세 사람은 조그만 복도로 들어갔다. 부인이 아들의 스카프와 단검이 담긴 종이가방을 내려놓고 물었다. "무슨 일인가요, 리바이 씨? 이그네이셔스! 이리 와서 이분이랑 얘기 좀 하렴."

"어머니, 일단 제 장膓부터 돌봐야겠는데요. 지난 이십사 시간 동안의 트라우마로 인해 지금 뒤집어지고 난리도 아닙니다."

"욕실에서 썩 나오지 못해, 이 녀석. 당장 이리 와. 그래, 도대체 이 정신 나간 녀석한테 무슨 볼일이 있나요, 리바이 씨?"

"라일리 씨, 이거에 대해 뭐 아는 거 없습니까?"

이그네이셔스는 리바이 씨가 재킷에서 꺼낸 두 통의 서신을 보더니 말했다. "당연히 없습니다. 이건 당신 서명이지 않습니까. 이 집에서 당장 나가주시죠. 어머니, 이 사람이 저를 잔인하게 해고한 바로 그 악마 같은 분이랍니다."

"당신이 쓴 게 아니란 말인가요?"

"곤잘레스 씨는 아주 지독히 독재적이었습니다. 타이프라이터 근처에는 얼씬도 못 하게 하더군요. 사실, 한번은 자기가 상당히 끔찍한 문장으로 작성 중이던 서신에 어쩌다 그만 제 눈길이 스치자, 철썩 하고 꽤나 악의적으로 절 때리지 뭡니까. 그자의 싸구려 구두를 닦게라도 해주면 전 그저 고마울 따름이었죠. 당신의 그 쓰레기 같은 회사에 그자가 얼마나 소유욕을 보이는지 잘 아시지 않습니까."

"알아요. 하지만 곤잘레스는 자기가 쓴 게 아니랍니다."

"새빨간 거짓입니다. 그 입에서 나오는 건 뭐든 거짓이라고요. 한 입으로 두 말 하는 작자라니까요!"

"여기 이 사람이 지금 엄청난 배상금을 요구하며 우릴 고소하려고 하고 있어요."

"이그네이셔스 짓이에요." 라일리 부인이 불쑥 끼어들었다. "뭐든 잘못된 건 다 이그네이셔스 짓이랍니다. 녀석은 가는 데마다 말썽을 피우거든요. 자, 이그네이셔스, 솔직히 털어놓으렴. 어서, 이 녀석아, 머리 한 대

쥐어박기 전에."

"어머니, 이 사람 좀 내보내주시죠." 이그네이셔스가 어머니를 리바이 씨 쪽으로 밀어붙이며 외쳤다.

"라일리 씨, 이 사람은 50만 달러짜리 소송을 걸고 싶어 합니다. 내가 완전히 망하게 생겼어요."

"아유, 끔찍해라!" 라일리 부인이 놀라서 소리를 질렀다. "이그네이셔스, 이 불쌍한 분한테 도대체 무슨 짓을 한 거니?"

이그네이셔스가 리바이 팬츠에서 자신의 행실이 얼마나 신중했는지 얘기하려는 찰나 전화벨이 울렸다.

"여보세요?" 라일리 부인이 말했다. "내가 그 녀석 에미예요. 취하다니요? 당연히 맨정신이죠." 그녀는 이그네이셔스를 쏘아보았다. "그래요? 그 녀석이 그랬어요? 뭐라고요? 아유, 이런." 그녀는 아들을 빤히 노려보았고, 아들은 두 앞발을 박박 긁어대기 시작하고 있었다. "그래요, 와서 물건 다 챙겨 갖고 가요. 귀고리만 빼고요. 그건 새가 물고 갔으니까. 그래요. 당연히 지금 들은 말 다 기억할 수 있고말고요. 술 안 취했다니까요!" 라일리 부인이 수화기를 내리치다시피 끊고서 아들을 돌아보았다. "소시지 장수다. 넌 해고래."

"천만다행이군." 이그네이셔스가 안도의 숨을 내쉬었다. "그놈의 수레, 더는 못 배겨낼 참이었는데."

"도대체 그 사람한테 내 얘기를 어떻게 했기에 그래? 에미가 술주정뱅이라고 했니?"

"그럴 리가요. 어떻게 그런 말도 안 되는 소리를. 전 사람들한테 어머니 얘기 이러쿵저러쿵하지 않습니다. 분명 어머니가 술에 취하셨을 때 그 사람이랑 얘길 나누신 적이 있나 본데요. 어쩌면 두 분이 몇몇 핫도그 카바레에서 음주 행각을 벌여가며 데이트를 했는지도 모르죠."

"어쩜, 네 녀석은 길거리 핫도그 행상조차 못 하는구나. 그 사람은 화가 머리끝까지 났더라. 이제껏 너 같은 골칫덩어리 노점상은 보다보다 처음이란다."

"그 사람은 제 세계관에 대해 상당히 맹렬한 적의를 품었던 잡니다."

"오, 따귀 한 대 더 올려붙이기 전에 그 입 닥쳐." 라일리 부인이 고함을 질렀다. "이제 여기 리바이 씨한테 사실대로 털어놔."

무슨 가정생활이 이렇게 비참하담, 리바이 씨는 생각했다. 이 여자는 아들을 정말 독재적으로 다루고 있었다.

"왜요, 전 지금 사실대로 말하고 있는데요." 이그네이셔스가 말했다.

"어디, 그 편지 좀 보여줘요, 리바이 씨."

"보여드리지 마세요. 어머닌 글 읽는 게 상당히 서투르시죠. 한 며칠은 혼란스러워하실 겁니다."

라일리 부인이 핸드백으로 이그네이셔스의 옆머리를 후려쳤다.

"자꾸 이러실 겁니까?" 이그네이셔스가 외쳤다.

"때리지 마세요." 리바이 씨가 말했다. 가뜩이나 괴짜의 머리엔 붕대가 감겨 있었다. 프로권투 경기장 이외의 곳에서 폭력을 보면 리바이 씨는 속이 메슥거렸다. 이 라일리라는 괴짜, 정말 딱하지 않은가. 어머니란 사람이 어떤 늙은이랑 바람이 났으며, 상습적인 술꾼인 데다 아들을 어디 멀리 치워버리고 싶어 안달이 나 있었다. 이 여자는 이미 경찰 기록에도 올라 있다질 않나. 그 개는 괴짜가 지금껏 살아오면서 진정 자기 것으로 가져본 유일한 것이지 싶었다. 누군가를 이해하려면, 그 사람이 실제로 처한 환경에서 그 사람을 봐야 할 때가 있다. 라일리는 그 나름대로 리바이 팬츠에 깊은 관심을 가지고 있었다는데. 지금 리바이 씨는 라일리를 해고한 게 미안했다. 괴짜는 리바이 팬츠의 일자리를 자랑스레 여겼다는데. "아드님은 그냥 두세요, 라일리 부인. 이 사건의 진상은 우리가 밝혀낼 테니까요."

"도와주세요, 사장님." 이그네이셔스가 짐짓 과장된 연극조의 몸짓으로 리바이 씨의 스포츠 재킷의 옷깃을 붙잡고 징징거렸다. "운명의 여신 포르투나가 제게 또 무슨 짓을 할지 알 수 없습니다. 이 여신의 야비한 짓거리를 전 너무나 많이 알고 있죠. 저는 분명 제거될 운명에 처해진 겁니다. 혹, 트릭시라는 여직원과 얘기해볼 생각은 해보셨는지요? 사장님이 짐작하시는 것보다 훨씬 더 많이 알고 있는 인물인데."

"아내도 그렇게 말하더군요, 난 한 번도 믿지 않았지만. 아무튼, 미스 트릭시는 아주 늙었어요. 장 보러 갈 목록이라도 제대로 쓸지 의심스럽군요."

"늙었어요?" 라일리 부인이 물었다. "이그네이셔스! 넌 트릭시가 리바이 팬츠에서 일하는 귀여운 여자애 이름이랬잖니. 너랑 둘이 서로 좋아한다고. 그런데 글 쓰는 것도 힘들어하는 할머니라니. 이그네이셔스!"

리바이 씨가 처음 생각했던 것보다 사정은 더 딱했다. 이 불쌍한 괴짜는 어머니로 하여금 자기에게 애인이 있다고 생각하게끔 만들려 했던 것이다.

"부탁입니다." 이그네이셔스가 리바이 씨에게 속삭였다. "제 방으로 함께 가주시죠. 보여드릴 게 있습니다."

"이그네이셔스가 하는 말은 한 마디도 믿지 말아요." 아들이 리바이 씨를 끌고 퀴퀴하게 곰팡내 나는 방으로 들어가는 사이 라일리 부인이 그들의 등에 대고 외쳤다.

"아드님을 그냥 좀 놔두세요." 리바이 씨가 다소 단호한 어조로 라일리 부인에게 말했다. 라일리 집안의 이 여자는 자기 자식에게 기회를 주려고도 하지 않았다. 그의 아내 못지않게 나빴다. 라일리가 이 꼴로 망가진 게 놀랄 일도 아니었다.

두 사람 뒤로 문이 닫히자 리바이 씨는 갑자기 구역질이 치미는 걸 느꼈다. 방에선 케케묵은 찻잎 냄새가 났고, 그 냄새가 리언 리바이가 늘 곁에 두던 찻주전자를 생각나게 했다. 바닥에 늘 끓인 찻잎 찌꺼기가 남아 있던, 섬세하게 금이 간 도자기 주전자 말이다. 그는 창가로 가서 덧문을 열었다. 그리고 밖을 내다보자 미스 애니의 눈과 딱 마주쳤다. 그 여자는 자기 집 덧문 블라인드 틈새로 그를 빤히 노려보고 있었다. 그는 창가에서 돌아섰고, 라일리가 바인더 노트를 엄지손가락으로 스르륵 훑고 있는 모습을 지켜보았다.

"여기 있군요." 이그네이셔스가 말했다. "그 회사에서 일할 때 제가 끼적거린 메모랍니다. 제가 리바이 팬츠를 목숨보다 더 애지중지했고, 깨어 있는 동안에는 일분일초라도 회사를 도울 궁리를 하며 보냈다는 걸 이것이 증명해줄 겁니다. 그리고 밤에는 종종 환영을 보곤 했답니다. 리바이 팬츠의 유령들이 잠에 빠진 제 정신세계를 영광스럽게 가로지르며 훨훨 날아들 다니더군요. 저는 절대 그런 서신을 쓸 사람이 아닙니다. 제가 리바이 팬츠를 얼마나 애지중지 여겼는데요. 여기요. 이걸 좀 읽어보시죠, 사장님."

리바이 씨는 바인더 노트를 받아 들고 라일리의 뚱뚱한 집게손가락이 가리키는 줄을 읽었다. "오늘 마침내 우리 사무실은 우리의 영주이자 주인인 G. 리바이 씨의 임재라는 은총을 받았다. 아주 솔직하게 말하자면, 그는 꽤나 무심하고 심드렁한 인물로 보였다." 집게손가락이 한두 줄을 건너뛰었다. "때가 되면 그는 내가 회사에 바치는 열정과 헌신을 알아줄 것이다. 그렇게 되면 내가 보인 본보기로 인해 그는 다시 한 번 리바이 팬츠에 대한 믿음을 회복하게 될지도 모른다." 집게손가락 이정표가 다음 단락을 가리켰다. "라 트릭시는 여전히 꿍꿍이속을 털어놓지 않고 있다. 이로써 내가 생각했던 것보다 훨씬 더 영악한 존재임을 입증하고 있는 셈이다. 추측건대 이 여인은 아주 많은 것을 알고 있고, 그 태도에서 보이는 무관심은 리바이 팬츠에 대해 품고 있는 분노의 가면에 불과하다. 퇴직 애기를 할 때면 더욱 논리 정연해지는 걸 보라."

"이게 바로 증거입니다, 사장님." 이그네이셔스가 리바이 씨의 손에서 노트를 낚아채며 말했다. "그 약아빠진 늙은 여우 트릭시를 취조하시죠. 노망은 위장입니다. 일과 회사에 맞선 자기방어의 일부란 말입니다. 사실, 그 여자는 퇴직시켜주지 않는다고 리바이 팬츠를 증오하고 있더군요. 하긴 누가 그걸 나무랄 수 있겠습니까? 저랑 단둘이 있을 때면, 리바이 팬츠에 '복수'하겠다는 계획에 대해 몇 시간이고 주절대던 게 한두 번이 아닌걸요. 그런 원망이 바로 회사 조직에 대한 신랄한 공격의 형태로 표출된 겁니다."

리바이 씨는 증거를 분석해보려 애썼다. 라일리가 회사를 진심으로 좋아했다는 건 알고 있었다. 회사에서 보기도 했고, 옆집 여자에게 듣기도 했으며, 방금 읽기도 했으니까. 반면에 트릭시는 회사를 증오했다. 아내와 괴짜는 노망난 행동이 위장이라 했지만, 그는 그 노파가 과연 그런 서신을 쓸 능력이 있는지 의심스러웠다. 하지만 지금 당장은 방바닥에 널린 노트 위로 토사물을 왈칵 쏟기 전에 어서 이 폐소공포증을 유발하는 방에서 나가야만 했다. 라일리 씨가 옆에 서서 노트의 구절을 일일이 손가락으로 짚어주는 동안 냄새는 참기 어려울 만큼 강해져 있었다. 그가 문손잡이를 찾아 더듬거리자, 괴짜 라일리가 몸을 던져 문을 막고 섰다.

"제 말을 믿으셔야 합니다." 그는 한숨을 쉬며 말했다. "그 지저분한 트릭시는 칠면조나 햄에 병적인 집착을 보이더군요. 아니, 로스트비프였나? 때로는 굉장히 광포하고 당황케 할 정도로 말입니다. 제때 퇴직하지 못한 걸 두고는 두고두고 복수를 다짐했고요. 그 여잔 적개심으로 가득 차 있었습니다."

리바이 씨는 그를 조심스레 옆으로 비키게 하고는 복도로 빠져나왔는데, 거기엔 또 밤색 머리의 모친이 문지기처럼 지키고 서 있었다.

"고마워요, 라일리 씨." 리바이 씨가 말했다. 그는 당장이라도 폐소공포증을 유발할 것 같은, 상심으로 가득 찬 이 코딱지만 한 집을 어서 빠져나가야 했다. "필요한 일이 생기면 전화를 드리도록 하죠."

"필요한 일이 생길 거예요." 라일리 부인이 자기를 지나쳐 현관 계단을 뛰어 내려가는 그의 등에 대고 소리쳤다. "뭔지는 몰라도, 이그네이셔스가 한 짓이 틀림없답니다."

부인이 또 뭐라뭐라 소리를 쳤지만, 리바이 씨의 차가 부르릉거리는 차 소리에 묻혀버렸다. 파란 연기가 꼴이 말이 아닌 플리머스로 내려앉는가 싶더니 어느새 그는 자취를 감추고 없었다.

"너 아주 일 제대로 쳤구나." 라일리 부인이 두 손으로 이그네이셔스의 하얀 가운을 그러쥐며 말했다. "이제 우리 진짜로 큰일 났다, 이 녀석아. 문서 위조라면 어떻게 되는지 알기나 해? 연방 형무소에 처넣어진단 말이다. 그 불쌍한 사람이 50만 불짜리 소송을 당했다잖니. 아주 일 제대로 쳤구나, 이그네이셔스. 넌 이제 진짜로 큰일 났어."

"제발." 이그네이셔스가 힘없이 말했다. 창백한 피부가 희멀겋게 변하며 차츰 잿빛이 되어갔다. 그는 지금 진짜로 아팠다. 유문이 독창성과 과격함에 있어 이제껏 전례가 없을 만큼 대단한 몇몇 술책을 부리고 있었다. "제가 일하러 나가면 결국 이렇게 될 거라고 했잖습니까."

리바이 씨는 디자이어 거리 부둣가로 되돌아가는 최단 거리의 노선을 달렸다. 나폴레옹 대로를 빠져나와 브로드 고가도로를 거쳐 고속도로를 타는 동안, 그는 아직 어렴풋하긴 하지만 인식할 수는 있을 정도의 결단이랄까, 그런 감정으로 불타오르고 있었다. 진정 원망의 감정이 미스 트릭시로 하여금 그런 서신을 쓰게 만들었다면, 에이벌먼 소송의 책임자는 바로 리바이 부인이었다. 과연 미스 트릭시가 그 서신처럼 지적인 글을 쓸 수 있을까? 리바이 씨는 그럴 수 있기를 바랐다. 그는 술집들과 도처에 나붙은 '삶은 가재와 생굴' 간판들을 휙휙 지나치며 미스 트릭시의 동네를 빠르게 내달렸다. 곧 예의 그 아파트 건물 앞에 도착했고, 그는 땅에 줄줄이 떨어진 부스러기들을 따라 계단을 올라 갈색 문 앞에 이르렀다. 그가 문을 두드리자, 리바이 부인이 문을 열어주며 말했다. "어머, 이게 누구야. 이상주의자의 천적께서 돌아오셨네. 그래, 사건은 해결하셨나요?"

"어쩌면."

"이젠 꼭 게리 쿠퍼*처럼 말하는군요. 대답이라곤 딱 한마디뿐이게, 게리 리바이 보안관님." 그녀는 손가락으로 거치적거리는 아콰마린 색 속눈썹 하나를 뽑았다. "그럼 출발할까요. 트릭시는 쿠키를 아귀아귀 먹어대고 있죠. 아휴, 속이 메스꺼워 죽겠어요."

리바이 씨가 아내를 밀치고 들어가자 상상도 못한 광경이 기다리고 있었다. 리바이 저택에 살아온 그로서는 방금 콘스탄티노플 거리에서 본 그 집 실내도 감당이 되지 않았는데, 하물며 이 집 실내는, 미스 트릭시의 아파트는 온갖 부스러기와 허섭스레기, 쇳조각, 마분지 상자 들로 장식되어 있었다. 이 모든 잡동사니 밑 어디쯤에 가구들이 있었지만 표면은, 즉 눈에 보이는 영역은 온통 낡은 옷가지와 나무 상자와 신문으로 점철된 풍경이었다. 이 산더미 한가운데 통로가 하나 뚫려 있었다. 잡동사니 숲 속의 개간지라고나 할까, 유일하게 바닥이 깨끗한 이 좁다란 통로는 창가로 이어져 있었고, 그 끝에 미스 트릭시가 의자에 앉아 더치 쿠키를 아귀아귀 맛보고 있었다. 이 통로를 따라, 리바이 씨는 나무 상자 위로부터 늘어뜨

---

* 서부극의 걸작 「하이 눈(High Noon)」에서 맡은 정의의 보안관처럼 강직하고 용감하며 무뚝뚝한 남성 역을 주로 연기한 영화배우.

려진 검은 가발과 신문지 더미 위에 아무렇게나 던져놓은 굽 높은 구두를 지나 창가로 걸어갔다. 미스 트릭시가 확실히 유지하고 있는 유일한 회춘의 요소는 이빨이었다. 틀니는 쿠키에 칼처럼 내리박힐 때마다 얇은 입술 사이에서 희번덕거렸다.

"갑자기 당신, 아주 과묵하군요." 리바이 부인이 한마디 했다. "무슨 일이에요, 거스? 임무가 또 실패로 끝났어요?"

"미스 트릭시." 리바이 씨가 노파의 귀에 대고 소리를 질렀다. "에이벌먼 포목점에 서신을 쓴 적 있나요?"

"이제 아주 바닥을 긁는군요." 리바이 부인이 말했다. "이상주의자한테 또 놀아났나 봐요. 당신은 그 라일리라는 자의 허풍에 속수무책으로 넘어가고 마는군요."

"미스 트릭시!"

"뭐?" 미스 트릭시가 으르렁거렸다. "당신네들은 사람 퇴직시킬 줄을 몰라도 너무 몰라."

리바이 씨는 미스 트릭시에게 문제의 서신을 건넸다. 그녀는 바닥에서 돋보기를 집어 들고 서신을 찬찬히 뜯어보았다. 초록색 챙모자가 죽음 같은 그림자를 그녀의 얼굴에, 그리고 얇은 입술 주위에 덕지덕지 붙은 더치 쿠키 부스러기에 드리웠다. 그녀가 돋보기를 내려놓더니 흡족하게 씨근거렸다. "당신네들 이제 큰일 났구만."

"한데 그걸 부인이 에이벌먼에게 써 보냈나요? 라일리 씨 말로는 그랬다던데."

"누구?"

"라일리 씨요. 예전에 리바이 팬츠에서 일했던, 초록색 모자 쓰고 덩치 큰 남자 말이에요." 리바이 씨가 미스 트릭시에게 조간신문에 실린 사진들을 보여주었다. "여기 이 사람."

미스 트릭시가 돋보기를 신문에 갖다 대더니 말했다. "오, 세상에. 그 사람한테 이런 일이 일어나다니." 불쌍한 글로리아. 그는 다친 것 같았다. "이게 라일리 씨지, 그렇지?"

"그래요. 기억하는군요. 이 사람은 부인이 이 서신을 썼다던데요."

"그랬어?" 글로리아 라일리가 거짓말을 할 리 없었다. 글로리아는 그럴 사람이 아니었다. 얼마나 지조가 있는 사람인데. 글로리아는 늘 친구가 되어준 사람이었다. 미스 트릭시는 애써 희미한 기억을 더듬었다. 어쩌면 그녀 자신이 그 서신을 썼는지도 모른다. 더는 기억할 수도 없는 온갖 종류의 일들이 있었으니까. "뭐, 내가 그랬나 보지. 그래. 그 말을 하니까 말인데, 내가 쓴 듯도 싶어. 당신네들은 그렇게 당해도 싸고말고. 암, 지난 몇 년 동안 날 어지간히 괴롭혔어야지. 퇴직도 안 돼, 햄도 안 줘. 뭐 하나 해준 게 없잖아. 당신네들이 가진 거 몽땅 잃으면 난 속이 다 시원하겠네."

"정말 부인이 썼어요?" 리바이 부인이 물었다. "내가 얼마나 잘해줬는데, 어떻게 그런 걸 써요? 세상에, 우리가 독사를 품고 있었다니! 이제 리바이 팬츠와는 영영 끝인 줄 알아요, 이 배신자 같으니! 버림받고 싶어요? 그래요, 어디 버림 한번 받아봐요!"

미스 트릭시는 미소를 지었다. 이놈의 성가신 여자가 정말이지 노발대발 길길이 날뛰고 있었다. 글로리아는 늘 친구가 되어주었는데. 이제 이 성가신 여자는 구빈원으로 가게 생겼다. 아마도 그럴 것이다. 하지만 지금 당장은 아콰마린 색 손톱을 짐승의 발톱처럼 세우고 그녀를 향해 다가오고 있었다. 미스 트릭시는 비명을 지르기 시작했다.

"노인네 좀 그냥 놔둬." 리바이 씨가 아내에게 말했다. "야, 이런. 수전과 샌드라가 이 얘길 들으면 얼마나 좋아할까. 엄마가 웬 할멈을 못살게 구는 바람에 애들은 그 많은 카디건이며 치마바지며 다 잃게 생겼으니."

"그래요. 날 탓해요." 리바이 부인이 광분하며 말했다. "내가 타자기에 종이를 끼워줬어요. 키를 두들기도록 도와도 줬고요."

"미스 트릭시, 이 서신은 퇴직을 못 하게 하는 리바이 팬츠에 복수하려고 쓴 거 아닌가요?"

"그래, 뭐 그렇지." 미스 트릭시가 어정쩡하게 대답했다.

"세상에, 내가 부인을 믿었다니." 리바이 부인이 미스 트릭시에게 땍땍거렸다. "그 틀니 도로 내놔요."

남편이 미스 트릭시의 입을 쥐어뜯으려는 아내를 막아섰다.

"조용!" 미스 트릭시가 새하얀 송곳니들을 죄다 번뜩이며 으르렁거렸다. "내가 내 집에서 조금이나마 마음 편히 있을 수도 없구만."

"당신의 그 어리석고 무모한 '프로젝트'만 아니었으면 이 노인네는 벌써 오래 전에 퇴직했을 거야." 리바이 씨가 아내에게 말했다. "그토록 허구한 날 앞날을 예견하더니, 정작 리바이 팬츠를 수포로 만들다시피 한 장본인은 바로 당신이잖아."

"그렇군요. 당신은 저 여자를 탓하지 않는군요. 규범과 이상을 지닌 여성을 탓하는군요. 리바이 팬츠에 도둑이 들어도 내 탓이라 하겠죠. 당신은 도움이 필요해요, 거스. 아주 심각하다고요."

"그래, 도움이 필요해. 것도 하필이면 레니네 의사한테서 말이지."

"바로 그거예요, 거스."

"조용!"

"하지만 레니네 의사한테 전화할 사람은 바로 당신이야." 리바이 씨가 아내에게 말했다. "그 사람한테 미스 트릭시가 노망이 난 의사무능력자라는 진단을 내리게 하고, 서신을 쓴 동기도 설명하게 해."

"이건 당신 문제예요." 리바이 부인이 발끈하며 쏘아붙였다. "당신이 전화해요."

"수전이랑 샌드라는 엄마가 저지른 작은 실수 얘긴 듣고 싶어 하지 않을 텐데."

"게다가 협박까지."

"당신한테 몇 가지 배운 게 있지. 하긴 우리가 부부로 지낸 세월이 얼만데." 리바이 씨는 아내의 얼굴에 분노와 불안이 떠오르는 걸 지켜보았다. 이번만은 그녀도 할 말이 없었다. "애들도 사랑하는 엄마가 그렇게 바라보라는 사실을 알고 싶진 않을 거야. 이제 트릭시를 레니네 의사한테 데려갈 계획이나 세워. 저 노인네가 자백을 하고 의사가 증언만 하면, 에이벌먼이 이 사건에서 이길 공산은 전혀 없어. 당신은 그저 노인네를 법정에 끌고 가서 판사한테 보여주기만 하면 돼."

"난 매력이 넘치는 여자야." 미스 트릭시가 기계적으로 내뱉었다.

"그렇고말고요." 리바이 씨가 그녀 곁으로 허리를 굽히며 말했다. "우리가 퇴직시켜줄게요, 미스 트릭시. 월급도 인상해서요. 그동안 형편없는 대우를 받았더군요."

"퇴직?" 미스 트릭시가 씨근거렸다. "이거 정말 뜻밖인데. 이런 고마울 데가."

"그 전에 그 서신을 썼다는 진술서에 서명을 해줘야 합니다, 아시겠죠?"

"암, 하고말고!" 미스 트릭시가 외쳤다. 글로리아, 참으로 좋은 친구지 뭔가. 글로리아는 그녀를 도울 방법을 알고 있었던 것이다. 글로리아는 영특했다. 아이고, 고마워라, 글로리아가 이런 마법의 편지를 생각해내다니. "하라는 말은 뭐든지 하고말고."

"모든 게 갑자기 분명해지네요." 리바이 부인의 쓸쓸한 목소리가 신문지 더미 뒤에서 들렸다. "당신은 내 사랑하는 딸들을 볼모로 날 협박하고 있어요. 당신이 예전보다 더 신나게 난봉꾼 노릇을 즐길 수 있게 날 밀어

내고 있어요. 이제 리바이 팬츠는 정말 수포로 돌아가고 말 거예요. 당신은 나한테 한 방 먹였다고 생각하겠지만."

"오, 한 방 제대로 먹였지. 그리고 리바이 팬츠는 수포로 돌아갈 거야. 하지만 당신이 취미 삼아 벌인 놀이 덕분에 망해서는 아니야." 리바이 씨는 두 통의 서신을 내려다보았다. "이번 에이벌먼 사건으로 많은 걸 생각해보게 되더군. 어째서 아무도 우리 바지를 사지 않는 걸까? 왜냐하면 바지가 한심하기 짝이 없기 때문이지. 아직도 아버지가 이십 년 전에 썼던 것과 똑같은 패턴, 똑같은 천으로 만들고 있기 때문이지. 그 폭군 영감이 공장의 무엇 하나 바꾸려들지 않았기 때문이고, 그 영감이 나의 창의적 경영권을 다 짓밟아버렸기 때문이라고."

"아버님은 대단한 분이셨어요. 당신 입에서 그런 불경한 말이 한마디만 더 나와봐요, 어디."

"입 다물어. 트릭시의 괴팍한 서신 덕분에 아이디어가 떠올랐어. 지금부터 우린 버뮤다팬츠만 만들 거야. 지금보다 말썽도 줄고, 지금보다 저비용으로 고수익을 낼 수 있지. 공장마다 연락해서 다림질이 필요 없는, 새로 나온 천 견본 일습을 몽땅 들여와야겠어. 리바이 팬츠는 이제 리바이 쇼츠가 되는 거야."

"'리바이 쇼츠'라. 거참 재밌네요. 웃기지 좀 마요. 당신은 일 년도 못 가 파산하고 말 거예요. 아버님의 추억을 지우는 건 뭐든지 하려드는군요. 당신은 사업체를 경영할 재목이 못 돼요. 당신은 패배자에, 난봉꾼에, 경마장 유객일 뿐이에요."

"조용! 거참 성가신 인간들일세. 이게 퇴직이면 차라리 리바이 팬츠로 돌아가는 게 낫겠구만." 미스 트릭시가 그들 앞으로 쿠키 상자를 휘휘 내둘렀다. "이제 그만 내 집에서 나가주고 수표는 우편으로 보내."

"난 리바이 팬츠는 경영할 수 없었어. 그건 사실이야. 하지만 리바이 쇼츠라면 할 수 있을 거 같아."

"뜬금없이 웬 잘난 척을 그리 하실까." 리바이 부인이 히스테리를 일으킬 듯한 목소리로 말했다. 거스 리바이가 회사를 경영한다고? 거스 리바이가 주도권을 쥔다고? 수전이랑 샌드라에게 뭐라고 얘기한담? 거스 리바이에게는 뭐라고 하고? 그녀 자신은 어떻게 되는 거지? "그럼 재단 역시 수포로 돌아가겠군요."

"그건 아니지." 리바이 씨는 내심 회심의 미소를 지었다. 드디어 아내는 조종타도 없이 혼돈의 바다에서 항로를 찾으려 애를 쓰며 그에게 길을 물어보고 있었다. "상은 제정될 거야. 무슨 상을 주려고 했더라, 치하할 만한 공적과 용기?"

"그래요." 리바이 부인이 한풀 꺾인 목소리로 말했다.

"자, 여길 봐. 이게 바로 용기 있는 행동이지." 그는 신문을 집어 들고는 쓰러진 이상주의자 옆에 서 있는 흑인을 손으로 가리켰다. "이 친구가 초대 수상자가 되는 거야."

"뭐라고요? 시커먼 선글라스를 쓴 범죄자가요? 버번 거리의 부랑아가요? 제발, 거스. 이건 아니죠. 리언 리바이가 세상을 뜬 지 몇 년 되지도 않았어요. 부디 그분을 편히 쉬게 해드려요."

"이건 아주 실용적인, 리언 영감이 직접 강구했을 법한 조처라고. 우리 공장노동자 대부분이 흑인 아냐. 그러니 썩 괜찮은 홍보가 되는 거지. 그리고 머지않아 더 나은 노동자들이 더 많이 필요하게 될 텐데, 이렇게 하면 훌륭한 고용 환경을 조성하는 데도 도움이 될 거야."

"하지만 그자는 안 돼요." 리바이 부인이 꼭 헛구역질하는 것처럼 꽥꽥거렸다. "상은 훌륭한 사람들이 받는 거잖아요."

"당신이 늘 그토록 노골적으로 지지해온 이상주의는 다 어디로 갔지? 난 당신이 사회적 소수자에 관심이 있는 줄 알았는데. 최소한 입으로는 늘 그렇게 말해왔잖아. 아무튼 라일리의 목숨은 구할 가치가 있었어. 그 친구 덕분에 내가 진짜 범인을 찾게 됐으니 말이야."

"당신, 여생을 그렇게 앙심을 품고 살면 안 돼요."

"누가 앙심을 품고 살아? 난 이제야 건설적인 일을 하고 있는데. 미스 트릭시, 전화 어딨어요?"

"누구?" 미스 트릭시는 몬로비아에서 온 화물선 한 척이 부두를 가득 메우고 있던 인터내셔널 하베스터 트랙터들을 싣고 출항하는 모습을 지켜보고 있었다. "여긴 없어. 길모퉁이 가게에 가면 있지."

"좋았어, 리바이 부인. 가게에 다녀와. 레니네 의사한테 전화하고, 또 신문사에 전화해서 존스라는 친구한테 연락할 길이 있나 알아봐. 하긴 흑인들은 대개 전화가 없긴 하지. 아무튼 경찰에도 알아봐. 거기선 알지도 모르니까. 전화번호 알아내면 내게 넘겨. 내가 직접 전화할 거야."

리바이 부인은 색칠한 속눈썹에 일말의 미동조차 없이 남편을 빤히 쳐다보고 서 있었다.

"가게에 갈 거면 그놈의 부활절 햄도 사다주면 되겠구만." 미스 트릭시가 이를 갈며 말했다. "바로 여기, 내 집에서 직접 그놈의 햄을 봐야겠어! 이번엔 어물쩍 넘기려는 수작 부리지 마. 당신네들이 나한테서 자백을 받아내려면, 이제부터 그만한 대가는 치러야지, 암."

그녀는 틀니를 마치 무언가의 상징, 도전의 몸짓이라도 되는 양 번쩍이게 드러내며 리바이 부인을 향해 으르렁거렸다.

"거봐." 리바이 씨가 아내에게 말했다. "당신이 지금 가게에 가야 하는 이유가 세 가지나 되는군." 그는 아내에게 십 달러짜리 지폐를 건넸다. "난 여기서 기다리지."

리바이 부인이 돈을 건네받고 남편에게 말했다. "당신은 이제 행복하 겠군요. 날 시녀로 다 삼게 됐으니 말이에요. 이걸 가지고 무슨 약점을 잡은 듯이 굴겠군요. 어쩜 한 번의 하찮은 오판으로 이 모든 걸 겪어야 하다니."

"한 번의 하찮은 오판? 오십만 불짜리 명예훼손 소송이? 그리고 당신이 대체 뭘 겪고 있는데? 그저 길모퉁이 가게에 다녀오는 것뿐이라고."

리바이 부인은 몸을 돌려 한 줄 통로를 따라 걸어갔다. 문이 쾅 닫히자 미스 트릭시는 무거운 짐이라도 홀렁 벗어던진 것처럼 어린애 같은 단잠에 빠져들었다. 리바이 씨는 그녀의 코고는 소리에 귀를 기울이다 몬로비아 화물선이 항구로 빠져나가 멕시코만을 향해 하류 쪽으로 방향을 트는 광경을 지켜보았다.

그의 정신은 며칠 만에 처음으로 평온해졌고, 서신을 둘러싼 사건들 일부가 사열을 받듯 하나씩 뇌리를 뚫고 지나가기 시작했다. 그가 에이벌먼에게 보내진 서신을 생각하자, 거기에 쓰인 것과 비슷한 말을 어딘가 다른 데서도 들은 기억이 뒤미처 떠올랐다. 그건 겨우 한 시간 전 괴짜 라일리네 집 앞마당에서였다. "그 여자는 채찍으로 맞아도 싸."라는 둥 "그 덜떨어진 몽고증 환자 맨큐소."라는 둥, 역시, 서신은 그자가 쓴 것이었다. 리바이 씨는 더치 쿠키 상자를 껴안은 채 코를 골고 있는 자그마한 피고를 부드러운 눈길로 내려다보았다. 모두를 위해서 당신은 의사무능력자 판정을 받고 자백을 해야 해요, 미스 트릭시, 하고 그는 속말을 삼켰다. 당신은 누명을 쓰는 겁니다. 리바이 씨는 큰 소리로 웃음을 터뜨렸다. 어째서 미스 트릭시는 그토록 진정 어린 자백을 했을까?

"조용!" 미스 트릭시가 번쩍 잠을 깨더니 으르렁거렸다.

역시 괴짜 라일리의 목숨은 구할 가치가 있었다. 그자는 자기 자신과 미스 트릭시, 그리고 리바이 씨까지 그 나름의 괴짜다운 방식으로 구해 냈으니 말이다. 버마 존스가 누군지는 모르지만 그도 후한 상을, 아니 후한 보상을 받을 자격이 있었다. 이 친구에게 신생 기업 리바이 쇼츠의 일

528

자리를 제안하면 대외적인 홍보 효과도 그만이리라. 상과 일자리. 거기다 리바이 쇼츠의 개업과 연계해서 멋진 신문 홍보까지 곁들이는 거다. 이거야말로 판촉 전략이 아니고 뭐겠는가.

리바이 씨는 화물선이 인더스트리얼 운하 들머리를 유유히 가로지르는 풍경을 지켜보았다. 리바이 부인도 곧 배에 오르게 되리라. 목적지는 산후안. 해변에서 웃고 노래하고 춤추고 있을 자기 어머니를 만나러 가는 거다. 리바이 부인은 리바이 쇼츠 플랜과는 잘 맞지 않을 테니까.

14

이그네이셔스는 퇴원 후 줄곧 방 안에 틀어박혀, 단속적으로 선잠에 빠져들었다가 중간중간 깨어나면 불안감이 엄습하여 애꿎은 고무장갑을 공격하는 것으로 하루를 보냈다. 오후 내내 복도에선 전화벨 소리가 끊이 질 않았고, 전화벨이 새로이 울릴 때마다 그는 더욱 초조하고 불안했다. 그는 고무장갑을 덮치고, 더럽히고, 찌르고, 완패시켰다. 여느 유명인들 처럼 이그네이셔스도 팬들을 끌어당기고 있었다. 어머니의 불운하기로 유명한 친척들, 이웃들, 라일리 부인이 수년간 얼굴 한 번 본 적 없던 사람 들, 이들 모두가 전화를 걸어왔다. 전화벨이 울릴 때마다 이그네이셔스는 리바이 씨의 전화일 거라 상상했지만, 매번 들리는 건 어머니가 눈물 나 리만치 판에 박은 대사를 상대방에게 읊어대는 소리뿐이었다. "아유, 끔 찍해. 난 이제 어떡하면 좋아? 우리 가문에 완전히 먹칠을 한 거잖우." 도 저히 더는 못 들어주겠다 싶을 때 이그네이셔스는 닥터 너트를 찾아 출렁 출렁 방에서 걸어 나왔다. 어쩌다 복도에서 어머니와 마주치더라도, 어머 니는 그에게 눈길을 주는 대신 그의 발자취를 따라 바닥에 몽실몽실 떠다 니는 보무라지들만 물끄러미 뜯어보았다. 그도 어머니에게 더는 할 말이 없는 듯했다.

리바이 씨는 과연 어떻게 할까? 에이벌먼은 재수 없게도 꽤나 쩨쩨한 좁쌀영감이 분명했다. 작은 비판도 받아들이지 못하는 소인배, 지나치게 예민한 분자 같은 인간. 이그네이셔스는 서신의 상대를 골라도 한참 잘 못 골랐다. 그 호전적이고 용감무쌍한 공격이 이토록 부적절한 상대 앞으 로 날아갈 줄이야. 이 시점에서 그의 신경계는 도저히 법정 재판을 감당할 수 없을 것이다. 판사 앞에서 완전히 신경 발작을 일으키고야 말 것이다. 그는 리바이 씨가 언제쯤 다시 자신을 급습할지 궁금했다. 미스 트릭시가 과연 무슨 노망난 헛소리를 리바이 씨에게 주절대고 있는 걸까? 리바이 씨는 분노와 혼란에 빠져, 이번에는 당장 그를 투옥시키겠다고 단단히 벼르고 올 텐데. 그의 방문을 기다리는 게 꼭 사형 집행을 기다리는 것만 같았다. 무지근한 두통이 가시질 않았다. 닥터 너트는 쓸개즙 같은 맛이 났다. 아닌 게 아니라 에이벌먼은 정말 엄청난 돈을 요구하고 있었다. 에이벌먼, 이 성마른 영감탱이가 어지간히 비위가 상한 모양이었다. 서신의 진짜 작성자가 밝혀지면 에이벌먼은 과연 오십만 달러 대신 뭘 내놓으라고 요구할까? 목숨?

닥터 너트는 내장으로 꿀꺽꿀꺽 흘러들어가는 시큼한 액체 같기만 했다. 뱃속에 가스가 가득 찼다. 꽉 닫힌 유문이 풍선 주둥이를 손가락으로 꼭 집고 있는 것처럼 가스를 딱 가두고 있었다. 엄청난 트림이 목구멍에서 연방 솟구쳐 올라 쓰레기로 가득한 젖빛유리 샹들리에를 향해 쭉쭉 발사되었다. 인간이 이 야만적 세기에 발을 들여놓게 되면 무슨 일이든 당할 수 있는 법. 함정이 도사리고 있었다. 에이벌먼, '무어인의 존엄을 위한 성전'의 김빠진 전사들, 얼간이 맨큐소, 도리언 그린, 신문 기자, 스트리퍼, 새, 사진, 비행 청소년, 나치 포르노 제작자 같은 함정들이 말이다. 그리고 특히 머나 민코프. 또 소비재 물건들. 특히나 머나 민코프. 이 사향내 풍기는 불여우는 손을 좀 봐줘야 했다. 어떻게든. 언젠가는 꼭. 반드시 대가를 치르게 해야 했다. 무슨 일이 있어도 이 왈가닥은 꼭 손봐줄 작정이었다. 설령 복수하는 데 수년이 걸리더라도, 설령 이 커피숍에서 저 커피숍으로, 포크송 난교 파티에서 또 다른 난교 파티로, 또 지하철에서 숙소로, 목화밭으로, 시위 현장으로, 그렇게 수십 년을 쫓아다니는 한이 있더라도 말이다. 이그네이셔스는 공들여 벼려낸 엘리자베스 시대풍의 저주를 머나에게 퍼붓고는 벌러덩 돌아누워 한 번 더 미친 듯이 고무장갑을 공격했다.

어머니가 감히 결혼을 생각하다니. 어머니처럼 어리석고 잘 속아 넘어가는 사람만이 그런 배신을 할 수 있겠지. 그 늙다리 파시스트는 멀쩡한 이그네이셔스 J. 라일리가 산산이 부서져 헛소리나 웅얼대는, 식물인간이나 다름없는 바보가 될 때까지 빨갱이 마녀사냥에 마녀사냥을 거듭할 것이다. 그 늙다리 파시스트는 리바이 씨 편에 서서 증언함으로써 장래의 의붓아들을 감금시키는 한편, 순진한 아이린 라일리를 상대로 자신의 뒤틀리고 케케묵은 욕망을 마음껏 충족시키려 들 것이다. 마치 자유기업인처럼 아이린 라일리를 상대로 자신의 보수적인 책략을 마음 내키는 대로 구사하려 들 것이다. 매춘부는 사회복지제도와 실업연금제도의 보호 아래 있지 못하다. 그런 연유로 늙은 난봉꾼 로비쇼는 그런 여자들에게 쉬이 매료되는 게 틀림없었다. 그런 여자들의 품에서 그가 뭘 배웠는지는 오직 운명의 여신 포르투나만이 알고 있으리라.

라일리 부인은 아들의 방에서 연방 꺽꺽거리며 끄윽 하고 터져 나오는 트림 소리에 귀를 기울이다, 다른 무엇보다 아들이 발작이라도 일으키고 있는 건 아닌지 걱정스러웠다. 하지만 이그네이셔스를 보고 싶지는 않았다. 그 방에서 문 열리는 소리가 날 때마다 그녀는 아들을 피해 냅다 자기 방으로 뛰었다. 오십만 달러는 상상조차 할 수 없는 금액이었다. 오십만 달러나 물어야 할 만큼 나쁜 짓을 저지른 자에게 내려질 처벌도 가히 짐작이 가질 않았다. 리바이 씨 측에서 아직 망설이는 이유가 뭐든, 그녀로서는 단 한 점의 의혹도 없었다. 서신이든 뭐든 이그네이셔스가 쓴 게 분명하니까. 참으로 기가 막힌 일 아닌가. 이그네이셔스가 감옥에 가다니. 이제 그를 구할 길은 단 하나뿐. 그녀는 전화기를 최대한 복도 저쪽으로 끌고 가 오늘 네 번째로 샌타 바탈리아의 번호를 돌렸다.

"이런, 아이린, 정말 걱정이 말이 아니구나." 샌타가 말했다. "이번엔 또 무슨 일이야?"

"이그네이셔스가 아무래도 신문에 사진이 난 정도가 아니라 아주 엄청난 사고를 친 거 같아." 라일리 부인이 속삭였다. "전화로는 얘기 다 못해. 그동안 샌타 말이 옳았어. 이그네이셔스는 자선병원에 가야 해."

"아휴, 결국은. 거봐, 내가 목이 쉬도록 누누이 얘기했잖아. 좀 전에 클로드한테 전화가 왔더랬어. 이그네이셔스가 병원에서 그이보고 한바탕 난리를 피웠다던데. 클로드는 이그네이셔스가 무섭대. 덩치가 어지간해야지."

"아유, 말도 마. 병원에서 정말 끔찍했다니까. 아까 얘기했잖아, 이그네이셔스가 어떻게 소리를 질러대기 시작했는지. 것도 간호사랑 환자랑 수두룩이 있는 데서. 원, 창피해서 죽는 줄 알았다니까. 클로드가 화가 심하게 난 건 아니지, 응?"

"화가 난 건 아닌데, 아이린이 혼자 그 집에 있는 게 싫대. 자기랑 나랑 그리로 가서 같이 있어주면 어떨까 그러더라."

"그러지 마." 라일리 부인이 냉큼 말했다.

"이그네이셔스가 이번엔 또 무슨 사고를 쳤기에 그래?"

"나중에 다 말해줄게. 지금 당장은, 내가 오늘 하루 종일 자선병원에 대해 생각해봤고 드디어 마음을 정했다는 것만 알아둬. 지금이 때야. 비록 내 자식이지만, 그 녀석 자신을 위해 치료를 받게 해야겠어." 라일리 부인은 텔레비전 법정 드라마에서 으레 쓰는 표현을 생각해내려 애썼다. "우린 그 녀석이 일시적 정신착란에 빠졌다는 판정을 받아내야 해."

"일시적이라고?" 샌타가 코웃음을 쳤다.

"그 사람들이 와서 이그네이셔스를 끌고 가기 전에 녀석을 도와야 해."

"누가 와서 끌고 간다는 거야?"

"리바이 팬츠에서 일할 때 뭔 실수를 한 모양이야."

"오, 세상에! 또 다른 사건이라니. 아이린! 지금 당장 전화 끊고 자선병원에 전화해서 사람들 불러."

"아니야, 내 말 좀 들어봐. 병원 사람들이 올 때 난 여기 있고 싶지 않아. 그러니까 뭔 말인가 하면, 이그네이셔스 덩치를 봐. 한바탕 소동이 일 텐데, 내가 그걸 어찌 보고 있겠느냐고. 안 그래도 신경이 결딴이 났는데."

"덩치야 물론이지. 꼭 야생 코끼리를 나포하는 거 같을 거야. 그 사람들, 엄청나게 큰 그물을 갖고 오는 게 좋을 텐데." 샌타가 열을 내며 말했다. "생각 잘 했어, 아이린. 지금까지 한 결정 중에 최고지 뭐야. 이제 이렇게 하자. 자선병원에는 내가 지금 당장 전화할게. 아이린은 우리 집으로 와. 클로드도 이리 오라고 할게. 이 소식 들으면 그이도 아주 기뻐할 거야. 후유! 두 사람, 일주일도 못 가 청첩장을 돌리게 될걸. 해가 가기 전에 재산 좀 생기겠는데, 친구. 철도회사 연금도 받게 될 거고."

라일리 부인이 듣기에도 다 좋았으나, 그녀는 조금 망설이며 물었다. "그놈의 빨갱이 운운은 어떡하고?"

"그건 걱정 마, 이쁜이. 그놈의 빨갱이 타령은 쑥 들어가버릴 테니. 클로드는 두 사람의 보금자릴 단장하느라 정신없을 거야. 이그네이셔스의 방을 둘만의 휴식 공간으로 꾸미느라 다른 생각 같은 건 할 겨를이 없을 거래도."

샌타는 걸걸한 바리톤 목소리로 웃어대기 시작했다.

"우리 집이 새로 단장되는 거 보면 미스 애니는 부러워서 사색이 되겠지."

"그럼 그 여자한테 이렇게 말해. '밖에 나가서 좀 신나게 즐겨보우. 그럼 그쪽 집도 새 단장을 하게 될 거유.' 하고." 샌타가 호탕하게 웃었다.

"자, 이제 전화 끊어, 친구. 얼른 이리로 와. 내가 지금 자선병원에 전화할게. 그 집에서 냉큼 나오라고!"

샌타가 라일리 부인의 귀에다 수화기를 쾅 내려놓았다.

라일리 부인은 현관 덧문을 내다보았다. 밖은 어둠이 짙게 깔려 있었다. 다행이었다. 밤중에 이그네이셔스를 데려가면 이웃들이 그리 잘 알아볼 수 없을 테니까. 부인은 욕실로 달려가 얼굴과 드레스 앞자락에 온통 분칠을 하고 코 밑에 초현실주의적인 입 모양을 그린 다음 곧장 침실로 돌진해 코트를 집어 들었다. 현관문에 이르렀을 때 그녀는 돌연 발길을 멈추었다. 이그네이셔스에게 이런 식으로 작별인사를 할 수는 없었다. 그래도 자식인데.

부인은 그의 방 문 앞으로 다가갔고, 미친 듯이 퉁겨지는 침대 스프링 소리가 점차 크레셴도로 고조되는 양상에 가만 귀를 기울였다. 그 소리는 그리그의 「산왕의 궁전에서」에 버금가는 피날레를 향해 한껏 치닫고 있었다. 문을 두드렸지만 아무런 대꾸도 없었다.

"이그네이셔스." 그녀가 서글픈 목소리로 불렀다.

"무슨 일입니까?" 헐떡이는 목소리가 마지못해 대꾸해왔다.

"나 나간다, 이그네이셔스. 작별인사를 하고 싶은데."

이그네이셔스는 대답하지 않았다.

"이그네이셔스, 문 좀 열어라." 라일리 부인이 애원했다. "에미한테 작별의 키스 좀 해주렴, 얘야."

"몸 상태가 상당히 좋지 않습니다. 꼼짝도 못 할 지경인걸요."

"어서, 아들아."

문이 천천히 열렸다. 이그네이셔스가 납빛의 퉁퉁한 얼굴을 복도로 디밀었다. 아들의 머리에 감긴 붕대를 보자 어머니의 눈이 젖어들었다.

"자, 키스해다오, 얘야. 결국 이렇게 되다니, 맘이 아프구나."

"대체 그 판에 박힌 애절한 소리들은 다 뭐랍니까?" 이그네이셔스가 수상쩍다는 듯이 물었다. "왜 갑자기 상냥하게 구시는 거죠? 어떤 영감이랑 어디 데이트하러 가시는 거 아닙니까?"

"네 말이 맞았다, 이그네이셔스. 넌 일하러 나가면 안 되는 거였어. 내가 그걸 몰랐구나. 그 빚은 어떻게든 다른 식으로 갚도록 했어야 하는데." 눈물 한 방울이 라일리 부인의 눈에서 흘러내려 분칠한 피부에 한 줄기 긴 맨살 자국을 새겼다. "리바이 씨 그 양반한테서 전화가 와도 절대로 받지 마라. 넌 이 에미가 널 돌봐줄 테다."

"오, 하느님 맙소사!" 이그네이셔스가 고함을 질렀다. "이젠 정말로 큰일 났군그래. 대체 어머니가 무슨 일을 꾸미고 계신지 상상도 못 하겠습니다. 지금 어딜 가시는 겁니까?"

"나가지 말고 집에 꼭 붙어 있으렴. 전화도 받지 말고."

"왜요? 이게 다 무슨 일입니까?" 핏발이 선 두 눈이 겁에 질려 번득였다. "대체 전화기에 대고 누구한테 그렇게 속닥거리신 겁니까?"

"리바이 씨 걱정은 하지 않아도 된단다, 아들아. 내가 다 알아서 처리하마. 이 불쌍한 에미는 그저 네가 잘되기만 바라고 있다는 걸 기억하렴."

"전 그게 무섭다니까요."

"절대로 이 에미한테 화내지 마라, 얘야." 라일리 부인은 이 말을 끝으로, 어젯밤 앤절로의 전화를 받고 난 후부터 줄곧 벗지 않고 있던 볼링화로 바닥을 박차고 풀쩍 뛰어올라 이그네이셔스를 껴안고는 그 콧수염에 키스를 했다.

부인은 곧 그를 놓아주고 현관문으로 내달렸고, 나가기 직전에 뒤를 돌아보며 외쳤다. "그 건물에 차를 박아서 미안하구나, 이그네이셔스. 사랑한다."

덧문이 쾅 닫히고 부인은 그길로 나가버렸다.

"돌아오세요." 이그네이셔스가 벼락같이 고함을 질렀다. 그는 덧문을 찢어발기듯 열어젖혔지만, 낡은 플리머스는 펜더가 떨어져나간 앞쪽 타이어 하나가 마치 경주용으로 개조한 승용차처럼 다 드러난 꼴을 하고서도 덜커덩거리며 살아나고 있었다. "돌아오세요, 제발. 어머니!"

"오, 입 좀 닥쳐." 미스 애니가 어둠 속 어디에선가 소리를 질렀다.

어머니에겐 뭔가 꿍꿍이가 있었다. 뭔가 꼴사나운 계획, 영원히 그의 신세를 망쳐놓을 계략 같은 것이. 왜 집에 붙어 있으라고 당부한 걸까? 지금의 몸 상태로는 어차피 아무 데도 가지 않으리라는 걸 잘 알고 있을 텐데. 그는 샌타 바탈리아의 전화번호를 찾아낸 뒤 다이얼을 돌렸다. 어머니와 얘기를 해야 했다.

"저 이그네이셔스 라일리입니다." 샌타가 전화를 받자 그가 말했다. "어머니께서 오늘 밤 거기 간다고 하셨습니까?"

"아니, 그럴 리가." 샌타가 쌀쌀맞게 대꾸했다. "오늘은 네 어머니랑 전화 한 통 한 적이 없는걸."

이그네이셔스는 전화를 끊었다. 뭔가 꿍꿍이가 있는 게 확실했다. 오늘 하루 어머니가 전화기에 대고 최소한 두세 번은 "샌타"라고 부르는 걸 들었다. 더구나 그 마지막 전화, 어머니가 집을 나가기 직전에 소곤대던 그 통화. 어머니는 오직 그 포주 같은 바탈리아에게만 소곤대며 얘기했고, 그것도 비밀 얘기를 나눌 때만 그랬다. 순간, 이그네이셔스는 어머니가 왜 그토록 감정에 복받쳐 작별인사를 했는지, 그게 왜 마지막처럼 느껴졌는지 짐작이 갔다. 언젠가 어머니는 그 뚱쟁이 바탈리아가 그를 자선병원 정신병동에 보내 요양을 시키라고 권고했다는 얘길 해준 적이 있었다. 모든 게 맞아떨어졌다. 정신병동에 있으면 에이벌먼과 리바이의 고소에 책임을 지지 않아도 될 것이다. 둘 중 어느 쪽이 소송을 해올지는 모르지만, 어떻든. 어쩌면 둘 다 그를 고소할지도 모른다. 에이벌먼은 명예훼

손으로, 리바이는 문서위조로. 어머니의 짧은 생각으로는 정신병동이 매력적인 대안으로 보였을 수도 있다. 참으로 어머니다운 발상 아닌가. 최선의 의도랍시고 자식에게 구속복을 입히고 전기충격을 당하게 만들다니. 물론 어머니는 그런 것까지 고려해보진 않았을 것이다. 하지만 어머니를 상대할 땐 최악의 사태에 대비하는 게 상책이었다. 바스의 여인* 바탈리아의 거짓말은 그 자체로도 그리 설득력이 없었다.

미국에선 죄가 입증되기 전까지는 무죄다. 어쩌면 미스 트릭시가 자백을 했는지도 모른다. 리바이 씨가 왜 여태 다시 전화를 걸어오지 않았겠는가. 이그네이셔스는 법적으로 그가 서신을 썼다는 혐의에서 아직은 무죄인 한 이대로 정신병동에 처넣어질 수는 없었다. 어머니는, 참으로 어머니답게도, 리바이 씨가 들이닥칠지 모르는 사태에 대해 가장 불합리하고도 감정적인 방식으로 대응했다. "넌 이 에미가 돌봐줄 테다"라느니, "내가 다 알아서 처리하마"라느니. 그래, 참 잘도 처리하시겠다. 호스가 그의 몸에 물을 쏘아댈 텐데. 얼간이 정신분석의가 그의 독창적인 세계관을 이해해보려고 들쑤실 텐데. 얼간이 정신분석의는 결국엔 좌절해서 그를 한 평도 안 되는 독방에 처넣고 말 텐데. 안 돼. 있을 수 없는 일이었다. 차라리 감옥이 나았다. 감옥은 오로지 신체만을 구속하나, 정신병동은 영혼과 세계관과 정신을 함부로 주무르지 않는가. 그건 도저히 참을 수 없는 일이었다. 어머니는 아들에게 뭔지도 모를 보호를 해주겠다고 다짐하며 굉장히 미안해했다. 이 모든 징후들이 자선병원을 가리키고 있었다.

오, 포르투나, 이 비열한 걸레 같으니!

이제 그는 꼼짝없이 잡힌 곰 같은 신세로 좁은 실내를 어기적어기적 돌아다니고 있었다. 병원에 고용된, 힘깨나 쓰는 자들이 그를 정면으로

---

* 초서의 『캔터베리 이야기』에 나오는 인물로, 음탕하고 추한 중년 여인의 대명사.

노리고 있었다. 이그네이셔스 라일리, 사냥의 표적. 어머니는 그저 여느 때처럼 볼링을 앞세운 술 파티에 갔는지도 모른다. 한편에선 빗장을 단단히 지른 트럭이 지금 이 순간 콘스탄티노플 거리를 향해 질주해오고 있는지도 모른다.

탈출. 탈출이다.

이그네이셔스는 지갑 속을 들여다보았다. 삼십 달러는 사라지고 없었다. 병원에서 어머니가 압수한 게 분명했다. 시계를 보았다. 여덟 시가 다 되어가고 있었다. 선잠에 빠졌다 고무장갑을 공격했다 하는 사이 어느덧 오후와 저녁이 훌쩍 지나가버린 것이다. 이그네이셔스는 자신의 방을 뒤지기 시작했다. 빅치프 노트들을 사방으로 내던지고, 발밑에서 짓이기고, 또 침대 밑에서 끌고 나오기도 했다. 그렇게 해서 여기저기 흩어져 있던 동전 몇 개를 찾아냈고, 책상을 뒤졌더니 몇 개가 더 나왔다. 도합 육십 센트. 이 돈으로는 탈출이 극히 제한적이거나 아예 불가능했다. 하지만 남은 저녁시간을 보내기에 안전한 은신처는 그나마 찾을 수 있었다. 프리태니아 극장. 극장이 문을 닫으면 콘스탄티노플 거리로 슬쩍 돌아와 어머니가 귀가했는지 확인할 수 있으리라.

그는 미친 듯이 허둥지둥 옷을 갈아입기 시작했다. 빨간 플란넬 잠옷이 휙 날아올라 샹들리에에 털썩 걸렸다. 그는 발가락들을 사막부츠 안으로 쑤셔 넣고는 트위드 바지 안으로 최대한 몸을 던졌는데, 허리 단추가 잘 채워지지 않아 애를 먹었다. 셔츠며 모자며 오버코트며 이그네이셔스는 되는대로 걸쳐 입고 복도로 나와 폭이 좁은 양쪽 벽에 이리저리 부딪쳐가며 현관으로 내달렸다. 드디어 현관문을 막 열려는데, 쾅쾅쾅 하고 덧문을 세 번 두드리는 소리가 났다.

리바이 씨가 다시 온 걸까? 유문이 두 손과 상호 교신하며 재난 신호를 내보냈다. 앞발에 돋은 두드러기를 벅벅 긁으며 그는 덧문 틈으로 밖을 가만 내다보았다. 병원에서 보낸 털북숭이 장정들이 몇 명 와 있을 것으로 예상하면서.

거기, 현관에는 머나가, 두루뭉술한 형태의 칙칙한 올리브색의 짧은 코르덴 외투를 입은 머나가 서 있었다. 검은 머리를 한 갈래로 땋아서 한쪽 귀밑으로 내려 가슴께로 늘어뜨리고, 어깨에는 기타를 둘러멘 채로.

이그네이셔스는 하마터면 무작정 덧문으로 뛰어들 뻔했다. 널빤지와 걸쇠를 박살내고 나가, 저 삼실같이 땋아 늘인 머리채로 저 불여우의 모가지를 꽁꽁 묶어 얼굴이 시퍼렇게 될 때까지 조르고만 싶었다. 하지만 이성이 이겼다. 지금 눈앞에 보이는 건 머나가 아니었다. 눈앞에 보이는 저건 바로 탈주로였다. 드디어 포르투나의 분노가 누그러졌도다. 운명의 여신은 그를 정신병자처럼 구속복을 입혀 목을 조르거나, 형광등이 밝혀진 시멘트 감방에 처넣고 봉해버리는 식으로 이 악순환을 끝낼 만큼 타락한 것은 아닌 모양이었다. 여신은 그에게 보상을 해주려는 것이리라. 어찌됐든 포르투나는 요 불여우 머나를 어느 지하철에서, 어느 피켓 시위대에서, 어느 유라시아 실존주의자의 악취 나는 침대에서, 어느 검둥이 간질병자 불교 신자의 손아귀에서, 어느 집단심리치료 모임의 말 많은 현장 한가운데서 용케도 소환하여 여기에다 왈칵 내놓은 것이다.

"이그네이셔스, 너 그 쓰레기 더미 속에 있는 거니?" 머나가 단조롭고 직설적이고 살짝 적대적인 그녀 특유의 목소리로 물었다. 그러고는 검은 테 안경 너머로 실눈을 뜨며 다시 덧문을 쾅쾅 두들겼다. 머나는 난시가 아니었다. 렌즈는 그냥 유리였다. 명분에 열과 성을 다하는 사람이라는 걸 보여주기 위해 안경을 낀 것이다. 귀에서 달랑거리는 귀고리가 짤랑짤랑하는 중국 유리 장식품처럼 가로등 불빛을 반사하며 반짝거렸다. "이봐, 그 안에서 인기척이 난단 말이야. 네가 복도에서 쿵쾅거리며 걸어 다니는 소리도 들렸어. 이 구질구질한 덧문 좀 열어봐."

"알았다, 알았어. 나간다고." 이그네이셔스가 외쳤다. 그는 덧문을 찢다시피 와락 밀어젖혔다. "네가 오다니, 포르투나에게 감사할 일이로군."

"이런 세상에. 꼴이 그게 뭐니. 신경쇠약에라도 걸린 몰골이다. 붕대는 왜 하고 있어? 이그네이셔스, 대체 무슨 일이니? 몸은 또 얼마나 불었는지 좀 봐. 나 방금 현관에서 이 한심한 표어들을 읽고 있던 참이야. 휴, 너 정말 갈 데까지 갔구나."

"꼭 지옥에 갔다 온 기분이라니까." 이그네이셔스가 머나의 코트 소매를 잡고 냉큼 복도로 끌어당기며 징징거렸다. "너 왜 내 인생에서 떠난 거야, 이 불여우 같으니. 새로 바꾼 머리 모양이 꽤나 매력적이고 코즈모폴리턴적인데." 그는 그녀의 땋아 늘인 머리채를 휙 낚아채어 축축한 자기 콧수염에 갖다 대고는 격렬한 키스를 끼얹었다. "네 머리카락에서 풍기는 매연과 탄소 냄새가 저 매혹적인 고담 시를 떠올리게 하며 날 흥분시키는군. 우리 당장 떠나야 해. 난 맨해튼에 가서 인생을 활짝 꽃피워야겠어."

"뭔가 잘못된 줄은 알았어. 하지만 이건! 너 정말 꼴이 말이 아니다, 이그."

"서둘러. 모텔로 가자. 내 타고난 충동이 제발 해방시켜달라고 절규하고 있다니까. 너 돈 좀 가진 거 있어?"

"지금 장난하니?" 머나가 발끈하며 말했다. 그러고는 축축이 젖어버린 자기 머리채를 이그네이셔스의 두 앞발에서 도로 잡아채어 어깨 너머로 던졌고, 머리채는 퉁 소리를 내며 기타 위로 떨어졌다. "이봐, 이그네이셔스. 나 지금 완전히 녹초야. 어제 아침 아홉 시부터 줄곧 달려온 길이란 말이야. 평화당 활동에 대해 답장 쓴 걸 네게 부치자마자 이런 생각이 들었어. '머나, 잘 들어. 이 친구는 편지만으론 안 돼. 네 도움이 필요해. 이 친구는 지금 급속히 전락하고 있어. 넌 네 눈앞에서 피폐해가는 정신을 구해낼 만큼 충분히 헌신적인 인간이니? 그 정신의 난파선을 구조할 수 있을 만큼 신념이 굳은 인간이냐고?' 그길로 난 우체국을 나와 차에 올라타고 달리기 시작했지. 밤새도록. 쉬지도 않고. 그러니까 내 말은, 네 그 황당무계한 평화당 전보를 생각하면 할수록 내 맘이 더 편치 않았다는 거야."

머나는 현재 맨해튼에서 치고받고 싸울 명분이 굉장히 궁한 게 틀림없었다.

"네가 그런 것도 무리는 아니야." 이그네이셔스가 외쳤다. "그 전보는 정말 황당했고말고. 정신 나간 망상이었지. 난 지난 몇 주 동안 우울의 구렁텅이에 빠져 있었으니까. 내가 어머니 곁에 들러붙어 산 게 벌써 몇 년인데, 글쎄 이제 와서 어머니가 결혼을 하겠다며 날 처분하고 싶어 하시잖아. 우린 여길 떠야 해. 이 집구석, 단 한 순간도 더는 못 견디겠어."

"뭐? 대체 누가 네 어머니랑 결혼을 하겠대?"

"네가 이해해주니 정말 고마운걸. 만사가 얼마나 어이없고 황당하게 돌아가고 있는지 이제 알겠지?"

"어머니 어디 계셔? 너한테 당신이 무슨 짓을 하셨는지 설명이라도 대략 해드려야겠어."

"어디 가서 피검사라도 받고 계실 거야. 물론 통과하지 못할 테지만.* 다시는 보고 싶지 않아."

"그렇겠지. 불쌍한 녀석. 그동안 뭘 하며 살았니, 이그네이셔스? 그냥 방에 처박혀 약 먹은 것처럼 멍하니 뒹굴기만 한 거야?"

"그래. 몇 주 동안 쭉 그랬지. 신경성 무감각으로 인해 꼼짝도 할 수 없

---

* 과거 미국에서는 결혼 전 의무적으로 피검사를 받고 성병이 없음을 증명해야 결혼할 수 있었다.

었으니까. 너 기억나, 내가 체포 사건과 차 사고에 대해 써 보낸 망상적 편지? 그걸 쓴 게, 어머니가 처음 그 타락한 늙은이를 만났을 무렵이거든. 그때부터 난 균형 감각이 무너지기 시작했지. 그때 이후론 내리 하향 일변도로 곤두박질치다가 평화당이라는 정신분열증으로 극에 달한 거라고. 밖에 내붙인 표어들은 그저 내 내면적 고뇌의 물리적 발현에 불과해. 평화를 갈구하는 내 정신병적 욕망은, 이 조그만 집에 존재해온 적대행위들을 끝장내고 싶다는 갈망에서 비롯된 시도였던 게 틀림없어. 네가 내 편지들 속에 구현된 망상적 삶을 분석해낼 만큼 통찰력 있는 친구라는 게 고마울 따름이야. 다행히도 그 편지들이 네가 이해할 수 있는 암호로 쓰인 조난신호였군그래."

"네 몸을 보니 그동안 얼마나 안 움직이고 살았는지 알겠다."

"계속 침대에 누워 음식으로 종식과 승화를 추구하느라 체중이 늘 수밖에. 자, 이제 떠나야겠다. 이 집을 나가야 해. 여긴 끔찍한 기억들과 얽힌 곳이라니까."

"내가 뭐랬니. 오래 전부터 여기서 나오랬잖아. 자, 어서 짐을 꾸리자." 머나의 단조로운 목소리가 열의로 달뜨기 시작했다. "정말 잘됐다. 난 네가 정신 건강을 유지하려면 조만간 여길 떨치고 나와야 할 줄 알았어."

"내가 진즉 네 말을 들었으면, 이런 끔찍한 일은 겪지 않아도 됐을 텐데." 이그네이셔스는 머나를 껴안고 그녀와 기타를 벽으로 와락 밀어붙였다. 보아하니 그녀는 지금 정당한 명분, 진짜 정신과 사례, 새로이 전개할 운동을 찾아낸 기쁨으로 제정신이 아닌 듯했다. "천국에는 응당 네 자리가 있을 거야, 내 이쁜 불여우. 자, 이제 서둘러 나가자."

그가 그녀를 현관문으로 끌고 나가려 하자 그녀가 말했다. "짐은 좀 꾸리지 않아도 돼?"

"오, 그렇지. 당연히 꾸려야지. 가져갈 노트와 메모가 굉장히 많아. 절대 어머니 수중에 들어가게 놔두면 안 돼. 그걸 팔아 한몫 단단히 버실지도 모르니까. 그렇게 되면 너무 아이러니한 일이지.” 두 사람은 그의 방으로 들어갔다. “그건 그렇고, 어머니가 웬 파시스트의 수상쩍은 구애를 받고 있다는 건 너도 알아두는 게 좋겠다.”

“오, 설마!”

“사실이야. 이걸 봐. 그 두 사람이 날 얼마나 괴롭혀오고 있는지 상상이 갈 거야.”

그는 머나에게 어머니가 그의 방 문틈으로 슬쩍 밀어 넣곤 했던 팸플릿 중 하나인 「당신의 이웃은 진정 미국인인가?」를 건넸다. 머나는 표지여백에 적힌 메모를 읽었다. “이걸 읽어봐요, 아이린. 썩 괜찮은 내용이라오. 끝에는 아드님한테 물어볼 만한 질문도 몇 가지 있다오.”

“오, 이그네이셔스!” 머나가 신음을 흘렸다. “대체 무슨 일을 겪은 거니?”

“충격적이고 무시무시한 일이지. 그 두 사람은 지금 이 순간에도 어디선가 어떤 온건주의자를 채찍질하고 있을 거야. 어머니가 오늘 아침 장보러 가셨다가 그자가 유엔을 옹호하는 얘길 엿들으신 모양이야. 하루 종일 그 일에 대해 중얼중얼하시더라고.” 이그네이셔스는 끄윽 트림을 했다. “지난 몇 주 동안 정말이지 얼마나 참담하게 지내왔는지 몰라.”

“어머니가 나가셨다니 정말 이상하네. 늘 여기 집에만 계셨잖아.” 머나는 기타를 침대기둥에 걸어두고는 침대를 가로질러 사지를 쭉 뻗고 누웠다. “이 방. 우리 여기서 정말 신나게 놀았는데. 우리의 정신과 영혼을 거리낌 없이 드러내고, 반反 탈크 선언문을 수없이 써가면서 말이야. 그 사기꾼, 아직도 학교에 눌어붙어 있겠지.”

“아마 그럴걸.” 이그네이셔스가 건성으로 말했다. 그는 머나가 얼른 침대에서 일어나주기를 바랐다. 이러다간 그녀의 정신이 다른 것들까지 줄

줄이 끄집어내게 생겼으니까. 어쨌든 이 집에서 어서 나가야 했다. 그는 지금 옷장 안에 몸을 처박고서, 열한 살 때 그 끔찍한 당일치기 소년 캠프에 간다고 어머니가 사준 작은 여행가방을 찾고 있었다. 뼈다귀를 찾아 땅을 파헤치는 개처럼, 누렇게 찌든 속바지 뭉치를 두 앞발로 파헤치며 속바지들을 등 뒤로 홀렁홀렁 내던졌다. "너도 좀 일어나주면 좋겠는데, 우리 이쁜이. 노트도 그러모아야 하고, 메모도 한데 모아야 해. 네가 침대 밑을 좀 봐줄래?"

머나가 눅눅한 이불에서 몸을 발딱 일으키며 말했다. "난 그동안 집단 심리치료 모임의 친구들한테 네가 어떤 인간인지 설명하려고 애를 썼지. 사회와 격리된 채 이 방에서 혼자 일에 매진하고 있는 너란 인간에 대해. 자기만의 수도원에 은둔한, 이 기이한 중세적 정신에 대해서 말이야."

"당연히 다들 매료되었겠지." 이그네이셔스가 중얼거렸다. 가방을 찾은 그는 바닥에 떨어진 양말 몇 켤레를 가방 안에 집어넣고 있었다. "머지 않아 내 실물을 직접 보게 될 거야."

"두고 봐. 그 친구들이 네 머리에서 쏟아져 나오는 온갖 독창적인 생각들을 듣는다면 과연 어떻게 될까."

"하아암." 이그네이셔스가 하품을 했다. "어쩌면 어머니의 재혼 계획이 나한테는 굉장한 전화위복이 될지도 모르겠는걸. 안 그래도 이 오이디푸스적인 관계가 나를 압도하기 시작하던 참이었는데." 그는 요요를 가방 안에 던져 넣었다. "그나저나, 너, 남부를 통과하면서 별 탈은 없었던 모양이다."*

"실은 중간에 정차하고 쉬고 그럴 여유가 없었어. 거의 서른여섯 시간

---

* 이 작품의 시간적 배경이 되는 1960년대 초는 흑인민권운동이 뜨거웠던 시절. 당시 북부에서 많은 사람들이 흑인의 투표권 등록을 돕기 위해 남부로 내려왔고, 이를 반대하는 남부 백인들에게 공격을 당하곤 했다.

을 차를 몰고, 몰고, 또 몰기만 했으니까." 머나는 빅치프 노트를 한 무더기 쌓고 있었다. "어젯밤에 흑인들 간이식당에 들렀는데, 나한테선 주문 받을 생각도 않는 거 있지. 기타가 그 사람들로선 영 꺼림칙했나 봐."

"분명 그랬을 거야. 널 힐빌리 음악*을 하는 남부 촌뜨기 백인 가수쯤으로 생각들 했을 테니. 나도 흑인들을 좀 겪어본 적이 있지. 아주 꽉 막힌 족속들이라니까."

"내가 널 정말로 이 소굴, 이 지하 감옥 같은 곳에서 데리고 나간다는 게 믿기지가 않아."

"믿기지가 않지, 안 그래? 내가 수년간 네 현명한 충고에 저항해오다니."

"우린 뉴욕에서 최고의 환상적인 시간을 보내게 될 거야. 정말이야."

"무지무지 기대되는군." 이그네이셔스가 스카프와 단검을 챙기며 말했다. "자유의 여신상, 엠파이어스테이트 빌딩, 내가 제일 좋아하는 뮤지컬코미디 스타들과 함께하는 브로드웨이 오프닝나이트의 짜릿한 흥분감. 또 빌리지에서 우리 시대의 도전적 지성들과 에스프레소를 나누며 즐기는 수다 시간도."

"드디어 네가 네 자신을 제대로 수습해가나 보다. 정말이야. 오늘 밤이 오두막 같은 집에서 들은 얘기가 난 도저히 믿기지 않는걸. 우린 함께네 문제들을 해결해나갈 거야. 네 인생은 이제 완전히 새롭고 활기찬 국면으로 돌입하는 거야. 무기력증은 이제 끝났어. 난 알아. 내 귀엔 들려. 우리가 우릴 옭아매는 그 모든 굴레와 금기와 치명적 집착을 마침내 훌훌털어냈을 때 너의 그 머리에서 줄줄 흘러나올 위대한 사상을 생각해봐."

"앞으로 무슨 일이 벌어질지는 아무도 몰라." 이그네이셔스가 무심하

---

* 미국 남부 산악 지대에서 유래한 민요조의 음악. 주로 밴조, 피들, 기타와 함께 연주된다.

게 말했다. "우린 지금 떠나야 해. 지금 당장. 경고하는데, 어머니가 금세 돌아오실지도 몰라. 어머닐 다시 보면, 난 끔찍한 상태로 퇴행하고 말 거야. 서둘러야 한다니까."

"이그네이셔스, 왜 온 방 안을 펄펄 뛰어다니고 야단이니. 좀 진정해. 최악의 사태는 지나갔어."

"아니야, 그렇지 않아." 이그네이셔스가 재빨리 말했다. "어머니가 당신 패거리를 몰고 돌아오실지도 모른다니까. 너도 그치들을 한번 봐야 하는데. 백인우월주의자들, 개신교도들, 혹은 그보다 더 사악한 자들이지. 류트랑 트럼펫 가지고 올게. 노트는 다 모아놨어?"

"여기 쓴 것들, 정말 끝내주는군." 머나가 획획 넘기며 보고 있던 노트를 가리키며 말했다. "이 보석 같은 허무주의의 단상들."

"전체를 놓고 보면 그건 일부 조각에 불과해."

"어머니한테 아주 원망에 찬 쪽지라든가 뚝 부러지는 항의의 일침이라든가, 뭐 그런 거라도 남겨야 하지 않니?"

"그래 봤자 소용없을 거야. 그런 걸 이해하시는 데 몇 주가 걸릴지 모르니까." 이그네이셔스는 류트와 트럼펫을 한 팔로 안고 다른 팔로는 여행가방을 들었다. "제발 그 바인더 노트는 떨어뜨리지 말아줘. 그 안에 일기가 들어 있어. 내가 꾸준히 저술해온 사회학적 판타지야. 내 저작물 중 가장 상업적인 거지. 월트 디즈니나 조지 팰*의 손에 들어가면 기가 막힌 영화가 될 가능성을 지닌 물건이라고."

"이그네이셔스." 머나가 문간에서 걸음을 멈추었다. 두 팔에 노트를 한 아름 안은 채, 그녀는 마치 연설을 준비하는 것처럼 말을 꺼내기 전에 창백한 입술을 달싹거렸다. 밤새 고속도로를 달린 탓에 지치고 몽롱해진 두

---

* 헝가리 출신의 미국 영화감독. SF 판타지 영화의 선구자.

눈이 반짝이는 안경렌즈 너머로 이그네이셔스의 얼굴을 찬찬히 뜯어보았다. "지금 이건 아주 의미 있는 순간이야. 내가 누군가를 **구해내고** 있다는 느낌이 들어."

"그래, 그렇고말고. 그런데 지금은 도망부터 가야 해. 제발. 수다는 나중에 떨자." 이그네이셔스는 그녀를 밀치고 나가더니 차를 향해 쿵쿵 걸어 내려갔다. 그는 조그만 르노 자동차의 뒷문을 열고는 뒷좌석을 온통 점거해버린 플래카드와 팸플릿 더미 사이로 기어올랐다. 차에선 신문가판대 같은 냄새가 났다. "어서 서둘러! 집 앞에서 **타블로 비방***을 연출할 시간 같은 거 없다니까."

"아니, 너 정말 거기 뒤에 앉을 생각이니?" 머나가 품에 안은 노트 더미를 뒷문으로 쏟아 부으며 말했다.

"당연하지." 이그네이셔스가 호통을 쳤다. "고속도로를 달리는데, 죽음의 덫이나 마찬가지인 앞좌석에 앉을 수는 없지. 자, 이제 꼬마자동차에 올라타서 얼른 여길 빠져나가줘."

"잠깐만. 두고 온 노트가 아직 많아." 머나는 이렇게 말하고는 기타를 옆구리에 탕탕 부딪쳐가며 집 안으로 뛰어들었다. 그녀는 노트를 또 한 짐 잔뜩 그러안고 계단을 내려왔고, 벽돌 보도에서 걸음을 멈추더니 대뜸 몸을 돌려 집 쪽을 바라보았다. 이그네이셔스는 그녀가 이 장면을 애써 **기록**하려 하고 있음을 알 수 있었다. 두 팔로 엄청난 거구의 천재를 감싸 안고 얼음 강을 건너는 일라이자**를. 하지만 해리엇 비처 스토와 달리, 머나는 여전히 곁에서 사람 비위를 건드리고 있었다. 마침내 그녀는 이그

---

* 활인화(活人畵, tableau vivant). 분장한 사람들이 말과 동작을 배제한 채 명화나 역사 속 장면을 그대로 연출하는 무대.

** 해리엇 비처 스토의 『톰 아저씨의 오두막』에 등장하는 흑인 여자 노예. 백인 농장주가 자신의 어린 아들을 팔아버리려 하자 아들을 품에 안고 언 강을 건너 도망간다.

네이셔스의 울부짖음에 응하여 차로 왔고, 두 번째 노트 더미를 이그네이셔스의 무릎 위에 와르르 쏟았다. "침대 밑에 아직 몇 권이 더 있는 거 같아."

"그건 신경 쓰지 마!" 이그네이셔스가 비명을 질렀다. "어서 타서 시동이나 걸라니까. 오, 맙소사. 그놈의 기타로 사람 얼굴을 이렇게 찔러대면 어떡해. 얌전한 아가씨처럼 핸드백을 갖고 다닐 순 없어?"

"어디 구멍에나 빠져버려라." 머나가 발끈하며 말했다. 그러고는 앞좌석으로 올라타더니 시동을 걸었다. "오늘 밤은 어디서 묵고 싶니?"

"오늘 밤은 어디서 묵다니?" 이그네이셔스가 벼락같이 고함을 질렀다. "오늘 밤은 아무데서도 묵지 않아. 그냥 곧장 달려야 해."

"이그네이셔스, 나 쓰러져 죽기 일보 직전이야. 어제 아침부터 줄곧 이 차 안에 있었댔잖아."

"그럼 폰차트레인 호수라도 일단 건너고 보자."

"좋아. 그럼 코즈웨이*를 타고 맨더빌에 가서 쉬지 뭐."

"안 돼!" 머나는 지금 눈에 불을 켜고 있을 정신과 의사의 품으로 그를 데려가려 하고 있었다. "거긴 쉴 만한 데가 아냐. 물이 오염됐어. 전염병이 퍼졌대."

"그래? 그럼 구교를 건너 슬라이델로 가야겠네."

"그래. 그쪽이 어쨌든 훨씬 안전하지. 코즈웨이는 바지선들이 늘 와서 처박으니까. 우린 호수로 추락하여 빠져 죽고 말 거야." 르노는 뒤가 푹 주저앉은 꼴로 땅에 질질 끌리며 천천히 속도를 높였다. "나 같은 체구가 타기엔 차가 너무 작군. 뉴욕까지 가는 길은 제대로 알고 있는 거지? 이렇

---

* 정식 명칭은 '레이크 폰차트레인 코즈웨이'. 폰차트레인 호수를 가로지르는, 세계 최장의 다리 중 하나.

게 웅크린 자세로는 하루나 이틀 그 이상은 못 견딜 거 같은데."

"어이, 거기 비트족 둘, 어딜 그리 가는 게야?" 미스 애니의 목소리가 그 집 덧문 너머로 희미하게 들렸다. 르노는 이제 도로 가운데로 들어섰다.

"저 못된 할망구 아직도 저기 살아?" 머나가 물었다.

"입 닥치고 빨리 여길 뜨자니까!"

"너 이런 식으로 날 들들 볶을래?" 머나가 백미러에 비친 초록색 모자를 노려보았다. "진짜 알고 싶다니까."

"오, 내 유문!" 이그네이셔스가 헉 멎는 듯 말했다. "제발 법석 좀 떨지 마. 최근에 당한 일련의 공격으로 내 정신세계는 완전히 붕괴하기 일보 직전이라고."

"미안. 잠시 옛날로 돌아간 기분이었어. 난 운전수 노릇 하고, 넌 뒷좌석에 앉아 잔소리를 벅벅 해댔잖아."

"제발 북부 지방에 눈이 오지 않아야 할 텐데. 내 몸이 그런 날씨에는 제대로 기능하지 못할 테니까. 그리고 가는 길에 제발 그놈의 그레이하운드 버스들은 특히나 조심해줘. 이런 장난감쯤은 우습게 짓뭉개버릴 테니."

"이그네이셔스, 갑자기 너, 옛날의 끔찍했던 너로 돌아가 버렸구나. 갑자기 내가 엄청나게 큰 실수를 하고 있는 거 같아."

"실수? 그럴 리가 있나." 이그네이셔스가 다정하게 말했다. "하지만 저 앰뷸런스는 조심해. 우리의 대장정에 초반부터 사고가 나면 곤란하니까."

앰뷸런스가 지나갈 때 몸을 잔뜩 구부리고 내다보던 이그네이셔스는 앰뷸런스 문에 인쇄된 '자선병원'이란 글자를 목격했다. 앰뷸런스 지붕에서 회전하는 적색 불빛이 두 차가 서로 반대방향으로 스쳐 지나는 그

짧은 순간 르노 위로 와락 튀었다. 이그네이셔스는 모욕감을 느꼈다. 그가 기대했던 건 빗장을 단단히 지른 거대한 트럭이었다. 저런 구닥다리 캐딜락 앰뷸런스를 보내다니, 그들은 이그네이셔스를 과소평가한 것이다. 그는 저런 차쯤이야 창문을 몽땅 박살낼 수도 있는데. 하지만 작열하는 캐딜락 경광등은 이미 두 블록 뒤로 멀어져갔고, 머나는 세인트찰스 대로로 접어들고 있었다.

이제 운명의 여신 포르투나는 하나의 주기에서 그를 구해준 것이다. 이제부터 여신은 과연 그의 바퀴를 어느 쪽으로 돌리려는가? 새로이 닥칠 운명의 주기는 그가 이제껏 겪은 그 어떤 것과도 다르리라.

머나는 노련한 솜씨로 도심 교통을 뚫고 르노를 요리조리 몰아대며 말도 안 되게 좁은 도로들을 쏙쏙 잘도 빠져나가더니, 어느새 근교 소택지의 마지막 주택가에서 반짝이던 마지막 가로등 불빛마저 저만치 제쳐버렸다. 이제 두 사람은 염성 소택지 한가운데의 캄캄한 어둠 속에 들어와 있었다. 이그네이셔스는 전조등 불빛에 비친 고속도로 표지판을 내다보았다. U.S. 11. 표지판이 획 지나갔다. 그는 차창을 일이 인치쯤 내리고서 멕시코만으로부터 소택지로 불어오는 소금기 배인 공기를 훅 들이마셨다.

마치 공기가 하제下劑라도 되어 변통을 시킨 듯 유문이 스르르 열렸다. 그는 한 번 더 숨을 들이마셨다. 이번에는 조금 더 깊이. 묵직한 두통이 한결 가벼워지고 있었다.

그는 고마운 마음으로 머나의 뒤통수를, 그의 무릎 위에서 순진하게 흔들리고 있는 땋아 늘인 머리채를 바라보았다. 정말 고마운 마음으로. 이 얼마나 아이러니한가, 하고 이그네이셔스는 생각했다. 그는 그 머리채를 한쪽 앞발로 쥐고 자신의 축축한 콧수염에다 다정하게 꼭 갖다 댔다.

옮긴이의 말

여전히 괴상하고 미친, 이 웃픈 이야기

출간 40주년을 맞아 『바보들의 결탁』이 새로운 모습으로 세상에 선보일 기회를 얻었다는 소식을 듣고 원고를 다시 살펴보기에 앞서 덜컥 걱정부터 앞섰습니다. 예리해진 독자들의 언어 감수성에 짓궂고 노골적인 이 소설의 아이러니가 여전히 통할까, 옛 남부가 소수자를 대하던 언어 관행이 불쾌한 악취미로 여겨지진 않을까, 머리를 싸매고 옮겼던—혹은 도저히 옮길 수 없었던—뉴올리언스의 '얫Yat' 방언은 어떻게 읽힐까…….

조심스러운 마음으로 다시 읽기 시작했는데, 어느새 그저 한 사람의 독자가 되어 이 책의 철두철미한 독창성에 경탄하고 당황하다 결국 정신없이 빠져들어 있었습니다. 새삼스레 깨달았지요. 이 황당무계하면서도 지극히 현실적인 소설의, 말 그대로 '골때리는' 전개는 흡사 『돈키호테』처럼, 세월을 훌쩍 초월하는 클래식한 힘이 있다는 걸요. 그러고 나서 제가 처음 번역하고 썼던 소감을 되짚어 보니 "미워할 수도 사랑할 수도 없는 주인공이 벌이는 믿을 수도 없고 안 믿을 수도 없는 기막힌 행각들, 차마 웃을 수도 울 수도 없는 상황들의 연속을 거쳐 기뻐할 수도 슬퍼할 수도 없는 엔딩까지" 이어지는 복잡미묘한 독서 경험의 결을 짚었더군요. 다시 읽어도 특유의 낯선 문체, 기묘한 인물들, 총체적인 당혹감은 도무지 익숙해지지 않지만, 독보적인 페이소스와 불가해한 카타르시스는 확실히 어떤 경지를 넘어 훌쩍 저 너머에 도달해 있었습니다.

이 이야기가 이토록 낯선 이유를 하나 찾자면 아마 철저한 지역성일 겁니다. 『바보들의 결탁』은 미국에서도 남부, 루이지애나 주 뉴올리언스라는 국소적 장소에 깊이 뿌리박고 있습니다. 그 머나먼 도시의 역사와 문화, 성정이 모세혈관처럼 한 단어, 한 단어를 잇고 서사의 말단까지 퍼져 펄떡이는 생명을 흘려보내죠. 이 책을 읽다 보면 이그네이셔스를 따라 그레이하운드 시니크루저와 트램을 타고, 그로테스크하면서도 리얼하게 그려진 1960년대 초반의 뉴올리언스 시내를 누비게 됩니다. 뉴올리언스는 미국의 중심이 아닌 주변부이고, 따라서 심지어 미국의 주류 독자에게마저 낯선 도시입니다. 텁텁하고 나른한 남부의 풍광과 독특한 크레올 문화, 부두교와 재즈, 프랑스와 중남미가 혼합된 미식, 프렌치 쿼터를 중심으로 외설적인 포르노 문화와 소수자의 성문화가 번창하는 한편 금욕주의적인 가톨릭 전통이 공존하는 곳, 그래서 미국의 주류 청교도 문화가 두려워하고 또 은근히 탐미하는, 말하자면 미국에 있으나 외국과 같은 타자의 공간이랄까요. 공간 자체가 낯서니 서사와 감수성이 낯설 밖에요. 정작 뉴올리언스 사람들은 놀라운 리얼리즘이라고 평한답니다. 그래서일까요. 뉴올리언스는 테네시 윌리엄스의 『욕망이라는 이름의 전차』를 위시해 앤 라이스의 『뱀파이어와의 인터뷰』라든가 최근 세계적인 베스트셀러가 된 델리아 오언스의 『가재가 노래하는 곳』처럼, 주류 사회에서 소외된 매혹적인 아웃사이더를 주인공으로 내세운 문학작품을 유달리 많이 탄생시켰네요.

매혹적인지 아닌지는 의견이 크게 갈리겠습니다만, 이 책의 주인공 이그네이셔스 J. 라일리 또한 어디에도 소속되지 않은 아웃사이더입니다. "살덩어리 풍선 같은 머리통 윗부분을 쥐어짜듯" "초록색 사냥모자"를 덮어쓴 꼴불견의 이그네이셔스는 1980년 출간 이후 전 세계의 수많은 열혈 독자들로부터 컬트적인 사랑을 받았지요. 옛 D. H. 홈스 백화점 자리인 커낼 거리에 서 있는 이그네이셔스의 동상은 2004년 책이 재출간된

후 도난 시도가 줄을 잇는 바람에 몇 번이나 자리를 바꿔야 했을 정도니까요. 생계를 혼자 책임진 노모에게 폭언과 독설을 퍼붓는 괴짜 백수 캐릭터가 어떻게 이토록 큰 사랑을 받았을까요.

수많은 이유가 있겠지만, 서른둘 젊은 나이에 자살로 삶을 마감한 작가 존 케네디 툴의 삶과 죽음에서도 실마리를 찾아볼 수 있습니다. 인류 역사에서 최고의 시기는 중세였다고 믿는 이그네이셔스의 좌충우돌 소동, 이상주의의 탈을 쓴 편협함과 잔인성, 현실적 쓸모가 전혀 없는 고학력 무능력자의 과장되고 희화화된 캐릭터, 그 속에 비치는 쓰라린 작가의 자화상 말이에요. 아니, 물론 존 케네디 툴은 이그네이셔스와 전혀 다른 사람이었습니다. 비만도 아니었거니와, 자기 차 안으로 배기가스를 연결해 자살하는 순간까지도 깔끔한 넥타이와 정장을 차려입었지요. 대학 강단에서는 학생들에게 기립박수를 받을 정도로 인기 강사였습니다. 그러나 그의 삶에는 이그네이셔스를 떠올릴 정황이 많이 있습니다. 어린 시절부터 조용한 외톨이였고 튤레인 대학을 우등 졸업한 수재였지만 컬럼비아 대학에서 석박사 과정을 밟으며 가난, 학비, 몰이해로 깊은 좌절을 겪었지요. 그러다 결국은 극심한 편집증에 시달리게 됩니다. 외동아들을 애지중지하면서도 현실적 기대를 걸었던 어머니와도 갈등 관계로 돌아섰고, 자신의 천재성을 알아주지 않는 세상에 대한 적개심도 깊었습니다. 단 한 편의 걸작을 남기고 끝내 세상을 떠난 작가의 자전적 요소는 이 책에서 벌어지는 온갖 시끌벅적한 소동과 난장판의 풍경에 진한 '슬픔'의 필터를 끼웁니다. 크게는 리바이 팬츠 공장부터 작게는 핫도그 노점상까지 온통 층층이 '돈'의 논리로 돌아가는 물질주의적 세상에서 아무 쓸모도 없는 인문학 연구자의 열패감과 도덕적 우월감이 얼마나 무기력한지요. 삶의 기대를 공부 잘 하는 아들에게 걸었던 어머니의 좌절감, 그런 어머니를 연민하면서 증오했던 아들, 모자의 가학적이면서 피학적인 관계에 깔린 정서는, 국경과 시대를 초월하는 보편적 공감대를 형성합니다. 세상과 자신을 한꺼번에 비웃는 작가의 이 독한 페이소스는 전무후무한 희비극으로 승화되고, 이그네이셔스 J. 라일리를 불멸의 문학적 캐릭터로 완성하지요.

그리고 10년 동안 서랍 속에 처박혀 있던 이 소설이 빛을 본 사연은 이 책 자체만큼이나 유명한 전설이 되었습니다. 워커 퍼시가 서문에 쓴 것처럼, 존 케네디 툴의 어머니 셸마 툴이 다짜고짜 아들의 원고를 읽어달라고 워커 퍼시를 따라다니며 졸랐던 거지요. 아무 기대 없이 원고를 읽고 나서 충격을 받은 워커 퍼시는 이 소설을 출판하기로 결심했고, 그렇게 작가가 쓸쓸하게 세상을 떠난 후 오랜 세월이 지나 세상에 나온 책은 퓰리처상을 수상하기에 이릅니다. 더욱 놀라운 것은, 첫 출간 후 40년이 지난 지금까지도 그 인물과 서사의 강렬한 힘이 도무지 꺾일 기미가 없다는 것입니다. 여전히 이 이야기는 이상하고 미쳤고 황당하고, 기가 막히게 웃깁니다.

그러니 워커 퍼시처럼 역자 역시 "직접 읽어보시라"고 밖에, 독자 여러분께 드릴 말씀이 없습니다. 대개 이 책의 독자들은 좋든 싫든 양단간에 결판을 낸다고 하지요. 좋아하는 이들은 열렬하게 사랑하고 처음 원고를 반려한 사이먼 앤 슈스터 출판사의 편집자처럼 끝내 '요점'을 찾지 못하기도 합니다. 하지만 판결을 내기까지 읽기의 과정은, 장담하지만 좋든 싫든 잊을 수 없을 거예요.

2021년 겨울에 들어서며
김선형